孤独
地狱
こどくじごく

芥川龙之介
人性三部曲

地狱变
じごくへん

[日] 芥川龙之介
あくたがわりゅうのすけ
著

窦娅楠 译

北京理工大学出版社
BEIJING INSTITUTE OF TECHNOLOGY PRESS

版权专有 侵权必究

图书在版编目（CIP）数据

地狱变 /(日) 芥川龙之介著；窦娅楠译. -- 北京：北京理工大学出版社，2022.7

（孤独地狱：芥川龙之介人性三部曲）

ISBN 978-7-5763-1061-0

Ⅰ. ①地… Ⅱ. ①芥… ②窦… Ⅲ. ①中篇小说—小说集—日本—现代②短篇小说—小说集—日本—现代 Ⅳ. ①I313.45

中国版本图书馆CIP数据核字（2022）第031615号

出版发行 / 北京理工大学出版社有限责任公司
社　　址 / 北京市海淀区中关村南大街5号
邮　　编 / 100081
电　　话 / （010）68914775（总编室）
　　　　　（010）82562903（教材售后服务热线）
　　　　　（010）68944723（其他图书服务热线）
网　　址 / http://www.bitpress.com.cn
经　　销 / 全国各地新华书店
印　　刷 / 三河市金元印装有限公司
开　　本 / 880毫米×1230毫米　1/32
印　　张 / 7.5　　　　　　　　　　　　　　责任编辑 / 徐艳君
字　　数 / 151千字　　　　　　　　　　　　文案编辑 / 徐艳君
版　　次 / 2022年7月第1版　2022年7月第1次印刷　责任校对 / 刘亚男
定　　价 / 129.00元（全3册）　　　　　　　　责任印制 / 施胜娟

图书出现印装质量问题，请拨打售后服务热线，本社负责调换

序

日本明治二十五年（1892），一个叫新原龙之介的婴儿，降生于东京市一个牛奶商人家里。他出生七个月后，母亲精神失常。舅舅芥川道章膝下无子，于是新原龙之介被抱去做芥川家的养子，后改姓芥川。这个婴儿，就是日后在世界文坛留下了姓名的日本著名小说家，文豪芥川龙之介。

芥川龙之介有两个姐姐，长姐在他出生的前一年病故。母亲的精神失常也让芥川的内心深处始终笼着一层阴影。远离亲生父母，在养父母家长大成人的经历，让他先天比常人多了一分敏感和对人性的思考。芥川家是从江户时代起代代侍奉德川家[①]的旧家氏族，全家都深谙游艺[②]，家中文艺氛围浓厚，这给了芥川龙之介文学方面的积极影响。他自幼就阅读了大量中国与日本的名著典籍，为日后的文学创作提供了良好的滋养。

[①] 指德川氏，日本江户时代264年当中，德川氏是日本实际上的支配者。
[②] 指茶道、插画、音乐等。

天资聪颖的芥川龙之介从小便成绩优异。高中时保送进入名校第一高等学校，他的同学包括后来同样享誉日本文坛的菊池宽、久米正雄、松冈让等众多名家。此后，又以第一高等学校文科第二的成绩升入东京帝国大学①英文系。

　　大学期间，芥川龙之介与好友菊池宽、久米正雄等人第三次复刊《新思潮》②，并发表了自己的处女作《老年》。这篇作品当时虽未在文坛激起水花，但刚满二十二岁的芥川龙之介在文中流露出的优雅的审美趣味，塑造人物复杂性的笔力，充满电影画面感的描写，都展露出他惊人的才华。其间，他喜欢上了自幼相识毕业于青山女学院英文系的吉田弥生并想向其求婚，但遭到了芥川家的激烈反对，最终不得不放弃了这段感情。

　　与吉田弥生分手的痛苦，给芥川龙之介的思想带来了一定的震荡，他试图用创作去释放这种苦闷。日本大正四年（1915），芥川龙之介在《帝国文学》上发表了描写人性的自私与丑恶，日后成为他代表作之一的《罗生门》。不过《罗生门》在发表之初，并未引起太大关

---

① 今东京大学。
② 《新思潮》，是创刊于日本明治四十年（1907）的文艺杂志，创刊后遇到挫折，进展不顺。此后以同人杂志的形式由东京帝国大学（今东京大学）的学生复刊。特别是第三次（1914）、第四次（1916）由菊池宽、芥川龙之介、久米正雄、松冈让等人复刊，产生了较大影响，成为日本大正文学的一个据点。芥川龙之介等人也被称为新思潮派。

注。年末，芥川龙之介加入了夏目漱石的木曜会①，并很快迎来了人生的一大转折：大正五年（1916）他发表在《新思潮》上的作品《鼻子》，受到夏目漱石的高度赞赏。

夏目漱石在日本近代文坛享有极高的地位，堪称日本国民作家，于芥川龙之介是恩师，更是伯乐。后来芥川龙之介在自己的作品中曾多次提及夏目先生。受到夏目漱石赏识后，芥川龙之介在知名刊物《新小说》和《中央公论》上分别发表了《山药粥》和《手绢》，在日本文坛崭露头角，受到了不少好评。同年，他以第二名的成绩从东京帝国大学英文系毕业。毕业后，芥川龙之介在日本海军机关学校做了三年英文教师。之后，他辞去教师的工作，入职大阪每日新闻社，开始专注文学创作。

大正八年（1919），经朋友介绍，芥川龙之介与小自己八岁、在跡见女校就读的塚本文结婚。两人交往之初，芥川龙之介给塚本文写了多封热烈的情书。在镰仓一年多的新婚生活中，他的创作也非常顺利，在《大阪每日新闻》上发表了探讨艺术至上的另一代表作《地狱变》。婚后次年，芥川龙之介的长子出生。

大正十年（1921），芥川龙之介作为大阪每日新闻社的海外观察员，拜访了中国。他走访了上海、南京、长沙等十多个城市，还在北京与胡适会面。不幸的是，中国考察之行结束回到日本之后，他患上

---

① 夏目漱石召集自己过去的学生和慕名而来的年轻文学家，每周四在自家举办的文学聚会。

了神经衰弱、胃溃疡等多种疾病，身心开始衰竭。去汤河原进行温泉治疗期间，妻子为他生下了次男和三男。创作方面，芥川龙之介写下了《竹林中》《报恩记》《六宫公主》等重要作品，还有描写日本传说中的怪物河童的讽刺小说《河童》，以及具有私小说风格，反映其不稳定的痛苦精神状态的名作《齿轮》。

昭和二年（1927），芥川龙之介的姐姐家中失火，住宅被烧毁，姐夫因故意纵火骗保的嫌疑而卧轨自杀。姐夫死后，姐姐一家欠下的高利贷的重负落在了芥川的肩上，巨大的精神压力让他的健康状况进一步恶化。这一年七月，年仅三十五岁的芥川龙之介在"恍惚的不安"中，在卧室中服用了致死剂量的安眠药，一代文学奇才亲手结束了自己短暂的一生。他的死，让日本举国震动，文坛更是对此无限惋惜。

从二十二岁发表处女作，到三十五岁离世，芥川龙之介以短短十三年的创作时间，为后世留下了许多精彩的篇章。他学识渊博，对东西方文学经典都如数家珍，他的作品中随处可见对古典文学的汲取和借鉴，也充满了对东西方文化碰撞的思索，如《袈裟与盛远》《丝女纪事》《奉教人之死》等。即使是从历史中取材的作品，他也总能青出于蓝而胜于蓝，做出新的阐述，给人以新的思考与启迪。

此次有幸翻译的经典文学系列之芥川龙之介人性三部曲，同时收录了芥川龙之介最具代表性、最广为人知的篇目和对国内绝大多数读者尚属新鲜之作的作品，兼顾了经典和新颖。在具体的篇目安排上，我们特意串联了芥川龙之介文学世界中相关的元素，力求在每一篇单独的作品之外，呈现出一个相互关联的，更丰富、更生动的芥川龙之介的文学世界。这些细节相信会带给读者朋友们更多的惊喜，也一定能帮助读者更全面、更立体地认识芥川龙之介和他文字背后的思想。

在《地狱变》一册中，除了《地狱变》《山药粥》《六宫公主》《杜子春》等读者熟知的作品，还特别翻译了芥川唯一一次对长篇小说创作的挑战之作——《邪宗门》。《地狱变》是芥川龙之介深受海内外好评，探讨艺术与人性的代表作之一，但很多读者可能还不知道，这个故事的之后还有一个同样精彩的续章。《邪宗门》讲述了堀川大殿薨逝之后，与大殿性格嗜好截然相反的堀川少爷执掌堀川府后的故事。堀川少爷恋上了中御门小姐，京城内莫名现身的传教士摩利法师竟是小姐的旧相识，摩利法师的教徒越来越多，京城中风雨欲来……以这个时代读者的眼光来看，这篇作品的阅读体验颠覆了我们对经典文学作品的严肃刻板的印象。可惜的是，这个中途停笔的故事，随着芥川龙之介自杀身亡，永远地没有了结尾。但与《地狱变》的联动，《邪宗门》本身的魅力，让我们觉得有必要把这颗遗失的明珠翻译出来，呈现给更多的读者，为芥川文学爱好者补齐这个遗憾。

在《罗生门》一册中，经典之作《罗生门》的后面，也选录了相关联的作品：在饿殍遍地、强盗横行的时代，同样发生在罗生门附近展现了人性丑恶的《偷盗》。面目丑陋且内心也同样丑陋的猪熊老爹、猪熊大娘，用美色作武器、心狠手辣的强盗女首领沙金，同样爱着沙金的太郎和次郎两兄弟,诞下新生儿的傻子阿浓……阅读《偷盗》时,眼前一幕幕缓缓展开,那是如《龙门客栈》一般,充满独特东瀛风情的江湖画面。此外,《奉教人之死》对信仰的追求,《英雄之器》对英雄的定义,《弃儿》对亲情的探讨,《忠义》对何为忠的思考……每一篇都精彩纷呈,不容错过。《秋山图》中展示的对中国文化和绘画艺术的深刻了解,更是让人不由得对这位日本文学家肃然起敬。

在《傀儡师》一册中,收录了芥川龙之介的代表作,曾被夏目漱石称赞"这样的作品再写上二三十篇,必当成为文坛上无与伦比的作家"的《鼻子》。这篇备受好评的佳作揭示了从别人的不幸中攫取快慰的"旁观者的利己主义"。而《竹林中》则以独特的叙事手法和对人性的深刻揭示,成为芥川龙之介的又一代表作。文中通过七个人的口述,讲述了一个扑朔迷离、疑点重重的凶杀案。关键的三个当事人中到底谁撒了谎,真相如何,他们又为什么撒谎?这篇耐人寻味的小说后来由日本导演黑泽明执导,被改编拍摄成了日本电影史上具有里程碑意义的著名电影《罗生门》[①]。

芥川龙之介素有"鬼才"之称。一些中国读者把芥川的作品视为日本的聊斋,从他的文字中看到惊奇古怪,读到人性幽微。芥川的作品是冷峻犀利的。《母亲》里丧子的敏子对别人家婴儿的死感到高兴,读者也不禁感到人性深处那种可怕的"远非人力所及的东西森然而

---

① 电影《罗生门》的主要情节改编自《竹林中》,发生场景和部分情节来自《罗生门》。

立"。《枯野抄》细腻刻画了芭蕉诸弟子面对师父之死时种种微妙的心理活动，让人汗毛微微竖起的同时感受到无限苍凉。而芥川在《孤独地狱》中借僧人禅超之口诉说的"地狱应当在地下。但唯有孤独地狱，会突然出现在山间旷野，树下空中"，又何曾不是他自己承受着无法言说的"当即就会陷入地狱的苦难"的真实写照。人性的阴暗面被他写得淋漓尽致，让我们无法不一次次为作者的洞察感到叹服。

然而，芥川的作品同时也有着如火焰一般熊熊燃烧的热情。他对艺术的极致追求，又让我们深深震撼。有时他化身为《地狱变》中的良秀，"他宛如梦中的狮王雷霆震怒般，周身笼罩着奇异的威严"；有时又化身为《戏作三昧》中的马琴，"他那好似君王一样的眼睛里，没有利害关系，没有爱憎情仇……他的眼睛里，只有不可思议的喜悦，抑或恍惚而悲壮的感激。"

值得一提的是，本书还收录了国内读者不太熟悉的芥川作品《小白》和《三件宝物》。和《父亲》《蜜橘》一样，这是芥川龙之介冷峻的文字中少有的具有温暖童话色彩的作品，表露出他内心柔软纯真的一面，呈现给我们一个不一样的芥川。

芥川龙之介为世界留下了无数经典的作品，因他的作品得名，他的忌日被称为河童忌。芥川龙之介去世后，在他的好友，日本重要文学刊物《文艺春秋》创办人菊池宽的提议下，日本文学界为纪念芥川龙之介而创办了芥川奖。芥川奖每年举办两次，用于表彰日本纯文学界的杰出作品，和直木奖一样是日本文学界的最高荣誉之一。

芥川龙之介如一颗闪亮的流星，在世纪更迭之际，划过文学世界的星空。他是新思潮派的代表作家，既有浪漫主义的特点，又有现实主义的倾向，在世界文学中留下了浓墨重彩的一笔。

在翻译芥川作品这一年，疫情背景下旅居东京的译者也经历了一些人生的波折，芥川深刻揭露人性的犀利内涵和冷峻文风非但没有让我的情绪增添一分抑郁消极，反而从洞察人性的通透之处感受到了一种置之死地而后生的力量。在阅读之时，相信你也会在文字中穿越时空，与这位日本大正时期大名鼎鼎的文豪相遇，读到人性，也汲取力量。

窦娅楠于东京

目录

地狱变	001
邪宗门	034
老　年	085
山药粥	092
六宫公主	112
旧　信	122
烟　管	129
杜子春	141
猿蟹合战	155
两个小町	159
父　亲	171
秋	177
戏作三昧	193

地狱变

一

　　像堀川大殿①这样的人物，前世未有，后世怕也罕见。传闻堀川大殿降生前，大殿的母亲曾在梦中见到大威德明王②的神灵出现在床头。总之，大殿自出生以来，就与众不同。他所做之事，无一不超出我等凡夫俗子的想象。大殿的宅邸，论壮观恢宏，论豪气奢华，尽是我们闻所未闻，见所未见。坊间虽说有传言，把堀川大殿比作秦始皇或隋炀帝，但这大抵不过是盲人摸象、一叶障目的流言。大殿所思所想的，绝不仅仅是他自身的荣华富贵。在他的心胸中，一定考虑着芸芸众生，天下同乐——大殿就是有这样的气度。

---

① 大殿是对权倾日本的摄政大臣的尊称，堀川指京都西部地区。日本历史上的堀川大殿均为藤原氏的显贵，文中的堀川大殿为虚构人物。
② 大威德明王，佛教密宗五大明王之一，六面六臂六足，背负火焰，断除一切魔障，镇守西方。

因此，即使是遇见二条大宫的百鬼夜行①，堀川大殿也毫无惧色。因描绘陆奥②盐釜景色而闻名的东三条河原院，传说在深夜时融左大臣③的鬼魂会出现，但被大殿厉声呵斥后，便形销影匿了。堀川大殿的显赫威名，让洛中的男女老少，提起他来都如论神佛。曾有一次，大殿从宫中的梅花宴归来，拉车的牛在街口撞伤了一位老者。那老者竟双手合十，说能被大殿的牛撞到，是难得的荣幸。

像这样的事，说不清，道不完。像在宫宴上被天皇赏赐三十匹白马啦，把宠爱的童子立为长良川的桥柱啦，让有华佗之称的名僧震但切掉腿上的疮等，大殿的事迹数不胜数。但是，在这众多奇闻逸事中，如今依然是大殿家中珍宝一般的地狱变④屏风，却有一段最为恐怖的故事。连常日里从不曾流露过惧色的大殿，那时见了它，也是惊恐万分。而在大殿身边的我，差一点儿就吓得魂飞魄散，简直无法言表。我在大殿身边当了二十年的差，从未遇到过像那一天那样的凄厉场面。

但是，说起那件事之前，还是得先讲讲画地狱变屏风的画

---

① 日本民间传说里，平安时代京都夜里空无一人的街道上会出现妖怪大游行，目睹者会遭受诅咒而丧命。
② 陆奥国，日本古代令制国之一，通常认为其领域范围为如今日本的东北部，包括福岛县、青森县等地。
③ 源融（822—895），日本平安时代贵族，官至左大臣。因曾住六条河原院，故又称河原左大臣。他好造庭园，河原院内曾仿陆奥国烧制海盐的盐釜景观而造景，并以此闻名。传说河原左大臣死后曾在河内院显灵。
④ 即地狱变相图，佛教绘画题材中的一种，描绘亡灵在地狱中遭受恐怖惩处时的景象，旨在劝恶向善。

师——良秀。

二

说起良秀,恐怕至今还有人记得其人其事。论画技高超,怕是无人能与其比肩。那件事发生的时候,他已年过五十。良秀生得低矮,骨瘦如柴,看起来就是那种讨人厌的老头儿。每次去大殿的府邸时,都穿一件浅茶色的便服,戴一顶软乌帽,形容猥琐。不知为何,他的嘴唇总呈现出瘆人刺目的红色,听说是经常舔画笔所致。也不知是谁拿良秀的举止开玩笑,说他像只猴子,于是良秀又得了个猿秀的诨名。

说起猿秀,还有这么一件事。那时良秀年方十五的独生女儿在大殿的府邸里做侍女。女孩儿和父亲良秀不同,生得楚楚动人。可能因为年纪还小时就父女分别,所以她的伶俐乖巧、善解人意,都超越年龄,令人印象深刻。府邸里以大殿夫人为首的女眷们,都很疼爱良秀的女儿。

不知是什么契机,丹波国[①]向堀川大殿进献了一只训好的猴子,喜欢恶作剧的大殿的儿子——小公子,给猴子起了个名儿,也叫良秀。因为猴子的样子有趣,见到的人没有不被逗笑的。当猴子坐在庭院的松树上,或是弄脏了宫殿的地板,大家都喊"良秀,良秀",以

---

① 丹波国,日本古代令制国之一。其领域包括如今日本京都府中部、兵库县东部和大阪府的一部分。

此逗弄取乐。

有一天，良秀女儿拿着系了红梅梅枝的书信穿过庭院要去送信时，只见猴子没有了往日登梁上柱的活力，瘸着一条腿，踉踉跄跄着仓皇地从廊门逃过来。猴子后面是一边嚷着"偷橘子的小贼，你给我站住"，一边持棍棒追来的小公子。良秀女儿见了，略微犹豫，此时猴子已逃到她裙袂边，一面拉住她的裙角，一面发出可怜的哀鸣——这副模样，让她再也无法克制怜悯之心。良秀的女儿一手持梅枝，一手轻撩开淡紫色的广袖，抱起小猴。她向小公子轻轻弯腰行礼，柔声恳求道："公子恕罪，不过是只不懂事的畜生罢了，还请饶了它吧。"

但小公子正在气头上，把脸一板，连连跺脚，嚷道："不行，这破猴子是偷橘子的小贼！"

"它只是一只畜生呀……"良秀女儿重复了一遍，脸上的微笑有些凄然，说道，"这小猴子也叫良秀，和我父亲的名字一样。父亲遭难，女儿又岂能忍心呢。"

"好吧，既然是给你爹求情，就放过它吧。"小公子不甘心地抛下这句话，扔掉棍子，向来时的廊门去了。

三

此后，小猴和良秀的女儿就亲近了起来。良秀的女儿把大殿女儿赏她的黄金铃铛，用漂亮的红绳穿起来，戴在小猴的脖子上。小猴也亲近她，无论她去做什么，总是跟她形影不离。良秀的女儿感冒了，卧床养病时，它就坐在她枕边，一副担心的样子，不安地频频咬自己的爪子。

说来也神奇，此后再也没有人欺负小猴了，大殿府邸里的众人反而纷纷疼爱起它来。就连小公子都时不时投喂它一些柿子或栗子。要是哪个侍卫踢了小猴一脚，小公子还会发火。后来，甚至堀川大殿还传令让良秀女儿抱着猴子来参见，大概是听说了小公子因为侍卫踢猴子发脾气的事。而良秀女儿疼爱小猴的事，自然也传入了大殿的耳朵里。

"是个孝顺的孩子，该赏。"

堀川大殿赏赐给良秀女儿一件红衫，那小猴有样学样，毕恭毕敬地把红衫举在头顶，让堀川大殿心情更是愉悦。因此，大殿对良秀女儿的好意，完全是出于怜惜小猴的可爱，嘉奖姑娘的孝心，而不是世间传闻的出于好色。不过流言四起，也不是空穴来风，这些我后面再慢慢讲。这里只是想先表明，即使画师的女儿姿容出众，大殿对她也绝没有奇怪的想法。

良秀的女儿本就乖巧灵慧，这次领了大殿的赏赐，也并没有引起其他女眷的嫉妒，反而从此以后，与小猴一起更被大家疼爱。尤其是小姐，总是一刻不离要她陪着。就连外出游览，也少不了良秀女儿的陪侍。

良秀女儿的故事先说到这里，再说说良秀。虽然因为小猴良秀就此翻身，被大家疼爱，但画师良秀仍然不受待见，还是被叫作猿秀。不仅仅在大殿府邸，就连横川的僧都①大人，说起画师良秀，都像提到了恶鬼，陡然色变，露出嫌弃的神情。（有人说，僧都大人对画师良秀的恶评，是因为良秀把他的行为画成了滑稽画。当然，那些都是坊间传言，不能当真。）总之，画师良秀风评之差，到了任凭问谁都大抵如此的地步。要是说有谁不讲他的坏话，那或许是有两三个画师同行，又或者是只知道他的画，尚不知他为人的人。

其实，良秀不仅看起来相貌猥琐，还有更为人所恶的奇怪癖好。所以他的坏名声，除了说是自作自受，也怨不得别人。

四

画师良秀为人诟病之处颇多：好吃懒做，吝啬贪婪，不知羞耻……这些暂且不提，最过分的是他的狂妄傲慢，恨不能把"本朝第一画师"的字样写在脸上。若仅是在画道上的自负也就罢了，可此人的争强好胜，已到了不把世间一切惯例习俗放在眼里的地步。听一位跟随良秀多年的弟子说，有一次，大名鼎鼎的桧垣巫女前来降神，口宣令人敬畏的神意之时，良秀充耳不闻，竟仔仔细细地画起了巫女吓人的样子。恐怕在他眼里，神灵附体之类的说法，不过是吓唬小孩子的把戏。

---

① 日本佛教为了管理僧尼而设置的僧官职位，僧正为最高官阶，僧都的职位仅次于僧正。

因为画师良秀就是这样的人呀——他画的吉祥天，面相贪婪呆滞，如被操纵的傀儡；笔下的不动明王，放浪形骸，姿态无赖。这种种不敬之举，若遭人责备，他便狂妄地答道："我良秀画的神佛，岂有怪罪我的道理。"如此这般，良秀的弟子也备感无奈，甚至其中不少人觉得前途堪忧，与他分道扬镳。一言以蔽之，良秀目中无人的程度，怕是到了认为天底下没有胜过自己的人的地步了。

但良秀在绘画上的造诣，确实毋庸置疑。尤其是他的运笔和用色，与其他的画师截然不同。与良秀交恶的画师们，说良秀的画走的是邪门歪道。像川成、金冈这样的古时名家的画作，极尽优美之风——传闻他们笔下枝横窗前的梅花，暗香浮动；屏风上的吹笛宫女，妙音可闻。而说到良秀的画，却尽是些让人害怕的奇怪传闻。比如，他曾在龙盖寺门上绘了一幅《五趣生死图》，夜半路人经过，竟听到了无人的叹息和啜泣。不止这些，甚至有人说能闻到死人尸体腐烂的气味。再比如，他曾给堀川大殿府里的宫女们画肖像，被他画过的人都离奇地患了病，症状仿佛失了魂魄，不出三年便香消玉殒。这些就是良秀之画已堕入邪道的证明。

不过良秀本来就刚愎自用，上述之事他不以为耻，反以为荣。有一次大殿和他开玩笑，说道："看来良秀偏爱丑恶之物。"他那红得和年龄不符的唇边，浮起令人看着就不舒服的笑意，大言不惭地答道："不错，平庸的画师欣赏不了丑中之美。"就算他是本朝首屈一指的画师吧，怎么能在大殿面前，如此口出狂言？难怪良秀那些弟子在背后给他起了个"智罗永寿"的外号来讽刺他的狂妄。想必诸位都知道"智罗永寿"是古代从震旦传来的天狗之名。

然而,就是这样不可理喻,出乎常理的良秀,也有一处与常人无异,倾注了感情的所在。

五

那就是他在大殿府里做侍女的女儿。良秀对她异常疼爱,前面说过了,良秀的女儿温柔体贴,是个孝顺的孩子,但良秀对女儿的爱与之相比也毫不逊色。良秀为人一毛不拔,堪称吝啬,寺庙的僧人向他化缘他都分文不出,但对女儿的衣衫、首饰却一掷千金,慷慨得像换了个人。

良秀虽然疼爱女儿,却没想过要为她寻一门好亲事。要是有谁对他的掌上明珠有什么歪心思,良秀说不定能暗中雇几个凶徒把人家打个半死。因此,良秀女儿奉堀川大殿之命入府做侍女时,这当爹的极不情愿,当着大殿的面,就摆出一副不高兴的样子。大殿为良秀女儿的美丽动了心,不顾她父亲的意愿执意招她入府的传闻,可能就是对良秀不情愿的态度的捕风捉影。

这样的传闻当然是假的,不过良秀期盼女儿出府回家的心愿却真真切切。一次,良秀奉命画稚子文殊菩萨图,良秀临摹了大殿宠爱的童子的样子,画得惟妙惟肖,大殿心花怒放,难得地夸赞他,并施恩嘉奖:"想要惟妙惟肖,你说吧,不用顾虑。"你猜怎么着?良秀看似恭敬领命，说的话却毫不客气："请您放还我的女儿吧。"能侍奉在大殿的身边，那是何等的荣幸。若在别的府邸也就算了，但那可是伺候堀川大殿的人，无论多么爱女心切，这么请辞也非常无礼。一向宽宏大度的大殿，此时也面露不悦，盯着良秀的脸沉默了片刻。"这不行。"堀川大殿冷冷地抛下这句话，拂袖而去。类似的情形，前前后后发生了四五回，大殿看良秀的眼神日益冰冷。而女儿担心父亲，回到住处总以袖掩面，独自垂泪。因此，堀川大殿对良秀女儿心存异想的传言也越来越多。在诸多传言中，还有人说大殿让良秀画地狱变屏风，实际上是为了报复良秀女儿不肯顺从他的心意。当然，这并不是真的。

在我看来，大殿让良秀女儿在身边侍奉，完全是出于对少女的怜惜，让她在大殿府中自由自在地生活总好过待在她那个古怪狂妄的父亲身边。大殿对善良温柔的良秀女儿固然心存好感，但说他贪图她的姿色，那恐怕是牵强附会了。不，应该说这是根本没有的事。

总之，就在大殿对良秀大为不快的时候，不知什么缘故，一日，画师良秀被召入府中。堀川大殿命他绘制一幅地狱变屏风。

六

提起地狱变屏风，我的眼前似乎浮现出了那些让人魂飞魄散的画面。虽然同样是地狱变题材，但良秀画的与其他画师相比，从构图开始就大不相同。他在屏风的一角，把十殿阎王和鬼卒画得很小，而余下的画面则被扑面而来的红莲烈焰填满。地狱的红莲烈火，熊熊燃烧之势几乎要把刀山剑树都融化。除去地狱冥官们身上的中式唐风衣袍上星星点点的黄色和蓝色之外，目之所及皆是烈焰的颜色。狂舞的黑烟和迸溅出金星的火舌以卍字盘旋，疯狂地席卷一切。

仅是笔势就足以令人骇然，更不要说良秀又在滔天业火中画出的痛苦挣扎的罪人。这些形象在寻常的地狱画中是看不到的。不知道为什么，良秀笔下的罪人，上至高官卿客，下至走卒乞丐，各种身份的都有。有峨冠博带的高官、有遍身绫罗的女官、有戴着挂珠的僧人、有脚踏高屐的书生、有身着细长和服的女童，还有手捧祭祀神币的阴阳师……各色人等，不一而足。这些罪人，在滔天火海中，被牛头马面的鬼卒折磨，像大风吹散落叶般，四下惊惶逃窜。画上被钢叉绞住头发，手足比蜘蛛还要蜷曲的女子，看样子是个巫女；那个被刺穿胸膛，如蝙蝠一样头朝下挑在长矛上的男子，想必是个尸位素餐的国司。此外，被铁鞭抽打的、被千钧重石碾轧的、被怪鸟啄咬的、被毒龙啃噬的……对应罪人生前犯下的罪孽，地狱的刑罚也不尽相同。

而这其中最触目惊心的，是从空中跌落在野兽獠牙般的刀山上（这刀山上被刺穿五体的尸骸已不计其数）的一辆牛车。地狱的狂风吹开牛车的车帘，里面露出一位仿佛天皇嫔妃的盛装女子。她的长发在火海中飘扬，白皙的脖颈被拧转一般歪曲着，露出痛苦不堪的神情。女子的样子也好，被烈焰焚烧的牛车也罢，无一不让人感到焦热地狱的苦难。整个地狱变屏风的恐怖氛围，在这个女子身上达到了顶峰。如神的画笔下，观者的耳畔仿佛都响起凄厉的惨叫。

唉，正是因为画这扇屏风，才发生了那件可怕的事。不然，就算是首屈一指的画师良秀，也不能把这地狱苦难画得如此身临其境。他为了画这场景，甚至丢掉了性命。这画中的地狱，就是本朝第一画师良秀自己终归会堕入的去处。

我太急着介绍这珍贵罕见的地狱变屏风，把故事的顺序都颠倒了。好了，下面我们回到画师良秀奉堀川大殿之命去画地狱变屏风那里。

七

此后的五六个月里，良秀都没有去大殿的府邸，一直在家中画屏风。说来也怪，一向爱女如命的良秀，一拿起画笔，连女儿也抛在了脑后。用之前提到的良秀弟子的话来说，良秀画起画来浑若走火入魔。当年还有这样的传言：他那神乎其神的画技是因为向狐仙福德大神祈愿来的。如果暗中观察良秀作画，就能看到狐仙的身影。甚至有人说，不止一只，而是好几只狐狸前后左右围在他身边。他只要一拿起画笔，就如痴如醉，废寝忘食地进入了画中的世界。管他白天还是黑夜，从不出他那间不见阳光的幽暗画室。他画地狱变屏风的时候，这种劲头儿达到了顶峰。

即使是白天，良秀也门窗紧闭，点上烛台，在灯火下调制神秘的颜料。有时，他会让弟子们穿上雨衣或者猎服，做出相应的姿态来扮演画中的角色。这是良秀画画时一贯的做法。画地狱变屏风之前，便是如此。比如，画龙盖寺的《五趣生死图》时，眼前好好的活人他不感兴趣，非要去看街头的尸体。良秀蹲下身，目不转睛地观察着开始腐烂的尸体，一丝不苟地用画笔绘下来，连根头发丝儿都不放过。这如同着了魔一样的做法，想必有不少人没法理解。画师良秀的所作所为，一时间说不完道不尽，我只说一件主要的，大家就能明白大概了。

一天，良秀的一个弟子（或许可能就是上述提到的那位），正在调颜料，良秀突然走过来说："我想午睡一会儿。最近总是做噩梦。"这也没什么奇怪的，弟子没有停下手中的工作，只是随口应着："是吗？"不料，良秀脸上流露出少见的落寞，对弟子用请求的口吻说："我睡一会儿，能不能请你待在我旁边。"师傅竟然开始在意做梦这种事，弟子有点儿吃惊，但请他做的也不是什么难事，就答应道："好。"但良秀还是有些不放心的样子，说："你到里面来。如果外面的弟子找我，不要让他们进来。"所谓屋子"里面"，是良秀的画室。那屋子常年门窗紧闭，哪怕是白天，也点着灯。在昏暗的灯光下，可以看到已用炭笔打了草稿的地狱变屏风。良秀一进来就躺下，枕着自己的胳膊睡着了，好像困倦极了。不到半小时，守在良秀枕边的弟子，忽然听师傅发出了难以形容的让人害怕的声音。

八

起初只是含义不明的声响，后来断断续续连成了句子，仿佛溺水者般呻吟。

"什么？到你那里去……哪儿呢……去哪？去地狱，去炎热地狱……是谁？来者何人……你到底是谁……原来是你啊。"

弟子本来在清洗画具，此时也不禁停下了手上的动作，惊恐地看着师傅的脸。满是皱纹的惨白面孔上渗出了大颗大颗的汗珠，嘴唇干裂、牙齿稀疏的嘴大开大合地喘着气。师傅口中像有个被线牵着一样动着的东西，仔细看去，却是他自己的舌头。那断断续续的话，就是通过那个舌头发出来的。

"我还以为是谁呢，是你啊。我猜就是你。什么，来接我？是为这个来的啊。去地狱。地狱里……地狱里我的女儿在等我。"

就在那时，弟子的眼前隐约出现了奇怪的影子，这些怪影仿佛要冲破屏风一般，让人毛骨悚然。不消说，弟子立即大力摇晃起师傅来，想把他叫醒，但良秀没有马上醒来，还犹自说着可怕的梦话。弟子没有办法，只好把旁边放着洗笔的水一下泼到良秀脸上。

"在等我，坐这辆车来……到地狱来……"良秀没能一下醒来，仿佛喉咙被掐住一下嘶声呻吟。说到此处，总算睁开了眼睛，像被针扎了一样，一脸惊惶地从床上跳了起来。但梦里恐怖的东西似乎并没有随着他的醒来而立即消失，良秀一时间有些缓不过神，眼神惊恐，嘴巴大张，怔怔地呆住。等他终于冷静下来，又好像没事一样，对弟子说道："好了，你出去吧。"

弟子知道如果此时违逆师傅的意思，之后想必会被为难，于是匆匆从师傅的房间里出来。待重新回到明媚的阳光下，才仿佛从噩梦中醒来似的，终于松了一口气。

但这还算是好的，刚过了一个月，就有另一个弟子被良秀叫到了屋子里面。良秀在昏暗的灯火下，咬着画笔，突然朝弟子走过去，说道："辛苦你，这次再把衣服脱光吧。"毕竟是师傅的命令，之前也被这么吩咐过，弟子迅速脱掉衣服，赤条条站在那里。良秀的神色有些古怪："我想看被锁链绑住的人。被绑住也许会有些难受，请你忍一会儿，按我说的去做，可以吗？"嘴上这样说，但良秀的表情可没有一丝不忍，语气也是冷冷的。那位弟子原本是个英武的年轻人，比起握笔他似乎更适合耍大刀，但听了师傅的话，还是惊呆了。后来回想起这事，他还是不禁喃喃道："师傅是不是精神有问题，当时是想杀了我吧？"见弟子迟疑犹豫，良秀不耐烦了，他不知从哪里拿出一根铁链，不由分说冲上去就把弟子按住，用铁链把弟子的双手从背后锁住，用力一拉，壮实的弟子顿时摔倒在地，地板被震得发出巨响。

九

那位弟子的样子就像一个倒了的酒坛，手脚都被绑着动不了，只有脑袋还能活动。铁链紧紧地锁着他的身体，血液难以循环流通，他的脸和身体都被憋得通红。良秀对此却不以为意，仔仔细细地观察起弟子酒坛一样的身体，还描摹了起来。这期间，铁链锁身的弟子有多痛苦，就不必说了。

要是那天什么都没发生的话，弟子被铁链绑着的痛苦恐怕会更久一些。幸运（或者说不幸）的是，房间角落处一个罐子的影子里，像流出了黑色的油一样，蜿蜒出一个细细长长的东西。一开始好像有点儿黏，缓缓地在地上漫延，后来渐渐变得顺滑，不一会儿便闪着幽光，游到了弟子的鼻尖前。弟子这才看清楚是什么东西，瞬间大叫道："蛇——有蛇！"当时，弟子浑身的血液仿佛在瞬间凝固了，实际上那蛇冰冷的舌尖，几乎触到被铁链锁住的弟子的脖颈了。这突发的情况，就算是蛮不讲理的良秀，也大吃一惊，慌忙丢下画笔，弯下腰一把抓住蛇的尾巴，将蛇倒提了起来。蛇翻卷着身子，向上仰起头，但无论怎么样，也够不到良秀的手。

"都怪你这爬虫，害我画错了一笔。"

良秀愤恨地嘟囔着，把蛇抛入罐子里。然后不情愿地解开绑着弟子的铁链。但也仅仅是把铁链解下来，对这可怜的弟子连句安慰的话都没有说。大概比起弟子被蛇咬，画错一笔的事更令他恼火。后来听说，那蛇是良秀为了画画专门养的。

听了这些事，大家应该对良秀对画癫狂，乃至做了可怕噩梦的事情，有所了解了。关于这点，最后还想讲讲他那十三四岁的弟子，差点儿为了地狱变屏风丢了性命的事。说起他那个弟子，生得像女子一样白净。有一天晚上,不知何故,被良秀叫到了房间里。灯火下,弟子见师傅手掌上托着一块散发着腥味的生肉,在喂一只罕见的鸟。那鸟差不多像猫那么大,脑袋两边竖着像耳朵一样的羽毛,圆圆的眼睛呈琥珀色,体形很大,看上去都极像猫。

十

本来良秀这人做什么事都不说给别人听,就像刚才说的养了蛇的事啊,或者是他屋子里都有什么东西啊,从来不会告诉弟子们。有时桌子上放着骷髅,有时又摆着银碗或莳绘①的高脚杯——根据画的内容,良秀用来描摹的奇怪道具层出不穷。但平日里这些物件收在哪里,谁都不知道。这一点大概也是"良秀求了福德大神得其暗中相助"的说法得以流传的原因之一。

且回到弟子进屋看到了像猫的怪鸟那里。那时,弟子一边暗自思忖"看样子这怪鸟应该也是为了画屏风用的吧",一边恭敬地向师傅行礼,问道:"您找我有什么吩咐吗?"良秀像没听到似的,舔着自己猩红的嘴唇,朝那怪鸟的方向扬了扬下巴说:"怎么样,很乖顺吧?"

"请问这是什么鸟呢?弟子还从来没有见过。"

弟子一边说,一边有点儿害怕地打量着这只有耳朵的怪鸟。良秀如往常一样,一副轻慢嘲笑的态度。

---

① 莳绘,日本传统工艺技术的一种,指在漆器上以金、银、色粉等材料所绘制而成的纹样装饰。

"怎么,没见过吗?城里长大的孩子就是不懂啊。这是两三天前鞍马的猎人送给我的鸟,叫猫头鹰,不过这么乖顺的,倒是少见。"

良秀一边说着,一边慢慢地从下往上抚摸起了这只刚刚饱食过的怪鸟背上的羽毛。就在这时,怪鸟突然发出一声尖锐短促的啼鸣,猛地从桌子上飞起来,张开两只利爪,直抓弟子的面门。事发突然,弟子急忙用袖子遮住脸,若非如此定会被抓伤一两处。弟子一边惊呼,一边用衣袖试图驱赶它,但那怪鸟反而再度嘶鸣,扑袭弟子。弟子全然忘了是在师傅跟前,一会儿起身防御,一会儿又跌坐在地躲避怪鸟的攻击,在这狭小的房间里,东奔西窜,狼狈不堪。怪鸟却追定了弟子,时高时低,一次次出其不意地袭向他,直朝着人的眼睛啄去。每每它尖声鸣叫之时,那声音都莫名渲染出一种古怪又恐怖的氛围,一时间,凄厉的鸟鸣,落叶的气息,瀑布四溅的水珠,周遭那如同酒糟发酵般难闻的气味……一切无不让人不寒而栗。后来听那弟子说,那夜,屋里昏暗的灯光仿佛幽暗的月夜,师傅的屋子浑若妖雾弥漫的山谷,让人害怕极了。

但让弟子感到恐惧的,不止被猫头鹰袭击。应该说,让他汗毛根根倒竖的,是师傅良秀那时毫不怜惜的冷眼旁观。只见师傅良秀舔着笔,徐徐展开画纸,认认真真描画着如女子般的弟子被怪鸟袭击时仓皇失措的样子。当逃窜着的弟子看到这一切时,无可言语的恐惧当即袭上心头;事实上,那一刻,他甚至恍然觉得师傅是想要了自己的命。

十一

其实,那一天被师傅害死,也不是没有可能。想想看,那么晚特意把弟子叫到自己的房间里去,撺掇猫头鹰袭击伤人,又借机将弟子仓皇逃窜的样子画下来……所以,当弟子在逃窜中瞥到师傅的神态,立刻就用衣袖护住头部,控制不住地发出哀鸣,逃到屋子角落的窗沿下蹲下身子,再也不敢动弹。旋即,弟子听到良秀发出一声惊呼,好像站了起来;猫头鹰挥动翅膀的声音更大了。地上好像打碎了什么东西,也发出刺耳的动静。已经吓坏了的弟子被这些响动又吓了一跳,从自己护着脑袋的衣袖间抬起头来,只见屋里不知何时已漆黑一片,师傅正焦急地喊着其他弟子。

没过多久,就有一个弟子在远处应答,提着灯急匆匆地赶过来。借着油灯暗淡的光线看去:灯台倒了,榻榻米上洒满了灯油,刚才那只猫头鹰只有一只翅膀在痛苦地呼扇着,跌跌撞撞地在地上挣扎。书桌另一边的良秀,半站起身,也是一脸吃惊的表情,嘴里嘟嘟囔囔,说着些别人听不懂的话。当然,这也能够理解。因为刚才那只猫头鹰的身上,缠绕着一条黑蛇。黑蛇从猫头鹰的脖子开始,紧紧地盘着它的另一只翅膀。大概是因为刚才被猫头鹰袭击的弟子逃窜的时候,碰倒了角落里装蛇的罐子。蛇从里面爬出来,猫头鹰看见了,去抓蛇,这才引发这场鸟蛇大战。原本被吓坏了的弟子,和听到良秀呼喊前来帮忙的弟子,两个人面面相觑,茫然地看着眼前诡异又哭笑不得的一幕。而后，两人向师傅行了礼，匆匆退下。至于猫头鹰和蛇后来怎么样了，谁也不知道……

诸如此类的事，除了我讲的这些，还有几件。前面忘了说明，良秀奉命画地狱变屏风时值初秋，至今已经过去了很久。直到冬末，良秀的弟子们一直忍受着师傅怪异行径的折磨和困扰。到了这个时期，良秀好像进入了创作的瓶颈阶段，似乎有什么地方不能像以前一样得心应手。他的神情日益抑郁，说话言谈也越发粗鲁暴躁。屏风上的草图此时已经完成了八成左右，然后就进展不下去了。不，看良秀那副样子，说不好要把画到如今的这八成草图都抹去重来。

但是，屏风画到这里到底遇到了什么困难，谁也不知道。或者说，谁也不想知道。遭遇了种种诡异之事深受困扰的良秀的弟子们，见师傅如见虎狼，避之唯恐不及。

十二

在接下来这段时间里，没有什么值得讲的事。若是一定要说些什么，那就是良秀这个顽固傲慢的老头儿不知道为什么，变得脆弱起来，时不时还在没人的地方独自掉几滴眼泪。特别是有一天，一个弟子因为有事要经过庭院，走着走着看见师傅立在廊下，呆呆地看着春日里仿佛近在眼前的天空，眼里噙满了泪水。弟子远远看见了，反而觉得有些不好意思，悄悄地原路返回了。为了画《五趣生死图》，能去看路上死尸找灵感的偏执傲慢的师傅，现在竟因为画屏风有些进展不顺利这样的小事，像孩子一样哭起来——这可真是怪事。

话分两头，一边是良秀简直像着魔一般地画地狱变屏风，另一边，良秀的女儿不知为何，越发地忧郁起来。连在我们这些下人面前，都收不住泪水盈睫的样子。原本就是多愁善感，白皙娴静的女子，现在眼睫低垂，眼角眸边晕染开的愁情，更添了一分楚楚可怜的幽静气质。对此，引发了不少猜测。有人说她是因为思念父亲，也有人讲是源自恋情相关的烦恼。渐渐地，这是因为堀川大殿要女孩儿顺从自己而她又不情愿的流言开始传播了。但流言传开之后，突然之间大家仿佛都忘了这件事一样，再也听不到这些关于良秀女儿的揣测了。

就在这时，一天夜里，就要打更了，我经过府里长廊的时候，突然，小猴良秀不知道从哪里窜出来，一把拽住我的裤脚。我还记得那是一个温暖的春夜，梅花的暗香萦绕在庭院里。在清浅月光的映照下，小猴露出一口白牙，皱着鼻子，发狂似的叫唤着。三分因吃惊而害怕，七分气恼于小猴扯了我的新裤子，我本打算一脚踢开它离开那里。但想到之前因侍卫踢了小猴惹怒小公子的事，再看它的神情，仿佛发生了什么大事，于是我改变了主意，朝小猴拉着我的方向，走了三四丈远的路。

走到走廊转弯处，夜色中，可以看到松树的树枝优美地横斜过白色的湖面，此时，不远处的房间里突然传出有人挣扎打斗的动静，那声音听起来很慌乱，又奇特地钻进我的耳朵。这四周一片静谧，月光和雾霭之中，除了鱼儿时而跃出水面的声音，听不到半点儿人语。我觉察出这声响的异样，不由得停住了脚步。要是有人在府里胡作非为，我可不能坐视不管。想到这里，我屏住呼吸，悄悄地向发出声音的地方走去。

十三

小猴大概是嫌我动作慢，它焦急地在我脚边转来转去，用掐着脖子般的低低的呜咽叫嚷着，突然一下蹿到了我的肩膀上，我不由得偏过脖颈，怕被它抓伤。小猴又咬住我的袖子，防止从我身上掉下来。它这番动作下来，我不由自主地随之跟跄了两三步，向门边退去，没留意后背猛地撞到了门。既然都闹出了动静，也就容不得我再犹豫，我一把拉开拉门，就在这时，有什么东西就从那月光照不到的阴森森的屋里跳了出来。不，那时映入我眼帘，吓我一跳的，是从屋里夺门而出的一名女子。她险些和我撞了个满怀，一下收不住势摔倒在了门外。不知为何，她一时跪在地上没能起来，一边喘息一边发抖，惊恐地看着我的脸。

不必说，这就是良秀的女儿。但那一夜的女孩儿，仿佛变了一个人，在我眼里有了异样的光彩。她圆睁的眼眸闪闪发亮，脸颊飞起红霞，衣裙凌乱不堪。不再是常日里青涩的少女气质，此刻的她流露出和从前不同的妩媚之感。这难道是良秀那娴静文弱，处事得体的女儿？我靠着门，望着月光下美丽的女孩儿，听见一个人慌乱地向远处离去的足音。我指着那人离开的方向，用眼神问询着姑娘："那是谁？"

看懂了我的眼神，良秀的女儿却咬着嘴唇，一言不发地摇了摇头，神色委屈而懊悔。

我俯下身，在她耳边小声把问题问了出来："那人是谁？"女孩儿只是摇头，问什么都不回答。她长长的睫毛上挂满了泪珠，嘴唇咬得更紧了。

我本性愚钝，除了一目了然、无须多说的事情，对别的事都参不透。此时姑娘不回答，我也不知如何是好，一时间呆呆地站着，听着她尚未平息的纷乱的心跳。我没有再追问此事，当然一部分是因为在那样的情形下，我实在也不好多问。

就这样不知道过了多久，我关上门，回头对稍微恢复了平静的良秀女儿用尽可能温柔的声音说："请回住处休息吧。"我因为看到了不该看的，既不安，又难为情，就这样沿着来时的路退下了。走了不到十步，突然有谁颤巍巍拉住了我的裤脚，我吃惊地回头一看。你们猜是谁？

原来是小猴良秀。它像个小孩儿一样，有模有样地双手拄地，几次三番向我磕头道谢。小猴脖子上的黄金铃铛，随着它磕头的动作，发出轻快的铃声。

十四

那晚的事之后，大概过了半个月。一天，良秀突然来了府里，说要拜见堀川大殿。他虽然身份卑微，但平日里大殿对他也算青眼相加。本来是平常轻易无法拜见的堀川大殿，那天也爽快地应允了良秀的请求，很快召见了他。良秀依然穿着常日里穿的那件浅茶色的便服，戴着他那顶软乌帽，神情却比之前还要愁眉不展。他恭敬地对大殿行过礼之后，声音嘶哑地汇报。

"奉大殿之命绘制地狱变屏风以来，尽心竭力，夜以继日，执笔作画。如今，终于初步完成，有了那么点儿意思，总算不负您的期望。"

"可喜可贺，我也很高兴。"

不知道为什么，大殿的声音听起来没什么力气，无精打采的。

"不，还没到庆贺完成的时候。"良秀有点儿不快，低着头说，"虽说大概是画完了，却有一处，我怎么着都画不出来。"

"什么？还有连你都画不出来的？"

"不错，良秀作画，只要我见过的，没有画不出的。但如果是我没见过的，就算是勉强画了，也画不到满意的程度。不满意，就等于画不出来。"

听到这里，大殿的脸上浮现出嘲讽的微笑。

"哦？这样啊。那你画地狱变屏风，就得看看地狱，是吗？"

"正是。不过,前些年发生大火灾的时候,我目睹过那不逊于炎热地狱业火的滔天火势。之前我画不动明王的火焰时,也是参考了前些年我经历过的那次大火灾。这些大殿您是知道的。"

"那画那些地狱的罪人时怎么办?你应该也没见过鬼卒吧?"大殿没接着良秀的话说,反而再次发问。

"我见过被铁索绑着的人,也描摹过被怪鸟追赶的人,罪人们遭受惩罚痛苦的样子大概知道一些。至于鬼卒……"说着,良秀露出一丝阴森吓人的苦笑,"至于鬼卒,我不知道梦见过多少次了。或是牛头,或是马面,有时又是三头六臂的样子,无声地击掌拍手,几乎没日没夜地折磨着我——我想画却画不出的,不是这些。"

就算是大殿,听了良秀说的这些也一时惊愕。大殿神情不善地盯着良秀,打量了一会儿,皱着眉问道:"那么,你说画不出的,到底是什么。"

十五

"我想在屏风中间画一辆从空中坠落的牛车。"说到这里,良秀终于抬起头,目光炯炯地看着堀川大殿。我之前就说过,良秀这人一说起画画的事儿,就如入魔道,整个人精神都不太正常。此时他的眼神里,就有一种让人害怕的东西。

"牛车里,要有一位华丽高贵的嫔妃。在无尽的业火中,她青丝纷乱,痛苦不堪。因为浓烟让人窒息,她眉头紧皱,仰着头望着头顶的车篷。手抓着车帘，企图用此来抵挡空中如雨点般袭来落下的火星。她的身边有一二十只样子古怪的猛禽，张嘴鸣叫，绕着牛车在空中盘旋。我想画却画不出来的，就是这位车里的嫔妃。"

"那么……你想怎么样呢？"

大殿奇怪地露出一些愉快的神色，催问良秀。只见画师良秀，他宛如发高烧一样，猩红的嘴唇颤抖着，用犹在梦中一般的语调，喃喃重复着："想画，却画不出来……"

突然，良秀像情绪爆发一样，咬牙切齿地大声说："请在我的面前烧一辆牛车吧！如果可以的话……"

大殿的脸色阴沉了一瞬，突然大声笑起来，直笑到气息都乱了："好，就按你说的办，没什么不可以的。"

那时，大殿身边的我听到这话，忽然有一种不祥的预感。仿佛被良秀的疯癫感染了，大殿当时的样子也不太正常。口边溢出白沫，眉头像痉挛一样抽搐着。说完那句话，嗓子里又发出一阵爆发般的大笑，一边笑，一边这样说道："好，给你烧一辆牛车，车上再放上一个穿着嫔妃一样华丽服饰的女子。她为无情的火焰和浓烟所吞噬，就让她在这火中被活活烧死——能想出这种画面，不愧是本朝第一画师啊！应当嘉奖，不错，应当嘉奖！"

听了大殿这番话，良秀的脸突然失去了血色，嘴唇颤抖。而后，他仿佛是被抽了筋一样，瘫软下来，双手扶着榻榻米，以低得快要听不见的声音，恭敬地拜谢道："多谢大殿的恩典。"

良秀这番神情，想必是因为自己对画的可怕构想，因得了大殿的恩准，就要呈现在眼前的缘故吧。那是我生平第一次，觉得画师良秀也是个可怜人。

十六

两三天后的一个夜晚，大殿如当日所说，召见了良秀，让他亲身目睹火烧牛车。地点不是在堀川大殿府里，而是在都城外大殿妹妹住过的一处名叫融雪的别院。就是在那座别院里，安排了良秀想看的场面。

在场的人一看便知这融雪别院已经很久没有人住过了，偌大的庭园一片荒芜。说起来在大殿过世的妹妹身上，也有不少奇怪的传闻。听说每逢不见月色的月黑之夜，她便会穿着那件诡异的绯红色衣衫，脚不沾地地从廊下飘过。有这种传闻这也不难理解：这处庭院就是白天也带着一股阴气，一旦红日西沉，那流水的声音格外阴森，星光下飞起的夜鹭看着就像某种不祥的怪物，这一切都令人毛骨悚然。

火烧牛车的那天晚上，也是个月黑之夜。昏暗的油灯的灯光中，堀川大殿端坐在廊檐下。他身穿一件淡黄色的常服，配深紫色花纹的宽袴，盘腿高坐在白锦镶边的圆垫上。大殿身边跟着五六个侍卫，不消多说，都恭恭敬敬在旁侍奉。这其中有一位引人注目的，据说几年前在陆奥之战中因饥饿吃过人肉的侍卫，他力大无穷，能徒手撕裂鹿角。只见他身披铠甲，腰间挂着一把大刀，威风凛凛地站在大殿身前。一干人等在夜风摇曳着的灯火的映照下，忽明忽暗，分不清是真是幻，气氛说不出的恐怖。

庭院中央是那辆牛车，高高的车篷上压着沉沉的伸手不见五指的夜色。没有拉车的牛，黑色的车辕倒向一边，牛车的金属装饰上镀着金，如星星一样，一闪一闪。虽然现在已是春日，但不知为什么，却感觉很冷。车上严严实实地挂着浮线绫图案镶边的深蓝色帘子，看不清车里有什么。牛车旁边，下人们拿着松枝做的火把，小心地调整着拿火把的角度和姿势，不让烟飘向廊檐下大殿坐着的方向。

画师良秀在稍远一些的地方，跪坐在大殿的正对面。他依然穿着那件浅茶色的便服，戴着那顶皱巴巴的软乌帽。或许是因为那一夜星光微弱，夜色深浓，他仿佛被重重的夜色压住了，显得格外瘦小卑微。良秀身后还有一个人，穿戴打扮和他差不多，大概是他带来的弟子吧。可能因为良秀师徒二人都在离我很远的暗处，我侍奉在大殿近前，从廊檐这边看过去，甚至连他们衣服的颜色都看不清。

十七

大概是午夜时分，深山泉水在看不清的远处流动，万籁俱静，只能听到夜风吹拂的声音，送来松枝火把燃烧时的气味。堀川大殿沉默了片刻，眺望着眼前不可思议的此情此景，终于移动了一下膝盖，厉声唤道："良秀！"

画师良秀应了一声什么，但听到我耳里，只是一声不明意义的呻吟。

"良秀,今晚我就满足你的请求,让你看看火烧牛车的场面。"

大殿停顿了一下,向身边众人看了一眼。不知道是不是我过于敏感,会错了意,大殿微笑着与亲信们互换了别有深意的眼神。良秀战战兢兢地抬起头,向廊檐这边望过来,想说些什么,又忍住了。

"好好看吧。这辆车是我平日乘坐的车,你应该也见过。现在,我就命人把车点燃,让炎热地狱出现在你的眼前!"

大殿又顿停了一下,向身边的人递了个眼色,语调也变得阴沉沉的:"这车里,绑着一个女罪人。一会儿往车上点了火,这个女子就会被烧得皮焦肉烂,饱受无尽之苦,直至死去。这可是你画地狱变屏风的最好素材啊!一会儿你可得看仔细了,看她如雪般白皙的肌肤,被火焰烧焦;看她满头青丝,变为火星四溅的一蓬火炬。"

大殿第三次停顿下来,不知道在想些什么,随后,他肩膀抖动着,无声地笑了。

"今日的场景,怕是三生难见。我也要好好看看。来人,把帘子掀起来,让良秀看看里面的女子。"

大殿一声令下,一个下人就高举着火把,快步走到车前,一把掀开了车上挂着的帘子。燃烧中哔哔剥剥发出声响的松枝火炬蹿起火舌,瞬间照亮的狭小的车厢,那被铁链残忍地绑着的女子……啊,谁都不会认错。那女子穿着绣有灿烂樱花的华丽锦绣宫袍,乌黑美丽的长发柔顺地垂在身后,斜插着的黄金簪子,闪烁着熠熠金光。虽然换了衣服，但那娇小的身体，白皙的脖颈，总显得有些落寞的娴静的侧脸，不就是良秀的女儿吗？我差一点儿就叫出声来。

就在这时，站在我对面的武士跳起身来，按住刀把，严厉地盯着良秀的动作。良秀见到眼前的场景，早就丢了一半的魂。他本是跪坐在大殿对面，此时一跃而起，伸出双臂，向牛车飞奔而去。上文提过，因为我离得比较远，夜色又暗，我看不清良秀的表情。但这只有短短的一瞬，之后，良秀那已全然失色的脸，仿佛被某种冥冥中的力量给照亮了，冲出了这黑暗的夜色，清晰地映入我的眼帘。此时，只听大殿一声令下："点火！"下人们纷纷把手上的松枝火把投到了绑着姑娘的那辆牛车上去。转眼间，牛车就熊熊燃烧了起来。

十八

火焰瞬间就席卷了车篷。车篷檐上的紫色流苏被火势卷起，车篷下面白烟滚滚。车帘、扶手、装饰牛车的金属饰物，瞬间都烧完了，四溅的火星好像火雨一般——那可怕的火势真的是无以言表。更让人惊心的是宛如吐着舌头一般舔舐着牛车木格子车门，又势头不减，犹自向半空冲去的烈焰的颜色，简直就是日轮坠地后迸发的天火。刚才差点儿就叫出声的我，此时已魂飞魄散，只能茫然地张着嘴，看着眼前这恐怖的场面。那作为父亲的良秀呢？

良秀那时的表情，我至今也无法忘却。本来不由自主奔向牛车的良秀，在火势升腾而起之时，却止住了脚步。他的双手还保持着向前伸出的姿态，他的眼睛定定地看着眼前吞噬牛车的烈焰和浓烟，仿佛在用眼睛吞噬这道惨绝人寰的视觉盛宴。良秀的全身都沐浴着火光，他满是皱纹的丑脸上每一根胡子都被照得分毫毕现。那目眦欲裂的眼睛，那扭曲的嘴角，还有他那颤抖抽搐的脸颊上的肌肉，这一切都阐明了良秀心中错综交缠的恐惧、悲痛和惊慌。哪怕是要被砍头的强盗，甚至是被押到十殿阎王跟前的十恶不赦的罪人，也不会有像他那样痛苦的表情。看到这吓人的一切，即使是大殿身边那个力大无穷的侍卫也骇然失色，惶恐地看向大殿。

堀川大殿紧紧咬着嘴唇，时不时露出阴狠的微笑，目不转睛地盯着燃烧的牛车。那车里怎么样了呢？唉，我实在没有勇气细说车里的女孩儿是什么样的一种光景。那被浓烟呛得后仰的惨白的脸，那披散着的燃烧的长发，那瞬间被火焰爬过烧尽的樱花图样的衣衫……凄绝惨烈，已至极点。尤其是当一阵夜风吹走浓烟，现出女孩儿在烈焰与火雨中的身影，她口咬着黑发，在铁链中使劲儿挣扎，活脱脱再现了大苦大难的地狱。别说是我，就是那位魁梧勇猛的侍卫，也被吓得寒毛倒竖。

又一阵夜风吹过庭院里树木的树梢，谁也没想到，漆黑的夜空里，一个黑黢黢的东西掠过来，径直奔进正在熊熊燃烧的牛车之中。这东西在木格子车门就要燃烧殆尽即将塌落时抱住了向后摔倒的女孩儿的肩膀，像裂帛一般尖锐的叫声透过铺天盖地的浓烟，真切地传递着无可言表的惨痛。继而是第二声、第三声……我们也情不自禁，不约而同地叫出了声。原来那背对火焰，抱住姑娘肩膀的，正是堀川大殿府里浑名也叫良秀的小猴。谁也不知道它是怎么找到这里来的。为了平日里疼爱自己的姑娘，小猴不惜纵身跳入这熊熊烈火中。

十九

但看见小猴也不过是一瞬的工夫。一阵金粉洒落般的火星迸溅之后，火焰直冲云霄，小猴和姑娘都隐入黑烟里，再也看不到了。庭院中央唯有这辆牛车还在燃烧，发出哔哔剥剥的可怕的声响。不，不能说是燃烧着的牛车了，这简直就是一道火柱，直冲星空，仿佛要把天都煮熟一样势不可当。

再看看在火柱前宛如凝固一般站着的良秀——这是何等的不可思议！刚才还宛如在地狱中受苦一般的良秀，此时满是皱纹的脸上却洋溢着难以形容的神采，仿佛如痴如醉的法悦的光辉。他已经忘了还在大殿面前，两手环抱胸前，岿然立定。此时映入良秀眼里的，不再是被烧死的女儿，而是美丽的火焰之色和在其中痛苦万状的女子之姿态。这一切，让他满心喜悦。

奇怪的不仅仅是面对女儿痛苦地死去，良秀表现出的欣喜的神情，更加让人震惊的是，此时的良秀已经不似凡人，他宛如梦中的狮王雷霆震怒般周身笼罩着奇异的威严。就连这滔天火焰惊起的在四周盘旋的夜鸟，也不敢靠近良秀戴着软乌帽的头顶。恐怕那些无知的鸟儿也看到了他头顶如佛光光轮一样的威严之气了吧。

鸟都如此，我们这些下人更是屏息凝视，五内俱震，目不转睛地看着洋溢着法悦光辉，宛如蓦然开眼的神佛一般的良秀。他是何等的威严，又是何等的喜悦！只有堀川大殿好像变了个人似的，脸色发青，口角溢出白沫，双手狠狠地抓住膝部，像一头饥渴的野兽般喘着粗气……

二十

那一夜，堀川大殿在融雪别院火烧牛车的事情，不知被谁说了出去，外面有了不少议论。首当其冲的就是大殿为什么要烧死良秀的女儿——其中传的最广的一种流言，是说大殿对良秀女儿没有得手而恼羞成怒。不过，大殿之所以这么做，其用心定是为了惩罚良秀为了作画想要烧车杀人的那种扭曲脾性。实际上，我也听大殿这么和我们说过。

其次人们常常议论的，就是良秀眼睁睁看着女儿在眼前烧死，也想着去画屏风的铁石心肠。有人甚至骂良秀是为了画画而走火入魔、不顾父女之情的人面兽心之徒。前文提到的那个横川的僧都大人也这么认为，还评论说："无论人的技艺如何高明，生而为人，若罔顾人伦五常，定会坠入地狱。"

此后，又过了大概一个月。良秀终于画完了地狱变屏风，他恭恭敬敬地把屏风带到府里，给大殿过目。那时正好僧都大人也在场，他看了一眼那屏风上的画，即刻便对这一片天地中铺天盖地的滔天业火惊惧叹服。他一改之前斜睨良秀的一脸苦相，情不自禁地拍着膝盖，叹道："杰作啊。"听了这评价，大殿露出苦笑的样子，我至今都还记得。

从此以后，府中几乎没人再说良秀什么坏话了。无论多讨厌良秀的人，看到这扇屏风后，都不可思议地被画里的庄严打动，仿佛身临其境一样，感受到炎热地狱的大苦难。

但那时，良秀已经不在这个世上了。画完屏风的第二天夜里，他就在自己的房间悬梁自尽了。唯一的女儿已经不在了，他恐怕也无法安然独活于世。良秀的尸骸就葬在自家原址。那小小的墓碑经过数十年的风吹雨打，恐怕已经长满青苔，成了不知姓名的荒冢。

大正七年（1918）四月

邪宗门

一

之前说了堀川大殿一代那惊骇世俗的地狱变屏风的由来,这次讲一讲堀川少爷一生中,经历的那件不可思议的奇事。但在此之前,容我先讲讲大殿突然发病薨逝的事情。

我记得很清楚,那一年,少爷十九岁。虽然说是大殿突然生了病,但实际上,从半年前府里就接连发生怪事。比如,堀川府的天际有流星划过,庭院里的红梅异季开花,马厩里的白马一夜变黑,池塘里的水眼见着干涸——而里面的鲤鱼和鲫鱼在烂泥中,嘴一开一合地喘息着。如此种种,皆为凶兆。其中最让人害怕的,莫过于府里的一个侍女梦到了良秀的女儿。良秀的女儿乘着一辆由人面兽驾着的,在熊熊烈火中燃烧着的牛车,从天而降,飞到侍女的身边。轻柔的女声从车里传来,召唤道:"恭迎堀川大殿。"这时,人面兽突然发出一声怪叫,侍女抬头看时,虽在幽暗梦境之中,但人面兽那猩红的嘴唇亦十分骇人，她不禁尖声大叫。从梦中惊醒时，早已浑身冷汗，胸如擂鼓。从大殿夫人到我等仆从，大家都十分担忧，特地在府里的门上贴上了向阴阳师求来的护符，又请了有经验的高僧，来府里祷告。但即使如此，终究还是难逃定业①。

那一日，大雪纷飞，寒风彻骨。大殿从今出川的大纳言②府邸乘车返回途中，突然发起了高烧。回到府上的时候，已浑身发紫，只剩下无力的呻吟："好热，好热。"连他身下的白缎床褥似乎都跟着燃烧起来。僧人、医生、阴阳师等人，都围在大殿枕畔，竭尽全力想要救大殿于痛苦之中，却无力回天。大殿身上越来越烫，最后竟从床上滚了下来，嘴里发出陌生的嘶哑的声音，发疯一样地喊着："啊！身上着火了！烟，全是烟，怎么办……"仅仅三个小时之后，就再也发不出声音了。大殿就这么令人遗憾地薨逝了。如今想来，那时的悲伤、恐惧、无奈，连同那遮蔽了屋子的木拉门的护摩③之烟，来来回回走动着的侍女们的红色裙袂，还有茫然失措的验尸官和术士的样子，都历历在目。说到这里，我也不禁泪流满面。但在那纷杂的回忆中，还很年轻的少爷却丝毫不乱。他只是阴沉着那张有些苍白的脸，一直定定地跪坐在大殿的枕畔。那时少爷的神态仿佛磨得极利的锋刃，深深

---

① 佛教用语，指前世的报应，命里的定数。
② 日本古代官职，相当于三四品。
③ 护摩，源自婆罗门教，指以火供养火神，后在日本融入佛教和神道教，成为修行仪式的一种。

地刻进了我的心中。同时，也生出一种莫名的、可以去依赖少爷的奇妙心理。

二

大殿和少爷虽为父子，但像他们这样从容貌到性格都截然不同的，也堪称世之罕见。众所周知，大殿高大威猛，身宽体胖；少爷却是中等身材，甚至可以说有几分清瘦。容貌也不像充满男子气概，好似睥睨四方的神将一般的父亲，反而更多地随了美丽的大殿夫人。少爷眉宇英朗，眼神凉薄，心思也好，谈吐也罢，颇有几分女子般的秀气。但不知怎的，少爷的身上仿佛隐藏着淡淡的、寂寥的暗影。尤其是他的装束，与其说气度不凡，倒不如说有一种天神下凡的沉静的威严。

不过，大殿和少爷最大的区别，还是两人的气质。大殿行事，总有一种粗放的、震惊世间的气派；但少爷喜欢的却是优雅细腻，富有内涵的东西。举例来说，大殿的喜好从恢宏的堀川府就能看出来。同样地，少爷为小皇子建造的龙田院，规模虽小，却正如菅相丞和歌里咏诵的一般，满园红叶中，一条清溪流过，几只白鹭静静栖息其间——点滴细节，无不体现着少爷的雅趣。

正如上文所说，大殿好武，少爷喜文。少爷尤其喜欢诗词管弦，他还喜欢结交精通此道的高手，与他们亲密无间，完全无视身份的尊卑。少爷不仅喜欢，还潜心学习这诸般技艺。除了不吹笙，传闻少爷是自声名远扬的帅民部卿之后,唯一的三舟之才①。如今堀川家的诗集中,亦留下了不少少爷的佳句。其中世人评价最高的,是画师良秀画《五趣生死图》的龙盖寺做法事时,听了两位唐人的问答,而写下的和歌。当时,两位唐人看着一个雕有八叶莲花和两只孔雀模样的编磬,一个人起句说道:"舍身惜花思。"另一个人答道:"打不立有鸟。"在旁的众人不解其意,议论纷纷猜是什么意思,这时,听到这一问一答的少爷,在自己的折扇背面,用优美的字迹,行云流水般地写下一首为众人作解的和歌。

打鸟尚有不飞鸟,
惜花何须顾此身。

三

大殿和少爷因为性格喜好大相径庭,所以诸事不和。有传闻,说他们父子俩曾同争一个皇宫的侍女。我记得少爷十五六岁的时候,已经和大殿生出了嫌隙。在此容我略做介绍,这也正是少爷不吹笙的原因。

少爷曾一度对笙痴迷,刚好他的一个远房堂兄与中御门的少纳言

---

① 日本平安时代,公卿等宴游之时,有汉诗、和歌、管弦三种主题的船,各人依据自身的长处,选择乘坐不同的船。此处指堀川少爷同时精通汉诗、和歌和管弦。

有交情，做了少纳言的弟子。少爷拜的这位少纳言是擅长伽陵这种名笙的绝世名家，家里有一本祖传的大食调入食调的曲谱。

少爷在中御门少纳言身边学了许久，日日切磋琢磨，非常用功。但当少爷想要请少纳言传授大食调入食调的曲谱时，却被师傅拒绝了。少爷再三恳请，少纳言还是不答应，想必少爷因此觉得非常遗憾。有一日，在和大殿玩双陆的时候，少爷无意间说出了对少纳言的不满。据说，大殿闻言，脸上露出昂扬的微笑，疼爱地安慰少爷道："不必发牢骚，这曲谱终归有到你手上的一天。"又过了半个月，中御门的少纳言在堀川府上参加完筵席回家之后，突然吐血而亡。第二天，少爷无意间走进客厅的时候，发现镶嵌着螺钿的桌子上，正摆着那本大食调入食调的曲谱。

之后，当大殿和少爷再次玩双陆的时候，大殿关切地问少爷："最近笙艺大有所进吧。"少爷只是面色如水地看着棋盘，冷淡地回答道："没有。此生，我都不会再吹笙了。"

"怎么就不吹笙了呢？"

"聊以凭吊少纳言而已。"

少爷说完，定定地盯着父亲的脸。但大殿像没有听到少爷的话似的，气势惊人地摇着筒，说道："嘿，看来这回我又要赢了。"说着，若无其事地投下一子。父子间的对话就此中断，大殿和少爷之间的关系，也从此微妙地有了隔阂。

四

从那以后直到大殿薨逝,大殿和少爷父子之间就像两只苍鹰,在空中盘旋着,一刻不停地盯着对方,相互窥测。但正如前文所述,少爷不喜争吵,所以对大殿的所作所为,几乎从来没有当面顶撞过,只是弯起唇角,露出讥嘲的微笑,留下一两句颇为尖锐的讽刺。

有一次,大殿遇见二条大宫百鬼夜行,但全身而退,安然无恙,这事在京城内外都为人称道。可少爷却转过身,故作不解地说:"鬼神遇到鬼神而已,父亲大人贵体无恙,这有什么奇怪的呢?"又有一次,东三条河原院夜里出现的融左大臣的亡灵,被大殿一声呵斥即刻退走的时候,我记得少爷还是一如既往地弯着唇角,微笑着说:"融左大臣,那不是风月才子吗?想来他认定和父亲大人没什么可倾谈的,才消失的吧。"

这些话大殿听了自然十分不悦。少爷总阴阳怪气,大殿虽然每每一笑而过,但我能从主人的脸上读到他内心的怒气。还有一次,大殿参加完宫中的梅花宴,乘车归来的途中,拉车的牛走偏了,在街上撞伤了一位老者。那老者竟然双手合十,说能被大殿的牛撞到,是修来的福分。那时,只见少爷走到牵牛童子跟前,训斥道:"你这蠢东西,能让牛车走偏,那为何不干脆轧死这个老东西?受了伤,却拱手称谢,你把他轧死了,极乐净土各位菩萨来接他,他岂不是更感激?这样一来,世人对父亲大人的美誉也会更上一层楼。你这个没心没肺的蠢材！"当时，大殿的脸色难看极了，我们这些下人个个胆战心惊，生怕大殿会雷霆震怒，将手中的折扇狠狠地打下来。

但少爷只是一脸明媚地露出他好看的牙齿，笑着说道："父亲大人，父亲大人别生气了。这牛童已经知错了，日后一定会更加留意。下次好好地轧死一个人，让父亲大人不仅震慑日本，也名扬海外。"大殿看起来非常无奈，但只是苦笑着，隐忍未发。

因为父子俩这样的关系，大殿临终前，一直定定地盯着少爷，并没有让我们觉得奇怪。前文提过，现在细想，那时少爷的神态落在我眼里，就像嗅到了磨得极利的锋刃的危险——那种感觉深深地刻进了我的心中。但同时，也生出了一种奇妙的对少爷的依赖。那一刻，我们都隐隐觉得马上就要改朝换代了，不仅是在这堀川府中，天下的阳光仿佛都要由南方转向北方。

五

自少爷成为家主的那一天起，一种从未有过的闲雅气息，像春风一样吹进了堀川府。府里更加频繁地举办着和歌会、花会、情诗会。和从前相比，就连府里的侍女、武士，都像从古画卷中走下来的一样，变得风雅起来。变化尤为显著的是登门的客人，那些大臣将军，如果不是有才艺在身，也难入少爷的法眼。就算是府里举办的宴席，在座的也都是些风流才子，无才艺傍身的客人会自惭形秽，因此自然敬而远之。

相反，如果长于诗歌管弦之道，哪怕只是无官无职的武士，也会得到超乎其身份的赞赏。记得有一个秋夜，月光照进窗子，织机之声入耳时，少爷招下人过来。一个新来的武士闻令而来，你猜怎么着？少爷对那武士说："你也听见织机的声音了吧？以此为题，做首和歌吧。"武士站在阶下，侧着头想了一会儿，吟出了第一句："青柳。"由于这个词并不合季节，有点儿奇怪，侍女们忍不住笑出了声，武士继续吟道——

"青柳碧丝绦，春去秋来流光抛，夜凉织机声。"

言毕，四周鸦雀无声。在透过木格窗照进来的月光中，少爷赏赐给这个年轻的武士一件胡枝子花样的武士直垂服。其实，那个武士是我姐姐的儿子，是个和少爷年龄相仿的年轻人。我外甥才来府里当差不久，那日后屡受少爷恩惠。

少爷的生平，大概就是这样。之后不久，也迎娶了夫人，年年加官进爵。这些事世人皆知，不再赘述。还是让我赶快进入正题，来说说少爷一生中唯一一次的那件奇事。说起来，少爷和大殿不同，有个"好色天下"的诨名。但说真的，在少爷那安稳无事的一生中，除了那件事，还真的再没有什么脍炙人口的逸闻了。

六

故事发生在大殿去世五六年之后,那时,少爷爱上了中御门少纳言的以美貌闻名的独生女,经常给她写信。就算是现在,当我们说起少爷那时的热情与对姑娘的痴迷,少爷总是爽朗地笑笑,自嘲道:"老家伙,天下之广,人人如是。那时候大家痴迷不已,写些拙劣的诗作,不都是爱情的魔力嘛。想起那光景,真好似一脚踏入了狐狸坟,鬼迷了心窍一般。"不过确实,当时少爷和平素判若两人,他深深地陷入了爱情中。

但不止少爷一人,那时贵族青年中,没有不对中御门的这位小姐朝思暮想的。中御门的小姐从父亲那一代开始,一直住在二条西洞院。倾慕她美貌的追求者们,有乘车而来的,有步行远道而来的,在中御门府邸周围徘徊不去。听说,还有两个人,一整夜都在中御门府的梨花树下,戴着立乌礼帽吹笛子。

甚至是当时以才名闻名于世的菅原雅平,也爱上了中御门小姐。可是爱恋终究变成了怨恨,他突然就放弃了尘心,不知所踪。有人说他去筑紫①流浪了,也有人说他去了一海之隔的唐土,但他具体去了哪里,谁也不知道。菅原雅平也是少爷的一位交情匪浅的诗友,据说他和少爷书信往来时,曾将少爷比作白乐天,把自己比作苏东坡。就是这样一位风流无双的才子,无论中御门的小姐何等美貌,但因为一

---

① 今日本福冈县一带。

时的失意，就将自己的一生放逐于边土，实在是不算明智。

但话说回来，中御门小姐确实绝色，各位名门之后为她神魂颠倒也不是什么奇事。我见过这位小姐一两次，她的美貌让人一生难忘。那如樱花般绝艳的容颜，如弱柳般窈窕的身姿，华服美裳，锦衣玉带，如大殿上璀璨的灯火，光彩夺目。中御门小姐的性情也与众不同，她心胸豁达，看人敏锐。那些贵族追求者的本性，小姐一眼就能看透。并且，中御门小姐和她自己宠爱的小猫一样，如果谁粗鲁地对待了它，那小猫便再也不会爬上他的膝头。

七

倾慕小姐的追求者中，有不少人闹出了像《竹取物语》里的故事一样的笑话。其中，最可怜的就是被人称作京极左大辩的那位。他生得肤色黝黑，其貌不扬，被京都的孩子们起了个乌鸦左大辩的诨名。但无论外貌如何，凡人的感情也不会有什么不同，和其他贵族子弟一样，他也对中御门小姐一见倾心。此人虽然能言善辩，气度却小，无论心里如何恋慕着小姐，却没有向对方挑明的勇气。同样，他也从来没有对任何同辈朋友说过自己对小姐的想法，却又总是忍不住去拜访，想要见小姐一面。这一切也瞒不过大家的眼睛。有一次，他的朋友想知道左大辩的想法，千方百计去探他的口风。乌鸦左大辩不堪盘问之苦，突然心生一计，说道："没有，并不是我在单相思。实际上是小姐对我有意，透露出了情思，所以我才频频登门拜访的。"为了编得像真的，他把小姐给他的一些书信里的个别句子和小姐写的和歌什么的，有的也好，没的也罢，揉捏在一起，给人一种小姐相思情急的假象。左大辩那些喜欢恶作剧的朋友半信半疑，于是他们捏造了一封书信，随便绑了一枝看起来还不错的藤枝，谎称来自小姐，交给了左大辩。

京极左大辩收到来信，心怦怦直跳却又摸不着头脑，急忙展开书信细读。令人吃惊的是，"小姐"在信里用极其哀婉的语调诉说着，因为对左大辩相思成疾，爱而不得，已万念俱灰，决意出家为尼。乌鸦左大辩做梦也没想到，小姐竟然对自己有这般情思，一时又是欢喜又是哀伤。过了好一会儿，才从茫然无措的状态中回过神来，叹了一口气。无论如何，也要见到小姐，把在心里深藏至今的思念和爱慕一一向她倾诉。那正是一个五月梅雨季的黄昏，左大辩就这样带着一个童子，撑着一把伞，悄悄地来到了二条西洞院中御门小姐的府邸。但小姐家大门紧闭，任他怎么敲门，都没有一点儿回应。就这样很快到了夜里，路上不见人影，只能听到青蛙的叫声。雨越下越大，左大辩的衣服都被湿了，眼前一阵阵晕眩袭来。

就这样，又过了很久，大门终于打开了。一个自称平太夫的，像我这样一把年纪的老侍卫，走了出来，递给左大辩一封绑了同样的藤枝的信，然后又一言不发地关上了大门。

左大辩一路哭着回了家，打开信，里面只有一首古和歌。

> 纵使我思君，君称未曾相属意，相思皆枉然。

不用说，中御门小姐从喜欢恶作剧的少爷那里得知了事情的原委，早已知晓了左大辩的虚荣和愚蠢。

八

说到这里，世人常常在贵族小姐之间作比较，或许有人会认为我说的这位中御门小姐的德行并不是真的。但在下是为了讲述我侍奉的少爷的事迹，没有对小姐的事情胡编乱造的道理。那时京都还有一位小姐很出名，那位小姐行为举止十分特立独行，喜欢虫子，甚至还在家里养了蛇。那位小姐的事，与正题无关，此处就不多说了。但我们的中御门小姐，自从父母过世之后，府邸里就只剩下平太夫为首的一些下人。托父母的福，生活上倒也没什么不自在的，所以在这样的环境下，自然而然地促成了中御门小姐那令世人意想不到的美貌、豁达和随性。

喜欢风言风语的坊间曾有一种说法，说中御门小姐其实是少纳言的夫人和堀川大殿的私生女。少纳言突然暴毙，也是因为大殿因情生恨，所以毒杀了少纳言。不过前面我已经说了少纳言突然去世的事情，这些谣言都是些无中生有，捕风捉影的把戏。要不然，少爷决不能对中御门小姐如此动情。

最开始的时候，无论少爷多么热情，小姐都冷若冰霜。就连我那外甥也有过一次为少爷去给小姐递情书,却像乌鸦左大辩一样被拒之门外的经历。而且中御门小姐家的那位平太夫,不知怎的好像对堀川家有仇一样。那是个阳光明媚,梨花幽香的春日,头发花白的平太夫从墙上露出脸,撸起棕色猎衣的袖子,对正在推门的我的外甥咬牙切齿地高声喊道:"嘿,你这臭小子,光天化日要入室为盗吗?你要是想做强盗,也别怪我不客气了。只要你敢踏入这个门一步,我平太夫的太刀就把你劈成两半!"要是让我去的话,说不定就要在平太夫的太刀底下受伤了,但我那外甥却巧妙地用牛粪做飞石,成功地利用抛掷的办法把少爷的书信传到了小姐府里,平安而归。虽然情书送到了,但小姐当然是不会回信的。不过少爷也不以为意,还是三天一次雷打不动地把他写的书信或者和歌,又或者一些不错的画卷什么的,差人送到小姐府上。这一坚持,就是三个月。正如少爷常说的:"那时我整个人完全陷入了迷恋之中,每天都写些拙劣的诗歌,都是爱情造的孽呀。"

九

正值此时,京城来了一个奇怪的传教士。他传的是人们闻所未闻的摩利教,在京城掀起了不小的风雨,相信有人曾听说过此事。一些插图小说中所描述的,那时从中国渡海而来的天狗,如鬼一般附身在染殿皇后身上——这也刚好可以为这个传教士的事作比。

我就是在那一年初次见到那个摩利法师的,在一个樱花盛开的阴天的正午。因公外出归来的路上,途经神泉苑墙外的时候,只见那里戴着揉乌帽、市女笠等各色帽子的脑袋聚集在一起,有二三十人,这中间还有骑着竹马的孩子,大家乌压压地挤成一团。这是福德大神作祟让众人发了狂跳了起来,还是说粗心大意的近江商人被渔盗抢了?那边人声鼎沸,我一边想着原因,一边忍不住回头去看。没想到,人群正中围着的是乞丐般的摩利法师。他嘴里念念有词,单手拿着一个旗杆,旗杆上挂着一张看起来很不寻常的女菩萨的画像,就伫立在那里。那摩利法师看起来三十岁左右,肤色微黑,眼尾上挑,面相有些吓人。他卷曲的头发直披到肩膀上,身穿一件皱巴巴的墨色法衣,脖子上戴着一个古怪的黄金十字架,这面容和装扮看起来不像一个寻常的出家人。我悄悄观察他的时候,摩利法师沐浴在吹落神泉苑的樱花树叶的微风中,那奇异的感觉,与其说他是个凡人,倒不如说他是隐匿双翅于法衣下的智罗永寿①的仆从。

　　正在这时,我近旁的一个身强体壮的铁匠突然站了出来,一把将孩子手里的竹马抢过来,恶狠狠地吼道:"你这家伙,总说地藏菩萨是天狗。"说着,把竹马斜着抡到摩利法师脸上。对方尽管被打了一下,却只是露出一个冷笑,把杆子上挂着的女菩萨的画像举得更高,在吹落樱花的风中翻动着,斥道:"无论今生享有何等的荣华富贵,如有悖天上皇帝的教诲,命终之时便将堕入阿鼻地狱,受无尽业火焚

---

① 日本《今昔物语》里来自古代中国的狂妄强大的天狗(妖怪)。

身之苦，永世不得超生。不等命终，更有天上皇帝使臣摩利信乃法师审判，诸天童子加以惩罚，便令尔顷刻变为白癞之身。"

摩利法师气势磅礴，包括我和铁匠在内的众人，无不呆立当场。那铁匠手里拿着竹马，看着他疯狂的举止，愣了片刻。

十

但下一个转瞬，铁匠重新拿好竹马，气势汹汹地再次骂道："别给老子胡扯了！"说着，就向摩利法师扑了过去。

那时我和围观的人都觉得铁匠手里的竹马马上就要狠狠地打在摩利法师脸上了，但实际上那一下只是在他微黑的脸颊上添了一道蚯蚓般大小的红痕。那横扫过来的竹马，把落花扫到了落叶上，然后咕咚一声倒在地上的，不是摩利法师，却是身强体壮冲上来的铁匠。

众人见状，纷纷避让，拉开步子方便随时能逃走。那些形形色色的帽子没出息地转向反方向，和摩利法师拉开了一些距离。而刚才那个铁匠则仰面倒在地上，手里还拿着竹马，像得了癫痫病一样，口吐白沫。

摩利法师像检查铁匠的呼吸一般，观察了他片刻，然后再次看向围观的我等众人，傲慢地说道："都看见了吗？我方才所说之事，千真万确。诸天童子当即挥舞看不见的宝剑，重击了这个狂妄无知的铁匠。所幸他还算有福，没有被击碎脑袋，血染都城大道。"

正说着，鸦雀无声的人群中，突然传来一阵哭喊，刚才拿着竹马的一个孩子,披头散发地扑到铁匠身边,一遍遍地唤着:"爹,爹爹!你怎么了?爹爹!"

无论孩子怎么呼唤,那铁匠都没有恢复神志的迹象。他唇边溢出的白沫,被这个阴天里吹落樱花的风,吹到了白色衣服的前襟上。

"爹爹,醒醒!"

孩子一遍遍喊着,铁匠却毫无反应。看到这一切,孩子突然抓起父亲手里的竹马,怒不可遏地跳起来,抡着向摩利法师打过去。但摩利法师只是拿着手里挂着画像的旗杆,像什么都没有发生一样,轻轻地将孩子挥动的竹马拨到一边,然后冷笑着,刻意压低嗓音,用假装温柔的开导孩子一般的声音,说道:"你这样这可不行啊。是天主让你爹爹昏迷不醒,并不是我摩利信乃法师呀。而且,你这样与我为难,并不能让你爹爹苏醒过来啊。"

与其说摩利法师讲的道理说服了铁匠的孩子,倒不如说孩子自己想明白了,无论怎么与对方打斗,自己都无法取胜。铁匠的小儿子挥打着竹马,又挣扎了五六下,最终只好泫然欲泣、不知所措、孤零零地站在这条京城的大道上。

摩利法师看孩子不再闹了,脸上带着让人不舒服的微笑,走到孩子的身边,对他说:"天主明白,你虽然年纪小,却很聪明。你这样懂事,让诸天童子和天主都很喜欢,一会儿就会让你爹爹苏醒过来。

我这就为他祈祷，天主会看到。我们要仰仗他的慈悲。"

说着，摩利法师双手环抱着旗杆，跪在大道中央，恭谨地低着头，闭着眼，嘴里振振有词地高声念着陀罗尼一般的祷词。不知过了多久，围观这奇特一幕的众人，在他身边不知不觉围成了一个圈。大概过了半个时辰，摩利法师睁开眼，依然保持着跪姿，伸手罩在了铁匠的脸上。眼见着血色一点点回来，铁匠突然发出一声痛苦的呻吟，嘴角渗出一串长长的白沫。

"啊，爹爹活过来了！"

孩子扔下手中的竹马，欢喜地小跑到父亲身边。但没等他用手扶起父亲，呻吟之后的铁匠，像大醉初醒的人一样，若无其事、慢悠悠地坐起了身。看着这一切的摩利法师也很满意，悠悠然站起来，把挂着女菩萨旗帜的杆子，遮挡日头般地挑到父子俩头顶，庄严地说道："我主天上皇帝之威德如天空般广大无边，现在你们还不信吗？"

铁匠父子跪坐于地，抱在一起，摩利法师的法力早已将他们吓得战战兢兢。父子俩仰望着旗帜上的女菩萨，均双手合十，浑身战栗地行礼膜拜。围观的众人中，有两三个人摘了竹笠，扶正帽子，对着女菩萨的画像行礼。但我却觉得，那传教士和那女菩萨的画像，就像魔界的妖风，向京都袭来。所以，当我看到铁匠恢复了神志，就匆匆离开了那里。

后来我听说，那摩利法师传的，是从中国过来的摩利教。摩利法师生于中国，也就是说是唐土之人——这是不是真的，不得而知。

但还有另一种传言,说摩利法师既不来自唐土,也非我族类,他来自遥远的天竺。白天像人一样行走于街市,到了晚上,他那墨色的法衣就会变为双翅,在八阪寺的上空飞舞。这些应该都是捕风捉影的谣言,应该也不完全是空穴来风,那摩利法师身上确实发生了不少幻妙的怪事。

十二

说到摩利法师那怪异的陀罗尼法力,首先他确实以此医治了不少病人。他让盲人重见光明,让瘸子重新走路,让哑巴开口说话——这样的事例不胜枚举。其中最有名的要数他医好了让摄津守①苦恼不已的人面疮。摄津守曾把自己的外甥派往远方执行公务,在此期间抢了自己外甥的女人。此后,仿佛报应一般,他的左膝盖上不可思议地长了一个大疮口。更可怕的是,那疮面活似他外甥的脸。那人面疮日日夜夜让摄津守痛得剜骨钻心,但在摩利法师的祷告下,那人面疮的面孔竟然看起来柔和了不少,仿佛是嘴巴的地方竟然说出了"南无"二字,之后就整个消失了。说到这里,不禁让人疑惑,这是狐狸精的把戏,还是天狗的妖术?但无论是什么稀奇古怪,妖魅鬼神,只要有了十字架的加护,那些诡计魍魉,就如被啃食树叶的害虫一样,即刻被狂风吹得一干二净。

---

① 官职名。摄津国,今大阪府中北部和兵库县的南东部。

摩利法师的法力绝不仅如此,就如我那日在大道上所见所闻一般,如果有人诽谤摩利教,或是谩骂摩利教的信徒,他便立即祷告,让对方遭遇恐怖的神罚。据说他曾使井水变成腥臭的血水,让稻田一夜之间被蝗虫食尽。白朱神社的巫女曾经想要咒杀摩利法师,却遭到了反噬。摩利法师只是看了巫女一眼,她身上就立刻长满了白癣。此后,摩利法师乃是天狗化身的传言更加甚嚣尘上。曾有猎手抱着法师如果是天狗的话,那就射它一箭看看的想法,专程从鞍马①赶来,结果却被摩利教诸天童子看不见的利剑一剑刺瞎了眼睛,最终臣服于法师的神威之下,反而成了摩利教的信徒。

就这样,无论男女老少,摩利教的信徒越来越多。成为信徒还有一个在头顶洒水的仪式,称为灌顶,听说这是皈依天上皇帝的证明。我的外甥有一次路过四条大桥,看见桥下的河滩上聚集了很多人,便想瞧瞧他们在做什么。原来是摩利法师在给一个看起来是来自关东的武士进行那古怪的灌顶仪式。樱花的落英随着加茂川一同缓缓流淌,河水中倒映出配着大刀正襟危坐的武士和捧着十字架的样貌古怪的传教士,这种少见的场面倒甚是有趣。说到这里,之前忘了提,摩利信乃法师一直住在四条河原的一个贫民区里用草席搭的小屋中,始终独来独往,孤身一人。

---

① 日本京都府地名。

十三

话题回到少爷这里,也就是这一阵子,机缘巧合,少爷得到了一次和小姐会面倾诉衷肠的机会。那是一个氤氲着橘花香气的夜晚,天色将雨,子规啼鸣。那夜难得的有月亮,月光的亮度刚好够朦胧地分辨出人脸。少爷从一位侍女的住处悄悄地归来,为了避人耳目,只带了两个随从,在月色中乘车缓缓而行。时值深夜,空无一人的大道上,只能听到远处田野中青蛙的叫声,还有车轮的声响。寂寥的美福门外,幽幽的磷火闪烁,莫名地有一种森森鬼气,让人心中发紧,只想催着那不紧不慢的老牛快点儿走过去。就在这时,对面矮墙的阴影里,一声奇怪的咳嗽声响起,说时迟那时快,六七个像强盗一样蒙着面的男人,拿着在月光下闪闪发亮的大刀,向少爷的牛车袭来。

牵牛的童子和侍奉的随从早已被这突如其来的情况吓得魂飞魄散,立刻向着来时的方向逃散了。但强盗们却不以为意,其中一人牵过牛车的缰绳,将牛车拉到路中间停下,在月光下,强盗们像铜墙铁壁一样把牛车层层围住,他们手中的大刀,在月光下闪着白光。一个强盗头子模样的人,傲慢地掀开车帘,回头向同伴们确认道:"看清了吗,是这个人没弄错吧?"

受惊的少爷此时也觉得奇怪,这伙人看样子并不是寻常的强盗。少爷透过挡着脸的扇子,窥探着强盗们的动静。此时,一个沙哑的声音说:"嗯,就是他。"少爷更觉得不对劲儿。仔细看去,在明亮的月光下，那沙哑声音的主人虽然蒙着面，但少爷立刻就认出了他正是常年侍奉在中御门小姐身边的平太夫。一瞬间，少爷只觉得毛发直立，心生恐惧。原来，平太夫把堀川家一家人都视作仇敌的事情，少爷也早有耳闻。

此时，平太夫一回答完，刚才那些强盗就立刻齐声叫骂起来，太刀的锋刃直指少爷的胸前："既然没错，今天就要你的命！"

十四

但很快，处变不惊的少爷又恢复了勇气，他悠悠然地摇动着手中的折扇，仿佛在谈论他人之事一般，说道："且慢，且慢。此时想取我的性命，易如反掌。不过诸位又是因何要伤我性命呢？"

闻言，强盗头子把刀刃逼得更近，说道："中御门的少纳言大人，是被谁害死的？"

"是谁害了少纳言，在下不知，但确非我所为。"

"是你，或者是你的父亲吧？不过无论是你们中的谁，你都是我们的仇人。"

强盗头子说完，他手底下的其他强盗也随声附和道："对，无论怎样，都要杀你报仇。"平太夫混在其中，咬牙切齿，他像野兽一样窥探着车内的少爷，用太刀指着少爷的脸，用嘲讽的口气说道："别说废话了！还是念念阿弥陀佛吧。"

但少爷还是一如既往，镇定自若的样子，仿佛看不见已经指到胸口的刀刃似的,继续问道:"敢问在场诸位,都是少纳言大人的亲人吗?"强盗们一时不知如何回答,平太夫见状,高声说道:"都是!那又怎样呢?"

"不怎样,我只是想,在场诸位中是不是有并非少纳言大人亲属之人。若真的有,那他可是这天底下难得的傻瓜了。"

少爷说着,露出他那整齐美丽的牙齿,笑到晃动起肩膀来。少爷的笑声,让那些亡命之徒,一时间都有些害怕。本来逼到少爷胸前的太刀,此时也退回了车外的月光之下。

"为什么说是傻瓜呢。"少爷继续说道,"如果杀了我,日后被检非违使①抓住,必定会被判处极刑。当然,如果本来是少纳言大人的亲人,那为忠义而舍命,也算死得其所。但如果不是,只是为了些许金银,就要对我刀刃相向,且把自己的性命都押上,那不是傻子吗?仔细想想,是不是这么个道理?"

强盗们听了面面相觑,一副恍然大悟的样子。只有平太夫一人,气急败坏地吼道:"什么意思?怎么就是傻子了?你死在傻子的太刀之下,你才是比傻子更傻百倍的傻子呢!"

"怎么,你承认其他人是傻子了?诸位当中一定有不是少纳言大人亲属的人吧,这就更有意思了。对这些与少纳言非亲非故的兄弟,在下有两句话要讲。如果你们想杀我,是为了那点儿金银报酬的话,

---
① 日本古代官职之一,管辖治安和民政。

那我能给出的作为报酬的金银财宝，要多少有多少。只是我也有一件事想拜托诸位。怎么样？都是为了钱，那应该站在给得多的一方呀。诸位想想，是不是这么个利害关系？"

少爷胜券在握地微笑着，一边轻合上折扇，在膝头敲着，一边和车外的强盗们谈判。

十五

"这要看您具体是什么事，我们也不是什么事都会做的。"

安静得呆如木鸡的强盗中间，强盗头子有些胆怯地回答道。少爷一副很满意的样子，继续敲着折扇，用轻松的语调说道："有这句话就再好不过了。我要拜托诸位做的不是什么难事。那边站着的老头儿，是少纳言大人的亲信，叫平太夫。坊间早有传闻，说他平日里对在下怀恨于心，总想找机会害了我的性命。所以眼前的情况，一目了然——诸位都是受了平太夫的唆使。"

"不错。"强盗中有三四人，不约而同地应声答道。

"在下拜托诸位做的，就是帮我斩断祸根，将这个罪魁祸首拿下。可以用绳子帮我帮他捆起来吗？"

少爷的这个要求，让强盗们呆住了。围在牛车边的蒙面强盗们，你看看我，我看看你，一阵骚动，随后又很快恢复了安静。这时，强盗中一个沙哑的声音，宛如怪鸟一般响起："浑蛋，你们愣着做什么？被这个乳臭未干的小子三言两语就说动了心吗？你们已经对他拔出了刀剑，却不要脸地要听他的指挥？这算什么道理！算了，老夫也不借他人之手，不就是要他的命吗？看我平太夫一刀了结了他！"

说着，平太夫飞身扑向少爷，高举太刀照着少爷的头就劈了过去。但就在他扑过来的瞬间，强盗头子手腕一转，立刻用自己的刀架住了平太夫的刀。其他的强盗也纷纷归刀入鞘，然后像蝗虫似的，从平太夫四周向他扑过去。平太夫本来就上了年纪，又寡不敌众，当然不是这伙强盗的对手，当即就被擒住。转瞬之间，老爷子就被用捆牛的缰绳给捆了起来，又被拉扯到月光照亮的大道上。此时的平太夫就像一只落入陷阱的狐狸，龇牙咧嘴地咒骂喘息着，做着些无谓的挣扎。

"喔，辛苦，辛苦。这下可算是解决了我的一个心腹大患。诸位带上这个老糊涂，护送我回堀川府吧。"

事已至此，强盗们自然唯命是从。就这样，一伙人牵着牛，押着被绑起来的平太夫，在月色下簇拥着少爷的车驾向前走去。天下之大，这样与强盗相伴而行的，恐怕也只有少爷了。这个奇特的队伍一抵达堀川府，闻令而来的我等立刻前来迎接，迅速地分发了少爷许诺的金银赏钱，然后让这些强盗安静地退走了。

十六

少爷带平太夫回府之后，令下人把他绑到马厩的柱子上并加以看守。翌日天气阴霾，一大早，平太夫就被带到庭院里。

"平太夫，你想要为少纳言大人报仇雪恨的想法愚不可及，但做法却也有点儿意思。尤其是借着月色，找蒙面人来杀我，这点子倒是很风流嘛。不过话说回来，美福门那边我不怎么喜欢，要选也应该选在糺之森那边，古树的树荫底下。那夏季的月夜里，潺潺溪流之音做背景，齿叶溲疏的团团簇簇的小白花，隐隐约约点缀其间，更添一段风情。不过你不知道我的想法，也很正常。看在你让我遇上了这样奇特而风流之事，这次就饶了你吧。"

说完，少爷又露出和往日一样爽朗的微笑，说道："不过，饶了你可以，但既然你好不容易来了堀川府，就把我的这封书信带给小姐吧。可以吗？拜托了。"

那时平太夫的表情，真仿佛见到了世上最不可思议之事一样。他面色不善，脸上全是苦意，接着又浮现出一种哭笑不得的表情，只有眼睛转来转去，像在想什么，那副样子，让我忍笑忍得很辛苦。少爷也一副忍笑的样子，对抓着捆平太夫绳子的绳头的下人发令："这绳子，绳子。这让平太夫多难受啊。立刻解开。"

片刻之后，被绑了一夜腰都直不起来的平太夫，弓着背，肩上背着少爷绑了花橘枝的书信，慌慌张张地从堀川府逃了出去。在他身后，跟出来一人，正是我的外甥。少爷并不知道我外甥跟了出来。他之所以跟出来，是因为担心平太夫不能好好地为少爷传信，所以悄悄地尾随着平太夫。

我外甥大约跟在平太夫身后半町①远的距离。此时，平太夫好像已经放松了心情，赤着一双脚，有气无力地走在都城大道的土路上。天依然阴着，空气中弥漫着柿子树嫩叶的气息，走错道的卖菜女等路人，都时不时回头观望，好奇地看着他这个少见的信使。然而，老爷子根本无心在意旁人的眼神。

看样子少爷的信应该可以平安送到，我外甥觉得已经可以打道回府了，但还是又跟了一小会儿。就在油小路尽头，道祖神庙前面，一个样貌奇特的行人差点儿和平太夫撞了个满怀。挂着女菩萨画像的旗杆、墨色的法衣、古怪的十字架护身符——我外甥一眼就认出，这正是摩利信乃法师。

十七

差点儿撞上平太夫的摩利信乃法师，连忙闪身躲开，但不知为何，此后他停下了脚步，一直定定地盯着平太夫看。但老爷子却没有停步，只是向旁让了两三步，然后依旧一脸落寞，步履蹒跚地慢慢向前走去。难道就连摩利信乃法师也觉得平太夫这副样子看起来太奇特？我的外甥想到这里，走近摩利信乃法师身边时，却发现摩利信乃法师忘我地、呆呆地伫立在道祖神庙前，但他的眼神此时却并不能让人想到什么天狗的化身。相反，摩利信乃法师的眼睛里不再有凶恶的

---

① 约50米。

光，反而像浮起了泪光般温柔而湿润。他站在努力向神庙屋顶生长的锥栗树的青翠枝叶底下，肩上扛着那挂有女菩萨画像的旗杆，目不转睛地看着平太夫远去的背影——那个孤寂的样子，是我外甥一生中唯———次觉得摩利信乃法师让人感到一丝亲近。

但也只有一瞬，很快，或许是我外甥的脚步声惊动了摩利信乃法师，他如梦初醒般慌张地向这边看过来，然后急忙举起一只手，嘴里念着些古怪的九字真言。不知是不是错觉，我外甥隐约听到，摩利信乃法师念的咒文中，有中御门这样的字眼儿。这工夫平太夫目不斜视地早已背着绑有花橘枝的书信，自顾自地走远了。我外甥也依旧不动声色地尾随其后，一直跟到了西洞院的中御门府。外甥说，那时由于摩利信乃法师举止怪异，让他一时差点儿忘了少爷书信的事，那种莫名不安的心情让人觉得痛苦。

不过，少爷的书信顺利地递到了中御门小姐手中。稀罕的是，这回小姐竟然很快回信了。我们这些下人都不敢相信这是真的。想必小姐知道了平太夫暗中刺杀少爷想要报仇，但少爷宽宏大量没有计较的事情，也明白了少爷的心胸与温柔。之后，少爷和小姐又互通了两三回书信。终于，在一个细雨绵绵的夜晚，少爷带着我的外甥，去了柳叶掩映的西洞院中御门府。这么看来，平太夫也是个懂得退让之人。那天夜里，他虽然一直皱着眉头，但在我外甥面前，也没说什么难听的闲话。

十八

此后,少爷几乎每晚要去西洞院中御门府,有时也会带上一把年纪的我。就这样,我也终于见识到了中御门小姐那令人惊艳的美貌。有一次,少爷和小姐二人把我叫到近前,让我讲讲今昔的变迁。我记得很清楚,那一天透过垂帘,可以看到庭院中的池水里摇曳着倒映下来的星光,空气中紫藤花幽香弥漫。清凉的夜色中,在一两个侍女侍奉下的少爷和小姐,静静地饮酒相谈,他们美得仿佛是从画中走下的人一般。特别是穿着白色单衣,淡淡的粉紫色衣裙的中御门小姐,她那清丽之美,比起以美貌著称的辉夜姬①也毫不逊色。

喝了酒的少爷心情看起来很不错,他转向小姐,说道:"正如老叔所说,在这小小的京城,尚且有沧海桑田之变,世间一切法,也生生灭灭流转不止,瞬息无法永驻。《无常经》里有这么一句,'未曾有一事,不被无常吞'。恐怕爱情也无法逃脱无常之定律。我所记挂的,只是何时开始,何时结束罢了。"小姐听了,有些闹别扭一般,避开大殿油灯那明亮的烛光,温柔地瞪着少爷,说道:"算了,你尽是说些让人讨厌的事情。这个意思是从开始的时候就打算好要抛弃我了吗?"少爷听了,心情越发愉快,把杯中的酒一饮而尽,道:"没有,倒不如说从一开始我就抱着会被抛弃的觉悟。"

"就知道捉弄人。"

---

① 《竹取物语》中的人物,辉夜,意指她的美貌在黑夜中也依然闪耀夺目。

小姐嗔道,她的笑容非常惹人怜爱。突然,她出神地看着垂帘外的夜色,自言自语般地说道:"这世上的恋情,难道都也归于无常吗?"少爷闻言,又如往常一般,露出好看的牙齿,微笑着看着小姐的侧脸,说道:"世事确实无常。但我们凡夫俗子,能忘却无常之苦,品尝到莲花藏世界里的妙乐,也只有相爱的时刻。在相恋时,甚至可以说,我们都忘记恋情本身的无常。在我看来,日日沉迷于爱情的业平①,才是大智慧呢。我们为了祛除秽土众苦,活得聪明快乐,就唯有像《伊势物语》②里那样去爱。"

十九

"这么说,爱情功德无量了?"

少爷的目光从低垂眼帘看起来有几分羞涩的小姐身上转向我,一脸陶然自得地问道:"老叔也是这么想的吧。对你嘛,或许不用爱情,用美酒作比,怎么样?"

"不敢,倒没有那种感觉,少爷后生可畏啊。"我挠挠白发,慌忙回答道。

少爷依然带着爽朗的微笑,说道:"哪里,这个回答比什么都好。老叔说后生可畏,想着彼岸往生之心,就如同暗夜的烛火,能使人忘记人世的无常,结果都是一样的。这么看来,老叔也觉得佛教和爱情

---

① 业平,《伊势物语》中的人物。
②《伊势物语》,日本平安时代以男女恋爱为中心的歌物语文学作品,作者不详。

虽然有差别，但说到底也是一回事，这和我的见解是一样的呢。"

"这可比不得，像小姐如此容貌，就是天女也比不了。爱情是爱情，佛教是佛教，我喜欢的美酒又是另外一回事。"

"老叔这么说，就有些看得窄了。弥陀也好，女人也罢，在我看来，都是些为了忘却悲伤的傀儡罢了——"

少爷说着，小姐突然往这边看了一眼，轻声说道："说女子是傀儡，这话让人不快。"

"要是傀儡不好听，那就比作佛菩萨？"少爷立刻回话，然后像突然想起了什么似的，定定地看着大殿油灯的烛影，叹了一口气，说道："过去我与菅原雅平交好时，常讨论这个话题。你或许也知道，雅平和我不同，他生性单纯，容易相信别人。我曾笑称世尊金口御经，实际上和写恋情的和歌没什么不同，那时他大动肝火，责骂我的想法是邪门歪道。雅平的话言犹在耳，可他的去向却无人知晓。"少爷的声音是从未有过的深沉。一时间，以小姐为首，我们其他人不再出声，房间里静得鸦雀无声。紫藤花的香气似乎更加浓重了。大概是觉得气氛有些冷场，侍女中有一人有些胆怯地开了腔："听说，最近京都城里开始流行摩利教了，这也是忘却无常的新办法吧。"

另一个侍女搭话道："说起来，那个传教的法师，身上有许多古怪的传闻呢。"侍女故意用吓人的语气说道，顺手拨了拨油灯的灯芯。

二十

"什么?摩利教?又有一个新鲜的宗教了。"

沉思了片刻的少爷,突然像想起什么一样,举起酒杯,对刚才说话的侍女说道:"说起摩利,是祭祀摩利支天①的宗教吗?"

"不是,要是摩利支天就好了,这个教尊崇的是位没见过的女菩萨。"

"是像波斯匿王的王妃茉莉夫人那样吗?"

听到这里,我把当日在神泉苑外面关于摩利信乃法师的见闻,一一讲了出来。

"那女菩萨的样子,也不像茉莉夫人。不,可以说,不像迄今为止我们见过的任何佛菩萨。她怀里抱着一个浑身赤裸的幼子,简直就像一个食人的女夜叉。总之,在日本从来没有见过与之相似的神佛,一定是什么邪宗之佛。"

听完我的话,小姐皱起她美丽的眉毛,关心地询问道:"那个叫摩利信乃法师的男人,看起来真的像天狗附身吗?"

"不错。虽然京都城里还没有大白天跑出来过怪物,但摩利信乃法师给人的感觉,活像从着火的山里,张开羽翼飞出的妖怪。"

说到这里,少爷又一如既往清朗地笑道:"白天没有妖怪,说的

---

① 摩利支天,佛教守护神之一,原型或为古婆罗门教所崇拜的光明女神伐拉希,在佛教的造像中通常为天女形象。传说没有实体,无法捉拿,刀枪不入,水火不侵,神通广大,因此在日本武士中有许多信奉者。

可不对。延喜天皇在位之时，五条大街附近柿子树的枝头，天狗化作佛身，浑身放着光晕，长达七日；每日前去佛眼寺欺凌仁照阿阇梨，看似女子之身，实为天狗。"

"哎呀，尽说些吓人的事。"

小姐和两位侍女说着一起以袖掩面，微醺的少爷看起来心情越发愉悦，表情也更加柔和了："三千世界广大无边。没有仅仅靠我们凡人的智慧，说没有就没有的事。就好比如果那化作法师的天狗，此时对小姐倾心不已，也不是不可能在夜里破空而入，伸出利爪。但……"少爷说着，不动声色地看着因为害怕而不自觉地靠过来的小姐，温柔地用手抚摸着小姐的后背，像哄孩子一样微笑着安慰她。

"但，好在那个叫什么摩利信乃法师的家伙，并不知晓小姐的芳姿。所以也不会动什么心思，去成全自己的妖魔之恋。所以这样就不用害怕了，没事的。"

二十一

此后的一个月里，没发生什么特别的事，直到盛夏的那一天。那天，加茂川的河面反射着炫目的阳光，暑天里的河道上，就连拖船都不见影子。我外甥喜欢钓鱼，那时刚好在五条桥下河岸边的芦苇丛中坐下来垂钓。天气虽热，那幸好河边还有一丝凉风，我外甥把鱼线沉入水位下降了的河中，连着钓上来几条鲑鱼。这时，突然听到头顶的桥上有人在讲话，他无意间抬头一看，却是平太夫，他倚着栏杆，摇着扇子，正在和摩利信乃法师说着些什么。

此时，我外甥的脑海里立即想起了之前在油小路路口看见的摩利信乃法师不可思议的举动，此时越发觉得他和平太夫之间有着某种联系。这样想着，我外甥眼睛看着钓竿，耳朵去努力地听着桥上二人的对话。炎天正午桥对面人迹罕见。桥上说话的人或许以为近旁无人，也没有发现桥下垂钓的我外甥，两个人放松地说着话。

"你正在宣扬的摩利教，偌大的京都城内没人曾听说过。就连我，要不是阁下你自报姓名，我也只是觉得见过你，却想不出来在哪里见过。想一想，这也不奇怪。你年轻时在春日的月夜中，吹着《樱人》小曲。如今的你，大热天赤臂裸身走在这里，奇怪得活像天狗。那时的你和如今的你，就连打卧的巫女，也认不出同一个人。"

平太夫手里吧嗒吧嗒地拍着扇子，说了这一连串的话。摩利信乃法师此时就像哪里的贵族一般，姿态昂扬而傲慢地说："今天能见到你，我也心满意足了。之前在油小路的道神庙前，偶然看到了你，不过你背着绑有橘枝的信，目不斜视，步履蹒跚，虚弱地往回走，没有看到我。"

"这样啊，白活这把岁数，失礼了。"平太夫也想起了那天早上的事情，苦着一张脸说道，随后，他又摇起了扇子，"但如今我们能再次相遇，全凭清水寺的观世音菩萨保佑，平太夫今生没有比这更欢喜之事了。"

"不。在我面前莫提神佛之名。恕在下不敬，但我乃奉天上皇帝神谕，要在日本传播我摩利教之沙门①。"

二十二

摩利信乃法师突然皱起眉头，插了话，但令人意外的是，平太夫没有一丝恐惧之色，舌头不停，手上的扇子也不停。

"原来如此。我平太夫如今是老了，什么事都做不成。在阁下面前，神佛之名也不能再提。本来老朽现在也没什么心气了，刚才突然提到观世音菩萨，也是因为再次相见阁下，太高兴了而已。说起来如果小姐知道自幼相熟的你平安无事，不知道会高兴成什么样呢。"和平日里面对我们一句话都懒得多说的样子截然不同，老爷子一反常态地滔滔不绝地说着。他的话让摩利信乃法师不知如何回复，只能频频颔首。终于，在说到小姐的时候，摩利信乃法师低声问道："平太夫，无论如何想请你帮忙，今晚可以让我见小姐一面吗？"

这句话说完之后，桥上摇扇子的声音突然停了。与此同时，我外甥想要伸头看看栏杆上面发生了什么，但是又担心不小心弄出声响，被二人发现自己潜身于此，只好作罢。我外甥透过河岸芦苇丛，盯着流动的河水，屏息凝神，留意着桥上的动静。但平太夫仿佛没了精神头，好半天没有开口。这一沉默就过了好久，久得让桥底下的我外甥浑身的筋骨都痒了起来。

---

① 出家修行之人。

"阁下虽说住在河原，可河原也在京都，应该知道堀川少爷近来经常来看小姐。"

沉默片刻，摩利信乃法师用不变的平静的声调，自言自语一般地说道："不过，在下并非恋慕小姐。过去我对情欲的憧憬，在唐土，从红发碧眼的番僧嘴里听过天上皇帝的教诲之后，就早已消散了。只是，如玉般的纯净的小姐，还不知道创造万物的天上皇帝，这让我非常痛心。更有甚者，小姐不但不知天上皇帝，还信仰神佛这类歪门邪道，供奉些徒有其形的木石香花。如此下去，命终之时，将堕入万劫不复的地狱，受烈火灼烧之苦。我每每想到此处，眼前就浮现出掉入阿鼻地狱阴暗谷底的小姐的身影，就连昨夜……"

说到这里，摩利信乃法师万分感慨，他用力地咬住嘴唇，沉默了。

二十三

"昨夜发生了什么事吗？"过了一会儿，平太夫有点儿担心地催促对方说下去。

摩利信乃法师突然回过神般地用不变的平静的声音，一字一顿地慢慢讲述起来："倒也没有，没有什么具体的事情。只是昨晚，在下独自一人在草棚中睡着了，竟梦见身穿五柳[①]华服的小姐走到了我的

---

① 一种和服式样，配色以青白为主。

枕边。但和现实不同的是，小姐那光泽的黑发间插着一支金钗，在朦胧的轻烟中，发着怪异的光芒。我与小姐久别重逢，不胜欢喜，对小姐说道：'见到你了，真好。'但小姐只是悲伤地低垂着眼帘，坐在我面前，没有回应我。我又看她那红色的裙袂上似有什么东西在蠕动。定睛看去，不仅是裙袂，肩膀、胸脯、黑发之中，都是如此。小姐似笑非笑……"

"你说的这些，我没有听明白，到底怎么了？"平太夫此时已经因摩利信乃法师的话悬起了心，问话的气势也不如之前了。但摩利信乃法师还是用他的不带感情色彩的平静语气，接着说了下去。

"到底怎么回事，我也不清楚。只是我看到像水蛭一样的怪虫，成群成堆地在小姐身上蠕动。见此情景，我在梦中悲从中来，放声哭喊起来。小姐看见我哭，也流下了眼泪。我们相对垂泪了一会儿，突然雄鸡啼鸣，我一下从梦中惊醒。"

摩利信乃法师终于说完了这番话，这回，轮到平太夫沉默了。他一言不发，只是静静地摇着扇子。我外甥一直在偷听二人的交谈，早已忘记了鱼钩上的鲑鱼。桥上的摩利信乃法师讲着他的梦里事，桥下的我的外甥，没由来地感到一阵侵入肌骨的寒意。我外甥仿佛也在朦胧中看到了悲伤的中御门小姐，那真是一种不可思议的感觉。

这时，桥上再次响起摩利信乃法师低沉的声音。

"在下认为，那奇怪的虫子，一定是妖魔。是天上皇帝可怜要堕入地狱的小姐，托梦于我，让我对她施以教化。我想请你帮忙，求见小姐，正是因为这个。不知是否听进去在下这番恳求？"

平太夫沉默了一会儿。终于，他收起扇子，用扇骨轻轻地敲着桥的栏杆，说道："我明白了。平太夫在清水阪下为歹徒刀剑所伤之时，是阁下帮我逃出来，救了我的性命。想到这番恩情，我没法拒绝你的请求。但小姐是不是愿意皈依摩利教，要看她自己的意愿。小姐与你一别多年，想必不会拒绝与你见面。总之，我会尽力让你们相见的。"

二十四

摩利信乃法师和平太夫的这番密谈，落入我的耳朵，已经是三四天之后的一个早晨了。侍卫居所平日里白天时人很多，但那天早上却只有我和外甥两个人。明媚的朝阳穿过梅树的绿叶映照在地上，清凉的微风吹来，带来几分秋日的气息。

我外甥讲完事情经过之后，又压低嗓音，说道："摩利信乃法师到底是怎么认识小姐的，我觉得非常奇怪。总之，如果他与小姐见了面，不知怎的，对咱家少爷，我总觉得是不好的征兆。即使我把这事和少爷说了，少爷的性格你是知道的，绝不会当回事。所以依我看，我们不能让那法师和小姐见面。舅舅，你是怎么考虑的？"

"我也不希望那古怪的天狗法师和小姐见面，但如果不是跟着少爷，光是西洞院我们就进不去啊。就算你不想让那个法师接近小姐……"

"对，重点在这里。我们不知道小姐是怎么想的，更何况还有平太夫那个老东西从中作梗。如果摩利信乃法师去了西洞院中御门府的话,我们就无能为力了。但是,这个怪法师每晚都要回四条河原的小草屋睡觉,所以我琢磨着,是不是可以让他永远地消失在京都城中。"

"可这么做,我们也不能一直守在他的小草屋旁边呀。你说的话给我绕糊涂了,我这老家伙没想明白,所以你到底是想怎么对付他呢?"我充满疑惑地问道。

我外甥仔细扫视过梅树树荫下房间的里里外外之后,像怕别人听见似的,附在我耳边说:"怎么对付?没有别的办法。只需趁夜深人静,去四条河原,一刀结果了他。"

听到外甥的提议,我一时愣住,半天没法回话。但外甥到底年轻气盛,像认定了这个法子似的,又说道:"他充其量不过是个乞丐法师,就算再加上两三个人,处理他们也不是什么难事。"

"但这是杀人,我们不就无视王法了吗?虽然那个摩利信乃法师在传播邪教,但此外他什么罪也没犯,就这样把他杀了,不等同于滥杀无辜吗……"

"不能这么想,理由总能找得到的。相比之下,就这样任由他借由什么天上皇帝的力量,诅咒少爷或是小姐吗?如果那样的话,舅舅和我又有什么脸面领取堀川家的俸禄?"

我外甥的脸涨得通红,不停地争辩着,完全听不进去我说的话。此时,刚好有两三个侍卫摇着扇子走进屋子,我和外甥的争论也只好到此为止。

二十五

那之后,我记得又过了三四天。那天深夜,月朗星稀,我和外甥悄悄地赶往四条河原。那时,我并没有想要杀死那个天狗法师的打算,也没觉得杀了他会更好。但无论如何,我外甥不肯放弃这个计划,我又放心不下他一个人前往,最终,一把年纪的我还是跟了过来。河岸上芦苇丛中的露水打湿了衣服,我和外甥寻找着摩利信乃法师的小草屋。

大家都知道,这一带的河岸上,尽是些落魄不堪的贫民草棚,住在这里的多是些身上长着白癞的乞丐。此时,这些人都已进入梦乡,想必正在做着我等想象不到的怪梦。我和外甥轻手轻脚地经过一间小草屋的时候,草搭的墙壁背后,传来震天响的呼噜声。除此之外,四周鸦雀无声,只有火堆的余烬,在没有风的夜晚,直直地向上空冒着白色的烟。顺着白烟看向上面的点点星河,只见满天的繁星像要从京都城的空中滑落一般,一寸寸,一尺尺地压下来,仿佛听得到星辰移动的声音。

此时,我外甥已经找到了摩利信乃法师的小草屋。他指着细细的加茂川流经的一间房屋,转过来看着站在河岸芦苇丛中的我,说道:"就是那里。"刚好火堆的余烬迸出一个火舌,瞬息的火光照亮了那间草棚,它比周围别的小屋更破更小,竹子柱子和草席屋顶倒是和周围的房子没什么不同。不过,屋顶上有一个用树枝做的十字架,深夜里依然给人一种不同的威严。

"那间吗？"我没说什么，只是没把握地问道。实际上，那时我还没有下定决心，到底杀不杀摩利信乃法师，但我外甥头也不回地盯着那间小草屋，坚定地回答道："没错。"

想到一会儿自己的太刀就会染上鲜血，那种复杂的心情让我浑身发抖。这时，我外甥早已做好了准备，他整理好自己的装束，把太刀小心地收入刀鞘中，看也没看我，悄悄地经过河岸，像一只要捕食的蜘蛛一样，无声地靠近摩利信乃法师的小草屋。火堆残焰那微弱的光勾勒出我外甥趴在墙上向内窥探的背影。不知怎的，那背影让我觉得像一只巨大的蜘蛛，心里不禁一阵恶寒。

二十六

事已至此，没有袖手旁观的道理。我也绑紧衣袖，跟在外甥后面，在小屋外面向内窥视着里面的情形。

首先映入眼帘的，是往日那旗杆上挂着的女菩萨画像。如今画像挂在对面的草墙上，虽然看不清楚，但借着外面火堆余烬的那一点微光，我看到画像周围像月蚀一般，有美丽的金色光晕。画像前面，躺着的是已经忘记了白天里的疲倦的摩利信乃法师。他背对着火堆余烬的方向，半露着的寝衣，真如传说中天狗的羽翼，又或许是天竺国火鼠的裘皮……

看到屋里的情形，我和外甥没有言语，就从两边开始包抄摩利信乃法师的小屋,同时轻轻地拔刀出鞘。但从一开始,我就有一种奇怪的畏惧之感,紧接着我的手不受控制地抖起来,没想到竟让太刀发出了刺耳的声响。没等我心里叫一声不好,屋里一直悄无声息的摩利信乃法师似乎突然起了身。

"来者何人?"他问道。在当时的情境之下,我和外甥已是骑虎难下,除了杀了这个传教士,再没有别的办法。于是他话音未落,我俩就拿着刀一起冲进了小草屋。接着,刀锋碰撞之声、竹柱断折之声、草席飞裂之声,一同响起。突然,我外甥退后了三两步,挥舞着太刀,痛苦地喊道:"那家伙逃走了?"我听到就是一惊,连忙跳出来,再借着外面火堆的余烬一看,咦,怎么回事?在被我们砍得乱七八糟的小草屋前面,那可怕的摩利信乃法师,披着浅色和服,像猴子一样蜷着身子,把十字架护身符贴在额头上,盯着我们的举动。我见此情景,想要一刀结果了他,可那法师的身边,仿佛有一层浓重的阴影隔开了我们,怎么也不能近他的身。或者说,那阴影中有肉眼看不见的旋涡,让太刀没法劈中固定的位置。我外甥好似也是这样的感觉,他时不时地喘着粗气,吼叫着,手里的太刀不停地挥舞着,画着徒劳无力的圆圈。

二十七

这时,摩利信乃法师缓缓起身,拿着十字架护身符,左右晃动着,用暴风雨般严厉的声音斥道:"呔!尔等还准备藐视天上皇帝之威德吗？在你们好坏不分，被遮蔽了的双眼中，我摩利信乃法师蔽体之物只有一件墨色法衣，但实则有诸天童子，百万天军守护在此。如果不信，尔等尽可用手中的刀刃，与我身后这些圣徒的刀剑与兵马比试比试。"

说到最后，他的语气里满是嘲弄。

我和外甥二人虽然遭到恐吓，但并没有被吓住。我们听了，反而像脱缰的野牛一般，挥刀从两个方向一同向摩利信乃法师砍去。我们在挥刀的瞬间，摩利信乃法师也把那十字架护身符，举到了自己的头顶，挥舞了一下。说时迟那时快，只见那金色的护身符像闪电一样飞上天空，即刻我和外甥的眼前都出现了可怕的幻象。啊，我该怎么形容呢？非要讲述的话，只怕我能形容出来的和亲身经历的，就如指鹿为马一般，有所差别。但尽管说不好，我也尽力描述一下：那时十字架护身符飞向天空，河岸上摩利信乃法师身后的黑夜仿佛突然裂开了一样，火焰中无数的战车和战马，连同龙蛇怪物，像狂风暴雨一般，闪着火花，从那夜之裂缝中奔出，眼看着就要落在我们头上。更有成千上万的旗帜、刀剑，金光闪闪，如海啸一般，发出骇人的声响，飞沙走石，整个河滩都被晃动得像沸腾了一般。摩利信乃法师背对着那一切，披着浅色的和服，手持十字架护身符，庄严地伫立着——那奇特的气质和身姿，完全就是不知来自何方的大天狗，率领着来自地狱之底的魔君，降临在这片河滩之上……

这样匪夷所思的幻象，把我和外甥吓得魂飞魄散，丢下太刀，抱住脑袋，跪伏在摩利信乃法师左右。这时，我们头顶上方传来法师威严的叱骂声："惜命的话，快向天上皇帝认错谢罪。不然百万护法顷刻将你二人碎尸万段。"

摩利信乃法师声如惊雷，我和外甥害怕极了，至今想起来当时的场面，身子依然忍不住发抖。那时我再也无法忍受，双手合十，闭上眼睛，战战兢兢地称颂道："南无天上皇帝。"

二十八

说起那晚的情形，实在是让人羞愧万分。长话短说，我和外甥向天上皇帝祈祷之后，那些可怕的幻象顷刻就消失不见，取而代之的是从四面赶来的贫民，他们手执太刀，将我二人团团围住。这些人大多是摩利教的信徒。所幸的是之前我们已经把刀扔在地上了，不然谁知会起什么冲突。这些人中有男有女，嘴里咒骂连连，看着我们的眼神，活像看着掉入陷阱的狐狸，充满了憎恨。重新点上的火堆的光亮，照亮了这些白癫乞丐们的脸，他们的脑袋乌压压地压在我们头顶，遮蔽了月亮与星辰，他们凶恶的样子，看着简直不像来自人间。

在这样咆哮的贫民乞丐之中，到底是摩利信乃法师气度不同，他安抚住那些妖魔鬼怪，照例浮现出古怪的微笑，走到我们跟前，恳切地讲述着天上皇帝的威德。在这期间，我留意到法师披着的那件浅色的和服。与件衣服相似的和服，这世间有许多，但令我担心的是，这是不是中御门小姐的衣物。如果真的是，那便可推断，小姐已经与这个法师见过面了。说不定小姐已经皈依了摩利教。想到这儿，我越发无心听他说那些传教的话，但如果被摩利信乃法师看出来我走神了，说不定还要怎样对付我们呢。不过看他的样子，似乎只是觉得我和外甥是因为他传摩利教，蔑视神佛，才发动了夜袭。幸好他似乎还没有发现我俩是堀川家的侍卫。我和外甥尽量不去看他身上那件浅色的和服，淡定地坐在河滩的沙地上，假装一脸好奇地听着摩利信乃法师讲的那些事。

我们的态度在对方看来应该还不错。于是，在说教了一番之后，摩利信乃法师的脸色也和缓了许多，他把十字架护身符举到我们头顶，温和地说："此番你们因蒙昧无知而犯下了罪，天上皇帝一定已经宽恕你们了。我也不打算惩罚你们了。今日夜袭之事，或许能成为你们皈依摩利教的缘分。等你们想皈依的时候再来找我，今天先回去吧。"原先那些对我们怒目而视的贫民乞丐，虽然依旧是一副想把我们抓住揍一顿的凶神恶煞的样子，但摩利信乃法师发令之后，还是立即给我们让开了一条道。

我和外甥捡起太刀，顾不上将其归鞘，就匆匆地逃也似的离开了四条河原。那时我的心里是悲是喜，又或是遗憾，已经说不清了。但走出很远之后，看着视野中已经变得小小的河滩，火堆的红色火焰晃动着，那些白癞乞丐像蚂蚁一样聚集着，唱着些古怪的歌谣。微弱的歌声传到我和外甥的耳中，我二人都已无心对视交流，只是沉默着一边叹气，一边往回走。

二十九

此后,我和外甥一有机会就聚在一起,讨论推测摩利信乃法师和中御门小姐的关系。无论如何,都最好远离那个天狗法师。我们讨论了许久,但一想到那夜那可怕的幻象,就觉得束手无策。但我外甥因为年轻气盛,依然坚持最初的方案,就像平太夫雇强盗袭击少爷那样,找个时机,召集些市井青年,围剿摩利信乃法师的小草屋。但就在我和外甥商量对策期间,又发生了一件事,让我们对摩利信乃法师那不可思议的法力震惊不已。

时值秋风初起的时节,长尾的律师[①]在嵯峨建成了阿弥陀堂,举行了一场佛事。那佛堂如今仍在。那时不知在全日本收集了多少良材,只请那些有名的能工巧匠,花费了无数黄金,才建成了这座阿弥陀堂。虽然规模不算大,但极尽庄严,想必诸位可以想象。

举行佛事当日,除了上达部殿上人[②],来参拜的女眷也不计其数。东西两廊边上停着的香车,走廊里铺设的坐垫、挂着的锦帘,都精致华美。那些在帘子里出出入入的女眷绣有华美秋荻、桔梗、女郎花的袖口与衣襟,在日光下更显明艳夺目。目之所及,到处都是美丽的莲花宝土之景象。长廊之间的池塘里,装饰着人造的红莲与白莲;莲花间,荡过一艘挂着织锦帐幔的龙舟,身穿印有番国花样服装的童子,

---

① 此处为僧官名。
② 日本天皇之下,地位最高的贵族官员。

伴随着悠扬的乐声，轻轻摇动着船桨。一切都庄严优美得让人热泪盈眶，不由得想要跪拜祈愿。

从正面看去，景象更胜一筹：佛堂防犬矮栅栏上的螺钿，在阳光下熠熠生辉。堂上用的是名贵的线香，缭绕的烟雾中，本尊如来、势至观音等神佛的紫磨黄金佛面与玉佩璎珞时隐时现。佛像前面的庭院里，设有礼盘，炫目的宝盖之下，是讲经高僧的座席。协同礼佛讲法的还有几十位僧人，他们或红或青的袈裟交杂在一起。诵经声与摇铃声，连同白檀沉香的香气，不停地袅袅飘向秋日的晴空。

香客们在四个御门外聚集，一眼就可以看到佛堂里的景象。但就在佛事进行到高潮时，突然传来一阵骚动。不知发生了什么，外面的香客接二连三地站起来，推推搡搡，仿佛大风吹动的海面一般，暗潮汹涌。

三十

目睹骚动的看督长①迅速向这边赶来，他举着一把大弓，试图阻止想要趁乱拥入御门的人群。但那古怪的摩利信乃法师分开人群，走了过来。看督长仿佛见到皇帝一样，扔下大弓，让开道路，对着摩利信乃法师跪了下来。注意到门外骚动的庭内的人，一下鸦雀无声，随后"摩利信乃法师，是摩利信乃法师"的窃窃私语声，如同吹拂芦苇

---

① 日本平安时代，检非违使厅的下级官员。

叶的轻风,此起彼伏。

摩利信乃法师今日也如往常一样,穿着墨色的法衣,乱披着长发,胸前的黄金十字架闪闪发亮。他赤着脚,看着都让人觉得冷。他身后是那一如既往的女菩萨旗帜,在秋日的阳光下显得格外庄严。不过,这次举旗帜的是跟在法师身后的信徒。

"诸位,我乃奉天上皇帝神谕,前来日本传摩利教的摩利信乃法师。"

看着督长对自己跪拜,法师一边从容地回应,一边悠然走入御门中,他的声音透着威严。门内的众人闻言又是一阵骚动。到底还是在场的那些检非违使在震惊之余没有忘记自己的职责。有三两个看起来像火长①的人,手里抄着家伙,高声斥责着慌乱的人群,向摩利信乃法师扑过去。紧接着,四面八方都有人奔来,想要抓住法师。但摩利信乃法师只是嫌恶地看着那些人,用嘲讽的语气说:"要打要抓,尽管过来。但天上皇帝的惩罚,顷刻便会降临尔等之身。"

说着,摩利信乃法师胸前的十字架护身符,在太阳底下放出炫目的光芒。同时,那些企图扑上来的人,纷纷扔下手中的武器,像被雷打了一般,倒在法师的脚下。

"诸位,怎么样?天上皇帝的威德,如今你们亲眼看到了。"

摩利信乃法师把胸前的十字架护身符摘下来,依次在东西两边的

---

① 日本平安时代卫府下属的下级官员。

回廊展示着，赞扬道："不过这灵验也没有什么奇怪的，因为天上皇帝本来就是创造天地万物的独一无二的真身。唯有知道这位真神的名字，你们才能不再去拜阿弥陀如来这样的妖魔。"

这番言论简直骇人听闻，让在场的众人无法容忍。刚才停止了诵经，不知发生了什么而茫然地注视他的僧人们，此时已经完全躁动起来，"杀了他""抓住他"的叫骂声此起彼伏，却没有一个人走上前去治一治这位摩利信乃法师。

三十一

于是，摩利信乃法师傲然地睥睨着众人，高声喊道："中国的圣人曾说过，知错能改，善莫大焉。一旦知道了神佛菩萨都是妖魔鬼怪，就快快来皈依摩利教，称颂天上皇帝的威德。如若不信我摩利信乃法师所言，还不能分辨，到底是佛祖菩萨为妖魔，还是天上皇帝是邪神的话，那尽可上前比试一下法力，以此来辨别哪边才是正法。"

然而事到如今，那些想要擒拿摩利信乃法师的检非违使们都已昏倒在地，帘内帘外都忍气吞声，僧人也好，围观者也罢，没有一个人敢上前与法师比试法力。长尾的僧都也好，山中主持、仁和寺的僧正也罢，都对展现了神力的摩利信乃法师颇为忌惮。刚才本来进行着佛事的庭院中，如今龙舟乐声已停，众人噤声，静得仿佛能听见阳光拂在人造莲花上面的声音。

众人的沉默让法师更加得意，他举起十字架护身符，像天狗一样，用嘲笑的语气说道："真是令人好笑，南都北岭应当有不少圣僧，竟然没有一个人敢上来与我摩利信乃法师比试法力。我看是因为你们已经开始敬服天上皇帝了，不必恐惧诸天童子的神光，我摩利教不分老少贵贱，来皈依我们吧。就在此时此地，让山中主持给你们一一进行灌顶洗礼之仪。"

摩利信乃法师气势汹汹的话还没说完，西边长廊上慢步走来一位僧人。他身穿交织着金线的袈裟，手里拿着水晶念珠。只用看一眼他那白眉便知，这位是名满天下，功德无量的横川僧都。横川僧都看起来年事已高，他缓慢移动着肥壮的身体，走到摩利信乃法师跟前，止住步，庄重威严地用大狮子吼说道："你这个无知小儿，还不住嘴。在这佛堂庭院之中，已布满无数法界龙像。众人投鼠忌器，无意与你比试神通。你却不知廉耻，在此说什么要比试法力，真是可笑至极，还不立即退下。你这邪门道士，想必是在哪里修炼了一些金刚邪禅罢了。好吧，就让老衲显现一下三宝之灵验，拯救被你那魔缘迷惑，堕入无间地狱的众生。就算你能使用幻术驱动鬼神，却无法动我这佛法加护的老衲一根指头。来吧，就让你看看佛力之神奇，还不快快受戒？"

言毕，横川僧都结下一个手印。

三十二

横川僧都手中猛地腾起一道白气，在他的上空聚齐，隐隐约约形成了云气，横在半空。俄顷，云气渐渐形成了宝盖样子的雾霭。不对，把那不可思议的一团云气说成雾霭，可能并不准确。因为倘若是雾，那这边的人就会看不清对面佛堂的屋顶。而横川僧都头上的云气，像虚空中某种看不见的物质缠绕在一起，透过它还是可以清楚地看到晴朗高远的天空。

围着佛堂庭院的人们均为那团云气感到吃惊。紧接着，明明没有风，却有一种奇特的力量吹动了佛堂的挂帘。响动尚未停下，就见再度结印的横川僧都，脸颊两边的赘肉缓缓抖动着，嘴里念出秘经咒文后，刚才的那团云气里，即刻朦朦胧胧地现出两尊勇猛地挥舞着金刚杵的金甲神。那应当是一种幻象，虽有却无，仿佛淡淡的影子。但那踏破天空，仿佛马上要一杵重重锤在摩利信乃法师头顶的神姿，堪称勇武。

但摩利信乃法师依然是那副不变的高傲的表情，镇定地盯着两尊金甲神，眉毛都没动一下。在他抿着的唇边，露出一个冷笑，仿佛是在努力抑制心中的不屑与嘲讽。摩利信乃法师这轻蔑的神态让横川僧都怒火中烧，他连忙解开手印，晃动着水晶念珠，嘶声大喝道："呔！"

两尊金甲神闻声要从空中飞下来，就在此时，摩利信乃法师也将十字架护身符贴在额头上，用尖厉的声音喊了一声。转瞬之间，彩虹一般的光芒射向天空，金甲神早已消失不见。而横川僧都的水晶念珠却从中断为两截，噼里啪啦撒落一地。

"师父的法力我见识过了。修炼金刚邪禅的,显然是您啊。"为获胜而自得的摩利信乃法师,压住因感到意外而嘈杂成一片的众人的声音,高声挑衅道。

听到这话的横川僧都是如何慌慌张张退场的,此处就不细表了。当时若不是他的众弟子连忙上场把他扶了下去,想必败北的横川僧都无法好好地退场。

这一场比试后,摩利信乃法师越发志得意满,他挺起胸膛,睥睨八方地说道:"横川僧都是当今名满天下,号称功德无量的高僧。可在我摩利信乃法师眼里,他只不过是欺蒙天上皇帝,妄自驱使鬼神的酒肉和尚罢了。把神佛菩萨比作妖魔,把佛教说成是堕地狱之因的,是我摩利信乃法师一人之误吗?如想皈依我摩利教,无论僧俗,都没分别。今日在此,多少人都行,尽可前来试试天上皇帝的威德。"

"哦?"这时,东边长廊一个声音冷冷地接了话。理理装束,悠悠然走到佛堂庭院前的,不是别人,正是堀川少爷。

(未完)

大正七年(1918)十一月

老　年

桥场^①有家茶室料理店，叫玉川轩，那里有一中节^②的顺讲^③。

从早晨开始，天就是阴的，到了中午，总算渐渐下起雪来。到了要点灯的时候，雪已经厚厚地落了一层，厚得把绑在庭院里松树上的防雪绳都压弯了。不过，隔着玻璃窗和木拉门这两重屏障的屋子里面，点着火盆，暖意烘得人晕乎乎的。总爱捉弄人的中洲大将，一把拉住穿着青绿色开衫和茶色织金衣服的六金，嘲弄道："把你衣服脱下来一件，怎么样？给我擦擦这黑油^④。"除了六金，还有三个人来自柳桥，另加一位来自代地茶屋的女将^⑤，这几人都已年过四十。再加上小川少爷、中洲大将等人的妻室，还有一个老人，一共六个人。男客人中有个叫宇治紫晓的驼背，是唱一中小曲的师傅，另外还有七八个

---

① 桥场，日本东京台东区地名。
② 一中节是净琉璃的一种，是日本国家级重要无形文化财产。
③ 顺讲，正式演出前的排演。
④ 黑油，染发时用的黑色油状染发膏。
⑤ 女将，旅店、茶屋、料亭的女主人。

普通人家的男人。其中三个，是看过三座①戏曲和山王御上览祭②的伙伴，这些人聊着深川鸟羽屋的义太夫的演练和山城河岸津藤举办的千社札会③，热闹得翻了天。

离客席稍远的地方，有一处大约十五块榻榻米铺席大小④的比较宽敞的房间，立式方形纸灯笼里面的电灯泡的光线透过罩纸，把圆形的灯影投在神代古杉做成的天花板上。光线幽暗的房间里，寒梅和水仙的折枝斜插在古瓶中。墙上挂着的卷轴，大概是太祇⑤的墨宝。黄色的芭蕉布上贴着上下对裁工整的颜色发暗的古旧宣纸，宣纸上有一行纤细的字迹，写着"红果寒鸟一冬椿"。小巧的青瓷香炉静静地摆在紫檀木的台子上，没有飘出缭绕的烟雾，处处流露出冬日特有的氛围。

台子前面没有铺地板，而是铺了两块毛毡地毯。一抹艳丽的绯红色，温暖地投射到三味线的皮鼓面上、琴师的手上，和雕有精致的七宝菱形花纹的奢华的桐木桌台上。众人坐在房间两侧，唱曲的师傅紫晓坐在上座，次座是中洲大将，下面便是小川少爷，最后是其余的那些男人。女人们坐在与男人相对的左侧。右侧最后一个末席，坐着那

---

① 指江户时代得到幕府承认和许可的歌舞伎三大剧场。
② 山王祭，江户三大祭典活动之一，因为幕府将军也会观看山王祭，因此也被称为"御上览"。御上览，指天皇、将军等身份高贵的人会去观看的活动。
③ 千社札是在日本神社和寺院参拜用的，贴在天井和墙壁上的姓名贴纸。
④ 约25平方米。
⑤ 炭太祇（1709—1771），江户时代中期的俳人。

个我们之前提过的老人。

老人叫阿房,前年满了六十一岁。从十五岁开始,他便常常出入茶屋饮酒作乐,二十五岁前的前厄之年①,听说他和金平大黑的年轻姑娘相约殉情。之后不久,他继承了家里的糙米批发生意,但缺乏经营才能又嗜酒成癖,今天想做歌泽②师傅,明天又想当俳谐评论家,做什么都三天打鱼两天晒网,也挣不到什么钱,都渐渐不了了之。幸好也算有缘,后来辗转接手了现在这家料理店,才过上了安闲的老年生活。听中洲大将说,壮年时的阿房穿着野路村雨的浴衣③,脖子上挂着神田祭求来的护身符,亮嗓唱给大家听,不失孩童之心。但如今阿房日益衰老,喜欢的歌泽也不唱了,一度迷恋的黄莺鸟也不养了,就连每次必看的表演,在成田屋和五代目没了之后,也渐渐失去了兴趣。今日难得地,阿房穿着黄色的秩父和服,配着茶色的博多腰带,坐在末席听曲。看着这样的阿房,怎么也想不到他年轻的时候也曾放浪形骸,沉迷游乐。中洲大将和小川少爷跟阿房搭话:"老房,板新道的——那什么来着,对,八重菊!好久没听了,能不能给我们唱一段?"阿房只是挠挠头,一边说"不了,没那兴致了",一边把瘦小的

---

① 厄年是从平安时代开始就在日本民间存在的一种说法,指易发生灾祸的岁数,男女不同,没有科学依据。男性的二十五岁为本厄之年之一,二十四岁被称为前厄。

② 江户时代后期的短歌谣。

③ 和服的一种,和一般和服相比,较为轻便,在日本是泡过温泉后或夏季里各地烟花大会、祭典中的常见穿着。

身子蜷缩得更小了。

但奇怪的是,听到第二段、第三段唱词的时候,什么"青丝缭乱,今昔之思忆",什么"夜来两字金线缀,裙袂伴枕清十郎"这些艳雅的词句,再配上三味线的弦音,娓娓道来般沧桑低沉的唱腔,唤醒了老人那颗沉睡的心。初听时,他尚且佝偻着背,听着听着,不知不觉中早已挺直了身子。当六金唱《浅间之上》唱到"无论是怨是恋,余眠温心不变"的时候,阿房已经微闭双眼,随着弦乐声,晃动起了肩膀,好似在重温旧梦。在那沧桑落寞的氛围中,一中的歌曲和弦乐,暗藏着长歌和清元所不及的哀婉韵味,无论年岁几何,就算是饱尝过人间酸甜苦辣的人的心底,也难免不泛起情爱的波澜。

唱完《浅间之上》后,接着是《花子》,这个节目结束后,阿房和大家打了个招呼:"诸位慢慢品着,我先行告辞了。"之后离开了座席。正巧也到了中场用餐的时候,大家热热闹闹地聊了起来。中洲大将好像对阿房的年迈很是吃惊。

"真是奇怪啊,老房竟这么老了。变得跟街头的老头子一个样儿了,也算是完犊子了。"

"他就是您之前说过的那位吗?"六金闻言问道。

"师傅您应该也知道的,我给您说说。老房啊,天生对曲艺很开窍。歌泽也能唱,一中也能唱。对了,说起来,在新内的时候,他可是做出那种事儿的男人。和您一样在宇治家学过,那时候他原本呢,是去那儿学艺来着。"

"驹行的那位唱一中的师傅叫什么来着？——是叫紫蝶吧？和那个女人搞在一起，就是那段时间的事儿。"小川少爷也从旁插了一句。

大家议论了一阵关于老房的传闻，等柳桥的老艺伎开始唱《道成寺》了，大家才重新安静下来，回到自己的座位上。《道成寺》唱完后，就该小川少爷的《景清》了。小川少爷这会儿往旁边挪了挪，谦恭地起了身，原来他想出去再吃个生鸡蛋。他悄悄地溜到廊下，中洲大将竟也跟了出来。

"小川兄弟，一起悄悄去喝一杯不？你后面就是我的《钵木》了。不喝点儿酒借个势，坐那里心里不稳当。"

"我正想去吃个生鸡蛋呢，喝杯凉凉的酒也不错。和你一样，不喝点儿酒，没那个劲头儿。"

说着，两人一起解手完，沿着门廊来到主屋。这时，不知从何处传来低语声。长廊的一侧是玻璃拉门，庭院里竹柏和高野罗汉松的枝头积满了雪，在薄暮中微微透出蓝色。从屋子这边看向暗沉沉的大河对岸，那边已星星点点亮起了橘黄色的灯火。两声鸟鸣，像一把划破长空的银色剪刀，此后突然万籁俱寂，屋内屋外都没有半点儿声响，就连三味线的乐声也一时停了。耳边听得到的，只剩下把紫金牛树上的红色小果实徐徐埋住的落雪声，还有雪再积到雪上的声响和雪从松针上滑落的声音。就在这窸窸窣窣的极轻极轻的雪落下来的声音里，有一个人，在喃喃轻语。

"小猫饮水轻无声。"小川少爷低低说了一句，两人停下脚步细听，说话声是从右边的拉门处传来的。语声断断续续，内容听不真切。

"你这是做什么呢。别哭了，真拿你没办法。我和纪国屋那女人好上了？……别开玩笑了，我要那种老女人做什么。你说咱俩就算了，结束了，让我自由自在地找别人去。你这么说，可真不对。我已经有你了，哪会在外面找别的女人。想起来咱们俩的相识，还是因为歌泽。我唱的是《己物》，你那时候唱的是什么呢……"

"是老房吧。"

"虽说年纪一把了，可也不能小瞧啊。"小川少爷说着，眯起眼睛，弓着身，悄悄往拉门里窥视。他和中洲大将的脑子里，早已勾勒出一幅脂粉香艳的情景。

屋子里的电灯很暗，几乎照不出影子。三尺的平床上，只挂了大德寺的素净字帖。下面放了一个白交趾①的水盆，里面插了吐着素雅的青芽的中国水仙。阿房正对着暖炉，从外边只能看到他的背影。阿房穿着八丈地方的薄棉衣，衣襟是黑天鹅绒的质地。

但房间里并没有什么女人。藏蓝和白茶色交织的格子图案暖炉盖被上，散落着两三册短歌唱本。唱本旁边，蹲着一只脖子上挂着铃铛的小白猫。猫身一动，铃铛就发出轻得几乎听不清的铃声。阿房的秃头低得近乎蹭上柔软的猫毛，他仿佛是在对谁说话一样，重复着那些

---

① 即白色的交趾陶。交趾陶，又名嘉义烧，源自唐三彩，是一种低温彩釉软陶。

软语温言。

"那时候,你来找我。你说我那么说真是可恶。曲艺和……"

中洲大将和小川少爷默不作声地彼此对视了一眼,然后轻手轻脚地走过长长的廊下,返回到自己的座席中。

雪依旧在下,没有要停的迹象……

大正三年(1914)四月十四日

山药粥

故事大概发生在元庆①末年,仁和②之初。到底发生在哪个时代,并不重要,读者们只需明白这是一个发生在平安时代的古老故事就好。那时正逢藤原基经摄政,他手底下的武士里,有一位五品。

这个五品,本来我很想写下他的姓名,然而却查不到相关记载,想来恐怕是个没资格被写入史册的平庸男子。过去的史书记录者,对普通人的事迹,大概都没什么兴趣。这一点和日本的自然派作家完全不同。王朝时代的小说家,想必也不是闲人——总之,在藤原基经摄政时期,他的侍卫中,有一位五品,就是本故事的主人公。

这位五品的容貌当然并不出众。第一,他个子很低。酒糟鼻,下垂眼,胡子稀疏。脸颊干瘪,下巴显得格外尖。嘴唇呢……说起来怕是说不完,就不一一细数了。总之这位五品可谓其貌不扬。

他是从何时起,又是怎么成为侍奉藤原基经的武士的,谁也不清

---

① 元庆(877—885),日本平安时代阳成天皇和光孝天皇的年号。
② 仁和(885—889),日本平安时代光孝天皇和宇多天皇的年号。

楚。总之，可以确认的是，从很久之前，他就穿着同一件褪色的外褂，戴着同一顶扁塌塌的帽子，每天重复着同样的工作。因此，到了今天，无论是谁看到他，都不会想到眼前这个人也有过青春年少的时候（这位五品现在已经年过四十）。相反，他让人一看，就觉得似乎从出生开始，就是个酒糟鼻，顶着一脸稀疏到几乎没有的胡子，站在朱雀大道上，任凭风吹日晒。对此，上至他的主公藤原基经，下至放牛童，大家都这样认为，没有人怀疑。

生了如此一副尊容，周围的人对他的态度，恐怕也不必在下赘述了。他的同伴们对他的态度，甚至不如对飞来的一只苍蝇更重视。甚至那些连品阶都没有的下人，面对这位五品时，都不可思议的冷淡。五品吩咐什么事的时候，这些人绝不会因此中断他们的闲聊。五品仿佛是空气一样的存在，完全是一个透明人。下人们尚且如此，更别说他上面的那些人，自然更不把他当回事。他们对待五品，冷然的表情后隐藏着的是孩子般无意识的恶意。想和五品说什么的时候，顶多比比手势，仿佛那样就够了。人类使用语言交流，那绝非偶然。可想而知，用手势吩咐五品做事，时常会有说不明白的时候。到了这种时候，他们会认为这只能怪五品自己的脑子不好，领会不了。每到此时，他们就会从五品那扁塌塌的帽子开始打量，一直看到五品脚上的破草鞋，上上下下，反反复复，看上好几遍，然后从鼻子里发出一声嗤笑，掉头就走。尽管如此，五品却从不因此生气。他已经把一切的不正常、不公平视为寻常，可谓一个毫无自我主见的懦弱胆小的人。

但五品的武士同伴们却总是想捉弄他。比他年长的，总拿他丑陋的相貌说些老掉牙的笑话；比他年轻的，也趁机附和，当作捧哏耍嘴皮子的机会。他们当着五品的面，对他的鼻子胡子，帽子衣服，品头论足，没完没了。不仅如此，就连五六年前与他分手的下唇生得地包天的前妻，他们也拿来谈论。甚至五品前妻的相好，一个酒鬼和尚，都多次成为他们的话题。除此之外，他们还做过性质恶劣的恶作剧。此处不一一详述，只举一例，五品的武士同伴，把五品竹筒里的酒喝了，然后还在里面撒尿。如此，其他种种，想必各位也能想象得到。

但五品对这些捉弄没什么特别的感觉，至少他看起来仿若无动于衷。无论发生什么，他都面不改色，只是一如既往地抚摸着稀疏的胡须，做着手头儿的事。只有在对方做得实在太过分时，比如，在他的发髻上粘纸条，或者把草鞋插在太刀刀鞘上，他才会露出一个不知是哭还是笑的表情，说道："各位仁兄，别这样呀。"看看他的脸，再听听他的声音，谁都会在那一瞬间生出些许怜悯（被这些人欺负的，不止我们这位酒糟鼻五品一个人，还有许多不知姓名的人，仿佛借着他的表情和声音，对他们的无情加以责备）——这种感觉虽然淡薄，但确实在那一瞬，渗入了他们的心。只是这种怜悯不会持续多久。其中少见的一个人，是一位没有品阶的武士。这位从丹波国来的嘴唇上才新长出来软软胡须的青年，开始也和众人一样，没来由地看不起五品。但有一天，当他听到五品说"各位仁兄，别这样呀"之后，这句话就总是盘旋在他的脑子里。从此以后，在他眼里五品仿佛变成了另外一个人。从营养不良、脸色难看、愚钝木讷的五品的脸上,他看到了一个被世间迫害的"人"。这位没有品阶的武士每每想到五品的遭遇,便觉得世间的一切仿佛都突然露出了低劣的面目,但与此同时,那被霜冻了一样的红鼻子和稀稀拉拉的胡须,又不知怎的,让自己的心里多了一种安慰……

但良心发现的只是这位青年一人。除了这个例外,五品依然活在周围人的轻蔑之中,过着像狗一样的日子。首先,他连件像样的衣服也没有。他本来就只有一件青灰色的外褂,再加一条同色的裤子。如今日久天长,衣服已经褪色泛白,变得蓝不蓝,青不青的。外褂还凑合,只是肩部塌下来了,圆纽扣和菊花纹饰的颜色变得有点儿奇怪而已;裤子的裤管早已破得不像样子了,里面也没有衬裤,露出细细的腿。即使不那么喜欢挖苦人的同僚,看着都觉得像瘦牛拉破车一样寒碜。五品配的刀也不太像样。刀柄上的贴金已经斑驳,刀鞘的黑漆也已经剥落。五品却依然红着鼻子,走路趿拉着草鞋,像没见过世面一样东瞅瞅西看看。他本来就驼背,在寒冬里越发显得弓身猥琐。也难怪走在路上时,卖东西的小商小贩看到他,也把他当傻子欺负。最近,就有这样一件事。

有一天,五品路过三条坊门往神泉苑的方向走,路上有六七个孩子围着在看什么东西。五品心想孩子们是在玩打陀螺,便从后面凑过去看了一眼。没想到他们围着一只脖子上还拴着绳子,好像迷了路的狮子狗,在那里又打又踢。五品本来胆小懦弱,即使很有同情心,却从来不敢出头。这一次因为是几个孩子,所以他才鼓起勇气。只见他挤出一个笑脸,对一个像孩子头儿的孩子说:"放了这条狗吧,狗挨打也会疼啊。"那孩子听了,回过头翻了个白眼,上下打量着五品。那神情就和武士头子吩咐五品办事,五品却没能领会其意时一样。"要你多管闲事!"那孩子退开一步,高傲地反唇相讥:"看什么看,你这个酒糟鼻!"这话像耳光一样扇在五品脸上。但他并没因为被恶语相向而生气,反而觉得是自己多嘴,自讨苦吃,因此有些难为情。面对对方的恶意,他只好用苦笑来掩饰,然后默默地继续向神泉苑的方向走去。身后,那六七个孩子挤在一处,吐着舌头,做着鬼脸。当然,五品并不知道这些,不过就算他知道,对不争气的他来说,又能怎么样呢……

不过,这个故事的主人公,这位生下来就被人轻视欺侮的人,心里也并非没有一点儿希望。五品从五六年前,就对一种山药粥非常执着。这种山药粥,是把山药切碎,用甘葛汁熬煮,做成的粥。在当时,那是无上的佳肴,甚至是一道上呈万乘之君的御膳。像我们五品这样身份的人,一年最多能有一次,在临时有贵客到访主公家时,才能沾光尝到山药粥。即使有幸尝到,也少得只够润个喉咙。所以,从很久之前,能饱餐一顿山药粥,已经成了他唯一的愿望。当然,关于这个愿望,他没有和任何人说起过。不,甚至连他自己都不知道,这已经成了他的一生之愿。可以说,他就是为了这个愿望才继续活着的——人类有时候就是因为一个不知是否能够实现的愿望,奉上了自己的一生。对此冷言冷语的人，说到底不过是他人人生的过客罢了。

然而，五品的这个梦想——饱餐一顿山药粥，没想到轻而易举就实现了。其间的始末，正是我写下山药粥这个故事的目的。

有一年正月初二，藤原基经府上临时来了一位贵客。（这一日，与皇后太子的二宫之宴是同一日，摄政关白府设宴招待高品阶的达官贵人，与宫宴相比并不逊色。）五品和其他外面的武士一样，坐在一起，享用满桌的残宴。那时并没有分食的习惯，所谓残宴，就是主公底下的武士聚集一堂，大家一起吃。虽说和宫宴差不多，但在古代，饮食的品种虽多，真正的美味却很少，菜品有蒸年糕、煎年糕、蒸鲍鱼、风干鸡肉、宇治冰鱼、近江鲫鱼、鲷鱼鱼干、鲑鱼鱼子、烧章鱼、大虾、大柑橙、小柑橙、橘子、柿饼等。这其中，也包括筵席的惯例——山药粥。五品每年都很期待山药粥，但因为武士人数众多，最后落到自己嘴里的，却没有几口。特别是今年，山药粥格外少。可能是自己的心理因素在作怪，五品感觉今年的粥尤其可口。于是，喝完后，他擦擦稀疏的胡子上沾上的粥，呆呆地看着空碗，自言自语地说了一句："不知何时，才能敞开了喝上一顿啊。"

"大夫阁下，没有尽情地喝过一回山药粥吗？"五品话音还没落，席间就有人嘲笑地问道。

说话的是一个声音低沉，气宇轩昂的武士。五品挺了下他的驼背，怯懦地探头看了看说话的人。那是同样侍奉藤原基经的民部卿时长的公子藤原利仁。藤原利仁生得肩宽体壮，身高超群，如今正一边吃着烤栗子，一边一杯又一杯地喝着黑酒①，看那样子已经喝醉了。"真是可怜啊。"利仁见五品抬起头看自己，用混杂了轻蔑和怜悯的口气继续说，"如果阁下愿意，我利仁可以让你喝个够。"

就算是条狗，如果平日里受尽了欺负，突然给它一块肉，它也不会立刻就凑近。五品的脸上露出了惯常的不知是哭是笑的表情，看看利仁的脸，又看看手里空空的碗。

"不愿意吗？"

"……"

"怎么样？"

"……"

五品感觉在场众人的视线都聚集在自己身上。如果答错了，一定又会被众人嘲笑。或者说，无论怎么回答，都会被人嘲弄戏耍。五品左右为难。如果那时不是对方突然很不耐烦地说"要是不情愿，就当我没说"，五品的视线恐怕要在空碗和利仁的脸之间跳个没完了。

听对方这么一说，五品慌忙回答道："不不……诚惶诚恐，感激不尽。"

听到利仁和五品的对话，众武士都忍不住笑出了声："不不……诚惶诚恐，感激不尽。"——甚至还有人学五品的样子说话。在那些

---

① 一种以大米为原料的未经过加热杀菌的日本酒，酒液颜色较深。

橙黄色、橘红色的杯盘碗碟之中，众人都笑了起来，他们戴着的那些揉乌帽子和立乌帽子，像波浪一样随着笑声晃动着。其中，笑得最大声、最开心的，就是利仁本人。

"那最近就请您来我家一趟了。"说着，他不禁皱了下眉，因为刚才笑得太用力，酒气也一同涌上了喉咙，"不知您是否方便？"

"诚惶诚恐，感激不尽。"

五品涨红着脸，把之前的答复又重复了一遍，这下大家笑得更起劲儿了。其实利仁就是想让五品再说一次，才故意问的，所以此时像更好玩了一样，笑得肩膀乱颤。这位来自朔北的粗犷汉子，生活中最有心得的事情只有两件，一是喝酒，二是大笑。

幸好大家的话题很快就转移到别的地方去了。即便是逗乐搞笑，只把注意力长时间集中在酒糟鼻五品身上，也会让人感到不快。总之，大家从东聊到西，酒和菜肴都所剩无几的时候，一位见习侍卫说了个笑话，说有人要骑马，却把两条腿伸进了一只支护腿里，吸引了大家的注意。只有五品一直魂游天外，充耳不闻。看样子，山药粥这三个字已经支配了他全部的心想。就算面前摆了烤鸡，他也不动筷子；即使手边放着盛了黑酒的杯子，他也不喝一口。五品只是把双手放在自己的膝盖上，像要去相亲的姑娘那样，就连那花白的两鬓边上的皮肤，都红了起来，一直呆呆地看着自己空空的黑漆碗，痴痴地傻笑……

四五天后的一个上午，沿着加茂川，通往粟田口的街道上，两个男子骑着马静静前行。其中一人上穿深蓝色猎衣，下穿一件同色的裙裤，配着太刀，须黑鬓美。另一个人穿着一件寒酸的青灰色外褂，外面又罩了一件薄棉衣，大约四十来岁。无论是系得松松垮垮的腰带，还是沾着鼻涕的酒糟鼻，浑身上下无不显露着破落。两人骑的倒都是好马，前面一匹是桃花马，后面一匹是三岁的菊花青良驹，走在路上，两侧的小商小贩和途经的武士纷纷侧目。他们的后面还紧紧跟着两个人，分别是背行李的随从和马夫——这一行人，不用多说，正是利仁和五品。

虽然是冬日，但这一天风和日丽，布满白色石头的河道里，河水缓缓流淌。连一丝晃动河流两旁干枯蓬草的风都没有。河边的柳树低垂着落光叶子的枝条，沐浴着金黄色的糖浆一般的阳光；柳树枝头的鹡鸰动动尾巴，在街面上投下一个鲜明清晰的剪影。暗绿色的东山之上，大概是比叡山，那圆润的形状，像覆着霜的穿着天鹅绒衣服的一个探出的肩膀。利仁和五品优哉游哉地向粟田口走着，马鞍上的螺钿，在阳光下闪闪发亮。

"我们这是去哪儿呢？您刚才说让我跟着走就好……"五品手法生疏地抓着马的缰绳，问道。

"快了，就在前面。不用担心，不是很远。"

"暂且先这样想吧，不太远就好。"

今天早上，利仁来邀请五品，说东山附近有一处天然温泉，想去一趟。酒糟鼻五品信以为真。刚好很久没洗澡了,身上痒得很。被邀请喝山药粥不说,再洗个澡泡泡温泉,那真是惬意不过——这样一盘算,就跨上了利仁安排的菊花青。不过,两人来到此处,看情形利仁的目的地并不在这里。现在,不知不觉间,已经过了粟田口。

"不是去粟田口吗?"

"不是,您呐,还得再走一会儿。"

利仁微笑着,故意不看五品的脸,静静地策马前行。道路两边的人家越来越少。此刻,广阔的冬天的田野上,只剩下盘旋着寻找食物的乌鸦;山阴的残雪,也蒙上了一层淡淡的青烟。虽然天气晴朗,但那干枯尖利的树枝,直直地刺向天空,让人不禁觉得刺眼,身上也生出几分寒意。

"所以,我们是要去山科那一边吗?"

"山科不就是这里嘛。我们还要再往前走一段。"

果然,说着已经走过了山科。不仅如此,不知不觉中,关山也已经被留在身后。午后,他们已经走到了三井寺。三井寺里有位和尚与利仁交情匪浅,五品和利仁一同拜访了他,在那里蹭了一顿午饭。之后又继续乘马赶路。这段路上的人烟,比刚才还要稀少。尤其是当年正是强盗横行的不太平的时代——五品的驼背比之前更加畏缩了,他抬头仰视着利仁的脸,问道:"还没到吗?"

利仁微微笑了起来。仿佛恶作剧被发现的小孩子面对长辈时的表情一样。利仁鼻子尖上的褶皱和眼角的皮肤,像在憋着笑,欲笑未笑的样子。终于他忍不住回答了。

"其实呢,我是要带阁下去敦贺。"利仁一边笑,一边举鞭指着遥远的天边。鞭子指着的方向,一片银光闪耀,是被午后的太阳照耀着的近江湖。

五品惊慌失措。

"敦贺,是越前敦贺吗?那个越前的……"

五品不是没听说过,利仁去敦贺做了藤原有仁的女婿,多半时间住在敦贺。但五品却从没想过,他会把自己带去敦贺。不说别的,越前国和京都隔着几重山河,只带着两个下人能不能安全过去是个大问题。更何况最近有不少传闻,说途经的旅客被盗贼杀害。五品哀叹一声,看着利仁的脸说道:"这可要了命了,本来以为去东山,结果奔着山科去了。本以为去山科就好,结果是三井寺。最后又说要到越前国的敦贺,这到底是怎么一回事啊。如果早知道是这样的话,出发时候就应该多带些人手——敦贺,这可要了命了。"

五品快要哭出来了,喃喃自语地唠叨着。要不是因为想着能"饱餐一顿山药粥"的念头支撑着他的勇气,他恐怕早就与利仁作别,独自回京都了。

"有我利仁一人,如有千军在身侧,您大可放心。"

看到五品如此惊慌,利仁皱着眉,嘲笑道。然后叫来背行李的随从,取来带着的箭筒背在自己背上,然后又拿来黑漆的弯弓,横弓身侧,继续策马前行。事已至此,没有主心骨的五品除了盲从于利仁的安排，别无他法。于是，他心惊胆战地眺望着周围荒凉的原野，嘴里念叨着几句记得不是很真切的观音经，低伏着身子，酒糟鼻几乎贴到了前鞍上，像之前那样生疏地策马缓缓前行。

回响着马蹄声的原野，遍地都是枯黄的茅草。随处可见的小水洼冷冷地倒映着蓝天，让人不禁怀疑这个冬日的午后恐怕过不久也会被冻住。目之所及的原野尽头，是连绵的山脉，因为背光，所以看不清山顶的残雪，只能看到细细长长的深紫色，勾勒出山脉的形状。两个步行跟着的随从被原野上高高的枯草遮蔽了视线，远处的一切景象都不曾落入他们的眼里。这时，利仁突然回头向五品搭话。

"看，那边来了个不错的使者，正好可以报信给敦贺！"

五品不太明白利仁的意思，他战战兢兢地望向利仁弓箭所指的方向，却没瞧见半个人影。只有一只有着暖融融毛色的狐狸，在不知是野葡萄还是什么攀缠的灌木丛中，沐浴着阳光，慢吞吞地踱步。突然，狐狸慌慌张张地纵身一跃，奔逃而去。利仁立即策马加鞭，追了上去，五品也来不及多想，跟在利仁身后追了过去。两个随从自然也赶紧跟了上去。一时间，马蹄踢飞石子的声音响彻寂静的原野。一会儿，只见利仁拉住缰绳，停了下来，马鞍一侧的手上倒提着不知何时抓住的狐狸的后腿。想来是那狐狸被追得走投无路，终于被马背上的利仁一把擒住了。五品稀疏的胡子上也流下许多汗，他一边慌忙去擦，一边紧赶慢赶驱马来到利仁身侧。

"喂，狐狸，你听好了。"利仁将狐狸高高地提到眼前，故意用低沉的声音说，"告诉他们，敦贺利仁今夜回府。就说'利仁如今带着一位贵客，正在归府途中。派人明日巳时在高岛边上备两匹好马，前来迎接'。可别忘了！"

说完，利仁一挥臂膀，把那狐狸远远地抛到了荒草丛中。

"哎呀，跑了！跑了！"

终于追过来的两个随从，看着逃走的狐狸的方向，拍着手叫喊着。只见狐狸那和落叶颜色相似的后背不顾树根乱石地往前蹿去，在夕阳中一溜烟儿地跑远了。狐狸远去的身影，利仁、五品一行人看得清清楚楚。原来，在追狐狸的过程中，他们不知不觉间跑到了原野一个缓缓高出地面的斜坡上，那里曾是干涸的河床。

"好一个气度恢宏的人物！"

五品由衷地发出一声尊敬的赞叹，仰视着这位连狐狸都能驱使的草莽英雄。五品已经无暇考虑自己和利仁之间有多大的差距，此时，他只是深深地觉得利仁的意志可支配的范围越大，和利仁的利益一致的自己就能获得越多的自由和好处，这么想着，心里不禁踏实了许多——五品生出阿谀奉承的心思，也是自然而然，情理之中。诸位读者务必不要因为此时酒糟鼻五品的态度，就轻易怀疑他的人格。

却说那只被利仁扔出去的狐狸，从斜坡上连滚带爬地跑下去，来到干涸的满是石子的河床上，一鼓作气地灵活地跃了过去，这回又向着对面的斜坡迅捷地跑上去。一边跑还一边回头看，看到刚才追逐自己的武士一行人，在那离自己越来越远的斜坡上并肩驻马，他们的身影越来越小，小得只有手掌那么大。但沐浴着阳光的桃花马和菊花青，在凝露结霜的冬日的空气中，鲜明得像是用画笔勾勒出的一样。

狐狸一扭头，像风一样消失在原野的枯茅中。

利仁一行人如他所言，在第二天的巳时，到达了高岛。高岛面临琵琶湖，是个不大的村落。和昨天的晴朗不同，在阴霾的天空下，这里只有疏疏落落的几间茅屋。湖边的松树林间，露出的泛着灰色涟漪的湖面，宛如一面忘记打磨的镜子，让人心生清冷。来到此地，利仁回头看看五品，说道："请看那边，众人已前来迎接。"

五品闻言看过去，果然有二三十个人，有的骑马，有的步行，牵着两匹鞍鞯齐备的骏马，穿过湖岸，跃过松林，衣袂飘飘地向这边急匆匆地赶来。没多久，他们已到了跟前，骑马的人见到他们，连忙翻身下马，与步行赶来的同伴一起，在路旁跪下，毕恭毕敬地迎接利仁的到来。

"看来那只狐狸真的做了信使啊。"

"天生就变化多端的畜生，能有点儿用罢了，不足称道。"

利仁和五品说着话，已来到众家臣跟前。利仁向大家说了一声"辛苦了"，跪着的家臣连忙起身，牵过二人的马。气氛一下就欢快轻松起来。

"昨夜发生了一件奇事。"

利仁和五品二人下马，正准备在皮草坐垫上落座，一个白发苍苍的家臣，走到利仁跟前禀报道。

"怎么回事？"利仁一边把家臣们奉上的酒菜，给五品安排上，一边气宇轩昂地问道。

"是这么一回事，昨夜戌时，夫人忽然失了心一般，说：'我是坂本之狐。今日向尔等传达大人的命令。你们近前听好！'于是，我等上前听令，夫人继续说，'大人如今带着一位稀客，正在回家途中。明日巳时，尔等备两匹好马，前去高岛迎接。'"

"这确实是件奇事啊。"五品小心地看看利仁的脸，又看看家臣的脸，让双方都满意地奉承了一句。

"这还没完，夫人说完，又害怕地浑身颤抖，说道：'千万别迟了。你们要是迟了，大人必会责罚于我。'话音未落就大哭起来。"

"后来怎么样了？"

"后来，夫人一下就昏睡过去了。我们出发迎接您的时候，夫人还没有醒。"

"怎么样？"听完家臣的话，利仁看着五品，得意地说，"野兽畜类，都得听我利仁的号令。"

"真是令人震惊，大开眼界啊。"五品挠了挠自己的酒糟鼻，微微低下头，然后像惊呆了一样，故意做出张口结舌的样子。胡子上还沾一滴刚才饮的酒。

那一夜，五品在利仁府上的客房里，失神般地望着油灯，怎么也睡不着，眼看漫漫长夜已过，东方微明。与利仁、利仁的随从一路谈笑，经过的松山、小河、荒野、杂草、落叶、碎石、青烟……一样样浮现在五品的脑子里。尤其是暮色四合之时，在迷蒙的雾霭中终于抵达了利仁的府邸，看到火钵里烧着的红红的火焰，一下就松了一口气的那种轻快的心情——如今躺在这里，想起这些刚发生过的事情，都像已经过了很久。五品在絮了四五寸厚棉花的被子下，开心地舒展着手脚，观察着自己的睡姿。

被子底下，五品又穿了两层利仁给他的浅黄色里衣，也絮足了棉花，暖和得动一动就会出汗。再加上晚饭时他喝了一杯酒，醉意催动，身上更热了。枕边就是木拉门，门外，是寒霜遍地的大庭院；五品陶陶然，不觉半点儿苦意。这里的一切，都和自己在京都的住处天差地别。可是我们五品的心里，总有一种不安。首先，时间慢得让人倍感煎熬，但同时又希望天明——意味着可以品尝山药粥的时候，来得不要太快。这两种彼此矛盾的感情纠缠在一起，来回变化，让五品的心不得安宁。就像今天的天气一样，陡然变得天寒地冻。种种思绪仿佛魔障一般，五品虽然温暖地躺在这里，却怎么也不能安然入睡。

这时，外面的庭院里，突然有谁高声讲起了话，像在吩咐着什么。听起来，像是今天去迎接他们的那个头发已经白了的家臣。他沙哑的声音，震动满院寒霜，如凛冽的寒风一般，吹彻五品的骨髓。

"这里的下人全部听令。按照大人的意思，明天早上卯时为止，无论男女老少，每人均要上交一根粗三寸，长五尺的山药。卯时之前，务必按时上交。"

家臣把这番话重复讲了两三遍，终于人声俱静，一下又恢复了冬夜的寂静。万籁俱寂中，只有灯油发出轻微的哔哔剥剥的声响。红色的像锦缎一样的烛火，摇曳不定。五品憋回一个哈欠，又陷入胡思乱想——刚才提到山药，那肯定是为了做山药粥，才让下人们准备的。这么想着，刚才那被外面的响动吸引了注意力的心头，再度涌上之前的不安。这一次，比之前更强烈的，是不愿意过早尝到山药粥的心情。那心情偏偏和他作对一般，片刻都不肯从脑子中剥离。一直以来心心念念想要饱餐一顿山药粥的心愿，马上就要实现了，然后那多年来的朝思暮想、期盼忍耐，如今马上就要化为乌有了。要是可能的话，五品真希望突然有点儿什么意外，山药粥暂时喝不成了，然后等排除掉困难，再终于得偿夙愿——真希望万事都能有这么一个转折。各种想法在五品的脑子里轮番登场，转来转去，一路劳顿的他终于在不知不觉中熟睡了过去。

翌日清晨，五品睁开眼睛，立刻想起了昨夜里山药粥的事情。因为这是他最在意的事了，所以起来后什么都没干，首先打开窗，看看院子里是什么情形。五品此时才发现自己睡过头儿了，不知不觉中已过了卯时。庭院里铺着四五块长席子，席子上面堆满了大约五尺长三寸粗的圆柱形的东西，定睛细看，竟是些大山药。那些山药堆得像小山似的，足足有斜出的扁柏屋檐那么高。

睡眼惺忪的五品揉着眼睛向四周看去，瞬间惊得目瞪口呆。宽广的庭院里，五六个新打的灶上各架着一口能装五石米的大锅。穿着白色布衣的年轻婢女们，正在那里忙前忙后。烧火的、掏灰的，还有从崭新的白桶里把甜葛汁舀到锅里去的，大家都在为做山药粥而忙碌着。从锅下面飘上来的烟和锅里冒出来的热气，融入还未消散的黎明的雾霭里，把宽敞的庭院罩在里面，到处都灰蒙蒙的一片。耳听眼见的，皆像着火打仗一般，乱糟糟的。五品直到这时才意识到，山药粥是用这样大的山药，在这样大的锅里做出来的。而自己，为了吃山药粥，竟然专门从京都千里迢迢来到了越前的敦贺。仔细想来，这些没有一样不让人难为情的。实际上，我们五品本来就小的可怜的胃口，此时已经倒了一半了。

一个小时之后，五品同利仁、利仁的岳父有仁，共进早膳。眼前摆着的是一个大银锅，里面盛的是像海一样多到让人害怕的山药粥。五品刚才已经目睹了十几个青年男子，拿着薄刀，干劲儿十足地切着那堆积如山的山药，从这边切到那边。然后，那些婢女们一会儿跑到这边，一会儿跑到那边，收集着切好的山药，把它们放进那几口大锅中。最后，庭院里铺着的席子上的山药全消失了之后，山药混合着甜葛汁的气味，化作一道道气柱，从锅里升腾而上，飘向清晨晴朗的天空。把这一切都看在眼里的五品，此刻面对着眼前锅里的山药粥，不夸张地说，没等吃上一口，就已经饱了。五品在锅前为难地擦着额头上的汗。

"您还从未饱餐过山药粥吧,请千万别客气。"

利仁的岳父有仁,吩咐侍奉的童子,又摆上来几口银锅。锅中的山药粥多得都要溢出来了。五品的酒糟鼻子更红了,他把半锅的粥倒进一个大瓦碗里,闭着眼睛,不情不愿地喝了起来。

"家父都说了,不用和我们客气。"

利仁在一旁笑得不怀好意,边说边捧过来一锅。受不住的只有五品。不客气地说,今天从最开始,五品对山药粥就一点儿胃口也没有。如今强忍着好不容易终于喝了半锅,要是再喝下去,不仅咽不下去,还有可能吐出来。但不喝的话,又对不住利仁和有仁的这一番款待。于是,五品闭上眼睛,把剩下的半锅粥又喝了三成,最后,他真的一口也喝不下了。

"真的谢谢了。已经喝饱了——哎呀不了,真的谢谢了。"

五品语无伦次地说着,看起来十分尴尬。他的鼻尖上、胡子上,都是汗珠,看起来都不像在冬天。

"吃得太少了。您还是和我们客气啊。你们几个,愣在那里做什么。"

侍奉的童子们听有仁这么说,马上从别的锅里把山药粥盛到瓦碗里。五品摇晃着双手,像驱赶苍蝇似的,谢绝着有仁的好意。

"不了不了,真的已经足够了……实在不好意思,真的足够了。"

要不是这时利仁突然指着对面屋檐说"看那边",说不定有仁还要继续劝五品喝粥。索性利仁这么一声,把大家的注意力都吸引了过去。扁柏屋顶上，洒满了朝阳。明媚晴朗的阳光中，一只皮毛光亮的动物正乖巧地坐在那里。定睛一看，正是前天利仁在原野上捉住的那只坂本狐。

"这狐狸也是想喝山药粥，才来拜见的吧。儿郎们，给它点儿吃的！"

利仁一声令下，众人即刻照办。狐狸从屋顶上跳下来，直接奔向院子，享用起了山药粥。

五品看着喝粥的狐狸，有些怀念地想到没有来这里之前的自己。那个被武士欺负愚弄的自己，被京都街上的孩童骂酒糟鼻的自己，穿着褪色的衣服，被人指着，像丧家之犬一样在朱雀大道上慢慢走着的、可怜的、孤独的自己，同时，又是拥有想饱餐一顿山药粥心愿的、幸福的自己。现在不用再喝山药粥了，他觉得安心，满脸的汗，从鼻尖开始，一点点消散了。天气晴朗，但敦贺的早上，寒风彻骨。五品慌忙捂住鼻子的同时，冲着银锅打了好大一个喷嚏。

大正五年（1916）八月

六宫公主

一

六宫公主的父亲，是天皇之女所生。由于他不擅审时度势，又比较守旧，疏于仕途，官只做到兵部大辅①。六宫公主和父母一起，住在六宫附近草木深深的一处宅院里，称她为六宫公主，也是由这地名而来。

公主的父母很宠爱她，但因循旧礼，没有主动为公主挣一个出路，只是等待着有谁来上门提亲。公主也像父母教导的那样，恭谨度日，不知忧愁，也没有喜悦。但与世隔绝的公主并没有什么不满。"要是父母健在就好。"她这样想着。

古池边的垂樱，一年年疏疏落落开着花。一转眼公主已出落成一个娴静的美人。但一家之主的上了年纪的父亲，因为饮酒过度，突然去世了。不仅如此，母亲也因此悲痛交加，伤心过度，在半年内追随

---

① 兵部大辅，日本律令制下兵部省正五位下的官职，官阶不高。

父亲离公主而去。公主十分悲伤，但更觉无依无靠前路迷茫。实际上除了公主的乳母，她身边再没有靠得住的人了。

乳母为了公主，不惜身体地辛勤工作。但家传的值钱物件，什么螺钿首饰盒啊，白金的香炉啊，不知何时起，一件一件逐渐在这个家里消失了。与此同时，那些下人也开始偷懒。公主渐渐知道了生活的艰辛，却也无能为力。她只是对着寂寞的庭院，一如既往地弹着琴，咏着和歌，用这些过去的娱乐，重复着单调的日子。

一个秋天的傍晚，乳母突然走到公主面前，思虑良久，终于说了这么一番话。

"我做法师的外甥拜托我转达，丹波国前国司想结识您。听说那位官人相貌英俊，心地善良，他的父亲虽说是首领，但也是接近四品的京官。怎么样，和他见见面吧？比起这样紧巴巴地、小心翼翼地过日子，会好许多……"

公主再也忍不住，哭了起来。为了让不如意的生活好过一点儿，竟要委身他人，这和卖春的那些女子又有什么不同。虽然之前就知道，在这世上，这样的事情有许多，可现在轮到了自己，让人格外地伤心。公主在乳母面前，在葛叶飘落的秋风中，久久地以袖掩面哭泣……

二

不知从何时起，公主开始和那男子夜夜相会。诚如乳母所言，那官人性情温和，待人温柔，相貌也很俊朗。他对公主的美貌一见倾心，这是谁都一眼看得出来的。公主对他当然也没有恶感，甚至有时候还觉得有了依靠。但是在绘着蝶鸟双飞的帐幔后，在烛台耀眼的灯火下，和那男子缠绵悱恻时，她没有一夜感到快乐。

但六官的宅院里，开始有了春风唤醒万物般的生机。黑漆柜子和帘子都换了新的，下人的数量也增加了。不用说，乳母也干劲十足，比之前更加辛勤地侍候着。但这一切的变化，公主只是落寞地看着罢了。

有一天，一个下雨的夜晚，那官人给公主斟上酒，讲了一个丹波国有点儿吓人的故事。传闻有个要去出云路的旅客，在大江山山麓边的旅店投宿，那天夜里，店家的妻子刚好平安生下一个女孩儿。就在这时，旅客看到一个不知从哪儿冒出来的大汉，跑到店里来，扔下一句"寿到八岁，命为自害"，然后就跑没影儿了。过了九年，旅客这回要到京城去，再次投宿于当年的旅店，想看看大家都怎么样。没想到八年前出生的那个女孩子，真在八岁时候死了。她从树上掉下去，偏巧树下有一把镰刀，女孩儿的脖子就偏偏撞在镰刀的刀刃上。——大概是这样一个故事，公主听了，尤为冥冥中的命运而感到恐惧。和那个可怜的小女孩儿相比，自己能依附眼前这个男人活着，已是幸运了。"人除了认命，又能怎么样呢。"她这么想着，勉强在脸上挤出一个优雅的微笑。

庭院的松树，已经不知几次被大雪压断了枝条。公主白天就像往常一样，弹弹琴，打打双陆①；晚上和那官人同床共枕，听着水鸟飞落在池塘里发出的声音。没有什么悲伤的事儿，也没什么额外的欢喜，公主就在这一如既往的慵懒安然中，自娱自乐。

但没想到，这安稳的日子，这么快就到了头儿。那是个冬去春来的夜晚，男子和公主两人独处时，突然为难地说："这样与你相会，今夜是最后一次了。"原来，官人的父亲这次被朝廷派去了陆奥做地方官，身为儿子的他不得不与父亲同行，前往雪国陆奥。不用说，和公主的分别，令他备感悲伤，但和公主的关系是背着父亲的偷欢，事到如今又不好禀明。他一边叹气，一边向公主慢慢说明了事情的原委。

"不过任期五年就结束了，请你等着我吧。"

公主已经哭得伏身在地。虽然和他之间没什么刻骨铭心的爱情，但与自己依靠的男人分别，这种悲伤也是无法言表的。官人抚着公主的背，说了好些安慰和鼓励的话，但没等他说几句，公主就又泣不成声了。

这时不知道发生了何事的乳母和年轻的侍女，端着食盘酒杯走过来，正说着古池塘边上的垂樱，已经含苞待放了……

三

第六年春天再次来临之时，去了陆奥的男子，最终还是没有回京

---

① 双陆，汉字文化圈一种传统双人桌上棋盘游戏，又作双六。

城。这期间,下人们一个也没剩,都各自另谋出路去了。公主住的东边的厢房,已经被大风刮倒,只好和乳母一起住进了下人们的房间里去。下人的住处狭窄破败,也仅仅是能遮风避雨罢了。乳母看着不得不移住在下人房里的可怜的公主,每每忍不住落泪,有时又为这无端地生起气来。

生活的艰难无须再说,厨房的食架早就卖了,换了大米和蔬菜。如今公主身上也只剩下外衣和裙子,再没什么多余的衣饰了。当家里没有柴火时,乳母就去那被大风吹倒的倾颓的厢房,把木板拆下来当柴火烧。但公主却和从前一样,弹弹琴,写写和歌,来排遣心中的苦闷,继续等那个男子回来。

终于,这年秋天,乳母来到公主跟前,深思熟虑已久一样,说道:"官人不会再回来了,公主你就忘了他,好吗?前几天官里典药司的一位副官,想和公主相会,已经催了几次了……"

公主听了这话,想起了六年前那些事。六年前的自己曾经哭到怎么哭都不够,过去那么伤心,而如今已经身心俱疲了。"我只想静静老去等死,此外再无他想。"公主说完这句话,眺望着皎洁的月光,心灰意懒地摇了摇头。

"我现在什么都不想要了,活着也好,死了也罢,都是一回事……"

与此同时,身在常陆的男子,正在自己的宅院里,和新婚的妻子斟酒小饮。妻子是父亲给许婚的，常陆国国守的女儿。

"那是什么声音？"男子突然吃惊地看向明月朗照的屋檐，心中突然浮现出六宫公主的身影。

"是栗子从树上掉下来的声音。"

常陆的妻子一边动作生涩地给他斟酒，一边回答道。

四

男子回到京城，已经是第九年深秋的事情了。他和常陆的妻子的亲戚们，在回京的路上以避开出行不吉的日子为由，在栗津停留了三四天。进京的当天，为了掩人耳目，还特地选在了傍晚。在外这一段时间，男子几次三番给在京城的妻子报信。然而，派去寻找六宫公主的差人，有的迟迟不回来，有的回来了却什么也没找到，就这样，一点儿有用的消息都不曾得手。好不容易把妻子平安送到了岳父那边，他不顾旅途的疲累，风尘仆仆地向六宫奔去。

到了六宫，过去四根门柱的大门和扁柏茸顶的正房和厢房都没有了，原地只剩下倾颓的地基。男子站在一片荒草中，茫然地看着六宫宅院的残迹。过去那个池塘，一半已经被经年累月的沙土杂物掩埋，剩下一半的水里，长出一片水葱，在新月的微光下，水葱的叶子静静地相拥在一起。

男子依稀记得是昔日政所①的地方，看到一间也快要倒了的板房。走近一点儿，向屋子里看，突然看到一个人影。男子轻声向那人影唤了一声，随即一个老尼从屋里蹒跚走到月光下，月光照亮了她的脸，这人看起来有点儿眼熟。

老尼在得知男子的身份后，还没说出话，就先哭了起来。之后才抽泣着，慢慢地讲起公主的事来。

"大人您可能忘了，我是给您和公主做过侍女的一个女孩儿的母亲。大人走了之后，我那女儿又侍奉公主侍奉了五年。但是后来，我丈夫和我要搬去但马，我就和女儿一起向公主请辞了。但我一直记挂着公主，这次独自上京，想来看看情况。但是您也看见了，这儿什么都没了。公主究竟去哪儿了？我也没了主意……大人，您不知道，小女后来伺候公主那几年公主日子过得有多苦，都没法说了……"

男子听完老尼的话，脱下一件里衣，送给了这佝偻着腰身的老人。随后，他低着头，在这一片荒草中，默默走远。

五

男子次日便开始寻找公主，为此他走遍京城，但具体去哪儿找，怎么找，仍是一筹莫展。

就这样又过了几天，男子为了避雨，躲在朱雀门前西边的曲殿屋

---

① 日本平安朝中期以后，权贵家处理各种杂务的家政机关。

檐下。那时除了他自己,还有一个落魄的僧人同在屋檐下避雨,等着雨停。雨从朱门的上空落下,淅淅沥沥的声音让人闻之寂寞。男子用余光看着那僧人,自己心烦意乱地在石阶上踱步。忽然,他听到光线昏暗的窗子里,好像有人声,便瞥了一眼。

屋里是个尼姑,正在照料一个卷着破席子的像病人一样的女子。黄昏的日头已暗,依稀照出那女子形销骨立的样子。但只用一眼,他只用一眼就认出了,那不就是自己在找的六宫公主吗?男子刚想叫她,不知怎么,看见可怜的公主那副样子,一时竟喊不出来。公主不知道官人在窗外,她在席子里艰难地翻了个身,苦楚地吟道:"昔日侧卧良人腕,肘边微风尚觉寒。今时落魄孤庙里,此身此地怎堪看。"

听到这里,男子再也忍不住,失声叫出了公主的名字。公主略微起身,看到是他,不知怎的轻声喊了一声,就倒在席子上了。那照顾她的尼姑——公主忠心的乳母,和从门外飞奔进来的男子一起,慌忙抱起公主。但当他们看到公主的脸,乳母不必提,男子也一时慌了。

乳母疯了一样,跑到门外,去叫那个形容落魄的僧人,求他不管怎么样,给公主临终前念念经。那僧人答应了,坐到公主的枕边。他没有立刻念经,而是对公主说道:"去往往生净土,不能靠别人,现在请您自己也努力念阿弥陀佛。"

公主在那男子的怀抱里,用微弱的声音念起佛来。突然像看到了什么恐怖的东西一样,眼睛定定地看着朱门的天花板。

"那边,那边有一辆车子,在火里烧着……"

"别害怕,专心念佛。"

僧人鼓励着她。过了一会儿,公主又像沉浸在梦中一般,嘴里喃喃道:"我看到了金色的莲花,像华盖那么大……"

僧人正想说些什么,公主又开口了,断断续续地说道:"看不见了,什么都看不见了……一片漆黑,只有风……冷风在吹。"

男子和乳母含着泪,嘴里不停地念佛。僧人也双手合十,帮公主念着佛。在风雨之中,裹着破席的公主的脸色,就那样渐渐灰败,最终一动不动了……

六

几天后的一个月夜,为公主念佛的僧人在朱雀门前的曲殿,穿着褴褛的破僧袍,抱膝而坐。这时,一个武士一边吟咏着和歌,一边大踏步从月光照亮的大路走来。穿着草屐的武士看到僧人,止步问道:"最近这朱雀门附近,好像总听到女子的哭泣声?"

僧人蹲坐在石阶上,没有直接回答,只是说了一句:"你听。"

武士侧耳凝神,夜里寂静无声,只有虫声轻鸣。附近松树的松香,在夜风里静静飘浮。武士正准备说话,忽然,这万籁俱寂中,传来了女子幽幽的叹息。

武士握紧刀柄,但那声音在曲殿的上空,拖着尾音逐渐消失,渐渐去向远处了。

"请专心念佛吧。"

僧人在月光下抬起头。

"是那个不知天堂也不知地狱的没出息的女人。好好念佛吧。"

那武士没有接话,看着僧人的脸,突然想到了什么一样,惊讶地行了个礼。

"您是内记上人吧?为什么会在此处……"

俗名为庆滋保胤,世称内记上人[1],是空也上人[2]弟子中最德高望重的一位高僧。

大正十一年(1922)年八月

---

[1] 内记上人是日本平安时代中期的贵族、文人、儒学者,官至大内记。
[2] 空也上人是日本平安时代中期的僧侣,人称阿弥陀圣、市圣、市上人,被称为"口称念佛"之祖,是民间的净土宗先驱。

旧　信

　　这是一封掉在日比谷公园长椅下面的被看过的信，写在几张西洋纸上。我捡起来的时候，还以为是从自己的口袋里掉出去的呢。但拿起来之后细看，发现是一封某个年轻女子写给另一个年轻女子的信。我对这样一封旧信，当然有些好奇。不仅如此，我还瞥到了一行旁人也许不会有什么反应，但我却绝对不会不看的句子——

　　"说起芥川龙之介，那就是个大傻瓜。"

　　就像某位批评家说的那样，我比谁都更怀疑自己"没有完成一个作为作家该做的"。但"说起芥川龙之介，那就是个大傻瓜"——这完全是黄毛丫头的胡说八道。我努力压抑着心头的怒火，决定无论如何先看看她的论据再说。下面就是那封信，我一字未改地放在这里。

　　"……没什么能比我的生活更无聊了。就是九州的一个乡下。没有戏剧院,没有展览会(你去春阳会①了吗?如果去了,告诉我一声。我比去年要好多了),没有音乐会,没有演讲会,无论去哪儿,都没什么看头。这个城市的知识分子充其量也就是德富芦花②的程度。昨天我和女子大学时期的朋友见面,到现在她们才开始聊发现了有岛武郎这个作家。这真让我难为情。所以我就和别人一样,做做裁缝,做做饭,弹弹妹妹的手风琴,读一读那些读过了的书,在家里百无聊赖地度日。借用你的话来说,我过着ennui(无聊)的生活。

"要仅仅如此那还好,但有时我那些亲戚还会过来给我说亲。什么县议会议员的长子啊,矿山主的外甥啊,光是照片我就看了十张了。对了,这里面还有去了东京的中川的儿子的照片。我之前和你说过吧。那家伙带着一个咖啡店的女服务员还是什么人的,在大学里散步。就他也自称自己是文人,得了吧。所以我是这么说的:'我不是说我不结婚。但要结婚的时候,与其相信别人的评价,我要先依靠自己的判断。与之相应地,之后幸福或者不幸福,我都会自己负责。'

---

① 成立于1922年的在野日本西洋画团体,与院展的日本画部相对立,作品风格较前卫。
② 德富芦花(1868—1927),日本小说家,代表作《不如归》。

"但是,明年我弟弟就要从商大毕业了,妹妹也要升女子大学四年级了。这么想想,我要是不结婚的话,还是不太可行。这里不是东京,这些事都没有办法。这个小城市的人没人能理解这些,他们会觉得我是故意要碍着弟弟妹妹结婚,所以才不赶紧把自己交代出去的。被别人说这种闲话,你也受不了吧?

"但是你知道的,我不像你,能教别人弹钢琴。我除了结婚,就没有什么别的办法。但是这并不意味着要随便找个男人结婚吧。但我这种情况,在这个小城市叫什么你知道吗?他们说都怪我'理想太高'。'理想太高'!理想这个词用在这里也真是可怜。在这个小城市里,除了选未来丈夫,都用不到'理想'这个词。而且还要看这个未来丈夫的候选人是不是真的优秀。我真想让你看看这些人。随便举一个例子吧。有一位县议会议员的长子,在银行还是什么地方工作。他呢,是位大清教徒。清教徒也就算了,但他平时连屠苏酒①都不喝,却做了什么戒酒会的干部。一个生下来就滴酒不沾的人去戒酒会,你说好笑不好笑?就这样,他还一本正经地做什么戒酒的演讲。

"当然,并不是所有候选人都脑子不好。我父母最中意

---

① 一种浸过多种药草后的酒,在正月时饮用,祈愿长寿。平安时代由中国传入日本,江户时代时已经在民间普及。

的，是一个在电灯公司做技师，还算受过教育的青年，长得和克莱斯勒①有几分像。这个叫山本的人，对社会问题倒是挺有研究，那热情让人很感慨。不过，他的兴趣爱好竟然是射箭和浪曲②。但是他应该也觉得浪曲不是什么值得说的爱好，所以在我面前从来不提。然而，有一次在我用留声机放嘉丽库契和卡罗索的唱片给他听的时候，他不经意间问我有没有'虎丸③的唱片'，这下算是暴露了。更好笑的是，从我家二楼不是能看到最胜寺的佛塔吗？那塔在晚霞的掩映中，发出层层光晕，那景色感觉与谢野晶子④都会想为之写一首和歌。这个叫山本的人来我家玩的时候，我就带他看，我说：'山本，你看见塔了吗？'他偏着脑袋，一脸认真地回答道：'啊，看见了。塔的高度是多少啊？'我虽然说过，他不是脑子不好的那种人，但在艺术上，却算是低能儿。

"懂艺术的，我的表哥文雄算一个。他既看永井荷风⑤，也看谷崎润一郎⑥。但稍微聊几句，就知道他只是个小地方

---

① 沃尔特·克莱斯勒，美国三大汽车制造龙头之一克莱斯勒集团创始人。
② 一人说唱，并配以三味线伴奏的艺术表演。
③ 著名浪曲师。
④ 与谢野晶子（1878—1942），日本女诗人、作家、思想家。
⑤ 永井荷风（1879—1959），日本小说家、散文家，新浪漫派代表作家。
⑥ 谷崎润一郎（1886—1965），日本近代小说家，唯美派文学主要代表人物之一，曾多次获诺贝尔文学奖提名。

的文学爱好者罢了。比如，他竟然觉得《大菩萨岭》是一代杰作。这也就算了，但谁都知道，他是个喜欢玩乐的浪荡子。因为这个，我爸曾多次说过，他啊，看起来是要被判禁治产①。所以我父母不认同他能作为我未来丈夫的候选人。但我表哥的父亲，也就是我舅舅，想让我嫁过去。他倒是也没摊开明说，只是委婉地暗示过。我舅舅说的可真不像话。'要是你能嫁到我家来，他估计就能收敛点儿，不会像现在这样不务正业了。'难道做父母的人都这个样子？这可是彻头彻尾的利己主义者啊。也就是说，按照我舅舅的考虑，其实不是想我过去做他儿子的妻子，而是把我看作让表哥改邪归正的工具。这真是让我无话可说。

"说起结婚难，我深感日本小说家的不作为也是原因之一。让受过教育的，有上进心的女性，去选择缺乏教养的男性做丈夫，这也太难了。我相信自己不是唯一一个遇到结婚难题的女人，全日本我这样的情况一定到处都有。但是，日本的小说家却没人为这些因为结婚而苦恼的女性写点儿什么，也没人告诉我们想解决这个难题应该怎么做。但结婚又不是不想结就能不结的。如果不结婚，在这个小城市就会遭到各种可怕的非难。总得考虑生存问题吧？然而我们受到的

---

① 根据日本民法，对一些公民的行为不能承担完全责任的人，可在本人及亲属等的请求下，进行禁治产宣告。

教育，却从来没有如何自食其力活下去这一点。我们学的那点儿外语，也当不了家庭教师；学的那点儿编织手艺，恐怕连房租都付不起。就这样，到最后除了和自己看不上的男性结婚，再没有其他法子了。女性遇到的这个难题，就算现在已经十分普遍，我仍然认为这是一大悲剧（实际上要是真的那么普遍，那细想想不是更可怕了？）说是结婚，但本质和卖身也没什么区别。

"不过你和我不一样，你成功地靠自己就能独立生活，这让我真的羡慕极了。不，不仅仅是羡慕你。昨天我和妈妈去买东西的时候，看到一个比我年轻一些的女孩儿，一个人在那边敲着日文打印机。就算是和她比，她也比我幸福多了啊。对了，想起来你最讨厌感伤主义了，不说这些感叹的话了。

"但还请允许我再批判批判日本小说家的不作为。为了寻找解决结婚难问题的方法，我把过去读过的书，一读再读。但真不敢让人相信，为我们发声的作家，一个都没有。仓田百三、菊池宽、久米正雄、武者小路实笃、里见弴、佐藤春夫、吉田弦二郎、野上弥生……统统都是瞎子。这些人还算好的，说起芥川龙之介，那就是个大傻瓜。你看过他写的《六宫公主》那个短篇吗？（作者曰：忠于京传三马传统的我必须在这里给自己打个广告。《六宫公主》收录于我的短篇小说集《春服》中，由东京春阳堂书店发售。）作者还在这个短篇里责骂那个没有主见的公主。没有强烈的自我意愿，好像已经成了比罪犯还卑劣的存在。我们一直受的教育就没有教过女性应该如何独立生活，就算有再强烈的自我意愿，也没有实现的手段。我想六宫公主也一定是这样吧。对此，扬扬得意地责骂女性的作者，就这一点便展示了他是多么没有脑子。我读那个短篇小说的时候，真看不起芥川龙之介……"

不知道从哪儿来的，写这封信的这个女人，是个对世事一知半解的感伤主义者。与其写信说这些，倒不如去打字学校学点儿东西。她说我是大傻瓜，当然我也瞧不起她。但是，我确实对她的处境抱有某种近乎同情的心情。虽然她在这里说着这些不平，但最终她还是会和那个电灯公司的技师或是谁结婚。结婚之后，就会变得和这个世界上普通的太太一样，会听浪曲，忘了最胜寺的佛塔，像猪一样生很多孩子——我把这封信扔在了抽屉的最深处。在那里，我自己的梦也和几封旧信一样，渐渐泛黄……

大正十三年（1924）四月

烟　管

一

加州^①石川郡金泽城的城主前田齐广在参勤^②中，每次登上江户城时，一定都会带着他心爱的烟管。这个烟管出自当时鼎鼎大名的烟管商住吉屋七兵卫之手，纯金的质地，上面刻着剑梅的家纹，做工精美考究。

根据幕府的制度，前田家自第五世加贺守纲纪以来，在大廊下^③的位置一直仅次于尾纪水三家^④之后。若论富贵，在当时的大名中，

---

① 加州，指日本古时令制国之一，即北陆道的加贺国。
② 参勤，也作参觐交替制，是日本江户时代幕府将军为了控制各地藩主采取的一种制度。即藩主在江户设置居所，每年定期到江户报到，参加各种仪式并接受一些任务。
③ 江户城的主城堡里供藩主们居住的房间。
④ 德川御三家，指日本德川幕府的尾张德川家、纪州德川家和水户德川家这三家的统称。御三家与德川家有血缘关系，称为"亲藩大名"，地位最高。

当然无人能与之比肩。所以，前田家主齐广用金烟管，不过是符合身份的一个装饰品罢了。

但是，齐广对自己所用的这支金烟管不无得意。他这种得意从任何意义来说，都并不是可以随意把玩一支金烟管，而是由随时能把这么一支烟管置于口中显示出的，高于其他诸侯的优越性。这种优越性让他觉得心里很舒服。总之，可以这么说——象征加州百万石级别的诸侯地位的纯金烟管，无论走到哪里，齐广都随身带着，这让他越发志得意满。

如上所述，齐广登城的时候，烟管从无离手。和人说话的时候自不用提，就是独处时，他也会把金烟管从怀中取出来，气派十足地放入口中，悠然地吸着长崎烟草那样气味浓郁的香烟。

齐广那种得意扬扬的心思，或许并没有到想让人来看那代表百万石诸侯身份的烟管的地步，但大家的目光很显然早已为他的金烟管所吸引。于是，意识到自己被人瞩目，对齐广来说，亦是一种非常愉悦的享受——所以现在，在和他同席的大名对齐广提出"这么精美的烟管想借来欣赏一下"之后，齐广甚至觉得自己吐出来的烟圈都比之前更加令人舒服地刺激着舌头。

二

对齐广拿着的金烟管惊叹不已，并最喜欢对此议论纷纷的，要属坊主①这些人了。对他们来说，加贺的烟管是聚在一起时充满话题的讨论对象。

"真不愧是大名的物件啊。"

"同样都是烟管，可他那个就是当金子去卖，也能挣不少钱吧。"

"这材质，能当多少钱？"

"我才不像你，谁会去典当这宝贝啊。"

像这样，聊个没完。

有一天，他们五六个人圆圆的脑袋挨挨挤挤地凑在一起，一边一起吸烟，一边又聊起了金烟管的话题。这时，御数寄屋坊主②河内山宗俊走过来——他是后来"天保六歌仙"中的主要rôle（角色）。

"呵，又在说烟管。"

河内山冷眼扫过他们，不屑地说。

"无论是精美的雕花，还是那纯金的质地，都很了不得啊。对连银烟管都没有的我们来说，的确眼馋嘛……"

一个叫了哲的坊主，说得正在兴头上，突然发现自己的烟袋不知何时被河内山拿走了。他把了哲的烟丝掏出来，塞到自己的烟管里，此时，正悠悠然地吐着烟圈。

---

① 将军和大名身边负责杂务的武士，不佩刀，需要剃发。因职务关系，和主君等重要人物接触的机会很多，有时候一些言行会间接影响到大人物的判断，因此，尽管他们身份不显，却令人忌惮。
② 数寄屋坊主，江户幕府时代掌管茶礼、茶器的小官吏。

"喂喂,那可不是你的烟草啊。"

"都无所谓吧。"

宗俊看都不看了哲一眼,还在那里塞烟丝。吸完烟后,打了一个哈欠,把烟袋子抛了回去:"你这烟草,真够差劲儿的。还提什么烟管,听着让人吃惊。"

了哲连忙把烟袋收起来。

"什么?我这烟丝,要是用金烟管来抽的话,也是不错的东西呢。"

"又在说烟管。"宗俊重复了一遍刚过来时的话,然后说,"要是真那么喜欢那纯金烟管的话,把它要来不就得了。"

"把金烟管要来?"

"对啊。"

宗俊那目中无人的态度让了哲都看呆了。

"在你面前,我再怎么贪心,但是……就算有个银的,也知足了。那支,可是纯金的烟管啊。"

"我知道啊。正因是纯金的,才去要嘛。要是黄铜什么做成的,哪还有人想去讨啊。"

"可是,我还是有些不敢。"

了哲摸了摸自己那剃得光亮的脑袋,摆出害怕的样子。

"你不去要,那我可去要了。可以的吧?以后你可别羡慕。"

河内山说着,抖了抖烟管,晃着肩膀冷笑着。

三

接下来的事,发生在那之后没多久。

齐广像平常一样,在将军府的一间屋子里抽着烟,这时,绘着西王母的金色拉门突然被轻轻地推开了。一个身穿黑条纹黄八丈,外套绣有黑色家纹羽织的坊主,毕恭毕敬地膝行到他面前。眼前的人不抬起头,齐广也不知道是谁——可能有什么事儿吧,齐广这么想着,一边磕着烟管,一边用宽厚温润的声音问:"何事?"

"宗俊有事想请求大人。"

河内山微微停顿了一下。然后一边继续自己的话,一边慢慢抬起了头,最终盯着齐广的脸。这种人长得虽然讨喜,但眼神却像蛇盯着自己的猎物。

"也不是什么别的事,只是想求大人把手中的烟管赏赐给小人。"

齐广不禁看向手里的烟管。齐广的视线刚刚落在烟管上,河内山又立刻同时加了一句:"您意下如何?求大人赏赐。"

宗俊的话里不仅仅是恳求,还有一种坊主这种特别身份的阶级对大名的恐吓之意。将军府规矩森严,在这里天下的诸侯都要听从坊主的指导,齐广当然也有这方面的顾虑;而且他也不想背上吝啬之名。再加上对他来说,纯金的烟管也不是什么难得的玩意——这两种动机合二为一,于是,他就把烟管递到河内山眼前。

"噢,给你,拿着吧。"

"谢大人赏赐。"

宗俊接过纯金的烟管后,毕恭毕敬地高举过头顶,然后迅速地向绘有西王母的拉门那边退了下去。他一出去,后面就有人拉他的袖子,回头一看,是了哲那张长有浅色麻子的脸。他指着宗俊手上的金烟管,一脸想要的羡慕。

"看看这个。"河内山小声说,把烟管头伸到了哲鼻子底下。

"你终于还是要到了啊。"

"所以之前就告诉你了,不去要哪儿行呢。现在羡慕,马后炮喽。"

"下次我也要去讨要。"

"呵,随你的便。"

河内山掂了掂纯金烟管,感受了一下这重量,接着向隔扇那边齐广的方向瞥了一眼,然后又摇晃着肩膀,嘲讽地笑了起来。

四

被要走烟管的齐广这边,却并没有感到不快。甚至他从城楼上下来的时候,那一脸格外愉快的表情,让侍奉他的贴身武士们,都觉得不可思议。

齐广从把烟管赏给宗俊这件事中,获得了一种满足感。或者说,这种满足感甚至比自己拿着烟管时候还要强烈。这其实也很自然。就像前文说过,齐广对烟管的得意,不是因为他喜欢把玩烟管,而是通过烟管，来体现自己百万石诸侯的权势。所以，他的这种心思，正如可以通过把玩纯金的烟管得到满足，也可以通过对纯金的烟管都毫不吝啬地赏人得到更大的满足。虽然这次给河内山，是对方来讨要，碍于他坊主的身份有几分无奈，但这些并不损减齐广最终获得的这种满足。

于是，齐广一回本乡的住处，就对身边的武士心情愉快地说："烟管赏给宗俊坊主了。"

五

齐广的家臣知道了这件事后，无不为齐广的大方感到吃惊。而御用部屋①的山崎勘左卫门，御纳户挂②的岩田内藏之助，御腾手方③的上木九郎右卫门——这三个官吏，对此紧皱眉头，发起了愁。

对加州的经济实力来说，当然了，一支纯金烟管算不了什么。但是每逢节日和朔望之日，齐广就要登城。如果每次都被坊主们索要一支纯金的烟管，那就是一笔无法轻视的开支了。说不定还会因此以后在藩地上增加烟管的税，那真是了不得了——这三位忠心的家臣，对因此预见的后果深感惶恐不安。

于是，他们迅速开始商量应对之策。所谓应对之策，说到底就

---

① 江户城内各诸侯政务所内的官吏。
② 掌管衣服、物品的官吏。
③ 掌管会计事务的官吏。

是——改变烟管的材质来杜绝坊主们的贪欲。但在改用何种材质上，岩田和上木发生了争执。

岩田认为，考虑到主公的体面，不能用银以下的材质。而上木则认为，为了防止坊主们再生贪念，直接用黄铜再好不过。事到如今还顾虑体面不体面，不过是姑息之见罢了——两个人各执己见，都试图说服对方。

这时，老成的山崎站出来调和，说了一个折中的办法。他说岩田和上木这两种想法，都有道理。那不如先用银做烟管，看看情况。如果坊主们还是讨要，那之后换成黄铜也不迟。对山崎的提议，岩田和上木都没有异议。于是这次讨论的结果就是，让住吉屋七兵卫再做一支银烟管。

六

齐广近来每次登城，都拿着银烟管。银烟管自然也雕刻着剑梅的家纹，非常精巧。

但对新烟管，齐广没有了从前的得意。首先和人说话的时候，他很少将烟管拿在手里，就算是拿在手里了，也很快就收回去。同样的长崎烟草，用银烟管抽，似乎也没有之前用金烟管抽时的滋味了。烟管材质的改变，不仅影响了齐广；就像三位忠臣推测的那样，也影响了坊主们的态度。但这个影响却和他们的预测完全相反。原来，先前还因为是贵重的纯金烟管而有所顾虑的坊主们，如今看到金子换成了银子,觉得更容易张口了,一个个争先恐后地去讨要烟管。齐广对金烟管尚且不在意地大方赠予,对银烟管,更是毫不吝惜。别人一要,随手就给,简直有求必应。最后弄得齐广自己也搞不明白了,自己是登城的时候给了人家烟管,还是为了给人家烟管才登的城。

听到事态发展成这样,山崎、岩田、上木三人,又愁眉紧锁地聚在一起商议对策。如此一来,就不得不像上木说的那样,除了用黄铜做烟管这一招,再没别的法子了。于是,就像上次一样,派人到住吉屋七兵卫那里。到了却发现,齐广的一名贴身武士,已经在那里开始传达主公的旨意了。

"主公说,持银烟管屡屡为人索求,不胜其烦。命尔等如从前一样,为主公制金烟管。"

三个忠心的家臣相顾哑然,不知如何是好。

七

河内山宗俊,冷眼看着别的坊主争先恐后地去讨齐广的银烟管,心里非常别扭。尤其是了哲在八朔节登城之时,要到了银烟管——他那兴高采烈的样子,让宗俊真想捏起嗓子对着他骂他一句傻子。宗俊并非不想去要银烟管。但如果和别的坊主一样,跟着齐广去讨银烟管,那也太没面子了。被傲慢和欲望之争折磨着的宗俊装作不在意的样子,眼睛却绝不马虎地盯着齐广的烟管,心想——走着瞧吧,老子给你们看看。

这一天，他发现齐广又像从前那样，拿着金烟管悠悠然地抽着烟。坊主们中好像没谁要去讨烟管。于是他叫住从身旁路过的了哲，用下巴指了指齐广的方向，轻声说道："瞧，他又用上金烟管了。"

了哲听了，一副吃惊的表情，看着宗俊。

"别太贪心了才好。银烟管被我们那样地讨要，怎么会还拿金烟管过来呢？"

"那你说那是什么？"

"黄铜的吧。"

宗俊抖抖肩膀，考虑到附近还有别人，没有大声笑出来。

"好，是不是黄铜的再说，我去要。"

"你怎么知道那又是金的呢？"了哲好像对自己的判断不那么自信了。

"你们这些心思，大人早就看透了。这烟管看起来像是黄铜的，实际上是纯金的呢。首先一个，百万石级别的大名殿下，哪有用黄铜烟管的道理。"

宗俊这么说着，人已经向齐广那边走去了。留下呆住的了哲一个人站在绘有西王母的拉门那里。

过了半小时，了哲站在廊下，等河内山出来。

"宗俊，刚才那事儿，怎么样了。"

"什么事儿？"

了哲咬住下嘴唇，紧紧盯着宗俊的脸，道："别装傻了，烟管的事儿。"

"哦,烟管啊。想要的话,给你吧。"

河内山从怀里拿出一支黄澄澄的烟管,扔到了哲的脸上,然后快步走开了。

了哲一边摸着被打到的脸,一边弯腰捡起掉在脚底下的烟管。他仔细观察那精雕细琢、做工讲究的刻着剑梅家纹的烟管——是黄铜的。他气急败坏地把烟管扔在地上,然后还不解气地用穿着白袜子的脚去踩……

八

从那以后,再也没有坊主问齐广要烟管了。要问原因,那当然是齐广拿着的烟管是黄铜的——这件事被宗俊和了哲两个人一同见证了。

而另一边,用黄铜的烟管伪装纯金烟管骗了齐广的三位忠臣,知道了情况,开始命令住吉屋七兵卫重新制作纯金的烟管。和之前被河内山要走的烟管一模一样,刻着剑梅家纹——齐广拿到烟管,想着坊主们一定又会来要,得意扬扬高调地登了城。

可是,却没有一个人过来求赠烟管。就连之前和自己要了两支金烟管的河内山,也只是瞥了新烟管一眼,就扭着腰走了。同席的大名们,也没人说要借来观赏观赏,大家都沉默不语。这一切让齐广觉得无法理解。

不，不仅仅是无法理解，到后来，他还莫名地觉得不安。当齐广再次看见河内山路过时，这次，齐广甚至主动和他搭话。

"宗俊，要烟管吗？"

"不，谢谢。小人之前已经领受过了。"

宗俊觉得齐广是在故意捉弄他，谦恭的话里，带着尖刻的口气。

齐广听了，脸上布满了不快的阴云。就连长崎烟草，都觉得没味道了。突然之间，那百万石诸侯的权势，就像这金烟管里吐出的烟圈一样，无情地消失了……

根据流传已久的传闻，前田家自齐广之后，齐泰、庆宁，用的都是黄铜烟管。这或许是曾被金烟管摆了一道的齐广留给子孙的遗训吧。

大正五年（1916）十月

杜子春

一

那是一个春天的黄昏。

唐朝都城洛阳的西城门下,一个年轻人仰望天空,兀自出神。

这年轻人名叫杜子春,原本是有钱人家的儿子。如今家财耗尽,沦落到为一日之食而忧虑的地步。

那时的洛阳,是天下绝无仅有的繁荣都城。街道上车水马龙,川流不息,人来人往,络绎不绝。城门沐浴着夕阳,像被镀了一层温润的油脂;在那城门下,老人的纱织帽,土耳其女子的金耳环,白马身上配着的彩丝缰绳,来来往往,交织成一幅美轮美奂的画卷。

但杜子春只是靠在城门旁的城墙上,怔怔地望向天空。空中已经升起了一牙细细的新月。在缥缈的晚霞中,如同淡淡的指痕,微微浮出那一抹白来。

"天色已暮,饥肠辘辘,又没有个借宿投身之所……与其这样活着,倒不如跳到这江里死了的好。"

杜子春一个人,任由自己沉浸在这些毫无头绪的胡思乱想之中。

这时,不知从哪里来了一个独眼的老人,突然停在了他的面前。夕阳把老人的影子大大地投射到城门上去。老人目不转睛地看着杜子春的脸,有些傲慢地问道:"你在想什么呢?"

"我吗?我在想,今天晚上已经无处栖身,不知道怎么办才好。"

老人问得突然,杜子春垂下眼帘,但还是坦率地回答了他的问题。

"这样啊,也是可怜。"

老人似乎陷入了深思,终于,他指了指照在大道上的残阳余晖,说道:"这样吧,我告诉你一件好事。现在你站到那处夕阳底下,看看自己的影子。到了晚上,你去挖你的影子头部的那块地,地底下必定有满车的黄金。"

"真的吗?"

杜子春吃惊地抬起头来,但更不可思议的是,老人已不知去向。身前身后,连个和他相似的影子都没有。只是天上的月亮,比刚才更亮更白。川流不息的街道上,两三只起早的蝙蝠翩然飞过。

二

一夜之间,杜子春成了洛阳首富。正如那老人所言,他的影子脑袋部位的地下,在夜里挖出了足足能装一大车的黄金。

变为大富豪的杜子春，立刻买了豪华的宅院，过上了不输给玄宗皇帝的奢华生活。饮兰陵美酒，食桂州龙眼，院子里种了一日能变换四种颜色的牡丹花，还放养了几只白孔雀。收集美玉，缝织锦缎，用香木做车子，用象牙造椅子……说起他那奢侈的生活，可是数不胜数。

听闻杜子春发迹了，那些过去在路上相逢不相识，连招呼都不打一个的朋友们，现在不论朝夕，竞相拥入杜府。这些来玩乐的人与日俱增，才过了半年，洛阳城里那些有名的美人才子，竟无一人没来过杜子春家里。杜子春把他们奉为座上宾，每天都用丰盛的筵席招待，那盛大的场面简直无法形容。举个例子吧，杜子春用金杯喝着从西洋送来的葡萄酒时，还观赏着从天竺来的魔术师表扬的吞刀戏法。与此同时，他的身边围着二十个美貌的女子，十个女子戴着翡翠做的莲花发簪；另外十个戴着玛瑙做的牡丹头饰，吹笛弹琴，莺歌燕舞，好不热闹。

然而，就算是洛阳首富，钱也有用完的一天。杜子春过着如此奢靡的生活，一两年钱袋子就渐渐瘪了，重又变得捉襟见肘。到底是人情冷漠，当初还每天都来做客的朋友，如今路过家门，连招呼都不打一个。就这样到了第三年的春天，杜子春又和从前一样，身无分文了。偌大的洛阳城，没有一个人愿意让他留宿，不，别说收留他了，就连一杯茶，也没人愿意施舍给他。

于是，一天傍晚，杜子春又一次独自走到洛阳的西城门下。他怔怔怔地望着天空，想着该何去何从。这时，像上一次一样，那个独眼老人不知从哪里冒了出来，问道："你在想什么呢？"

杜子春看到是那老人，羞愧得抬不起头来，一时间没有回答。但那老人像之前一样，温和地又问了他一次。于是，像上一次一样，杜子春羞愧而惶恐地答道："今夜找不到过夜的地方了，我在想该怎么办。"

"原来如此，怪可怜的。好吧，那我告诉你一件好事。你看此时的夕阳，夕阳下，你的影子就映在地上。你今晚就在这影子胸部的地方向下挖，这里呀，应该埋着整整一车那么多的金子呢。"

老人说完，隐入人群，瞬间就不知去向了。

第二天，杜子春又重新成了天下第一的有钱人。然而，和上一次一样，他又过起了奢侈的生活。庭院里开着的牡丹花，花间小憩的白孔雀，表演吞刀戏法的天竺魔术师——一切都和上一次一样。

于是，那满满一车的黄金，很快又在三年间花了个精光。

三

"你在想什么呢？"

独眼老人第三次来到杜子春跟前，问道。不用说，此时，杜子春正站在洛阳的西城门下，眺望着晚霞中升起的那轮新月，怔怔出神。

"我吗？今夜无处可宿，我在想该如何是好。"

"这样啊，也是可怜。那么我告诉你件好事吧。夕阳下你的影子照在地上，你看那影子的肚子附近，今夜就在这个地方挖一下吧。这里一定会有一车的……"

不等老人说完，杜子春急忙抬起手来，打断了他的话。

"不，我不需要金子了。"

"不要金子？哈哈哈，你终于过腻了奢华的生活了吗？"

老人用怀疑的眼光，目不转睛地看着杜子春的脸。

"那不可能，奢侈的生活是过不腻的。我只是对人性感到厌倦了。"

杜子春一脸不平，带着怨气回话道。

"有意思。怎么就对人性厌倦了呢？"

"世人皆薄情寡义。我有钱的时候，人人追随。可一旦贫困，您看看吧，连个好脸色都没有。想到这里，就算能再次家财万贯，感觉也没什么意思。"

听了杜子春的话，老人突然笑了起来。

"这样啊，你啊，现在不像孩子了，倒像个通达世事的男子了。那你这次是下定决心，要过清贫但安稳的日子了吗？"

杜子春犹豫了片刻，然后突然做出了决定，抬起眼睛，看着老人的脸，说道："现在的我，还不行。我想做您的弟子，学习仙术。不要再瞒着我了，您是位德高望重的仙人吧。如果不是仙人，又怎能一夜之间让我成为洛阳首富呢。请收我为徒，教教我那些神奇的仙术吧。"

老人皱着眉头，沉默了片刻，像在思考着什么，然后他微笑起来，说道："我住在峨眉上，叫铁冠子，是位神仙。刚见到你的时候，我看你似乎颇有悟性，所以两次让你成为有钱人。如果你这么想修仙的话，那就做我的弟子吧。"铁冠子爽快地答应了。

杜子春喜不自胜，还没等老人说完话，就立刻跪下，向铁冠子行起礼来。

"别急着向我叩谢。就算你做了我的弟子，但也不一定能成为厉害的仙人。一切都要看你的悟性和造化。不过，无论如何，你且先随我去峨眉山看看吧。哦，地上正好有根竹杖。那就快骑上这个，一起飞过去吧。"

铁冠子捡起地上的一枝青竹，口中念念有词，和杜子春一起像骑马一样跨上那竹杖。接下来可就神了，那竹杖突然化为一条龙，一个猛子冲上天空，翱翔在春日夕阳的晴空里，飞向峨眉山。

杜子春胆战心惊地向下看去。脚下是夕阳下的绵延青山，洛阳城的西城门，早就看不见了（大概是被晚霞遮蔽住了吧）。疾风吹起铁冠子两鬓的白发，他放声高歌起来：

朝游北海暮苍梧，
袖里青蛇胆气粗。
三入岳阳人不识，
朗吟飞过洞庭湖。

四

两人骑着青竹杖，不大一会儿工夫，就飞到了峨眉山。

这是一块俯临深谷，宽广平坦的巨岩。大概因为此处甚高，那天上垂着的北斗星，竟然有茶碗那么大，闪烁着明亮的星光。本就是人迹罕至的深山，此时一片寂静，入耳的声响，唯有后山绝壁上长着的一株弯弯曲曲的古松，枝叶被夜风吹拂，发出沙沙的声音。

两人来到这块岩石上，铁冠子让杜子春坐下，嘱咐道："我现在要去天上拜见西王母，你就坐在这里等我。我走之后，你的眼前可能会现出诸般魔障。但无论发生什么，切记不要开口说话。要是你张了口，那便证明你没有做仙人的觉悟，明白了吗？就算天崩地裂，也要沉默不语。"

"没问题，我一定不发出声音。就算是丢了性命，也绝对咬紧牙关。"

"是吗？听你这么说，我就放心了。我去去就回。"

老人和杜子春作别，随即又骑上那青竹杖。青竹杖腾空而起，飞跃过即使在夜色中也轮廓鲜明宛如刀削的群山，消失在杜子春眼前。

杜子春独自一人坐在巨岩上，静静地眺望着星空。大概过了半个时辰，正觉深山夜凉，侵入肌体之际，突然半空中有人大喝一声："坐在此处的是何人？"

杜子春遵从仙人的叮嘱，并不回答。

过了一会儿，那个声音又响了起来："还不回答，等着没命吧！"那声音严厉地恐吓他道。

杜子春当然还是沉默不语。

突然，一只不知从何而来的猛虎跃上了巨岩，睥睨着杜子春，发出一声咆哮。同时，头顶的松枝突然剧烈摇晃，定睛看去，原来是从后山的绝壁之顶爬来一条酒桶般粗的白色巨蛇，吐着火红的芯子，向他逼近。

杜子春一脸淡然，眉毛都没动一下，依然静静地坐在原地。

猛虎和巨蛇，同争一个食饵，互相窥视对峙了一阵，突然一起出动，扑向杜子春。就在杜子春不知是命丧虎口还是喂了巨蛇的工夫，那虎和蛇又像烟雾一般，随着夜风飘散消失了。只有那悬崖绝壁上的松树，和刚才一样，在夜风里摇晃着树枝，发出沙沙的声响。杜子春松了一口气，同时又在心里想着，一会儿恐怕还要出现什么魔障。

这时，突然吹来一阵风，像墨一样的黑云铺天盖地地聚拢过来，紫色的闪电撕裂暗沉的黑夜，轰隆作响的雷声让人胆战心惊。不只是雷声，如瀑布般的瓢泼大雨也一同袭来。杜子春安然坐在这天崩地裂般的暴风雨中，面无惧色。风吹、雨打，还有那无休无止的雷电……一时间整个峨眉山仿佛都要被掀翻了。就在此时，突然电闪雷鸣，空中旋涡般盘旋的黑云中，一道通红的火柱，直直地劈向杜子春的头顶。

杜子春不由得捂住双耳，匍匐在巨岩之上。但当他睁开眼睛，却发现夜空晴朗，茶碗般大的北斗星依然挂在对面山峰上方的夜空里，闪闪发光。刚才的狂风骤雨，电闪雷鸣，应该和铁冠子走前说的一样，都是些魔障罢了。杜子春安下心来，擦去额头的冷汗，重新在巨岩上坐好。

杜子春尚自惊魂未定，他的面前，突然又现出一位身穿金铠甲，身高三丈，好不威严的神将。那神将手持三叉戟，把戟头的尖刃对准杜子春的胸口，怒目圆睁，斥道："呔，来者究竟何人？自开天辟地以来，峨眉山就是我的居所。你一个人跑到这里来，一定不是个普通人。想留住自己性命的话，赶快报上名来。"

但杜子春依然像仙人叮嘱的那样，一言不发。

"不回答是吗？看样子你是不想开口了，好吧。说不说随你，只是我这些随从，会把你剁成肉酱！"

神将高举三叉戟，向对面的峰峦召唤着什么。刹那间，黑沉沉的天空裂开两半，无数神兵如乌云一般将他层层围住，他们的手上拿着闪着寒光的刀枪利器，好像下一秒就要向他冲杀过去。

此情此景，让杜子春险些叫出声来，但他马上想起了铁冠子的话，就拼命地忍住，不发出声音。神将看他并不害怕，雷霆震怒："你倒是顽固。好，既然你死不开口，那我就要了你的命！"

说时迟那时快，神将的骂声未落，他手中的三叉戟已经闪着寒光，瞬间就刺死了杜子春。随即他放声而笑，笑声让峨眉山都微微颤动，随后就消失得无影无踪了。那些神兵也随着吹来的夜风，如同梦醒了一般,倏忽之间就都不见了。

只有那北斗星发着幽幽的寒光,照耀着巨岩。绝壁上的松树,还是一如既往地在风中摇摆,发出沙沙的声响。然而,杜子春倒在那里,已经断了气。

五

杜子春的身体仰面倒在巨岩上,他的魂魄静静地脱离了躯壳,来到了地府。

且说这人间与地府之间,有一条路,叫作暗穴道。这里终年处于昏暗之中,阴风像冰一样寒冷。杜子春被吹得像一片枯叶,在空中飘浮前行。不多时,来到一处挂着森罗殿牌匾的巍峨宫殿之前。

森罗殿前立着一干鬼卒,他们看到杜子春就立刻围上来,把他押到台阶前。台阶之上,有一位身穿黑袍,头戴金冠的大王,威严地注视着他。这位大概就是传说中的阎罗王吧。杜子春不知道自己会被如何处置,战战兢兢地跪了下来。

"前方来者,为何坐在那峨眉山上?"

阎罗王的声音洪亮如雷,从台阶上传来,杜子春本想立刻回话,但突然又想到了铁冠子"千万不要开口讲话"的叮咛,就垂下头,像哑了一样,一言不发。阎罗王见此,举起手中的铁笏,须发倒竖,怒气冲冲地喝道:"你以为此处是何地?如若识相,速速作答,否则就让你试试地狱的刑罚!"

杜子春依旧紧闭双唇。阎罗王见状，立刻对鬼卒发号施令，吩咐带他下去。众鬼应声而动，抓住杜子春，带着他飞上森罗殿的空中。

众所周知，地狱除了刀山血池，还有焦热地狱的火焰山谷和极寒地狱的冰海，杜子春在漆黑的空中，一处处看得清楚。鬼卒们把杜子春依次抛入各个地狱。可怜那杜子春，被剑山穿透胸膛，被火焰烧掉脸，被拔舌剥皮，被铁杵捶打，被油锅烹煮，被毒蛇吸食脑髓，被熊鹰啄食眼睛……种种地狱之苦，不一而足。但杜子春虽然受尽折磨，依然紧咬牙关，就是不说一句话。

这下就连众鬼卒也束手无策，无可奈何。他们只得再一次带着杜子春飞跃地府漆黑的天空，回到森罗殿，像之前一样，把他押在台阶下，向阎罗王禀报道："大王，这个罪人无论如何也不开口。"

阎罗王皱着眉头，思索了一会儿，似乎想到了什么，吩咐身边的一个小鬼："这男子的父母，如今应当落入了畜生道，你们速去把他们给我带来。"

鬼卒领命，一阵风一样飞离了森罗殿。片刻，又像流星一样，赶着两头畜生，回到了台阶前。杜子春看到那两头畜生，大吃一惊。那是两匹瘦马，但他们的脸，却和做梦也不会忘的，早已故去的父母一模一样。

"咄！你到底为何坐在那峨眉山上？若不立即从实招来，这次就要你的父母尝尽痛苦的滋味。"

杜子春虽然被恐吓，却还是没有回答。

"你这个不孝子！只想着自己，竟不惜让你的父母受折磨！"

阎罗王高声呵斥，声音让阎罗殿都颤动扭曲。

"来人！给我打！把这两头畜生，打个皮开肉绽！"

众鬼卒称诺，纷纷举起铁鞭，从四面八方，抽打着这两匹马。铁鞭甩动，带出飕飕的风声；鞭子落下，又仿佛密集的雨点，只打得两匹马血肉模糊。那马——化为畜生的杜子春的父母，痛苦难忍，眼里浮出血泪，哀鸣不止，这番场景真是惨不忍睹。

"怎么，还不说吗？"

阎罗王让鬼卒们暂且住手，再次催促杜子春回话。此时，那两匹马已经肉裂骨断，奄奄一息，倒在台阶上。

杜子春紧闭着双眼，想着铁冠子的话，拼命地忍住不发出声音。这时，他的耳边突然传来了轻到无力的微弱的声音。

"别担心。无论我们变成什么，只要你能幸福就好。无论阎罗大王说什么，只要你不想开口说话，就不要说。"

那确实是久违的，亲切的妈妈的声音。杜子春再也忍不住，睁开了双眼。那匹马已经倒在地上，悲伤地痴痴地看着他的脸。母亲受到这样的折磨，如此痛苦，却还是挂念体谅着儿子。就算被鬼卒鞭打得遍体鳞伤，却没有露出一丝怨恨的神情。和那些趋炎附势的世人相比，母亲的爱和决心是多么难得，多么可钦！杜子春忘记了老人的叮嘱，跌跌撞撞地走到两匹垂死的马跟前，用双手抱住马头，泪水簌簌而下，叫了一声："娘……"

六

伴随着这一声呼喊,杜子春被惊醒。定睛一看,自己还沐浴着夕阳,站在洛阳的西城门下,怔怔地对着天空发呆。晚霞缥缈的天空,白白的新月,川流不息的车水马龙——一切就像没去峨眉山之前那样。

"怎么样?就算是做了我的徒弟,也做不了神仙吧?"

独眼的老人含笑问道。

"做不得,做不得。不过,做不了神仙,我反而觉得挺开心。"

杜子春含着泪,情不自禁地握住了老人的手。

"就算是做了神仙,在那森罗殿前,面对被鞭打的父母,我也没办法不吭一声。"

"要是那样你还沉默的话……"铁冠子突然面色一冷,盯着杜子春说道,"要是那样你还沉默的话,我恐怕会立即取了你的性命。现在,你应该已经不想做神仙了。做大财主,你也已经厌倦了。那从今以后,你准备做什么呢?"

"无论做什么,我都会堂堂正正地、好好地过日子。"

杜子春的声音里透着前所未有的爽朗。

"别忘了你现在说的话。那从今往后,你就再也遇不见我了。"

铁冠子说完,正准备离开,突然又停下脚步,回头对杜子春愉快地说:"对了,幸好我想起来了。我在泰山之南的山脚下,有个房子。

那房子和房前的天地,就都送给你吧。你快去开始新生活吧,现在那房子的周围,桃花正开得一片绚烂呢。"

大正九年(1920)六月

猿蟹合战[①]

　　抢走螃蟹饭团的猴子，终于被螃蟹复了仇。螃蟹联合石磨、蜜蜂和鸡蛋，杀死了共同的仇敌，猴子——这个故事，相信无须赘述。只是有必要讲讲杀死猴子之后，以螃蟹为首的复仇党之后的命运，因为这是童话故事里只字未提的。

　　不，不仅没提，反而给我们一种错觉。让我们还以为，螃蟹依然在他的洞穴内，蜜蜂还在屋檐下的蜂巢里，鸡蛋还在糙米箱子中，过着平安无忧的生活。

　　但那都是童话的伪装。实际上，他们报了仇之后，就被警察抓住，关到监狱里去了。重重审判下来，主犯螃蟹被判了死刑；石磨、蜜蜂和鸡蛋，作为从犯，被判处无期徒刑。只知道童话故事的读者

[①] 猿蟹合战是日本的民间传说，主题是"因果报应"。大意为：狡猾的猴子巧舌如簧，用柿子种子换了螃蟹的饭团。螃蟹辛苦种出柿子，猴子假意帮螃蟹采摘，却大吃特吃螃蟹的柿子，并用柿子砸死了螃蟹。螃蟹的孩子联合同样被猴子捉弄与欺负过的伙伴，设法将猴子杀死，成功报仇。芥川龙之介在此基础上对故事进行了一定的改编。

诸君，或许会对他们的结局感到诧异，但这就是事实。不容怀疑的事实。

根据螃蟹自己的证言，猴子用柿子和他交换了饭团。然而猴子没有给螃蟹熟了的柿子，只给了螃蟹没熟的青柿子。不仅如此，还像要加害螃蟹一样，用青柿子狠狠地打他。但螃蟹与猴子之间，并没有签订合同。即使先不提合同，用柿子交换饭团，也没说一定会用熟了的柿子去换。最后猴子用没熟的青柿子去砸螃蟹是否出于恶意，关于这一点，证据也不是很充足。所以，就连为螃蟹进行辩护的，以善辩出名的某律师，除了寄希望于法官的怜悯，也别无他法。听说那律师一边同情地给螃蟹擦气泡，一边劝说道："请还是放弃吧。"而这句"请还是放弃吧"是针对宣判死刑而言，还是针对律师的高额报酬而言的，谁也不清楚。

此外，新闻杂志上的舆论，对螃蟹表示同情的论调，一个都没有。螃蟹杀死猴子，纯粹是泄私愤罢了。所谓泄私愤，不就是因为自己无知轻率而被猴子占了便宜就气急败坏了吗？优胜劣汰的社会里，用泄私愤来解决问题，不是傻子就是疯子——这样的责备论调占大多数。现在身为商业会议所会长的某男爵，发表了大致如下的意见：螃蟹杀死猴子多少是受当今流行的危险思想影响的结果。所以自从螃蟹复仇之后，某男爵除了保镖，又养了十头凶猛的斗牛犬。

螃蟹复仇在学界也没有任何好评。大学教授某博士从伦理学上来分析，螃蟹杀死猴子，是复仇意志占据主导的结果，而复仇无法被定义为善。接着，社会主义研究的某带头人评论道，螃蟹或珍视柿子和饭团这类私有财产，那石磨、蜜蜂和鸡蛋一定具有反动思想，他们的背后，有国粹会^①支持也说不定。然后，又有某宗教的管长某大师说，螃蟹不知佛祖的慈悲。如果他知道慈悲之心，那么即使被青柿子打了，也不会憎恨猴子犯下的罪，反而会对其生出怜悯。哪怕只是有一次，真想让螃蟹来听听自己说佛法。再有——总之社会各方知名人士的评论里，都是不赞成螃蟹复仇的声音。为螃蟹说话的只有一个酒豪兼诗人的某国会议员。他认为螃蟹复仇和武士道精神有一致之处。但这种落后于时代的论调谁都不会去听。不仅如此，某报纸还爆料说，这个国会议员几年前在动物园参观的时候，被猴子尿在了身上，所以他为螃蟹说话是出自对猴子的记恨。

只知道童话的读者，也许会为螃蟹悲惨的命运落下眼泪。但螃蟹被判死刑是理所应当的。觉得他可怜，不过是因为妇女儿童的感伤主义罢了。天下人无不认为螃蟹的死是合情合理的。在执行死刑的那个夜晚，法官、检察官、律师、警卫、死刑执行人、教诲师^②等无不熟睡了四十八小时。而且，他们都梦到了天国的大门。后来他们回忆说，天国是个有点儿像封建时代的城堡的百货商厦。

在此，我想记录一下螃蟹死后，螃蟹家庭的情况。螃蟹的妻子沦为了娼妓。只是这是因为生活的贫困还是她本性使然，那就不好说

---

① 日本东京的黑社会暴力团。
② 对受刑者进行劝导、教育的一种职务。

了。螃蟹的长子在父亲死后，用报纸上的话来说，"幡然悔悟"。如今在某个公司做总经理。这种螃蟹有时候为了吃同类的肉，会把受伤的同伴引到自己的洞穴里。克鲁泡特金①在《互助论》中援引的螃蟹也会抚慰同类的例子，说的就是这种螃蟹。螃蟹的次子成了一名小说家。因为是小说家嘛，所以除了迷恋女人，什么也不做。只是把父亲的一生作为素材，写些"善是恶的别名"这样的讽刺文章。小儿子头脑蠢钝，除了做只螃蟹，也做不了别的。有一次在他横着走路的时候，手里的饭团掉了下来。饭团可是他的心头肉，螃蟹赶紧用他的大钳子夹起饭团。这个时候，高高的柿子树上，一只正在捉虱子的猴子——之后的故事就不必我再说了吧。

总之和猴子为敌的最后，为了天下，螃蟹必死无疑——这是不争的事实。寄语天下读者，你们啊，也都是螃蟹呢。

大正十二年（1923）二月

---

① 彼得·阿列克谢耶维奇·克鲁泡特金（1842—1921），俄国活动家、作家、革命家、地理学家、哲学家，致力于提倡无政府共产主义。代表著作《田野、工厂和工场》《互助论》等。

两个小町

一

屏风后,小野小町①在读草纸②。突然,黄泉使者出现了。他是一个肤色黝黑的年轻人,长着一双兔耳。

小町:(惊愕地)你是谁?

使者:我是黄泉使者。

小町:黄泉使者!我是要死了吗?我就要不在这个世上了吗?啊,请等等。我才二十一岁,正当芳华正茂的时候,请你救救我吧。

---

① 小野小町,生卒年不详,平安时代初期的女流歌人(即和歌诗人),平安时代六歌仙之一。小野小町是日本历史上著名的绝世美人,留下了许多奇闻逸事。在日本,她与中国杨贵妃,埃及艳后克利奥帕特拉七世被认为是"世界三大美女"。"小町"并非本名,"町"是日本古代宫中工作女性常用的称号。
② 草纸,相对于卷物,是指册子形态的图书。通常为假名写成的小说、随笔一类的文学作品。

使者：不行。我是连统治天下的一国之君都绝不姑息的黄泉使者。

小町：你没有感情吗？我现在就死给你看。深草少将①可怎么办呢？我和少将约定了，在天愿作比翼鸟，在地愿为连理枝——啊，仅仅是想到那个约定，我的胸口疼得就像要裂开了一样。少将得知我的死讯，也一定会悲伤至死吧。

使者：（不感兴趣的样子）要是能悲伤而死，也很幸福了。至少深深地爱过一次……不过那些事怎么样都无所谓，来吧，和我去地狱吧。

小町：不行，不行。你还不知道吧？我现在的身子，不是我自己一个人的了。我的肚子里怀着少将的孩子。要是我现在死了，孩子也……我可爱的孩子也得和我一起死。（哭泣）这样你也无所谓吗？让黑暗中的孩子，重新回到黑暗中，这样也无所谓吗？

使者：（有些畏缩地）那样的话，孩子确实太可怜了。但这是阎罗大人的命令，你还是和我走吧。说起来，地狱也不是你想象得那么不好的地方。古时那些才子佳人，都去了地狱的。

小町：你是鬼，是罗刹！如果我死了，少将也会死，少将的孩子也会死。我们三个都会死。不仅仅如此，我那上了年纪的父母也会死。（哭得更大声了）我本以为就算是黄泉使者，也存有一丝温柔。

---

① 《百夜通》传说中深恋小野小町的故事人物。

使者：（困扰的样子）要想帮你的话……

小町：（找到希望一样，仰起脸）那请你救救我吧。五年也好，十年也好，请延长一些我的寿命吧。只要五年、十年——让我把孩子抚养成人就好了。这样也不可以通融一下吗？

使者：寿命的年限倒不是问题——只是，如果没能把你带走，我就得找一个人代替你。要与你相同年龄的……

小町：（欣喜不已）那请你带走别人吧。我的侍女中，和我年龄相同的有两三个人。阿漕也好，小松也好，都可以。从她们中间带走你喜欢的一个吧。

使者：不行，名字必须也和你一样，都得叫小町。

小町：小町！可是，没有什么叫小町的人。啊，有的！有一个。（发作般地笑出声来）有一个叫玉造小町①的人。就让她代替我，随你去地狱吧。

使者：年龄也和你同岁吗？

小町：是的，刚好和我同岁。只是她生得不好看——不过姿容如何，没什么关系吧？

使者：（平易近人地）长得丑点儿才好，就不用太同情她了。

---

① 玉造小町，出自《玉造小町子壮衰书》。书中的主人公玉造小町，年轻时花容月貌，年老后父母和兄弟相继亡故，流落街头，乞讨度日，过着悲惨的生活。而身世与经历成谜的小野小町，传闻她年轻时过着奢华的生活，追求者众多，年老后却生活凄惨。玉造小町的遭遇常令人联想到小野小町，故有玉造小町的故事即小野小町的故事的说法。

小町：（精神焕发地）那请把她带走吧。那个女人说过，比起活在世上，她更愿意去地狱生活。因为在这个世上她也没什么想见的人。

使者：好的。那我把那个人带走吧。那你以后要好好养育孩子啊。（颇为自得地）黄泉使者也并非不懂得人间的感情。

说完，使者就突然消失了。

小町：啊，终于得救了。这是我平日里虔心敬神，得到了神佛的庇护吧。（双手合十）八百万诸神，十方菩萨，请保佑我撒的谎不要暴露。

二

黄泉使者背着玉造小町，在暗穴道上走着。

小町：（尖声叫道）这是要去哪儿？这是要去哪里？
使者：我们在往地狱走。
小町：去地狱？不可能。昨天安倍晴明还给我算过，我能活到八十六岁。
使者：那是阴阳师的谎言吧。

小町：不对，不是谎言。安倍晴明①说的话，无论是什么，最终都会应验。是你在撒谎吧。看，你不知道如何回答我了吧？

使者：（独白）我啊，真是不擅长掩饰自己。

小町：你还要强行掩饰？快，从实告知我吧。

使者：其实你也挺可怜……

小町：我也这么觉得。"其实你也挺可怜"，什么意思？

使者：其实你是因为代替小野小町才被打入地狱的。

小町：代替小野小町？到底怎么回事？

使者：她现在有身孕，怀了深草少将的孩子……

小町：（愤然地）你以为这是真的吗？她在骗你！你呀！少将为了她，连续一百个夜晚去她住的地方请求相见，但别说怀了少将的孩子，他们连面都还没见过呀。撒谎，撒谎，真是弥天大谎！

使者：弥天大谎？还能有这种事？

小町：随便你去问谁，试试看吧。深草少将为了她，百夜通行的事，妇孺皆知。就只有你没发现这是个天大的谎言，还为了代替那个人，要把我的命……过分，过分，过分！（哭了起来）

使者：可别哭啊。哭什么用都没有。（放下背上的玉造小町）不过你不是比起人间，更想住在地狱里吗？我被骗了，对你反而不是一种幸福吗？

---

① 安倍晴明（921—1005），日本平安时代著名的阴阳师，他的生平事迹被神秘化，留下许多奇闻逸事。

小町：（咬牙切齿地）听谁这么说的？

使者：（畏畏缩缩地）还是刚才的小野小町……

小町：啊，真是不要脸！这个撒谎精！九尾狐狸精！勾引人的东西！骗子！母天狗！好吃懒做的女人！好吧，下次见到她，我一定要咬断她的喉咙。气死我了，气死我了，气死我了！（黄泉使者被她推来推去）

使者：哎，请等等。由于我一无所知——哎呀，请你松开手吧。

小町：你不会是个傻子吧？居然能被那样的谎言……

使者：可是，大家都会信以为真吧……说起来，小野小町为什么这么恨你呢？

小町：（表情微妙地微笑）也许有原因，也许没有……哎，或许有吧。

使者：那你被恨的原因到底是？

小町：（轻蔑地）我们两个不都是女人吗？

使者：原来如此，都是美丽的女人。

小町：哎呀，不用和我说客套话。

使者：没有和你客套，我确实认为你非常美貌。不，是嘴上说不出的那种美。

小町：呀，你说的真让我开心。你才是和这黄泉不相符的一个俊美男子呢。

使者：我这样肤色黝黑的男子？

小町：皮肤黑，才阳刚呢。让人觉得有男人气概。

使者：但我的耳朵不是很让人恶心的吗？

小町：哎呀，不挺可爱的吗？让我摸一摸，我最喜欢兔子啦。（抚弄起使者的兔耳）再过来一点儿。现在不知道为什么，我觉得，为你死了也可以。

使者：（抱住小町）真的吗？

小町：（眼睛微闭）要是真的呢？

使者：那就这样。（想要吻小町）

小町：（突然推开使者）还不行。

使者：那……你是在骗我吗？

小町：不，我没有骗你。只是，我得知道你对我是不是真心的。

使者：那你随便吩咐我吧。你有什么想要的东西吗？火狐狸的裘皮？蓬莱的玉枝？还是燕子的安产贝壳①？

小町：不，等一下。我的愿望只是——请让我活下去。此外，请把小野小町，我憎恨的小野小町，带到地狱里去。

使者：就这样就可以了吗？好的，我就照你说的做。

小町：一定能做到吗？哎呀，好开心。如果你能做到的话……（把使者拉到自己身边）

使者：啊，我要快乐死了。

---

① 此三物均出自《竹取物语》，象征稀世珍宝。

三

诸多神将，有的拿着戟，有的提着剑，在小野小町的屋顶上巡逻看护。黄泉使者踉踉跄跄，在空中现身。

神将：来者何人？

使者：在下黄泉使者，请神将放行。

神将：不行，此处不可通行。

使者：我是来带走小野小町的。

神将：那更不能把小野小町交给你。

使者：什么，更不能把小野小町交给我？你们到底是什么人？

神将：我们是天下阴阳师安倍晴明请来看护小野小町的三十番神。

使者：三十番神？你们要保护那个迷惑男人、撒谎成性的女人？

神将：住嘴！欺负一个弱小的女子，还污蔑人家，对其冠以恶名，真是岂有此理！

使者：污蔑？小野小町难道不是勾引男人，谎话连篇的骗子吗？

神将：你还说！好，好，你再说一句就试试看，看我不把你的两个耳朵给你削下来。

使者：可是小町她把我……

神将：（愤然地）吃我一戟，重新投胎吧！（向使者飞过去）

使者：救命啊！（消失）

四

数十年后，两个苍老的女乞丐，在枯草遍地的荒原里闲话。一个是小野小町，另一个是玉造小町。

小野小町：苦日子日复一日啊。

玉造小町：每天都这么痛苦，或许死了更好吧。

小野小町：（自言自语一般）要是那时候死了就好了。遇见黄泉使者的那天……

玉造小町：哎哟，黄泉使者你也见过了？

小野小町：（十分怀疑地）你说"你也见过了"是指？意思是你见过黄泉使者了？

玉造小町：（冷淡地）没有，我没见过。

小野小町：我遇见的是大唐来的使者。

短暂的沉默。黄泉使者行色匆匆地路过。

小野小町：⎫
玉造小町：⎭黄泉使者！黄泉使者！

黄泉使者：谁？谁在叫我？

玉造小町：（看着小野小町）你不是说没见过黄泉使者吗？

小野小町：（看着玉造小町）你不也说没见过黄泉使者吗？（对黄泉使者说）这位是玉造小町，你们认识的吧？

玉造小町：这位是小野小町，你们也很熟悉吧。

使者：什么？玉造小町，小野小町？就你们——这两个皮包骨头的女乞丐？

小野小町：是啊，反正已经是瘦骨嶙峋的女乞丐了。

玉造小町：你不记得你还抱过我吗？

使者：好了，你们别生气了。这变化太大了，我才没管住嘴，一不小心说了无礼的话……刚才你们叫我，有什么事吗？

小野小町：当然有事拜托你了。当然有了。请把我带到黄泉去吧。

玉造小町：也把我一起带过去吧。

使者：把你们带到黄泉？别开玩笑了。又想要骗我吧。

玉造小町：啊呀，这是要骗你的事嘛。

小野小町：真的，求你把我带去吧。

使者：把你们……（连连摇头）我不干，一定又会变得很麻烦，请你们拜托别人吧。

小野小町：请可怜可怜我吧，再说了，你应该是懂情之人啊。

玉造小町：可别说那种话了，把我带走吧，我可以做你的妻子。

使者：不可，不可。和你们发生纠缠——不，不仅仅是你们，只要和女人发生纠缠，遇见什么事可就说不定了。你们比老虎还厉害呢。内心又像夜叉一样。第一，只要你们一落泪，任凭是谁，都没法嚣张了。(对着小野小町)你的眼泪可厉害得紧啊。

小野小町：骗人，你骗人。你根本没为我的眼泪有过一点儿动摇。

使者：(对小野小町的话仿佛未曾入耳)第二，只要你们委身于人，那没有什么得不到的。(对玉造小町)你就用了这种手段。

玉造小町：别把话说得那么难听。是你不知道恋情是何物而已。

使者：(并不停顿地)第三，也就是最恐怖的，自从这世界有神以来，所有人都被女人欺骗了，都固执地认为女子弱小而温柔。然而遭遇不幸的总是男人，而使男人遭遇不幸的总是女人——除了这个，我想不到别的什么了。正因如此，始终都有男人因为女人而苦恼。(对小野小町)那三十番神不就是这样吗？把所有的错都怪在我头上。

小野小町：别说神佛的坏话。

使者：不，比起神佛，我更害怕你们。你们玩弄男人的身心易如反掌，要是有什么让你们自己束手无策，你们还能轻松让世人加以援手。没谁能比你们更厉害了。在这日本的国土上，成为你们牺牲品的男人的遗骸散落各地。为了不落入你们的魔爪，我真是要一万个小心。

小野小町：(对玉造小町)这都是什么骇人听闻、自以为是的理论啊。

玉造小町：(对小野小町)我真是为男人的自私任性而震惊。(对黄泉使者）女人才是男人的牺牲品。不，无论你说什么，女人都是男人的牺牲品，从古至今，将来也……

使者：（突然明朗的声调）将来男人就有希望了。女太政大臣，女检非违使，女阎罗王，女三十番神……等这些都实现了，男人就有救了。第一，比起俘获男人，女人至少也能做这些了不起的事业了。第二，在女人当家做主的世界里，就不会像今天这个男人主导的世界一样，对女人那么纵容了。

小野小町：你就这么憎恶我们吗？

玉造小町：恨我们吧！恨吧！尽情地恨吧。

使者：（忧郁地）但我并不彻底地憎恶你们，如果能做到彻底地恨，那我也许能更加幸福一点儿吧。（突然情绪高昂地）不过，现在没关系了，你们已经不是昔日的你们了。你们只不过是骨瘦如柴的女乞丐罢了。我不会再上当了。

玉造小町：行了，你快滚吧！

小野小町：哎，别那么说……你看，我都给你跪下了。

使者：不行不行。好了，再见了。（消失在荒原里）

小野小町：这可怎么办才好？

玉造小町：这可怎么办才好？

两个人伏地痛哭。

大正十二年（1923）二月

父 亲

这件事发生在我中学四年级的时候。

那年秋天,学校组织了从日光到足尾的修学旅行①,要在外面住三个晚上。学校发下来的印有通知的单子上这样写着:"早上六点三十分在上野停车场前集合,六点五十分发车……"

修学旅行的当天,我早饭都没好好吃就出了门。从我家乘坐电车到上野停车场用不了二十分钟——虽然心里这样想着,但还是很着急。直到站在车站红色柱子前等电车的时候,心也还是静不下来。

那天不巧正是个阴天。远处工厂汽笛的声音,震颤着鼠灰色的水蒸气,让人不由得想到这蒸汽会不会就这样化为雾雨飘下来。阴沉单调的天空下,铁道上火车驶过,拉着货的马车走向服装厂。店铺一家家开了门。我所在的停车场,也又来了三两个人。大家都是一副还没

---

① 修学旅行是日本小学、初中和高中教育的一环,起源于明治十五年(1882),主张在旅行中学习知识、增长见识,通常在相应学习阶段的最后一个学年进行。

睡醒的昏昏沉沉的样子。天很冷——我们的车,终于来了。

在拥挤的电车里,我好不容易抓住一个吊环拉手,这时有人从后面拍了拍我的肩。我连忙回头一看——向我说着"早上好"的,是能势五十雄。他和我一样,穿着深蓝色的混纺制服,大衣卷起来搭在左肩上,腿上打着麻质的绑腿,腰间挂着便当包袱和水壶之类的东西。

能势曾和我在同一个小学读书,之后又进入同一个中学。他没有什么非常擅长的科目,但每一门都很平均,也没有哪科学得不好。不过,他倒颇有点儿小聪明,流行歌什么的,听一遍就能记住曲调。修学旅行的晚上,在旅店中,他的这个特长定会展现出来。吟诵汉诗、弹萨摩琵琶①、说落语②、讲谈③、模仿声音、玩魔术,什么都会。不仅如此,他的动作、表情,都非常有趣到位,很擅长逗笑,所以在同学中人缘很好,在老师那里评价也不错。和我虽然算不上关系很亲近,但一直都有来往。

"你来得也好早呀。"

"我一向习惯起早。"能势说着,动了动小鼻子。

"但你前几天可迟到过。"

"前几天?"

---

① 萨摩琵琶,发源于日本战国时代摩萨藩一带,四弦四柱,是日本的传统音乐。演奏时以琵琶自弹自唱,并如同唐代琵琶以木拨弹奏。
② 落语,日本传统典艺形式之一,类似中国的单口相声。
③ 讲谈,日本传统典艺形式之一,类似中国的评书。

"语文课的时候。"

"啊,被马场骂的那次?弘法①也有笔误嘛,那家伙真是。"能势说起老师喜欢直呼其名。

"那个老师也骂过我。"

"因为迟到?"

"不是,有次忘了带书。"

"仁丹可真烦人啊。"仁丹,是能势给马场老师起的外号——这样说话间,就到了上野停车场前。

下车时和上车时一样,人挤人。好不容易下了车,来到上野停车场,时间还早。班里的同学才来了两三个人。大家互相问早,然后争先恐后地坐到了候车室的椅子上,和平常一样,你一言我一语地聊了起来。那正是比起自称"我"更愿意自称"老子"的年纪。这群"老子"的嘴里,旅行的感想啊,同学们的脾性呀,还有老师们的恶评等各种话题,层出不穷。大家聊得热火朝天。

"泉太狡猾了,那家伙有教师用书,所以从来没有预习过。"

"平野才贼,那家伙考试的时候,把历史年代的小抄写在了指甲盖上呢。"

"要这么说,老师们才滑头呢。"

"可不,本间他连receive的i和e哪个在前面都搞不清楚,就这

---

① 弘法,日本平安时代有名的书法家。

样还当老师，糊弄人也有个度吧。这还怎么教书啊。"

大家说了半天，说谁都是"耍滑头"，最后也没什么正经爆料。这时，能势忽然评价起我们旁边的椅子上坐着的一个读新闻的，像工匠一样的男子来，说他穿的鞋是"开口金利"。那时候，流行一种叫"麦金利"的新式样的鞋。那男子的鞋不仅没有光泽，而且上面还开了个口子。

"这开口金利不错。"能势说完，大家都笑了。

这之后，我们就开始对候车室出入的形形色色的人观察起来。然后，用只有东京中学生才能说出来的刻薄话来嘲讽他们。嘲讽人这种事，我们这群学生，没人愿意落于人后。其中要数能势的形容最辛辣、最诙谐。

"能势，能势，你看那个少妇。"

"长着一张河豚怀孕了一样的脸。"

"能势，这个搬运工，你看像什么。"

"那家伙嘛，卡罗罗五世。"

最后成了能势一人的毒舌品评表演。

这时，我们中的一个同学，突然发现了一个站在时刻表前，认真看着数字的有些古怪的男人。那个男人穿着红棕色的西装，细的像体操球杆一样的腿套在灰色的裤子里。从他那过时的老式宽边黑帽子下露出的花白的头发，看得出那人有些年纪了。男人脖子上围了看起来有些夸张的黑白格子手巾，腋下还夹着一根竹杖。无论是衣服，还是仪态，都像从杂志里剪下的插画一样，在停车场的人群中格外扎眼——我们这个同学，像发现了新的取笑对象一样，拉着能势的手，一边笑得肩膀乱颤，一边说道："嘿，你看那家伙，怎么样？"

大家一起看着那个装扮古怪的男人。男人微微挺身，从西服口袋里拿出一块紫色的线拴着的镍质怀表，看看时刻表上的数字，又看看怀表，认真地对照着。仅仅是一个侧脸，我就立即认出来，那是能势的父亲。

但除了我，同学中没人认识他，所以大家都等着能势用精妙而刻薄的词语来形容这个滑稽的男人。同学们都憋着笑，颇为期待又很感兴趣地看着能势。作为中学四年级的学生，我无法揣测能势当时的心情，自己差一点儿就说出"他是能势的爸爸。"

就在这时，能势说话了："那个家伙呢，他呀，像伦敦乞丐。"

大家一起爆笑。还有人专门挺起背，从怀中掏出怀表，模仿着能势父亲的姿势。我不禁低下了头。那时，我甚至没有勇气去看能势的脸。

"说得太绝了。"

"你们看，快快，他那帽子。"

"日影町①的吧。"

"日影町也没那玩意吧。"

---

① 日影町，东京港区一带地名，江户时代日本著名的中古衣服街。

"那估计是博物馆的喽。"

大家又再次笑起来。

阴天的停车场,像黄昏那么暗。我在那昏暗之中,悄悄看向"伦敦乞丐"。

这时,一点薄弱的阳光开始照过来。细长的光从高高的屋顶洒落,刚好照亮了能势的父亲——他周围的一切都在动。目光所及,没有一处停滞。这一切的运动,无声无息,像雾一样遮蔽着巨大的建筑物中的一切。然而,能势的父亲,是精致的。那个穿着古板过时的衣服,与现代无缘的老人,在这川流不息的动态的人潮中,戴着那顶充满时代感的黑色礼帽,盯着右手上紫色线绳串着的怀表,像笨重的泵一样,伫立在列车时刻表前⋯⋯

后来,我问过能势才知道,那天,在大学药店工作的能势爸爸,想在上班的路上看看和同学们一起去修学旅行的能势,于是特地来到停车场。他事先没有告诉儿子。

能势五十雄,中学毕业后没多久,就患了肺结核,去世了。在我们中学的图书馆举行他的追悼仪式的时候,我在戴着制服帽子的能势的遗像前,读了悼念词。

"能势,孝顺父母⋯⋯"我在他的悼词中,加了这句话。

大正五年(1916)三月

秋

一

信子打从上女子大学开始,就有才女之名。她早晚要以作家的身份走上文坛——这一点几乎无人怀疑。甚至有人为信子四处宣传,说她在上学时就已经写下了300多页稿纸的自传体小说。但毕业后,信子面临的情况比较复杂。一方面她要照顾还没有上大学的妹妹照子,另一方面还要考虑到自己守寡的母亲,所以不能再随心所欲。于是在走上创作道路之前,信子也像所有普通人一样,不得不先考虑自己的婚姻大事。

信子有一个表哥,叫俊吉,在大学里读文科。俊吉也有志成为一名作家。信子和这位表哥从小就经常来往。两人之间又有文学这个共同话题,所以越走越近,非常亲密。只是他和信子不同,并不喜欢当时流行的托尔斯泰主义,而是喜欢那些来自法国的讽刺与警句。因为这个,俊吉这冷嘲热讽的态度,有时会惹恼做事认真的信子。不过，信子虽然生气，但还是从俊吉喜欢的讽刺和警句中，感受到了某种不容轻视的力量。

信子上女子大学的时候，经常和表哥一起去展览会或是音乐会，那时候也总是带着妹妹照子。往返都是三人同行，说说笑笑，只是妹妹照子有时候搭不上话，会被晾在一边。但照子天真烂漫，总是充满孩子气地一边走着一边看看橱窗中的阳伞和丝绢披肩，并不因为被冷落而感到不平。不过信子对此非常留意，一旦发现照子被冷落，就会换个话题，让妹妹也能聊在一起。但聊着聊着就忘记照子的，往往又是信子自己。而俊吉总是意气风发滔滔不绝地说些杂谈，开开玩笑，迈着悠闲的大步，走在车水马龙、行人如织的大街上。

任谁来看，都觉得信子和表哥俊吉这两人将来一定会结婚。关于信子的未来，同学们有的羡慕，有的嫉妒。特别是不知道俊吉的人（当然这很好笑），尤为如此。信子一方面否定大家的猜测，另一方面却又故意不动声色地表现得确如众人所想。就这样在大家毕业之前，信子和俊吉的身影，已经在同学们的脑海中，变成了新郎新娘的照片。

然而，毕业之后，和所有同学们的预想相反，信子突然与一位即将就职于大阪某商社，毕业于高等商业大学的青年结了婚。结婚之后没过两三天，信子就和丈夫一起去了他的工作地点，大阪。听去中央车站为信子夫妇送行的人说，信子一如既往一脸明媚地微笑着，安慰着不断落泪的妹妹照子。

同学们都觉得不可思议。但那不可思议的心情中，又微妙地掺杂了喜悦，和另一种与之前完全不同的嫉妒。有人相信信子，认为这肯定是信子选择了顺从母亲的意思，不得已而为之；也有人怀疑信子，说她朝三暮四，见异思迁。但所有的解释都出于大家的想象，他们当然不知道事情真正的原因。信子为什么没有和俊吉结婚？——这个问题在一段时间里，成为大家闲聊时必聊的话题。不过大概过了两个月，信子就彻底淡出了大家关注的话题，当然也包括之前她要写长篇小说的传言。

而信子在这期间，在大阪的郊外，构筑了幸福的新家庭。信子夫妇把新家安在了大阪那一带最为宁静的松林中。松脂的香气和阳光总在丈夫出门在外时，占据这个静默的新家。信子常常在寂寞的午后，没由来地感到情绪低落，然后她一定会打开针线抽屉，找出最里层收着的那封粉色信笺读一读。那些信上，纤细的小字这样写道：

"想到从今天开始就不能和姐姐再住在一起，写这封信的时候，我就忍不住流下了眼泪。姐姐，请一定、一定原谅我。想到姐姐你为我做出这样令人惋惜的牺牲，照子真的不知道该说什么好。

"姐姐是为了我，才和姐夫结婚的。虽然姐姐说没有，但我心里清楚得很。记得那时我们一起去东京剧院看表演的时候，姐姐曾经问我，是不是喜欢俊吉，又对我说，如果我喜欢俊吉的话，姐姐会帮我帮到底。那时，我想姐姐一定是偷看了我给俊吉写的信。那封信丢了的时候，我一度很怨姐姐。（请原谅我吧，对那件事，我不知道有多歉疚。）所以那一晚，我把姐姐的热心当作了嘲讽。因为当时生着气，所以我没有好好回答，那天的情况你应该也还记得。可是再之后又过了两三天，姐姐突然就定下了亲事，我真的想就这么死了算了，用死来向你道歉。姐姐也喜欢着俊吉啊。（别瞒着我了，我都知道的。）要不是总为我考虑，姐姐一定会和俊吉在一起吧。但姐姐却几次和我说，对俊吉没什么想法，而最终嫁给了并不是那么喜欢的别人。我最重要的姐姐啊。那天我抱着大公鸡，对要去大阪的姐姐说，让它也向你道别，你应该还记得吧？我是想让我养的鸡，也一同向姐姐道歉。当时的情景，连不清楚内情的母亲，也跟着掉下了眼泪。

"姐姐，明天就到大阪了吧。但无论何时都不要忘记照子。照子每天早上给鸡喂食的时候，都会想到姐姐，然后悄悄地哭鼻子……"

信子每次读到这封少女气十足的信时，都会落下眼泪。特别是想到那天在中央车站上车前，妹妹照子把这封信递给自己时的样子，心里就涌出无限怜爱。但自己的婚姻，是否如妹妹照子所说，全然是一种牺牲？每次哭过之后，信子就会产生这种怀疑，进而加重了心里的苦闷。为了回避苦闷,她常常放任自己沉浸于这种愉快的感伤之中,看着窗外松林沐浴着的阳光,渐渐变为黄昏时的橘黄色。

二

信子结婚后的头三个月,和所有新婚夫妇一样,和丈夫过着幸福的生活。

丈夫有些女气,不太喜欢讲话。每天从公司下班回来吃完饭的几个小时,总会和信子一起度过。信子总是一边做些针线活,一边讲讲最近流行的小说啊戏曲啊之类的新鲜事。有时也说点儿有基督教色彩的女大学生推崇的人生观的话题。丈夫晚上会喝一点儿小酒,脸颊带着些许微醺的红晕,膝头摊着晚报,仿佛很稀罕似的,认真地听信子说话。不过,他从来不发表自己的意见。

每个周日他们几乎都要去大阪或者大阪近郊的观光地游览。信子每次坐火车或是电车的时候,都有几点鄙夷无论在哪儿都能毫无顾忌地吃东西的关西人,同时为自己丈夫的举止稳重,品位不凡而感到欢喜。实际上,衣着整洁的丈夫站在那些人中,无论是帽子还是西服,又或是棕红色的靴子,无一不散发着像香皂一样清新的气息。特别是夏日休假时,去舞子海滨游玩时,在茶屋刚好遇到了丈夫的同事;与之相比,丈夫的气度更是让她的心里生出按捺不住的骄傲。不过,让她意外的是,丈夫倒是和那些没有品位的同事交情甚密的样子。

在这段时间里,信子又想起了已经被自己搁置已久的文学创作的事。于是在丈夫上班期间，她开始每天花一两个小时坐在书桌前。丈夫听说之后，用温柔的口气说笑道："就要成为女作家了吧。"不过，信子虽然坐在桌子前，笔尖却异常艰涩。结果就是她发觉自己常常只是用手撑着下巴，听着夏季松林里的知了声发呆。

夏末初秋的一天，丈夫去上班前，想要换掉昨天穿过已有汗渍的衬领，但不巧那天所有衬领都送去了洗衣店洗，没有新的可以换。丈夫一向爱干净，于是脸上阴云密布。他一边提西裤吊带，一边不快地说："你只顾着写小说的话，我可就麻烦了。"信子没说话，只是沉默地垂下了眼帘，拂了拂丈夫的西装上衣。

就这样又过了三两天，一天夜里，丈夫在晚报上看到粮食问题的报道，说起每月开销是否可以节俭一些。"你也不能永远都当自己只是个女大学生吧？"他甚至这么说。信子装作不在意地一边应答，一边给丈夫的衣领做刺绣。看到她这样，丈夫意外地执拗起来，又用唠叨的腔调说道："你现在做的这个衣领也是，直接买不是反而便宜吗？"信子听了，便不再开口说话。最后，丈夫自己也觉得没意思，一脸无趣地读起了商业报纸。晚上熄了灯，信子背对着丈夫，轻声说："我以后不写小说了。"丈夫一言未发。过了一会儿，信子又小声重复了一遍刚才的话，然后没过多久，她就小声哭泣起来。丈夫训斥了她两三句，然而，啜泣声依然断断续续地持续着。但不知何时，信子又紧紧地依偎在丈夫身边了……

翌日，他们和好如初，像从前一样恩爱。

但不久后的一天，晚上过了十二点，丈夫还没从公司回来。终于，他喝得醉醺醺地回来了，呼吸间全是酒气，已经醉到了连外套都脱不下来的程度。信子皱着眉，利落地帮丈夫换好了衣服，但对方却用醉得不利索的舌头，讽刺地说道："今天我回来得晚，你的小说进展不小吧？"他像个啰唆的女人似的，一遍又一遍地说着类似的话。那一晚，信子躺在床上，泪水簌簌而落。如今的处境，如果让照子看见了，她不知会和自己一起哭成什么样子呢。照子，照子。我能依靠的，就只有你了。信子在心里呼唤着妹妹的名字，丈夫浑身的酒臭让她翻来覆去，彻夜难眠。

但到了第二天，他们还是自然而然地重归于好。

这样的情况重复了几次，渐渐就到了深秋。不知从何时起，信子已经很少坐在书桌前动笔了。丈夫也不再提信子文学创作的事情了。每天晚上，他俩隔着长火钵，聊些家里的经济情况这类的闲话。小酌后的丈夫对这个话题最感兴趣。可怜的信子一边聊着，一边时不时地看看丈夫的脸色。但丈夫对此却毫无察觉，他咬着最近留长的胡子，思考一番后，非常愉快地说："这样看来也该生孩子了。"

当时，信子每个月都能在杂志上看到表哥的名字。婚后，信子像忘了俊吉一样，再也没和他通过信。俊吉的近况，比如，大学文科毕业之后，办了同人杂志什么的，只能从妹妹的信里得知。信子也无意进一步了解俊吉的动向。不过，在杂志上看到他写的小说，倒是和过去一样亲切，令人怀念。信子翻着刊载有俊吉小说的那几页，一个人时不时露出微笑。俊吉在小说中，果然把冷嘲和诙谐这两种武器用得像宫本武藏①一样。但不知是不是错觉，信子总觉得那些讽刺文学的背后，潜藏着一种表哥过去从未有过的孤独的感觉。同时，她又为自己这么想而感到歉疚。

从那以后，信子对丈夫表现得更加温柔了。在寒夜里，丈夫发现坐在长火钵对面的信子的脸上，总是挂着明媚的微笑。和过去相比，信子显得更年轻了，还经常化妆。她一边做着针线活，一边说起夫妻俩在东京办婚礼时的各种细节。丈夫对信子记得这么清楚感到既意外又惊喜。"你记得可真清楚。"丈夫开玩笑地说，信子沉默不语，只是回以一个讨好的娇媚眼神。不过，为什么记得这么清楚？信子自己也觉得吃惊。

之后又过了没多久，母亲写信来告诉她妹妹要结婚了。信里还说，俊吉为了迎娶照子，在山手的郊外置办了一处新居。信子立即给母亲和妹妹写了一封长长的回信，表示祝贺。"现在家里无人照顾，虽然很想亲临现场，但恕我实在难以参加婚礼……"写完这句话（信子自己也不知为什么），就再也写不下去了。她抬眼，看着窗外的松林。郁郁葱葱的松林在初冬的天空下，颜色浓重如墨。

那天晚上，信子和丈夫说起妹妹照子的婚事。丈夫不知何时，脸上浮出一丝浅笑，颇感兴趣地听着信子模仿着妹妹的语气。但不知

---

① 宫本武藏（1584—1645），日本剑术家、兵法家，以"二刀流"剑术闻名于世。

怎的，信子觉得自己其实是在说妹妹的事情给自己听。"嗯，该睡了吧。"两三个小时后，丈夫摸着他柔软的胡须，一脸疲惫地离开了长火钵。信子还没想好给妹妹准备什么贺礼，随手用火钳在炉灰中写写画画，听到丈夫说话，她突然抬起来脸，说道："不过，想起来挺奇妙的，这样我就多了一个兄弟。""那当然了，因为你有妹妹嘛。"丈夫回了一句。信子的眼神依然若有所思，没有再说话。

照子和俊吉在十二月中旬举行了结婚仪式。当天临近中午的时候，天开始落雪。信子独自吃完午饭，嘴里的鱼肉味一直不散。"东京也下雪了吗？"她这么想着，凑近昏暗的客厅里的长火钵。雪，越下越大。嘴里的鱼腥味，固执地不肯散去。

三

第二年秋天，信子和有工作任务的丈夫一起，时隔许久再次踏上了东京的土地。在时间有限的公差期间，丈夫由于公务繁忙，所以只是匆匆拜访了信子母亲一趟，之后再没有什么机会带信子出门。所以信子去妹妹妹夫郊外的新居拜访时，也是独自一人，从新开发区的电车终点站开始，再搭乘车前往，一路颠簸摇晃着前行。

妹妹妹夫的家在大葱田地附近。附近的住民看起来都是租住着这边新建的房子，一排排整整齐齐，鳞次栉比。房檐下的院门，光叶石楠的树墙，还有那些晾衣竿，家家户户都一个样。这样普通的住宅，让信子多少有些失望。

但当她向人问路的时候,意外的是应声而来的正是表哥。俊吉和从前一样,见到了这位稀客,"哎呀"一声,轻快地打了招呼。信子发现他不知从何时起,留起了头发,不再是过去那个寸头了。"有阵子没见了。""进来吧,不巧现在就我一个人。""照子呢?出门了?""有点儿事,用人也去了。"信子莫名地有些不好意思,在玄关的角落里把里衬华丽的大衣脱了下来。

俊吉请信子在八个榻榻米铺席①大的客厅兼书房坐下。房间里到处都堆放着书籍。特别是下午阳光照进来的木格窗旁边,那小小的紫檀茶几旁边,堆满了报纸、杂志还有稿纸,乱得让人无从落脚。这个房间里唯一透露着年轻女主人气息的,只有床之间②旁边的一张新古琴。信子四处打量着,一时收不回好奇的眼神。

"我在信里看到你说最近要来,但没想到是今天。"俊吉点了一根烟,眼神里有一种留恋。"大阪的生活怎么样?""俊吉怎么样,幸福吗?"只聊了两三句,信子也意识到过去那种熟悉而让人怀念的感觉已经向她袭来。这两年虽然未和表哥通书信,那些不愉快的记忆却并没有像预想中那样来烦扰自己。

他们在火钵上烤着手,聊了许多。俊吉的小说、熟人的近况、东京和大阪的比较……无论怎么聊,话题都说不完。不过,两个人

---

① 大约13平方米。
② 日本和式房间的一种装饰,也叫凹间,指在房间的一个角落做出一个内凹的小空间,通常在此装饰挂轴、插花和盆景。

都没有说起生活方面的事情。这让信子更加确信，自己正在和表哥聊天。

不过两个人之间，有时也有短暂的沉默。每逢此时，信子就微笑着垂下眼帘，看着火钵里的灰烬，心里生出一种谈不上期待但又像在等着什么的微妙心情。但不知是偶然还是故意，俊吉总是能立刻又找到新话题，打断信子这种微妙的情绪。信子悄悄地观察着表哥的脸，他只是一脸平常地吞吐着烟草的烟雾，看不出有什么不自然。

就在这期间，照子回来了。照子看到姐姐，喜不自胜。信子也唇角含笑，眼里带着泪光。姐妹俩暂时忘记了俊吉的存在一样，互相问起了分别以来彼此的生活。特别是照子，脸颊红扑扑的，到现在也不忘讲她养的鸡的事情。俊吉含着烟，带着一如既往的微笑，一脸满足地看着她们。

这时女佣也回来了。俊吉从她手里接过几张明信片，然后迅速地返回案头，手里的钢笔唰唰地动了起来。照子对刚才女佣也不在的事情，感到有点儿意外。"这么说，姐姐到的时候，家里谁也不在吗？""是，只有俊吉。"信子这么回答着，有种要尽力保持平静的心情。俊吉没特地看向这边，只说了一句："你得谢谢你老公，这茶还是我沏的呢。"照子和姐姐对视一眼，扑哧一声调皮地笑了。但俊吉却故意似的，没再说什么。

没过多久，信子就和妹妹妹夫一起围坐在晚餐的餐桌前了。照子介绍道，晚餐里的鸡蛋是家里的母鸡下的。俊吉一边给信子斟上葡萄酒,一边说着颇有社会主义色彩的言论:"人类的生活自带掠夺性,小到一颗鸡蛋。"但其实三个人中,俊吉正是最喜欢吃鸡蛋的。照子觉得他的话很好玩,像孩子一样笑了出来。信子却在这晚餐的氛围中,想起了那在遥远的松林中,寂寞的客厅里的黄昏。

吃完晚餐,又饱餐了一顿水果,聊天也终于聊得尽了兴。微醉的俊吉在夜里的电灯下,卖弄着他一流的诡辩,那些言谈让信子一度回到了青春时代。她的眼睛里带了某种热意,说道:"我也要写小说了。"这时,表哥用古尔蒙①的一句名言回答她:"因为缪斯们都是女人,所以能够自由地俘获她们的,只有男人。"信子和照子则迅速站成一队,反驳古尔蒙的权威:"那这么说的话,如果不是女人就做不成音乐家了?因为阿波罗可是男人呀。"照子认真地说道。

聊到这里,夜已经深了。信子就在妹妹家住下了。

睡前,俊吉打开缘侧的拉门,穿着睡衣走到狭小的庭院里,也没有刻意叫谁,自己说了一声:"快来看,月色不错。"信子独自跟在他身后,光脚换上庭院的木屐;她感到没穿袜子的脚底满是凉凉的露水。

月亮停在庭院角落瘦削的扁柏树梢。表哥就站在树底下,眺望着微亮的夜空。"杂草长得很茂盛啊。"荒凉的庭院让信子有点儿害怕,怯生生地跟在俊吉身边走着。但俊吉只是看着天空,感叹道:"今天

---

① 雷·德·古尔蒙(1858—1915),法国象征主义诗人、小说家。

是阴历十三吧。"

短暂的沉默后，俊吉静静地看过来，说道："去鸡舍看看吗？"信子默默地点点头。鸡舍在和扁柏相对的庭院另一侧的角落里。两个人肩并着肩，悠悠然地走过去。但芦席圈起来的鸡舍里，只有禽鸟特有的气味和昏暗朦胧的光影。俊吉看着鸡舍，自言自语般地和信子说："是睡了吧。""被人类拿走蛋的鸡……"信子在草中伫立着，不由得陷入思考……

两个人从院子返回来的时候，照子正坐在丈夫的书桌前，呆呆地盯着电灯灯罩上停着的一只昆虫。

四

第二天早上，俊吉穿着高档的西服，吃过早饭后就匆匆来到玄关，说要去参加亡友一周年忌日的扫墓祭奠活动。"可以等等我吗？中午那会儿，我肯定回来。"俊吉一边穿外套，一边叮咛信子。但信子只是用她纤纤玉手帮俊吉拿着礼帽，默不作声地微笑着。

照子送走丈夫之后，招呼信子坐在长火钵的对面，殷勤地给姐姐斟茶。然后照子讲起了邻居家女主人的事、访问记者的事，还有和俊吉一起去看外国歌剧团的事儿……这些开心事，讲都讲不完，但信子的心却越来越沉重。甚至信子自己都意识到了，自己在敷衍地应着妹妹的话。终于，照子也发现了信子异样的情绪。她担心地看着姐姐的脸，问道："怎么了？"但信子自己也不明白这是怎么了。

落地钟响了,十点到了,信子倦倦地看了一眼钟,说道:"俊吉还没回来呢。"照子顺着姐姐的话,瞥了一眼钟表,意外地很淡然地应了一句:"还没呢。"信子从照子的话中,读出了被丈夫宠爱的新婚娇妻的语气,她的心绪越发地抑郁了。

"照子好幸福啊。"信子把下巴埋到领子里,像开玩笑似的说道。但她真心羡慕的样子,却掩饰不住。天真烂漫的照子活泼地微笑着,故意盯着姐姐说:"姐姐发现了呀?"后又撒娇地补了一句,"可明明姐姐也很幸福。"这句话深深地打击到了信子。

情绪涌上信子的眼眶,她反问道:"你这么认为吗?"话音未落,立刻又后悔了。那一瞬间,照子表情微妙地看着姐姐的眼睛。照子的表情让信子更后悔了,信子努力地挤出一个微笑,补充道:"你能这样认为,我也是幸福的了。"

姐妹俩都沉默了。屋子里静得可以听到落地钟一点一滴的嘀嗒声,以及长火钵上铁壶里水沸腾的声音。

"姐夫对你不好吗?"终于,照子轻声打破沉默,小心翼翼地问,那声音里有着明显的同情。但在这种情况下,信子最反感的就是别人的怜悯。她把报纸摊在膝头,垂下眼帘,刻意没有回答。这份报纸和大阪的报纸一样,刊载着关于米价的报道。

静静的客厅里,突然传来了轻轻的啜泣声。信子把视线从报纸上挪开,看见妹妹在长火钵的对面,用袖子捂着脸在哭。"别哭了。"信子安慰着照子,但照子哭得停不下来。信子心里有种残忍的喜悦,无言地看着妹妹颤抖的肩膀。稍后，因为担心被女佣听到，信子凑近照子，低声说道："是我不好，姐姐道歉。只要照子幸福，比什么都好，姐姐真是这么想的。只要俊吉爱阿照……"说着，信子也被自己说的话触动，越来越感伤。这时，照子放下擦泪的衣袖，抬起满是泪水的脸，令人意外的是，她的眼睛里既没有悲伤也没有愤怒。有的，是难以遏制的嫉妒，像火焰一样燃烧着。"那姐姐，为什么姐姐昨天晚上还……"照子话没说完，再次把脸埋进衣袖里，放声痛哭。

两三个小时后，为了赶去车站，信子坐上了摇摇晃晃的人力车。车里的信子，只能透过眼前一扇没有挡棚的方形塑料窗看到外面的景物。窗外，城郊满是乡村气息的一幢幢房子和被秋天染上色彩的树木慢慢地，不停地后退。不动的只有冷清的秋日长空中飘着的薄云。

她的心很平静，但让她平静的，是寂寞无声的放弃。照子爆发般的哭泣之后，姐妹俩在新的眼泪中和解，重归于好。但事实上，信子的心里到现在都徘徊着一种感觉。那就是在她没有等表哥回来就上了这辆人力车的那一刻，妹妹已经永远地变成了外人。这种感觉像结冰一样，梗在她的心中。

无意间，信子抬头看了一眼窗外。窗外出现了拿着手杖的表哥赶往家中的身影。信子的心动摇了。是叫车停下来，还是就这样擦肩而过，渐渐远去？她抑制住那种悸动，在人力车中踌躇着。但就在信子犹豫的时间里，俊吉和她的距离已经越来越近。表哥沐浴着薄薄的日光，在积水的路上悠悠然地迈着步子。

"俊吉!"信子差点儿喊出来。那一刻,俊吉那让她熟悉的身影正出现在车窗正中,出现坐在车里的信子的身边。但她终于还是忍住了。毫不知情的俊吉,就这样和这辆人力车擦肩而过。混浊的天空,稀稀拉拉的郊外的房屋,高高的树木那开始变黄的树梢,还有人影寥落的郊外的街道……

"秋天……"

微寒的天气里,车篷下的信子整个身心都深深感受到了凉秋的寂寞。

大正九年(1920)三月

戏作三昧[①]

一

天保二年[②]九月的一个上午，神田同朋町的澡堂松之汤，从一大早开始就熙熙攘攘，客来客往。多年前，式亭三马[③]出版的滑稽本中曾写道："神祇、释教、恋情、无常，所有一切都混杂在一起，尽在浮世澡堂。"——这幅光景如今也一如既往。且看那澡堂里：有唱着俗曲梳着老婆髻[④]的；有在更衣处拧着澡巾，梳着本多髻的；有冲着

[①] 戏作，系日本江户中期流行的一种俗文学，特指小说一类的作品，分为读本、黄表纸、洒落本、滑稽本、人情本等类别，多反映市井百姓的人生百态。三昧，佛教用语，是心无杂念的一种重要修行方法，借指事物的要领、真谛，在某方面造诣很深，可以说是"得其三昧"。
[②] 天保（1830—1844），日本仁孝天皇的年号，天保二年即1831年。
[③] 式亭三马（1776—1822），江户时代后期的戏作家，被认为是日本滑稽小说的代表作家之一，代表作《浮世澡堂》。
[④] 日本江户时代，在底层人民中流行的男性发型。下文本多髻、大银杏髻等，均为发型名。

带文身的后背，光着前额绾着大银杏髻的；有一直在洗脸，梳着由兵卫发髻的；有在水槽前弓着身，不停冲着自己身体的光头；还有专心致志玩着盛水竹桶里瓷金鱼的，扎着蜻蜓似的两根小细辫的顽童。朝阳照进澡堂，在一片热气蒸腾的水雾迷蒙中，形形色色各式人等那湿淋淋、光溜溜的身子，模模糊糊，影影绰绰地晃动着。澡堂里真可谓热闹非凡：水花四溅的声音，水桶移动的声音，说话的声音，唱歌的声音，还有柜台那边传来的拍木板①的声音，此起彼伏。澡堂入口处的"石榴口"②内外，都喧闹嘈杂得像打仗一样。掀开暖帘进进出出的还有小商小贩，甚至乞讨要饭的，来洗澡的客人就不必说了，自然也是出出入入。

在这一片混乱之中，澡堂的角落里，一位六十多岁的老人，一脸恭谨地静静洗着身子。他发黄的头发很难看，眼睛似乎也有点儿毛病。虽然身材瘦削，但那副身子骨看起来还很硬朗，甚至称得上强健。手脚的皮肤虽然已经开始松弛，却透出一种对无情岁月的抵抗。他的面孔也是同样，下颌骨分明的脸颊和宽阔的嘴巴都显示出一种动物般旺盛的精力，想来他如今的状态，和壮年时并没有什么分别。

老人仔细地洗完上半身的污垢后，也没用自留桶③里的热水冲，

---

① 日本澡堂过去招呼澡堂搓澡工等服务人员的方法，男澡堂拍一下，女澡堂拍两下。
② 石榴口，指为了保持温度，防止洗澡水变冷而在澡堂入口设置半截挡板，出入者需要钻过去。
③ 澡堂常客寄存在澡堂的专用水桶。

就开始洗起了下半身。但无论怎么用黑色的甲斐绢擦身子,他那干巴巴的满是细小皱纹的皮肤都擦不出什么污垢。这大概让老人有了深秋迟暮之感,他才洗了一只脚,突然灰心泄气似的,停下了搓澡的手。混浊的自留桶里鲜明地倒映出窗外的天空,红红的柿子果实,瓦片屋檐一角下伸出的稀疏树枝,都在桶里的热水中轻微摇晃着。

老人的心里闪过死亡的阴影。但死亡并不像过去那样,隐藏着让他感到威胁和恐惧的某种东西,而是像这水桶中倒映着的天空一样,安然肃穆,带着某种平静的寂灭之意。如果能在这样的死亡之中,像心无杂念的孩子一样,无梦地酣然睡去,那该让人多么欢喜。自己早已为生活疲惫不堪,不仅是生活,还有这几十年从不间断的创作之苦……

老人落寞茫然地抬起眼。四周众人谈笑甚欢,喧嚣万分,他们裸着的身体在热水的雾气中晃动着。石榴口那边传来的俗曲声中,加入了新的小调声。在这个澡堂,显然找不到刚才在他心底投下阴影的那种情绪的痕迹。

"哎呀,先生,没想到在这种地方能碰到您老!在下做梦也没想过,曲亭先生[①]也来洗晨澡。"

[①] 曲亭马琴(1767—1848),日本读本作家,本名泷泽兴邦,曲亭马琴是他的笔名。代表作《南总里见八犬》花费28年写成,在创作过程中,曲亭马琴步入老年,遭遇了丧子、失明等种种困难,倾尽心血,终于完成了这部在当时极受欢迎的巨著,为江户文学留下了浓墨重彩的一笔。

老人被突然的这声招呼，吓了一跳。顺着声音看去，自留桶前站了一个看起来气色不错，中等身材，不高不矮，梳着细银杏发髻的男人。他的肩上搭着一块湿手巾，颇有精气神地笑着，看样子是刚刚泡完澡，现在准备冲身子。

"你还是好兴致，真好。"

马琴微微笑笑，用略带讥讽的口气回了一句。

二

"没有的事儿，一直都不怎么好。要说好，先生您写的《八犬传》，越来越神妙，越来越精彩，那才是真的好啊。"

细银杏发髻把肩上的湿手巾扔进桶里，扯着嗓门高谈阔论起来。

"船虫①办成盲女，想要杀了小文吾。然后被抓住严刑拷问，结果被壮介救下。这个剧情真是没得说。这样一安排，壮介和小文吾之间刚好就有了再会的由头。不才近江屋平吉，虽然只是个小杂货店店主，但颇好读本故事，也称得上略通一二。不过先生的《八犬传》真是无可挑剔，在下佩服，佩服。"

马琴沉默地再次开始洗脚，他对喜欢自己作品的读者，不用说当然颇有好感。但就算有好感，也不会影响自己对对方的看法和判断。对马琴这种聪明人来说，这种做法很自然，但反过来想，对对方的看

---

① 船虫，以及下文的小文吾、壮介都是《八犬传》中的人物。

法几乎并不影响对其是否有好感,这的确不同寻常。不过马琴有时瞧不起一个人的同时,却对其抱有好感的情况确实存在。比如,眼前的这个近江屋平吉,正是让自己同时拥有这两种感觉的读者中的一人。

"不管怎么说,能写出这样的作品,真是要呕心沥血。如今先生您老,可以说是日本的罗贯中了。啊,不好意思,这说法失礼了。"

平吉又大笑起来。可能是被他的声音吓了一跳,一个在他们旁边洗澡的梳着小银杏发髻,有点儿斜眼的黑肤色小个头,露出一副觉得二人不可理喻的表情,还顺便吐了口痰。

"现在还喜欢写俳句吗?"

马琴巧妙地换了话题。倒不是因为在意那个斜眼的表情,他的视力衰退得厉害,不过好的地方是正因眼睛不好,也看不到这样的烦心事。

"先生垂问,不胜惶恐。不才虽好俳句,却写不好。虽然厚着脸皮,今儿个参加一次诗会,明儿个又参加一次诗会,但一直没什么进步。倒是先生您老,对俳句和歌之类的,也感兴趣吗?"

"不,我不擅长写那些东西,虽然过去曾经写过。"

"您这是说笑了。"

"不,那些和我完全八字不合,写了也是无用功啊。"

马琴说到"八字不合"的时候,特定加重了语气。他并不觉得自己写不了和歌俳句,而且不消说,他自信自己对诗歌类文学也有着不俗的理解。不过,马琴从一开始就有对这类文学艺术有一种蔑视。因为无论是和歌还是俳句，体量都太小，承载不了他的构思。就算再怎么巧妙地吟咏，一首和歌，一句俳句，抒情写景再精彩，能表现出来的内容和他的作品相比，都只是沧海一粟。所以诗歌类的艺术，对马琴而言，都只是二流的艺术而已。

三

刚才马琴说"八字不合"时，加重了语气，是因为这句话的背后暗藏了某种轻蔑。但不幸的是，近江屋平吉似乎完全没有听出这层意思。

"哎呀，原来竟是这么回事儿。以不才的拙见，本以为像先生这样的大家，什么体裁都得心应手。原来真是应了那句俗话，'天不予二才'啊。"平吉用带点儿顾虑的口吻说完就把手巾拧干，哼哧哼哧用力地搓起了身体，把皮肤都搓红了。然而，对自尊心很强的马琴来说，平吉把他的自谦之辞信以为真本来就让人十分不满，再加上他那种怕伤害马琴自尊心而有所顾忌的语气，更让老人感到不快。所以听到这里，马琴苦着一张脸，把手巾和搓澡巾往下一扔，站起了身。

"不过，当今这些所谓的和歌诗人、俳句大家，他们的那点儿水平，老夫还是有的。"

话一出口，马琴就为自己孩子气的自尊心开始羞愧了。刚才，平吉用最谦恭的敬语夸赞自己写的《八犬传》的时候，倒没有特别觉得高兴。可是相反的，当对方以为自己不擅和歌、俳句时，他却格外地不满。这么一比，明显就很矛盾。突然醒悟过来的马琴，为了掩饰内心的惭愧，急忙舀起自留桶里的水，往自己身上浇下来。

"是啊，不然也写不出那样的杰作呀。这么说，我能看出来先生也很会写和歌与俳句，说明在下的眼光也不同寻常呢。哎，夸起自己来了。"

说着，平吉大嗓门地笑了起来。刚才那个斜眼已经不在他们旁边了。那口痰，也被马琴浇下来的水冲走了。但马琴比刚才更加不安起来。

"哎哟，光顾着说话了，我也去泡泡澡吧。"

莫名有些尴尬的他，一边和平吉打招呼，一边对自己生起气来。马琴慢吞吞地站起来，准备离开这个忠实的热心读者。不过，因为刚才马琴那颇有气势的夸口，作为读者的平吉自己都觉得身心舒畅，好似也来了气势。

于是，他追在马琴身后说道："改日能不能请先生作首和歌，或者俳句？您看怎么样？这事拜托您可别忘了啊。在下先告辞了。知道您平日里忙，有空路过的话，请来寒舍坐坐，在下也要去贵府叨扰呢。"

说完，平吉把手巾又洗了一遍，目送着马琴走向石榴口的背影。同时，平吉已经开始考虑起了回家后怎么和妻子讲今天遇见曲亭先生这事。

四

　　石榴口那边,像黄昏一样昏暗。热水的蒸汽,如雾一样浓重。眼睛本来就不好的马琴,跌跌撞撞地分开澡堂里形形色色的人,好不容易才在浴池的一角,摸索着将满是皱纹的身子浸入其中。

　　浴池的水很热。马琴感觉热水都浸入了指甲尖似的。他一边深呼吸着,一边慢慢地观察着浴池里的人。一片昏暗中,能看见七八个脑袋。大家有的聊着天,有的哼着曲儿。融了人皮脂味的泡澡水那光亮的水面,反射着混浊的光。水波单调而规律地律动着,一股让人稍感恶心的"澡堂味"扑面而来。

　　马琴的想象力一直都富有浪漫色彩。在浴池的水汽中,他不由自主地想起了自己准备写进小说里的一个场景:

　　一艘沉甸甸的乌篷船漂在海上。日暮风起,海浪拍打着船舷,海面像黑色的油一样晃动,海浪声沉闷地传来。船外,呼啦呼啦的,大概是蝙蝠拍打翅膀的声音。一个船夫有些担心地看向船外。起了雾的海上,红色的月牙悬挂在阴沉的天空上。这时……

　　马琴脑海中的画面到此戛然而止,因为浴池里一个批评他的作品的声音,突然传入耳朵,打断了他天马行空的想象。而且听那声音也好,语气也罢,都是故意说给自己听的。马琴本来准备离开浴池,但不知怎的,身子却没有动,一直在听具体的内容。

"什么曲亭先生,著作堂主人①,都是吹出来的。其实他写的那些东西都是抄人家的。就说《八犬传》吧,分明是模仿《水浒传》嘛!睁一只眼闭一只眼评价他的故事的话,大概的情节还可以,但说到底那不都是中国故事嘛。他那个读本,光是努力看一遍,就了不得了。然而如今,他又抄起了京传②的作品。这种做法真叫人瞠目结舌,连生气都生不出来了。"

马琴用他视力衰弱的混浊的眼睛,盯着那个诋毁自己的人看。浴池里的水气太大,看不分明,但隐隐约约像之前在他和平吉身边洗澡的那个斜眼小银杏发髻。大概此人不满平吉盛赞《八犬传》,此时正对着马琴撒气。

"头一条,马琴写的东西,只是卖弄文字罢了,他肚子里没有什么真货。有的也只是像私塾里那些老古董一样,把四书五经又讲解了一遍。他对如今这世事,可谓一窍不通。我为什么这么说呢,因为他只会写些陈年旧事。眼前阿染和久松③的事迹,他就写不出来,所以才有了《松染情史秋七草》④。马琴大人这学舌事例啊,数不胜数。"

一旦你有自己优于对方的意识,就很难生出憎恶这种感情。马琴对小银杏发髻说的这番话虽然有些生气,但奇怪的是他并不记恨对

---

① 著作堂主人是曲亭马琴的另一个笔名。
② 山东京传(1761—1816),江户时代后期的通俗文学家、剧作家。
③ 阿染和久松的故事是歌舞伎、净琉璃中的常用题材,历史上确有其人。阿染是卖油富商家的女儿,久松是油坊的学徒,两人因无法在一起,最终殉情而死。
④ 曲亭马琴创作的小说,改编了阿染和久松为情而死的故事。

方。相反地,他很想表示一下自己对此人的轻蔑。之所以没这么做,恐怕是因为自己上了年纪,懂得克制的缘故。

"说到这里,还是一九和三马了不起。他们笔下的人物,就自然极了,绝不是靠小聪明和半吊子的学问捏造出来的东西。这一点,和蓑笠轩隐者①之流,可大不相同。"

根据马琴的经验,听到对自己写的作品的恶评,不仅不快,而且危险。说危险并不是因为承认了恶评,创作的勇气就变成沮丧;而是因为要否定恶评,难免会为今后的创作加上不纯的动机。由于动机畸形,就容易写出畸形的作品。只为了迎合潮流的作家当然无妨,反而是多少有些气魄的作家,更容易陷入这样的危险之中。所以这些年来,马琴尽可能地不去读那些关于自己作品的恶评。虽然如此,他还是想要听听这些坏话到底是什么——这种冲动诱惑着他。正是因为这种诱惑,马琴才一动不动地待在浴池里,听着小银杏发髻大放厥词。

意识到这一点之后,马琴不禁责怪起了泡在浴池里的自己这愚蠢的做法。所以,他不再理会小银杏发髻尖细的嗓门,一脚迈出浴池。浴池外面,透过蒙蒙的水汽,可以看到窗外的蓝天和蓝天下沐浴着阳光的柿子树。马琴来到水槽前,平心静气地冲起了身子。

"总之,马琴名不副实,亏他还号称日本的罗贯中呢。"

---

① 蓑笠轩隐者是曲亭马琴的别号。

然而，澡堂里的小银杏发髻，大概因为斜眼之故，并没发现马琴已经走出了浴池，还在那里自顾自地猛烈批评着。

五

出了澡堂的马琴，心情还是有些沉重。斜眼的那番毒舌，至少在一定程度上达到了预期的目的。马琴在这个晴朗的秋日里，一边在江户的街道上漫步，一边以审视的眼光深思着刚才浴池里听到的恶评。很快，马琴就理清楚了，无论从哪一点来说，那人的话都是没有价值的愚论。只是他的心情一旦被扰乱，也不那么容易就恢复平静。

马琴闷闷不乐地抬起眼，看着道路两侧的店家。一家家，一户户，自然与他的心情并不相通，如往日一般为各自的生计努力着。"诸国茗茶"的柿子色布帘，"正宗黄杨"的梳子形招牌，写着"轿子"的灯笼，印着"卜筮"的算命先生的旗子——这一排排，一列列，都像无意义的符号一样，在马琴眼前掠过。

"自己明明蔑视这些恶评，可为什么又受其烦扰呢？"

马琴继续思考着。

"让我不愉快的，首先就是那个斜眼对我怀有恶意这个客观事实。被人恶意相对，无论是因为什么，都会让人觉得不快，关于这一点没有什么办法。"

想到这儿，他又对自己的脆弱感到羞愧。其实正如马琴这样眼高于顶，旁若无人的人很少一样，像他那样对他人的恶意十分敏感的人也十分罕见。当然，马琴本人也意识到了：这两种看似完全相反的特质，实际上是同一种心理因素在作祟。

"然而让我不快的另有原因。那就是我竟然把自己放在了和那个斜眼相对抗的位置上。我一向不喜欢和人争执，所以从来不去做争强好胜之事。"

分析到这里，马琴的脑子继续运转着，但不知不觉心情上已经有了变化。这一点从他开始紧紧抿着的嘴唇，此时松缓了下来，就可以看出。

"最后，把自己放在对抗位置上的对手，竟然是那个斜眼，这个事实确实让我不开心。如果是比他高明一些的对手，我准会不甘示弱地把这不快回敬过去。但他偏偏是那么拙劣的一个人，无论他怎么说，自己也只能闭口不言。"

马琴苦笑着，仰望着秋天高远的天空。老鹰的清鸣和阳光一起从天空中如雨点般洒落。他发现自己方才还闷闷不快的心情，此刻已经明朗许多。

"但是，无论那个斜眼如何诋毁我，最多也就是让我不快罢了。无论老鹰再怎么叫嚣，太阳也不会因此停止转动。我的《八犬传》一定会完成。届时，日本会出现一部前无古人，后无来者的奇书。"

恢复自信的马琴，静静地沿着小路朝着家的方向走去。

六

回到家一进门,昏暗的玄关换鞋处,放着一双之前好像在哪里见过的贴皮木屐。马琴一看见这些,眼前立刻浮现出那张没什么表情的脸,然后想到又要因此耽误自己的时间,心里不禁叫苦。

"今天这一上午算是泡汤了。"

马琴这么想着,迈上木地板的台阶。女佣阿杉慌慌张张地跑过来,手支着地板,跪坐着仰望着他,汇报道:"和泉屋老板正在书房等着您呢。"

马琴点点头,把擦手的手巾递给阿杉。但他还不想立刻进书房。

"太太呢?"

"去寺里参拜了。"

"少奶奶也跟去了?"

"是的,小少爷也一同去了。"

"少爷呢?"

"去山本先生那里了。"

家里人都不在,马琴有点儿失望,但也别无选择,只好打开挨着玄关的书房的门。

房间中央端坐着一位客人。他肤色很白,脸上带着油光,有点儿拿腔捏调地用一根细细的银烟管吸着烟草。马琴的书房里除了贴着拓本的屏风和挂着红枫黄菊两幅挂画的壁龛,再没有任何像样的装饰。

屋里有五十多个桐木书箱,沿着墙根摆放着。木拉门的窗户纸大概已经贴了一冬还没有换,破的地方补了些白纸,就那么继续贴着。秋阳把芭蕉婆娑的硕大影子投映在木拉门的纸窗上。客人奢华的服饰,越发显得与周围的一切格格不入。

"哎呀,先生,您回来了。"

木拉门一开,客人就圆滑地和马琴打起了招呼,恭敬地低头躬身行了个礼。这位来客正是承印了如今最受欢迎的《八犬传》,以及仅次于它的《新编金瓶梅》①的和泉屋市兵卫老板。

"久等了吧,今早不巧去了澡堂。"

马琴不自觉地皱皱眉,但还是和往常一样,彬彬有礼地坐了下来。

"哎哟,早上去澡堂,原来如此。"

市兵卫大声地感叹了一句,一脸佩服的样子。像他这样无论什么细枝末节都能信口恭维的人倒真是少见。不,如果那恭维又是装出来的,就更少见了。马琴慢悠悠地抽着烟,照例把话题往正事上引——他特别不喜欢和泉屋老板装腔作势的样子。

"今天光临寒舍,有何贵干啊?"

"嘿,还不是又来和您要稿子嘛。"

市兵卫用一根手指的指尖掂着烟管,在手里转了转,用女子般温

---

①《新编金瓶梅》是曲亭马琴于1831年至1847年间创作的长篇绘本,画师为歌川国安等。

柔的腔调说道。这个人的性格称得上古怪，在大多数场合下，心里想的和表现出来的都不太一样，甚至是截然相反的。所以，如果他对某件事志在必得，那必然与之相反的，他就会用非常柔和的声音讲出来。

马琴一听他这个腔调，本能地再次皱起眉来。

"稿子嘛，真不行。"

"哎，有什么为难之处吗？"

"不是为难，今年本来就接了不少读本的活儿，实在是没有精力再去作长篇绘本。"

"这样啊，您贵人多忙。"

说着，市兵卫磕了磕烟管里的灰，似是忘了自己刚才的话题，突然说起了鼠小僧次郎太夫的事情。

七

鼠小僧次郎太夫是个非常有名的大盗，今年五月上旬被捕，八月中旬被砍头示众。他常常潜入大名①府内，把偷来的财物散给穷苦的百姓，所以世人称其为"义盗"并到处赞扬。

"先生，听说被他偷过的共有七十六位大名，盗走的钱财加起来共有三千一百八十三两二分，真是令人吃惊呀。虽然是个贼，但这可

---

① 大名，日本封建时代的诸侯。

不是一般人能做得到的。"

马琴不禁动了好奇之心。市兵卫说这番话的背后，藏着一种给作者提供素材的扬扬得意。不用说，这种得意经常让马琴感到恼火。不过恼火归恼火，他依然忍不住好奇。特别是极具艺术天分的马琴很容易为这种新鲜题材所诱惑。

"嗯，确实了不起啊。我也听过许多关于他的传闻，没想到真这么厉害。"

"他这算是盗亦有道，盗中豪杰了吧。听说他之前当过荒尾但马守①大人的随从，所以对大名府内部的情形轻车熟路。听去看行刑的那些人说，鼠小僧次郎太夫长得颇有亲和力，胖乎乎的。那天，他穿了一件深蓝色的越后产的麻布外衣，里面衬了一件白色单衣——就像从先生您写的故事里走出来的人物嘛。"

马琴敷衍地应了一声，又点上一袋烟。但市兵卫可不是用一个含混的回复就能应付的那种人。

"您看怎么样？要不把这位鼠小僧次郎太夫加到《新编金瓶梅》里面去？我知道您很忙，但是就加这一点儿内容，还想请您答应。"

市兵卫说到这里，话题又绕到了催稿上面，但马琴早已见惯了这套把戏，仍然不肯轻易答应。不仅如此，马琴对市兵卫的憎恶更多了一层。这是因为自己竟中了他的算计，还动了几分好奇心，真是愚

---

① 但马国在今日本兵库县北部，荒尾家为该地区城主。

蠢。马琴一边颇没意思地抽着烟,一边对市兵卫说了一番话:"首先,就算我硬逼着自己去写,也写不出来应有的水平。道理不必多说,否则一定会影响销量,你们也觉得没意思不是?所以,我坚持不写是为了我们双方好。"

"话虽如此,但还想请您勉为其难,尽力一试,不知有没有可能?"

市兵卫说着,一边用视线"抚摸"着马琴的脸(这是马琴用来形容和泉屋老板眼神的原话),一边从鼻子里喷出烟来。

"实在是写不了呀。就算想写,也没那个工夫,没办法。"

"这可令在下好生为难啊。"

市兵卫说完,话锋一转,又说起当时的作家们来。那细细的银烟管依然被他叼在两片薄唇之间。

八

"听说种彦[①]又出了新书。他的作品无非就是唯美哀伤的调调。那位仁兄写的作品,也是除了他自己,别人都写不来的东西呢。"

就像这样,市兵卫有对作家直呼其名的习惯。马琴每次听着,都觉得他在背后是不是也叫自己"马琴"。这个对作者态度轻慢,把作者当作自己手底下的伙计,还直呼姓名不加尊称的家伙,常常令马琴

[①] 柳亭种彦(1783—1842),江户时代后期的剧作者,著有《伪紫田舍源氏》。

大动肝火。马琴甚至想,真的有必要给这种浅薄小人写稿子吗?此刻他听着市兵卫对种彦直呼其名,脸色越发阴沉了。但市兵卫好像对马琴的反应毫不在意。

"而且我们还准备出版春水①的作品呢。先生您虽然不喜欢,但是他写的东西还挺迎合俗人市场的。"

"哦,这样啊。"

马琴的记忆里闪过曾几何时见过一面的春水那形容猥琐的脸。他也听说过,春水曾宣称:"我不是作家。我只是花工夫把读者期望的艳情写出来供大家观赏之人罢了。"因此马琴打心底里鄙视那个不像作家的作者。不过尽管如此,当听到市兵卫对春水直呼其名,他依然感到不快。

"但无论怎么说,春水在写艳情方面真有一套,而且他写作的速度是出了名的快。"

市兵卫边说边瞥了马琴一眼,随后立即把目光落在了自己含着的银烟管上。这短短几秒内,他的表情看起来相当卑鄙——至少马琴这么觉得。

"东西写得那么好,下笔还极快。听说两三章的故事,笔不离纸,一气呵成就写完了。对了,先生您也是写得比较快的那类吗?"

马琴既觉不快,又感到威胁。把他写作的速度和春水、种彦相

---

① 为永春水(1790—1844),江户时代后期的剧作者,《春色梅儿誉美》为其代表作。

比，对自尊心很强的马琴来说，当然颇觉不悦。然而，马琴其实是写得慢的那类作家。他有时也觉得写得慢是一种无能，因此而感到落寞。不过，他又把写得慢当作衡量艺术良心的尺子，认为这是难能可贵的。不过，无论马琴心里怎么想，他也无法容忍俗人对此横加议论。马琴看了一眼壁龛里挂着的红枫黄菊的对联，朗声吐出一句话来："这要看时间和场合。快的时候有，慢的时候也有。"

"哦，看时间和场合，原来如此呀。"市兵卫第三次表示感叹，不过不用说，这听起来貌似佩服的口气并不是出自他的真心。紧接着，他马上又说了这么一句："既然如此，我刚才也多次恳请过，您能不能答应接下这个稿子呢？就说春水吧……"

"我和春水先生不一样。"马琴生气的时候，有把下唇往左边撇的习惯。此时，他的唇角猛地向左一撇。"就恕我不敬了……阿杉，阿杉，和泉屋老板的木屐，你摆好了吗？"

九

马琴把和泉屋老板赶走之后，独自一人靠着柱子坐在缘侧上，眺望着自家小庭院里的风景，拼命压抑着还没有平息的怒火。

洒满阳光的庭院里，叶子残败的芭蕉和快掉光叶子的梧桐树，与那依然苍翠的罗汉松和竹子一同平分了这几坪[①]温暖的秋色。净手钵

[①] 日本传统面积单位之一，1坪约等于3.3平方米。

一侧的木芙蓉，花已零落。而对面篱笆外的桂花却依然芬芳馥郁，香气袭人。老鹰的啼鸣照例从遥远的青空中时不时如笛声般落下。

有了眼前的自然景致作对比，马琴从没像现在这样，觉得世间卑劣。在这样低俗的世间生活，人是多么的不幸：为低俗而烦恼，最后就连自己也被同化，变得低俗起来。如今自己把和泉屋老板市兵卫赶走了。赶别人走当然不是什么好事。但因为对方的卑劣，自己也做出了卑劣的事。这么做的结果，意味着他马琴也变得和市兵卫一样了，也就是说，自己也跟着堕落了。

这么想着，马琴又想到了不久前发生过一件类似的事。去年春天，一个来自相州朽木上新田名唤长岛政兵卫的男子给他写信，想要拜他为师。信里大概是这样说的：长岛政兵卫二十一岁那年不幸变成了聋子，二十四岁的今天下定决心，想要让自己的文章天下闻名，决定专攻读本写作。他是马琴《八犬传》和《巡岛记》的热心读者。在自己家乡这个小地方，想学写作有诸多不便，所以问马琴能不能去他府上做食客。自己会带着写好的六本读本的稿子，请马琴过目修改，然后想找个合适的出版商出书——在马琴看来，这人的要求都是些自说自话，真是打了一手如意算盘。但因为对方说他耳聋，这让苦于眼疾的马琴生出几分同情。虽然不能如对方所愿，但马琴还是认真回了一封信，婉拒了他的要求。结果不久后，那人再次写信来，通篇都是对他猛烈地责难。

信里说："我耐下性子读你那又臭又长，拙劣不堪的《八犬传》

《巡岛记》，但你却不肯看一看我写的仅仅六册读本长度的稿子。你的人品是不是有问题？"在信的结尾，还写道："作为前辈，不肯收留一个后辈做食客，这难道不是吝啬？"马琴当然气坏了，当即回信。信中写了这么一句："我的读本竟然有你这样的浅薄的读者，真是我一生的耻辱。"

对方没有再回信。他如今还在写读本吗？还在梦想着全日本的人都能看到自己的作品吗？

回想此事的时候，马琴觉得这位长岛政兵卫真自私，但同时也觉得自己真无情，然后自然而然地，又生出一种说不出的落寞之感。在马琴思考的同时，阳光依旧自顾自地照着桂花树，桂花的甜香融在了暖洋洋的空气里。芭蕉和梧桐的叶子一动不动。老鹰的叫声和从前一样清朗。这样的大自然，和那样的人——十分钟后，女佣阿杉做好了饭，过来请马琴去吃饭时，他还仿佛做梦一样，呆呆地倚着柱子。

十

马琴孤零零，冷清清地吃了午饭，独自一人回到书房。但不知为什么，总是静不下心来，于是久违地翻开了《水浒传》。偶然翻开的地方，正是豹子头林冲风雪山神庙看到火烧草料场那一段。戏剧化的场景让马琴兴趣盎然，但继续读着读着，却反而莫名地不安起来。

去拜佛的家人还没有回来。书房里鸦雀无声。马琴沉着一张阴云密布的脸，在摊开的《水浒传》前面，百无聊赖地抽着烟。在烟雾之中，从前想过的一个问题，此刻又浮现出来。

在道德家的自己和艺术家的自己之间，一直都有一个纠结不已的问题。从前，他从未怀疑过"先王之道①"。他的小说正如他自己公开所说的那样，是"先王之道"的艺术表达。所以在这一点上并不矛盾。然而"先王之道"对艺术的价值和他的心里想赋予艺术的价值之间，又有着很远的距离。于是，一个他分成了两半，正如道德家的自己肯定"先王之道"的价值一样，艺术家的自己当然也肯定情感赋予艺术的价值。当然折中的办法也不是没有，可以用妥协来调和矛盾。实际上他对外宣称的调和说背后，掩藏着的就是他对艺术那暧昧不明的态度。

但他能骗得了外人，却骗不了自己。他否定戏剧的价值，将其称为是"惩恶扬善的工具"，可事实上每当他的内心深处涌出磅礴的艺术灵感时，就会突然觉得不安。正如刚才读的《水浒传》的那一段，恰巧给他的情绪带来了意想不到的影响。

在这一点上，马琴非常懦弱。于是他一边沉默地吸着烟，一边强行把自己的思绪往出门了的家人身上拉。可是，《水浒传》就摆在他面前。那种不安在心中盘旋着，不肯轻易离去。正在这时，好久不见的华山渡边登②刚好来拜访。他身穿羽织和服，腋下夹着一个紫色的

---

① 古时贤明君王的治世之道。
② 渡边华山（1793—1841），通称渡边登，号华山，江户时代后期的汉学家、兰学家、画家。

包袱,看样子是来还书的。

马琴喜不自胜,特地去玄关迎接这位友人。

"今日前来还书,顺便有一物想请您看看。"

马琴把华山请入书房,华山打开包袱,里面是用纸包着的类似绢画的东西。

"要是有空,还请过目。"

"噢,快让我欣赏一下吧。"

华山难掩兴奋般地露出淡淡的微笑,把卷在纸里的绢画展开给马琴看。画上或远或近地画着几棵萧索的古树,还有两位男子,在其间抚掌而笑。林间散落的黄叶,树梢飞过的乱鸦——落目之处,尽是寒秋之意。

马琴看着这幅淡水墨画就是《寒山拾得图》,渐渐地,眼睛里有温润的光在闪烁。

"你总是画得如此出色。这回,我想起了王摩诘。这画,是'食随鸣磬巢乌下,行踏空林落叶声'之意吧?"

十一

"这画是昨天画好的,我自己很满意,所以想着送给您老人家,今天特地带了来。"华山抚着刚理过胡须还有些发青的下巴,看着自己的画,满意地说。

"这可太珍贵了。总是承蒙赠予,不胜惶恐。"马琴看着那画,喃喃自语一般地道谢。不知为什么，心头倏忽闪过的是自己那未完成的工作。而华山依然在想着自己的画。

"每次观赏古人的画作时，我总是想，什么时候我也能画出这样的画呢？那一石一木，还有其间的人物，都独具神采，栩栩如生。通过一幅画，我甚至可以感受到画中人物那悠悠然的心境，这可真是了不起啊。可是我自己画出来的东西，总如小儿涂鸦。"

"古人可是说过，'后生可畏'。"

马琴看着沉浸于自己画作的华山，有点儿嫉妒，难过地开了这么一句玩笑。

"后生确实可畏。然而我辈却被夹在古人和后生之间动弹不得，被推着前行。恐怕也不只是我辈，古人曾如此，后生亦如是。"

"不进则退，想着如何进那一步，或许更明智。"

"不错，这才是聪明的做法。"

主人和客人为他们双方的谈话所触动，都暂时沉默了。两人都侧耳倾听着静谧的秋日里窗外自然界细微的响动。

"《八犬传》进展得还不错吧？"过了一会儿，华山终于换了话题，问起马琴。

"一直进展得不好，这也让我颇为头疼，真是不及古人啊。"

"您老这么说，那我们更是无地自容了。"

"说到艰难，我比谁都深感创作的艰难。但无论如何，倾尽全力，也要去写，此外别无他法。最近我已做好了为《八犬传》拼上这条老命的准备了。"说完，马琴惭愧般地苦笑了一下。"我心里有时候想，不就是个戏作吗？可一旦投入进去之后，就不是那么简单的事了。"

"作画也一样。既然落了第一笔，就要尽我所能，画到最后，做到极致。"

"你我二人，都是拼上了命啊。"

两人说着笑了起来。那笑声中流露着只有他们自己才能懂的落寞。但与此同时，主人和客人也都在这落寞中生出了一种极有力量的兴奋之感。

"不过，还是羡慕作画之人啊。至少不必受官家苛责这一点，比什么都强。"这次，马琴换了话题。

十二

"您老写的东西，不必有这种担忧吧？"

"怎么会呀，这种情况多得很呢。"

马琴举了一个因为自己的小说中出现了官员贪污受贿的桥段，而被书籍审查官命令修改的例子，来说明书籍审查官的行径有多么无知和粗暴。然后，他还说了这么一段话来点评："书籍审查官越是找碴，就越是露出马脚，这还挺有趣的。自己贪污受贿，就不愿意有人把贪污受贿的事情写出来，强行命令作者修改。自己内心猥琐污秽，所以但凡看到书里的男女之情，就不问青红皂白，说是淫秽读物。他们觉得这是因为自己在道德方面要高于作者，可在旁人看来，真是滑天下之大稽。打个比方，就是'猴子照镜子，龇牙咧嘴'，其实他是为自己的低级而生气呢。"

马琴连续地打比喻来讽刺，华山不禁失笑，他说道："这种事情想必很多。不过，即使被迫修改，也不是您的耻辱。无论那些书籍审查官怎么说，伟大的作品一定有着相应的价值。"

"话虽如此，但是被粗暴对待的情况比比皆是。有一次，就因为写到往监狱里送吃的穿的，也被命令删掉了五六行呢。"

马琴说着，也和华山一起呵呵地笑了出来。

"不过，再过五十年，一百年，书籍审查官都不在了，但《八犬传》依然会留存于世。"

"那时《八犬传》留不留得下不好说，我倒觉得书籍审查官这类人，不管什么时候都会存在。"

"会吗？我不这么想。"

"不对，应该说就算没有书籍审查官了，但是像书籍审查官这样的人，恐怕哪个时代都会有。如果认为焚书坑儒是古时候才有的事，那可大错特错了。"

"您老呀，尽说些让人灰心丧气的话。"

"不是我泄气忧虑，而是书籍审查官跋扈于世的现状，让我如此啊。"

"那就更加努力地去创作，不就好了吗？"

"也只能如此了。"

"说到这个份儿上，咱们就豁出性命干吧。"

这次两个人谁都没有笑，不仅没有笑，而且马琴表情有些僵硬地看着华山。华山这句豁出性命的玩笑话，莫名地暗含了一种锋锐。

"不过，年轻人首要弄懂怎么活。想拼命，什么时候都能拼。"

沉默片刻，马琴说了这么一句。深知华山政治观点①的他，此时突然有种莫名的不安。但华山只是微笑着，没有回答。

十三

华山告辞之后，马琴的精神依然很亢奋，于是和往常一样坐到了桌子前，想趁着这兴奋劲儿继续写《八犬传》。他习惯于在写新的内容之前，把昨天写的再好好读一遍，今天也是如此。马琴拿起那几页字小行密，满是朱批的稿子，认真地慢慢读起来。

但不知为什么，昨天写下的这些文字，非常不合马琴的心意。文字之间混入了某种不和谐的杂音，破坏了整篇文章的协调感。最初马琴觉得是今日自己情绪波动所致。

"是我今天心情不佳的缘故。这可是我倾尽所有写出来的。"

想到这儿，他又重读了一遍。然而，得出的结论和刚才没有区别，他慌得都不像个老人了。

"前一部分写得怎么样呢？"

---

① 渡边华山因谴责幕府闭关锁国政策而遭到迫害，最终自杀明志。

他又去读之前写的内容。可是之前写的也是如此，粗糙而杂乱的字句随处可见。他又读了再之前写的和更早之前写的。

可是呈现在马琴眼前的，无外乎拙劣的结构和杂乱的句子。写景的部分给人留不下印象，咏叹的部分不能打动人心，说理的部分又没有什么逻辑。他花费几天工夫才写出来的几章稿子，现在看来，全是无用的废话。马琴的心像被突然扎了一刀一样，痛苦极了。

"别无选择，只能全部重写了。"

他在心里喊着这句话，恨恨地把稿子推到桌子一边，用一只胳膊肘支着地，侧身躺了下来。但他还是想着稿子的事，眼睛并没有离开书桌。在那张书桌上，他写了《弓张月》，写了《南柯梦》，如今又在写《八犬传》。在那张书桌上，端溪砚，蹲螭镇纸，蛤蟆形铜笔洗，印有狮子和牡丹的青瓷砚屏，还有雕着兰花的孟宗竹笔筒——这些文具，见证了他写作的艰辛。看着这些文具，马琴觉得目前的失败给他一生的辛劳创作，都蒙上了一层阴影。不禁让他怀疑自己到底有没有文学创作的实力，进而无法克制地越发不安。

"自己刚才还说，要写出日本无与伦比的巨著。但自己或许和别人一样普通，只是自欺欺人罢了。"

这种不安又变本加厉地给马琴带来了难以忍受的落寞和孤单之情。马琴在自己尊敬的中国和日本的天才作家面前，从来没有忘记谦虚。但与此同时，对同时代那些庸庸碌碌的作家他又表现出傲慢不逊。可结果自己同他们不过是半斤八两，且是头令人厌恶的辽东之蛙①，这让马琴如何甘心。更何况他的自我意识太过强大，就算通过"彻悟"和"放弃"来逃避，但终究还是压抑不住内心满溢的创作热情。

马琴躺在书桌前面，像遭遇海难时看着自己的船缓缓下沉的船长一样，看着这份失败的稿子，静静地与绝望相对抗。这时，他身后的木拉门忽然哗啦一下被推开，伴随着一声"爷爷，我回来啦"，一双柔嫩的小手搂住了马琴的脖子。要不是小孙子突然回来，不知道他要郁闷到什么时候呢。马琴的小孙子太郎大胆、率真，一下子就立刻跳到了马琴怀里。

"爷爷我回来啦！"

"噢，回来得真早啊。"

说着，《八犬传》作者那满是皱纹的脸笑逐颜开，和刚才判若两人。

十四

客厅里，尖嗓门的妻子阿百的声音和有些内向的媳妇阿路热热闹闹地在说着些什么。其中还夹杂一个低沉的男人的声音，应该是儿子宗伯回来了。太郎骑在爷爷腿上，故作一脸严肃地盯着天花板，像在侧耳听着那些声音一样。他的小脸蛋儿被外面的冷风吹得红扑扑的，

---

① 此处为《后汉书·朱浮传》之典，意为井底之蛙，因浅薄而自鸣得意。

小鼻孔随着呼吸微微地动着。

"我说,爷爷呀。"

穿着红棕色细纹小和服的太郎突然说道。他一副努力思考的样子,同时又极力憋着笑,脸上的小酒窝一会儿消失,一会儿出现。马琴看着小孙子不知不觉中也被逗笑了。

"每天都要。"

"嗯?每天都要?"

"好好用功。"

马琴终于忍不住笑了出来,一边笑,还一边忍不住追问孙子。

"然后呢?"

"然后,嗯……不要轻易生气。"

"哎哟,还有啥?"

"还有呢。"

太郎说着,扬起梳着一绺辫的小脑袋,自己也笑了起来。孩子的眼睛笑得弯弯的,露出洁白的牙齿和小小的酒窝,马琴看着他,怎么样也没法想象孙子长大后会变得和世人一样悲哀。他沉浸在天伦之乐的幸福中,却闪过这样的念头,不过随即还是忍不住想去逗太郎。

"还有什么呢?"

"还有呀,还有很多事情呢。"

"什么事情呢?"

"那个,爷爷呀,会变得比现在更厉害,所以呢……"

"更厉害,所以呢?"

"所以呢,要时常忍耐。"

"我在忍耐着呢。"马琴想也不想,认真地说道。

"更加,更加忍耐。"

"这些是谁说的话呢?"

"这些呀……"太郎恶作剧般地瞅了一眼爷爷的脸,然后笑了,"你猜猜是谁呢?"

"我猜……你今天去寺里了,所以是听寺里的和尚说的?"

"不对。"太郎断然否认,摇着小脑袋,从马琴的腿上欠起半个身子,扬起下巴。

"这个嘛,是……"

"是谁?"

"是浅草的观音菩萨说的。"

话音刚落,太郎就快活地笑了起来,声音大得全家人都听得见。还唯恐马琴来抓他一样,突然从爷爷身边跑走了。看爷爷上了当,太郎觉得很有趣,开心地拍着小手,向客厅的方向逃去。

一瞬间,马琴的心里突然感到一种庄严的意识。他的唇边浮出幸福的微笑,同时眼睛里也泛起了泪光。太郎的玩笑话是自己想出来的,还是妈妈教的,他并不在意。只是在这个时刻,从小孙子嘴里说出这样的话,让马琴感到不可思议。

"是观世音菩萨说的吧?要好好用功,不要生气,还要多多忍耐。"

六十多岁的老艺术家泪中带笑,像孩子一样点了点头。

十五

当天夜里。

马琴在昏暗的圆形和纸灯下,继续撰写《八犬传》。马琴写作时,家人都不来书房打扰,静悄悄的房间里只有灯芯吸着灯油燃烧的声音和蟋蟀的歌声一起,倾诉着长夜的寂寞。

刚下笔时,马琴的脑子里有一道微光在指引。十行、二十行,写着写着,那道光越来越亮。凭借经验,马琴知道那是什么,他小心翼翼地继续写着。灵感如同火苗,不知如何点火的话,即使点燃了,也会很快熄灭……

"别心急。要尽可能地深入思考。"

马琴抑制住泉涌的文思,和奔腾不止的笔势,几次喃喃自语。但刚才脑海中如星辰般散落的微光,已如河流一般汇集,汹涌澎湃,奔流向前。一浪接着一浪,不由分说地推着他向前而去。

不知何时开始,马琴的耳朵已经听不到蟋蟀的叫声了。他的眼里,那昏暗的光线也完全不能困扰他。马琴的笔如同自己有了灵魂一般,在纸上不停地动着。他就像和神灵相搏一样,拼了命一般地奋笔疾书。

脑海中的那道洪流,如横贯夜空的银河一般滚滚而来,让他应接不暇。那逼人的气势，让马琴对自己的身体产生了担忧，害怕自己老朽的体力承受不住。然后，他又紧紧地握住了笔，几次对自己说："只要还有力气，就写下去。如果现在不写，不知道以后还能不能写出来。"

那汇集起来的宛如河流的朦胧光束，一点儿都没有放慢速度，而是以让人头晕目眩之势，奔腾而来，将马琴淹没。他已彻底被俘虏了。老人忘记了眼前的一切，顺着那股洪流，挥毫泼墨，势如暴风骤雨。

此刻，他那好似君王一样的眼睛里没有利害关系，没有爱憎情仇，甚至过去因他人的褒贬而生出的名誉之心，也消失殆尽。他的眼睛里只有不可思议的喜悦，抑或恍惚而悲壮的感激。不懂这种感激之人，恐怕无法体会戏作三昧的心境，也没法知晓创作者庄严的灵魂。在这里，"人生"荡涤了所有的渣滓，宛如崭新的岩石，在作者的面前，闪烁着美丽的光泽……

这工夫，婆婆阿百和媳妇阿路，正围着灯缝衣服。太郎已经被哄睡了。羸弱的宗伯坐在稍远处，忙着搓药丸。

"爹还没睡呢？"媳妇阿路拿着针，在出了油的头发上蹭了蹭，有些抱怨地嘟囔着。

"肯定又在写书呢，跟入了迷一样。"婆婆阿百只顾着手里的针线，头也不抬地说，"真让人犯难啊，写书也挣不了几个钱。"说完，她看了看儿子和媳妇。宗伯像没听见一样，一声不吭。阿路也沉默着继续做针线活儿。只有这儿的蟋蟀，和书房那边的蟋蟀一起，在不变的秋日里唧啾地唱着歌。

大正六年（1917）十一月

孤独地狱
こどくじごく

芥川龙之介
人性三部曲

罗生门
らしょうもん

[日] 芥川龙之介
あくたがわりゅうのすけ
著

窦娅楠 译

北京理工大学出版社
BEIJING INSTITUTE OF TECHNOLOGY PRESS

版权专有 侵权必究

图书在版编目（CIP）数据

罗生门 /(日) 芥川龙之介著；窦娅楠译. -- 北京：北京理工大学出版社，2022.7

（孤独地狱：芥川龙之介人性三部曲）

ISBN 978-7-5763-1061-0

Ⅰ. ①罗… Ⅱ. ①芥… ②窦… Ⅲ. ①短篇小说—小说集—日本—现代 Ⅳ. ①I313.45

中国版本图书馆CIP数据核字（2022）第031616号

出版发行 /	北京理工大学出版社有限责任公司
社　　址 /	北京市海淀区中关村南大街5号
邮　　编 /	100081
电　　话 /	（010）68914775（总编室）
	（010）82562903（教材售后服务热线）
	（010）68944723（其他图书服务热线）
网　　址 /	http://www.bitpress.com.cn
经　　销 /	全国各地新华书店
印　　刷 /	三河市金元印装有限公司
开　　本 /	880毫米×1230毫米　1/32
印　　张 /	7.25
字　　数 /	146千字
版　　次 /	2022年7月第1版　2022年7月第1次印刷
定　　价 /	129.00元（全3册）

责任编辑 / 徐艳君
文案编辑 / 徐艳君
责任校对 / 刘亚男
责任印制 / 施胜娟

图书出现印装质量问题，请拨打售后服务热线，本社负责调换

目录

罗生门	001
偷盗	009
奉教人之死	078
英雄之器	089
秋山图	092
酒虫	104
阿富的贞操	114
弃儿	127
少年	134
玄鹤山房	157
报恩记	176
忠义	196
丝女记事	216

罗生门

一天黄昏，一个仆人，在罗生门下等雨停。

宽广的门楼下，除了他自己，只有朱漆剥落的门柱上停着的一只蟋蟀。罗生门前的朱雀大街上，本该还有两三个或戴着竹笠或戴着揉乌帽子避雨的人。但除了这个仆人，一个人都没有。

因为这两三年又是地震，又是火灾，再遭饥荒，京都灾难频发，整个京城就这样衰落下去。据旧书记录，有人甚至打碎佛像和祭祀器具，将涂有朱漆或饰有金箔银箔的木料堆放在道路边当柴火卖。京城已是如此景象，修缮罗生门这样的事自是无人提起。罗生门就这样荒着，渐渐地狐狸也来栖息，盗贼也来居住，最后那些无人认领的死尸也常被抛在门下。就这样，日暮黄昏，这一带就变得阴森可怖，谁也不想在罗生门附近驻足。

取而代之的是盘旋而来聚集成群的乌鸦。即使是在白天，乌鸦们也聚在罗生门的高空鸣叫，盘旋飞舞。一到日暮时分，天空中的乌鸦多得像撒下的芝麻。不用说，乌鸦是来啄食死人肉的。但今天，不知道是不是来得迟了，仆人没见到一只乌鸦的影子。目之所及，唯有荒草蔓延的石阶上的点点白色的乌鸦粪。仆人藏蓝色的衣服已被洗得发白，他在这七阶石阶的最上面坐下，呆呆地眺望着绵绵不绝的雨帘，右脸上的粉刺让他烦恼不已。

作者刚才写道："仆人在罗生门下等雨停。"但实际上，即使雨停了，仆人也没什么要去做的事。要是以前，不用说当然是要回主人家了，可是他已经在四五天前被主人遣出门了。正如前面说的，京都已然城运衰微，举目凋敝，这个被常年雇用他的主人辞退的仆人，也只是凄凉秋风中的一片落叶而已。所以与其说"仆人在等雨停"，倒不如说"被雨所困的仆人无处可去，穷途末路"更合适。而此时的天气，也多少影响着仆人的Sentimentalisme①。雨从未时开始下，到申时都没有要停的迹象。就在这雨天里，仆人想着如何去为明天寻一份生计——为这无计可施的事绞尽脑汁。他一边沉浸于这些思绪，一边似听非听地听着这落在朱雀大道上的雨声。

大雨笼罩着罗生门。由远而近的哗哗的雨声递进仆人的耳朵。傍晚，昏暗的天色沉沉地压下来。门楼斜出的檐角，撑着密布的乌云。

要为这无计可施的前途想方设法，就无暇顾忌手段。要是考虑手段，恐怕就会变成土墙下、道路上饿死的尸体，然后被人像拖死狗一样拖来，丢弃在这罗生门底下。要是不择手段——仆人左思右想，

---

① 感伤，感伤主义。

最终还是回到了这里。可是"要是"终归是"要是"，虽然仆人想到了恐怕得不择手段，但这不择手段后的结局，就只能是"去做强盗"，对此，他又没有勇气去认同那条道路。

想到这里，仆人打了个大大的喷嚏，随即大义凛然地站起身来。京都的傍晚已经冷到了需要生火炉的程度。冷飕飕的晚风与沉沉的暮色一同，毫无顾忌地在罗生门的门柱与门柱之间吹来吹去。朱漆剥落的门柱上停着的蟋蟀也早已不知去向。

仆人缩着脖子，他那几层黄褐色的汗衫、藏蓝色布褂下面的肩也不由自主地耸着，打量着罗生门周遭。他想找一个既能遮蔽风雨，又能掩人耳目，能安度今夜的容身之处。幸运的是，一架同样涂着朱漆、通往罗生门顶楼的宽梯子随即映入他的眼帘。顶楼那种地方，就算有人，也是死人吧。仆人想到这儿，一边小心不让腰间的太刀滑出刀鞘，一边开始用穿着草鞋的脚向上攀爬。

几分钟后，通往罗生门顶楼的宽梯子上，一个像猫一样弯着身子的男人屏着呼吸，窥探着上面的情形。顶楼微弱的火光，舔舐着仆人长着短须、带有粉刺的右侧的脸颊。登梯之前，仆人以为顶楼上应该都是死人。但再往上爬个两三阶，他觉察到上面好像有人举着火在动。那黄色的浑浊的光在顶楼密密麻麻的蜘蛛网中摇曳着。一定是有人。在这样的雨夜，在罗生门的顶楼，点着火，恐怕不是个普通人。

仆人像壁虎一样，轻手轻脚、屏息静气地又向上爬了几步，终于到了顶楼。他探着脖子，尽量只露出一点儿身子，战战兢兢地窥探着上面的情形。

放眼看去,顶楼像传闻中一样,真的有几具被随意抛在那里的尸体。火光照亮的范围比预想中的要窄,看不清这楼上究竟有几具尸体。能看到的这几具尸体里,有的是裸尸,有的穿着和服。当然,有男,也有女。但他们都像泥塑的木偶一样,张着嘴巴,伸着胳膊,七横八竖地倒在地板上,让人怀疑他们曾经是不是活过。尸体们的肩膀、胸膛等高一些的位置,沐浴着黯淡的火光,低一些的身体部分,又越发多了一层阴影,在这顶楼像哑巴一样,永久地沉默了。

死尸发出的腐烂的恶臭让仆人立即掩住了鼻子。但下一秒发生的事让他忘记了捂鼻:一种强烈的感情席卷了他的大脑,几乎夺去了他的嗅觉。

仆人这时看到了在死尸里蹲着的那个人。那是个穿着黄褐色衣服的瘦小得像只猴子的白发老太婆。老太婆右手拿着一根燃烧着的松枝,眼睛盯着其中一具尸体。那具尸体头发很长,大概是个女尸。

仆人带着六分恐惧和四分好奇,一时间甚至忘记了呼吸。那感觉,用古书上的话来说就是,"毛发悚然,不寒而栗"。只见那老太婆把手里的松枝插到木地板的板缝中,两手扶着她凝视着的女尸,像猴子妈妈给小猴子捉虱子一样,一根一根地拔着尸体的头发。手起发落,一根又一根。

女尸的头发被一根根拔下来,仆人心中的恐惧一点点减弱。与此同时,他对眼前这个老太婆的厌恶则越来越强烈。不,说是"对老太婆"或者不够准确，应该说是对世间所有的恶的反感正在一分分增强。如果这时有谁对他刚才在罗生门下思考的"是选择饿死还是做强盗"的问题再度发问，恐怕仆人会毫不犹豫地选择饿死。仆人对"恶"的憎恶，犹如老太婆插在地板缝中的松枝一样，势不可当地熊熊燃烧起来。

当然，他不知道老太婆为什么要拔死人的头发，因而从理性的角度来看，其实他不能以此判断她的善恶。但是，在这样的雨夜，在罗生门之上，拔死人头发这件事本身，对仆人来说，已经是不容争辩且无法宽恕的恶事了。自然仆人也早把刚才自己还在思考也许要做强盗的事抛到了九霄云外。

于是，仆人两脚用力一蹬，从梯子上一步跃上顶楼。只见他一手按在腰间太刀的木柄上，一边大步朝老太婆走去。老太婆的惊恐自然无须赘述。

她一看到仆人，就如离弦的箭一样，一下蹿了出去。

"老东西，往哪里跑？"

惊慌失措的老太婆夺路而逃，不料却被一具尸体绊倒，刚爬起来想再跑。仆人拦住她的去路，高声骂道。老太婆推开仆人，仆人立刻再次挡住她，将她推回去。两个人在这些尸体中沉默着扭打起来。但这场比试的胜负自不必说。仆人终于一把抓住老太婆的手腕，不由分说将她扭倒在地。老太婆的手腕像鸡爪一样，瘦得皮包骨。

"你刚才在做什么？快说！胆敢不说，你试试这个。"

仆人松开按着老太婆的手，突然拔刀出鞘，将那闪着寒光的白刃逼近她的脸。但老太婆依然沉默不语。她的双手和肩膀都不由自主地颤抖着，喘着气，瞪大眼睛，像哑了一样执拗地不说一句话。

眼前的情景让仆人意识到，面前这老太婆的生死全凭自己的心意。想到这里，他那股剧烈燃烧的憎恶之火悄然冷却了。剩下的，只有圆满完成一样工作后的那种安然的满足和自得。于是，仆人俯视着老太婆，语气稍微柔和了一些，说道："我不是检非违使厅的差使，只是碰巧经过罗生门的过路人。所以，我也不会用绳子捆了你把你押到官府去，只是想知道你刚才在罗生门上做什么。你只需告诉我这个就好。"

听到这里，老太婆睁大发红的眼睛，锐利得像鹰鹫一样的眼睛直勾勾地盯着仆人的脸。她那满是皱纹的脸，和鼻子几乎连为一体的嘴，像吞咬着什么一样翕动着。她那细细的脖子上尖耸的喉结上下滚动，乌鸦一般粗哑的声音从喘息着的喉咙里发出，传到仆人的耳朵里去。

"我拔死人头发，拔这头发，是为了做假发套。"

这个平淡的回答让仆人觉得意外，进而感到失望。在失望的同时，先前那种憎恶，伴随着冷冰冰的轻蔑，再次一起涌入心中。仆人脸色的变化，老太婆也看在眼里，她手里紧握着刚才从死人头上拔下来的头发，像蟾蜍一般嘟囔道："当然，拔死人的头发，也许是在做坏事。但是，我拔的是这罗生门的死人的头发。这里的死人个个都罪有应得，对他们做什么都不算过分吧。比如，刚才我拔的那具尸体，那个女人活着的时候，把死蛇切成四寸长一段，晒干后当作鱼干，卖到武士阵前给人吃。要不是得了疫病现在死了，她现在还做着那营生呢。别说，那些买死蛇干的人，还夸这女人卖的鱼干味道好呢。我也不觉得她做这事有什么不好，总比饿死强，都是没办法才做这些事儿的。就像现在我自己做的事，我也不认为是坏事。要是不这么干，就得饿死，都是没办法才这样干的啊。我想这个死去的女人，她对此也很清楚，应该会原谅我吧。"

老太婆大致说了以上这样一段话。

仆人归刀入鞘，左手按着太刀的刀柄，冷冷地听着她的话。当然，他的右手仍然无意识地按着脸上那个红肿的大粉刺，不想被人看见。听完老太婆的话，仆人的心里生出一种勇气来，正是刚才在罗生门下他所缺少的勇气。此外，这也是和他爬上罗生门，抓住这老太婆时候的勇气截然相反的一种勇气。仆人已经不再为选择饿死，还是选择当强盗而苦恼了。此时，在这个男人的心里，饿死这种选项，已经完全地被剔除出去了。

"她一定会原谅你吗？"

老太婆说完后，他嘲讽地问道。然后，他上前一步，捂着脸上粉刺的右手放下来，抓住老太婆的衣领，恶狠狠地说："那么我抓下你的衣服，你也别恨我。我不这么做，也会饿死呀。"

仆人三下五除二抓下了老太婆身上的衣服，她抱住仆人的腿，却被他一脚踢倒在死人堆里。梯子就在五步之外,仆人把那件从老太婆身上扒下来的衣服夹在腋下,迅速地翻下梯子,消失在夜色深处。

过了一会儿,那像死了一样躺在那里的老太婆,赤身裸体地从尸体中爬了起来。她自言自语般地发出呻吟之声,借着那尚未熄灭的火光,慢慢地爬到梯子口。然后她伸出头,那花白的短发倒垂在悬梯旁边,向楼下窥探着。下面,是黑洞洞的深不见底的夜色。

仆人已不知去向。

大正四年(1915)十一月

偷　盗

一

"大娘，猪熊大娘。"

朱雀大道和陵小路的交叉路口，一个二十岁左右的武士举起细骨的折扇，喊住了正从这边走过来的一个老太婆。那年轻武士身穿藏青色常服，头戴揉乌帽，独眼，相貌丑陋。

那是七月的一天，晌午时分。闷热的夏季像憋着一口气，把天空中的烟霞牢牢地盖在千家万户的屋顶上。在那个武士驻足停步的岔路口，一株叶片稀疏的柳树也像染了瘟疫一样，没精打采地把影子投在地上。没有风，就连能吹动这柳枝干枯叶子的一丝气流都没有。大概因为实在太热了，烈日暴晒的大道上人迹罕见，能看到的，只有牛车留下的两道弯弯曲曲的车辙印，还有被牛车轧过的小蛇。起初它那被碾开的皮肉颜色转青，还抽动着尾巴，不一会儿，肥白的肚皮就翻了起来，然后一动也不动了。放眼望去，在这个尘埃飞扬，烈日当空的岔路口,如果非要找一点儿潮气,就是那死蛇伤口里腥烂的体液了。

"大娘。"

"……"老太婆连忙转过身来。她大约六十岁,枯黄的头发披散着,身上穿着件脏兮兮的褐色麻衣,脚上是一双半截的草木屐,手上拄着一根蛙腿般的拐杖。圆眼睛,大嘴巴,这副尊容让人想到癞蛤蟆,是个看起来卑贱低俗的女人。

"哎哟,是太郎呀。"

老太婆的嗓子仿佛被刺眼丰沛的太阳光噎住了一样,声音十分干涩,她拄着拐杖,退了两步,再次开口前先舔了舔自己的上嘴唇。

"有什么事儿吗?"

"倒也没什么事儿。"

独眼武士在他长满了浅色麻子的脸上挤出笑来,用不自然的故作愉快的声调说:"只是想问问这一阵子沙金在哪儿。"

"你的事儿呀,总是跟我女儿有关。我可真是老母猪生出夜明珠了呢。"

猪熊大娘故作不快地和他开玩笑,咧嘴乐了。

"倒也不是什么大事儿,但还没人和我说过今夜的安排。"

"什么?安排肯定是不会变的啊。在罗生门集合,时间是亥时上刻,大家都按老规矩行事。"

老太婆说着,眼睛滴溜溜一转,四周打量一番,看路上确实没人,才安了心,舔着厚厚的嘴唇,说道:"听说我女儿已经打探好那家的情况了，那些武士里没几个身手好的。具体的情形，她今晚应该会和你说吧。"

听到这里，叫作太郎的男子从遮阳的黄纸扇子下露出讽刺的表情，撇了撇嘴，说道："这么说，沙金和那个武士走得挺近啊。"

"你说什么呀，她也就是扮作走街串巷的小生意人之类的，去打探的。"

"不管是扮作什么去的，她那人，能信吗？"

"你啊，还是那么多心，所以才遭我女儿讨厌。就算吃醋，也有个度比较好。"

老太婆用鼻子发出一声冷哼，举起拐杖，杵了杵地上的死蛇。不知什么时候飞过来聚集在死蛇旁边的绿头苍蝇立刻飞了起来，不过也只是一刻，转瞬又落回到死蛇身上。

"那事儿不好好办，可就被次郎占先了。次郎做成了不要紧，只是那样一来谁都不好过。就连老爷子也会发脾气，你这性子就更不用说了。"

"我知道。"

独眼武士阴沉着脸，不快地朝柳树根上吐了一口唾沫。

"其实你不明白。现在说起来，你好像不在意的样子，可过去你发现她和老爷子的关系的时候，简直像发了疯似的。要是老爷子那时逞强一些，你俩怕是要动刀子吧。"

"那都是一年前的事了。"

"无论多久之前的事,都是这么个理儿。不是说有再一再二,必有再三再四嘛。有些事情要是三四次能打住,倒也好了。可是老太婆我活到这个岁数,同样的事情不知道做了多少次呢。"

说到这,老太婆露出稀疏的牙,笑了起来。

"不开玩笑了。说起来今夜的对手可是藤判官,你准备好了吗?"

太郎那被毒日头晒黑的脸上露出烦躁的神情,转了话题。说话的工夫,有一朵云遮住了太阳,周围忽然变暗了,那死蛇肥胖发白的肚子,却越发显得刺眼。

"那什么所谓的藤判官,身边不过也就四五个低级武士。我这年轻时候练下的身手,也不输他们呢。"

"嘿,大娘你挺厉害啊。我们这边多少人?"

"和过去一样,男的有二十三个,再加上我和我女儿。阿浓现在有身子了,让她在朱雀门那边等着。"

"说起来,阿浓快生了吧。"

太郎撇了撇嘴,再次露出了嘲讽的笑,笑容还没散去,挡住太阳的云移走了,刺目的阳光重新暴晒着大街。

猪熊大娘挺起了腰,像聒噪的乌鸦一样,怪笑了起来。

"那个傻子,不知道被谁要了身子……这阿浓从开始就对次郎很有意思,可能是次郎占了她的便宜。"

"别像家长一样在这儿盘问了,不管怎么说,她那身子很不方便。"

"其实也不是没有法子，就是她不愿意，真是麻烦。因为这个，害得我得自己去和大伙说。真木岛的十郎，关山的平六，高市的多襄丸，我现在还有这三家没去呢。哎哟，这工夫光顾着和你聊天了，都快到末时了。你也听腻了我的唠叨了吧。"

老太婆一边说，手里的拐杖一边跟着动。

"可是，沙金呢？"

说这话时，太郎的嘴唇不易察觉地抽动了一下。但猪熊大娘好像没留意。

"今天这会儿，正在我们家午睡呢吧。昨天没回家呢。"

太郎用他的独眼定定地看着老太婆。然后用平静的声音说："那好，反正黄昏时候见吧。"

"去吧。在那之前，你也好好睡个午觉吧。"

猪熊大娘一边爽利地回答，一边拄着拐杖往前走去。她丝毫不惧日头，走向绫小路东边，穿着麻布衣的身影活像个猴子，草木屐在身后扬起灰尘。目送猪熊大娘离去的武士那被汗湿透的额头，可怕地抽动了一下。他再次朝柳树根啐了一口，慢慢地转身离去。

两人分道扬镳，但那死蛇上停着的绿头苍蝇，在日头下依然振翅飞动，发出嗡嗡的声音，一会儿飞起来，一会儿又落定……

二

猪熊大娘发黄的头发已经被汗水浸湿，她也不去擦擦，也不管沾在脚上的尘沙，径自拄着拐杖往前走去。

这条走惯了的路，和自己年轻时候的景象相比，可谓天差地别。想到当年在贵人的厨房里做女佣的时光……不，想到那时被那个与自己身份悬殊的男人引诱生下沙金的时候，今天的都城，连个可看的地方都没有，徒有虚名罢了。昔日牛车川流不息的大道，今日只有蓟花迎着太阳寂寞地绽放。残垣绝壁之中，无花果结了青色的果实，根本不怕人的乌鸦，白日里成群地聚在没有水的枯池里。而自己，不知什么时候，头发都白了，脸上满是皱纹，腰也弯了，背也驼了，变成了这副老朽的样子。今日的都城已非昔日的都城，今时的自己也非过去的自己了。

变了的，不仅仅是容貌，还有心。当刚知道女儿和如今的丈夫的关系时，自己又是哭又是闹的。但是现在看来，却觉得那也很正常。偷盗也好，杀人也罢，习惯了也不过就是一种谋生的手段。正如这京城里大街小巷无人问津的荒草，自己的心早就被伤得感觉不到什么痛苦了。不过换个角度想想，也可以说变得面目全非的一切，其实并没有改变。女儿现在做的事情，和过去自己做的事情说到底也差不多。那个太郎也好，次郎也罢，他们如今做的和自己丈夫年轻时候做的事情也都一样。人啊，无论何时，都是重复着同样的营生。这样一想，都城还是过去的都城，而自己也依然是曾经的自己。

猪熊大娘的心里蓦然浮现出这样的想法，大概是被那种寂寞的心境感染，她圆睁的眼睛柔和了起来，癞蛤蟆一样的脸上的横肉也松弛了下去——突然,老太婆满是皱纹的脸上,露出生动的表情,挂着那蛙腿一样的拐杖,快步向前走去。

那也难怪,前面大约三丈远的地方,在大路和荒野(那片杂草丛生的地方原来可能是谁家的庭院)中间,有一堵快要塌了的泥墙。泥墙里面有三两棵过了花期的合欢树。被太阳炙烤着的黄绿色的瓦片上,垂着红色的花。合欢树底下,有一个古怪的小屋——四角用苦竹支着,屋顶是一张破草席。论位置也好,论样子也好,这里面住的只能是乞丐了。

更吸引老太婆目光的是双手抱臂于胸前的十七八岁的年轻武士。他穿一件枯叶黄的常服,腰间挂着黑色刀柄的太刀,不知为何,站在小屋前,仔细打量着里面。那青春逼人的眉宇,那稚气未脱的清瘦的脸颊,只一眼,猪熊大娘就认出这人是谁了。

"你在那儿干吗呢?次郎。"

猪熊大娘走到他身旁,停下拐杖,扬起下巴,搭话问道。

年轻的武士有些吃惊地转过头,看到来人蓬乱的白发,癞蛤蟆一样的面容,还有那舔着厚嘴唇的舌头,正是猪熊大娘。他微笑起来,露出洁白的牙,默不作声地指了指小屋。

屋子里面,地上是一张破旧的榻榻米。一个约莫四十岁的小个子女人枕着石头,躺在上面。她腰上搭着一件麻布汗衫,此外什么都没穿,近乎裸体。定睛细看,她的胸和肚子颜色发黄发亮,很肿胀,仿佛用手指头按一下,就能流出带血的脓水来。借着小屋缝隙漏进去的光线看去,她的腋下和脖子上生着像烂了的杏子一样的黑斑。那黑斑发出引人作呕的恶臭。

她枕着的石头旁边,放着一个缺边儿的泥碗(碗底还沾着些饭粒,大概原先是盛粥的碗吧)。这碗像谁丢弃不要了的东西,有人恶作剧般地在碗里摆了五六块沾着泥的石头。石头堆正中还插了一枝枝叶都干枯了的合欢花,看起来像在模仿心叶①的样子。

此情此景,让胆大的猪熊大娘也不禁皱起眉头向后缩了一步。她瞬间想到刚才那条死蛇的样子。

"这怎么回事?这是个患了传染病的人吧。"

"是啊,可能是附近居民家里的人,被丢弃在这儿了。她这样子,无论去哪儿都是麻烦啊。"

次郎露出白牙,再次微笑起来。

"次郎,你在这里看着她干吗?"

"我刚才路过这里,看见两三只野狗像发现了什么好吃的一样,要来吃她。我就拿石头把野狗赶走了。要是我不过来,现在她的一条胳膊怕是已经被吃完了。"

老太婆把下巴抵在拐杖头上,再次细看那女人的身体。刚才次郎说的差点儿被吃掉的胳膊,就是这只吧——破褴褛米上面的,飘飘荡荡的扬尘中的,斜伸出来的两只胳膊,土黄色的水肿的皮肤,胳膊

---

① 插花装饰的一种。

上有三四个清晰尖锐的被牙咬破的洞，呈现青紫色。但那女人一直闭着眼，一动不动，也不知道还有没有呼吸。一股厌恶之感再次袭上老太婆心头。

"这女人究竟是死了，还是还活着呢？"

"这个我也说不准。"

"没命了也就轻松了。这人要是死了，被狗吃了，也挺好。"

老太婆这么说着，伸出蛙腿一样的拐杖，从远处突然捅了一下那女人的头。她的头就从那块被当作枕头用的石头上滑下来，沾满沙子的头发披散在榻榻米上，可人却依旧闭着眼，脸上的肌肉也一动不动。

"你别这样。刚才那些狗来吃她，她也一动不动的。"

"那就是死了吧。"

次郎说着，第三次露出白牙笑了起来："就算是死后被狗吃掉，也很可怜啊。"

"有什么可怜的，人死了，被狗吃掉，也不会觉得痛。"老太婆拄着拐杖直起身子，睁大眼睛，嘲笑似的说道，"没死成，像这样只有出的气儿，没有进的气儿地赖活着，还不如被狗一口咬断喉咙，死个痛快。看她这样子，也活不久了。"

"可我没法看着人就这么被狗给吃了。"

听了次郎这话，猪熊大娘舔了一下上嘴唇，满不在乎地说："可是，你们杀人的时候，不都心平气和地眼睁睁地看着吗？"

"说得也是。"次郎挠了挠头,第四次露出白牙微笑。随后,他温和地看着老太婆的脸,问道,"大娘,你这是要去哪儿?"

"我得去真木岛的十郎和高市的多襄丸……对了,还有关山的平六,他那边就托你给带个信儿吧。"

说话间,猪熊大娘拄着拐杖已经走出三两步了。

"好,我去吧。"

次郎终于抛下那染病女子的事情,在烈日炎炎的夏日,和猪熊大娘并肩向远处走去。

"看见刚才那个女人,心情都坏了。"老太婆夸张地皱着眉头,说道,"那个平六的家在哪儿,你知道的吧。从这儿直走,一直走到立本寺的大门那里向左拐,就能看见藤判官的宅院。从藤判官的宅院那里,再走个百十来米,就到了。到了那儿之后,你顺便在藤判官的宅院附近转一转,踩踩点,好为今夜做准备。"

"我也是这个打算,所以才来这边的。"

"这样啊,次郎你啊是个聪明人。要是你哥哥去,就他那副尊容,保不准对方发现了就会起疑,所以不能让他去探路。你就没问题。"

"在背后说我哥哥,大娘,这不太好吧。"

"啥呀,我可是经常说你哥哥。要是大老爷过来了,也要对你说那些不好说的话呢。"

"那是因为有那件事吧。"

"就是有,也不是没说你的坏话嘛。"

"明白了,那是因为还把我当成孩子吧。"

次郎和猪熊大娘一边闲聊,一边在狭窄的道上慢慢地走着。越走就越显出京城的荒凉来。家家户户的房子之间,荒草丛生,到处都是断壁残垣。只有几株松柳还是旧时的风貌。这偌大的京都,无论怎么看,都无异于一座飘浮着一丝不易察觉的死人气息的、慢慢地走向衰腐的空城。这一路除了一个手脚并用在地上爬的乞丐,再没见着别的人。

"不过,次郎你可要小心啊。"猪熊大娘突然想到太郎,露出一丝苦笑,说道,"他啊,好像也迷上我女儿了。"

老太婆没想到自己的话对次郎的影响看起来比想象中还要大。那年轻武士的眉宇间突然阴云密布,不快地垂下了视线。她又说道:"我也得注意点儿。"

"就算注意……"

老太婆对次郎情绪剧烈的变化有些吃惊,她舔了舔嘴唇,低声絮叨道:"那也得注意着点儿。"

"可是哥哥有哥哥的想法,我也没辙。"

"这么说可没意思了。其实昨天我和女儿见了面,而且她不是还说今天未时下刻,要和你在寺门前见面吗?但你哥哥可是最近半个月没能和她见面了。太郎还不知道这些事,他要是知道了,会和你闹起来吧。"

次郎听着老太婆的话,沉默不语,中途他几度有些烦躁地点头,似乎想打断她滔滔不绝的话。但猪熊大娘开了话头,又哪是那么容易闭嘴的。

"刚才在对面的岔路口,我刚好碰见了太郎,我也和他说了,要是那样,我们自己人之间也要动刀子吗?万一真变成那样,我只担心我女儿万一受伤可怎么办。太郎他一根筋,我总是想着也只能托付给你。次郎你啊,连野狗吃死人都不忍心坐视不管,是个温柔的人。"

说着,老太婆刻意地笑出了声,好似想掩盖自己的某种不安。但次郎依旧沉着脸,像在想什么心事,低垂着眼帘默默地走着路……

"可别出什么大事啊。"

猪熊大娘拄着拐杖,加快步伐。她开始从心底虔诚祈祷。

几乎同一时间,有三四个孩子用树枝挑着刚才那个死蛇的尸体,从染病的女人的破小屋前路过。其中一个顽皮的孩子弯下腰,从远处把死蛇扔到那女人的脸上。绿色的死蛇的肥白的肚子,正落在那奄奄一息的女人的脸颊上,死蛇伤口流出的脓水从蛇尾巴流到她脸上,又从她的下巴滴落。孩子们兴奋得哇哇叫起来,又像害怕似的四散跑开了。

至今为止都像死了一样的女人,这时突然睁开了黄肿松弛的眼皮。像腐烂的鸡蛋蛋白一样的眼睛,空洞地盯着天空,沾满沙尘的一只手指轻轻地动了一下,干裂的喉咙深处,发出一丝微弱到听不清是叹息还是呼气的声响。

三

和猪熊大娘在岔路口分开之后,太郎一边摇着扇子扇风,一边在烈日下沿着朱雀大道向北走。

日头下的大道,行人罕至。只有一个武士,戴着遮阳的草笠,坐在栗色的骏马背上的平文鞍上,悠悠然地从路上经过。他的身后跟着几个背着盔甲箱的仆人。还有一只翻转着白色肚皮,匆忙掠过尘土飞扬的大道的燕子。那些木板屋顶、扁柏皮屋顶上面聚在一起的晴日里特有的薄云,毫不松懈地拿捏着能熔化金属一般的酷热声威。道路两旁的家家户户,都悄然无声,真让人怀疑那些木窗、草帘子后面的这个都城的百姓,都已经死绝了。

猪熊大娘说得没错,沙金被次郎夺走的危机已迫在眉睫。那个女人——那个现在甚至委身于养父的女人,喜欢被太阳晒黑却眉目端正的弟弟,看不上麻子脸又独眼的丑陋的自己,这本在情理之中。但自己只是坚信,次郎——那个从小就崇拜自己,跟着自己的次郎,能够体谅哥哥的心情,谨慎行事,拒绝沙金发起的诱惑。但现在想来,这对次郎的信任只是自己一厢情愿的在心里对弟弟的袒护。不,与其说是把弟弟看得太伟大,倒不如说是小看了沙金卖弄风情勾引人的本事。被那女人迷得神魂颠倒的男人,怕是比这大热天里在空中飞翔的燕子还多。就是现在说着这话的自己,只是见了她一面,就像现在这样,无法自拔了……

这时,四条坊门的十字路口,一辆装饰了红捻绳的女式牛车,静静地经过太郎身边,向南驰去。虽然看不到车里的人,但那从上到下由淡转艳的红色生丝车帘,在这荒凉的都城显得格外妖冶醒目。跟在牛车后面的牧童和随从,眼神异样地扫过太郎,只有那拉车的牛,目不斜视,垂着犄角,漆黑的脊背一起一伏慢悠悠地向前迈着沉稳的步伐。太郎正沉浸于自己纷乱的思绪之中,没注意到什么,他的眼里,只有牛车亮闪闪的金属装饰一闪而过。

太郎暂停脚步,让牛车先过去。之后,他的独眼看着地面,沉默地继续向前走去。

(想到自己在右狱①当捕快的事儿,已遥不可及。那时的我和现在的我相比,简直判若两人。那时的我尊法敬佛,现在的我偷盗豪夺,甚至杀人放火这种事,干了都不止两三回了。啊,那时的我,总和同为捕快的伙伴们一起笑着闹着玩七半②,现在想想,真不知道那时的自己有多幸福。

想想看,实际上那是一年前的事儿了,虽然感觉还仿佛是昨日——那个女人,因为犯了盗窃罪,被送到了右狱。因为偶然的机

---

① 日本平安时代,京都分为左右两京,右京的监狱称为右狱。
② 一种赌博游戏。

会,我和她开始隔着牢笼聊起了天。渐渐地,我们越聊越多,越聊越深,把双方的私事都告诉了彼此。最后以至于猪熊大娘带着盗贼同伙把那女人从监狱里劫走,我也睁一只眼闭一只眼假装没看到,放过了他们。

从那晚起,我就开始频繁地出入猪熊大娘的家了。沙金会在我快来的时候,打开半扇木拉窗,从里面望着暮色四合的街道。等看到我,她就学老鼠叫,示意我进去。猪熊大娘家中除了下人阿浓和我俩,再没有别人。我进了门,她就合上木拉窗,点上蜡烛。在窄小的榻榻米的房间里,摆满了方行木餐盘和高脚果盘,我和沙金两个人推杯换盏。像这世上其他的恋人一样,有时候笑,有时候哭,有时候吵架,但也会和好……常常这样玩闹到天明。

黄昏的时候来,快天亮的时候离开——就这样,过了一个月。这期间我知道了沙金是猪熊大娘带到猪熊家的孩子,现在是二十多个强盗的头领,他们时不时就在京都一带滋扰生事。这还不算,白天里沙金还出卖自己的色相,像妓女一样过日子。但这女人反而像小说故事里的女子,身上仿佛有着不可思议的奇特光环,并不让人觉得卑劣低贱。当然,那时候她常对我说,想让我入伙,不过我都没同意。所以那女人就说我胆小怕事,还嘲弄我。我经常因为这个生气……)

"驾!驾!"

吆喝马的声音突然响起,太郎急忙让开过道。

一个穿着汗衫的下人,牵着马赶着车,朝三条坊门的岔路口转去。车上一左一右各驮着两袋米。烈日当空,那下人也顾不得擦汗,向南边赶路。马的黑影子清晰地投映在地上,像一只轻盈的燕子,任阳光照着羽翼向天上飞去,随后又像从天上落下的石头一样,擦着太郎的鼻子掠过,朝对面的木板屋顶的房子奔过去。

太郎像突然想起来自己还拿着黄纸扇子一样,一边走,一边扇着风。

(日子就这样不紧不慢地过去,偶然间,我发现了那个女人和她养父的关系。本来我不是不知道的,放任沙金左右逢源的不只我一个人。就连她自己也曾多次扬扬得意地向我提起和她有过肌肤之亲的公卿和僧人。但我是这么想的,女人的贞操不在于身体。那个女人也许和许多男人发生过关系,但她的心为我独占——我这样自欺欺人来压抑自己的嫉妒心。当然也许这是那个女人不知不觉中给我灌输的观念而已,但只要我那么想,痛苦的心情就能缓和几分。可是,她与养父发生关系,又与此不同。

我发现的时候,感到非常不快。做这样的事情的父女俩,杀了都不为过。而在一旁沉默看着的亲生母亲——猪熊老太婆,比畜生还要无耻。这样想着,我看到那个醉醺醺的老头儿的脸,不知道有多少次,都忍不住把手按在刀柄上。但是每到这个时候,沙金总是在我面前狠狠地嘲弄她的养父。她那一眼就让我看穿的伎俩,却有着不可思议的能缓解我的杀气的力量。就算再憎恨猪熊老头儿,但听到沙金说"我对父亲厌恶极了",我就对她怎么也恨不起来。所以,我和沙金的养父之间,到今天为止,虽然彼此憎恶,却暂时相安无事。要是那个老头儿多一点儿勇气,或者说我再多一点儿勇气,我和他之间早就死了一个了……)

这样边想边走,太郎再抬起头时,不知不觉已经走过了两条街,来到了耳敏川的小桥边。枯水的细细的河流,像太刀的刀刃一样在阳光下反射着光芒,穿过零零落落的柳树与房屋,发出微弱的潺潺流水之声。远处河流的下游,有两三个黑影,刚开始还以为是鸬鹚,细看却是几个搅动水波在游戏的小孩儿。

太郎的心里闪过一瞬孩童时的回忆,那时候也曾和弟弟一起,在五条桥下面钓鱼。往日的记忆像酷暑天的微风,悲伤又亲切,但他和弟弟都不再是过去的那对兄弟了。

太郎走过桥,长了浅麻子的脸上,再次露出可怕的神情。

(后来,突然有一天,在筑后[①]的前司做小差役的弟弟,被疑为盗贼,送入了京都的监狱。自己是捕快,所以深知监狱里的苦。想到弟弟还未成人,筋骨稚弱,一时万般担心,于是就去找沙金商量。沙金

---

① 指筑后国,日本古代的令制国之一,属于西海道,在如今福冈县南部一带。

听了,不以为意地淡淡说道:"那从牢里劫回来不就好了。"猪熊大娘也在旁多次相劝。我终于下定决心,和沙金一起,叫来五六个强盗谋划劫狱。我们在夜里冲进监狱,顺利地救出了弟弟。但那天受的伤,留下的疤痕,至今还在我的胸口。然而,更加让我无法忘记的是,从那一天起,我杀了人。我杀的是一个捕快,他尖厉的惨叫和身上的血腥味,深深地刻在了我的脑子里。想到这里,就是现在在这大日头底下,都仿佛身临其境,能感受到那时的惨烈。

从第二天起,我和弟弟就寄身于猪熊家,开始了掩人耳目的生活。只要犯过一次罪,今后无论是安分守法地度日,还是继续为非作歹,在检非违使眼里都是一回事。既然早晚都要死,能活一天算一天。我这么想着,终于就像沙金劝说的那样,拉着弟弟一同入了伙,成了盗贼的同伴。从此我杀人放火,无恶不作。开始我也觉得不好,但恶事做起来,也觉得没那么麻烦。不知从什么时候起,我开始觉得或许作恶就是人的本性……)

太郎在岔路口无意识地来回踱步。这岔路口旁边有个像馒头一样隆起的土坟,坟上有两个石头墓碑,并列立着暴晒于阳光下。墓碑下面,有几只像煤炭一样黑的,看着怪恶心的蜥蜴,听到太郎的脚步声,没等他走近就嗖地一下逃开,瞬间就没了影。但太郎看都没看它们一眼。

（我作的恶越多，就越爱沙金。杀人也好，越货也罢，都是为了这个女人。之前劫狱是为救弟弟，但其实也有沙金的原因，我不想让她认为我要看着唯一的弟弟去死而不出手相助。这么想着，就更觉得无论怎么样，都不能失去那个女人。

但现在沙金要被我的亲弟弟夺走了，要被那个我赌上性命去救的次郎夺走了。沙金是要被次郎抢走了，还是已经被次郎抢走了，我也不清楚。我不怀疑沙金的心。她勾引别的男人，应该是为了办事，我默许了。她和她的养父发生关系，我想是受迫于一家之主的威严，沙金在不知不觉中被那老头儿引诱，所以我也就当看不见，这事儿也不是过不去。但是她和次郎的关系，跟那些人都不一样。

我和弟弟性格看上去好像不同，但实际上我们很像。说到外貌，当然要说七八年前的那场天花，我病得很重，弟弟症状较轻，所以他的样貌没有受到影响，依然是天生的清俊的样子。而我因为天花瞎了一只眼睛，变成现在这副丑陋的模样。如果说独眼的丑陋的我得到了沙金的心（又或许这是我一厢情愿的自负），那定是因为我心灵的魅力。但是，我的弟弟和我同父同母，流着同样的血，自然也会带着和我相似的来自心灵的内在魅力。再加上无论任谁评说，弟弟都比我英俊太多……这样的次郎能赢得沙金的心，也很正常。更何况站在次郎的角度想想，他也抵挡不了沙金的诱惑。不，我始终对我的相貌感到自卑，所以在和沙金亲近的时候，也比较克制。但尽管如此，我还是发疯一样地爱着她。那么，知道自己玉树临风的次郎，面对沙金的妩媚,又怎会无动于衷呢?

这样推想,那沙金和次郎之间越走越近也合情合理。然而仅仅是这"合情合理",就让我痛苦不已。弟弟要把沙金从我这里夺走……总有一天他要把沙金全部都抢过去。啊,我失去的不只是沙金,还有我的亲弟弟。取而代之的,是一个叫次郎的敌人——我对敌人不会手下留情,但敌人对我,也不会有所顾忌吧。这样一来,冷静下来的我,已经想明白了。要不是我杀死弟弟,要不就是我被弟弟杀死……)

太郎突然闻到一阵冲鼻的死人的气味,他吓了一跳。但这不是他闻到了脑海中那你死我活的死亡的味道。定睛看去,是猪熊小路附近支着渔网的矮墙下,两具赤身裸体的孩童的尸体,被丢在路边。大日头底下,已经变色的皮肤上处处都是青紫,几只绿头苍蝇正落在上面。不仅如此,脸朝地的那个孩子,面孔底下已经聚集了一些捷足先登的蚂蚁了……

太郎在看到孩子尸体这情景的刹那,感觉仿佛是看到了自己的结局,不由得紧紧咬住了下唇。

(最近这阵子,沙金也躲着我。偶尔见一次,也没有好脸色,还时不时当着我的面说些难听的话。每到这时我气急了,打过她,也踢过她。但打她踢她,我自己也痛苦万分,内心备受折磨。这也很正常，我这二十年的人生，都藏在沙金的眼睛里。所以，失去沙金，就是失去自我。

失去沙金，失去弟弟，然后，再失去自我……也许我要失去一切的时刻已经到来了。）

这样边想边走，太郎已经来到了猪熊家挂着白色布帘的门口。走到这里了，但还能闻到死人的味道，不过猪熊家门口种着一棵枇杷树，枝叶墨绿，婆娑的树影在窗户上投下一片清凉。不知道已经多少次来到这枇杷树下，来到这窗前了。可是从今晚以后呢……

太郎突然觉得心很累，一种感伤将他包围，他的眼里不由得浮起了泪水，走到那门边。这时，他突然听到屋里传来了尖细的女人的声音，夹杂着猪熊老爹的声音。这要是沙金的话，绝不能袖手旁观。

太郎一把撩开门口的帘子，抬脚踏入了昏暗的猪熊家。

四

和猪熊大娘分别后，次郎的心情一直很沉重。他一级一级慢慢地登上了立本寺门口的石阶，在朱漆剥落的圆柱下，疲惫地坐下来。斜伸而上高处的屋瓦，遮住了阳光，饶是夏日的似火骄阳，也照不到这里。次郎身后，寺庙昏暗的光线中，是脚踩青莲的金刚力士，左手举着铁杵，胸前沾着鸟粪，寂然地守护着白昼中的寺院——走到这里，次郎终于沉静下来，能够开始梳理脑中纷乱的思绪了。

不变的白炽的日光，照着眼前的大道，燕子在空中滑翔而过，黑色绸缎般的羽翼，在阳光下光泽熠熠。一个身着白色麻衣的男子，手持竹卷，撑着大大的遮阳伞，一副感觉很热的样子，从次郎面前慢慢地走过。他的后面，目光所及的一排排房屋的泥墙上，都没有一条路过的狗，来投下一个影子。

次郎拿出腰间插着的扇子，一节节地打开黑柿木做成的扇骨，然后再一节节把扇子合上。他在想自己和哥哥今后的关系——

为什么自己这么痛苦呢？唯一的哥哥把自己当作敌人。每次见面，自己就算主动搭话，他也只是冷淡敷衍，根本聊不下去。哥哥因为自己和沙金的关系，变成如今这个态度，也可以理解。但是，自己每次和那个女人见面，都始终怀有对哥哥的歉意。尤其是和沙金私会之后，那种莫名的寂寞的心情，越发觉得哥哥可怜，还会偷偷落泪。因此自己甚至想过离开哥哥，也离开沙金，独自远走东国[①]。这样一来，哥哥就不会再恨自己了，而自己也能忘了沙金吧。每次抱着这种离开的心情，装作若无其事的样子，想向哥哥辞行，但哥哥总是用冷漠而轻蔑的态度对待自己。而再见到沙金——自己好不容易下定决心的坚定，都在这个女人那里化为乌有。但是，过后又每每自责不已。

然而哥哥并不了解我的痛苦，只把他的弟弟当作情敌。哥哥可以

[①] 东国是日本在古代的一个地理概念，为大和朝廷对东海道铃鹿关、不破关以东地方的称呼。东国的地域包括了关东地方、东海地方。

骂我，可以唾弃我，甚至可以杀了我，可自己只想让他知道，我是多么恨自己的不义，又是多么想让他知道我对他的同情。如果他能理解我，无论用什么手段杀了我，只要是哥哥下的手，我都心甘情愿。不，不如说，与其像现在这么痛苦，倒不如让我一死了之。或许死了，反而更幸福呢。

对沙金，我又爱又恨。一想到那女人的水性杨花，我就生气。她撒谎成性，又残酷无情。我和哥哥都下不去手的时候，她也能满不在乎地残忍地杀人。有时，我看着沙金淫乱的睡相，忍不住问自己，我为什么会喜欢上这种女人？尤其是当我看到她和素昧平生的男人不知廉耻地亲近时，我恨不得亲手杀了她。可是，当我看到她的眼睛，自己还是被她诱惑，沉沦下去。像沙金那样，同时有着丑陋的灵魂和美艳的肉体的女人，恐怕绝无仅有。

哥哥好像并不明白我对沙金的憎恶。不，本来哥哥就不像自己这样憎恨那个女人野兽一般丑陋的内心。就比如，哥哥对沙金和别的男人的关系，就和自己的看法截然不同。哥哥觉得她只是一时多情的逢场作戏，于是暂且容忍默许着。但我却不行。对我来说，沙金玷污自己的身体，就会弄脏她的灵魂，又或许比弄脏灵魂更可恨。当然，我也不允许她见异思迁。她和别的男人肌肤相亲，比见异思迁更令我痛苦。正因如此，我也嫉妒哥哥。虽然我对哥哥感到愧疚抱歉，但同时也嫉妒他。这样想想，哥哥和自己对沙金的喜欢，完全是不同的。这种不同，或许也是我们两人关系进一步恶化的原因吧……

次郎呆呆地望着眼前的大道，想着心事。这时，突然传来一阵刺耳的笑声，那笑声仿佛让阳光都晃动了起来。伴随着女人尖细笑声的，是一个男人含混低沉的话语，两个人说着些下流的玩笑，向这边走过来。次郎想也没想，把扇子插回腰间，站了起来。

次郎从柱子那边向石阶下面走去，向南边走去的一男一女刚好从他面前经过。

男人看起来三十岁左右，身穿粉白色的武士服，头戴软乌帽，腰间大咧咧配着太刀，一副醉醺醺的模样。女人穿着白底淡紫色花纹的衣服，戴着垂有轻纱的竹笠，虽然看不清脸，但听声音看举止，显然是沙金。

次郎从石阶上走下来，紧紧咬着嘴唇，刻意不去看他们。但那一男一女却根本没有想看次郎一眼的意思。

"那说好了，可不许忘了。"

"放心，我答应的事，保你高枕无忧。"

"这事与我性命相关，所以不得不这样叮嘱你。"

男人仰头大笑起来，他有些许红须，笑起来简直能看见嗓子眼儿；一边笑，一边戳了戳沙金的脸蛋，"我也是拼着命的。"

"说得好听。"

两人从寺院门前路过，走到适才次郎和猪熊大娘分别的路口，在那儿暂且驻足。两人旁若无人地调笑了一会儿才分开，男人一步三回头，像在逗弄着女子，终于拐向路东走远了。那女人咻咻笑着，向这边走来。次郎下了台阶，一种说不清是开心还是难过的情绪涌动着，看着沙金从竹笠下露出那红霞晕染般的孩子样的脸颊，迎向她乌黑的大眼睛。

"看见刚才那家伙了吗？"

沙金解开罩衣，露出汗津津的脸，笑着问道。

"没看见。"

"那家伙呀——好吧，我们坐这儿。"

两人并肩在石阶上坐下。在这暑天里，寺院门外仅有的一棵赤松细弱的枝干的影子，刚好投在两人的脸上。

"刚才那家伙是藤判官那里的武士。"

沙金在台阶上坐下，摘了竹笠，说道。她二十五六岁的样子，身材适中，骨肉匀停，小巧的手脚像猫一样敏捷灵活。沙金的脸将可怕的野性和超乎寻常的美结合得恰到好处。窄小的额头，饱满的脸颊，洁白的牙齿，娇艳性感的嘴唇，犀利的眼眸和飞扬的眉毛——这些本来不好搭配在一起的，在她脸上却不可思议地完美地融合了，并且美得无可挑剔。特别是她乌黑的披肩长发，在阳光下闪耀着动人的青色光泽，简直像鸟羽一般。次郎此时对沙金一如既往的妩媚风情，甚至感到一种厌恶。

"他是你的情人吧？"

沙金笑起来，眼睛细细弯弯的，她一脸无辜地摇摇头。

"再没他那么蠢的人了。我说的话，那家伙言听计从，像狗一样。

托他的福，我现在全都知道了。"

"知道什么了？"

"藤判官宅院的情况呀。说起这个来，他可是滔滔不绝，停不住口。就连藤判官最近买马的事情也和我说了。对对，要不就让太郎把那匹马偷出来，怎么样？听说那匹马来自陆奥国，现在三岁大，很不错。"

"这样啊，哥哥肯定是什么都听你的。"

"你怎么了，我最讨厌人吃醋了。太郎刚开始的时候也这样，那时我还想该怎么办好，不过现在好了，他再不这样了。"

"说不定，渐渐地我也会变得像哥哥那样吧。"

"那我可不知道。"沙金高声笑道，"你生气了？那要不我就说你不来吧。"

"你的内心，简直是个母夜叉。"

次郎皱着眉，捡起脚边的石头，向对面扔过去。

"这个啊，说不定我就是母夜叉呢。但是，你喜欢上这样的母夜叉，可是自己种下的因果。还在怀疑什么吗？那我也没办法了。"

沙金说着，定定地看着眼前的道路，突然眼神锐利地盯住次郎，冷笑从唇边掠过。

"要是你这么怀疑，那我就告诉你件好事吧。"

"什么好事？"

女人把脸凑近次郎，化妆品淡淡的香气混合着她的汗香扑面而来——次郎感到自己身体一阵发痒般的冲动,情不自禁把脸转向一边。"我呀,和他全部都说了。"

"说什么了?"

"今夜我们大家要去藤判官宅院的事。"

次郎简直不敢相信自己的耳朵,刚才难以遏制的身体的冲动,一下全都消失了——他茫然地、半信半疑地看着沙金的脸。

"不用这么惊讶吧,又不是什么大事。"

沙金压低声音,语气里有一丝嘲讽。

"我是这么说的:我的卧室正好对着大路,隔着木墙板,昨天夜里听见五六个好似盗贼的男人在商量。他们说今夜要去你那里。因为咱们关系亲近,所以我才告诉你的。要好好戒备,不然可能有危险。所以今夜对方肯定做了准备。现在,刚才走掉的那个家伙正在召集人马吧。听他说能叫来二三十个武士呢。"

"为什么要和他说这种多余的话?"

次郎还是没能镇定下来,他疑惑地看着沙金的眼睛,想从里面找到答案。

"不多余啊。"

沙金有点儿可怕地微笑起来。然后,她的左手轻轻抚摸着次郎的右手,说:"都是为了你。"

"为了我?"

次郎的心里,一个可怕的念头浮上来,难道是……

"还不明白吗?我这么说了,再让太郎去偷马。是吧,无论他再厉害,三头难敌六臂,一个人怎么和那么多人打。就算是想找人来帮忙,别的人也都自顾不暇。这样一来,对你我,不是很好吗?"

次郎浑身像被冰水浸泡着,问道:"你要杀了哥哥?"

沙金摇着扇子,率真地反问道:"杀了他不好吗?"

"不是好不好——这是给他下套啊……"

"那你能杀得了他吗?"

次郎看着沙金像野猫一样锐利的眼睛,那眼睛牢牢锁定自己。在她的眼睛里,有一种可怕的力量,渐渐地麻痹了次郎的意志。

"但是,这样做太卑鄙了。"

"卑鄙不是因为没有办法吗?"

沙金扔下扇子,静静地用两手握住次郎的右手,追问道。

"但今晚不只哥哥一个人去,这样大家都会很危险……"

次郎说着,突然觉得全完了。狡猾的女人当然不会放过这个机会。

"那让他一个人去怎么样?为什么要这样呢?"

次郎从沙金手里抽出自己的手,站了起来。他脸色大变,沉默着,在沙金面前来回踱步。

"如果可以杀了太郎,那么也可以死几个旁人吧。"沙金从下往上看着次郎的脸,抛出这一句话。

"那大娘怎么办?"

"万一死了，那就死的时候再想呗。"

次郎停下步子，从上往下看着沙金的脸。沙金的眼睛里，轻蔑和爱欲，像火盆里的炭火一样，熊熊燃烧。

"为了你，我谁都可以杀。"

这句话像蝎子一样刺入人心，次郎再次感到一阵战栗。

"但是，那是我的哥哥……"

"我不是连父母都不要了吗？"

沙金说着，垂下眼帘，剑拔弩张的面部表情突然松懈下来，泪水簌簌而落，滴在被太阳晒得滚烫的沙土地上。

"我已经和那家伙说定了……如今已是覆水难收。这件事如果让别人知道，我……我会被大家，被太郎杀了吧。"

沙金哽咽的断断续续的说话过程中，次郎的心里涌起一股深深的绝望。面无血色的次郎沉默地跪在地上，用冰冷的双手紧紧地握住了沙金的手。

两人双手紧握，感受着彼此可怕的承诺。

五

掀开白色布帘，一脚踏进猪熊家的太郎被眼前的景象惊呆了。

仔细看去，一个不大的房间里，通往厨房的木拉门斜斜地倒在竹格子屏风上，陶制蚊香炉摔成两半，里面没烧完的青松叶和灰烬掺杂在一起，撒得满地都是。一个十六七岁的胖婢女倒在地上。她脸色惨白,沾满了香灰的头发正被一个满身酒臭的秃顶胖老头儿抓着,麻布单衣被扯得衣不蔽体,脚在地下乱蹬,像疯了一样发出悲鸣。那老头儿左手抓着婢女的头发,右手拿着个瓶口缺了一块的水瓶,像要把瓶子倒空一样,把里面的液体往婢女嘴里倒。但那黑褐色的液体流了女人一脸,鼻子上、眼睛上都是,就是没灌进嘴里。老头儿气急败坏,想捏开婢女的嘴。但她不顾头发被老头儿紧紧拽着,一副就是把头发扯掉也不喝的架势,拼命摇头。这两人手脚相抵,一个强迫,一个挣扎,纠缠在一起。刚从光线强烈的大街上走进昏暗小屋的太郎,都有点儿分不清扭在一起的手脚谁是谁的。但这两个人分别是谁,却显而易见。

太郎看到屋里的情景,急忙脱掉草鞋,跨进屋里,一把抓住老人的右手,毫不费力地抢过那个瓶子,带着怒气喝止道:"干什么!"

"你干什么!"面对太郎气势逼人的质问,老头儿毫不示弱地反问道。

"我干什么?我要干这个。"

太郎把瓶子扔掉,抓住老头儿的左手,迫使他松开婢女的头发,然后抬腿一脚把他踹倒在木拉门上。婢女阿浓没想到有人会来救自己,吃惊又慌张地向后退了两三步,看到老头儿倒下,像见了神佛一样在太郎面前双手合十,浑身颤抖,低头拜谢。随即,也顾不得整理一下自己乱糟糟的头发,像从陷阱里跑脱的兔子一样,赤着脚一溜烟儿跑到廊檐下面,钻过猪熊家门口那白色的布帘。猪熊老爹一个猛子爬起来还想去追，再次被太郎一脚踹倒。老头儿倒在满地灰烬之中时，阿浓已经气喘吁吁地跑过枇杷树，跌跌撞撞地往北去了。

"救命啊，杀人啦！"

老头儿没了刚才的气势，大喊救命，踏过地上的屏风，想往厨房那边跑。太郎张开手臂，一把揪住猪熊老爹浅黄色常服的衣领，将他拽了回来，掼倒在地上。

"杀人了，杀人了！救命啊，杀亲爹了！"

"胡扯什么！谁要杀你？"

太郎用膝盖压住老头儿，俯视着他，一脸嘲讽。但与此同时，杀了这个糟老头子的欲望突然强烈地、难以遏制地涌上心头。当然杀了他也不费什么事。现在只需向他那发红的皮肤松弛的脖子上来上一刀，万事皆了。太刀刀刃砍进榻榻米地板的震颤，握着刀柄感受到人临终前身体不由自主地抽搐，以及向刀锋喷涌而出的血的气味——这一切的想象，让太郎情不自禁地伸手按住缠着葛藤的太刀的刀柄。

"骗子！你骗人！你早就想杀我了——不行，来人呀，救命啊！杀人了，杀亲爹了！"

猪熊老爹似乎看出了太郎的想法，又猛地爬起来，不甘心地声嘶力竭地喊叫着。

"你为什么要那么对阿浓？说，给我说明白，你要是不说……"

"我说，我说——但我说了后，还不是任由你。说了，也不保证你一定不会杀我。"

"少啰唆,说还是不说?"

"说,我说我说!但你先放手,现在我喘不过气,说不出话。"

太郎对老头儿这番话仿若充耳未闻,用充满杀气的声音,又问了一遍:"说不说?"

"我说。"猪熊老爹拼尽全力扯着嗓子,身体一边挣扎,一边说道,"我只是想让她喝药呀,阿浓这个傻子就是不喝,逼着我动粗。就这么个事儿。不不,还有,这药不是我买的,是你猪熊大娘买的,什么情况我也不清楚。"

"药?是堕胎药吧?就算阿浓是个傻子,你做的都不是人事儿。"

"看看,你让我说,我说了,你还是想杀我。杀人啦!好狠的心啊!"

"谁说要杀你了?"

"你要是不想杀我,为什么你把手放在了刀柄上?"

老头儿抬起满头是汗的秃脑袋,仰视着太郎,口角带着白沫,这样喊叫着。太郎心念一动,要杀他,就是此时。他不由自主地微微弯曲膝盖,脚下用力站稳,握紧刀柄,盯着老头儿的脖子。那不剩什么毛发的秃顶的后脑勺下面,两条主血管藏在发红的像鸡皮一样的脖子的皱纹里,看得不太分明——太郎看着猪熊老爹的这样的脖子,心里浮起一种不可思议的怜悯。

"杀人了!杀亲爹了!骗子!杀亲爹,杀爹了!"

猪熊老爹声嘶力竭地叫喊着,在太郎压着他的膝下费力挣扎,终于爬了出去，然后迅速抓起那坏了的倒在地上的木拉门当盾牌来防身，眼睛左右滴溜溜地转着，在想逃跑的路线。他那发红的脸有点儿肿胀，鼻歪眼斜，一脸狡猾奸诈。太郎看着他的样子，后悔刚才没有立即下手。他的手从太刀刀柄上垂下来，像可怜自己一样唇边浮起一个苦笑，慢慢地在榻榻米上坐了下来。

"杀你的刀，今天没有带。"

"你要是杀了我，那就是杀你爹啊。"

看太郎现在的样子，猪熊老爹安心了一些，战战兢兢地从手里的木板门后面出来，小心翼翼地在太郎斜对面的榻榻米上，也坐了下来。

"我杀你，怎么就是杀爹了？"

太郎看着窗户，厌恶地吐出这句话。四四方方的窗户，框出外面四方形的天空。太阳照在窗户外枇杷树的叶子上，给枇杷叶带来明暗不同的各种色调的绿。叶子挤挤挨挨地聚在窗前，外面没有一丝风。

"为什么是杀爹，我来告诉你。沙金是我的养女，你和她发生关系，不就是我的儿子了吗？"

"那你把养女当妻子，又是为什么？你是畜生还是人？"

老头儿一边有点儿心疼地看着刚才因为争斗弄破的衣袖，一边低声哼道："就是畜生，也不能杀自己老子。"

太郎歪起唇角，冷笑道："你这嘴可真会说。"

"我怎么会说了？"猪熊老爹突然犀利地狠狠地盯着太郎的脸，然后鼻子里发出一声哼笑,"我就问你,你把不把我当父亲?你能不能把我当父亲?"

"这还用问吗?"

"不能,是吗?"

"嗯,不能。"

"这事你说了不算,明白吗?沙金是大娘带来的孩子,不是我的孩子。但大娘带了沙金嫁给我,我就不能不把沙金当闺女,沙金也不能不把我当爹。那你也不能不把我当爹。你不把我当爹,怎么和沙金结婚。但你不仅不认我这个爹,还打我。你让我把沙金当孩子,是怎么回事?我把沙金当老婆,为什么不好?如果说我把沙金当老婆,我是畜生,那你想杀死你爹,你不也是畜生吗?"

老头儿扬扬得意,越说越起劲儿,他站了起来,眼睛发亮,用同样满是皱纹的食指对太郎指指点点:"怎么样?是我没理,还是你没理?这种事儿你应该能明白吧?而且,我和你大娘,在我给左兵卫府当下人的时候,就好上了。她怎么想我,我不知道,但我一直爱着她。"

在此情此景下,从这个贪杯的卑劣的老头儿嘴里,听到他往日的故事,让太郎觉得很是不可思议。不,或者不如说,自己一直怀疑眼前这个老头儿有没有作为人的普通的感情。爱上猪熊大娘的猪熊老爹,和被爱恋的猪熊大娘——太郎感到自己的脸上浮出一丝微笑。

"后来,我知道了大娘有情人的事。"

"这么说来,大娘讨厌你吧。"

"就算她有情人,也不能证明她讨厌我。别打岔,要不我就不说了。"

猪熊老爹一脸认真地说着,却又膝行了几步,凑近太郎,咽咽唾沫继续说道:"再后来,大娘就有了这个情人的孩子。这也没什么,但令人吃惊的是,生下这个孩子,大娘就不知去向了。我到处打听,有人说她得了传染病死了,也有人说她去了筑紫①,后来才打听到,她去奈良坂的熟人那里暂住了。但我知道了这些后,开始觉得活着没什么意思,之后就喝酒赌博,后来被人利诱当上了强盗。能偷绫罗就偷绫罗,能偷锦缎就偷锦缎,心里想的,只有你大娘一人。之后又过了十年,十五年,终于和她久别重逢……"

老头儿现在已经和太郎坐到一张榻榻米上了,说到这里,像难以抑制感情一样,一时间竟老泪纵横,嘴巴颤抖,说不出话来。太郎用他的独眼,像看陌生人似的,看着猪熊老爹这副抽泣的样子。

"好不容易和你大娘再次相见,她已经不再是过去的她了。我也不是过去的我了。但是,看到她带着的孩子,也就是沙金,我感到昔日的大娘回来了。沙金和大娘年轻时候长得几乎一模一样。我就想,如果我和大娘分手,那就是要和沙金分开了,要是不想和沙金分开,就得和大娘在一起。好,既然这样,我就娶了大娘——我就是这样

---

① 指筑紫国,在今福冈西部和南部一带。

想的,然后有了猪熊这穷家。"

猪熊老爹这张抽抽搭搭的脸和带着哭腔的声音,近在咫尺,突然一个不留意,他那难闻的酒气就扑面而来。太郎赶快用扇子遮住鼻子。

"我从年轻的时候到如今,拼了命一样想着的,只有昔日的大娘一人,也就是现在的沙金。就因为这个,你说我是畜生,就这么恨我,想杀了我吗?如果你这么憎恨我,杀了我也好。就现在,就在这里,杀了我也好。被你杀了,我求之不得。但是,你要想好了,你杀父,你也是畜生。畜生杀畜生,也是有意思。"

说着说着,老头儿的泪水渐渐干了,又恢复了之前那副不要脸的样子,用他的食指指着太郎。

"畜生杀畜生是吧,来啊。你这个卑鄙胆小的人!我给阿浓喝药,你就一副生气的样子,是你把阿浓的肚子搞大的吗?你这人不是畜生,谁又是畜生?"

说完,老头儿又迅速逃到之前他拿着当盾牌的那个木拉门后面,准备夺路而逃。他青筋暴露的发紫的脸,看起来真是面目可憎。太郎被他一顿臭骂,忍无可忍,站起身来。他的手按上刀柄,却还是忍住了,向猪熊老爹的脸啐了一口。

"你这样的畜生,只配这口痰。"

"别叫我畜生,沙金不是你一人的老婆,还是你弟弟的老婆。你偷弟妹,你不也是畜生吗?"

太郎再次后悔刚才没杀了这个老东西。但与此同时,他也对自己的杀意感到恐惧。他的独眼里像着了火一样，默不作声，一跺脚准备离开。就在这时，猪熊老爹从他身后追上来，对他指指点点，再次破口大骂。

"你刚才听了我的故事，什么感觉？我告诉你，那些都是我编的，都是骗你的。什么大娘是我的旧相好，是假的；沙金和大娘年轻时候长得一模一样，也是假的！明白了吗？这些全是假的。你又能怎么样？我就是个骗子，我是畜生，是差点儿被你杀了的王八蛋……"

老头儿唾沫横飞地骂个不停，说到后来已然口齿不清。但是他那浑浊的眼睛里凝聚的憎恨，那咬牙切齿捶胸顿足发出的没有意义的叫喊，让太郎再也无法忍受涌上心头的厌恶感。他干脆捂上耳朵，匆匆离开了猪熊家。

外面，日头微斜，不变的，是轻盈掠过的燕子。

"该去哪里呢？"

走到外面，下意识地歪头避开阳光的太郎，这才猛地想起自己本来的目的：刚才来猪熊家是想见沙金。但现在该去哪儿才能见到她，太郎也不清楚。

"算了，就去罗生门，在那里等到天黑再说吧。"

太郎这个决定当然包含着想见沙金的期望。沙金总在晚上换上男式夜行衣，做强盗的营生。夜行衣也好，武器也好，都在罗生门门楼上的皮箱子里。他想好后，就顺着小路朝南边大步走去。

走到三条，向西拐过去，沿着耳敏川对面的河岸，一直走到四条——刚要走上四条大街,太郎隔着一町的距离,看到一男一女,走过立本寺下面的土墙,顺着大路向北走去。

枯叶黄和淡紫色衣服的两个人影子交叠在一起,从小路拐进小巷,留下阵阵欢快的笑声。飞来飞去的燕子中,那男人黑鞘的太刀在阳光下闪着寒光。很快,两人就走远了。

太郎脸上阴云密布,在路边停下脚步,痛苦地呢喃:"反正大家都是畜生。"

六

夏夜姗姗来迟,很快到了亥时上刻。

月亮还没有升起来。放眼望去,沉闷的让人透不过气的夜幕中,京城寂静无声,沉沉睡去。加茂川的水面倒映着微弱的发白的星光。大街小巷的十字路口,此时没有一丝灯光。皇宫也好,原野也好,这京城里的千家万户也好,在这静静的夜幕中形状和颜色都朦朦胧胧的,看不分明,只是无限地延伸向远方。无论是右京还是左京,除了螳螂飞过的声响,都听不到一点儿声音。如果说这夜幕里有一点儿让人心生依赖的光亮和微响的话,那或许是香火缭绕的大寺内殿里,在金泥铜绿斑驳的孔雀明王画像前,彻夜祷告的香客们点燃的长明灯;或许是四条五条桥下,无家可归的叫花子、和尚们,为了度夜用垃圾点燃的篝火;或许是朱雀门附近的狐狸精吓唬来往行人,在屋顶、草丛间弄出的一明一灭的鬼火。此外,北至千本,南至鸟羽街道,只有深深淹没在夜色中的驱蚊草叶燃烧的味道，没有一丝风，连河岸边的艾草也纹丝不动。

这时，都城的北面，位于朱雀大道尽头的罗生门附近，四处相互应和着响起了像蝙蝠拍打翅膀一样的击弦声。然后，或是一个人，或是三个人，或是五个人，或是八个人，一身可疑装扮的身影，从各处突然现身，聚集在一起。借着微弱朦胧的星光看去，他们有的拿着刀，有的背着箭，有的执着斧，有的持着戟，大家都带着家伙，打着绑腿，穿着草鞋，气势汹汹，在罗生门前的石桥前集阵列队。站在队列最前面的正是太郎。太郎身后是威风凛凛的猪熊老爹，他似乎已经忘了之前和太郎发生过争吵，手里长矛的利刃在夜里闪着寒光。接下来是次郎、猪熊大娘。再后面是阿浓。沙金站在众人中央，穿着黑色的紧身夜行衣，配着太刀，背着弓箭。她环视四周的伙伴，张开娇艳的嘴唇讲道："大家听好了，今夜的任务，对方很棘手。大家心里要有个准备。太郎先带着十五六个人，从后门进去，剩下的人和我一起从正门进去。目标是后院马厩里那匹陆奥出产的马。太郎，这个就交给你了，可以吗？"

太郎沉默着，眺望着星空，听到沙金的话，歪了一下唇角，点了点头。

"我先立个规矩，我们大家不把女人和孩子做人质，不然后面处理起来很麻烦。好了，人齐了，出发吧。"

沙金举起弓，指挥着强盗们，但说完这话，又转过头对咬着手指、情绪低落的阿浓柔声说:"你就在那边等着大家吧,一两刻钟后,我们就回来了。"

阿浓像孩子一样,呆了一样地看着沙金的脸,安静地点点头。

"好,我们走!多襄丸,你可别大意。"猪熊老爹把铁戟夹在腋下,对身边的同伴说。穿着红褐色猎服把弄着手里刀鞘的同伴只是轻哼一声,没有回话。倒是旁边另一个扛着斧头,看起来很利落的黑须男子插了一句:"我看倒是你,别再让人家的影子吓个半死。"

话音落下,二十三个强盗都忍不住笑出声来。在笑声中,以沙金为中心,这群人像一团乌云一样,带着杀气冲向朱雀大道。然后,又像溢出的泥水一样,流向这掩人耳目的夜色之中,很快就不见了身影。

再之后,要落山的月亮下方,天际透出一丝淡淡的微光。罗生门高高的屋檐寂然地俯视着大道。杜鹃鸟断断续续的啼叫声中,在七丈五级石阶上站着的阿浓,也不知何时,不见了踪影。过了一会儿,罗生门的门楼上,突然亮起了微弱的灯光。一扇窗子被打开,窗子后面露出了一张眺望远方月亮的女人的小小的脸。阿浓就这样,在罗生门上俯视着天色一点点亮起来的京都城。她腹中的胎儿在动。每一次胎动,都让阿浓喜不自禁地露出微笑。

七

次郎和两个武士、三条猎犬缠斗在一起。他挥动着染血的太刀,沿着小路，边战边退，退了两三町远。现在他已经顾不得沙金的安危，对方人多势众，一拥而上，让他毫无喘息的余地。那三条猎犬背上毛发竖起，前后扑咬。熹微的月光照在大道上，双方厮杀的太刀都看得清清楚楚，次郎被困在刀光剑影里，被人和狗围着，只能拼死相搏。

杀死对手，或者被对手杀死，除了这两条路，再无别的可能。他抱着这样的决心，一种异常凶狠的勇气，化为涌进筋骨的力气。格挡对方的刀，再向他们砍去，脚下还要躲避不断扑咬过来的恶犬，这些动作，必须同时完成。不仅如此，甚至有时架住对方挥来的刀时，还要利用这刀势去挡住扑上来的猎犬的利齿。尽管次郎敏捷勇猛，但依然不知何时，身上就多了几道伤口。月光下，他左边的鬓角流下一道暗红的混着汗渍的血痕。但在生死关头，次郎来不及觉得痛，他脸色苍白，眉头皱成一字，像冲他挥刀的武士们一样，帽子也掉了，衣服也破了，一个劲儿地重复着格挡刺杀的挥刀动作。

就这样，也不知缠斗了多久。突然，一个向次郎上身砍来的武士发出一声惨叫，并向后退去。定睛看时，是次郎的太刀深深切进了他的侧腰。刀砍在骨头上，发出钝响。从空中横着抽回来的太刀的刀刃，在黑夜中划出一道光亮。接着，次郎的刀转回来，正巧砍在一个从下往上刺来的武士的胳膊上，那武士的前臂被完全切断，对方吃痛，立即掉头逃走了。次郎正要追上去解决了他，这时，一条猎犬突然像手鞠①一样跳起，冲着次郎的手咬了过来。次郎向后躲开，染血的刀垂了下去，眼睁睁地看着那个武士混入夜色逃得无影无踪。他浑身提着的那一口气松下来，一阵莫名地沮丧涌上心头。此时的次郎如噩梦初醒一般，这才发现，此时的自己正站在立本寺门前。

说完次郎，回到半刻钟之前，从正面闯入藤判官宅院的这伙强盗，突然遭到中门左右和车篷内外发起的箭矢攻击。出其不意的箭雨让他们肝胆俱裂。首当其冲的是走在最前面的真木岛的十郎，他大腿中了一箭，箭头深深插进肉里，一个站不住，已然摔倒在地。然后他们又有两三人连续中箭，有的人脸被划伤，有的人胳膊中箭，强盗们遭此不测，慌慌张张向后撤退。藤判官这边不知道有多少弓箭手，但见那白色箭羽的利箭挟着金戈相击之声，如一阵急雨般袭来。和大家一起向后撤退的沙金，黑色的衣袖也被箭矢射透了。

"保护头领，别让她受伤！射吧，射吧！我们也上箭！"

交野的平六拍着斧柄，放声喊道。强盗里立即有人应和，然后这边也响起了射箭的声音。按着刀柄，退到后面的次郎，听到平六的话，不由得觉得受到了责备，他装作不经意地用余光看了一眼沙金。面对这突如其来的袭击，沙金冷静而镇定，她背对着月光，持着弓箭，静静地注视着纷飞的箭雨，唇角还噙着一丝微笑。这时，又听见平六有些急躁的声音喊道："为什么没人管十郎？难道你们怕被射中，

---

① 手鞠，是日本一种具有高弹性的传统玩具，比垒球大，比手球小，外面缠绕彩色的丝线作为装饰。起源于中国唐代的蹴鞠，可以抛掷把玩。

就对同伴见死不救吗?"

大腿中箭的十郎,已是站都站不稳的情形,他把自己的长刀当作拐杖,像被拔了羽毛不能飞翔的乌鸦一样,一边躲着飞来的乱箭,一边费力地撤退。次郎见状,一种异样的冲动涌上心头,他不由得地拔出了腰间的太刀。此时,平六看出了次郎想上前的意思,瞥了他一眼,语含嘲讽地说:"你陪着头领就好了,十郎有的是小年轻帮忙。"

次郎听出平六话里有话,抿着嘴唇,狠狠地瞪了回去。这时,只见听了平六的话,冲出去要救十郎的几个强盗顿住脚步,在乱箭狂飞之中,六七条牙尖齿利的猎犬狂吠着从藤判官宅院里冲了出来,气势汹汹奔来的爪子在夜色中扬起白色的灰尘。猎犬后面,跟着十多个手持武器的武士,也向沙金一伙人冲过来。沙金这边的强盗自然也不甘示弱,平六抡起斧头,打前阵,在刀光箭雨中,在兵器相接闪出的寒光里,他大声嘶吼,声音压住了人声狗吠。强盗们也跟着吼叫起来,一扫之前的退缩怯懦,杀气腾起,一个个精神抖擞。沙金也已搭弓在弦,微笑的余韵还在唇边,但脸色杀气已现。她迅速跑到一座土墙后面,以之为掩体,做好了迎敌的准备。

一会儿工夫,双方已打作一团,分不清是敌是我,就在刚才十郎倒下的地方,三三两两,缠斗在一处。激战之中,猎犬的狂吠声里带了一丝血腥味,双方不知谁胜谁负,只打得个难解难分。正在此时,一个刚才随太郎一同从后门发起进攻的年轻强盗跑过来。他身上挂了两三处彩,血还没止住,浑身满是灰尘和汗渍,肩头扛着的太刀已经卷了刃，看得出后院的战斗也格外激烈。

"那边大家准备撤了！"

月光下，年轻的强盗气喘吁吁地跑到沙金面前，报告道："领头的太郎在后院被他们围住了。"

沙金和次郎在土墙的影子里，不由得交换了一个眼神。

"围住了？怎么回事？"

"我也不知道怎么回事。不过，看样子——哎，太郎他……大概没事的。"

次郎别过脸，从沙金身边走开。当然，那个年轻人并没有留意到有什么不妥。

"还有，老爷子和大娘，好像手都受了伤。但被他俩杀了的，也有四五个人了。"

沙金微微颔首，向前几步追上次郎，声音严厉地说道："我们也撤吧。次郎，吹口哨吧。"

次郎脸上的所有表情都非常僵硬，他含住左手的手指，吹出两声尖锐的口哨。这是指挥强盗们撤退的信号。但听到这口哨声的同伙们并没有撤退（其实是被对方的人和猎犬围着，想退也退不了）。口哨的声音划破闷热的夏夜，在小路的尽头消散。之后，人的嘶吼，狗的狂吠，太刀与太刀撞击的声音，越发喧嚣，似乎连遥远的星空都要被地面这嘈杂的声音晃动了。

沙金的眉毛像闪电一样快速地跳动了一下。

"没办法,只好我们几个先回去了。"

沙金的话音未落,次郎像充耳未闻一样,再次含住手指,吹起口哨来。次郎第二遍的口哨声,让几个强盗乱了阵脚,两个并肩作战的同伙一左一右地张望时,敌人带着猎犬向他们二人袭来。说时迟那时快,沙金搭箭拨弓,嗖地一声,射中了那打头的一条白色猎犬的肚子。狗发出一声悲鸣,暗红的血从腹部流出,转眼就血迹斑斑地倒在地上不动了。狗后面的主人,一个毫无惧色的武士,拔刀向次郎砍来。次郎几乎是下意识地瞬间挡住了对方的太刀,刀刃与刀刃相击,发出铿然一声巨响,随即火花飞溅——这时,借着月光,次郎看见了他被汗水打湿的红胡须,还有那已经破了几个口子的粉白色武士服,认出了对方。

次郎的眼前立刻浮现出之前在立本寺前的一幕,与此同时,一个让他感到危险的可怕猜想在他心头闪现:沙金会不会是与眼前这个人联手,不光要杀掉哥哥,还要杀掉自己?这个瞬间产生的怀疑让次郎当即被震怒所淹没,他如脱兔一般,一下躲开对方的攻击,双手握住刀柄,猛地跃起,刺向对方的胸口。那个男人就这样倒下了。次郎穿着草鞋的脚,狠狠地踩上他的脸。

那武士流出的血带着体温,沾到次郎手上。次郎用刀尖碰碰他的肋骨,对方依然在垂死反抗,在次郎的草鞋下几次仍然试图去咬他。次郎感受到一种复仇心之下的快感,同时,一种难以名状的疲惫感也席卷而来。如果条件允许的话,他一定不管不顾地倒在地上,躺着好好休息一下。但是，就在他踩着那人的脑袋，把染血的太刀从那人的身体里拔出来的时候，几个武士已经从四面把他包围了。不，不仅是包围，次郎的身后，一个武士偷偷地凑近，用手里的长矛对准了他的背心。就在这千钧一发之际，想偷袭次郎的武士突然向前倾倒，长矛穿透了次郎的衣袖，自己却脸朝下咚地倒了下去。原来，在他的长矛刚要刺入次郎后背的那一瞬间，一支不知从何处飞来的利箭，凛然而至，深深扎入了他的后脑。

这之后的事，让次郎只觉得自己深陷梦中。他发出野兽般的嘶吼，顾不得看对手是谁，前后左右招架着向自己砍来的太刀。周围一片嘈杂，人的吼叫和兵器相击发出的声音混杂在一起，血和汗模糊了人们的脸，他什么都看不清。但是，次郎依然记挂着自己身后的沙金。对沙金的惦记，如太刀和太刀碰撞溅起的火花，时不时在他脑中闪过，又很快消失在眼前生死攸关的下一波攻势里。刀声、箭声如遮天蔽日的蝗虫振翅一般，响彻在到处是土墙的小路上——次郎在对方的攻势下，且战且退，向小路南边去了。他的身后，有两个武士带着三条猎犬，正穷追不舍。

次郎杀了其中一个武士，赶走了另一个。他本以为对付剩下的三条狗没什么难的，但次郎想错了。这三条猎犬有着茶色斑点的皮毛，像小牛犊一样，是犬中良种。三条猎犬的嘴边都沾满了人血，主人败走之后，依然攻势不变，从次郎的左右两边向他扑来。次郎踢中一条狗的下巴，把它踢开，但第二条狗却扑上了他的肩膀，与此同时，第三条狗差一点儿就咬住了次郎握刀的手。接着，这几条猎犬像列阵一样，在他前后左右绕着圈，尾巴直竖，像闻着土地沙石的味道一样，前爪伏地，上半身压低，发出威胁的狂叫——杀掉猎犬的主人，松了一口气的次郎，没想到现在却为这些猎犬固执的纠缠而狼狈不堪。

但是，越是气恼，他挥出的太刀就越无法命中，更麻烦的是，脚下的步子乱了，人也站不稳。猎犬趁次郎一个没站稳，嘴里喷吐着热气，没完没了地扑上来攻击他。现在这种情况，次郎想，只剩最后一个办法。不能再战了，他决定逃跑，甩掉猎犬，这样说不定能有一线生机。抱着这个想法，次郎借着月光，从向他咬来的一条狗身上跃过去，开始拼命向前跑。次郎的这个想法仿佛是溺水者抓住了一根稻草。三条猎犬看见他逃跑，卷起尾巴，在次郎身后穷追不舍。

然而，次郎的这个策略不仅是失败那么简单，实际上反而让他深陷虎口，遇到了更大的危险——次郎从立本寺的岔路口向西拐去，跑了两町远，跑着跑着，他听到身后追着的狗的狂吠越来越多，越来越响，那叫声直欲撕破拂晓的黎明。月光下，太郎身后的小路上，一群野狗像争夺食物一样，挨挨挤挤，争先恐后，乱成一团乌云。突然，一条跑在最前面的狗已经跑到了次郎前面，它像呼唤伙伴般地高声长啸，后面跟着的野狗像回应一般，也发出兴奋的狂吠。一转眼，次郎就被这群散发着腥臭味的野狗包围了。在深夜的小路上聚集这么多野狗的情况，是很少见的。原来，这十几二十条狰狞可怖的野狗，是嗅着血腥味，为了来吃人——之前那个因为患了疫病被抛弃在这里的女人——而来的。它们你争我抢,用尖利的牙分食了她的骨与肉。

刚好次郎为了甩开武士的猎犬,跑到了野狗聚集的小路上。野狗们看到有新的食物,如狂风吹倒的麦穗一般,从四周齐刷刷地向他扑过来。一条结实的黑狗跃起来,踩到他的太刀上,接着一条没有尾巴很像狐狸的野狗从他身后掠过,沾血的胡须擦过了次郎的脸颊,爪子上带着的泥沙扬上了次郎的眉宇。次郎拿着刀,一时不知道是该挡还是该砍,身前身后,目之所及都是闪着幽幽绿光的狗眼和喘着粗气的狗嘴。到底有多少狗眼,多少狗嘴,他已数不清,而这条路上,又有许许多多野狗的足音在向他逼近——次郎想到了猪熊大娘的话:"左右都是死的话,倒不如死个痛快。"他在心里念着这句话,索性闭上了眼睛。但当一条要咬断他脖子的野狗带着腥热的吐息凑近他的脸时,次郎的眼睛不由自主地睁开,手上的太刀无意识间已横扫着挡了过去。就这样,不知重复了多少次,次郎感到自己的臂力越来越弱,手中的太刀也越来越沉重,脚下也越来越无法站稳。而与此同时,比起被他砍伤败走的更多的野狗正从原野远处,从土墙后面,从四面八方向他冲过来……

次郎抬起绝望的眼睛,看了一眼天上那轮小小的月亮。双手持刀挡在身前的瞬间,电光火石般地想起了哥哥和沙金。自己本来想杀死哥哥,而如今却要死在野狗的犬牙之下。这是上天安排的惩罚吧——想到这里,他的眼中浮起了泪光。这工夫里,野狗们的攻势却并未停下。犬群中的一条之前被次郎杀死的武士的猎犬，扫着带有茶色斑点的尾巴扑上来。下个瞬间，次郎的左大腿就被锋利的犬牙狠狠咬了一口。

就在此时，沐浴着淡淡月光的两京[①]二十七坊的夜色深处，一阵压倒犬吠的马蹄声，风驰电掣般地向这边奔来……

盗贼在行动的同时，只有伫立在罗生门门楼上等候的阿浓，静静地眺望着天上的月出，脸上露出温柔的微笑。东山之上，被夏日的酷暑熬得消瘦的月亮，在朦胧的蓝色夜空中，缓缓地爬上天空。横在白色水光上的加茂川的小桥，在渐渐明朗的月色中被勾勒出了轮廓。

不仅仅是加茂川，刚才还被笼在沉沉的黑暗中，飘浮着死人气息的京都城的大街小巷，此时也镀上了一层淡淡的月光。像越人[②]所说的海市蜃楼一般，此时，九层塔和寺庙的屋顶隐隐约约泛动着月华。城里的一切都在这月色中渐渐朦胧。环绕着京都城的群山，仿佛白日里的余热未消，在稀薄的雾霭之外，陷入沉思一般，静静地审视着这偌大京都城。一缕淡淡的凌霄花的香气浮动其中。原来，罗生门左右深可埋人的草丛里，长了一簇簇凌霄花，它们蜿蜒着缠绕在破败的门柱上，向着岌岌可危将落未落的瓦片，向着房梁上的蜘蛛网，攀缘生长……

---

① 指京都左右两京。
② 越人，古时日本人称北海道人为越人。

倚在窗边的阿浓，鼻翼不自觉地扩大伸张，呼吸着凌霄花的香气，想着让她觉得亲切的次郎，也想着盼望能早日出生的腹中的孩子。阿浓不记得自己的父母，自己出生时的事情，也完全不记得。她的脑海里只是依稀有着小时候有一次被谁抱着，或者是被谁背着，经过罗生门那巨大的涂着朱漆的门柱下的记忆。但这记忆是不是真实存在的，她也说不清。能记住的都是懂事之后的事情了，可惜却是些不如记不住的事情。比如，小时候被坏孩子欺负，被从五条桥上头朝下地扔进河里去。也曾因为饿得受不了偷了东西，被扒光衣服吊在地藏堂的屋梁上。后来沙金救了自己，然后就自然而然地入了伙，但是悲惨的生活和从前相比，并没有什么改善。阿浓虽然生来痴傻，但是在感受痛苦这一点上却和常人没有区别。如果逆了猪熊大娘的意思，动辄就挨打挨骂；猪熊老爹更是常常借着撒酒疯来欺负为难阿浓。平日里对她挺照顾的沙金，生气起来也会拽着她的头发扯来扯去，一顿臭骂。每到这种时候，阿浓就会逃到罗生门来，躲在门楼的顶楼上，独自默默哭泣。如果那时不是次郎前来，温柔地鼓励她，阿浓也许早就从这顶楼跳了下去，结束自己的性命了吧。

像煤一样的黑灰色的东西翩翩然飞过月前，从屋檐下，向着窗外淡蓝色的夜空飞去。不用说，那是蝙蝠。阿浓入迷地望着月朗星疏的夜空——突然，她感觉到腹内的孩子在动。阿浓急忙凝神细听腹中胎儿的动静。她的心想逃离人世间的诸般苦楚，而她的孩子好像想尝一尝人世间的苦一样，就要来到这个世界。但是阿浓没去想那些，即将成为母亲的喜悦像凌霄花的香气一样,充满了她的整个心房。

在胎动的过程中,阿浓突然觉得,孩子在动可能是因为睡不着,所以才动一动小小的手和脚,在肚子里面哭泣呢。"小宝宝,听话话。睡吧,快睡吧,天很快就亮了。"——她这么哄着,胎儿慢慢地不乱动了。可是,腹中的动静并不是那么容易就安生的。很快,阿浓感到一阵腹痛,而且一阵阵加剧。她扶着窗子蹲下身去,背对着灯台昏暗的烛光,像安抚肚子里的宝宝一样,轻声地唱起了歌。

> 如若抛弃君,
>
> 对君有二心,
>
> 且让波涛越松山,
>
> 波涛越松山。[1]

阿浓断断续续地唱着记忆中模糊的歌谣,罗生门上的烛台灯火摇曳。这是次郎喜欢的一首歌,每次他喝醉的时候,都会一边用扇子打着拍子,一边闭着眼反复唱着。每到这时沙金就会一边说次郎节奏打得奇怪,一边拍手笑。这首歌,肚子里的孩子也会喜欢吧?

然而,这个孩子到底是不是次郎的,谁也不知道。阿浓对这事缄口不提。如果同伙的强盗有人故意捉弄,非要问她谁是孩子的爸爸,

---

[1] 日本《古今和歌集》中的一首,表达对恋情的坚定。"波涛越松山",意为不可能的事。

阿浓也只是把手环抱在胸前，害羞地低垂了眼帘，固执地沉默。每到那个时候，她总是泪水盈睫，脏兮兮的脸上泛起少女的红晕。强盗们见了，越发起哄，嘲笑她是个连肚子里孩子的爸爸都不知道是谁的傻女人。但是，阿浓坚信自己怀的是次郎的孩子，也坚信因为自己爱恋次郎所以怀上他的孩子，是理所应当的。阿浓每次在楼上独自寂寞地睡着的时候，都会梦见次郎。如果孩子的爸爸不是次郎，那又会是谁呢？阿浓望着远方，轻声哼唱着歌谣，连蚊子的叮咬都浑然不觉，如在梦中——忘记了世间疾苦、并为其饰以颜色的，美丽又痛苦的梦（这是只有流过泪受过苦的人才会明白的梦）。在梦里，所有的恶都消失了；只有人世间浓重的悲伤，像这照耀整个京都城的月光一样，孤独又庄严地存在着……

  且让波涛越松山，
  波涛越松山。

阿浓的歌声像罗生门上的灯火一样，越来越弱，渐渐消失。与此同时，她像在召唤黑暗一样，开始无力地呻吟起来。歌唱到一半的时候，阿浓的下腹传来一阵急剧的疼痛。

藤判官因为得到了强盗来袭的情报，早就严阵以待，所以太郎一伙人刚攻入后门，藤判官这边的人就用如雨点儿般的箭矢给了他们一个下马威。紧接着,从中门冲出来的武士也发起了猛烈的攻击。本以为藤判官这边的武士只是几个身手不佳的小毛孩儿,根本没把对方放在眼里的几个打先锋的强盗,此时乱了阵脚,掉头就跑。其中,胆小怕死的猪熊老爹比谁跑得都快,但不知怎么回事,逃命间弄错了方向,竟然跑到了提着太刀的对方的武士一伙人里面。猪熊老爹是个肥头大耳的大块头,再加上提着架势惊人的长矛的可怕模样,一下被对方认作强盗阵营里的一位精英干将。藤判官的武士们相互使了个眼色,三三两两,前前后后,拿着兵器,向他逼近。

"干什么呀,我是老爷的仆人啊。"

猪熊老爹暗呼不妙,慌慌张张地喊道。

"撒谎!你觉得我是傻子吗?你个老不死的!"

武士们大骂着,手中的太刀就要挥起来。想逃却逃不了的猪熊老爹脸色变得像死人一样难看。

"我没撒谎,没撒谎!"

他睁大眼睛,来回扫视着四周,心慌极了,想立即找条能逃命的路。但周围处处都是双方搏命的战场,幽静的月光下,太刀激烈碰撞的声音此起彼伏,敌我两边厮打成一团。猪熊老爹意识到,无论如何,逃跑是不可能的了,他立刻换了一副面孔。只见他横眉怒目,一副凶相,提着锋利的长矛,气势汹汹地叫骂道:"老子就是骗你又能怎么样?蠢货!邪门玩意儿!畜生!来吧!"

猪熊老爹话音未落,长矛的矛头就溅起一串火花。原来,是对方那伙人里一个面相凶横,脸有红痣的武士率先跳了出来,废话不多说,接二连三向他发起攻势。猪熊老爹本已年迈,自然不是这个武士的对手。两人交手没到十个回合,猪熊老爹的长矛就招架不住了,只得且战且退。就在他退到小路正中央时,本以为武士的太刀还要往矛尖上招呼,没想到对方一声大喝,突然一刀砍在了长矛的矛柄上。说时迟那时快,猪熊老爹的长矛当即从中断折,紧接着对方又是一刀,猪熊老爹的右肩到胸膛,斜着被深深划了一刀。他跌坐在地上,双眼圆睁,似乎无法承受此时的恐惧和疼痛,一边爬着倒退,一边声音颤抖而尖厉地喊道:"这是暗算!被暗算了!救命啊,救命啊!"

那脸上长着红痣的武士从他身后走来,手里染血的太刀举了起来。这时,远处一个像猴子一样的东西倏地蹿了过来,月光下只看到它衣袂纷飞,瞬间已经到了他们之间。要不是它,猪熊老爹必定已经成了红痣武士刀下的亡魂。只见这猴子一样的东西挡在受伤的猪熊老爹的身前,手里的匕首闪电般刺入武士的身体。与此同时,本来砍向猪熊老爹的太刀,也砍在了它的身上,只听得一声撕心裂肺的恐怖的叫声,那猴子般的东西仿佛是踩在了烧红的铁扦子上一样弹跳起来,抓着武士的头发,和他一起倒了下去。

接着,厮打、啃咬、抓头发……野兽般激烈的扭打发生在他们之间,简直看不出这是两个人。终于,猴子一样的东西翻身压住武士,匕首的寒光一闪,武士的脸上除了那颗红痣还没有变,人已经没了气。而压着他的猴子也仿佛筋疲力尽,仰着脸躺倒在被自己杀死的武士身上。月光下,那喘着粗气满脸皱纹的,正是丑得像癞蛤蟆一样的猪熊大娘。

老太婆肩膀颤抖着,喘着气,躺在尸体上面,左手还紧紧抓着对方的发髻,痛苦地呻吟着。她费力地转动了一下白眼珠,挣扎着用那干瘪的嘴唇叫道:"老爷子,老爷子。"她声音微弱,但饱含眷恋地呼唤着自己的丈夫。但是,没有人应答。猪熊老爹在猪熊大娘扑过来搭救他的工夫,早就丢掉武器,满身是血连滚带爬地逃走了。她的周围只剩下几个仍在挥动武器与这群武士殊死搏斗的强盗。然而,对垂死的她来说,他们和这些武士一样,都不过是路人罢了。猪熊大娘用越来越虚弱的声音,几次喊着自己的丈夫。无人回应的凄凉比身上的伤口更加让她痛苦。视力随着生命的流逝越来越衰弱,视野里的景象渐渐变得模糊。除了自己面对着的巨大的夜空和夜空里那一轮小小的白色的月亮,其他的,什么都看不清了。

"老爷子。"

老太婆嘴里全是血沫,低语一般地在口中发出最后的叹息。就这样,她的神智开始涣散,渐渐地昏迷过去,就这样陷入了永远无法醒来的沉睡之中。

此时,太郎骑着一匹没有配鞍的栗色大马,嘴里衔着染血的刀柄,双手抓着缰绳,驰骋而去。太郎胯下的马不用说,是沙金想要的那匹陆奥产的三岁的良马。强盗一伙人被藤判官的武士打得七零八落,在尸陈遍地的小路上且战且退。月光下,路面白得像铺了一层霜。太郎在马背上回首睥睨着身后骚动的人群，任微风吹乱他的头发，心里满是骄傲。

他有理由感到骄傲。当看到同伴纷纷败走，太郎下定决心，这次就算什么也得不到至少也要搞到那匹马。心念所至，他的太刀舞动起来，逼退对面的武士，只身冲入门内，一脚踹开马厩的门，割断拴马的绳子，飞身跳上马背，两腿一夹，马就像闪电一样冲出重围。为了做到这一步，他身上受的伤多得数不过来，衣服的袖子也裂了，帽子也从头上掉了，被衣带挂住，下身被刀刃刺破的裙裤上染上了血迹。但尽管如此，挂了彩的太郎在这刀林箭雨中，来一个杀一个，来一对杀一双。逃出重围后，想到刚才自己做到的这一切，太郎不禁感到自豪——他几次回首看看后面的追兵，嘴角浮起爽朗的微笑，昂然策马而去。

他想着沙金，同时也想着次郎。他自欺欺人近乎软弱地梦想着沙金有一天能够再度倾心于自己。除了自己，像今天这样的情形下，怕是谁都不能盗来这匹良马吧？藤判官一伙占尽了地利与人和。要是次郎的话……一瞬间，太郎脑子里闪现出弟弟死在武士们刀下的样子。当然对他来说，这不是什么不愉快的场面，甚至可以说，他在心里暗自祈祷着这样的事情发生。不用自己亲自动手，让次郎死在别人手里，既可以避免良心的不安，事后也不至于让沙金因此憎恨和害怕自己。想到这里，太郎为自己的卑劣感到羞愧，于是他拿下嘴里衔着的太刀，用右手缓缓擦掉上面的血迹。

就在太郎收刀入鞘，骑着马转过岔路口的时候，在月色中，一个模糊的身影映入他的眼帘。那身影被二三十条狂吠的野狗包围着，背靠着一堵倾塌的土墙，挥着太刀勉力抵挡着野狗们的进攻。太郎胯下的马突然发出一声嘶鸣，甩起长长的鬃毛，四蹄腾空，卷起一阵烟尘，带着太郎向疾风一般飞驰而来。

"次郎，是你吗？"

看到弟弟，太郎顿时忘记一切，紧皱眉头，大声喊道。次郎单手持刀与野狗缠斗中，抬头看到了哥哥。四目相视，就在那一瞬间，两人同时从对方的瞳孔深处，感受到了可怕的东西。但是，那只是一刹那的事。马感受到这群野狗的威胁，扬首腾蹄，前脚在空中划出一个大圈，比来时更迅疾地向远处跳去。马蹄扬起的沙尘，在夜色中宛如一道白柱，向上飞舞着。而次郎仍然满身伤痕地被野狗围着……

太郎看到弟弟之后，一时间变了脸色，再没有半丝微笑的样子。此时，他的心里有一个声音反复提醒："走！快走！"只需一小会儿，不，只需再过片刻，只要继续策马前行，万事就都能顺利了结。他想做的事，野狗会替他做了。

"快走，为什么不走？"心里的欲望在耳边持续低语。是啊，反正是迟早会发生的事，早一点儿晚一点儿又有什么关系呢？就算是他和弟弟换了处境和位置，弟弟也会像自己这样做吧。"走吧，罗生门就在前面了。"太郎的独眼像发烧一样发着光，无意识地踢了一下马的肚子。马的尾巴和鬃毛沐浴着夜风，四蹄在地下踏出一串火花，向前奔去。一町、二町……被月光照亮的小路,向湍急的河水一样,在太郎脚下向后流去。

可是,就在这时,他的唇边,突然不自觉地吐出一个充满怀念的词语:"弟弟。"是这副骨肉之躯无法忘却的,和自己流着一样的血的弟弟!太郎脸色苍白地咬着牙,紧紧握住缰绳。在这个词语面前,所有的思虑和算计都消失了。这并不是他在沙金和弟弟之间做了选择,而是电光火石的那一刻,"弟弟"这个词语惊醒了他的心。太郎看不到天空,看不到道路,更看不到天上的明月,此时他看到的只有无边的夜色,只有像夜色一样深的爱恨。他像发疯了一样,喊着弟弟的名字,侧转过身子,使劲儿拉了一下缰绳。只见那陆奥国的骏马掉转马头,栗色马毛的唇边翻起雪一样的泡沫,四个马蹄像要踩碎地面一样踏着大地——那个瞬间,太郎阴郁暗沉的脸上,他的独眼像火一样闪耀着不可思议的光芒,驾着淌出热汗的骏马,向来时的路奔驰而去。

"次郎!"

太郎一边向弟弟急速靠近,一边大喊。心中风暴一般激烈的感情,借由这两个字,向外喷泄出来。那声音像铁匠重重敲打着烧红的铁一样响亮,尖锐地穿过次郎的耳膜。

次郎看着马背上的哥哥。那不是白天时见到的哥哥,也不是刚才策马飞奔离去的哥哥。次郎在他阴郁紧皱的眉头,在他紧紧咬着下唇的牙齿,还有他仿佛燃烧着奇异光芒的独眼里,看到了一种近乎憎恨的爱——至今为止，从未见过的，燃烧着的不可思议的爱。

"快上马，次郎！"

太郎像一颗陨石投入野狗群中一般，策马冲进来，在小路上转着圈，大声喊着。如今的情势由不得半点儿犹豫，次郎把手上的刀远远扔出去，趁着野狗们回望的一瞬间，向着马背，纵身跃起。与此同时，太郎也伸出手臂，拉住弟弟的衣领，拼命地把他往身边拽——迎着月光，骏马甩动鬃毛，它第三次转向的时候，次郎已经坐在了马背上，紧紧抱住了哥哥胸膛。

一条嘴上还带着血迹的黑狗，犹自不甘心地狂吠着，突然跳起来，扑向马鞍处，它有力的爪子在地上拍起一阵烟尘。眼看着锋利的狗牙就要咬上次郎的膝盖，千钧一发之际，太郎抬腿狠狠踢了一下马肚子，马发出一声嘶鸣，尾巴高高甩向天际——马尾轻轻拂过，黑狗只咬到了次郎的绑腿布，随即跌落到野狗群中。

次郎像身在美好的梦中一般，看着眼前发生的一切。他的眼睛看不到天，也看不到地，次郎的眼里，只有抱着自己的哥哥。哥哥的脸神一般沐浴在月光中，聚精会神地持着缰绳，注视着前方，显得那么专注，又那么温和。次郎的心里慢慢地被无限的安全感填满，那是种离开母亲之后，多年来从未感受过的平静又强大的安全感。

"哥哥。"

次郎仿佛已经忘了自己还在马背上。他紧紧地抱着哥哥，脸颊靠在哥哥穿着藏蓝色便服的胸前，泪水簌簌而落，脸上却露出了欢喜的微笑。

只一会儿工夫，他们已来到了空无一人的朱雀大道上。兄弟二人静静地策马前行。哥哥沉默着，弟弟也没有开口讲话。静谧的夜里，只有嗒嗒的马蹄声，还有那横在他们头上的冷清的银河。

八

罗生门的夜还没有过去。从下仰视天空，月光依旧停在挂着湿冷露水的屋檐和朱漆剥落的栏杆上。但罗生门下斜出的高高的屋檐，遮住了月光和流动的风。数不清的黑斑蚊子，在仿佛凝固般的闷热和黑暗中飞来飞去——夜色沉闷得近乎腐坏掉了。从藤判官宅院撤退到这里的强盗们，此时正三三两两地在黑暗中点燃松木火把，或坐或卧，又或是蹲在罗生门的门柱下，忙着包扎伤口。

他们中伤势最重的要数猪熊老爹。他的身下铺着一件沙金的旧衣服，仰面躺着，半闭着眼，时不时受惊了一样用嘶哑的声音呻吟着。他疲惫困倦的精神已经分辨不出自己是刚刚才躺在这里，还是一年前就躺在这里了。他的眼前，那些濒死之际的各种各样的幻觉，像嘲弄他一样，纷纷粉墨登场。这些幻觉和现在正在罗生门下发生的事情混作一团，对他来说都发生在同一个时空。他在这分不清时间地点的昏迷状态的深渊里，走马灯一样，看着他那丑陋的一生，以不可思议的顺序一幕幕重演。

"唉，老婆子，老婆子怎么样了？老婆子……"

猪熊老爹被那些生于黑暗又在黑暗中消失的可怕的幻觉吓得浑身发抖，呻吟着问道。这时，用汗衫的袖子包着额头伤口的平六从旁边探过身来，用玩笑的口吻说道："大娘啊，大娘已经去了极乐净土了，现在正坐在莲花宝座上翘首以盼等着你过去呢！"

　　平六说着，觉得自己的玩笑很好笑一样，笑了起来。说完，他回过头，对另一边角落里为真木岛包扎伤腿的沙金说道："老大，我看老爷子是不行了，看他的样子这么难受，干脆我给他个痛快，一刀送他走得了。"

　　沙金咯咯地笑了："别开玩笑了，反正都是死，就让他自己死吧。"

　　"好，听你的。"

　　猪熊老爹听了这一问一答，一种对即将来临的死亡的预感和恐惧同时袭来，心和整个身子都仿佛被冰冻住了一样。他又大声呻吟起来。曾经的他用今天平六同样的说辞，不知道对多少垂死的同伴下过手。战场上面对敌人胆小如鼠的他，对那些弥留之际的自己人，刺下手中的长矛时却毫不手软。这仅仅是因为对杀人的兴趣，又或者是向别人展示自己所谓的勇敢就做出这样残忍的事，终于，今天他自己也……

　　仿佛根本不曾看到他的痛苦，灯影下，不知是谁在哼着歌。

　　黄鼠狼吹笛子，

猴子也奏乐，

蝗虫和蟋蟀，

跟着打节拍。

紧接着，接二连三地响起了打蚊子的声音，其中还夹杂着"哟，呀嘿"这样打拍子的应和声。两三个人晃着肩膀，压着嗓子低声在笑。猪熊老爹不由得浑身发抖，为了确认自己是不是还活着，他使劲儿睁开沉重的眼皮，死死盯着飘忽不定的火光。那火焰向四周一圈圈扩散出光晕，在夜色执着的攻击下，发着微弱的光亮。一只小金龟子嗡嗡地扇着翅膀向光晕飞来，刚一靠近，就被火烧着了翅膀，啪嗒掉在地上，一股烧焦的臭味扑鼻而来。

就像那只小虫子一样，自己很快也要死了。要是死了，自己这副血肉之躯迟早要被蛆、苍蝇分食殆尽。啊，我就要死了。可我的同伴们却像什么事都没有一样，唱着、笑着、闹着。想到这里，无名的怒火和痛苦噬咬着他的骨髓，突然爆发的情绪像车辖辘一样火花四溅地迸到眼前。

"畜生！不是人！太郎，喂，你这个浑蛋！"

断断续续的咒骂不自觉从猪熊老爹逐渐僵直的舌头尖滚落，真木岛的十郎小心地转过身以免弄痛腿上的伤，用沙哑的声音轻声问沙金："老爷子这么恨太郎啊。"

沙金皱起眉头，往猪熊老爹那边瞥了一眼，点了点头。

随后有人带着鼻音，低低地问了一句："太郎怎么样了？"

"应该没救了吧。"

"是谁说看见他死了？"

"我看见他和五六个人砍砍杀杀的。"

"哎呀，顿生菩提，往生极乐啊。"

"也没看见次郎呀。"

"恐怕他和太郎一个情况吧。"

太郎死了，老婆子也死了，自己也马上就要死了吧。死亡究竟是什么呢？无论如何，自己并不想死，但还是要死了。就像那只小虫子一样，随随便便就死掉了。这些不着边际的胡思乱想像黑暗中的蚊子一样，从四面八方飞过来，恶毒地刺着他的心。猪熊老爹觉得那看不见的令人恐惧的"死"正在朱漆的柱子后面，窥探着自己的呼吸，残酷又冷静地观赏着自己的痛苦。然后慢慢地，一点点地爬过来，就像渐渐消失的月光一样，一点点地接近自己的枕边。无论如何，自己真的不想死……

　　此夜与谁眠，
　　常陆高官在身侧，
　　温存此间乐。
　　男山之峰霜叶红，
　　天下扬名自不同。

用鼻子哼出的歌谣和咯吱咯吱作响的榨油木锤声一般的呻吟混在一起。不知是谁在猪熊老爹枕边啐了一口,问道:"没看见阿浓那个傻子呀。"

"是呀,阿浓呢?"

"大概在楼上睡着了吧。"

"哎呀,上面有猫在叫。"

一时间大家都安静下来,只能听到猪熊老爹断断续续的呻吟和微弱的猫叫声。流动的风从门柱间吹来,凌霄花淡淡的香气传到鼻尖。

"这猫好像成了精。"

"阿浓的那一位,可能是猫妖老头儿吧。"

夜色里沙金衣衫轻动,口气中透露出一点儿责备,说道:"不是猫,谁过去看一看。"

交野的平六挂着太刀,答应一声,站了起来。通往楼上的梯子有二十多级,他脚步嗒嗒地向上走去。大家都莫名地有些紧张,一时间静悄悄地谁也不说话,只有凌霄花的香气伴随着微风而来。突然,只听平六在楼上哇地叫了一声,然后一阵急匆匆的凌乱的脚步声响起,打破了沉默的黑夜——一定发生了什么事。

"你们猜怎么了?阿浓生孩子了!"

平六从梯子上下来,把一个用旧衣服裹着的圆鼓鼓的东西,气势十足地伸到火光底下,让大家看。这个带着女人体味的用脏兮兮的破布裹着的刚出生的婴儿,与其说是个小孩儿,倒不如说是个没皮的青蛙，笨拙地摇晃着他那看起来有点儿沉重的大脑袋，皱着一张丑兮兮的脸，哭了起来。无论是淡淡的胎毛，还是细细的手指，无一不勾起众人的厌恶感和好奇心。平六看看左右，抱着孩子，轻轻摇动着，得意地说："我一上去，就看到阿浓倒在窗户底下，好像快死了，在那里哼哼。虽说她是个傻子，但到底也是个女人。我以为她得病了，就走过去看看她，没想到让我大吃一惊——像鱼肠一样的一团东西，在黑暗中啼哭。我用手碰了碰，那团东西动了动。我看它身上没毛，肯定不是猫，抓起来在月光底下一看，那不是个刚生出来的孩子嘛！这应该是被蚊子咬的，你们看，胸和肚皮这些红色痕迹。阿浓也是做母亲的人了！"

站在松枝火把前的平六身边，十五六个强盗或躺或立，都伸着脖子，露出了都不像他们自己的温柔的笑容，注视着这个被赋予了生命的红红的、丑丑的肉块。小婴儿一刻也不消停，动动小手，动动小脚，然后又向后一仰头，继续大哭，那还没长牙的小嘴落入众人的眼帘。

"哎哟，还有舌头呢。"

刚才哼着歌的那个男子狂叫起来，大家哄堂大笑，一时间忘记了身上的伤。众人的笑声未落，这时，濒死的猪熊老爹突然拼尽全力大声喊道："给我看看那孩子。喂，快给我看看！怎么不给我看，浑蛋！"

平六用脚踢了踢他的头，口气中带着威胁。

"想看就给你看看。浑蛋，说的是你自己吧。"

平六弯下腰，把婴儿随意地抱到他面前。猪熊老爹浑浊的眼睛睁得大大的，目不转睛地盯着那小小的孩子。他的脸色逐渐变得像蜡一样惨白，堆满褶皱的眼皮里涌出热泪。他那颤抖的嘴唇弯出一个不可思议的微笑，脸上露出了至今为止不曾让大家见过的天真的表情，让猪熊老爹的面部线条都变得柔和了。不仅如此，平时牙尖齿利的他一直没有作声。大家知道，死亡终于降临在了这个老人身上，但没人知道他这个微笑的意思。

猪熊老爹躺着，慢慢地伸出手，碰了一下婴儿的手指。那孩子像被针扎了一样，突然哭得更大声了。平六本想骂他两句，又忍住了。他看到，猪熊老爹那没有血色的肥头大耳的老脸上，露出了与往常不同的、神圣不可侵犯的严肃的神情。连沙金也像在等着什么似的，屏息凝神地注视着养父——也是她的情人的脸。但是，老人还是没有说话。他的脸上洋溢着一种神秘的喜悦，如同送来黎明的暖风一样，平静又愉快地在他的皱纹间荡漾开来。此时，他透过沉沉黑夜，看到了人眼看不到的遥远的天空，看到了那清冷的永恒的黎明。

"这个孩子……是我的孩子。"

他说得非常清楚。猪熊老爹又摸了一下婴儿的手指，然后他的手就无力地垂落下来。沙金在一旁急忙托住了他的手。十几个强盗仿佛都没听见刚才那句话一样，咽着唾沫，一动不动。沙金抬起头，看着抱着婴儿站在那里的平六，微微点了点头。

"是痰堵住喉咙的声音吧。"平六自言自语道。猪熊老爹在婴儿怕黑的哭声中，带着些许痛苦，就像那即将熄灭的松枝火把一样，终于平静地停止了呼吸……

"老头儿终于死了。"

"他那样对待阿浓，早就知道自己会有这一天吧。"

"尸体就埋在林子里吧。"

"要是被乌鸦分食了，也有点儿可怜。"

在黎明前微凉的空气里，强盗们纷纷议论着。不远处传来一阵鸡鸣。天好像快要亮了。

"阿浓呢？"沙金问道。

"我把所有的衣服都给她盖上，让她睡了。看她那身子，生孩子不容易啊。"

平六的回话里带着平日里不曾有过的温柔。

两三个强盗就在他们说话的工夫，把猪熊老爹的尸体抬到罗生门外。外面依然很黑，在即将破晓的微弱的月光中，稀疏的树枝随风轻轻摆动，凌霄花的香气越发浓郁香甜。时而响起的轻轻的水珠声，大概是竹叶上结着的朝露在滑动吧。

"生死事大。"

"诸事无常。"

"比起活着的时候，这张死人的脸是不是更好看一点儿？"

"不管怎么说，比之前像个人。"

猪熊老爹血迹斑斑的尸体，在同伙们的你一言我一语中，被埋进竹林和凌霄花丛深处。

九

第二天，京都城猪熊家里，发现了一具被残忍杀害的女尸。死者还很年轻，丰满美丽，看身上伤痕的状态，死前应该激烈反抗过。唯一称得上证据的是尸体嘴里塞着从衣服上扯下来的一截袖子，那袖子是枯叶黄色。

另外，令人费解的是，那户人家叫阿浓的婢女和死者同在一处，却毫发无损。据检非违使厅调查，那天发生的事情大概如下所述。说是"大概"，是因为阿浓天生有些痴傻，无法做出更详细明确的描述。

那天夜里，阿浓半夜突然醒来，听见太郎、次郎两兄弟在和沙金高声争吵。还没等阿浓听明白是怎么回事，次郎突然拔出太刀，向沙金砍过去。沙金一边喊救命，一边逃跑。此时，太郎也突然从旁给了她一刀。接下来的一段时间里，在兄弟俩的痛骂中，沙金痛苦地呻吟着，最终咽了气。可是当她死后，兄弟俩又突然抱在一起，默默地哭了很久。阿浓从板窗的缝隙里偷偷看着发生的一切，之所以没有冲进去救自己的主人，完全是因为害怕在自己怀里睡着了的孩子受到伤害。

"对了，那个叫次郎的，就是这孩子的父亲。"阿浓突然红着脸补充道。

"然后太郎和次郎，就走到我的房间里来，对我说多保重。我让他们看孩子，次郎就笑着摸了摸孩子的头，他的眼睛里还含着泪水。我想让他们多留一会儿，但他俩急匆匆地离开了。他们的马就拴在门口的枇杷树上，出门之后，太郎和次郎就翻身上马走了，不知道去了哪里。不是两匹马。那晚月亮很大，我抱着孩子从窗户真真切切地看到的。我没在意主人的尸体，又回去睡觉了。因为在主人家见惯了杀人，所以也不害怕尸体。"

检察官终于大概明白了事情的始末。既然阿浓证实了自己无罪，她当场就被释放了。

之后，又过了十几年，一直养育着孩子，已经做了尼姑的阿浓，机缘巧合见到了丹后守的一位贴身护卫。听说那个护卫骁勇善战，名声在外，阿浓和别人说他就是太郎。那个护卫脸上有一些浅浅的麻子，并且也是独眼。

"要是次郎的话，我一定立即冲上去和他相见，但那个人很可怕……"

阿浓说这话时的神情，好似一个小姑娘。但那人到底是不是太郎，谁也不知道。不过后来人们说，他还有一个弟弟，与他一起侍奉同一个主人。

大正六年（1917）

奉教人之死

> 纵然人生三百岁,享尽欢愉,与永生极乐相比,不过梦幻。
>
> ——庆长译《罪人指引》(*Guia do Pecador*)

> 入善道者,得享圣教不可思议之妙处。
>
> ——庆长译《师主篇》(*Imitatione Christi*)

一

话说昔日日本长崎圣卢卡教堂里,有位少年,名唤罗莲卓。少年罗莲卓于某年圣诞之夜,饥寒交加,匍匐倒在教堂门外,幸为前来礼拜的教中众人相助,又蒙神父善心,将他收留于教堂。不知为何,问他籍贯何处,却不明言,笑而答曰,故乡为天国,父名为天主。但见他腕戴青玉之珠,想来其父必不为异教之徒。自神父起,至众教徒,皆不以之为怪,更对其悉心照拂。罗莲卓道心之坚定,不似少年,令众人惊叹不已，皆以为他是天童转世，尽管不知其身世，但都对罗莲卓爱护有加。

罗莲卓面若冠玉，声音如女子般温柔，深得教众爱怜。其中有个名唤西美昂的，更是视其为亲兄弟，进出教堂，必携手同行。西美昂出身武士世家，世代侍奉大名。他身材高大，性情刚毅，当教堂被异教徒投石攻击时，西美昂常奉神父之命挺身抵抗。这样勇武之人，与罗莲卓却异常和睦亲近，真好似雄鹰与白鸽相伴，又可比作列巴农山上的柏树，葡萄藤缠绕而上，尚待开出花来。

光阴似箭，这样过了两三年，转眼罗莲卓已及弱冠之年。但忽然一夜之间，流言四起。离圣卢卡教堂不远的城里，有一家伞铺。卖伞的老爹也是信天主的，他常常带女儿来教堂礼拜。祈祷中闲暇的时刻，那伞铺老爹的女儿总是目不转睛地看着捧着香炉的罗莲卓。每次去教堂，总是勤理云鬓，向罗莲卓暗送秋波。这种种情态，都被教众看在眼里。有人还说，老爹女儿经过时，故意去踩罗莲卓的脚，甚至还有传闻说，两个人私下互递情书。

神父思忖此事不宜置若罔闻，于是，某一天将罗莲卓唤至跟前，捻着花白的胡须，温言问道："最近听到些风言风语，说你与伞铺女子的事，想必不是真的吧？"罗莲卓脸上愁云密布，连连摇头否认："绝无此事。"说话间，他眼泪溢出，神父也不禁动容，想他虽然年幼，但素日道心坚定，相信他不会撒谎，并没有再深究。

神父虽不再有疑，但来教堂礼拜的众人的风言风语，却尚未平息。平日里和罗莲卓亲似兄弟的西美昂，对此事的关心更胜旁人一倍。西美昂对这样的艳闻丑事，羞于向罗莲卓发问对质，甚至羞于与其为伍。这一日，西美昂在圣卢卡教堂后面的庭园里，拾得伞铺女子写给罗莲卓的情书，当时刚好屋里无旁人，他便将那书信掷于罗莲卓面前，连哄带吓，再三追问。罗莲卓一张俊美的脸羞得通红，说道："那小姐是对我有意，但我只是收了她的信，却从未答复。"但西美昂总觉得传言不会是空穴来风，还想继续追问，罗莲卓眼眸中透出一丝孤独，定定地看向西美昂，反问道："罗莲卓乃奉主之人，你认为我会撒谎吗？"言毕，如燕子般跑出屋子。西美昂闻言，知自己疑心过重，一时不禁倍感羞愧，正要离开，却见刚才拂袖而去的罗莲卓突然折返，一把抱住他的脖子，带着轻喘叹道："是我不好，原谅我吧。"西美昂还没来得及说话，像要掩饰脸上的泪痕一般，罗莲卓猛地推开他，又飞身跑了出去。西美昂颇为不解，那句"是我不好"，是什么意思？是指他与伞铺老爹的女儿私会之事后悔，还是因适才对西美昂疾言厉色而感到抱歉？

此后不久，事态并没有平息，伞铺老爹的女儿突然有了身孕。那女子对父亲一口咬定，说腹中胎儿的父亲正是罗莲卓。伞铺老爹勃然大怒，旋即跑到教堂，和神父说明原委。事到如今，罗莲卓也无法辩解。当日，神父就集结教内众人裁决，最终决议将罗莲卓逐出教门。这罗莲卓离开教堂，没有神父照拂，想来连糊口都成问题。但若将罪人留在圣卢卡，又有损天主荣光，是以素日亲近的众兄弟，也不得不含泪将罗莲卓赶了出去。

众人中最伤心的，莫过于一向与罗莲卓亲如兄弟的西美昂了。比起将罗莲卓逐出教门的悲伤，西美昂更为自己被他所欺骗而感到气愤。那个看起来倍感伤痛的少年，在凛冽的寒风中慢慢地走到大门口时，西美昂突然冲过去，冲他那俊俏的脸上就是一拳。罗莲卓被这突如其来的重重一拳打倒在地，他蹒跚着爬起来，眼噙泪水，望着天空，颤声祈祷道："请主宽恕他吧，他也是不知情之人。"西美昂见状，那股怒气也泄了，一时伫立在门口，向空中徒劳地挥着拳，耐不住众教徒的劝解，便收了手。他脸色如同暴风雨将至的天空，阴云密布，眼睛却不舍地看着罗莲卓离开的背影。经历那日之事的教徒后来说，罗莲卓在寒风中低头远去——他远去的背影，仿佛走入了铺天盖地的火焰中——那西沉的斜阳，将少年优雅的身影勾勒得异常清晰。

罗莲卓从此再也不是圣卢卡教堂中捧着香炉的那个少年了，他栖身于城郊的一处陋室，成了一个可怜的乞丐。身为基督教徒，原本就受人非议，现在流落街头，不仅要受无知小儿的讥笑，更是数次被刀逼棍打，瓦石投身。不仅如此，罗莲卓还一度患上可怕的热病，倒在路边，七天七夜痛苦喘息呻吟。所幸天主垂怜，让他逢凶化吉，性命无忧；又在他乞讨不到钱米，饥肠辘辘之时，让他遇见山间树上的野果，捕到海里的鱼虾。虽然境遇一落千丈，但罗莲卓仍不改在圣卢卡时的日课，坚持晨昏祈祷；他手中的青玉念珠，也不曾改变过光泽。

每到夜深人静之时，少年就从那间破败的小屋里出来，踏着月色，前往熟悉的圣卢卡教堂，祈求天主耶稣基督的保佑。

过去的同门兄弟都对他避之唯恐不及，就连神父都不同情他，旁人就更不必说。这也在情理之中，当日被逐出教堂的，是众人眼里无耻卑鄙的少年，谁又会知道，他的道心坚定到每夜都要悄悄回教堂祈祷。这虽是源于天主万千智慧，但对罗莲卓来说，着实可悲可叹。

而那伞铺老爹的女儿，在罗莲卓被逐出教堂之后不到一个月，生下一个女婴。伞铺老爹虽然固执，但初得外孙，对孩子毫无愤怨。老爹和女儿一起悉心照料婴孩儿，抱哄逗玩，习以为乐。老爹如此，倒也不足为奇，倒是那西美昂——就算魔鬼来了也要上阵赤膊，将其击退的魁梧男子——在那孩子出生后，一有闲暇便去探望。结实壮硕的手臂笨拙而小心翼翼地抱着婴孩儿，看着那孩子的脸，泫然欲泣，想必是想到了曾经视若亲兄弟的罗莲卓。只是那伞铺老爹的女儿，自打罗莲卓被逐出教堂，再不得见之后，颇有悔叹幽怨之色，就是见到西美昂也不太自在。

俗话说得好，光阴似箭，岁月如梭，转眼间又一年过去了。谁承想，长崎出了大事。一夜之间，一场大火灾袭来，烧着了半个长崎城。那时景象之凄厉，仿佛人间奏响了末日审判之号，漫天的烈火应着号角，席卷了一切。伞铺老爹的家正在最为危险的下风口，眼见着屋子被烈焰吞噬，一家人仓皇逃出，才发现那婴儿没有抱出来。一定是在慌乱逃命之中，忘了孩子还在屋里睡觉。老爹跌足悔骂，那女子若非被人拦着，早就冲入火中去救自己的孩子了。此时狂风大作，风助火势，仿佛要把天上的星星都烧焦。前来相助的街坊邻人除了安慰、阻拦伞铺老爹的女儿，面对滔天火势也束手无策。正在这危急关头，突然有人推开众人，冲向火海——正是圣卢卡的西美昂。只见这位不惧枪林箭雨的勇士，想冲进燃烧着的屋子，但无奈火势太猛，两三次都被扑面的浓烟呛得逃了回来。他对老爹和那女子说道："现在已非人力可为，听从天主的安排吧。"这时，老爹的一旁，不知是谁高声喊道："天主保佑。"西美昂听到这熟悉的声音，扭头看过去，正是罗莲卓。火光照亮他清瘦的面庞，风吹乱他及肩的黑发，西美昂一眼就认出了那哀伤又俊美的眉眼。已经状若乞儿的罗莲卓立于众人面前，眼睛一眨不眨地盯着在火焰中燃烧的屋子。一阵狂风刮来，更是煽动火焰熊熊燃烧之势，罗莲卓一跃而入，瞬间已置身于火柱、火墙、火梁之中。西美昂顷刻浑身冒汗，在空中拼命地画着十字，嘴里祷告着："主啊，保佑他吧！"那一刻，不知为何，那一日背对着夕阳，在风中踽踽独行，被逐出教门的罗莲卓俊美又悲伤的身姿，突然就浮现在西美昂心中。

在旁围观的教众，虽然为罗莲卓舍身救人，跃入火海的举动震惊，但并未忘记他当日做下的无耻之事。此时众人风言风语，议论纷纷，说道："父子之情，血缘相系，果然不能轻忽啊。罗莲卓做下这等丑事，没脸见人，平日里连个影子都没有，今天为了救自己的孩子奋不顾身，舍了命也往火里跳。"阴阳怪气，冷眼旁观，不再多述。

就连伞铺老爹此时的想法也多与众人相似,心里乱糟糟的,百味陈杂,坐立难安,烦躁不堪,也高喊着蠢话。只有伞铺老爹的女儿,疯了一样,跪在地上,两手捂住脸,一直祈祷。她一动不动,任凭狂风吹落万点火星,浓烟扫地,扑面而来,也不闪避,如同入定般只是一心祷告。

就在这时,围观大火的人群中又一阵骚然,却是头发散乱的罗莲卓抱着孩子从火海中跑出,现身于众人面前。下一刻,燃烧中的伞铺老爹的屋子,一根烧尽的屋梁突然断裂,一声巨响,烟尘四起,火星迸溅,突然再也看不见罗莲卓的身影,只剩下眼前那冲天而起的如血珊瑚一般的火柱。

当此灾祸,西美昂也好,老爹也罢,在场的教众们,都目瞪口呆,忘却前嫌。老爹女儿发出一声凄厉的哭喊,瞬间跳起来,动作之大、之剧烈让腿都裸露了出来,随即又像被雷击中一般落在地上,跪倒在那里。众人定睛看去,那女子怀里不知何时,已接住了生死不明的女婴。啊,在天主无边的智慧和力量面前,任何赞美之词都失去了光彩。原来是罗莲卓在烧塌的屋梁砸到自己身上之前,拼尽全力,把孩子扔了过来,正好毫发无伤地落在伞铺老爹女儿的近前。

女子伏身在地,喜极而泣。老爹双手高举,大声赞美天主的仁慈,他的声音中此刻也透出神圣的威严。西美昂一心只剩下去救罗莲卓这一个念头,一个箭步冲进了火海。老爹祈祷的声音,也更为担忧庄重,在这夜空中分外响亮。不只老爹一人,在场的教众们,此时围着这父女祖孙,无不落泪,齐声祷告:"天主,保佑他们!"圣母玛丽亚之子,耶稣基督,将人间所有痛苦与悲伤都担在自己身上。今夜长崎城众人的祷告,终于被耶稣听到了。看!罗莲卓得救了!那被烧得体无完肤的少年,被西美昂从大火浓烟中抱了出来。

然而这一夜发生的种种变故,尚未结束。众人正把奄奄一息的罗莲卓抬到教堂的门口,紧紧把婴儿抱在胸前的伞铺老爹女儿,突然跑到神父的脚边,扑通跪下,满脸泪水。就在这众人之前,她忏悔道:"我怀里的孩子,不是罗莲卓的女儿,是我和邻家异教徒私通生的。"她声音颤抖,满是泪水的眼睛里闪着的光亮,足以看出此言非虚。这突如其来的忏悔,让众教徒忘却了眼前的火灾,一个个呆立当场,惊得甚至忘记呼吸。

女子压住眼泪,继续说道:"小女子爱恋罗莲卓大人,但他道心坚定,拒我于千里,日久天长,此情转怨。我假称肚子里的孩子是他的,就是想报复,让他偿还我那相思之苦。没想到,罗莲卓他心胸宽阔,我犯下这等错事,他却不计前嫌,不顾安危,在地狱一般的火海里冒死救下我的女儿。他的仁慈和品德,犹如我主耶稣重生。小女子想到自己犯下的罪,做下的恶,如今哪怕有魔爪将我碎尸万段,也不敢有怨言。"没等话全说完,她早已哭得泣不成声,再度伏倒在地。

"这是殉教。""的确是殉教啊……"围观的教众中,不知是谁先说了一声,接二连三,如水波扩开般,此起彼伏地喊了起来。罗莲卓奉行耶稣的圣行,宽恕并去爱有罪之人,不惜让自己沦为街边乞儿。

纵使是视为父兄的神父和西美昂，都不曾看明他的为人，了解他的心意。如此这般，若非殉教，还能是什么呢？

听到女子的忏悔，手脚动弹不得，烧得皮焦肉烂的罗莲卓，只是微微颔首。他已经连话都说不出来了。听了这一番话，心如刀割的老爹和西美昂，蹲在罗莲卓身边，想去救治照料他，但罗莲卓的呼吸越来越短促，想必已至大限。只有那一双弥留之际依旧如星辰般的眸子，穿过人群，注视着天空，和过去并无二致。

另一边，神父听了女子的忏悔，白须被夜风吹得飘动，他站在圣卢卡教堂门后，沉默片刻，说道："忏悔者是有福的，因这福分，不必经人的惩罚。不若将主的教诲铭记于心，静静等待末日审判即可。而罗莲卓，奉行我主耶稣的意志，在我国所有教众中，他的品行都堪称稀有。何况，他还是个少年……"啊，这又是怎么回事？说到这里的神父，突然噤声，仿佛看到了天国的圣洁之光，怔怔地看着脚边罗莲卓的身姿。为何神父突然现出恭敬肃穆的神情？他双手合十，一定是发现了不同寻常之事。啊，神父那满是皱纹的脸上，突然老泪纵横。

西美昂也看到了。伞铺老爹也看到了。被比我主耶稣之血更红的火光照亮着的，横陈于圣卢卡教堂门前的，现在已发不出声的美少年，胸前被火烧坏的衣服之处，露出了如玉般的双乳。她的面目虽然被烧得模糊，但仍能看出那温柔的轮廓。哦，罗莲卓是个女子！罗莲卓竟然是个女子！看看吧。猛火过后，站在断壁残垣近旁的众教徒，面对此情此景，此刻也都明白了事情的实情。以为犯了淫邪之罪玷污了他人女子的罗莲卓,原来和伞铺老爹的女儿一样,本身就是个女孩儿。

这个瞬间,所有人都肃然起敬,如同听到了天主的声音,从看不见星光的遥远的夜空传来。圣卢卡的奉主的众教徒,像风吹倒麦穗似的,都低下了头,跪倒在了罗莲卓身边。这个夜里,除了大火在不远处燃烧的声音,万籁俱寂。不,还有一个声音,是谁在哀伤哭泣?是伞铺老爹的女儿,抑或是把自己当作罗莲卓兄长的西美昂?终于,神父庄严悲痛的声音响起,他高举双手于罗莲卓的身体上空,为她诵起了祷告的经文。听到祈祷的声音,这个叫作罗莲卓的,还在如花一样的年龄的女孩儿,仰望着暗夜尽头的天国,唇边露出了安然的微笑,静静地走了。

众人对这个女子的一生,除此之外,一无所知。这到底是怎么回事?人生在世之尊严,在于一瞬凝结的刹那感动,千金难换,无可与之匹敌。人之烦恼心,宛如暗夜之海的波涛;一波荡起,妄图在那水中捕捉新月的微光,这就是生命的意义吧。这么说来,知道了罗莲卓的最后,便知道了她的一生。

二

鄙人所藏长崎耶稣会出版一书《列干达·奥乌莱》,即意大利语《黄金传说》[①]书名的音译。但长崎耶稣会出版的此书,内容与西方的

---

① 《黄金传说》,又名《圣人传说》,是意大利雅各·德·佛拉金所著的基督教圣人传记。

《黄金传说》并不完全相同。除了记录了欧洲圣徒的言行事迹，也记录了日本基督徒教徒勇敢高尚的事迹，作传递福音之用。

书分上下两卷，印在美浓和纸上，字体为草书，夹杂平假名，字迹不太清晰，不知是否为活字印刷。上卷扉页之上，横排拉丁文书名，书名下面竖排两行汉字"千五百九十六年，庆长二年三月上旬刻"。汉字年代两旁均画有天使吹喇叭之像，画风稚拙，颇有趣致。下卷扉页上的汉字年代记载为"五月中旬"，此外与上卷并无不同。

上下两卷各有约六十页，所记载的《黄金传说》，上卷八章，下卷十章。各卷卷首均有佚名的序文和拉丁文的目录。序文语言生硬，有时能读到西文直译的语法结构，看上去很可能是西人神甫的手笔。

以上我写的《奉教人之死》，便是以该书下卷的第二篇为原型。该篇应为长崎西教堂发生的真事。但文中所述的大火，我查了《长崎港草》等书，并未得到证实。此事发生的真实年代，或不可考。

关于小说《奉教人之死》，由于要发表的缘故，我在文字上多有润饰，如原著平易雅驯的文风未因此而损减，便幸甚哉。

大正七年（1918年）八月

英雄之器

"项羽终究不是英雄之器啊。"汉将吕马通捻着稀疏的胡须说道,他的长脸显得越发的长了。吕马通身边围着十来个人,众人中间放着一盏油灯,夜幕笼罩着军营,他们的脸都被灯火照得红通通的。今日之战,斩获了西楚霸王的首级,大概那份喜悦还未散去,每个人的脸上都浮着笑意。

"是吗?"

其中,高鼻锐目的一个人,唇边带着些许讥讽的微笑,盯着吕马通的眉宇,说道。不知为何,吕马通似乎稍有些尴尬。

"当然,项羽确实很厉害,毕竟听说他连涂山禹王庙的石鼎都能举起来啊。今日之战也是,我一度觉得自己快要没命了。李佐被他杀了,王恒也被杀了,那万夫莫当的气势真是所向披靡。论强大,项羽的确无敌。"

"嘿。"

那人只是微笑,悠然地点了点头。军营之外,万籁俱寂。除了远方传来的两三声号角,就连马嘶之声都听不到。空气中弥漫着些许枯叶的气息。

"可是,"吕马通环视着大家的脸,卖关子似的眨了一下眼,"可他终究不是英雄之器。证据就是今日之战。当时楚军已经被我们追到了乌江边上,他们的人马加起来只剩下二十八骑。与我乌云压顶般的汉军相比,自然无可战的余地。而且,听闻乌江亭长特地赶来接应,劝他退走江东。若项羽是个英雄,就应该忍辱负重,败走江东,然后再卷土重来。这可不是爱面子的时候啊。"

"如此说来,所谓英雄,就是精于算计了?"

话音未落,大家都一同笑了起来。突然被反问,吕马通有些意外,却并不退缩,他垂下捻着胡须的手,挺起胸脯,不时地看一看那张高鼻锐目的脸庞的主人,一边比画一边解释道:"不,我不是那个意思。听说项羽今天在二十八位部下面前放言道:'今日灭我项羽者,天也,非人力之不足。我将带领你们几个三破汉军,以证此言。'实际上,何止是三破啊,他九战九胜,破我汉军。要让我说,把自己的失败归罪于天意,这反而是种卑劣。老天还不想担这责任呢。若是他渡过乌江,集结江东健儿,再次逐鹿中原——若此不成,那确实是天意所致。但现实并非如此,在能好好活下去的时候,他却选择了去死。我说项羽不是英雄,不是仅仅说他不会算这笔账,而是他把这一切都归因给天命,这可不行呀。我觉得英雄不会是这样的人。不知道萧丞相这样的学问人,会如何评说。"

吕马通环视左右，对自己的一番言辞仿佛颇为得意，暂时不再发言。众人听后，也觉得有道理，互相颔首，沉默了起来，仿佛对这个总结很满意。可是，那高鼻锐目的脸庞的主人的眼睛里，却闪过一瞬感动的神情。那黑色的眼睛深处，涌出一种热意。

"果真，项羽真的这么说？"

"据说，的确是这样说的。"

吕马通的长脸上下摇动，点了点头。

"这不是懦弱吗？至少有些缺乏男子气概吧？所谓英雄，应该敢于与天斗才是。"

"是这样吗？"

"知天命，却依然可以不屈服。"

"那么，项羽他……"刘邦抬起锐利的眼睛，看着秋夜里明明灭灭的灯火，然后徐徐地、自言自语般地说出了后半句话，"是英雄之器。"

大正七年（1918）一月

秋山图

"说起黄大痴①,您见过他的《秋山图》吗?"

一个秋天的夜晚,来拜访临香阁的王石谷②,和临香阁主人恽南田③一起饮茶,闲聊时突然问道。

"未曾有幸得见。您见过吗?"

大痴老人黄公望,与梅道人④、黄鹤山樵⑤一同,并称元朝画家中

---

① 黄公望(1269—1354),字子久,号一峰,大痴道人等,元代画家。工书法,通音律,擅诗词散曲,尤擅山水画。名列"元四家"(黄公望、吴镇、倪瓒、王蒙)之首。传世画作有《富春山居图》《水阁清幽图》等。著有画论《写山水诀》。

② 王翚(1632—1717),字石谷,号耕烟散人、剑门樵客等。清代著名画家,被称为"清初画圣"。论画主张"以元人笔墨,运宋人丘壑,而泽以唐人气韵"。

③ 恽南田(1633—1690),即恽寿平,原名格,字寿平,后以字行,改字正叔,号南田,别号云溪外史,晚居城东,号东园草衣,后迁居白云渡,号白云外史,明末清初著名书画家,常州画派的开山祖师,后来成为清六家之一。

④ 吴镇(1280—1354),字仲圭,号梅花道人。元代画家,"元四家"之一。参见注释1。

⑤ 王蒙(1308—1385),字叔明,一作叔铭,号黄鹤山樵。元末明初画家,"元四家"之一。参见注释1。

的神手。恽南田回答着王石谷的问题,脑海中不禁浮现出过去见过的《沙碛图》和《富山卷》①。

"是说见过好呢,还是说没见过好呢,就连我自己,也不知道了。说起来真是一件怪事……"

"'说见过好呢,还是说没见过好',这是……"

恽南田惊讶地看着王石谷的脸,问道:"看到过摹本吗?"

"不是摹本,是真迹。关于那幅《秋山图》,不仅在下,就连烟客先生(王时敏②)和廉州先生(王鉴)③,也与它有一段故事呢。"

王石谷饮一口茶,意味深长地微笑起来。"要是您不嫌无聊,我讲讲关于《秋山图》的事吧。"

"请讲。"恽南田拨弄了几下铜炉里的炭火,殷勤地催促着客人。

那是元宰先生④还在世时的事。那年秋天,元宰先生和烟客翁论画,突然问烟客翁,看没看过黄一峰的《秋山图》。众所周知,烟客先生师承大痴。所以,只要是大痴的存世之作,可以说,他没有没见

---

① 即《富春山居图》,中国十大传世名画之一。
② 王时敏(1592—1680),本名王赞虞,字逊之,号烟客,明末清初画家,开创了山水画的"娄东派",与王鉴、王翚、王原祁并称四王,外加恽寿平、吴历合称"清六家"。
③ 王鉴(1598—1677),字元照,号湘碧,明末清初画家,"四王"之一。崇祯六年(1633)举人,后任廉州府知府,世称"王廉州"。
④ 董其昌(1555—1636),字元宰,号思白,别号香光居士,松江华亭(今上海市)人。明朝后期大臣,书画家。

过的。但偏偏《秋山图》，烟客翁还没见过。

"不，别说见过了，就连《秋山图》这个名字都是第一次听说。"烟客翁一边回答，一边莫名地有些羞愧。

"那如果有机会的话，请一定看看那幅画。和《夏山图》《浮岚图》相比，《秋山图》更高出一截。在大痴老人的诸多画作中，恐怕堪称极品了。"

"真是如此杰作？那我一定得看看，现在这幅画藏于谁人之手？"

"如今《秋山图》在润州张氏家里。去金山寺的时候，可以登门拜访一下。我给您写封介绍信。"

烟客翁拿到了元宰先生的介绍信后，立即奔赴润州。能够收藏如此级别的画作，去张家这一趟，除了黄一峰的作品，一定还能看到许多历代墨宝。烟客翁想到这儿，在自己西园的书房里，一刻都坐不住了。

然而来到润州访问，期待已久的张家虽然府邸不小，却意外地荒凉。墙上爬满了藤蔓，院子里荒草萋萋，其间时而有鸡鸭因为少见来客，备感稀奇地围观着客人。这样的人家，真的藏有大痴的名画吗？一时间烟客翁不禁怀疑起元宰先生的话来。但既然自己已经来了，过门不入，可谓有负初衷。于是烟客翁向张家的小厮说明，自己远道而来，慕名求见黄一峰《秋山图》的来意，并递上了思白先生写的介绍信。

不一会儿，烟客翁就被请入厅堂。厅堂里冷冷清清，紫檀木的桌椅摆放整齐,空气中有淡淡的灰尘的气味——大概是青砖地上的浮尘飘浮起来所致。好在出来待客的主人虽然看起来病弱,却也不失气度。不,甚至可以说他那苍白的脸和优雅的手势,颇有名家大族的气质。烟客翁与主人略作寒暄,就立刻转入正题,提出想看看黄一峰的名作。事后,据烟客先生说,那时不知怎的,他莫名有些迷信。仿佛如果不马上看画,那画就会烟消云散了一样。

主人立刻就爽快地答应了。那厅堂正中的白墙上,正挂着一幅画。

"这就是您想看的《秋山图》。"

烟客翁一看那画,不禁失声惊叹起来。画是青绿色的色调,潺潺溪流蜿蜒而下,村落和小桥散落其间。画上主峰的山腰处,悠悠然飘过一朵秋日的白云,看得出是用了蛤粉,晕染得浓淡相宜。旁边高高低低地描画了群峰,宛如新雨后的翠黛,而群山中那点点朱红点染的枫叶,美得已经无法用语言形容。这幅画既不失优美华丽,又难得布局宏大,笔墨浑厚——绚烂的色彩里蕴含着空灵荡漾的古趣。

烟客翁被《秋山图》深深地吸引了,一直目不转睛地看着画,越看越觉得妙趣无穷。

"如何?您喜欢吗?"主人从旁含笑望着烟客翁,发问道。

"堪称神品。元宰先生的绝赞对此画真是恰如其分。在下有幸看到的各幅名画,在这《秋山图》面前,也得甘拜下风啊。"

回答着主人的问题,烟客翁的眼睛却并没有离开《秋山图》。

"真的吗？确是杰作吗？"

烟客翁吃惊地看向主人，问道："为什么听您的语气，对此颇为怀疑呢？"

"也不是，我不是怀疑，只是其实……"主人此刻像少女一样，困惑般地红着脸。然后，又露出一丝落寞的笑容，有些敬畏地看着墙上的名画，如此解释道。

"其实我每次看到这幅画，都眼前一亮，仿佛置身梦境一般。秋山原来如此之美。然而，是否只有我觉得美？其他的人看此画时，会不会觉得这就是很平凡的一幅画？不知道为什么，这些怀疑从始至终困扰着我。是我被画迷了眼，丧失了判断能力，还是这画确实世间绝无仅有，美得过分？我也说不清了。但是，我一直都有这种奇妙的感觉，听了您的赞美，我才敢确定。"

烟客翁那时并没有留意主人的这一番话。不仅因为他的心神完全都被《秋山图》吸引着，而且他也认为主人对画作鉴赏一窍不通，所以才不能理解此画的高明之处，说出了一番不着边际的话。

之后过了不多久，烟客翁就拜别张氏，离开了充满衰落气息的张府。

但是，此后，烟客翁无论如何也无法忘记那幅不时浮现在眼前的《秋山图》。尤其是他师承黄大痴，无论付出什么代价都想得到这幅画的想法越来越强烈。而且烟客翁本来就是收藏家，他家里所藏的诸多墨宝中,用二十锭黄金换来的李营丘①的《山阴泛雪图》和《秋山图》的神趣相比,也还是落了下乘。所以身为收藏家的烟客翁,面对黄一峰留下的如此名作,自然是千方百计想收入囊中。

因此,在润州逗留期间,烟客翁几次遣人去张家相谈,想让张氏出让《秋山图》,但对方无论如何也不答应。那个面色苍白的主人对烟客翁派去的人说:"承蒙烟客先生如此厚爱,若实在喜欢,在下很乐意借给先生欣赏。但若出让这幅画,恕我难以从命。"烟客翁得知后,颇有几分赌气与不快,心想这次不借,总有一天要把它弄到手——就这样,他最终没有去借,而是满怀对《秋山图》的期待,离开了润州。

就这样又过了一年,烟客翁再次来到润州,拜访了张府。那爬满墙壁的藤蔓和庭院里的荒草和从前并无二致。但小厮说主人不在家,不让他进去。烟客翁跟他说,见不到主人也没关系,只要让他再次观赏《秋山图》就可以了。但这一次无论如何拜托,小厮总推说主人不在家,自己不能做主,坚决拒绝了他的请求。最后甚至关上大门,再也不理睬烟客翁了。如此,烟客翁也没有办法,只能想象着藏在这座荒宅里的《秋山图》,独自怅然而归。

然而,此后再次见到元宰先生时,元宰先生告诉烟客翁,张氏不

---

① 李成(919—967),字咸熙,先世为唐宗室,唐末战乱,他隐居到山东营丘,故人称李营丘。能诗、善琴书,尤善山水,为北宋初著名三大山水画家之一。

仅收藏了大痴的《秋山图》,还藏有沈石田①的《雨夜留宿图》和《自寿图》这样的杰作。

"之前忘了说,那两幅画,也是像《秋山图》这样的奇观精品。我再写一封书信,你一定要去看看。"

烟客翁得了元宰先生的书信,又备了能买得起名画的充足的黄金来到张府。但张氏和从前一样,唯独对黄一峰的《秋山图》怎么都不肯放手。最后烟客翁不得不断了买画的念头。

说到这里,王石谷顿了顿,说:"以上这些,就是我从烟客先生那里听来的故事。"

"那么,只有烟客先生见过那《秋山图》,是吗?"

恽南田摸了摸胡须,向王石谷确认道:"先生说他见了,但实际上他到底见没见过,没人知道。"

"可是,刚才不是说……"

"别着急,先让我把话说完。等您听完整个故事,或许会另有高见。"

王石谷这次没有喝茶,又娓娓地继续讲下去。

烟客翁给我讲以上的事情时,自他第一次见到《秋山图》已经过

---

① 沈周(1427—1509),字启南,号石田、白石翁,长洲人,明代绘画大师,吴门画派的创始人,与文徵明、唐寅、仇英并称"明四家"。

了近五十年。那时元宰先生已经故去,张家也换了三代人。如今,那幅《秋山图》藏于何人之手,又或者已经损毁,谁也不知道。烟客翁讲起《秋山图》的妙处,如数家珍,之后,他颇为遗憾地说了这样一番话。

"那黄一峰的神作,如公孙大娘舞剑一般。有笔墨之意,却不见笔墨。但独有的一股说不出的气韵,直逼你的内心——恰似神龙摆尾,不见人,亦不见剑。"

之后又过了一个月,春风回暖的时节,我独自一人踏上了南行之旅。临行前和烟客翁说起此行,烟客先生说道:"这正是个好机会,你去寻寻那《秋山图》看看。如果《秋山图》能再度出山,实乃画苑之幸事啊。"

我也正有此意,当下即劳烦烟客先生修书一封。此后南行之旅,要事甚多,一直无暇前去拜访张府。我在袖里揣着烟客先生的书信,直到子规啼鸣之时,终于踏上寻访《秋山图》之路。

在路上,我偶然得知,传闻《秋山图》现如今已落入贵戚王氏之手。这样说来,我在途中曾把烟客翁的荐书拿于人看,其中就有认识王氏的。王氏身份高贵,一定知道《秋山图》藏于张府。据坊间消息,张氏之孙接待了王氏的使者,把传家的彝鼎、法书,连同大痴的《秋山图》一起献给了王氏。王氏欣喜不已,当即将张氏之孙奉为座上客,令家姬奏乐起舞,摆上珍馐,宴席款待,又赠以千金。我听闻此事,也由衷地高兴。在烟客翁目睹《秋山图》后已有五十载,神作尚在，着实令人欢欣。再加上此画如今藏于相识的王氏之手。过去，烟客翁千方百计费尽苦心想再看一次《秋山图》，却阴差阳错以失败告终。而如今王氏轻而易举得到此画，我又自然地有了让《秋山图》展现于自己面前的机会。那海市蜃楼一样的画作再次出现，实在是天意和缘分。我来不及去取什么东西，就径直奔向金阊王家，想一睹为快。

我至今还记得，那是一个无风的午后。王氏庭院里的牡丹在玉栏外开得绚烂。我一见到王氏，揖礼尚未行毕，就忍不住笑意，说道："《秋山图》已经到了您府上了啊，烟客先生为了这画，历尽艰辛，如今可以安心了。仅是想到这一点，就不胜快慰。"

王氏也春风满面，说道："今日烟客先生和廉州先生也要光临鄙舍，先后有序，先请您鉴赏吧。"

说着，王氏马上命人把《秋山图》挂起来。那临水散落的红叶村落，埋入山谷的层层白云，还有那由远及近屏风一样的无数青峰，展现在我的眼前。这方寸之间大痴老人创造的精巧绝伦的小天地，让我的心胸雀跃不已，挪不开眼睛。

这一丝不乱的云烟丘壑，是大痴老人的笔法。除了他，没人能用墨画出这样的皴点，更没人能在浓墨重彩下隐去笔锋。但是——但是这幅画和烟客翁此前在张府见到的《秋山图》，确实不是同一幅。王府的《秋山图》终是落了下乘。

以王氏为首，我身边坐着的王氏府上众食客，都悄悄打量着我的神情。所以我务必得小心谨慎，不能露出半分失望之情。但无论怎么努力，不服气的表情不经意间还是透露出来。王氏有些担心地问道："您觉得怎么样？"

我这样答道："是神品，难怪烟客先生对此画推崇至极啊。"

王氏的脸色缓和了一些，但眉宇间似乎对我的赞赏仍有一丝不满之情。

正在这时，一直和我大谈《秋山图》神趣的烟客先生刚好来了。他和王氏寒暄之际，脸上始终带着高兴的笑容。

"五十年前见到《秋山图》是在张氏的荒宅，今日能够在您这样的富贵宅邸再次得见这幅佳作，真是缘分啊。"

烟客翁一边说，一边看向墙上挂着的这幅大痴的作品。现在我们眼前的这幅《秋山图》究竟是不是过去烟客翁看到的那幅，他自己应当比谁都清楚。所以，我和王氏一样，分外留神地注视着烟客翁看画的神情。果然，他的脸上也渐渐笼上了阴云。

片刻的沉默之后，王氏显得越发不安，他怯生生地问烟客翁，说道："您觉得怎么样？刚才石谷先生盛赞了此画……"

一向坦率的烟客翁到底会怎么回答，我不禁有些担心。但想来让王氏失望，烟客翁也觉得不妥，于是看完画后的烟客翁郑重地答道："这幅佳作如今归于贵府，您真是好运啊。对府上的诸多珍藏，也是锦上添花了。"

但听完烟客翁的话，王氏脸上的愁色，越发深重了。

正好此时迟到的廉州先生也来了,不然这气氛怕是越发尴尬。庆幸的是正当烟客先生不知道如何应对才好的时候,廉州先生的到来让在座的气氛活泛了起来。

"这就是传说中的《秋山图》吗?"

廉州先生简单地打过招呼之后,就对着黄一峰的画观赏起来。短暂的沉默中,他一边欣赏,一边咬着自己的胡子。

"烟客先生五十年前,曾见过一次此画。"

王氏更加显得尴尬,特意加了一句说明。廉州先生并没有从烟客翁那里听过他五十年前曾见过此画的故事。

"按您的鉴赏标准,这画怎么样呀?"

廉州先生叹了口气,依然一动不动地眺望着画卷。

"没关系的,还请您不妨直说……"

王氏勉强扯出一个微笑,再次催问先生的意见。

"这幅画吗?这幅画……"廉州先生顿了一下,"这幅画?"

"这幅画简直是大痴老人的第一名作啊。您看这云烟的浓淡,气势恢宏啊。树林的色调,简直是天赐的神笔。那边的一座远山,一下就让整幅画的布局都灵动了起来呀。"

方才沉默观画的廉州先生,此时看着王氏,一一指出此画的精妙之处,又不时地发出赞叹之声。廉州先生一边说着,王氏的脸色也由阴转晴,渐渐明朗了起来。

在廉州先生讲评的时候,我和烟客先生不约而同地看了对方一眼。

"先生,这是那幅《秋山图》吗?"我小声问询。烟客翁摇摇头,露出不可思议的神情。

"真是万事如梦如幻啊。那张家的主人,或许是何方的狐仙吧。"

"这就是秋山图的故事。"王石谷说完,慢慢地喝了一盏茶。

"原来如此,真的是个奇妙的故事啊。"恽南田眺望着铜炉的火苗,感叹道。

"听说,王氏后来还很感兴趣地问了许多关于大痴老人《秋山图》的事,但除了张氏本人,他的子孙似乎也不清楚。所以,烟客先生从前看到的那幅《秋山图》,如今是藏在别的什么地方,还是说烟客先生的记忆出现了偏差,这我就不知道了。又或许,难道烟客先生去张家看《秋山图》这整件事,都是一场梦境?"

"但是,烟客先生心中,那幅奇怪的《秋山图》一直都在。就连您的心里,也深深地保留着这幅画……"

"山石青碧色,红叶如朱砂。如今还历历在目啊。"

"如此一来,即使《秋山图》不在了,也没什么遗憾吧?"

恽、王两位大家,抚掌而笑。

大正九年(1920)十二月

酒　虫

一

　　这是场多年不遇的酷暑。抬眼望去，泥土加固的屋檐上的瓦片，如铅一样钝钝地反射着太阳的光线，让人不禁担心，檐下挂着的燕子窝里的雏燕和尚未孵化的燕子蛋，会不会被闷死。农田里的亚麻和玉米，都因大地蒸起的热气而低伏了身子，显得没精打采。这些粮食作物，没有一株带着生机和绿意，全都是奄奄一息的枯萎的样子。农田上方的天空，可能是因为暑气蒸烤的缘故，虽然是晴天，却显得有些混浊。在这样的天空里，絮状的云彩，像煎锅炒出来的小冰雹一样，乱糟糟地散落着——《酒虫》的故事，就发生在这炎热的暑天，发生在打麦场上的三个男人之间。

　　这三人中的一人，不可思议地仰面躺在地上，赤身裸体。不知道为什么，他的手脚都被绑着，但当事人却没露出什么痛苦的神情。他身材矮小，面色红润，像猪一样胖的身子带出一种笨重感。这人的脑袋旁边，还放了一个半大不小的陶罐子，不知道里面有什么。

另外一人身穿黄色的僧衣，戴着小巧的青铜耳环，是个样貌看上去有几分古怪的和尚。他肤色黝黑，头发和胡须都有些卷曲，大概来自葱岭以西。这和尚从刚才起就一直忙前忙后地挥动着朱柄浮尘，给地上的男人驱虻赶蚊，现在可能是终于有些累了，走到那陶罐子旁边，像只火鸡一样，一脸郑重地端详着地上男子的情形。

剩下的最后一个人，站在离他们稍远的打麦场角落的草房子屋檐下。他长着几根老鼠尾巴般稀疏的胡须，穿着长达脚后跟的皂布衣衫，茶褐色的腰带耷拉在腰间。从他谨慎的神情和不时轻摇着白羽扇的样子来推测，大概是位儒生。

这三人不仅像商量好一样沉默不语，而且身子也一动不动，仿佛是对接下来要发生的事情很感兴趣似的，都屏息凝神等着什么。

时值正午，狗都在午睡，一声狗吠都听不到。打麦场四周的亚麻和玉米这些庄稼，绿色的叶子暴晒在日光下，寂静无声。目光所及天际的尽头，大地蒸起的热浪之上的云彩，也让人怀疑是不是同样被热得喘不过气。而打麦场内的这三个男人，如同关帝庙里的泥菩萨一样，默不吭声……

当然，这不是发生在日本的故事，这个故事发生在一个炎日的夏季的中午，在中国一处叫长山的地方，刘家的打麦场上。

二

赤身裸体躺在大太阳底下的,就是这个打麦场的主人,姓刘,名叫大成,是长山一带屈指可数的大户。这个刘大成嗜酒如命,从早到晚酒杯不离手。他的酒量也非常惊人,"每独酌必尽一瓮"。不过如前所述,因他有"负郭①之田三百亩,半数种黍",财大气粗,因此就算豪饮牛吞,也无后顾之忧。

说起来他为什么大热天赤身裸体地躺在地上——事出有因。那天,刘大成和酒友孙先生(就是那个摇着白羽扇的儒生)一同在通风良好的小屋里,靠着竹夫人②下棋。这时,一个丫鬟前来禀报说:"家里来了一个和尚,说自己叫宝幢寺,一定要拜见主人,现在如何是好?"

"什么,宝幢寺?"刘大成眨了眨他那有神的小眼睛,肥胖的身子不耐热似的站了起来,吩咐道,"那就请进来吧。"言毕,他看着孙先生,续道,"大概就是那个和尚。"

这位名叫宝幢寺的和尚是从西域来到此地的番僧。他颇通医术,又对房中术有些学问,在长山一带很有名望。比方说让张三的黑内障立刻好转了,让李四的顽疾迅速痊愈了,一桩桩宛如奇迹的妙手回春,经众人之口传得神乎其神。这样的传闻,刘大成和孙先生都听说

---

① 负郭田,典出《史记》之《苏秦列传》。司马贞索隐:"负者,背也,枕也。近城之地,沃润流泽,最为膏腴,故曰'负郭'也",泛指良田。
② 竹夫人,又叫青奴,是一种圆柱形竹制品,中空,四周有竹编网眼,中国民间用其取凉。

过。现在这位番僧来刘府上做什么，却让他们有些摸不着头脑。当然了，刘大成也不记得自己主动邀请过他。

此处且补充一点，刘大成并不算多好客。但如果有客人来访，尤其是新客人，他还是乐于接待的。因为高朋满座，常有客来，也是能用来炫耀，满足他那孩子气的小小的虚荣心。尤其是今天的这位番僧，毕竟是声名在外的传奇人物，接待他一定不会丢脸。刘大成出来会客的动机，大抵如此。

"你说他所来何事啊。"

"是来化缘的吧，让你布施些东西给他。"

刘大成和孙先生正说着，宝幢寺就跟着丫鬟进来了。只见那番僧身材高大，眼睛宛如紫水晶，确实是个样貌惊人的和尚。他穿着一件黄色的僧衣，一头卷发乱七八糟地垂在肩上，手持朱柄浮尘，缓步踱入屋内。进了屋，他既不打招呼，也不开口说话，只是在屋子中间站定。

刘大成短暂地犹豫了一会儿，不知为什么，感到一阵不安。他忍不住开口询问道："请问有何贵干？"

番僧不答反问道："你非常喜欢喝酒，对吧？"

"是。"面对来人唐突的问题，刘大成含糊地应了一声，求救般地看向孙先生。孙先生却装模作样地自顾自在棋盘上摆起了棋子，并不理会刘大成投来的求救目光。

"您这是得了一种少见的怪病啊，这事儿您自己知道吗？"番僧气势迫人地问道。

刘大成听他说自己得了病，惊讶又不安地摩挲着竹夫人，说道："我……得了病？"

"正是。"

"可是，我从小就……"刘大成想说些什么，却被番僧打断了："您喝酒从来不会醉吧。"

"……"刘大成看着对方的脸，沉默了。事实上正如番僧所说，他无论如何豪饮，都没醉过。

"这就是得了这病的症状啊。"番僧轻声笑道，"您的肚子里有酒虫。酒虫不除，此病难愈啊。贫僧就是为了给您治病，专程来拜访贵府的。"

"能治得好吗？"刘大发问的声音都有点儿紧张，意识到这一点后，他又不禁有些难为情。

"正因治得好，所以贫僧才来。"

一直在旁沉默不语的孙先生，听了这对话，突然插话问道："怎么治呢，喝药吗？"

"不必服药。"番僧冷淡地答道。

孙先生本就对佛道两教颇为轻视鄙夷，因此即使同僧侣或是道士共处一室，也不愿与其交谈。如今突然插话发问，全是因"酒虫"二字勾起了他的兴趣。这个同样好嗜如命的儒生，不禁也不安起来，甚至觉得自己的肚子里说不定也有酒虫。但那番僧爱搭不理的回复，让他有些没面子，于是沉下脸来，又像刚才一样，沉默地自己下起了棋。与此同时，孙先生还在心里抱怨起来，觉得和这样无理的和尚见面，刘大成这一家之主也怪莫名其妙的。

当然，刘大成并没有把番僧的态度放在心上。

"那，是要针灸吗？"

"什么？可比那简单多了。"

"是要念咒施法吗？"

"不必念咒。"

就这样一问一答了一会儿，番僧最终还是简单地介绍了治疗的方法——只需脱光衣服，在太阳底下暴晒即可。刘大成心想这还不容易。要是这样就能治好病，那再好不过了。此外，他大概没有意识到，他接受番僧的治疗，是好奇心在作怪。

于是，刘大成态度越发谦逊，恳请道："拜托您给我治病吧。"——这就是故事开头，一个大热天，刘大成赤身裸体躺在太阳底下的原因。

番僧说，身子一定不能动，然后就用细绳子把刘大成捆了起来。接着，又叫了一个侍童，在一个不大不小的陶罐子里灌了酒，拿到刘大成脑袋旁边。反正自己今天刚好也在刘府，刘大成的酒友孙先生，也站在一旁观看，来见证这场不可思议的治疗。

酒虫到底是什么东西？如果肚子里没有了酒虫，会怎么样？那个放在刘大成脑袋旁边的陶罐子，又是做什么用的？这一切，除了番僧，谁都不知道。这样想来，对这些还满脑子问号的刘某人，同意在大热天赤身裸体地躺在那里，不可谓不愚蠢。但在学校里接受教育的普通人，大概也会做出类似的事情吧。

三

热！汗水不停地从额头淌下来，汇集成汗珠，汗珠被晒得滚烫，向眼睛流过去。手被细绳绑着，没有办法擦汗，于是就想摇晃脑袋，改变汗滴流动的方向。可没晃几下，就是一阵头晕目眩，没办法，只好放弃这个打算。那汗滴却是毫不通融地流进了眼眶，然后又流到了鼻子边上，最后流过了下巴。可怜的刘大成又恶心又难受。

开始治疗的时候，他还睁着眼。望着头顶那炫目到发白的天空，眺望着被热浪摧残得耷拉叶子的亚麻。但如今汗如雨下，他只能闭上眼睛。直到这时，刘大成才生平第一次知道，汗水流进眼睛里，原来是这么难受。他那可怜的样子看起来像一只屠夫手下待宰的羔羊，闭着眼睛，忍受着大太阳无情的暴晒。渐渐地，脸上、身上，暴露在阳光底下的皮肤，都开始晒得疼起来。全身皮肤底下好像有一股力量在向各个方向涌动，但皮肤本身与此相比，又是紧绷绷地没有一点儿弹力。浑身都感觉火辣辣的——那是一种被灼伤般的疼痛。这比流汗的痛苦可要难受多了，刘大成开始有点儿后悔接受番僧提议的治疗。

但是，对比后面的处境，这种程度的痛苦也算不上什么了——此时，刘大成感觉口渴。他不禁想到是曹孟德还是哪个故事里的人物，对士兵们说前方有梅林，让大家望梅止渴。但如今，无论再怎么在脑子里想象梅子的酸甜，也不能缓解喉咙的干渴。他动了动下巴，又轻轻咬了咬舌头，但都无济于事，嗓子眼儿里干得不行。要是脑袋旁边没有这个酒罐子,说不定还能好受一点儿,但那美酒的芳香,却不停地从罐子口飘向刘大成的鼻端。而且,不知道是不是错觉,那酒香越来越醇厚勾人。刘大成想着,至少让我看一看酒罐子吧,就睁开了眼睛。好不容易,才看到罐口和酒罐子那圆滚滚的肚子。与此同时,刘大成不禁开始想象罐子里那黄澄澄的美酒。他不由得用干燥的舌头舔了舔干裂的嘴唇,却没有什么唾液分泌出来。就连汗水都被晒得蒸发了,不再像适才那样在脸上流淌。

接着,他三番两次感到一阵剧烈的头晕,头疼也在不停地加重。刘大成开始怨恨番僧,然后又不禁生气自己为什么要信这种来历不明的人的胡言乱语,吃尽了苦头。喉咙越来越干渴,胸口闷闷地觉着恶心,他再也无法忍受,终于下定决心想让自己旁边的番僧停止这次治疗。就在他喘着气,正准备说话的时候……

这时,刘大成突然感到一团难以形容的东西,正一点儿一点儿地从胸腔向着喉咙的方向往上爬。那感觉有点儿像蚯蚓在蠕动,又像壁虎在爬行,总之是一个软软的物体缓慢地、一点儿一点儿地顺着食道往喉咙的方向蠕动。不一会儿,这感觉就到了嗓子眼儿,有个像泥鳅似的东西硬是挤出喉咙,从他嘴里猛地蹿到外面来。

同时,那酒罐子里发出扑通一声响,像有什么东西掉了进去。

说时迟那时快,一直泰然地坐在一旁的番僧,立刻起身解开了刘大成身上的细绳,说道:"是酒虫出来了,现在可以安心了。"

"出来了吗?"刘大成抬起晕乎乎的脑袋,呻吟着问道。这经历太过稀奇，他顾不得口渴，也来不及穿衣服，急着去看那酒罐子。一直摇着白羽扇旁观的孙先生，也赶紧跑过来。三人一起向酒罐子中看去，只见一条肉色的像红泥的鲵鱼①一样的东西，在酒中游动。那东西大约三寸长，有嘴有眼，一边游，还一边喝着酒。刘大成看了，顿时一阵恶心……

四

番僧的治疗当即见效。从那天起，刘大成再也不想喝酒了。就算是闻到酒味，都觉得难受。但令人意外的是，也是从那天开始，刘大成的身体一日日衰弱下去。到今年，也就是他吐出酒虫的第三年，刘大成再也没有了过去大腹便便、肥胖健壮的风采。他的皮肤失去了健康的光泽，变得油腻而暗沉，脸颊瘦削，两鬓花白，稀疏的头发紧紧贴在太阳穴上。一年里，不知道有多少天要卧病在床。

日益衰败的不仅仅是他的健康，就连刘大成家里的情况也每况愈下。过去那三百亩良田，多数落到他人之手。刘大成没办法，为了生活，只好开始自己拿起从前几乎不曾用过的锄头，来应付每一天寂寞的日子。

为什么吐出酒虫后，刘大成的身体就开始走下坡路了呢？又是为什么，家产也慢慢地流失了呢？想到吐出酒虫之后，刘大成的抱病在

---

① 即山椒鱼，是两栖纲有尾目隐鳃鲵亚目动物的总称，虽名鱼，却非鱼类，而是两栖动物。体形扁长，四肢很短，只有黏膜，没有鳞片。

床和刘家的衰落，任凭是谁都会想到这两者之间是不是有什么因果关系。住在长山的人，无论哪一行，都对这件事议论纷纷，给出了各种各样的解答。如今，我在这里列举其中最具代表性的三个答案。

答案一，酒虫是刘大成之福，非刘大成之病。都怪那个愚蠢的番僧，一番折腾把这天赐的福气给弄丢了。

答案二，酒虫是刘大成之病，非刘大成之福。吐出酒虫之前，他每次能饮尽一瓮酒，到底不是常人能够承受的。要是酒虫不除，时间久了，刘大成必死无疑。如今虽然他贫病交加，但对刘大成而言，已经是幸运和幸福了。

答案三，酒虫既非刘大成之病，也非刘大成之福。刘大成从小就嗜酒如命，可以说，他的一生，除了酒就是酒。所以，刘大成就是酒虫，酒虫就是刘大成。除掉酒虫，无异于杀死自己。也就是说，从他不再喝酒的那一天开始，刘大成就不再是刘大成了。所以，失去健康，直至失去偌大的家业，都是情理之中的事。

这些答案之中，哪一个最能解释这个故事，笔者也不知道。只好模仿中国的小说家，把Didacticism[①]放在故事的最后，作为道德性的分析。

大正四年（1918）六月

---

① 劝诫。

阿富的贞操

明治元年五月十四日,正午刚过。"明日凌晨,官军将围剿东睿山彰义队。上野附近的居民请务必撤离。"——这个午后,颁布了这样一则通告。下谷町二丁目的杂货店,古河屋政兵卫撤退后,厨房角落遗弃的一堆鲍鱼壳前面,一只三色花大公猫静静地趴在那里。

即使在午后,门窗紧闭的家里也还是黑咕隆咚的。房间里没有一点儿人的动静,入耳的唯有连日不绝的雨声。在屋里,能感觉到雨点儿时而急速地打在看不见的屋顶上,时而又远远地化为一片消散在空中的雨声。雨声大时,大花猫就睁圆琥珀色的眼睛,在连灶台都看不清的黑暗的厨房里,猫的眼睛好似磷火,发着幽幽的光。过了一会儿,在知道除了哗哗的雨声,并没有什么威胁后,一动不动的大花猫再次把眼睛眯成一条线。

就这样反复几次,猫大概是睡着了,不再睁开眼睛。雨依旧忽急忽缓。两点、三点……就这样,黄昏在雨声中悄然而至。

快下午四点的时候,大花猫突然惊醒,它睁大眼睛,竖起耳朵——雨声比刚才小了一些，但除了街上往来的车夫、轿夫发出的声响，什么也听不到。但几秒的沉寂之后，昏暗的厨房朦胧地亮了起来。狭小的房间里的灶台、没有盖子的水缸里折射出的水光、供奉灶神的松枝、拉窗的窗绳——这些物件，一样一样，渐渐都看得清了。大花猫越发不安地注视着开了一条缝的门，肥大的身体慢慢站起。

这时，打开厨房门的——不，来人不仅仅打开了门，还推开了隔扇拉门——是一个淋得全身湿透的落魄乞丐。乞丐向前伸出裹着破头巾的脑袋，静静地侧耳听了一会儿屋子里的动静。确定里面没人之后，他裹着那身被雨水打湿的显得颜色鲜亮的席子，这才悄悄潜入厨房。大花猫耳朵放平，退了两三步。乞丐不慌不忙地回身关上拉门，然后慢慢地摘下头上的手巾。他的脸上满是杂乱的胡子，还贴着两三块膏药。虽然样子狼狈，满面风尘，但那眉眼却也像个正经人。

"花花。花花。"

乞丐拭去头发上的水，擦了擦脸，小声唤着猫的名字。大花猫似乎记得这个声音，放平的耳朵恢复到原来的位置，但仍站在远处，不时地警惕地看着他的脸。一会儿工夫，两腿泥泞得看不到肤色的乞丐脱掉了身上披的席子，径直在猫面前坐下。

"花花，怎么搞的？这儿连个人都没有，他们是把你抛下跑了吧。"

乞丐兀自笑了，伸出大手摸了摸大花猫的脑袋。花花拱起身子，有点儿想跑的样子，但并没有走开，反而又缓缓蹲了下来，眼睛也慢慢地眯缝起来了。摸完猫,乞丐从破旧的单衣的内兜里,掏出一把擦得油光锃亮的手枪,然后在厨房昏暗的光线里,检查着手枪的扳机。无人的厨房里,空气中飘浮着战争即临的气息,一个乞丐在摆弄着手枪——这罕见的一幕,无疑很像小说里的场景。而大花猫只是兀自眯着眼,弓着背,冷然地坐在那里,仿佛洞悉了一切秘密。

"到了明天,花花,这一带可就枪林弹雨了。中一颗枪子儿,就得死。所以啊,明天无论乱成什么样,都要在缘侧①底下藏好喽。"

乞丐一边检查着手枪,一边时不时地和大花猫说几句话。

"咱俩也是老交情了,但今天就是离别的日子。明天对你来说,也是一个劫吧。而我,说不定明天就会送命。要是能大难不死,以后也不准备和你一起抢着捡垃圾了。这样你高兴了吧?"

说话间,雨又大了。雨声哗哗啦啦,乌云压向屋顶,水汽模糊了脊瓦。厨房里好不容易有的一点儿微亮,越发地昏暗了。但乞丐头也没有抬,把弹药填进终于检查好的手枪里。

"还是说你有点儿不舍?不会吧。听说你们猫啊,三年的恩情都记不住,我看你也靠不住。算了,这些都没什么,只是如果我不在了……"

乞丐突然住了口。门外有动静,有人走了过来。乞丐立即收好手枪,同时想马上回避。就在此时,门刚好"哗啦"一声被拉开了。乞

---

① 指日式建筑不使用榻榻米铺垫的地板的边缘地带,通常为木质或竹制。缘可在建筑物外围围绕房间一圈。

丐情急之下正要起身,刚好与闯入者四目相对。

拉开门的人看到屋里的乞丐,像被吓了一跳似的,"啊"地轻叫一声。来人是个光着脚,撑着大黑伞的年轻姑娘。本来要进屋的她被吓了一跳,身体本能地想跑回雨中,但片刻后她好像从最初的惊吓状态里恢复了一些勇气,借着天光,打量着昏暗的厨房里乞丐的脸。

坐在那里的乞丐也像呆了一下,兀自支着准备起身的单膝,定定地看着姑娘。他的眼神也不像刚才那么如临大敌了。两个人静静地打量了彼此一会儿,互相看着对方。

"你,是老新吗?"

姑娘冷静了一些,向乞丐问话。乞丐嬉皮笑脸地再三向她躬身。

"对不住,对不住。刚才雨太大了,所以我看你家没人,就进来了。我可没改行要入室偷窃啊。"

"吓死人了,真是的,就算不偷东西,那不也挺厚脸皮的吗?"

她甩着伞上的雨滴,余气未消地说道:"喂,快出来呀,我要进屋了。"

"是,这就出去。你不说,我也要出去的。阿姐,你不撤走吗?"

"已经撤了,虽是撤了……这和你没关系吧?"

"然后发现落东西了是吧。哎呀,进屋来呀,你站的地方有雨呢。"

姑娘还没消气,也不理乞丐,径直走到房子排雨水的排水口,坐下来,把沾满泥的脚伸过去冲水。乞丐若无其事地盘腿坐着,一边摸着自己杂乱的胡须,一边目不转睛地盯着她看。那姑娘肤色微黑,鼻子附近有一些雀斑,看样子应该是来自乡下。她身穿婢女们常见的单层布衣,腰间简单地系了一根小仓衣带。但她的眉眼生动,身体结实丰满,有一种让人联想到鲜桃甜梨的美。

"外面乱成那个样子,你还回来取落下的东西,一定是什么重要的物件吧。你忘了什么啊?嘿,阿姐……阿富。"老新追问道。

"忘了什么都和你没关系吧?与其问这个,还是请你快点儿出去。"

阿富回答得很不客气。突然,她又像想起来什么似的,看着老新的脸,认真地问道:"我说老新,你看见我们家花花了吗?"

"花花?花花刚才还在这儿呢……哎哟,跑哪儿去了?"

乞丐四下张望,发现那猫不知什么时候溜到了厨架的研钵和铁锅之间,在那里香箱蹲①。阿富和老新同时看见了花花。阿富立即丢掉手里的舀水勺,完全不理身边的乞丐,开心地笑起来,唤着厨架上的猫。

老新的目光从那昏暗的厨架上移到阿富脸上,一副不可思议。

"是猫吗?阿姐,这就是你说的落下的东西?"

"怎么,不行吗?——花花,花花,来,下来呀。"

老新突然笑了,他的声音在雨声中让人有些不舒服。阿富再次气

---

① 猫的一种坐姿,四个爪子收在身体下面,看起来像一个四四方方的香箱。

恼起来，脸颊发红地朝老新怒喊道："有什么好笑的？我家太太把花花落下了，现在都急得不行，一直在哭，要是花花被打死了可怎么办。我看她怪可怜的，这不就冒着雨赶回来了嘛。"

"好好，我不笑了。"

可老新还是笑得停不下来，他打断阿富，说道："我不笑了。不过哦，你好好想想。明天就开战了，就因为一只猫，不管怎么想想，你自己不觉得可笑吗？你呀，真是的。你家太太也太不通人情了，即便是为了找猫，也……"

"你快闭嘴。我不想听你说有关太太的坏话！"

阿富气得直跺着脚，但乞丐非但没有被她的发作吓到，反而用放肆的目光打量着她。那时的阿富充满了野性的美。被雨淋湿的衣服和衣带紧紧地贴在身体上，勾勒出她身体的曲线。只需一眼，就知道那是处女充满了青春活力的肉体。老新眼睛眨也不眨地盯着她，笑着说道："即便是为了找猫，派你回来，这就很不对了。你说是不是？现在上野这一带，大家都撤退了。这一排排房子在，可已经是座空城了。说不定会有狼，说不定会遇到什么风险——这话的意思你明白吧。"

"与其瞎操心，倒不如帮我抓住花花——现在又没开打，能有什么危险。"

"这可不是开玩笑。年轻女人自己一个人走，要是这还不危险，那你说什么危险吧。就说现在，只有你我二人，万一我有些什么奇怪的想法,阿姐,你可怎么办呢?"

老新的语气像在开玩笑,又像很认真,听不出他是什么意思。但阿富澄澈的眸子里,没有一丝害怕的影子。

只是她的脸颊,比刚才更红了。

"说什么呢,老新,你想吓唬我?"

阿富想吓住对方似的,反而向老新那边迈了一步。

"吓唬?要只是吓唬你倒还好了。如今这世道,戴着肩章的坏人多了去了。何况我一个要饭的,不光是吓唬吓唬,要是我真有什么奇怪的想法……"

老新的话还没说完,脑袋上就挨了一下子。阿富不知何时站在他面前,举起大黑伞就劈头盖脸地敲下去。

"别在这儿胡说八道!"

阿富说着,又给了他一下。老新连忙往后一躲,伞打在他穿着旧褂子的肩头。两人的动静吓到了猫,它往供着灶神的厨架上跳去,慌乱中踢翻了铁锅。接着,松枝和油灯盏,噼里啪啦地掉到老新身上。他刚刚避开,又被阿富用雨伞揍了几下。

"你这个畜生!畜生!"

阿富连续挥动着雨伞。老新一边挨打,一边试图抓住雨伞,终于,他把雨伞夺了过去,一把扔开。同时,猛地扑到阿富身上。两个人在狭窄的房间里扭打成一团。就在他们僵持着的时候,大雨又密集地砸向屋顶,发出骇人的动静。屋里的光线也随着雨声渐大而变得越发昏暗。但无论被打也好，被挠也好，老新不管不顾，一心想压住阿富。好不容易终于要把她摁住了，却不知怎的就脱了手，被阿富挣开，飞地就跑到排水口那边了。

"这疯女人……"

老新背对着拉门，死死盯着阿富。此时的阿富披头散发瘫坐在地板上，手里紧紧握着从腰间掏出来的剃刀。阿富这带着杀气的样子，莫名地又有几分冷艳，仿佛供奉着灶神的厨架上，弓着背蹲着的那只猫。两个人沉默地看着对方的眼睛。片刻之后，老新突然哼地冷笑了一声，从怀里摸出那把手枪来。

"随你再厉害，看看这个。"

手枪的枪口缓缓地指向阿富的胸口。但阿富只是恨恨地盯着老新，并不开口。老新看她并不慌乱，好像想起了什么，枪口上移，对准了暗处那只猫——猫琥珀色的眼睛，发着幽幽的光。

"那这样可以吗？阿富？"老新故意想让阿富着急似的，声音里含着笑，问道，"我这手枪砰地一声，你家猫就要头朝下栽下来了。你呢，结局也和它一样。你觉得这样好吗？"

老新放在扳机上的手指慢慢收紧。

"老新！"阿富突然开口了，"不行，不要打它。"

老新的目光移向阿富，但枪口还指着大花猫。

"我知道你不想这样。"

"花花被打死就太可怜了，你放过它吧。"

阿富的神情和之前截然不同，眼神里透露着担忧，微微颤抖的嘴唇开合着，露出细白的牙齿。老新又惊讶又嘲弄地注视着她的脸，终于把枪放下了。阿富松了一口气。

"那这猫，我就放过它了。但是代价呢……"

老新傲慢地说："代价是要借你的身体用用。"

阿富避开他的眼神，刹那间，憎恶、怒火、嫌弃、悲哀……各种各样的感情向她席卷而来。老新认真地观察她变化的表情，横着绕到她的身后，打开茶室的推拉门。茶室比厨房更幽暗，但依然能看清这家人撤退时留下的茶柜和长火钵。老新在那里驻足，目光停留在阿富被细汗打湿的后衣领。似乎感应到了他的视线，阿富转过身，扬起头看着老新的脸。阿富的神情和刚才的剑拔弩张有所不同，表情活泼了一些。老新反倒有些狼狈，他眨了眨眼，立即又用枪口指着那猫。

"不要！不许开枪……"阿富制止老新的同时，扔掉了手里的剃刀。

"不想让我开枪，你就乖乖过那边去。"老新的脸上浮出一丝笑。

"讨厌极了。"阿富气恼地嘟囔着，猛地站起来，赌气一样飞快地走进茶室。老新看她这么快就妥协了，多少有些惊讶。雨声渐渐收了，夕阳的光从云层的缝隙中透出来。昏暗的厨房一点点明亮起来。老新站在那里，听着茶室内的动静：先是小仓带解开的声音，接着是阿富躺在榻榻米上的声响，然后，茶室陷入一片寂静。

老新犹豫片刻，踏入依然幽暗的茶室。茶室里，阿富用袖子遮住脸，一个人仰面躺在榻榻米上。老新见阿富这个样子，逃也似的退回了厨房。他脸上的表情看起来难以形容，奇怪极了：像嫌恶，又像害羞。本以为他会回到茶室，不料他背对着茶室，突然苦笑着说："我开玩笑呢，阿富。只是个玩笑。你快出来到这边来吧。"

几分钟后，一手抱着猫一手拿着伞的阿富，和披着破席子的老新，轻松地说着话。

"阿姐，我想问问你……"老新仍然有些难为情似的，特意不去看阿富的脸。

"想问什么？"

"也没什么……只是委身于人，对女人来说，是一生的大事。可是阿富……阿富你为了换一只猫的命，竟然……这是不是太胡闹了？"

老新突然闭了嘴，阿富双颊含笑，摸着怀里的猫。

"这猫有这么可爱吗？"

"我们花花当然也很可爱了。"

阿富的答话不明所以。

"在这一带，你忠心为主是出了名的。所以说，你担心花花被杀了，自己对不起主人吗？你是这样的考虑吗？"

"嗯，花花当然可爱了。太太嘛，肯定也是非常重要的。但是我呢……"

阿富侧过头，眼神飘向远方。

"怎么说呢？只是那时候好像如果不这么做，心里就过不去似的。"

又过了一些时候，屋子里只剩老新一个人。他抱着旧裆子里的膝盖，呆呆地坐在厨房里。暮色在稀疏的雨声中逐渐迫近，拉天窗的绳子、水池边的水瓶——这些物件都一样样看不见了。上野的钟声①突然响起，沉闷的声音在雨中一点点扩散开来。老新被那声音吓了一跳，回过神来，环视着四周。他在黑暗中摸索到水池边的勺子，舀了一勺水。

"村上新三郎，源氏的繁光②，今天可是被打败了啊。"

他喃喃自语着，痛饮着黄昏里的水……

明治二十三年三月二十六日，阿富和丈夫、三个孩子在上野广小路散步。那天刚好第三次国内博览会开幕仪式在竹台举行。黑门那边的樱花也多半都开了。所以广小路上的人挨挨挤挤，几乎没法走回头路。从上野那边回来的马车和人力车，络绎不绝。前田正名、田口卯吉、涩泽荣一、辻新次、冈仓觉三、下条正雄③……他们的马车和人力车也混杂在归来的人潮中。

抱着五岁次子的丈夫，衣袂被长子拽着，努力避开让人目不暇接

---

① 东京台东区上野的宽永寺内的时钟。
② 暗示老新可能为源氏后人，有贵族血统。
③ 此处若干人名均为明治时代的社会名流。

的人流,时不时担心地回头看看后面跟着的阿富。阿富牵着长女的手,每当丈夫回头,都对他报以明朗的微笑。二十年的岁月,当然让她显出一点儿老态,但她眼睛里闪闪发亮的神采,却和往日没什么两样。阿富在明治四十五年的时候,和古河屋政兵卫的外甥,也就是现在的丈夫结婚了。丈夫当时在横滨,现在在银座附近开了一家小小的钟表店……

阿富偶然抬头的时候,正巧看到路过的一辆双马马车,悠悠然坐在里面的,正是当年的老新。老新——如今的老新已然与当日判若两人,他那帽子上装饰着鸵鸟的毛,镶着威严的金边的饰绳,大大小小的勋章……简直被各种荣誉堆了一身。但那花白的胡子间露出的发红的脸膛,一眼就能认出是当年的乞丐。阿富的脚步不由自主地顿住。但奇怪的是,她并不吃惊。老新不是个普通的乞丐——不知为何,她当年就清楚。是因为他的脸,还是因为他的谈吐,又或者因为他拿着的那把手枪,总之她就是知道。阿富眉眼沉静地注视着老新的脸。而老新,不知是偶然,还是故意的,也正看着她。二十年前那个雨天的记忆瞬间复苏,涌上她的心头,让她喘不过气来。那天,她为了救一只猫,差一点儿委身于老新。那时到底是出于什么动机,她自己也不知道。而老新又是为什么,在那种情况下,连碰都没碰她一下?她不知道,但无论知不知道,这些对阿富来说,都是自然而然的事情。马车驶过她的身边,她莫名地感到一阵轻松。

老新的马车过去之后,阿富的丈夫在人群中,刚好再次向她回首。阿富看到丈夫的脸,像什么也没有发生过一样,给了他一个笑脸。是那样活泼生动的、欢欣的笑容……

大正十一年(1922)十一月

弃 儿

"浅草寺永住町，有一座叫信行寺的寺院。虽不是什么大寺，但是，相传这里供奉着日朗上人①的木像，所以算是有些来头儿。明治二十二年秋，一个男婴被丢弃在信行寺的门口。不必提孩子的生日是哪一天，甚至连一张写着他姓名的草纸都没有。据说孩子被裹在黄八丈的绢布里，头枕着一只鞋面坏了的女式草鞋，就这么被丢弃在寺门口。

"当时信行寺的住持是一位叫田村日铮的老人。日铮住持正在做早课，一个同样上了年纪的门房，前来禀报了门前弃儿的事。面对佛像的日铮和尚，头都没有回一下，只是淡淡地吩咐道：'既然如此，那就抱进来吧。'当门房小心翼翼地把孩子抱过来以后，住持立刻就接受了他，还口气轻松地对孩子说：'噢，真是个可爱的孩子呢。别哭了，别哭了，从今天开始，由我来抚养你吧。'事情过去很久以后，

---

① 日朗上人（1245—1320），镰仓时代日莲宗与法华宗的僧人，日莲六老僧之一。

对住持一向尊崇的门房，在卖莽草①和线香的时候，还经常向前来参拜的香客讲起这件事。或许诸位知道，日铮住持年轻的时候，是深川的泥瓦匠，十九岁那年从正在做活的脚手架上摔了下来，一时失去了意识。谁知等他苏醒之后，就突然发了菩提之心，委实是个奇人。

"此后，日铮给孩子取名勇之助，开始像对亲生儿子那样养育他。但是在自明治维新以来就没有女人的寺院里，养孩子并不是一件容易的事。从照看孩子，到给他喂奶，都是和尚在看经的间隙里，亲手一点儿一点儿做的。有一次，勇之助得了感冒，偏不巧那时正好大施主河岸西辰家有一个法事，日铮住持就用僧衣裹着发烧的孩子，一手把他抱在胸前，一手执着水晶念珠，像往日一样平静地念完了经。

"尽管如此，在一向豪爽但感情纤细的日铮住持的心里始终都有一个想法：如果可能，要让孩子见见亲生父母。听说他只要一登上说法的教坛——现在去信行寺也能看到，信行寺的柱子前，挂着一个古旧的牌子，上面写着"每月十六日说教"——就会引用中国和日本的故事，恳切地教诲人们，不忘父母子女之间的爱，也是对佛恩的回报。然而说法的日子一轮又一轮地过去，却始终没有人站出来说自己是勇之助的父母。不，在勇之助三岁的时候，倒是有一个因为常年擦铅粉导致肤色暗黄、斑驳的女人，说自己是孩子的母亲。但她或许是想利用这个弃儿做什么坏事吧，当细细问她关于孩子的问题时，她显

---

① 指日本莽草，五味子科八角属，常绿乔木，有剧毒，不可食用，可用于制香供佛。

得极其可疑。于是性子刚强暴躁的日铮住持，忍着没有动手，当场就骂了她一通，把她赶走了。

"终于，在明治二十七年的冬天，又一个说法日，日铮住持讲完佛法回到方丈室时，一个三十四五岁，穿着打扮看起来大方优雅的女子追了过来。方丈室里，勇之助正在剥橘子。那女人一看到孩子，立即跪在和尚面前，双手伏地，用颤抖的声音恳切地说：'我是这孩子的母亲。'看到这一幕，日铮住持一时呆了，竟然忘了招呼她。但那女子根本不在意和尚的举止，只是一直盯着榻榻米，嘴里念念有词，像在背诵着什么——她内心的激动，早就无法遏制地表露了出来——对日铮住持养育孩子的恩情，她深表感激，郑重道谢。

"等她这样说了一阵子，和尚举起朱红色扇骨的扇子，打断了她的话，追问她丢弃孩子的原因。于是，那女子依然垂眸盯着榻榻米，说了这样一个故事：

"到现在有五年了。五年前，女子的丈夫在浅草的田原町开了一家米店。但因为投资股票失利，渐渐地倾尽家财，破了产。他们像逃走一样，打算连夜去往横滨。刚出生的男婴就成了碍手碍脚的拖累。刚好那时女子断了奶水，于是，在离开东京的晚上，夫妇二人流着泪把孩子扔在了信行寺的门前。

"接着，为了投奔唯一的熟人，他们连火车都没坐，就去了横滨。丈夫在运输公司找了份工作，妻子在丝绸铺做了用人。两年间，两个人拼命地工作。也许是好运气终于降临了，到第三年的夏天，运输公司的老板看女子的丈夫工作认真努力，就让他在本牧边的大道上开了一家分店。与此同时，女子也辞掉了用人的工作，和丈夫一起经营店铺。

"分店的生意做得不错。又过了一年，夫妇俩生了一个结实健壮的男孩儿。当然，关于那段悲惨的弃子的回忆，始终横亘在夫妇俩的心里。尤其是每当奶水不足的女子给孩子喂奶时，总会想起那个离开东京的夜晚。店里的生意很好，孩子一天天长大，银行里多少也有了存款，好不容易夫妇俩的脸上又有了笑容——总之一家人终于过上了久违的幸福生活。

"但是这种幸运并没有持续多久，明治二十七年的春天，男人患上了伤寒，在床上辗转反侧了一周，就不幸去世了。如果不幸止步于此，女子可能也就任命了，但更让人悲痛的是，她那好不容易生出来的孩子，在丈夫去世百日之内，得了痢疾，很快也离开了人世。女子当时像疯了一样，没日没夜地哭泣。不，不是当时，而是在半年的时间里，都过着以泪洗面的日子。

"丈夫和儿子去世的悲伤稍微平复之后，女子心里首先浮出的念头就是去见见被他们抛弃的长子。'要是孩子还活着，无论多难、多苦，也要把他接回来，好好抚养。'有了这样的想法，迫切的心情就变得无论刀山火海也不能阻挡。女子立即坐上火车，来到了充满昔日回忆的东京，一下车，就赶往让她念念不忘的信行寺。那一天，也就是今天，刚好是每月十六日说法的上午。

"女子想早点儿去方丈室，询问孩子的消息。但说法没有结束之前，是不能去拜见住持的。所以她焦急地站在众多善男信女中间，心不在焉地听着日铮住持说法。实际上她只是站在那里，一心盼着说法结束。

　　"日铮这一次又讲了莲华夫人与她的五百个孩子相遇的故事，以此来向众人说明母子之爱。天竺的莲华夫人生了五百个蛋。这五百个蛋顺着河水流到了邻国，被邻国的国王抚育。蛋里降生的五百个大力士，不知道他们的母亲是莲华夫人，去进攻莲华夫人所在的城池。莲华夫人听说此事之后，登上城楼，说：'我是你们五百个人的母亲。这就是证据。'然后她露出乳房，用美丽的手挤压着，她的乳汁如同五百条清泉，从她的胸前洒落到五百个大力士的嘴里。天竺的这个故事，落入了本来没想认真听法的女子的耳朵里，给了这个不幸的女人别样的感动。于是，说法一结束，她就含着泪从廊下的本堂急匆匆地来到了方丈室。

　　"听了事情的原委，日铮住持唤来围炉旁的勇之助，让他站在陌生的生母对面。和尚应该也明白，眼前女子的故事并不是谎话。女子抱起勇之助，失声痛哭起来。当时，就连豪放豁达的日铮住持，在微笑旁观时，不知不觉间，眼里也泛起了泪光。

　　"之后的事情不必多说，大概你也能想到。勇之助跟随母亲回到了在横滨的家。女子的丈夫和孩子去世后，在重情的运输公司老板一家的推荐下，向人教授起了自己擅长的针线活儿。就这样，过上了清贫但并不缺衣少食的日子。"

客人终于讲完了这个长长的故事，端起膝前的茶碗。但他没有立即喝茶，而是看着我的眼睛，静静地加了一句："我就是那个弃儿。"

我沉默地点点头，向茶壶里倒入刚烧好的热水。那可怜的弃儿的故事，就发生在眼前这位初次见面的客人松原勇之助身上，这我已经猜到了。

沉默了一会儿，我问客人："您的母亲现在还好吗？"不想，却得到了一个令人意外的回答。

"我的母亲，前年就去世了。其实，她并不是我的生母。"

客人看到了我吃惊的样子，眼睛里闪过一丝微笑。

"她的丈夫曾在浅草的田原町开了一家米店的事，又转去横滨，之后发生了种种不幸，这些事情她没有撒谎。但是，我后来还是知道了，弃儿的事情并不是真的。我母亲去世前一年，我因为店里的生意——您应该知道，我们是做丝绸生意的——去新潟拜访客人的时候，恰巧与我母亲过去在田原町做包装袋生意的邻居同乘一趟火车。我并没有主动问起，但是聊天时他主动告诉我，我母亲当年生了一个女孩儿。那个女孩儿在店铺关掉之前就过世了。等我回到横滨，立刻瞒着母亲查了户籍的誊本，果然就像包装袋老板说的那样，她在田原町生下的是一个女孩儿。而且，那个孩子在出生的第三个月就没了。不知道因为什么，母亲为了抚养并不是亲生孩子的我，撒了谎。并且，在后来的二十多年里，为了我废寝忘食，尽心尽力。

"到底是出于哪些方面的考虑——直到今天,我都不知道母亲的想法。不过,就算不知道,我猜最有可能的原因,大概是日铮和尚那次的说法给了丈夫和儿子双双去世的母亲异乎寻常的感动。母亲听后,突然有了想给我做母亲的想法。我是被寺院的人捡来的这件事,大概是那些来听佛法的人告诉她的吧。又或许,是寺院的门房告诉她的。"

客人讲到这里,停了下来,露出充满沉思的神情。然后像突然想起手上还端着茶一样,抿了一口。

"那您不是她亲生孩子这件事——您已经知道了自己不是她亲生孩子的这件事,和母亲大人说了吗?"我忍不住问了出来。

"没有,我没说。如果我说出来,那对我的母亲未免太残忍了。我的母亲直到去世都没有告诉我这件事。她一定是觉得,如果告诉我,对我来说太残忍了。但实际上,我对母亲的感情,在知道了她不是我的生母之后,确实发生了变化。"

"变化,你是指哪些方面呢?"我的眼睛一眨不眨地盯着客人问道。

"比起从前,我觉得她更亲了。知道了这个秘密之后,母亲对被人抛弃的我来说,就变成了母亲之上的存在。"客人这样静静地答道。

他可能不知道,他对母亲而言,也是"不是儿子胜似儿子"的存在啊。

大正九年(1920)

少　年

一　圣诞节

去年圣诞节的午后，堀川保吉从须田町一角出发，乘车去往新桥。保吉虽然有座位，但车内满员了，大家被挤得动弹不得。不仅如此，汽车行驶在地震后的东京马路上，颠簸不已。保吉像往常一样，从口袋里拿出了书。可车还没开到锻冶町，他就已经放弃了看书的念头。在这样的车里读书的难度等同于创造奇迹，而保吉并不擅长创造奇迹。能创造奇迹的应该是头顶美丽光环的旧日西洋圣人——不，保吉身边坐着的天主教传教士，现在正在创造着奇迹。

传教士浑然忘我地读着一本横向排版，满是密密麻麻的小字的书。他是个法国人，大概年过五旬，戴着镶有铁边的夹鼻眼镜，脸膛像公鸡的冠子一样红，留着短短的胡髭。保吉用眼角余光瞥了一眼传教士手里的书，Essai sur les...（《试论……》）再后面就看不清了。不过无论是什么内容，那泛黄的纸张和蝇头小字都说明，这不是报纸一类的读物。

带着对传教士轻微的敌意,保吉沉浸在漫无目的的空想之中:一群小天使正围绕在传教士的身边,守护着他,让他能心平气和地读书。当然,异教徒的乘客们谁也看不到小天使。五六个小天使在传教士的宽边帽檐上练倒立、后空翻,玩着各种各样的杂艺。传教士肩膀上还挤着五六个小天使,一边观察着乘客们的脸,一边聊着天国的事。哎哟,还有一个小天使从传教士的耳朵里探出头来。对了,传教士的鼻子上还有一个,正得意地骑在他的夹鼻眼镜上……

车在大传马町停了下来,三四个乘客下了车。那个传教士不知何时起把书放到了膝盖上,往窗外张望。下车的乘客下完之后,上来一个十一二岁的女孩子。她穿一身浅红色的洋装,戴着一顶浅蓝色的帽子,帽子飘带的位置靠近后脑勺,帽檐高高扬起,看起来活泼而娇纵。她抓着车中央的细金属柱,打量着两边的座位,很是不巧,哪一处都没有空位。

"小姑娘,坐我这里吧。"传教士站起胖乎乎的身子,让出了自己的座位。他日语说得很不错,只是带着点儿鼻音。

"谢谢。"

小女孩儿和传教士换了位置,在保吉旁边坐下来。坐下后,她又说了一次谢谢,那声音抑扬顿挫,她那像小大人一样的表情丰富有趣。保吉不由得皱了皱眉。小孩子,尤其是小女孩儿,原本被人们视作两千年前的今天出生在伯利恒①的婴儿一样纯洁无邪。可是根据保吉的经验,孩子不一定就不是恶人。如今这种认为小孩儿很神圣的观点,不过是遍布世界各地的感伤主义罢了。

"小姑娘今年几岁了?"传教士眼里含笑,看着小女孩儿的脸问道。

小女孩儿手里正织着什么:她的膝上放着一个毛线团,两只毛线针不停地摆动着。听到传教士问她,她眼睛不离毛线针,用有点儿撒娇的语气回答道:"我吗?我明年就十二岁了。"

"现在是要去哪里呀?"

"现在呀?现在正要回家。"

在他们一问一答的工夫里,汽车已行驶到了银座大街上。与其说是行驶,其实更像在马路上弹跳。那感觉和基督的船在加利利湖里遇到了风浪差不多。高个子的传教士紧紧抓着车里的金属柱,几次差点儿撞到汽车的车顶。不过他一副早把个人安危托付给了上帝的样子,脸上始终带着微笑,继续和小女孩儿聊着天。

"你知道今天是什么日子吗?"

"今天是12月25日。"

"对,12月25日。那么12月25日是什么日子,小姑娘你知道吗?"

保吉皱起了眉头。毫无疑问,传教士正想方设法地把话题往基督教上转,方便自己传教。穆罕默德通过《古兰经》和手中剑向外传教,

---

① 伯利恒,位于巴勒斯坦西岸地区的城市,坐落在耶路撒冷以南10公里处,相传为耶稣的出生地。

执剑之举显示出对人的尊敬和热情。但基督教的传教方式一点儿也不尊重对方，仿佛是告诉人你家旁边开了一个洋装店一样，殷勤地告知别人神的存在。如果你对此表现得一无所知，那么他们又会以教外语之名来兜售信仰。尤其是通过给小男孩儿、小女孩儿画册或玩具来把他们的灵魂诱拐到天国，这种行为简直就是犯罪。保吉旁边的小女孩儿也……不，她还是和刚才一样，忙乎着手里的针线活儿，沉静地答话。

"嗯，我知道。"

"既然你知道，那你说说看，今天是什么日子呢？"

小女孩儿终于抬起水汪汪的黑眼睛，看着传教士的脸说："今天是我的生日。"

保吉不禁瞪大了眼睛，小姑娘的目光已经落回到手中的毛线针上了。她的脸看起来也不像刚才那样娇纵、做作，而是在可爱中透露出智慧之光，她的脸看上去好似年幼时的玛利亚。保吉发现自己不知何时起，情不自禁地露出了微笑。

"今天是你的生日啊！"传教士突然笑了起来。

眼前这个法国人笑起来的样子就像童话故事里的好心大汉一样。小姑娘不解地看着他，周围的乘客也都向这边投来关切的目光。不过他们的眼神既非迷惑也非好奇，而是对传教士的笑声心领神会，所以也跟着露出了微笑。

"小姑娘，你真是生在一个好日子了，再没有比今天更好的日子了,这是全世界都祝福的生日。你现在……你成为大人以后,一定会……"

传教士顿了一下,环视着车里的众人,也和保吉对上了目光。夹鼻眼镜后面,传教士的眼里闪烁着微笑的泪光。保吉在他灰色的眼睛里看到了圣诞节所有的美。小姑娘——那个小姑娘似乎也觉察到了传教士笑起来的原因,多少有些别扭地故意晃动起腿来。

"你一定会成为一个聪明的太太,一位温柔的母亲。好了小姑娘,再见,我到站了。"

传教士再次环视众人,车刚好停在人流汹涌的尾张町路口。

"好了,各位,再见。"

几个小时后,保吉在尾张町的一家临时搭建起来的小咖啡店的角落里,想起了这件小事。那个胖胖的传教士现在会在灯下做些什么呢?那个出生于圣诞节的小姑娘,在晚饭时不知会不会和爸爸妈妈说起今天车上的事。二十年前,保吉也曾像那个不知人间疾苦的小姑娘,或者说像那个在一问一答前忘记人世艰辛的传教士那样,拥有过小小的幸福。那是在大德院庙会买葡萄饼的时候,在二州楼的大厅看电影的时候……

"本所和深川那时还是一堆灰呢。"

"是吗,吉原怎么样呢?"

"吉原怎么样先不说,听说浅草那会儿还有名媛出来卖春呢。"

保吉旁边的桌子旁坐着两个商人,正聊着天。他们聊什么保吉并不关心。咖啡店中间装饰着棉花的圣诞树枝上，挂着圣诞老人的人偶和银色的星星。煤气炉里的火烧得通红，火光照着那圣诞树枝。今天是令人高兴的圣诞节，是"全世界都祝福的生日"。保吉对着餐后的红茶，呆呆地抽着烟，看着河对面，想着二十年前的自己的小幸福……

以下的数篇小品文，即保吉一根烟燃尽前，掠过心头的几个回忆碎片。

二　路上的秘密

保吉四岁时，有一天和一位叫鹤的女佣一起走在路上，路上有条大沟，沟里满是污水，沟的对面就是两国①车站附近有名的御竹仓竹林。听说就是这片竹林里，会传出本所七大怪谈之一的狸子吹笛的声音。不管是听谁说的，至少保吉坚信，这里确实听得到狸子吹笛，而且还听得到"把鱼留下离开"②的声音，还长着片叶之苇③。不过此时这

---

① 东京的一处地名。
② 本所七大怪谈之一。江户时代本所附近水路中多鱼，常有居民来此垂钓。有一天，两个农夫钓到了满满一竹筐的鱼，日暮时分准备回家，却听见水沟中传来恐怖的声音："把鱼留下，快点儿离开。"两人害怕极了，逃也似的回到家，发现竹篮里一条鱼都没有了。亦有其他版本，例如，如果无视声音的指示，就会被鬼压身等。
③ 本所七大怪谈之一。相传江户时代本所有名的美女阿驹为男子留藏所爱慕。阿驹对留藏无意，她的冷漠激怒了留藏。留藏追赶阿驹到隅田川的驹止桥附近，砍下了她的一手一脚，将其杀死并把尸身投入河中。此后，驹止桥一侧的河岸都长满了茂盛的芦苇，却只有半边叶子。

片令人恐惧的竹林里的狸子,不知被赶去了何方,阳光之下,风儿拂动着发黄的竹叶。

"少爷,你知道那是什么吗?"

鹤姨(那时保吉这么唤她)回头看着他,指着人烟稀少的大道问道。在这干燥的土路上,有一道很粗的线,若隐若现地一直延伸向远方。保吉以前好像也在路上看见过类似的线。不过和那时一样,保吉并不知道它是什么。

"是什么呢?少爷,自己想想看。"

这是鹤姨的惯用手段。无论问她什么,她都不会直接告诉你,一定会严格地说上一遍"自己想想看"。这严格却并非因为鹤姨已经是做了母亲的年纪。她不过是个刚刚十五六岁,眼睛底下长着个黑痣的姑娘罢了。其实她这么说,应该是觉得这种方式或多或少可以帮助保吉成长。保吉很想感谢鹤姨的热心。但如果她真的明白这句话的意思,一定不会像过去那样固执地重复那句愚蠢的"自己想想看"吧。保吉在这三十年间,试图想过许多问题,然而却还是想不明白——这和当初与聪明的鹤姨一起站在有沟的路上时,并无不同……

"哎呀,这里竟然还有一条?少爷,自己想想看,这条线到底是什么呢?"鹤姨像刚才那样指着路,那段土路上,每隔三尺就会有一条和刚才差不多粗细的线。保吉认真地想了想,自己杜撰了一个答案。

"这是不知哪里的孩子,用棒子之类的东西,在地上画的?"

"可是这里有两条线呢。"

"那是有两个孩子吧,所以有两条线。"

鹤姨一边笑,一边摇着头说不对。保吉自然不服气。但她无所不知,简直像古希腊神殿上的巫女,一定早就看穿了这条土路的秘密。保吉的不服气慢慢地变成了对这两条线感到惊奇。

"那这线到底是什么呢?"

"是什么呢?你看,两条线一直平行着向前延伸,对不对?"

确如鹤姨所言,在一条线断断续续出现的时候,它的对面,还有一条同样的线。这两条线在这条发白的路上一直向着远方而去,仿佛将亘古不变。这到底是谁画上的印记?又是为了什么?保吉的幻想中出现了蒙古的大沙漠。这两条细细的线在沙漠中也是这样向远方延伸着……

"哎哟,鹤姨,这是什么呀?"

"这个嘛,你想一想。这里有两条线呢——是什么呢,两条在一起的线?"

和所有的巫女一样,鹤姨只是漠然地给出一些暗示。保吉越发认真地列举着筷子啊、手套啊、敲太鼓的鼓槌等成对的东西。但鹤姨对保吉的答案没有那么容易满足,她只是流露着微妙的笑意,一直重复着"不对"。

"喂,快告诉我。喂,我说告诉我。鹤姨,笨蛋鹤姨!"

保吉突然发疯一样地耍起了脾气。就连保吉的父亲都很少能应付得了他发狂的状态。一直照顾着保吉的鹤姨当然也深知这一点,于是她终于庄重地说出了这条路的秘密。

"这是车轮的痕迹。"

这是车轮的痕迹！保吉呆呆地看着土路上断断续续一直向前的两条线。同时，他脑子里的关于沙漠的幻想，像海市蜃楼一样消失了。只剩下一辆落满尘土的货车，在他的心里落寞地转着轮子远去……

直到如今，保吉都没能忘记那天的那个大教训。这三十年来，他想来想去，觉得一无所知或许是一生的幸福。

三 死

这也是那时的事。一天晚上，餐桌对面的父亲拿着六兵卫的酒杯，不知为何突然说了一句："听说最终还是大喜了呀，就是那个，槙町的二弦琴师傅……"

明亮的灯光打在黑漆餐桌上，餐桌再没有什么时候像现在这样，呈现美丽的色泽。直到如今保吉都记得那些食物的色彩——乌鱼子、烧海苔、醋拌牡蛎、辣韭。保吉很喜欢它们的颜色，不过当年的他喜欢的却不是这些有品位的色彩。小保吉更喜欢那些富于刺激性的鲜艳的颜色。那天，他在桌子前一直盯着放在海藻上的金枪鱼生鱼片。这时，微微有些醉意的父亲把保吉流露出的艺术感性理解成了物欲，于是用象牙筷子夹起带着酱油香气的生鱼片时，故意探到保吉鼻子底下。保吉当然一口就把金枪鱼生鱼片吃了。然后，为了表示感谢，他对父亲说："刚才是那个师傅大喜，现在轮到我了。"

父亲、母亲，还有姨妈，都一起笑了出来。不过他们的笑声似乎并不都是因为他这机灵幽默的回答。笑声里不纯的意味多少有些伤到了保吉的自尊心。不过，能让父亲笑出来，无疑是很厉害的，更何况一家人气氛都活跃起来，这本身就让保吉觉得愉快。于是他和父亲一起放声大笑。

过了一会儿，笑声歇下来，父亲才带着微笑，用大手拍着保吉的脖子说："刚才我说的大喜，是死了的意思。"

不是所有的解答都能像锄头一样，斩断疑问的根源。不如说有时反而像花剪一般，剪掉了老问题，却又像萌芽新生一般催生出新的疑惑。三十年前的保吉和三十年后的保吉一样，本以为终于得到了答案，却又在答案中发现了新的问题。

"死是怎么一回事？"

"死啊，哎呀，你弄死过蚂蚁吧？"

可怜的父亲费劲儿地解释着什么是死亡。不过，父亲的解释并没有让固执于自己的一套理念的少年满意。不错，被他弄死的蚂蚁不能再走了。可是，那不是死，而是被他杀了。如果说是蚂蚁死了，那必须不是被杀死的，而是它自己一动不动，不能再向前走了。这样的蚂蚁，无论是在灯笼下还是在树根旁，保吉都没有见过。但不知为何，父亲全然无视了死和被杀死这两者之间的区别……

"被杀死的蚂蚁，也是死了呀。"

"被杀死不就是被杀死吗？"

"被杀死和死了是一回事。"

"可是被杀死就是被杀死。"

"不管你怎么说,这都是一回事。"

"不对,不对。被杀死和死不一样。"

"蠢蛋,怎么讲都讲不通。"

被父亲训斥的保吉当然哭了起来。但是无论父亲怎么训斥,不明白的事情也不会因此了悟。在之后的几个月里,保吉像伟大的哲学家一样,一直在想关于死的问题。死是不可解的。被杀死的蚂蚁,不是死了的蚂蚁,却又是死了的蚂蚁。再没有像这样富有魅力又让人捉摸不透的问题了。每当想到死,保吉就会想起自己某一天在回向院里看到的那两条狗。那两条狗背着光,看起来就像一只一样,一动不动。它们的样子庄严极了。死亡,也许和这两条狗有些相似之处……

后来,一天夜里掌灯时分,保吉和下班回来的父亲一起在昏暗的浴室里泡澡。说是泡澡,但并没有洗身子。保吉只是哆哆嗦嗦地站在水漫到胸口的浴桶里,玩着带有白色三角船帆的小帆船。这时好像有客人到访,一位比鹤姨年长的女佣推开水汽氤氲的浴室的玻璃拉门,对着身上满是肥皂泡的父亲喊了一声"老爷"。父亲一边用海绵擦着身子,一边说道:"好,这就来。"说着,又转过身,看着保吉说,"你接着泡,过会儿你妈妈还要过来。"当然,父亲不在,完全不影响保吉玩小帆船,他看了父亲一眼,乖巧地应了一声。

父亲擦干身体,把湿毛巾搭在肩上,然后转过胖胖的身子。保吉只管玩着整理好三角风帆的小帆船。但玻璃拉门开门的声音,让保吉不由得抬头看了一眼。父亲光着脊背往外走的身影刚好落入儿子的眼里。父亲的头发还没有白,腰背也还像年轻人一样挺直。但不知为什么,父亲的背影在四岁的保吉心里写下了一种异样的落寞。"爸爸!"那个瞬间,他忘记了玩具帆船,情不自禁地想喊父亲一声。然而,关上的玻璃拉门,静静地遮住了父亲的背影。房间里只剩下洗澡水的气味和昏暗的灯光。

保吉在浴桶里茫然地睁着眼睛,一切都静悄悄的。这时,他明白了那不可解释的死亡到底是怎么一回事——死,就是父亲的身影永远消失了。

四 海

保吉见到大海,是在五六岁的时候。不过他见到的虽说是"海",却不是什么无边无际的大洋。保吉见到的只是大森海岸狭长逼仄的东京湾。不过这不大的东京湾已经让当时的他感到惊奇了。奈良时代的和歌诗人曾经写过"船泊香取海,无人不相思"的恋歌。当然,那时的保吉并不知道恋情是什么,《万叶集》[①]里的和歌也一首没听过。但面对着阳光下雾蒙蒙的大海,保吉也确实莫名感到一种神秘的悲伤。

---

① 《万叶集》是现存最早的日语诗歌总集,收录了从4世纪至8世纪的四千五百多首长歌、短歌。其在日本的地位相当于我国的《诗经》。

在伸进海面一点儿的苇草搭就的小茶屋里,他一直呆呆地眺望着大海。海中有几艘挂着耀眼白帆的帆船,还有一艘飘着两条烟带的汽船。一群长着长长翅膀的海鸥斜飞过海面,像猫一样发出一声声啼鸣。海上的船,还有海鸥,它们从哪里来,又要去往哪里?大海只是在几处海苔养殖水域的对面,静静地泛着烟波……

不过,让保吉更深刻地感受到了海洋的不可思议的,是光着身子和父亲与叔叔下海的时候。在海滩水浅的地方,刚开始保吉有些害怕时不时静静漫过来的波浪——但这种害怕只是在刚下海时持续了两三分钟。之后,保吉开始享受起包括波浪在内的所有的大海的美好之处。刚才在茶馆里看到的海仿佛是一张陌生的面孔,神秘而冷漠。此时,在岸边看到的大海,仿佛一个巨大的玩具箱。对,玩具箱!保吉如造物者一样,把大海当作了玩具。在刺眼的阳光下,螃蟹和寄居蟹在海滩上横着爬来爬去,浪花把海草推到了保吉脚边。那个像喇叭一样的小东西是法螺贝吧?半掩在沙子底下的那个贝壳,一定就是蛤蜊了……

大海带给保吉的快乐实在太大太多了。不过这快乐之中也不是没有一点儿失落。过去保吉一直以为海是蓝色的。两国的大平书店里卖的月耕①和年方②的木版画也好,还是当时流行的石版画也好,大海都被绘成了蓝色。特别是赶庙会时,机关人偶戏里出现过黄海:虽然

---

① 尾形月耕(1859—1920),日本明治末期大正初期的浮世绘画家。
② 水野年方(1866—1908),日本明治时期的浮世绘画家。

说名字是黄海，但表现黄海的依然是蓝色或者白色的波浪。然而，眼前的大海的颜色只有远处是蓝色的，靠近礁石的海水一点儿都不蓝。何止不蓝，和泥水完全没什么区别。不，是比泥水颜色更要显眼的难看的黄褐色。面对着黄褐色的海水，保吉有一种被骗了的失落感，这完全辜负了他对大海的期望。不过同时，他也勇敢地承认了眼前这残酷的现实。错误地认为海水是蓝色的，是大人们只看到了远方海水的缘故。只要他们像自己一样洗海水浴的话，想必没人会对此抱有异议。海水实际上是黄褐色的，铁桶生锈那样的颜色。

保吉三十年前的态度和三十年后的态度并无不同。他瞬间就认同了海水是黄褐色的，而且清楚地知道想把黄褐色的海水变成蓝色的终归只是徒劳。与其如此，还不如在黄褐色的海滩上去寻找美丽的贝壳。说不定在这期间，眼前的海水就会像远方的海水一样，变成蓝色。不过比起憧憬未来，不如享受当下——保吉对自己那三两个富有预言家精神的朋友心怀尊重，但内心深处依然坚持着自己这样的想法。

从大森的海边回来之后，母亲不知从哪里买来一本《浦岛太郎》。听母亲给自己读童话故事当然很开心，不过他还有另一个乐趣，那就是用水彩给绘本的插图上色。保吉迫不及待地也想给这本《浦岛太郎》上色。龙宫是碧瓦赤柱的宫殿，龙女呢，他想了想，决定把龙女的衣服涂成红色。浦岛太郎不用多说，渔夫的衣服是深蓝色，蓑衣是浅黄色，只是要把那根细细的鱼竿涂成黄色，对他来说可能有点儿困难。还有就是给那只绿毛龟上色应该也是个麻烦的工程。最后，大海是黄褐色的，像生了锈的铁桶一样的颜色。看着这些和谐的色彩，保吉像个艺术家一样感到心满意足。特别是他给龙女和浦岛太郎脸上涂了淡淡的红色，那色彩一下就点活了这幅插画。

保吉马上把自己的作品拿给母亲看。正在做针线活儿的母亲透过老花镜，打量着他涂上色彩的插画。保吉自然期待着母亲夸奖自己，但是母亲好像并没有被那些色彩打动。

"大海的颜色有点儿奇怪呢，为什么不涂成蓝色呢？"

"可是，大海就是这个颜色啊。"

"有黄褐色的海吗？"

"大森的海不就是黄褐色的吗？"

"大森的海是湛蓝湛蓝的吧。"

"不是，大森的海就是这个颜色。"

母亲因他的固执而吃惊不已，最后忍不住笑了出来。可是无论他怎么解释，最后甚至闹脾气撕了那幅《浦岛太郎》，母亲都不相信那无须证明的黄褐色的海……这就是大海的故事。为了让故事更像故事，今天的保吉本来可以不费吹灰之力给这个故事加上一个结尾。比如，在最后写上这么几行："保吉在和母亲交谈中，有这样一个重大的发现。所有人都倾向于对黄褐色的海视而不见，对人生中的黄褐色的海，也是如此。"

不过黄褐色的海并不是真相。不仅如此，在涨潮的时候，大森的海也会泛起蓝色的浪花。那么真相到底是什么呢？黄褐色的海，还是蓝色的海？说到底，我们的现实主义其实都禁不起推敲。所以，保吉还是决定让关于海的故事用这个没有运用写作技巧的结尾来结束。不过，故事的体裁？——艺术正如诸位所言，比形式更重要的，是内容。

五 幻灯

"对着这个灯，请这样点上火。"

玩具店的老板用火柴头上黄色的火，点燃了金属材质的灯。然后，他把幻灯后面的小门打开，轻轻地把灯放进幻灯盒子里。七岁的保吉屏气凝神，盯着在桌子前弓着身摆弄幻灯盒子的玩具店老板的手。玩具店老板梳着整齐的左分头，手部皮肤的颜色有些苍白。时间是下午三点，透过玩具店的玻璃门，可以看到屋外街道上丰沛的阳光下络绎不绝的行人。但在玩具店里，特别是乱七八糟地堆着玩具空箱的角落处，光线昏暗得像黄昏时分。保吉来到这儿的时候，不知为何感到有点儿害怕。但是，一听玩具店主人要给大家看幻灯，保吉就把那点儿害怕抛到了九霄云外，甚至都忘了身后站着的父亲。

"把灯放进盒子里，那边月亮就出来了。"

终于直起身子的玩具店老板指着白墙，对着保吉——其实是对保吉身后的保吉父亲说道。幻灯在白墙上照出一个直径三尺左右的发光的圆圆的光晕。柔和的黄色光晕看起来确实很像月亮。不过墙上的蜘蛛网和灰尘，也格外醒目。

"现在，我把这张画放进去。"

只听咔嗒一声，圆圆的光晕中模模糊糊地映出了什么东西。金属机器发热时散发出的气味，越发刺激着保吉的好奇心，他眼睛一眨不眨地盯着那东西。那是什么呢？现在还没法分辨，映出来的是风景还是人物，能看清的，只是些模模糊糊的像肥皂泡一样的色彩。不，不仅仅是色彩，那白墙上照着的大大的光晕，本身就是个大大的肥皂泡泡——在昏暗的光线中，一个像从梦境里飘来的肥皂泡。

"现在看不清楚，是因为镜头还没有对焦。前面的这个东西就是镜头，你们看，一旦对准它，立刻就清清楚楚了。"

玩具店老板再次弯下腰，同时，那肥皂泡一下变成了一幅风景画。但不是日本的风景画。看那水路两边高耸的一幢幢房子，无疑是哪个西方国家的风景。画中大概是黄昏时分，细细的月牙在右手边的房子上空微微发着光。那月牙，那一幢幢房子，还有家家户户窗前的玫瑰花，清晰地倒映在水面上。画里别说是人，就连一只海鸥都看不见。只有那水流，一直向前流淌，流到画面尽头的桥底下去。

"这是意大利威尼斯的风景。"

三十年后，让保吉领略到威尼斯的魅力的，是邓南遮①的小说。不过对当时的保吉来说，那些房子也好，水路也罢，都让他莫名地有

---

① 加布里埃尔·邓南遮（1863—1938），意大利诗人、记者、小说家、戏剧家和冒险者，在意大利文学界占有重要地位，代表作《玫瑰三部曲》。

一种寂寞之感。他喜欢的风景是涂成红色的观音堂前飞过无数鸽子的浅草，是高高的钟楼下有电车和马车经过的银座。和这些风景相比，幻灯里的房子和水路不知为何看了让人觉得孤独。看不到车马和鸽子也就罢了，至少那桥上要驶过一辆火车吧——保吉这么想着，一个系着大蝴蝶结的少女突然从右边的窗子里探出小巧的脸庞。具体是哪扇窗子，保吉记不得了，不过一定是月牙下面的某扇窗子。少女探出头后，又向保吉转过脸来。虽然离得很远，但保吉能清楚地看到，那可爱的脸正在微笑！不过这只是发生在一两秒间的事情，保吉情不自禁"哎呀"地叫了一声，再睁大眼睛看去，那少女已经消失在窗户后面了。每扇窗户都和之前一样，挂着窗帘，没有半个人影……

"怎么样，明白幻灯播放的原理了吧？"

父亲的话让恍惚中的保吉回到了现实世界。父亲正叼着雪茄，看起来有些无聊地站在他身后。玩具店的门外，依旧人来人往，车水马龙。玩具店的老板——那个把分头梳得整整齐齐的老板，就像表演完魔术的魔术师，莫名苍白的脸上浮现出满意的微笑。保吉突然焦急地想把幻灯盒子拿到自己的房间里去……

那天晚上，保吉和父亲在涂了蜡的布上又一次放映出了威尼斯的风景。空中的月牙、两边的人家、倒映着家家户户窗前的玫瑰花的发光的水路——这一切都和之前看到的一样。只是那个可爱的少女没有再露脸。无论怎么等待，那一扇扇的窗子都永远地封存了这个秘密。保吉终于有些等不及了，他对正在研究幻灯盒子的父亲央求道：

"为什么那个女孩儿不出来了?"

"女孩儿?哪儿有什么女孩儿?"

父亲甚至没明白保吉的问题。

"有的,就是从窗子后面探出头的那个女孩儿呀。"

"什么时候出现的?"

"在玩具店放映幻灯的时候。"

"那时候也没有出现什么女孩儿啊。"

"可是我看见她露出的脸了。"

"你说什么呢。"

父亲不知为何,伸手摸了摸保吉的额头,然后突然用保吉都立刻发觉是假装相信他的语气大声说:"好了,这回我们放什么呢?"

但保吉并没有听父亲的话,他仍然注视着威尼斯的风景。昏暗的光线下,威尼斯的水路中倒映着家家户户的窗子。然而,却没有一扇窗子后,突然出现一个系着大大蝴蝶结的少女——想到这里,一种难以言喻的想念涌上心头。同时,保吉感到一种此前从未有过的兴奋和悲伤。那幻灯片中突然出现的少女,实际上是超自然的幽灵在他眼前现身吗?还是说,那是年少时容易发生的一种幻觉?当然,这些是保吉无法解释的。不过,三十年后的今天,保吉在深知尘世疲惫之时,还是会想起那个永远都不会再回来的威尼斯少女,就像还念着多年未曾重逢的初恋女孩儿那样。

六　妈妈

记不清是八岁还是九岁时的事了，总之是八九岁时候的一个秋天。"陆军大将"川岛站在回向院露天佛像的石坛前，检阅着自己的军队。不过虽说是"军队"，但算上保吉，也只有四个人。而且除了保吉穿着带金色纽扣的制服，其他孩子都穿着粗布印染的深蓝色衣服。

当然这不是今天国技馆后面的回向院。秋风瑟瑟的清晨，大盗鼠小僧①的墓旁银杏落叶堆成了小山——这里是二十年前的回向院。那里的景色很有乡村风情，江户②，不，和江户有些距离的本所的景致，也早已消失不见了。只有鸽子和往日一样。不，也许鸽子也和过去不同。那天在露天佛像周围，全是鸽子，不过当时的那些鸽子没有现在的鸽子那么好看。天保年间（1831—1845）的俳人写下的"土鸽且为友，门前卖荞草"，可能并不单指回向院卖荞草的小商小贩。保吉一看到这首俳句，就不由得想到露天佛像跟前聚集着的那些鸽子，连阳光似乎都被它们喉咙深处含混的咕咕声所震动。

金属加工店老板的儿子川岛慢慢地检阅过"军队"之后，从袖子里掏出小刀、钢珠、橡皮球等小东西，还有几张小卖部里卖的军棋里

---

① 鼠小僧（1797—1832），江户幕府晚期有名的盗贼，专门去日本封建领主的府邸行窃，在日本文学中多被描绘成劫富济贫的义盗。他于1832年被逮捕，枭首示众，葬于东京回向院。芥川龙之介在《戏作三昧》中对此人物也有提及。
② 东京旧称。

的画片,川岛给每个孩子发了一张,"任命"了自己的部下。任命结果如下:桶匠的儿子平松为陆军少将,巡警的儿子田宫为陆军大尉,化妆品店老板的儿子小栗只是工兵,堀川保吉是地雷。地雷是个不错的角色。只要不遇到工兵,就连大将也不是对手。保吉自然很得意。不过那个胖乎乎的小栗一听到自己是工兵立即就不满地嚷起来了:"工兵太没意思了,川岛,让我也当地雷吧。"

"你迟早会被俘虏的,不是吗?"

川岛一脸认真地说,小栗满脸通红但毫不退让地说:"瞎说!上次抓住大将的不是我吗?"

"是吗?那下次让你当大尉。"川岛笑嘻嘻地把小栗稳住了。直到如今,保吉都对川岛那转得极快的坏脑筋印象深刻。不过川岛没上完小学,就发热病死了。要是他没死,如今恐怕能当上个年轻气盛的市议会议员之类的……

"开战!"这时在回向院前门摆好阵势的"敌军"突然喊了一声。"敌军"有四五个人,今天当大将好像还是律师的孩子松本。他梳着分头,穿着藏蓝色的粗布外衣,里面穿了一件红衬衫,为了表明开战的意图,此时正使劲儿挥舞着手中的学生帽。

"开战!"手握画片的保吉在川岛发号施令之后,抢先喊了起来。刚才还静静聚集在佛像前的鸽子,此时惊慌失措地拍打着翅膀,飞向空中。之后就是前所未有的激烈战斗。硝烟眼见得遮蔽了大山,敌人的炮弹像骤雨一样袭来,但我军战士勇敢地冲向敌方阵营,并与之展开肉搏。敌方的地雷爆炸了,火光冲天,把我方的少将炸得粉身碎骨。不过敌方也失去了他们的大佐,之后又失去了唯一能威胁到保吉的工兵。我方见状,发起了更猛烈的进攻——当然这一切都不是真的,只是保吉想象中的回向院里激战的情景。但在满是落叶的安静的寺院前跑着,他好像真的闻到了硝烟的气息,看到了枪炮的火光,甚至真的感受到了作为一颗地雷等待着从地底爆炸的心情。这些栩栩如生的幻想,在他上中学之后就离开了他。幸好回忆让他回到了少年时代,他拼命地捕捉着那时幻想带给他的无限快乐……

硝烟遮天蔽日,雨点儿一样的炮弹在他们身边爆炸。保吉在炮火中径直冲向敌方大将。敌方大将错身躲过,想逃回自己的阵地。保吉正要去追,一个不小心,脚底下好像绊到了石头之类的什么东西,一下子摔了个仰面朝天。瞬间,那英勇的幻想像肥皂泡一样消失了,此时他已经不是光荣感爆棚的地雷了。现在的保吉只是一个满脸鼻血,裤子膝盖上破了一个大洞,连帽子都没有了的少年。他好不容易才站起身,不由得大声哭了起来。保吉这一乱,敌我双方的孩子都停下了"激战",聚到他身边。只听有人说:"哎呀,受伤了。"又有人说:"摔了个脸朝天。"还有人说:"这可不能怪我们。"然而,比起身上的疼痛,一股莫名的巨大的悲伤让保吉用双手捂住脸,哭得更厉害了。这时,耳边突然传来了陆军大将川岛的嘲笑:"哎哟,哭着喊妈妈呢!"

川岛的话让敌我双方的议论顿时变成一阵哄笑。笑得最起劲儿的,要数没当上地雷的小栗:"真好笑,哭着喊妈妈呢!"

保吉虽然哭了，但他不记得自己喊过"妈妈"。一定是川岛在使坏才会带头这么说——这样一想，他更伤心了，又气又委屈，哭得全身打战。但是连一个安慰心灰意冷的保吉的人都没有。非但如此，孩子们还学着川岛刚才的话，一边跑一边喊："哎呀，哭着喊妈妈呢。"

孩子们哭着跑远了，保吉听着渐渐远去的脚步声，恨得牙根儿痒痒。刚才被孩子们惊走的鸽子，此时飞了回来，聚拢在保吉的脚边，但他看都不看一眼，只是哭个不停。

保吉坚信那天川岛说自己喊妈妈是撒谎。然而三年前，东京的流感让他在抵达上海时生了病，住进了医院。住院之后，保吉依然一直发烧。他躺在白色的病床上，睁开看东西还模糊的双眼，眺望着春天从蒙古刮来的猛烈的黄沙。这时，闷热的午后正在看小说的护士突然离开了椅子，走到保吉的病床边，有点儿吃惊地看着他的脸。

"哎呀，您醒了？"

"怎么了？"

"刚才，您不是在梦里叫妈妈了吗？"

听到这句话的那一刻，保吉突然想起了小时候发生在回向院里的故事。他想，也许川岛并没有故意使坏撒谎。

大正十三年（1924）

玄鹤山房

一

　　这是一户精致玲珑，从大门就能看出其是考究的人家。本来这样的房子在这一带并不罕见。不过，透过题着"玄鹤山房"的匾额和围墙看到的庭院里的树木就能发现，论雅趣，这家比哪一家都更胜一筹。

　　这家的主人堀越玄鹤是一位小有名气的画家，不过他积累下这些家产，却是因为拥有做印章的专利。获得专利之后，他又进军土地转卖的生意。听说现在他手上的那块郊外的连姜都长不好的地皮，已经变成了朱瓦青瓦、房屋林立的文化村了……

　　总之，玄鹤山房是幢小巧而雅致的府邸。特别是从近处看，这里挂着除雪用的绳子，玄关前还铺着干松叶，干松叶间夹杂着红色的紫金牛果，更显文雅风流。而且玄鹤山房邻着的街道少见行人，只是卖豆腐的会偶尔路过，吹几下喇叭罢了。

"玄鹤山房！'玄鹤'是什么意思？"

两个学美术的大学生偶然经过玄鹤山房，腋下夹着细长画笔盒子的长发学生，向同样穿着金色纽扣学生制服的同伴问道。

"是什么意思呢？难道是'严格'的谐音？"

两个人一边说笑着，一边步履轻快地从玄鹤山房门前经过。他们身后冬天里的路面上，一个不知被他们之中哪一个扔掉的金蝙蝠牌香烟的烟头，正升起一缕袅袅的青烟。

二

重吉在成为玄鹤的女婿之前，一直在银行工作。所以等他回到家的时候，往往已是需要点灯的夜晚了。这几天，重吉一进门总是能立即闻到一股说不出的臭味。那是得了老年人少见的肺结核的玄鹤，躺在病床上呼吸时带出来的异味。这臭味在外面当然闻不到。于是每当重吉穿着冬衣，夹着公文包，走过玄关前的石板时，他的心情都非常微妙。

玄鹤的厢房设了一张床铺，不躺着的时候，他就靠在被褥上歇息。回家后的重吉换掉外套，摘下帽子后，总会去厢房门口露个脸，问候一声。有时说声"我回来了"，有时问问"今天感觉怎么样"，但重吉从不踏入厢房。他既害怕被传染了岳父的肺结核，也很讨厌屋子里的那股臭味。玄鹤瞧见女婿，总是回一声"噢"，或者说声"你回来了"。那声音有气无力，轻得近乎喘息。每次听到玄鹤这样的回话，重吉都觉得自己有些不近人情，不过他实在害怕走进厢房。

接着，重吉再去客厅隔壁的房间，看望同样卧病在床的岳母阿鸟。阿鸟早在七八年前玄鹤还没有得肺结核一病不起时，腰就坏了，自己连厕所都去不了。玄鹤之所以和阿鸟结婚，听说不但是因为阿鸟是大藩重臣的女儿，而且他还看上了阿鸟的美貌。虽然她现在上了年纪，但一双美目依然看得出当年的风姿。此时她正坐在床上，专心致志地补着白袜子，那样子看起来和一具木乃伊没什么区别。重吉和阿鸟打了声招呼，丢下一句："妈，今天怎么样？"就转身进了六个榻榻米①铺席大小的客厅。

重吉的妻子阿铃要是没在客厅，那就是在厨房，和老家在信州的女佣阿松一起干活儿。且不说收拾得干净整齐的客厅，就连安了新炉灶的厨房都远比岳父岳母住的房间更让重吉感到亲切和放松。重吉是曾经做过县长的某政治家的次子，不过比起极具豪杰气概的父亲，他更像做过和歌诗人的母亲，是个喜欢文艺的读书人。这一点，从他那温和的眼睛和瘦削的下颌就能看出来。重吉来到客厅，把西装换掉，穿上和服，愉快地坐在长火钵前，一边安然地抽着烟，一边逗着今年刚上小学的儿子武夫玩。

重吉总是和妻子阿铃还有儿子武夫一起围着矮脚餐桌吃饭。他们吃饭的时候常常很热闹，不过最近这热闹中又多少有点儿拘束。这

---

① 大约10平方米。

是因为为了照顾玄鹤,家里新来了一个叫甲野的女看护。就算是甲野在,武夫的淘气也一点儿没变。不,甚至正是因为甲野在,武夫反而越发淘气了。阿铃有时会皱着眉头,瞪着这样不听话的儿子。但武夫只当作没发觉一样,故意仰起头,夸张地扒拉着碗里的饭。重吉读过不少小说,猜到儿子是想通过这样的闹腾来体现自己的男子气概,对此多少也有些不快。不过他大多只是笑笑,不说什么,继续沉默着吃饭。

玄鹤山房的夜晚非常安静。早上一起来就要出门的武夫自不必说,重吉夫妇大概晚上十点就寝。这时只有从晚上九点左右开始夜间看护工作的甲野还醒着。甲野坐在玄鹤的枕边,正对着燃烧着朱红色火焰的长火钵,瞌睡也不打一下。玄鹤时不时会醒来,但除了告诉甲野热水袋凉了,或者湿毛巾干了,他几乎不说其他的话。在这个厢房里能听到的只有风过竹丛,竹叶发出的沙沙的轻响。甲野在这样微寒安静的夜晚里,一直守在这里,照看着玄鹤,想着各种各样的事:这一家人的心思与想法,还有她自己的将来……

三

一个雪霁天晴的下午,在透过天窗能看到屋外蓝天的堀越家厨房里,一个二十四五岁的女子牵着一个瘦弱的小男孩儿的手,露了面。这个时间重吉当然没在家。刚开始在缝纫机上干活的阿铃虽然心里已有准备,但依然稍微有些意外。不过她还是从长火钵前站起身,把客人迎了进来。女子进了厨房后,把自己和小男孩儿的鞋子摆正(小男孩儿穿了一件白毛衣）。很明显，到访的女子颇有些自卑，不过这也没什么奇怪的。她正是这五六年来，玄鹤公然养在东京郊外的女佣出身的妾室阿芳。

阿铃看到阿芳时，意外地发现她比从前老了许多。不仅仅是脸，阿芳四五年前那丰润的手，因为年龄的关系，瘦得连静脉都清晰可见。还有她的穿戴——阿铃看着阿芳手上戴着的便宜戒指，深感她一个人带孩子生活的不易和寂寞。

"这是我哥哥让我送给老爷的。"

阿芳越发胆怯地拿出一个用旧报纸包着的东西，在进客厅之前，迅速地放在了厨房的角落。刚才去洗衣服的阿松此时回到厨房，一边手上利落地干着活，一边偷偷打量着梳着水灵灵的银杏发髻的阿芳。然而看到她拿来的那个旧报纸包，脸上露出嫌弃的表情。那散发着难闻气味的报纸包，放在这安了新式炉灶，摆着奢华餐具的厨房里，碍眼得很。阿芳虽然没看见阿松的表情，但发现了阿铃脸上微妙的神情变化，于是解释道："那个是大蒜。"然后对咬着手指头的小男孩儿说，"少爷，快行礼。"阿铃不由得觉得叫自己儿子少爷的阿芳也真够可怜的，不过她立刻反应过来，对阿芳这也是没办法的事。阿铃不动声色地向坐在客厅里的这对母子劝茶，又拿出了点心，说说玄鹤的近况，也逗逗文太郎开心……

玄鹤纳了阿芳做妾之后，也不嫌坐省际电车辛苦，每周一定要去妾宅一两次。刚开始的时候，阿铃对这样的父亲很是嫌恶。"您稍微考虑一下母亲吧！"她时常这么想。本来阿鸟早就心灰意冷了，但阿铃也因此觉得母亲更加可怜，父亲去妾宅时，她总和母亲说些"听说今天是去诗会了"这样善意的谎言。阿铃自己也明白，撒这种谎其实没有什么用。有时看到母亲脸上那近乎冷笑的表情，她甚至有些后悔自己这么做——尤其是阿铃觉得瘫痪在床的母亲，丝毫不理解女儿编这些谎的良苦用心，这让她觉得母亲有些冷酷无情。

阿铃送父亲出去之后，经常因为想着家里的事，时不时停下手中的缝纫机。其实在玄鹤纳了阿芳为妾，还把她养在外面之前，在阿铃心里父亲就已经不是好父亲了。不过对善解人意的阿芳来说，这也没什么，只是让她在意的是，父亲不停地把字画和古董送到妾宅去。当阿芳还是家里的女佣时，阿铃就没觉得阿芳是坏心眼儿的人，不，甚至可以说阿芳比常人更要内向怕生。但阿芳那个在东京郊外开鱼店的哥哥打的是什么主意，就不好说了。在阿铃眼里，阿芳的哥哥是个一肚子坏水的家伙，她时不时地会和重吉说说自己的担心。但重吉对此却并不上心："我是不会去和爸爸说这些的。"阿铃听他这样说，也只好不再提了。

"爸爸不会觉得阿芳能看懂罗两峰①的画作吧？"

有一次，重吉还故作无意这样问岳母阿鸟。阿鸟抬头看着重吉，露出一个苦笑，说道："他就是这个脾性呀，他还曾拿着一块砚台问

---

① 罗聘（1733—1799），清代画家，"扬州八怪"之一，字遯夫，号两峰，又号衣云、花之寺僧等。

我,'你觉得这砚台怎么样'呢。"

然而这些事现在看来,都是些没必要的瞎担心。自从今冬以来,病重的玄鹤再也不能去妾宅了。令人意外的是,老爷子爽快地同意了重吉提出的和阿芳分手的提议(这分手提议和各种条件,实际上本来是阿鸟和阿铃商量好,然后让重吉去说的)。而且,一直让阿铃担心的阿芳的哥哥也爽快地同意了此事。就这样,阿芳拿了一千日元的分手费,回到了住在上总一带海边的父母家,每个月玄鹤再给她一些文太郎的抚养费。阿芳哥哥对这样的分手条件并无异议。不仅如此,他还主动把玄鹤秘藏在妾宅的茶具送了回来。虽然之前阿铃对他有所怀疑,但经过种种事情之后,开始对他有了一些好感。

"另外,如果您这边人手不够的话,我妹妹说她可以回来帮忙照看老爷。"

阿铃没有直接答应阿芳哥哥这个提议,而是先找瘫痪在床的母亲商量了一下。这说是阿铃的失策也无不可,阿鸟听了阿铃复述了情况,也劝她说,那就让阿芳带着文太郎回来帮忙吧。阿铃既担心母亲不开心,又害怕阿芳和孩子的到来会让家里的气氛变得古怪,所以几次请母亲再重新考虑一下。(这是因为她不得不顾虑父亲玄鹤和阿芳哥哥的感受,所以没办法自己直接拒绝。)但阿鸟无论如何也不肯听她的话:"这事如果没落在我的耳朵里,那本来怎么样都无所谓——而且我也要考虑阿芳的面子吧。"

就这样,阿铃只好和阿芳的哥哥说,同意阿芳来家里照顾父亲。

这或许是不谙世事的她的又一次失误。从银行回来的重吉听阿铃说了这事，那像女子一样温婉的眉宇间，闪过一丝不快，说道："家里多个帮手，当然是件值得庆幸的好事……不过最好还是先和爸爸说一下吧。如果爸爸拒绝了，不就没你什么责任了嘛。"阿铃沉浸在与往时不同的郁闷中，回了一句："确实是的。"不过要她去和显然对阿芳还恋恋不舍的垂死的父亲商量这事，阿铃自问实在做不到。

阿铃一边陪着阿芳母子，一边想起了阿芳到来前的这些曲折。阿芳没把手伸到长火钵上去烤，而是不停地和阿铃讲着她哥哥的事，还有文太郎的事。她说话还是像四五年前那样，把"那个"说成"内个"，乡下方言的口音还是没能改过来。阿铃听到阿芳的口音，心里倒是安定下来，但同时又为在门后面连咳嗽都没咳嗽一声的母亲阿鸟感到一丝不安。

"那你在这儿待上一周，可以吗？"

"好的，要是您这边方便的话。"

"不过你是不是没带换洗的衣服呀？"

"我哥哥说晚上给我送过来。"

阿芳说着，从怀里拿出一块焦糖奶糖，递给明显已经开始感到无聊的文太郎。

"那我去和爸爸说一声。现在他身体很弱，向着门那边的耳朵，也被冻伤了。"

阿铃离开长火钵前，把铁水壶重新放到火上。

"妈妈。"

阿鸟含混不清地应了一声,好像刚刚醒转,才听到女儿说话一样。

"妈妈,阿芳来了。"

说完,阿铃像终于松了一口气似的,也不去看阿芳的表情,迅速在长火钵前站起身离开。然后经过下一个房间时,又再次禀报了一声:"阿芳来了。"阿鸟躺着一动不动,睡衣的衣襟遮住了她的嘴。看到阿芳,阿鸟眼睛里浮出一个近似微笑的表情,说道:"哎哟,来得挺早嘛。"阿铃不用回头看也知道阿芳跟过来了,穿过正对着落雪的庭院的走廊,匆匆向厢房走去。

从明亮的走廊突然走进厢房,阿铃顿觉父亲玄鹤屋里的光线比外面更昏暗。玄鹤正好坐着,听甲野给他读新闻。一看到阿铃,立刻问道:"阿芳来了吗?"玄鹤嘶哑的声音听起来莫名地急切,近乎是在质问。阿铃站在门口,条件反射般地答了一声"是",一时之间谁也没有再开口。

"她马上就过来了。"

"嗯……是阿芳一个人吗?"

"不是……"

玄鹤没说话,点了点头。

"甲野小姐,到这边来一下。"

阿铃比甲野先一步离开厢房,小步快速地走过走廊。积着残雪的棕榈树叶上,一只鹡鸰鸟正晃动着尾巴。不过阿铃没有注意到这些,她只是莫名地觉得那散发着病臭的房间里，有什么可怕的东西跟了出来，令她心生恐惧。

四

阿芳住下来后，家里的氛围眼见着越发紧张起来。这首先要从武夫欺负文太郎开始。比起父亲玄鹤，文太郎更像母亲阿芳，而且在软弱这一点上，活脱脱就是孩子版的阿芳。阿铃当然不是不同情这个孩子，但有时候也忍不住觉得是他自己太不争气。

看护甲野一边干自己的活，一边冷眼旁观着这场家庭悲剧——甚至可以说，享受地观察着眼前的这一切。她有着一段不堪回首的过去，曾经不知多少次因为病人的家主和医院的医生等的关系，想吞服氰化钾自尽。这样的过去让她的心理发生了巨变，不知不觉中，甲野开始有了一个病态的乐趣：享受观察他人的痛苦。她来到堀越家后，发现腰坏了的阿鸟大小便后从来不洗手。开始的时候甲野想，阿铃小姐真细心，总在我们还没察觉的时候，就把水端来了。这让多疑的她心里不禁疑影重重。然而过了四五天，甲野发现其实根本没有人端水来。这完全是娇生惯养的阿铃小姐的粗心和失误，她没有意识到母亲也许需要洗手。甲野对这个发现颇为满足，于是每次在阿鸟大小便之后，都给她端一盆水来。

"甲野，多亏了你，我才像个正常人一样，能洗手了。"

阿鸟双手合十，泪眼婆娑，然而甲野对阿鸟的欣喜无动于衷。不过在看到端水成为惯例之后,三回里有一回是阿铃不得不亲自端水来,她就感到格外的愉快。因此对甲野来说,孩子们吵架并不会让她不快。她在玄鹤那里做出同情阿芳母子的样子,同时在阿鸟那里又显得讨厌阿芳母子似的。这么做虽然麻烦,但确实卓有效果。

阿芳在玄鹤山房住下大概一周后,武夫和文太郎又闹起来了。起因是争论猪尾巴到底像不像柿子蒂。武夫在他学习的房间里——一个四个半榻榻米铺席①大小的靠近玄关的房间,把瘦弱的文太郎死死地摁在地上,连踢带打。正好过来的阿芳看到这一幕,她把哭都不敢出声的文太郎抱起来,责备武夫道:"少爷,欺负弱小可不对。"

对内向老实的阿芳来讲,这已经是她少有的锋芒了。武夫被阿芳的气势吓住,这回换作他自己哭了起来,向阿铃的房间逃去。阿铃也对武夫发了火,停下手上缝纫机的活儿,把武夫带到阿芳母子跟前。

"你太任性了。过来,向阿芳阿姨道歉。把手放好了,好好道歉。"

在生气的阿铃面前,阿芳像儿子文太郎一样流着泪,反而赔着不是。来调和的当然是负责看护病人的甲野,她一边把脸气得通红的阿铃往回推,一边又一个人想象着如果玄鹤在场,看到这样的争执,心里会怎么想。甲野的心里发出一声冷笑,当然,从她脸上的表情是看不出她心里的幸灾乐祸的。

然而,让一家子不安生的,不仅仅是孩子们之间的打闹。阿芳的

---

① 大约7.2平方米。

出现，让早已心灰意冷的阿鸟，重新燃起了嫉妒之火。阿鸟从来没说过阿芳的不好。（这一点和五六年前阿芳还住在家里的女佣房间里时一样。）但反倒是对全不相干的女婿阴阳怪气。对此重吉自然不会跟瘫痪在床的岳母计较，不过阿铃觉得丈夫可怜，经常代替母亲向他道歉。不过重吉只是苦笑着说："要是你也歇斯底里可就麻烦了。"

甲野对阿鸟的嫉妒很感兴趣。这种嫉妒，甚至包括阿鸟拿重吉当出气筒的心理，甲野都非常理解。不仅如此，不知从何时起，她感到自己对重吉夫妇也有了一种类似嫉妒的情绪。因为阿铃对她来说，是"小姐"。重吉也是——重吉是这世上一个普通的男人，一个她所鄙视的男人。像他们这样的人也能得到幸福，这在甲野看来是不公平的。为了矫正这种不公平，甲野故意对重吉表示出亲密。重吉自己或许没觉得怎么样，但这是个让阿鸟难受焦躁的绝好法子。于是，阿鸟就露出膝盖，用恶毒的语气说："重吉，你有了我的女儿——有了瘫子的女儿，还觉得不够是吗？"

然而，阿铃并没有因此怀疑重吉。不，看阿铃的样子，她甚至觉得甲野也有点儿可怜。甲野对此很不满，对好心的阿铃更加轻蔑。不过，不知从何时开始，重吉开始躲着甲野了，这让甲野心情很不错。过去即使她在场，重吉光着身子去厨房旁边的浴室洗澡也满不在乎。但是近来甲野再也没看到过赤身裸体的重吉。显然，他是因为自己那像被拔了毛的公鸡一样的身体感而到害羞。甲野看着重吉（他的脸上长满了雀斑），心里暗自嘲笑：你以为除了阿铃，还有谁能看得上你？

在一个冷到结霜的阴天的早晨，甲野在她的那从玄关划出来的小小的三个榻榻米铺席①大小的房间里，对着镜子梳着头。她如往常一样，用笼发的头油，把头发梳到后面去。这正是阿芳要回乡下的前一天，重吉夫妇对此似乎很高兴。但阿鸟反倒烦躁起来。甲野一边梳头，一边听着阿鸟亢奋的大喊大叫的声音，想起了她朋友说过的一个女人的故事。那个女人住在巴黎，渐渐思乡成疾。幸亏她丈夫的朋友要回日本，她就跟着一起坐上了船。令人意外的是，漫长的海上旅程好像并没有让她感到痛苦，可是当船到达纪州海边的时候，她突然莫名地兴奋起来，竟然猛地跳到海里去了。近乡情更怯，越是靠近日本，思乡病反而越严重——甲野静静地擦着手上的头油，觉得阿鸟的嫉妒，甚至是自己的嫉妒，都是被那种神秘的力量催生的。

"啊，妈妈，你怎么了？怎么爬到这里来了？妈妈呀……甲野姐，你来一下啊！"

阿铃的声音从靠近厢房的走廊处传来，甲野听着阿铃的喊声，对着明亮的镜子，露出一个冷笑。然后，她故作吃惊地连忙答道："好，我这就来！"

五

玄鹤的身体越来越虚弱，不仅因为常年的病痛，他背上的褥疮也

---

① 大约5平方米。

折磨得他苦不堪言。他有时放声呻吟着，以此来转移些许痛苦。不过让他难受的不仅是身体，阿芳住过来的那段时间，他心里感到慰藉的同时，阿鸟的嫉妒、孩子间的争执，更让他头疼不已。但那些还能忍受，阿芳走后，他陷入了可怕的孤独，也开始回首自己这漫长的一生。

玄鹤的这一辈子，对他自己来说，是卑鄙的一生。申请到印章专利算是他比较风光的一段日子。可是同辈的嫉妒和担心失去利益的恐惧带来的焦虑，一刻不停地折磨着他。在纳了阿芳为妾，包养了她之后——为了钱，他在自己家外面不知费了多少心思，背负着多么沉重的负担。然而更卑鄙的是，他虽然被阿芳年轻的身体所吸引，但这一两年里，自己心里不知多少次想着要是阿芳母子二人死了就好了。

"卑鄙……要说卑鄙，并不只有我这样。"

夜里，他胡思乱想着，逐一想起那些亲戚和熟人。女婿的父亲仅仅因为别人"拥护宪政"，就把几个手段不如他的对手给杀了。他关系最好的朋友，一个比他稍年长的古董店老板，竟然和前妻的女儿私通。此外，还有一个用选举保证金来花天酒地的律师，还有一个篆刻家……玄鹤的痛苦不仅没有因为回想别人犯下的罪而有所减轻，相反，他心里的阴影越来越大了。

"不过也苦不了多久了，只要咽了这口气……"

这是玄鹤仅存的安慰了。为了转移身心的痛苦，玄鹤又试图回忆那些快乐的时光。不过就像之前说过的，他的一生卑鄙浅薄。如果非要说曾有一抹明亮色彩的话，那就是什么都不懂时的童年记忆了。在半梦半醒之间，他无数次想起他和爸爸妈妈在信州曾住过的那个山谷里的小村子——特别是用石板砌成的房顶和带有蚕茧气味的桑枝。但这样的回忆无法持续太久。玄鹤时不时在呻吟时唱着观音经和儿时的歌谣。唱完"妙音观世音，梵音海潮音，胜彼世间音"之后，再唱"咔，波来；咔，波来"这种伴舞俗曲，既感到滑稽又有些可笑。

"睡觉即极乐。睡觉即极乐……"

为了忘记这一切，玄鹤只想赶快睡着。实际上甲野除了给他服用了安眠药，还给他注射了海洛因。但他即使在睡梦中也不得安宁。有时他会在梦里见到阿芳和文太郎，这让他的心情稍微明快一些。（有一天夜里，他甚至梦见了和新花札①的樱二十②说话，而那樱二十上的图案，竟然是阿芳四五年前的脸。）他因此惊醒，美梦醒来之后更觉痛苦。不知从何时起，玄鹤对睡觉也开始有了近乎恐惧的不安。

快到大晦日③了，一个午后，玄鹤仰面躺着，对枕头近旁的甲野说："甲野姑娘，我好久没缠过兜裆布了，让他们给我买六尺白布吧。"

其实，根本没必要为了一块白布就让阿松专门去附近的和服店跑一趟。

---

① 花札是一种源自日本的传统纸牌游戏。
② 樱二十是花札里的一种纸牌。
③ 大晦日，指一年的最后一天，12月31日。

"兜裆布我自己来缠，布叠好了放在这里就可以了。"

玄鹤指望着这块兜裆布——指望着用这块兜裆布来上吊，这才好不容易熬过半天。但对连坐起来也必须靠别人帮忙的他来说，寻死并不是件容易的事。而且，死亡真的降临的那一刻，玄鹤也还是害怕的。他借着昏暗的灯光，看着黄檗①的一句名言，在心里嘲笑贪生怕死的自己。

"甲野姑娘，请把我扶起来。"

此时大约已经是夜里十点了。

"我自己一个人睡就行，你别客气，去休息吧。"

甲野奇怪地看着玄鹤，冷淡地回道："不用，我不去休息，这是我的职责。"

玄鹤感觉甲野看穿了他的计划，但他只是点点头，什么都没说，装作睡着了。甲野在他的床边，翻开一本妇人杂志新年号，看得入迷。玄鹤在被子里想着兜裆布的事情，眯缝着眼睛看着甲野。突然，他觉得这很好笑。

"甲野姑娘。"

甲野看到玄鹤的脸时，吓了一跳。玄鹤靠着被子，不知什么时候开始，笑个不停。

"怎么了？"

---

① 黄檗（？—855），唐朝禅宗高僧。

"没有,没什么。没什么好笑的……"

玄鹤一边笑,一边伸出细弱的右手晃动着。

"刚才……不知道为什么突然很想笑……现在请扶我躺下去吧。"

大约过了一个小时,玄鹤不知不觉睡着了。那天晚上他做了一个很可怕的梦。他站在茂密的树林中,从齐腰高的纸拉门的缝隙里往茶室里面看。里面躺着一个赤身裸体的孩子,向他转过脸来。但那个孩子却像个老人一样,浑身都是皱纹。玄鹤刚想大叫一声,就满身大汗地惊醒过来。

厢房里除了他自己没有别人,而且十分昏暗。玄鹤看了一眼立钟,现在快到中午了。他的心松了一口气似的轻快了不少,然后马上又忧郁起来。他仰面躺着,数着自己的呼吸。这时,突然像有什么催促他一样:"就是现在。行动吧!"玄鹤一下子拿起兜裆布,缠到自己的脖子上,两手用力一拉。

就在这时,里一件外一件,穿得鼓鼓囊囊的武夫刚好来看外公,"不好了!外公你不能这样!"

武夫大喊着,向客厅跑去。

六

仅仅一周后,玄鹤在家人的陪伴下,因肺结核去世。他的告别仪式非常盛大。(只有瘫痪的阿鸟不能出席。)聚在玄鹤山房的人们向重吉夫妇表示过哀悼后，去了玄鹤被白绫盖着的棺材前烧香。不过他们一走出门，就已经把玄鹤忘到了脑后。当然，玄鹤过去的好友倒不会这样。

"那老爷子一辈子也算是得偿所愿了吧。有年轻的小妾，还挣了点儿小钱。"——无论是谁，都这么认为。

载着玄鹤棺材的马车跟在另一辆马车后面，在太阳还没落山的十二月里，走向火葬场。稍有些脏的马车载着重吉和他的表弟。重吉的表弟还是个大学生，他似乎不太适应马车的晃动，也不和重吉说话，专注地看着一本小开本的书。那是威廉·李卜克内西①《追忆录》的英译本。重吉因为守了一夜的灵，疲惫不堪，不是迷迷糊糊地打瞌睡，就是看着窗外新开发的街道，一个人有气无力地自言自语："那一带也完全变了样啊！"

两辆马车走过结了霜的路，终于到了火葬场。尽管事先预约了，可火葬场的人还是说一等火化炉已经满了，只能用二等的了。对他们来说，哪一等都无所谓，但比起去世的岳父的颜面，重吉更顾虑妻子阿铃的感受，所以尽心地在半月形窗子前跟火葬场的事务员交涉着。

"其实，这是个延误了治疗的老人……所以在火葬的时候，我们想最起码要给他选个一等的。"

重吉撒着谎，不过谎言比他预想的要管用。

---

① 威廉·李卜克内西（1826—1900），德国社会主义者，德国工人运动和国际工人运动的著名活动家，德国社会民主党领袖，第二国际创始人之一。

"那这样办吧。一等炉已经满了,就破例收你一等炉的价钱,用特等炉给你们烧吧。"

重吉感到有些不好意思,和事务员多次道谢。事务员是个戴着眼镜的,一看就是个好人的老人。

"没关系的,不必客气。"

等焚化炉封上盖之后,他们乘着有些脏的马车出了火葬场的门。意外的是,出门却看见阿芳正一个人站在红砖瓦墙前,给他们远去的马车行着注目礼。重吉有些狼狈,他稍微抬了一下帽子示意。但那时他们的马车已经转弯了,走上了另一条街;街边种着的杨树,叶子已经掉光了。

"是那个女人吗?"

"嗯……我们来的时候,她就已经站在那儿了。"

"哎,我以为是要饭的呢……那个女人以后可怎么办啊?"

重吉点了一根敷岛牌香烟,尽可能地用冷淡的声音回答道:"谁知道呢,谁知道以后会怎么样呢?"

重吉的表弟沉默着。他的脑子里开始有了上总海边某个渔村的景象,还有不得不生活在那里的阿芳母子——他的表情突然严肃起来,在不知何时出来的日头下,继续读起了李卜克内西。

昭和二年(1927)一月

报 恩 记

阿妈港甚内的话

我叫甚内。姓什么?这个嘛,从很久以前开始,大家就一直叫我阿妈港甚内。阿妈港甚内,这个名字您知道吗?不要这么惊讶。不错,如您所知,在下正是那个声名在外的大盗。不过今晚前来,不是为了偷东西,请您放心。

听说您是日本神父中德高望重的一位。现在和有名的盗贼共处一室,想必多少有些不自在。不过在下也并非总惦记着偷鸡盗狗之事。想当年,被召去聚乐殿①的吕宋助左卫门②不也有一位叫甚内的手下吗?还有,听说给利休居士③送上他一向珍爱的水壶"赤头"的

---

① 安土桃山时代末期,丰臣秀吉于京都内野兴建的城郭兼邸第。
② 吕宋助左卫门(1565—?),日本战国时代和泉国堺的贸易商人。因向丰臣秀吉进献珍宝备受嘉赏,一度成为日本有名的豪商。
③ 即千利休(1522—1591),日本战国时代安土桃山时代著名的茶道宗师,日本茶圣。

那位连歌师，真名同样叫作甚内。就连大村那边的一个翻译，曾写过《阿妈港日记》这本书，他的名字也是甚内。此外，在三条河原那场打斗中救下玛鲁多纳多船长的虚无僧①，在妙国寺门前卖南蛮药的商人……若问这些人的名字，都是甚内。对了，更重要的是，去年圣弗朗西斯科教堂，圣母玛利亚雕像脚趾部分的黄金，便是一位叫作甚内的信徒捐赠的。

不过很可惜，今夜我没工夫细说这些人的事迹。只是想请您相信，阿妈港甚内和世间其他人，没什么大差别。是吗？那好，接下来，我会尽可能言简意赅地说明来意。我来找您，是想请您为一个男人的灵魂做追思弥撒。不，他和我没有血缘关系，也非死在我刀下之人。他叫什么？这个嘛，不知道说出来好，还是不说为好。在下想为了他的灵魂——或者说为了那个叫"保罗"的日本人的灵魂，祈求冥福。不行吗？也是，被阿妈港甚内拜托了这样的事情，确实没有轻易答应的道理。无论如何，先听我说说事情的经过吧。只是，无论是死人还是活人，关于此事，请务必莫与他人谈起。看您胸前戴着十字架，一定能信守诺言吧？哎呀，恕我失礼了。（微笑）身为盗贼的我去怀疑神父，实在是僭越了。不过，如果不能守约的话，（突然认真地）即使不被地狱之猛火焚烧，也会遭现世的报应。

那是大概两年前，发生在一个寒风刺骨的深夜的事。我扮作一个

---

① 是日本禅门临济宗之一派普化宗的半僧半俗的和尚。

行脚僧，在京城里徘徊。我在城中到处走动打探，进行踩点，一连踩了五天。每天一过初更时分，我避开人群，不动声色地偷偷窥视着家家户户。原因自不必说，当时我想出洋去马六甲，需要搞点儿钱。

深夜时城里自然没什么人走动，只有星星在天上闪闪发亮，寒风一刻不停地吹着。我在黑暗中走过一户户人家，来到小川路。在路口拐弯处，发现了一个大户人家。那是在京都也颇有名气的北条屋弥三右卫门。虽说论渡海生意，北条屋没法和角仓相比，但去暹罗走吕宋①，还是有一两艘船的，无疑是户有钱人家。在下本来并不是从一开始就盯上北条屋，然后在京城晃悠踩点的，但既然有幸碰上，就起了捞一笔的念头。恰逢月黑风高，对我们这一行来说，真是天赐良机。我把竹笠和手杖藏在路边的天水桶②后面，一下就翻过了高高的围墙。

世间传闻阿妈港其内擅于忍术，您可别像那些俗人那样，对此信以为真。在下既不会忍术，也没有恶魔相帮，只是在阿妈港③时，和一位葡萄牙船上的医生，学了一些穷理之术。实际运用时，打开大锁也好，弄开沉重的门闩也罢，都不是什么难事。（微笑）这些在日本还没有流传开的偷盗诀窍，和十字架与铁炮一样，在这片还未开化的土地上都是西洋的舶来品。

没多大工夫，我就潜入了北条屋家中。一片黑暗中，我穿过走廊

---

① 吕宋国是菲律宾古国之一。
② 路边积水的大木桶，为防火用。
③ 澳门的旧称。

时吃惊地发现，这深更半夜的，有一间屋子竟然点着烛灯，还传来说话的声音。那间屋子看样子是茶室。"寒风夜饮茶吗？"我这么想着，苦笑着悄悄靠近。实际上那时突然听到人声，对我来说非但不觉得碍事，反而勾起了好奇心：在这精致的宅子里，主人和来访的客人之间，在搞什么风雅的名堂？

我趴在木拉门上侧耳倾听。果然不出所料，屋子里传来了煮茶的声音。不过意外的是，屋里的人并没有在交谈，反倒有人在哭泣。再仔细听，是个女人的声音。深夜，一个女子在大户人家的茶室里哭泣，一定有非同寻常之事。我屏住呼吸，从透着光亮的木拉门缝隙之间，向茶室内窥探。

灯光下，古香古色的书法卷轴挂在壁龛内，壁龛下的插花是寒菊。如我所想，茶室内无处不体现着主人闲寂恬淡的雅趣。在壁龛前——刚好是我的正对面——坐着的老人正是这座宅子的主人弥三右卫门。从我这个角度看去，他穿着蔓草细花纹样式的外褂，双臂环抱，像在听煮茶的声音。弥三右卫门下手坐着的，是一位盘着头发，戴着发簪，装扮优雅的老妇人。我只能看到她的侧脸，只见她不时地抹着眼泪。

"就算他们生活再怎么富裕，也有不为人知的难处。"这么一想，我不由得露出一个微笑。这微笑绝非对北条屋夫妇有什么恶意。背负四十多年恶名的在下，面对看似幸福的他人的不幸，自然忍不住露出一个微笑。（残酷的表情）那时我看着这对面露难色的夫妇，就仿佛在看歌舞伎表演一样愉悦。(讥讽的微笑)不过,这世间可不止我一人如此,听说人人都喜欢悲剧故事。

短暂的沉默之后,弥三右卫门叹气一般说道:"既然已经落到了这步境地,再哭再喊也无济于事。我已经决定了,明天就遣散店里的伙计。"

这时,一阵狂风吹得茶室似乎都摇晃了起来,那声响盖过了茶室内老夫妇谈话的声音。弥三右卫门的夫人说了些什么,我没听清。只见弥三右卫门双手交叉放在膝盖上,眼睛看着竹编的天花板,时不时点点头。那浓眉细目和高耸的颧骨,我越看越觉得熟悉,好像在哪里见过这个人。

"主啊,耶稣基督大人。请让我们夫妇俩的心里,也充满像你那样的力量吧……"

弥三右卫门闭着眼,继续喃喃自语般地祈祷着。老妇人也像丈夫一样,祈求着上帝的保佑。而隐于暗处的我,在那段时间里眼睛一眨不眨地盯着弥三右卫门的脸。又一阵风吹来的时候,我一闪念,想起了二十年前的旧事。在我的记忆中,确实有弥三右卫门的身影。

说起那二十年前的记忆——不,旧事便不再提了。简单来说,那时我途经阿妈港,某位日本船长曾对我有救命之恩。那时我们并未留下彼此的姓名,就那么分别了。而如今,我眼前的弥三右卫门无疑就是当年的船长。我因这奇遇般的重逢而惊讶万分,一直看着老人的脸。他那宽厚的肩膀,指节粗壮的手,至今仿佛还留存着珊瑚礁的潮水和白檀山的气息。

弥三右卫门终于结束了他长长的祈祷，静静地看向自己的妻子。

"剩下的事，只要全都遵从上帝的旨意就好了——刚巧，水烧好了，能给我来杯茶吗？"

可老妇人却哽咽着，忍着眼泪，用低得不能再低的声音说道："好。可是，我还是很悔恨……"

"好了，别再发牢骚了。北条丸沉了也好，贷出去的钱收不回了也罢……"

"不，我不是说这些。至少，如果儿子弥三郎现在能在我们身边……"

听了老夫妇二人的对话，微笑浮上了我的面庞。不过，我可不是为北条屋的不幸而窃喜，只是想到"终于能报恩了"而感到高兴。在下，在逃犯阿妈港甚内，想到能够堂堂正正地报答恩人的恩情，也会喜不自胜。那种开心，除了我本人，想必没人能够理解。（讥讽地）这世上的善人大多可怜，虽然没做过一件坏事，但做善事时他们是真的高兴吗？恐怕开心这种感受，他们并不真正了解。

"说什么呢？那个败家子，他不在反倒好。"

弥三右卫门苦着一张脸，目光从灯上移开。

"要是有他挥霍完的那笔钱在，说不定还能渡过眼下的难关。这样想想，当时把他赶走……"

弥三右卫门说到这里，突然吃惊地看着我。这不奇怪。因为我一声不响地拉开了茶室的木拉门，而且我这身装扮也不同寻常，行脚僧的模样，又没戴竹笠，还裹了一块南蛮头巾。

"你是谁？"

弥三右卫门虽然上了年纪，却灵敏地一跃而起。

"请您不要紧张。我叫阿妈港甚内——哎呀，请安静，请安静。阿妈港甚内虽然是个大盗，但今夜登门造访，其实另有缘由……"

我摘掉头巾，坐到弥三右卫门的前面。

后面的事情我不说，想必您也猜得出来。为了救北条屋于危难之中，我答应他们，保证在三天内凑齐六千贯钱，以此作为对当年救命之恩的报答。——哎哟，外面有脚步声，好像有人过来了？那今夜我就不多打扰了，后天晚上，我再悄悄来您这里。阿妈港的上空虽然有大十字架形的星光在闪耀，但在日本却仰望不到。如果我不能像那在日本看不见的大十字架形的星光那般销声匿迹，就太对不起今日来求您为其做弥撒的"保罗"的灵魂了。

什么，我怎么逃走？这个不用担心。那天窗再高，暖炉再大，我都来去自如。对了，为了恩人"保罗"的灵魂，请您务必守口如瓶。

北条屋弥三右卫门的话

神父，请听听我的忏悔吧。您或许也知道那个出了名的大盗，阿妈港甚内。听说他藏身于根来寺，偷过杀生关白①的太刀，还在遥远的海外抢过吕宋国的太守。他的事迹早已人尽皆知。近来他终于被捉拿归案，在一条大桥附近，被斩首示众，这些事想必您也有所耳闻。鄙人曾蒙受阿妈港甚内的大恩。但也正因这恩情，才酿成了如今这无法言表的惨痛悲剧。请您听听我的忏悔，为我北条屋弥三右卫门祈求上帝的恩慈吧！

那正好是两年前的一个冬季，因为持续不断的暴风雨，我家的船北条丸沉了，贷出去的钱也收不回来，接连的打击之下，北条屋已濒临分崩离析，我无计可施，束手无策。如您所知，商人有客户，但没朋友。就这样，家大业大的北条屋如同掉入漩涡的大船，直直地坠入深渊。一天夜里——我至今都无法忘却，那一天狂风呼啸，鄙人夫妻二人在茶室里——您去过寒舍，应该知道那里。我和拙荆不知不觉说到了深夜，这时，一个头戴南蛮巾，行脚僧模样的人突然出现在我们面前。他正是阿妈港甚内。我当然非常吃惊，同时也很愤怒。不过听了他的话，我明白了事情的原委：阿妈港甚内潜入我的府邸，本来是打算打劫一番的，但看到茶室里的灯火，听到我夫妇二人说话的声音，于是就隔着门暗中窥视。接着，他发现鄙人北条屋弥三右卫门正是二十年前救过他性命的恩人。

原来如此——听完他的话，我也想起来了，确有此事。二十年

---

① 丰臣秀次（1568—1595），丰臣秀吉的养子，并继任了秀吉关白之位，杀生关白是世人对其暴虐行径的讽刺。

前,我在一艘专门去阿妈港的帆船上做船长。有一天,船停在码头期间,我救了一个连胡子都没长齐的日本人。听说他醉后失手杀了一个中国人,于是遭到追杀。这么说,当年那个日本人就是今天站在眼前的有名的大盗,阿妈港甚内。我当即明白了甚内没有说谎。我一边庆幸家人们都在睡熟,一边询问了他的来意。

甚内说,只要是他能办到的,一定会倾尽全力帮我,来报答二十年前的恩情,救北条屋于水火之中。他问我到底需要多少钱。我不由得苦笑,如今都要靠盗贼来筹款了,当真是可笑可悲。就算阿妈港甚内大名鼎鼎,声名在外,可他要真的那么有钱,又何必要来我府上打劫呢。但当我说出需要的金额时,甚内侧着脑袋想了一下,就一口答应下来。他说今夜虽然不成,但三天内一定把钱凑齐。可是,北条屋需要的是整整六千贯啊!这么大一笔钱,我们并不相信甚内一定能凑得到。不,应该说依鄙人拙见,求人办事,不如先做好办不成的心理准备。

那天夜里,甚内悠悠然让拙荆给他点儿茶喝,喝完茶后就顶着狂风走了。翌日,约定好的钱并没有送来。第三天,下了一天的雪,等到入夜,也没有什么消息。如前所述,对甚内的承诺,我本就半信半疑。但还是没有遣散家里的伙计,而是听天由命,抱着最后一点儿希望,一直等着。第三天夜里,我在茶室里对着灯火;每一次积雪压断树枝,发出声响,我都立即侧耳细听。

然而三更过后,茶室外面的庭院里传来一些响动,好像有人扭打在一起。一个闪念出现在我脑海里,肯定是甚内。难道有捕快追来了?想到这,我一下子拉开对着庭院的木拉门,举灯看去。落满了雪的庭院里,大明竹被压倒的地方,两个人扭在一起——其中一个甩开扑过来的对手,一头冲进庭院的树丛中,猛地翻过围墙,逃走了。积雪滑落之声,爬墙的动静,这些响动消失之后,想必那人已经安全地跳到墙外,跑远了。而被推开的那个人并没有追上去,而是掸了掸身上的雪,静静地走到我面前。

"是我,阿妈港甚内。"

我呆呆地站在原地,看着甚内。那晚他依旧穿着行脚僧的僧衣,戴着南蛮头巾。

"唉,没想到出了点儿小状况,好在没惊动别人。"

甚内走进茶室,露出一个苦笑。

"我悄悄过来,正看见有人要往地板底下①钻,我就想抓住他,看看这人是谁,最后却被他给跑了。"

我很担心刚才逃走的是不是捕快,就问了甚内。没想到甚内说,那人非但不是捕快,反而是个小偷。盗贼抓盗贼——这事儿可真少见。这回轮到我脸上露出苦笑了。不问清楚甚内到底有没有弄到钱,我心里终究不踏实。但还没等我问,甚内仿佛已经看出了我的心思,只见他悠然地解开卷在腰间的藏钱袋,从里面拿出一包钱,推到暖

---

① 为了避开地面的湿气,日式房屋的地板通常会被抬高几十厘米。

炉前。

"请放心，六千贯凑齐了。其实昨天已经凑得差不多了，那时还差两百贯。今天这两百贯也搞到了，请收下这包钱吧。对了，昨天凑到的钱，在您二位没注意的时候，我已经放在这茶室的地板底下了。估计今天那个贼就是冲着这笔钱来的。"

我听着甚内的话，仿佛做梦一样。拿盗贼的钱，不用您说，鄙人也知道不好。但当初茶室初见，我对他是否真能弄来钱半信半疑，所以没有考虑是否取之有道。如今好不容易凑来了，也不好再拒绝。而且如果不收下这笔钱，那我们一家人可真要流落街头了。请您无论如何，体谅我那时的艰难处境吧。那时，我在甚内面前，双手恭谨地伏着地，不知不觉间哭了起来，什么话也说不出来……

此后两年里，我再没听到过甚内的消息。我们一家人得以保全，全靠甚内的帮助。我总是悄悄地对圣母玛利亚祈祷，祈求甚内过得幸福。然而，最近听说阿妈港甚内被抓住砍头了，首级就挂在桥头示众。我吃惊极了，在人后偷偷落泪。甚内过去做下的恶行，终究受到了惩罚，这本就是因果报应。不，甚至可以说直到现在他才遭到报应，已属不可思议。但我受甚内大恩，想悄悄去看看，为他祈求冥福。于是，我没叫任何人相随，立刻独自前往一条的回首桥去看甚内的首级。

到了回首桥，只见甚内的首级前面，已经围满了人。如惯例一样，写着犯人罪状的白木牌子挂在那里。首级下方站着官府的官差。

三根青竹支起来的架子上，放着的人头鲜血淋漓，惨不忍睹。我站在看热闹的窃窃私语的人群中，看到那脸色灰败的人头的一瞬，愣住了。那不是甚内！那浓眉，那轮廓分明的脸庞，还有那眉宇间的刀伤，没有一样像甚内。突然照过来的阳光，我身边的人，青竹上架着的首级，所有的一切都仿佛突然消失在了另一个遥远的世界。而我，呆立当场，震惊和恐惧像海浪一样将我淹没。那不是甚内的首级，那是我的样子！是二十年前，我救了甚内的时候，那时的我的样子。"弥三郎！"——要是我的舌头还能动弹，只怕我会当场叫出声来。但我像得了疟疾一样，舌头非但发不出一点儿声音，身体还止不住地颤抖起来。

弥三郎！我像做梦一样，看着儿子的人头。那头颅微微前仰着，半睁的眼睛直勾勾地看着我的方向。这到底是怎么回事？是不是哪里搞错了，我的儿子被当成了甚内？但是官府抓人都会审问，是不会出这种差错的。还是说我的儿子其实就是阿妈港甚内？而那一夜来到我府上的行脚僧，假借了甚内名字，其实另有其人？不对，这不可能。放眼日本，三天之内能有办法弄到六千贯的，除了甚内，还能有谁？这么看来……这时，两年前那个雪夜，那个不知是谁，我家庭院里和甚内扭打起来的那个男子的身影，突然清晰地浮现在我的脑海。他到底是谁？难道就是我儿子吗？说起来，那个男子的身影确实有些像我的儿子弥三郎。不过，这会不会是我的错觉？如果是我儿子的话——我像大梦初醒一般，一眨不眨地盯着那颗头颅：那发紫的紧闭的唇角，残留着一个类似微笑的表情。

被示众的首级脸上带着微笑。这么说大家一定都会觉得荒谬，置之一笑。就连我本人在发觉这微妙的表情之时，都觉得是自己眼花了。但我反复看了许久，那干裂的唇边，确实洋溢着明朗的微笑。一时间，我定定地注视着那不可思议的笑容。不知不觉中，我的脸上也浮现出一个微笑，与此同时，眼里也涌出了热泪。

"父亲，原谅我吧……"

我从儿子脸上无声的微笑里，读出了他想说的话。

"父亲，请恕儿子不孝之罪。两年前的那个雪夜，我悄悄地回到家，想向您和母亲道歉。白天去，我觉得羞愧，怕被店里的伙计们看见，所以专门等到夜深了，才去敲您的门，想和父亲相见。茶室里的烛光把灯影投在木拉门上，我借着那光亮，怯生生地走过去——正在这时，不知是谁，突然一言不发地从背后抱住了我。

"父亲，后来发生的事，你是知道的。因为太过突然，我一看见你的身影，就赶快甩掉那个扭住我的贼人，翻墙跑了。雪地反射着月光，我依稀看到那人像个行脚僧。等我确认没人追我之后，我鼓起勇气，再一次悄悄潜回庭院。在茶室外面，隔着木拉门，我听到了你们全部的对话。

"父亲，甚内救了北条屋，是我们一家人的恩人。我下定决心，如果甚内有难，我就算豁出性命，也要报答他的恩情。而且要报这份恩，非被赶出家门，流落在外的我不可。这两年间，我一直在等这个机会。后来，报恩的机会终于被我等到了。请原谅我的不孝。儿子虽然走上了歪路，但也为全家报了大恩。这让我心里多少有了一点儿安慰……"

在回家的路上，我又是痛哭，又是苦笑，同时还很佩服儿子的勇敢。您不知道，我儿子弥三郎和我一样，是入了教会的，还得了一个"保罗"的教名。可是……可是我儿子，真是不走运。不，不仅是他。如果我们北条屋没有阿妈港甚内相助，也不会发生这样的悲剧。虽然知道自己这样是因为对儿子仍有留恋，但心里真的痛苦极了。是得了帮助北条屋没有破产好呢，还是我儿子能活着好呢……（突然痛苦地）请您救救我吧！我这样活着，也许会憎恨起大恩人甚内……（久久地哭泣）

"保罗"弥三郎的话

啊，圣母玛利亚！明天天明，我就要被砍头了。就算我人头落地，灵魂也会像小鸟一样飞到您的身边吧！然而，做尽坏事的我，恐怕无法领略天国的庄严，也许会一头掉进可怕的地狱之火中去。不过，我也算心满意足了。这二十年来，我从来没有像现在这样开心过。

我是北条屋的弥三郎。但我这颗被斩首示众的脑袋将会被大家叫作阿妈港甚内。我就是那个阿妈港甚内——还有比这更快活的事吗？怎么样，阿妈港甚内这个名字不错吧？仅仅是嘴里念叨念叨，即使是这暗无天日的牢房，我都觉得开满了天国的蔷薇和百合。

我从未忘记两年前的那个冬天，是夜大雪。因为想弄点儿赌博的本钱，我偷偷潜入了父亲的宅院。可是没想到，正当我在茶室外面暗中查看灯火映出的屋里的人影时，突然有个人一言不发就扭住了我的衣领。我挣脱他，但立刻又被按住。虽然不知来者是何人，但那身手和力度，一定有点儿来头。我们扭打了两三个回合，茶室的木拉门突然被打开了，提着灯出来的，正是我父亲弥三右卫门。我拼尽全力，挣脱抓着我胸前衣服的手，跳过高墙逃走了。

我跑出一百米左右，躲在一户人家的屋檐下，在街上前后张望。夜里的大街一片白雪茫茫，雪花不停地飘落，如烟似雾，除此之外，再没有半点儿动静。刚才扭住我的人似乎放弃了来追我的意思。不过，那人究竟是谁呢？仓皇之间，只依稀看到他一身行脚僧的打扮。可是来人腕力颇强，精通拳脚，必定不是个普通和尚。别的不论，只说在这大雪之夜，一个和尚怎么会跑到我家庭院里来？这事想想不觉得很奇怪吗？思前想后，我决定即使冒险也要回去看看。我躲在茶室外面听听动静，一探究竟。

大概过了一个时辰，雪刚好停了，那个奇怪的行脚僧沿着小川路走了。原来他就是阿妈港甚内。武士、连歌师、商人、行脚僧……他用不同的身份行走江湖，是京城有名的大盗。我偷偷跟在他的身后，心里从没像现在这么高兴。阿妈港甚内！阿妈港甚内！我在梦中都崇拜着这个男人。偷了杀生关白太刀的是甚内，骗走暹罗店珊瑚树的也是甚内。他砍过备前宰相的沉香木，抢过贝雷拉船长的怀表，一夜之间连盗五个仓库，以一人之力砍杀八个参河武士……做下这种种能够留名后世的奇特恶事之人，总是甚内。而他如今就在我前面。头上戴着的竹笠帽檐压得低低的，迎着微明的晨光，走在雪地上。仅仅是看着他的背影，就让我觉得幸福。不过，我想要的幸福，比这还要多一些。

跟到净严寺后面，我猛地跑起来，追上甚内。这里没有人家，目之所及都是连绵不断的土墙，即使是在白天，也是避人耳目的绝佳之地。甚内看到我，并没有显得如何惊讶，只是静静地停下脚步，拄着禅杖，一言不发地等着我开口。我诚惶诚恐地跪倒在甚内面前，看着他沉静如水的神情，竟一时语不成声。

"请原谅我的唐突。不才是北条屋弥三右卫门的儿子，弥三郎……"

我的脸像被火烤着一样发红发热，终于开了口。

"其实我有个小小的请求，所以才跟在您后面的……"

闻言，甚内只是点点头。但对胆小谨慎的我来说，他的这个反应已足以让我感激不尽。我鼓起勇气，在雪地里跪着不动，向甚内简要说明了自己的情况：被父亲逐出家门后，如今和一群不法之徒混在一起。今晚本来想回家偷点儿钱，没想到撞见了甚内并且偷听了甚内和父亲全部的密谈。听了我的诉说，甚内依然一言不发，用冷冷的目光注视着我。我向前膝行几步，窥探着甚内的脸色。

"北条屋一家受您大恩,弥三郎亦如此。如此大恩,永难忘怀,所以小人已下定决心,想侍奉在您的身边,听凭使唤。偷抢放火,我都会做。论做其他坏事,也自信不比别人差……"

然而甚内只是沉默不语。我难抑心中的激动,说得越发起劲儿。

"您尽可吩咐,我一定好好干。京都、伏见、堺市、大阪……没有我不熟悉的地界。我一天能走六十里地,单手能举起四斗米,人也杀过两三个。敬请吩咐小人吧。为了您,什么我都能做。让我去偷伏见城的白孔雀,我就去偷;让我去烧圣弗朗西斯科教堂的钟楼,我就去烧;让我去拐右大臣家里的小姐,我就去拐;让我去取奉行官的首级,我……"

我还没说完,突然就挨了一脚,一下倒在雪地里。

"蠢货!"

甚内骂了我一句,朝着之前的方向走去,准备离开。我像疯了一样,拽住他僧衣的衣摆。

"请吩咐我吧。无论发生什么,我都不离开您。为了您,我愿意上刀山下火海。《伊索寓言》里的狮子王,不还救了老鼠吗?我就是那只老鼠。我……"

"闭嘴!我甚内不用你这种人报答。"

甚内一把推开我,又踹了我一脚。

"死皮赖脸!孝敬孝敬你那爹妈吧!"

我再次被踢倒,顿时怒从心起,口不择言起来。

"好！那你等着，这恩我一定会报！"

但甚内并没有回头，他沿着落满雪的路急匆匆地走掉了。不知不觉中，月光下他渐渐远去，竹笠也变得模糊起来……那以后的两年里我一直没能再见到甚内。（突然笑了起来）"我甚内不用你这种人报答。"那个男人曾经这样说。但天亮之后，我就要代替他去死了。

啊，圣母玛利亚！这两年里，为了报甚内之恩，我不知费了多少苦心。报恩？——不，与其说是报恩，不如说是报仇。可是如今甚内他人在何方，在做什么？——谁也不知道。甚内到底是何方神圣？——就连这个问题，也无人知晓。我遇见的甚内是个假扮行脚僧的小个子。但人们不是说，那个曾出现在柳町的妓院里，还不到三十岁的红脸络腮胡的浪人才是甚内吗？还有那个大闹歌舞伎馆的驼背赤发人，那个抢走妙国寺珍宝，额前垂发的年轻武士……如果这些人都是甚内……那甚内究竟是谁？弄清这个男人的真面目，恐怕终究非人力所及。就这样，去年年末，我得了吐血的病。

一定要报仇——我日益消瘦下去，满心却只考虑着这一件事。一天夜里，我心里突然闪过一个念头。圣母玛利亚！圣母玛利亚！是您赐予我智慧，教给我这个主意。只需舍弃我这副身体，我这副因吐血而日益衰竭的、皮包骨头的身体——只要有这个觉悟，就能达成我的愿望。那一夜，我欣喜不已，不停地笑出声来，一直重复着这句话："代替甚内掉脑袋。代替甚内掉脑袋……"

代替甚内被砍头——还有什么比这更妙的事吗？如此一来，甚内犯下的罪将随着我的死亡而消失。在日本广阔的国土上，无论去哪儿，甚内都能昂首挺胸，不再有畏惧。而与此相应地（再次笑起来）——与此相应的是，我弥三郎，在一夜之间成为举世无双的大盗。吕宋左卫门的手下、利休居士的朋友、骗走暹罗店珊瑚树、砸坏伏见城金库、砍杀八个参河武士……甚内所有的大名鼎鼎的事迹，都归我所有了。（第三次笑起来）可以说，我在帮了甚内的同时，也抹杀了这个名字；在为我一家报恩的同时，也报了我的仇。这样令人愉快的报答，恐怕绝无仅有。那一夜，我欣喜至极，开心得一个劲儿地笑。即使此时身在牢狱之中，我也还在笑。

想出这条妙计之后，我就去皇宫大内行窃。刚刚入夜，时间还早，我记得火光照在宫帘上，松林中的花朵影影绰绰，一片朦胧。我从长廊的屋顶跳到好像没有人的庭院里，如我所料，被突然冲出来的四五个侍卫抓住了。那时摁着我，拼命地用绳索把我捆上的一个长满胡子的武士，嘴里念叨着："这回终于把甚内抓住了。"不错，除了阿妈港甚内，还有人会潜入大内吗？听到那武士的话，我在奋力挣扎的同时，情不自禁地露出了微笑。

"我甚内不用你这种人报答。"那个男人曾这么说。可是天一亮，我就要代替甚内赴死了。这是多好的讽刺啊！届时，我的脑袋就挂在那里，等着他的到来。甚内在我的人头面前，应该会感受到我无声的嘲笑吧。"我弥三郎报答得怎么样？"这嘲讽的意思就是："你已经不是甚内了。甚内是这个脑袋，这才是闻名天下，日本第一的大盗。"

(笑声)啊,我心情愉快得很。这么愉快的事情,一生只有一次。只是,我的父亲弥三右卫门看到我的首级时……(痛苦地)原谅我吧,父亲!得了吐血之症的我,就算不被砍头,也活不过三年了。请原谅我的不孝吧。我虽然走上了歪路,但总算为我们一家报了恩……

大正十一年(1922)三月

忠 义

一 前岛林右卫门

板仓修理①病后的疲惫刚减轻一点儿，紧接着又患上了严重的神经衰弱。

他肩膀浮肿，头疼不已，就连平时喜欢的书都读不下去。只要走廊有人经过，发出一点儿脚步声，或者家里有人说话，修理的注意力立刻就会被打断。渐渐地，只要有一点儿风吹草动，都会让他的精神备受折磨。

比如，烟灰缸上的莳绘，黑底上描绘着金色的蔓草，那些纤细的藤蔓和叶子会使他心烦意乱，无法忍受。还有，诸如象牙筷子、青铜火筷这类尖尖的东西，修理看到了就会心绪不安。最后甚至连榻榻米边缘交叉的方角天花板的四角，都会让他感觉像盯着刀尖一样，精神

---

① 即板仓胜该（？—1747），别名安之助。修理，江户时代中期的旗本。

紧张,心绪不宁。

于是,修理不得不每天阴沉着脸,一直待在起居室里。无论做什么,他都感觉痛苦万分。修理甚至时常想,要是有可能的话,就这样让自己存在的意识一下子消失该有多好。不过,他那敏感的神经不允许他这么做。他就像掉入了食蚁兽巢穴的蚂蚁一般,焦虑地观察着周围的一切。而修理身边,只有毫不理解他心情的,恭谨万分的历代家臣。一想到自己的痛苦无人知晓,没人理解,他的心里就更添一层痛苦。

修理的神经衰弱由于没有得到身边人的理解,越来越恶化。他时不时突然亢奋地大声叫嚷,声音大得就连隔壁府邸的邻居都听得到。此外,他也曾数次把手放在刀架的刀上。每当修理发作时,在他人眼里,他就完全变成了一个陌生人。平日里瘦削蜡黄的脸莫名抽搐着,眼神里带着诡异的杀气。每当发作得厉害时,他总会用发抖的双手抓挠两鬓——这个动作,被伺候在修理身边的人视为他发病的信号。一到这种时候,大家都心领神会,格外戒备,谁也不敢靠近他。

修理本人对"发疯"这件事也感到恐惧。当然他身边的人更加害怕他发病,这一点无须赘述。他对身边人的畏惧感到反感,不过却从来没有对自己感受到的恐惧有所挣扎。每当修理发病发作一通后,更加抑郁低沉的情绪就会重重地压在他的头上。他意识到,这种突然出现的恐惧像猛地闪现的闪电,威胁着自己。同时,一种自己即将要发疯的预感伴随着不安袭向他的心头——"要是发疯了,可怎么办?"

一想到这些，修理只觉得眼前一片黑暗。

修理的恐惧不断被外界刺激带来的烦躁所抵消。但这种烦躁又从另一个角度激发着他内心的恐惧。总之，修理的心就像想抓住自己尾巴的猫一样，毫无喘息地从一种不安跳到另一种不安，始终痛苦地徘徊着。

修理时不时的发作让家族忧心忡忡。其中最为之劳神的要数家老[①]前岛林右卫门了。

林右卫门说是家老，但其实是本家板仓氏部派来的附人[②]，就连修理平日对他也要礼让三分。林右卫门几乎没生过什么病，他脸膛红润，身材魁梧，文武双全，家臣中少有出其右者。因此，他对修理一直充当着进谏者的角色，人称"板仓家的大久保彦左"[③]正是因其忠心进谏而得来的外号。

林右卫门眼见得修理常常发狂，日益严重，不由得为主家忧心忡忡，夜不能寐。修理的病既然已经康复，近日的登城仪式就没有不出席的道理。可是，若在登城上殿的时候突然犯了病，对陪同城主的各位大名和同席的旗本[④]们，会是何等的失礼啊！要是不小心发生争执，刀剑相向，那板仓家的七千石俸禄定会被撤销收回。前事不忘后事之

---

① 日本武家家臣团最高的役职。
② 江户时代由大名本家派往分家，进行监督和辅佐的家老。
③ 即大久保忠教（1560—1639），日本战国时代武将，德川家家臣。
④ 日本武士俸禄未满一万石，但有资格在将军出场仪式中出现的德川将军家直属家臣团的统称。

师，堀田稻叶的争吵事情应当引以为戒。

林右卫门越想越坐立难安，在他看来，修理发作不是身体上的疾病，而是一种心病。于是，就像之前对修理放纵的行为和奢侈的生活大胆进谏一样，林右卫门打算果决地对修理的神经衰弱直言进谏。

因此，林右卫门只要一有机会，就向修理苦谏。但他的谏言对缓解修理的发病一点儿作用都没有。反倒是他越进谏，修理越烦躁，发作起来眼见得一次比一次严重。有一回，修理差点儿要杀了林右卫门。"不把主子当主子的东西，要不是看在本家的分上，一定砍了你。"——修理火冒三丈地说道，林右卫门在主子的眼里不光看到了怒火，还有难以忽视的憎恨。

就这样，主仆之间本来亲近的关系，就在林右卫门一次次的苦谏之下，变得越来越紧张。如今不仅修理憎恨林右卫门，林右卫门的心里不知不觉之间也对修理萌发了憎恶的种子。不过林右卫门自己对此并未察觉，至少不到最后一刻，他坚信自己对修理的忠心不会有变。"君不为君，臣不为臣"——这不仅是孟子之道，也是人间正道。不过林右卫门不想承认这一点……

无论如何，他想守好为臣之道。然而苦谏无果让他饱受折磨，于是林右卫门打定主意，要动用深藏于心的最后手段。这最后的手段就是逼迫修理退隐，在板仓家拥立一位养子。

林右卫门认为，家族比什么都重要。在家族面前，必须牺牲掉如今的家主。尤其是板仓本家世代名门，自先祖板仓四郎左卫门胜重以来，兢兢业业，未曾有半个污点。第二任家主左卫门重宗子承父业，官任所司代①，显著的政绩，数不胜数。其弟主水重昌，庆长十九年（1614）大阪之役②双方讲和之际，不辱使命，完成了确认临终养子的重任；又在宽永十四年（1637）岛原之乱③时，作为西国之军的统帅，在天草征伐的战役中挥舞着将军御名代的旗帜。这样的氏族名门，万一蒙羞受辱可如何是好？自己身为臣子，又有何面目面对九泉之下板仓家的列祖列宗？

抱着这样的想法，林右卫门悄悄在板仓家一族中物色着未来家主的合适人选。结果他幸运地发现时任若年寄④的板仓佐渡守有三个尚未继承家督⑤的儿子。只要把其中一个立为继承人，提出养子申请，其他面子上的事总有办法。当然具体的事情必须背着修理和修理夫人悄悄地办。林右卫门好不容易想出这个法子后，开始琢磨着将其公开，但同时一种前所未有的悲哀，让他的内心愁云密布。他这样安慰着自己："这一切都是为了家族啊！"然而，在林右卫门的决心之中，有一种他本人并未意识到的，朦胧的、像要辩解什么的意图，就像月

---

① 指京都所司代，江户幕府官职，负责维持治安。
② 大阪之役是日本江户时代初期（1614—1615），江户幕府为消灭丰臣家族而发起的战争，是日本战国时代的最后一场战役。
③ 日本江户幕府初期九州岛原半岛和天草岛农民与天主教徒反对幕藩封建压迫和宗教迫害的大起义，爆发于1637年，次年失败。又称天草起义。
④ 江户幕府的职务名称。直属于将军的仅次于老中的重要职务。管理老中职权范围以外的诸如旗本、御家人等官员。
⑤ 日本传统父权制度下，家族权力的最高领导者。

晕那样不易察觉地缠绕着月亮。

对修理而言，首先，病弱的他很对林右卫门健壮的身体恨之入骨，其次他憎恶林右卫门本家附人身份附带的巨大的权威。最后，还憎恨他以家族为中心的忠义主义。"不把主子当主子的东西"——修理的这句话中，隐藏着像余烬里的暗火一般的憎恨。

就在这时，修理突然从妻子口中得知了偶然落入她耳中的阴谋：林右卫门要逼修理退隐，把板仓佐渡守的儿子作为养子扶持为家主。得知此事的修理，直气得目眦欲裂。

原来如此。林右卫门或许确实把板仓家族的利益放在了首位，但是这种所谓的"忠义"，就可以为了家族的利益，蔑视自己侍奉的主人吗？更何况，他对家族的忧虑全是庸人自扰。仅仅因为他杞人忧天的想法，竟然要逼迫自己退隐。或许他那堂而皇之的"忠义"背后，还隐藏着想取而代之，在板仓家掌控一切的野心。想到这里，修理觉得对林右卫门的不臣之行，无论用什么酷刑惩罚，都不为过。

修理从妻子那里得到这个消息后，立即叫来了从小照顾他的老家臣田中宇左卫门，吩咐道："把林右卫门的头砍了！"

宇左卫门歪着头发花白的脑袋，他那比实际年龄更显苍老的脸上因为最近的操心更添了几道皱纹。对林右卫门的图谋不轨，宇左卫门自然也感到不快。但对方毕竟是本家派来的附人。

"斩首之刑恐有不妥。让他像个武士一样切腹自尽，保持武士的气节，倒是没什么关系。"

修理听了宇左卫门的答话，用嘲讽的眼神看着他，再三摇头。

"那个可恶的奴才，没必要让他切腹自尽。斩首，必须斩首！"

但不知为何，修理说着，眼泪从他没有血色的脸上簌簌而落。然后他开始像往常发病时那样，双手挠起了两鬓。

修理要对林右卫门施以斩首之刑的命令，通过林右卫门的心腹，传到了他的耳朵里。

"好呀，既然如此，我林右卫门也不能任人摆布，绝无拱手送死的道理。"

他无所畏惧地凛然说道。之前心里挥之不去的那种莫名的不安，在得知这个消息的一刻，消失得一干二净。如今，他对修理只剩下明明白白的刻骨仇恨。现在的修理已经不再是自己的主人。自己对他的憎恨，也不再需要有所顾忌。一瞬间，林右卫门想明白了他们之间的逻辑关系，心里一下变得敞亮起来。

于是，他带着妻子、孩子以及几个部下，在白天时离开了修理的府邸。按照规矩，林右卫门把搬迁的地址贴在了客厅的墙上。他把长枪夹在腋下，率先走在前面。一行人扶老携幼，算上拿着武器的随从，一共也不过十个人。但他们就这样堂而皇之地走出了修理府。

时值延亨四年（1747）三月末，门外的暖风吹起樱花和尘埃，吹过武士宅院的窗户。林右卫门站在风里，左右看了看街道，然后用长枪指挥着一行人向左边出发。

二　田中宇左卫门

林右卫门离开之后，田中宇左卫门代替他做了家老。宇左卫门从修理还是个婴儿时就一直照顾他，所以看待修理的视角自然和旁人不同。他以父母般的感情关怀着修理的病情，相较于旁人，修理也比较听他的话。于是主从之间的关系，比林右卫门做家老的时候，要和谐许多。

进入夏天以来，修理发作的频率有所减少。宇左卫门对此很是欣慰。他不是不害怕万一修理在殿上发病，会有失体统。不过不同的是，林右卫门认为这事关家族荣誉而感到害怕；而宇左卫门则认为这关系到主人修理本人而感到害怕。

当然，他也不是不在乎整个家族。只是如果突发变故而导致家族灭亡，这不是最要紧的。但如果是因为主人的缘故导致家族灭亡，从而使主人背负了罪名，那就糟糕了。那么，如何防患于未然呢？关于这一点，宇左卫门不像林右卫门那样有明确的想法。恐怕在他看来，除了祈祷神明护佑和靠自己的忠心来缓解修理发作，再别无他法。

这一年八月一日，德川幕府举行八朔仪式[①]，修理病后首次参加了公务活动。之后还顺便拜访了在西丸的若年寄板仓佐渡守，然后才回家。修理在殿上似乎并未有什么无礼之举，这让宇左卫门紧锁的愁眉

---

① 日本旧历八月一日庆贺丰收的仪式。

舒展开来。

不过宇左门卫还没高兴到一天，半夜，板仓佐渡守就派了使者，请他过去相谈。一种不祥的预感在宇左门卫心头闪过。从林右卫门担任家老开始算起，这样半夜派使者来召的事情一次都没有发生过，而且正好是修理刚登完城之后的夜里。不祥的预感包围了宇左卫门，他慌慌张张地赶去佐渡守府邸。

果然，宇左卫门见到佐渡守之后得知，修理确有失礼之举。今日公务结束之后，修理身穿绢制白色单衣礼服，到西丸拜访佐渡守。佐渡守见修理脸色看起来有些不好，像是大病初愈，但谈吐还算正常，不像病人的样子。于是他便放下心来，和他聊起了天。谈话之间，佐渡守照例问起了前岛林右卫门近日如何，但修理一听，脸立刻阴了下来，说道："林右卫门这家伙，前几天从我那里逃跑了。"佐渡守对林右卫门的为人很了解，认为他不是无缘无故背弃主人之人，于是细细询问了情况。又劝告修理：林右卫门毕竟是本家派去的附人，就算有什么不对，没和家族里商量，也不告知大家，这样做不太妥当。修理一听，脸色骤变，手按刀柄，说道："佐渡守似乎对林右卫门这小人多有偏袒，但是，我的家事我自己处置。就算你是年轻有为的若年寄，但也请不要多管闲事。"佐渡守没想到修理会是这种反应，呆立当场，最后推说公务繁忙，匆匆起身离座。

"明白了吗？"说到这里，佐渡守苦着一张脸，继续嘱咐宇左卫门。首先，佐渡守认为没有把林右卫门离开之事的原委和家族众人秉明,这是宇左卫门的罪责;其次,让有可能发病的修理登城,也是宇左卫门的不是。今天是冲撞了他佐渡守,还算好的,但如果是对列座的诸位大名像今日这般放肆无礼,板仓家的七千石俸禄立刻就会被幕府收回。

"现在这个情况,你今后一定不能让修理外出,特别是不要让他上殿。"

佐渡守盯着宇左卫门,补充道:"我只是担心主人再次当众犯病,你明白吗?这是我对你的命令。"

宇左卫门眉头紧锁,用坚决的语气回答道:"明白了。今后我一定会万分谨慎。"

"好,千万不能再出错。"佐渡守发自肺腑地叮咛道。

"宇左门卫拼上性命,向您保证。"

他眼含泪水,恳切地看着佐渡守。但他的眼里,除了请求佐渡守哀怜的神色,还有一种犯难的决心。那决心不是一定能阻止修理外出的决心,而是如果阻止不了修理外出该怎么办的决心。

佐渡守见此,皱着眉头,感觉很棘手一般把头转向了另一边。

要服从主人的旨意,家族便危在旦夕;要想让家族稳固,就不得不违背主人的意愿。过去,林右卫门也曾陷入过这种两难的处境,但是他拿出了为了家族而舍弃主人的勇气。或者说,他也许从一开始就没有把"主人"看得很重。所以他可以轻易地为了家族而牺牲目前侍奉的主人。

但宇左卫门做不到这一点。自己正是为了家族才和主人如此亲近。但不能因为家族，就迫使现在的主人退隐吧。总之在自己看来，现在的主人修理，和儿童时期手拿驱魔弓箭玩具的修理没什么两样。自己给他读小人书，教他唱难波津的歌谣，还给他做带着长尾巴的纸风筝……这一切过去的回忆依然近在眼前。

但如果对主人的所作所为听之任之，不仅整个家族危在旦夕，恐怕灾祸也会降临到主人身上。从利害关系来考量，林右卫门的做法无疑是唯一有效的对策。宇左卫门也认同这一点，然而自己无论如何也做不到。

闪电划破长空，宇左卫门回到修理府中。他默默地抱臂于胸前，反复想着这些事。

第二天，宇左卫门把昨夜去佐渡守府上的前前后后，原原本本告诉了修理。修理听完，脸色立刻变得阴郁起来，但并没有像往常那样发作。宇左卫门小心翼翼地察言观色，看主人如此，稍微放心一些。这一天总算平安无事地过去了。

之后的大约十天里，修理一直待在他的起居室里没有出门，呆呆地思考着什么。看到宇左卫门也不开口说话。只有一次，那天下着小雨，修理听到有杜鹃在叫，喃喃自语道："这是要趁机占据黄莺的窝巢啊！"宇左卫门闻言立刻接过话茬，想趁机引修理说话。不过修理说完刚才那句，就沉默不语了，一直看着阴沉的天空。其他时间里，他都像哑巴一样一言不发，一动不动地盯着房间深处的木拉门，脸上看不出一点儿表情。

但就在离十五日上殿还有两三天的时候，修理突然把宇左卫门叫来，屏退旁人，一脸忧郁地说："前几日，正如佐渡守大人所说，我身上抱病，不宜进行公务活动。我想了想，自己还是退隐比较好。"

宇左卫门犹豫了。如果修理真是这么想的，那么没有比这更好的结果了。不过为什么修理会这么轻易地让出家主之位呢？

"您说得有理，佐渡守大人也是这么说的。很遗憾，除此之外，现在没有更好的办法。既然如此，那首先向诸位亲属……"

"不，不必。我退隐，和当时处理林右卫门不一样，不和大家商量，他们也会同意的。"

说着，修理的脸上露出苦涩的微笑。

"不说不妥吧。"

宇左卫门为难地看着修理，但修理似乎听不进去他的话。

"要是退隐了，就再也不能上殿参加公务了，所以……"修理定定地看着宇左卫门的脸，一字一句，语气郑重地说："在退隐之前，我想再出一次公务，去西丸拜见大御所吉宗大人。怎么样，十五日让我上殿吧？"

宇左卫门愁眉紧锁，沉默不语。

"就这一次。"

"十分抱歉，此事不妥……"

"不能让我去吗？"

两人对视无言。静悄悄的房间里除了灯芯吸油的声音，什么也听不到。这短暂的沉默对宇左卫门来说仿佛一年一样漫长难熬。他已在佐渡守面前坚决承诺过不让修理上殿，如果又容许修理外出，那自己作为武士的操守又该置于何地。

"老臣对佐渡守大人承诺过此事，所以求您不要上殿。"

过了一会儿，修理说道："我明白，如果你让我上殿，家族里众人都会非常不满。现在看来，我不仅被家族视为弃子，就连家臣也要放弃我了。"

说着说着，修理的声音颤抖起来，情绪渐渐激动。眼见着他的眼里已含满泪水。

"受尽世人的嘲讽，将家督拱手让人，天道之光恐怕已不肯照在我的身上。我修理此生的愿望就是再上一次殿，再办一次公务——我想宇左卫门不会拒绝我的请求吧。我猜你对我应该只有怜悯，没有憎恶。我修理把你视为自己的父亲、兄弟。不，是比真的兄弟还要亲。天下之广，我能依靠的就只有你一个人了，所以我才提出了这个无理的要求。这样的事，此生我不会再提第二次。请你体谅一下我的心吧，无论如何请宽恕我的任性，我恳求你……"

在家老宇左卫门身前，修理双手伏地，额头抵在榻榻米上，泪水横流。宇左卫门被深深感动了。

"您快起来,快起来,折煞老朽了。"

他握住修理的手,硬是拉着他坐起来,自己也哭了起来。泪水从宇左卫门的脸上流下来,他的心渐渐放松下来。在泪水中,他清晰地想起了自己在佐渡守面前郑重承诺过的话。

"好吧,无论佐渡守大人说过什么,无论有什么闪失,大不了老臣剖腹自尽,以死谢罪。所有一切都算作老臣的失职,也一定让您上殿。"

一听宇左卫门这么说,修理立刻一脸喜色,和刚才的状态判若两人。变化之快,宛如演员演戏,却比演员还要自然。他突然怪笑起来:"噢,你答应了呀?感激不尽,感激不尽啊!"说着,他兴高采烈地环视左右,说道:"大家都听到了吧,宇左卫门同意我上殿了。"

然而这偌大的起居室里,除了他和宇左卫门两人,并无一个人影。"大家"——宇左卫门担心地向前膝行两步,在烛火昏暗的灯光下,心惊胆战地窥探着修理的神色。

三　刃杀

延享四年(1747)八月十五日早上,五点刚过,修理在殿中杀害了和自己并无恩怨的肥后国熊本城城主细川越中守宗教[①]。事情始末记载如下。

[①] 细川宗教(1716—1747),日本江户时代大名,肥后国熊本藩第五代藩主。

细川家在诸侯中战功卓著，武名远扬。就连贵族小姐出身的宗教的妻子都精通武艺，颇具身手。宗教本人为人恪尽职守，无可指摘。他死于非命，完全像歌谣"三斋三斋，临终之期；细川挨刀，死于非命"所说，都是时运所致。

不过事后想来，细川家在遭此横祸之前，已现凶兆。那年三月中旬，品川伊佐罗子的府邸先是发生了火灾。按理说这座府里供着妙见大菩萨，菩萨前有喷水石，一旦发生火灾，石头会自动喷水，所以此前从未发生过府邸被烧毁这种大事。第二个凶兆是，五月上旬，鱼篮观音爱染院送来的用于贴在门前的护符——"武运长久，加佑消灾"这几个字里，少了一个"灾"字。细川家立刻派人去上野寺院的住持那里询问，立即请爱染院重新写了送过来。第三个凶兆是，从八月上旬开始，府上客厅附近，深夜总有一大团怪火，向庭院的草坪飞去。

此外，八月十四日白天，一个颇通天象的家臣，才木茂右卫门对目付①禀报说："明日十五日，细川大人或有血光之灾。小人夜观天象，将星将陨，因此还请大人珍重贵体，不要外出。"目付本不信天象，但因为家主平日里很尊重这位家臣的预言，还是派人禀告了越中守。越中守因此取消了十五日要举办的能狂言演出②和上殿之后去别的权贵家拜访的安排。不过上殿是公务，所以无法推辞。

---

① 目付，江户幕府制度下的监察官官职。
② 能狂言，日本传统表演艺术形式之一。

第二天又出现了不祥之兆。十五日当天,越中守像往常一样,换上麻布质地的礼服,向八幡大菩萨敬献神酒。从侍童手里接过盛有神酒的两个瓶子,向菩萨供奉时,不知为何瓶子突然双双倒了,神酒洒到了外面。当时在场的人都不由得变了脸色。

十五日,越中守上殿后,先是由坊主引领,进入大厅。不过越中守突然内急,就由坊主黑木闲斋带着,去了如厕之处。解了一时之急以后,越中守正在有些昏暗的洗手处洗手,这时不知是谁突然大喊一声,一刀就砍了过来。越中守大惊失色,回头望去,第二刀就在他眉间闪过。那时血溅到了眼睛上,他没能看清对方是谁。凶手趁机接连砍了他几刀。越中守跌跌跄跄地想逃走,但是,最终还是倒在了外面的走廊上。凶手把凶器扔在一边,惊慌失措地逃走了。

而本来陪同越中守的坊主黑木闲斋面对这飞来横祸,早就慌慌张张地独自逃去了大厅,找了个地方躲了起来,所以也没看清凶手和行凶的经过。又过了一会儿,一个名叫本间定五郎的仆从,在从御番所回仆从住处的路上,发现了倒在血泊中的越中守,这才急忙报告给目付。目付组长久下善兵卫、目付土田半右卫门、菰田仁右卫门等人迅速赶来,一时间,整个殿中像被捅了的马蜂窝一样,乱成一团。

大家七手八脚地把伤者扶起来,只见他血流满面,血肉模糊,已认不出是谁。只好在他耳边喊着询问他是谁,伤者勉强用极微弱的声音说:"我乃细川越中。"之后再问凶手是谁,他答道:"穿着上下一色礼服的人。"之后,越中守就再也无法答话了。他身上的伤口为"脖颈处约七寸,左肩六七寸,右肩五寸,左右两手各四五处,面部鼻、耳、头,各有两三处,背部至右腰间大约一尺五寸"。当天负责值班的目付土屋长太郎、桥本阿波守、大目付河野丰前守一起把重伤的越中守抬到了有地炉的房间,用屏风将伤者围住。五位坊主自不必说,当时还留在大厅里的各位大名也一起来看护。其中,松平兵部少辅一路上对伤者最为关切,其谊之笃,令观者亦为之不忍。

在这期间,已有人向老中、若年寄禀报。以防万一,整个大殿里里外外全部封锁,戒备森严。在大门外等候各大名出来的家臣们都大惊失色,知道大殿内发生了变故。考虑到家主的安危,大家都骚动起来。目付几番阻止,都无济于事。各大名的家臣想闯入大殿,如海啸一般疯狂地冲击着大门。此时,大殿内也乱作一团。目付土屋长太郎带领部下,一个房间一个房间地搜寻凶手。可是怎么也找不到那个"穿着上下一色礼服的人。"

就在这时,一个叫宝井宗贺的坊主意外发现了凶手。他一向大胆,于是独自在大家没有搜查的不容易发现的地方寻找着。就在有地炉的房间附近的厕所里,他发现了一个头发乱糟糟的男子,如影子一般蹲在角落。因为厕所内光线昏暗,看不清人脸。只见他从鼻纸袋①里拿出一把剪子,开始剪自己乱蓬蓬的头发。宗贺看到后,从旁问了一句:"请问您是?"

---

① 用于随身携带钱币、纸巾等小物件的皮袋子。

"我啊,杀了人,在剪头发呢。"那男人用沙哑的声音这样回答道。

无须多想,这就是凶手。宗贺立刻叫人来,把这个男人从厕所里拽了出去,交给了徒目付。

徒目付又将此人带到一个房间里,由大目付以及其他目付一同仔细审问凶手伤人的经过。但此人只是茫然地看着殿中乱作一团的景象,说不出个正常的回答。偶尔开口,说的也是杜鹃鸟什么的。在审问过程中,他多次用沾满血的手抓挠着两鬓——修理已经完全疯了。

细川越中守在房间里咽了气。按照大御守的指示,只说受了伤,放入轿中,从中口出平川口,将其抬回了细川府。直到二十一日才对外宣布其过世的消息。

修理在越中守死后,立刻被关在了水野监物[①]府中。同样是把修理押入轿中,从中口出平川口。押着修理的轿子两旁,跟着水野家的五十多个武士。他们都穿着崭新的茶色外衣和白色的裤子,拿着木棒,时刻戒备,以防不测——这样万无一失,守卫森严的押送,让水野监物受到不少赞扬。

修理杀害越中守的第七天,也就是八月二十二日,大目付石河土佐守传达了将军的旨意:修理虽疯癫失常,但重伤细川越中守,并致

[①] 江户幕府官职之一,掌管出纳。

越中守死亡，令其于水野府上剖腹自尽。

修理在将军使者面前，并没有接过短刀要自尽的意思，他只是茫然地将双手置于膝上。水野家的介错①人，水野监物的家臣吉田弥三左卫门见修理如此，只好从后将其斩首。说是斩首，但脖子上的皮没有完全砍断。弥三左卫门拿着修理的人头给"检使"②官员查看。修理的头，颧骨高耸，皮肤蜡黄，看起来可怕极了。当然，他到死都睁着眼。

检使一边闻着血腥味，一边用满意的口吻说道："很好。"

同一天，田中宇左卫门于板仓式部的府邸被施以绞刑处死。罪名为：多次向板仓佐渡守承诺保证禁止修理病中出行，但还是放任修理上殿，致此大祸，导致板仓家失去了七千石的俸禄，断绝了家族的仕途。言行不一，举止不当，罪不可恕。

板仓周防守、同式部、同佐渡守、酒井左卫门尉、松平右近将监等所有族人，皆受远虑之惩③。此外，扔下越中守独自逃跑的坊主黑木闲斋，废其俸禄，将之流放。

修理刃杀越中守，可能是个失误。细川家的家纹九曜星和板仓家

---

① 介错，即在日本切腹仪式中为切腹自杀者斩首，以让切腹者更快死亡，降低痛苦。
② 调查非正常死亡者的官员。
③ 江户时期对士大夫、僧人的轻罪的请发之一。白天不得出门。

的九曜巴很像。也许修理是想杀了板仓佐渡守,却误杀了越中守。过去毛利主水正刺杀水野隼人正时,也犯过认错人的错误。尤其是在厕所旁洗手处这种光线昏暗的地方,更容易犯这样的错误——这是当时世人的推测。

不过,只有板仓佐渡守对这一说法很是不悦。每当听到类似的言论,他总是苦着一张脸,说道:"修理没有理由要杀我吧。他惹下的大祸,就是疯子做出来的事吧。可能没什么原因,就是想杀肥后侯[①]。说是把他当成了我,真是荒谬至极。修理在大目付面前,不是还说什么杜鹃鸟吗?也许修理是把肥后侯当成杜鹃鸟给杀了的呢。"

大正六年(1917)二月

[①] 即细川宗教,因其为肥后国熊本藩藩主,亦称肥后侯。

丝女记事

秀林院夫人①（细川越中守忠兴②之妻，谥号秀林院殿华屋宗玉大姐）去世前后的经过记录如下。

---

① 细川玉子（1563—1600），日本战国武将明智光秀的女儿，同样侍奉主公织田信长的武将细川忠兴之正室，法名秀林院。在父亲明智光秀发动本能寺之变（1582），杀害主公织田信长后，细川忠兴将她幽禁在丹后的深山里。细川玉子在被幽禁期间，皈依天主教，教名伽罗奢。后经取代织田信长实力的羽柴秀吉同意，细川忠兴与玉子恢复夫妻关系。之后，在关原之战（1600）时，细川忠兴追随东军德川家康，玉子等东军大名的家眷被西军挟持，作为人质。玉子选择了以死抗争。她用自己的生命，解除了丈夫的后顾之忧，对东军取得关原之战的胜利起到了积极的作用，而玉子本人也成为贞烈的完美女性的代表。
  芥川龙之介在本篇中用揶揄的口吻刻画了细川玉子不为人知的另一面，具有破坏偶像形象的意味。
② 细川忠兴（1563—1646），日本安土桃山时代及江户时代的武将，号三斋，细川玉子的丈夫。先后侍奉织田信长、丰臣秀吉、德川家康。在军事和政治方面都颇有才能，同时精通茶道，被列为利休七哲之一。

一

　　石田治部少①之乱那年，也就是庆长五年（1600）七月十日，家父鱼屋清左卫门，来大阪玉造府邸拜见，献给秀林院夫人十只金丝雀。秀林院夫人一向喜欢西洋舶来品，对家父所献芳颜大悦，我跟着也颜面有光。其实夫人的日常物件中，几乎全是赝品，像金丝雀这样的正宗舶来货，还从来没有过。那天家父恳请道："秋风渐起，天气转凉，还请准假放还，小女也该出阁了。"我侍奉夫人已过三年，夫人一点儿也不温柔，总把贤女的架子放在第一位。我贴身伺候，她也没有半点儿亲切的样子，气氛总是很压抑。那天听父亲这么说，我开心极了。那时夫人还说日本女人浅薄无知，就是因为没读过西洋书。我猜，夫人来世一定会非西洋侯爵不嫁吧。

二

　　十一日，一个叫澄见的尼姑来拜见夫人。澄见在大阪城内的权贵间左右逢源，很吃得开。听说她在京都的时候，先后嫁过六次，为人不太正经。我看到她的脸，就觉得恶心，但夫人好像并不讨厌她，还和她能聊上小半天。我们这些侍女看了，都觉得不可思议。澄见能让夫人待

---

① 石田三成（1560—1600），日本战国时代和安土桃山时代的武将及大名。1600年的关原之战中，石田三成率领的西军被德川家康率领的东军打败，三成被俘并被斩于京都的六条河原，时年四十岁。他死后不久，丰臣家垮台，日本从此进入德川幕府统治时期。

见,全是因为善于阿谀奉承。比如,她见到夫人,拍马屁说:"夫人一直都这么美貌动人,在大人眼中,看起来只有二十出头。"可实际上夫人并没有她说的那么美丽。她鼻梁过高,脸上有少许雀斑。尤其夫人已经三十八岁了,就算是晚上从远处看,也没人会觉得她只有二十出头。

三

那日澄见来访,实际上是暗中受治部少之托,想劝夫人搬回大阪城内居住。夫人说要考虑考虑,之后再回话,好像并没有下定决心的样子。澄见走后,夫人就在圣母玛利亚的画像前,专心致志地祈祷着,每过一会儿就念一句"奥拉次西右[①]"。日语里没有"奥拉次西右"这个词,听说这是一种叫拉丁语的西洋语言。我们听着就像"闹死,闹死",好笑极了,得竭力忍着才能不笑出来。

四

十二日,没什么新鲜事。但夫人似乎心情不太好。夫人心情欠佳的时候,别说对我们,就是对与一郎大人(忠兴之子,忠隆)的妻子也阴阳怪气,谁都不愿意到夫人近前去。比如,她说少奶奶的妆容画得太过了,还引出什么《伊曾保物语》里孔雀的故事[②],说教了好久。

[①] 日本天主教徒用语,源自拉丁语Oratio,意为祈祷。
[②] 故事大意:孔雀向白鹤夸耀自己羽翼美丽,白鹤指出其脚踩污泥,不能高飞的缺点,孔雀惭愧不已。

大家都觉得少奶奶真是不容易。少奶奶是隔壁府上浮田中纳言的正室的妹妹，谈不上多聪明，但论美貌，却不输任何一幅名画上的美女。

五

十三日，小笠原少斋（秀清）[①]和河北石见（一成）两人，来厨房禀报。细川家不要说成年男子，就是孩子都不能直接进入内宅。在外面工作的男子一般去厨房和侍女说要禀报的事宜，再由我们传话给夫人，久而久之，就成了不成文的规矩。这种传话方式全因老爷和夫人之间相互吃醋的缘故。黑田家的森太兵卫曾经笑话说这家规也太不方便了吧。不过上有规矩，下有法子，倒也没什么不方便的。

六

少斋和石见这二人，对一个叫阿霜的侍女细细说起要禀报事宜的原委。有消息称，这回所有投奔东军的大名，治部少都要留下人质。虽然目前还只是风传，但是果真如此的话，应当如何应对，想请夫人示下。对此，阿霜事后对我说，他们这些留守家里做事的，也太不灵光了。这消息前几天澄见不是已经说过了吗？哎呀，再传这话可令人为难了。不过其实也一向如此：一有什么风吹草动，我们比他们几个留守家里在外面办事的武士知道得还早。少斋是个迂腐死忠的老人，

[①] 与后文中的河北石见同为细川家家臣，历史上确有其人，最终为细川玉子介错。

石见只是一介武夫。所以传话的时候,我们把"消息都瞒不住了"这个说法,改成了"连他们留守的这些人都知道了"。

七

阿霜立刻将此事禀报了夫人。夫人回话说,治部少和老爷关系不洽,一旦要抓人质,说不定首先就会找上我们细川家。如果他们先找到别人家,我们就跟大家看齐便好了;可是如果先找上我们,要如何处理还请两位大人拿个主意。少斋和石见就是因为没主意,才来问夫人,但夫人的回答相当于又把问题抛了回去。不过在夫人的权威之下,阿霜也只好把原话传达给了他们。阿霜去厨房回话的工夫里,夫人又在圣母玛利亚的塑像前"闹死,闹死"地念叨了起来。新来的侍女阿梅觉得滑稽,不小心笑了出来,结果挨了一顿板子。

八

少斋和石见本是要询问夫人的意见,面对如今的回复,两人都觉得困惑。不过他们还是向阿霜做出以下回答:如果治少部派人来要人质,就说与一郎和五郎(忠兴之子,名兴秋)已投奔东军,内记(忠兴之子,名忠利)如今在江户做人质,所以细川府上没有可做人质的人选。如果一定要人质的话,请去田边城(舞鹤)问幽斋大人(忠兴之父,藤孝),这样如何?夫人想让这两位拿主意,但他们的回复等于还是打了一番太极,没什么建设性作用。且不说是年老功高的武士，就算像样一点儿的武士，难道不应该先让夫人去田边城避一避，然后把我们这些下人遣散，让大家跑路吗？最后他们两个再留下来，以死守卫细川府。人家过来要人质，你回答说没有人质，这如何搪塞得过去，最终两边一定会动手的。我们大家都得跟着受罪，可真是倒霉。

九

阿霜把两位大人的话回禀给夫人之后，夫人没再回答，只是嘴里念叨着"闹死，闹死"。过了一会儿，她恢复了常态，若无其事地说："那就这么办吧。"既然两个留守家里的武士没说请夫人出去避避，夫人自然也不能自己提出"快让我出去躲一躲吧"。想必夫人心里一定深恨少斋和石见二人，他们是如此无能！打这之后，可能因为她心情不好，所以总骂我们出气。每次骂的时候，一定要提到《伊曾保物语》里的故事，把这个侍女比作青蛙，把那个侍女比作豺狼的，大家都觉得被她讽刺比去当人质还难受。特别是对我数落个没完，一会儿说我是蜗牛，一会儿说是乌鸦，一会儿又说是猪、龟儿子、棕榈、狗、毒蛇、野牛、病人……骂得我那个难受呀，直到现在都刻骨铭心呢。

十

十四日，澄见又来拜见夫人，说起人质的事。夫人说，没有得到三斋老爷的许可,就不能同意去当人质。澄见说夫人以老爷为天,出嫁从夫,确实贤德。但这回是细川家的大事,就算不搬进城堡避一避,那总可以搬去隔壁浮田中纳言府上吧?浮田中纳言的正室夫人,和一郎少奶奶乃是姐妹,即便三斋老爷知道了,也不至于问罪吧?我一向讨厌澄见这个老狐狸,不过她今天说的话确实有道理。若是搬到隔壁浮田中纳言府上,一来说起来好听,面子上过得去;二来我们大家都能得以保命。还有什么比这法子更好的吗?

十一

然而对这个妙计,夫人却说,虽然浮田中纳言大人算是一门亲戚,但他和治部少走得很近,这事早有耳闻。就算搬过去,人质还是人质,此事不能苟同。澄见费尽口舌,但夫人不为所动。澄见的妙计终究还是泡了汤。当时,夫人还说了半天孔子啦、"伊曾保"的故事啦,橘姬①啦,耶稣啦什么的。日本和中国的故事就不用说了,西洋的故事她也拿出来讲给我们听,就连巧舌如簧的澄见也自愧不如。

十二

一天傍晚,阿霜说她看见金色的十字架从松树的枝梢陨落,怪异

---

① 弟橘媛。日本神话中的人物,日本武尊之妻。相传武尊渡海时,出言轻视其海为小海。海上突然刮起了大风浪,船无法般行。为了平息海神之怒,橘姬纵身投海,船只得以出航。

得如同梦境。"这定是大凶之兆"——阿霜悲伤地说道。阿霜眼睛近视，平日又一向胆小，大家常笑话她。所以这回，我猜她肯定是把星星看成了十字架，那些话信不得。

十三

十五日，澄见再次来府上拜见夫人。和昨天一样，又提起了人质的事。夫人说："不管你说多少遍，我都不会改变主意。"因此澄见也生气了，离开细川府之前，故意说道："看您愁容满面，如今芳容看起来像有四十多岁呢。"夫人气坏了，吩咐我们说以后不许澄见再来。然后这一天，每隔半个小时，就要"奥拉次西右"一次。夫人和澄见没谈出好结果，府里人人都惴惴不安，就连阿梅看见夫人祈祷也不再笑了。

十四

同一日，河北石见和稻富伊贺（裕直）吵了起来。伊贺擅长火炮，各个府上都有他的弟子，口碑很不错。少斋和石见他们二人对此不免嫉妒，与伊贺时有口角。

十五

这天夜里，阿霜做梦梦见敌人冲进了府里，她吓坏了，一边叫喊，一边在廊下跑出四五个房间那么远。

十六

十六日巳时，少斋、石见二人突然又来对阿霜说："治部少方才正式派使者来交涉，要我们交出夫人，如若不交，就要强行来抓人了。对方的要求实在太放肆了。我们即使切腹自尽，也绝不交出夫人。只是也请夫人做好心理准备，以防不测。"后来听阿霜说，那天刚好少斋牙疼，所以是石见来禀报的。禀报过程中，石见怒气冲冲，那样子看起来像要把阿霜杀了似的。这些阿霜后来都写在了她的故事里。

十七

夫人听完阿霜转述的事情详情，立刻就与少奶奶密谈。后来才听说，夫人劝少奶奶也跟着自尽。这可真惨，虽说眼下情势如此，已是不得已而为之，但我认为事情发展到这个地步，首先要怪他们留守看家的武士没有主见，不会办事。其次，是夫人自己的脾气导致她自投死路。既然她能劝少奶奶跟着自尽，很难说不想让我们也陪着她一起走黄泉路。她到底怎么想的，实在难以揣测。正当我百思不得其解的时候，夫人传唤大家过去。我们个个都提心吊胆，不知道她会下什么命令。

十八

等大家都聚齐了，夫人说，要去天国极乐世界的时候到了，她感到非常高兴。可是，看她脸色苍白，声音颤抖，根本就是言不由衷。接着夫人又说，但黄泉路上你们这些人的归宿，却是我的重重阻碍。你们冥顽不灵，不皈依天主，日后一定会下地狱，成为魔鬼的食饵。从今天起，你们要改过自新，和我一起信天主，听从天主的教诲。如若不然，就全部陪我自尽，一起离开这片秽土。到时候我们一起恳求大天使，再请大天使祈求上帝耶稣，让大家能一起进入天国，拜见那里的庄严。我们一个个泣不成声，感激涕零，大家立刻一致表态，愿意皈依天主教。夫人见此心情大悦，对我们说："既然如此，我在黄泉路上再无障碍，也放心了，不需要你们作陪了。"

十九

之后，夫人给三斋老爷和一郎少爷分别写了遗书，两封信都交给了阿霜。然后给京都的一个名叫葛连高利的神父也写了一封书信，用的是鬼画符般的洋文。夫人把这封信交给了我。信一共才五六行，夫人竟用了半个多小时才写完。对了，我去送信的时候，神父的一个日本助理一脸庄重地说在天主教教义里自杀是被禁止的，所以秀林院夫人恐怕上不了天堂。不过如果做一场弥撒，称颂她的功德，可以免除她堕入邪道。要是做弥撒的话，得给他一枚银币才行。

二十

敌人闯进来的时候，大概是亥时。按照之前商量好的，前门由河北石见看守,后门由稻富伊贺负责,内宅由小笠原少斋把守。知道敌人已经上门来了,夫人派阿梅去请少奶奶。但少奶奶早就不见了踪影,只留下一间空屋子。我们知道少奶奶跑了,都很为她高兴,只有夫人十分生气。她说:"我这一生,幼时有在山崎之战中与太阁殿下①争天下的父亲守护,死后有天国圣母玛利亚保佑,可死前却几番拜这个不可理喻的寻常大名家的女儿所赐,蒙羞受辱,真是岂有此理!"夫人那愤恨的样子,如今还历历在目。

二十一

过了没一会儿,小笠原少斋穿着藏蓝色线缝铠甲,提了一把长刀,来为夫人介错。少斋因为牙疼,左脸都肿了,看起来没个武士的样子。他禀告说,进入内室为夫人介错太过失礼,所以在隔壁的房间站着,隔着门槛为夫人介错,之后再自行切腹自尽。而见证他们临终的差事,就落在了我和阿霜头上。如今府里众人逃的逃,散的散,只剩下我和阿霜两个。夫人看着少斋说介错的事就拜托了。夫人自从嫁到细川家,夫妇子女别过不论,此后再见到成年男子这算第一回——这是后来阿霜说的。少斋在隔壁房间两手扶地,对夫人说临

---

① 即丰臣秀吉(1537—1598),下级武士家庭出身,侍奉织田信长,后因富有才干而逐渐发迹。织田信长在本能寺之变中被部下明智光秀杀害,丰臣秀吉于1582年的山崎之战击败明智光秀,渐渐成为织田信长的接班人,之后担任关白,成为日本实质上的统治者。在日本历史上,与织田信长、德川家康并称"战国三杰"。

终时辰已到。可能因为脸肿,声音听起来含混不清,夫人没听明白,让他大声些说。

二十二

就在这时,一个穿葱绿色铠甲的年轻随从手拿一把大刀,跑到少斋所在的隔壁房间禀告说,稻富伊贺叛变了,敌人已经闯入后门,请速速决断。夫人立刻用右手利落地绾起长发,露出脖子,表示已经做好了准备。可能是因为突然见到了年轻男子,夫人好像有些害羞,忽然脸上飞起红晕,一直红到耳根。我这一生,只有在那一刻才发现,原来夫人竟然这么美。

二十三

我们走出大门的时候,细川府已经烧起来了。火光下,许多人聚在门前。他们并不是敌人,只是来看热闹的人。听说敌人在夫人自裁前就已经带着伊贺撤退了——这些都是后来才知道的。

秀林院夫人临终前的经过,大致记录如上。

大正十二年(1923)十二月

孤独地狱
こどくじごく

芥川龙之介
人性三部曲

傀儡师
くぐつし

［日］芥川龙之介 著
窦娅楠 译

北京理工大学出版社

版权专有 侵权必究

图书在版编目（CIP）数据

傀儡师 /（日）芥川龙之介著；窦娅楠译. -- 北京：北京理工大学出版社，2022.7

（孤独地狱：芥川龙之介人性三部曲）

ISBN 978-7-5763-1061-0

Ⅰ.①傀… Ⅱ.①芥… ②窦… Ⅲ.①短篇小说—小说集—日本—现代 Ⅳ.①I313.45

中国版本图书馆CIP数据核字（2022）第031617号

出版发行 /	北京理工大学出版社有限责任公司
社　　址 /	北京市海淀区中关村南大街5号
邮　　编 /	100081
电　　话 /	（010）68914775（总编室）
	（010）82562903（教材售后服务热线）
	（010）68944723（其他图书服务热线）
网　　址 /	http://www.bitpress.com.cn
经　　销 /	全国各地新华书店
印　　刷 /	三河市金元印装有限公司
开　　本 /	880毫米×1230毫米　1/32
印　　张 /	7.75	责任编辑 / 徐艳君
字　　数 /	156千字	文案编辑 / 徐艳君
版　　次 /	2022年7月第1版　2022年7月第1次印刷	责任校对 / 刘亚男
定　　价 /	129.00元（全3册）	责任印制 / 施胜娟

图书出现印装质量问题，请拨打售后服务热线，本社负责调换

目录

齿轮	001
河童	040
竹林中	096
鼻子	108
枯野抄	116
点鬼簿	127
袈裟与盛远	135
小白	145
三件宝物	157
孤独地狱	171
母亲	176
仙人	190
南京的基督	198
蜜橘	212
一个傻子的一生	217

齿　轮

一　雨衣

为了参加一位熟人的婚礼，我拎着一个包，从日本某避暑胜地乘车前往东海道的一个车站。汽车在行驶中，道路两旁所见之处，几乎全部是茂盛的松树。按目前的时间来看，能不能赶上上行列车都是个问题。汽车里除了我，还搭乘了另外一位乘客，他是某理发店的老板。这位乘客的身材像大枣一样，圆圆胖胖的，唇边留着短短的络腮胡。我心里惦记着时间，嘴上时不时应付他两句，随意地聊着天。

"有些事儿，还真是灵异。我听说，××先生府上，大白天也闹鬼。"

"大白天也闹？"

我的眼睛盯着窗外冬日夕阳下的松树林，应付地跟他搭着话。

"白天天气好的时候，好像就没什么反常。下雨的时候，最容易闹鬼。"

"这鬼下雨天出来，不就被淋湿了吗？"

"您可真会说笑……不过听说那是个穿着雨衣的鬼魂。"

随着汽车的鸣笛声，我们乘坐的车停在了车站附近的停车场。我告别了理发店老板，走进车站。果然，上行列车在两三分钟之前刚刚开走了。候车室里坐着一个穿雨衣的男人，正呆呆地望着远方出神。我想起方才听说的闹鬼的事，微微苦笑了一下。总之，现在只能等下一班列车了。在候车的工夫里，我拐进了车站前面的一家咖啡店。

这家店能不能叫咖啡店，确实需要斟酌。我坐在角落里的桌子边，点了一杯热可可。桌子上铺了一块白底蓝方格的桌布，边缘处看起来有点儿脏，磨得露出了里层的布料。我喝着带着动物油脂气的热可可，观察着这家没有客人的咖啡店。在满是灰尘的墙上，贴着亲子盖饭和炸猪排之类的几张纸条。

"本地鸡蛋，蛋包饭。"

我看着这些纸条，东海道线的乡村风情迎面扑来。这里是麦田和卷心菜田之间会有电车穿梭而过的乡下……

下一班上行列车要等到黄昏时分才进站。我通常都选二等座，但这次因为一些特殊原因，我选了三等座。

火车里很挤，我周围的乘客都是要去大矶还是什么别的地方远足的小学女生。我点了一支烟，看着这群女学生。她们一脸开心的样子，叽叽喳喳，几乎不停地在说着话。

"摄影师，什么是爱情镜头？"

女学生口中的摄影师正坐在我的对面,看样子是陪同这些小学生一起远足的。此时,面对孩子的问题,摄影师含糊地应付着。但很快,她们中一个十四五岁①的女学生又对别的事问个不停。这时,我突然发现她的鼻子上有个脓包,没忍住轻声笑了出来。我旁边一个十二三岁的女学生坐在一个女老师的膝头,一只手抱着老师的脖子,另一只手摸着老师的脸。在和别人聊天的时候,还不忘时时和女老师说上一句:"老师真好看。老师的眼睛真可爱。"

她们给我的感觉已经不是女学生,而是成年女性了。当然,如果不看那些连着皮啃苹果,乱扔太妃糖糖纸的举止的话……不过,有个稍微年长的女学生在经过我座位的时候,可能踩到了谁的脚,立刻向对方致歉"对不起"。只有她,倒比其他人更像个女学生。我吸着烟,对觉察到这种矛盾的自己冷笑了一下。

不知何时,车灯亮了,火车终于到了郊外的车站。我在寒风中下了车,出了月台,走过一座桥,等着省线列车。非常偶然地,我遇到了在某公司工作的T君。在等车的工夫里,我们聊起了经济不景气的话题。显然,对这个问题T君比我理解得更深刻。不过,他粗粗的手指上戴着的绿松石戒指,却与这不景气的大环境不太相称。

"这块绿松石可真大啊。"

"这个吗?这是我在哈尔滨做生意的朋友硬要给我买的。那家伙

---

① 日本明治维新开始到"二战"前,学制和如今有所不同。此处女学生应为小学校高等科的学生,相当于日本现在中学一年级和二年级。

现在正焦头烂额，因为不能继续和合作社的伙伴做买卖了……"

幸运的是，我们等来的省线列车不像刚才的火车那么拥挤。我和T君并排坐着，聊了很久。他今年春天刚从外派的工作地点巴黎回到东京，我们就聊起了关于巴黎的话题。什么卡约夫人啊，螃蟹料理啊，正在国外游玩的某殿下等。

"在法国生活没什么困难，但法国人总不想纳税，所以内阁总是垮台……"

"所以法郎才暴跌的吧。"

"那是在日本报纸上看到的吧。然而你去法国再看，他们的报纸上日本不是大地震就是发洪水。"

这时，一个穿着雨衣的男人突然走来，坐到了我们对面。这让我有点儿害怕，便想把之前听说的闹鬼的事和T君说一说。但T君把他的手杖手柄转到左边，脸依然看向前方，小声对我说："你看见那边坐着的那个女的了吧？披着鼠灰色披肩的那个……"

"那个梳着西洋发型的女的？"

"是的，她抱着一个布包袱。她呀，今年夏天去过轻井泽，穿着洋装，打扮得挺时髦。"

可是无论是谁看那个女子，都会觉得她一副落魄寒酸的样子。我一边和T君说话，一边悄悄地打量她。她的眉宇间不知道怎的，总觉得不太对劲儿，精神好像不太正常。而且，她抱的那个布包袱里，还露出一点儿像豹纹一般的海绵。

"在轻井泽的时候,她和一个美国人跳舞来着。那人叫什么,摩达安……还是别的什么来着。"

我和T君告了别,穿雨衣的男人不知何时已经不在那里了。我从省线列车的车站下来,拎着我的包,向一家旅店走去。道路两旁,高楼大厦林立。我走着走着,突然想起了松树林。不仅如此,此时,我的视野里还出现了奇怪的东西。奇怪的东西?我是说出现了一个不停转动的半透明的齿轮。在此之前,在我身上也发生过几次同样的情况。齿轮的数量渐渐增多,已经遮挡了我一半的视野。但齿轮没有出现很久,过一会儿就消失了,然后我就开始头痛——每一次都是如此。我的眼科医生说因为我总出现这种错觉(?),所以让我戒烟。但我二十多岁还没开始抽烟的时候,就已经看见过齿轮了。我一边想着"又来了",一边单手遮住右眼,想测试一下左眼的视力。左眼什么问题也没有。可是,闭着的右眼的眼皮里,依然有几个齿轮在旋转。我看着自己右侧的楼宇逐渐消失,赶紧沿着道路往前走。

进到旅店大门的时候,视野里的齿轮已经消失了,但我的头依旧很疼。我脱掉外套和帽子,订了一个房间,接着给某个杂志社打电话,商量关于稿酬的事情。

婚礼的晚宴好像已经开始了。我坐在桌子的角落,拿起刀叉。正对面在白色凹字形长桌就座的五十来个人,以新郎新娘为首,每一位都精神抖擞、喜气洋洋。但在明亮的电灯的照射下,我的心情却渐渐忧郁起来。为了排遣这种莫名的情绪,我向邻座客人搭起话来。他是个留着络腮白胡子的老人，一脸胡子好像狮子鬃毛。不仅如此，他竟然还是一位连我都听说过名字的颇有声望的汉学家。聊着聊着，不知不觉中我们就说起了汉学。

"麒麟，其实就是独角兽；凤凰，也就是不死鸟……"

著名的汉学家似乎对我说的这些很感兴趣。我机械地说着，渐渐地产生了一种病态的破坏欲。于是，我不光说尧舜是虚构的人物，还说《春秋》其实是在那很久之后的汉朝人写的。那位汉学家听了，脸上顿时露出不快的表情，他看都不看我，像老虎咆哮一般打断了我的话。

"如果尧舜不存在的话，那就成了孔子在说谎。圣人没有撒谎的道理！"

我自然不再说话，再次拿起刀叉，对着盘子上的肉。这时，我看到一只小小的蛆虫，在肉上静静地蠕动着。蛆虫，在我的脑子里唤醒了"Worm"这个英文单词。如同麒麟和凤凰一样，这一定也意味着某种传说中的动物。我放下刀叉，盯着杯里不知何时满上的香槟酒。

晚宴终于结束了，我穿过无人的走廊，打算躲进我的房间。走廊给我的感觉，比起在酒店，更像在监狱里。不过幸运的是，不知不觉中我的头疼好多了。

刚才摘下的帽子和脱掉的外套，不用说，已经有人帮我拿到房间里了。挂在墙上的外套，看起来就像自己站在墙上一样，我赶紧把它取下来，扔进屋子角落的衣柜里。然后，我走到镜子跟前，看着镜子中自己的脸。镜子中，我的脸露出皮肤下骨骼的形状。蛆虫突然从我的记忆中浮现。

我打开门,漫无目的地在走廊里走着。这时,我看到通向前台的角落里,玻璃门上清晰地映出一盏有着高高的灯柱、绿色灯罩的立式灯,这让我的心莫名平和了一些。我在前面的椅子上坐下,想了许多事。但我还没坐上五分钟,那个穿着雨衣的人又坐到了我旁边的长椅上,病恹恹地开始脱衣服。

"现在明明这么冷……"

我这么想着,又从走廊折返了回去。走廊角落的接待处一个酒店的服务生都没有,但他们轻声交谈的声音却传入了我的耳朵。那是被问了什么问题之后回答的一句英语:"All right"(好的)。"All right"?为了正确理解这两句对话的意思,我有点儿着急了。"All right"?"All right"?到底什么是"All right"?

我的房间安静无声。但打开门的瞬间,我莫名有些害怕。犹豫了一瞬间,我下定决心,壮着胆子走了进去。我没有照镜子,直接在桌子前的椅子上坐下。椅子是类似蜥蜴皮的蓝色皮质安乐椅。我从包里拿出稿纸,准备继续写短篇。但蘸上墨水后,过了很久,也写不出一个字。终于,手中的笔动了,可是接连写出的却是同一句话:All right... All right... All right... All right...

突然,床边的电话响了。我吓了一跳,拿起话筒,好半天才说出一句话:"是哪位?"

"是我。我……"

电话那边是我姐姐的女儿。

"怎么了，出什么事了吗？"

"是的，出大事了。反正……出大事了。我刚刚给舅妈打了电话。"

"大事？"

"是呀，所以你赶紧回来，马上啊！"

电话突然挂断了。我还保持着拿话筒的姿势，条件反射般地摁下了按铃。我清晰地意识到我的手在抖。旅店服务生半天都没来。比起等待的焦急，我更多地感觉到一种痛苦，多次摁下按铃。我终于明白了命运告诉我的"All right"这个词的意思。

我的姐夫在那天下午，在离东京不远的乡间被轧死了，而且还穿了一件与季节不相符的雨衣。我现在仍在旅店的房间里，写着之前未完成的短篇。深夜的走廊里，没有人走过，但我听得到窗外翅膀扇动的声音，或许是不知哪里养的鸟吧。

二 复仇

早上八点，我在旅店房间里醒来。但下床的时候，拖鞋莫名其妙地只剩一只了。这一两年中，这种情况总是让我恐怖不安。而且，这还让我想起希腊神话中单脚穿凉鞋的王子[①]。我摁铃叫来服务生，让他

[①] 应指伊阿宋，古希腊神话中夺取金羊毛的英雄，后遭到诅咒含恨而终。

帮我找另一只拖鞋。服务生不太情愿地在狭小的房间里到处张望，寻找我的拖鞋。

"在这儿，在浴室里。"

"怎么跑到浴室里去了？"

"不知道，可能是老鼠干的吧。"

服务生走了之后，我喝着没加牛奶的咖啡，对之前写的小说做最终润色。凝灰岩窗框的窗子，正对着落雪的庭院。我每次停笔时，都怔怔地眺望着院子里的雪。满是花蕾的瑞香花树下，积雪被城市的煤烟弄得很脏——这一幕让我心痛。我没有立即动笔，一边抽着烟，一边想各种各样的事。妻子的事、孩子的事，特别是姐夫的事……

姐夫自杀之前，曾被怀疑纵火，这本也无可奈何。他家在遭遇火灾之前，买了房屋市价两倍的火灾保险。再加上他本来还犯了伪证罪，正在缓刑期间。不过，比起姐夫的死，更让我不安的是每次我回东京，就会看到火灾，或是在火车上看到山火，或是在车里（当时和妻子在一起）看到常磐桥附近失火。在姐夫家被烧毁之前，我总有一种我家要着火的预感。

"今年家里或许会有火灾。"

"别说这么不吉利的话……要是着火了，那可就惨了。我们也没有保险……"

我和妻子曾经聊过这些事，但后来我家并没有着火。我努力不让自己胡思乱想，想再次动笔，可是却一行字都写不出来。我最终离开桌子，回到床上躺着，开始看托尔斯泰的《波里库什卡》。这部小说的主人公爱慕虚荣，贪恋名利，是个有着病态倾向的性格复杂的人。他一生的悲喜剧如果稍作修改，就是我这一生的讽刺画。特别是每每感受到主人公悲喜剧中那发出的冷笑时，都让我觉得毛骨悚然。我看了不到一小时，就从床上跳起来，把书扔到垂着窗帘的房间一角。

"去死吧！"

突然，一只大老鼠从窗帘底下窜出来，斜着跑过房间的地板，跑向浴室。我立即冲向浴室，打开门检查里面，但白色的浴室里并没有什么老鼠。我一下害怕了，慌忙脱掉拖鞋，换上鞋，走到无人的走廊里。

走廊还是像监狱一样让我感到抑郁。我低着头，走上楼梯，又走下来，来来回回。不知不觉中，我走到了厨房。厨房里意外的明亮，一排灶火正燃烧着。我经过那里，感受到几个戴着白帽子的厨师冰冷的视线，同时也感觉到我堕入了地狱。"神啊，惩罚我吧。请不要动怒，我将灭亡。"——祷告词在那一瞬间，自动地浮上了我的嘴唇。

我走出旅店，道路上的积雪开始消融，倒映出蓝天。我匆忙向姐姐家走去，路边公园里的树，枝叶发黑，而且像我们人类一样，也分身体的前后。这让我在不快之余，更深觉恐怖——我想起了但丁描绘的地狱里，那些化为树的魂灵。

我决定到道路的另一侧去走，还没走出一百米的时候，"刚好路过，实在不好意思……"——说话的是一个穿着金纽扣制服的二十二三岁的青年。我沉默地注视着他，他鼻子左侧有一个黑痣。只见他摘下帽子，怯生生地向我搭话。

"请问您是Ａ先生吗？"

"是的。"

"我刚才就觉着您是……"

"有什么事吗？"

"没有，我只是想见见您。我也是老师您的忠实读者……"

听到这里，我已经稍稍摘了一下帽子，快步走开，把他留在身后。老师、Ａ老师——这些称呼曾一度让我非常不悦。我相信自己已经犯下了各种罪孽，但他们还是找机会叫我老师。对此，我感受到了嘲弄我的某种东西。某种东西？——我的唯物主义并不拒绝神秘主义。我在两三个月之前，在一本小同人杂志上发表了以下言论："从艺术的良心开始算起，我没有任何良心。我有的只是神经而已。"

姐姐带着三个孩子住搭在空地上的简易房子里避难。贴着褐色纸的房间里比外面还冷。我们把手罩在火盆上，聊了很多。身体强壮的姐夫曾经本能地瞧不起比常人瘦弱一半的我，还公开说过，我的作品是不道德的。我总是冷冷地看着他，从来没有与他推心置腹地交谈过。但在和姐姐聊天的过程中，我明白了姐夫和我一样，也堕入了地狱。他也曾说过在火车的卧铺车厢里看见过鬼魂。我点了一支烟，努力只说些关于钱的话题。

"都到这个时候了，我想把东西全卖掉。"

"确实是这个理儿。打印机能卖一些钱吧？"

"是的，那些画也卖了吧。"

"那N（姐夫的名字）的肖像画也卖吗？那可是……"

我看着墙上贴着的一幅没有镶边框的蜡笔画，感觉不能再漫不经心地开玩笑了。听说被火车轧死的姐夫的脸，完全变成了肉块，仅仅留下了一点儿胡子，这事本身就足够吓人了。而他的这幅肖像画，每一处都画得清晰完整，唯有胡子，不知为何看起来模模糊糊的。我想是不是光线的问题造成的？于是换着角度，反复观察那幅画。

"你这是在做什么？"

"没做什么，只是……只是觉得那幅画的嘴旁边有点儿……"

姐姐稍微回过头看了看，好像没有发现什么。

"胡子画得有点儿薄了？"

原来我看到的不是错觉。但如果不是错觉的话……

我没在姐姐家里吃午饭，准备离开。

"哎呀，不吃饭就走，这样好吗？"

"我明天还能再来……今天要去青山一趟。"

"啊，去那里？身体又不舒服了吗？"

"还是总吃药。光是催眠药就不得了。布艾洛纳阿鲁、诺伊洛纳阿鲁、托里纳奥鲁、诺玛尔鲁……"

大概过了三十分钟，我走进一幢大厦，乘电梯上了三楼。我想推开餐厅的玻璃门进去，可门却纹丝不动。不仅如此，涂漆的牌子上还写着"定休日"，这让我越发不快，只能透过玻璃窗看看桌子上摆着的成堆的苹果和香蕉,然后转身离开,原路返回。这时,两个正在往大厦里走的公司职员模样的男人,快活地聊着些什么,与我擦肩而过。他们中的一个,好像说了一句:"真是让人焦躁啊。"

我站在大街上,等着出租车,但怎么等也不来。偶尔看到的,只有黄色的出租车(不知为何黄色的出租车总让我惹上交通事故)。最后终于等来了一辆我觉得吉利的绿色出租车,于是我搭乘它赶往离青山墓地很近的精神病医院。

"焦躁……Tantalizing(难熬)……Tantalus①(坦塔罗斯)……Inferno(地狱之火)……"

坦塔罗斯实际上就是透过玻璃窗看着水果的我。我诅咒着两次出现在我眼前的但丁地狱,眼睛直勾勾地盯着出租车司机的后背。在这期间,我感觉到所有的一切都是谎言。政治、实业、艺术、科学——无一不是为了掩盖令人恐惧的人生而涂饰的斑驳油漆。我渐渐感觉喘不上气,摇下了出租车的窗子,但还是觉得有什么东西,紧紧攥着我的心脏。

绿色出租车终于在神宫前停了下来。我记得这里应该有一条可以拐进精神病医院的小路。奇怪的是,今天我却怎么也找不到了。我让出租车司机沿着电车线路来来回回找了几次,还是未果。最后我放弃

---

① 坦塔罗斯,希腊神话中主神宙斯的儿子,起初深得众神尊敬,坦塔罗斯因此变得骄傲自大、目中无人,作恶并侮辱众神,因此被打入地狱,永远受着痛苦的折磨。后遂以其名喻指受折磨之人。

了，选择下车。

　　终于，那条小路还是被我找到了。我踩着坑坑洼洼的路面，拐了进去，可又几次弄错了方向，最后竟走到了青山斋场①前面。说起来，自从十年前参加了夏目先生的告别仪式之后，我再也没有来过这里，甚至没有路过一次。十年前的我虽然并不幸福，但生活至少还算安稳。透过大门，我望着铺了沙子的院子，想起漱石山房的芭蕉，不由得觉得我的人生已经告一段落。不仅如此，我还感觉到是有什么东西，时隔十年，指引我来到了这里。

　　去过精神病院之后，我再次乘车回到了之前那家旅店。但一进大门，就看到一个穿着雨衣的男人在和一个服务生吵架。服务生？不对，那不是服务生，是一个穿着绿色衣服的司机。我突然觉得进这家旅店不太吉利，于是我沿着刚才来时的路折返回去。

　　我来到银座大街的时候，已近黄昏。银座大街两旁的商店和来来往往让人眼花缭乱的行人，让我更加抑郁。特别是来往的行人，大家都不知罪孽一般地迈着轻快的步伐，对此我尤觉不快。昏暗的天色里，我在路灯下漫无目的地向北走着。这时，我的目光被一家堆满杂志的书店吸引了。我走进去，漫无目的地望着高高的书架，拿了一本《希腊神话》翻了起来。黄色的封面上写着"希腊神话"四个字，让我感觉像儿童读物。但偶然翻到的一页上，有这样一句话，打动了我：

---

① 日本东京明治时代以来著名的殡仪馆。

"最伟大的宙斯神也无法战胜复仇之神。"

我走出书店,走进街上来来往往的人群之中。不知何时起,我觉察到了盯着我微驼的后背的复仇之神……

三　夜

我在丸善书店二楼的书架上找到了斯特林堡[①]的《传说》,读了两三页。里面写的内容和我的人生经验并无不同,书的封面也是黄色的。我把《传说》放回书架,这次顺手抽出一本厚厚的书来。然而这本书的一幅插图里,画满了和我们人类一样,长着眼睛、鼻子的齿轮(这是一本德国精神病患者的画册)。在抑郁之中,我被激起了反抗之心,像连赌连输,红了眼着了魔的赌徒一样,疯狂地一本一本翻着书。但不知为何,每一本书,或是文章,或是插画,都多少隐藏着像针一样尖锐的东西。每一本书?就连我读过多次的《包法利夫人》,此刻拿在手里,都让我觉得自己是中产阶级的包法利了……

黄昏时分的丸善书店二楼,除我之外一个客人都没有。在灯光下,我穿行于书架与书架之间,最后在一排写着"宗教"的书架前停下,翻起了一本绿色封面的书。这本书的目录里,有某一章的标题写着"可怕的四个敌人——疑惑、恐惧、傲慢和情欲"。一看到这句话,我的反抗之心再次被激起,这些被看作敌人的东西,至少是我感

[①] 奥古斯特·斯特林堡(1849—1912),瑞典作家、剧作家和画家,被称为现代戏剧创始人之一。

性和理智的别名。然而，果不其然，传统精神和近代精神一样让我不幸。我越来越无法承受。我手里仍然拿着这本书，突然想到一个自己曾经用过的笔名——寿陵余子。他是《韩非子》中学邯郸人走路没学会，又忘记了寿陵人是如何走路的那个青年，最后只好匍匐着爬回家乡。今天的我想必在他人眼里就是寿陵余子。但那时还没有堕入地狱的我，用了这个笔名……我把书架抛在身后，努力想要甩掉脑海中的胡思乱想。正巧我对面有一个展览室在展出海报，我走了进去。可是，那里贴着一张海报，上面画的好像是圣乔治①骑士，他举着剑刺向一条张开双翼的龙。骑士头盔下半露着的那张板着的脸，像极了我的一个敌人。我又想起了《韩非子》中屠龙之技的故事。我没看完展览，就转身走下宽阔的楼梯。

我在夜色中走过日本桥，一边走一边想着"屠龙"这个词，这也是刻在我的石砚上的铭文。送我石砚的是位年轻的企业家，他的事业经历了一次又一次的失败，最终在去年年末破产了。我抬头看着高高的夜空，想着在无数恒星之中地球是多么渺小，进而又想到自己又是多么渺小。白天还很晴朗的天空不知何时起，布满了乌云。我突然感觉到有什么东西正对我怀着敌意，于是跑到电车轨道对面的一家咖啡店"避难"。

我确信这是在"避难"。这个咖啡店玫瑰色的墙壁让我的心绪平和起来，我舒心地坐在最里面的桌子前，喝着热可可，像平时那样拿

---

① 圣乔治，著名的基督教殉道圣人，英格兰的守护者，经常以屠龙英雄的形象出现在西方文学、雕塑、绘画作品中。

出烟。泛着蓝色的烟雾映着玫瑰色的墙壁,袅袅上升,那温柔协调的色调让我心情愉快。但没过一会儿,我就发现自己左边的墙壁上,挂着拿破仑的肖像画,不安再次向我袭来。拿破仑还是学生的时候,他在地理书的背后,写了"圣赫勒拿①,一个小岛"。这对常人来说或许只是一个巧合,但对拿破仑本人而言,却唤起了他深深的恐惧……

我注视着拿破仑的肖像画,想到自己的作品。首先想起来的是《侏儒的话》里面的警句(特别是"人生比地狱更像地狱"那一句),然后我想起了《地狱变》故事里的主人公画师良秀的命运,接着……为了从回忆中逃出来,我一边抽着烟,一边打量着眼前这家咖啡店。然而,才这么一会儿工夫,这家店已经完全变了样子。最让我感到难受的,就是那像桃花心木的桌椅跟玫瑰色的墙壁一点儿也不搭,看起来很不协调。我害怕自己再次陷入那种别人感受不到的痛苦之中,在扔下一枚银币后,就想迅速离开这家咖啡店。

"喂,喂,要二十钱……"

我这才发现自己扔下的不是银币,而是铜币。

走出咖啡店后,我仍然感到屈辱,一个人走在街上,想起了在遥远松林中的我的家。不是在郊外的我养父母的家,而是我为自己的小家庭租的那个房子。我在租的房子里住了十年,但因为某件事,轻率地回到了父母身边,与他们同住。此后,我变成了奴隶、暴君和无力

---

① 1815年滑铁卢战役兵败的拿破仑被流放到圣赫勒拿岛,并于1821年死于岛上。

的利己主义者……

我回到旅店时已经十点了。一直在外面跋涉的我，一进旅店大门就筋疲力尽，甚至连回房间的力气都没有了。坐在烧得很旺的大厅的火炉前，我开始思考自己计划要写的长篇。思路是以从推古①到明治时代的老百姓做主人公，按朝代顺序写三十多个短篇，构成整个大长篇。我看着火炉里蹿出的火星，想起了宫城前的一座铜像。那铜像身披甲胄，心怀忠义，跨坐在马背上，然而他的敌人是——

"谎言！"

我的思绪又从遥远的过去回到了眼前。让我觉得庆幸的是，这时一个雕刻家前辈来与我见面。他还是一如既往地穿着天鹅绒衣服，山羊胡向上翘着。我从椅子上站起来，握住他伸出来的手（这不是我的习惯，而是为了尊重在巴黎和柏林生活了半生的雕刻家前辈）。不过，他的手像爬行类动物一样潮湿，这让我有些意外。

"你住在这里？"

"是……"

"因为工作的缘故？"

"嗯，也顺便为了工作。"

他死死地盯着我的脸，他的眼神看起来像个侦探。

"怎么样？去我房间里聊聊？"

---

① 推古天皇（554—628），日本第一位女天皇。

我挑战般地搭话（对本来缺乏勇气的事突然采取挑战的态度，是我的一个坏习惯），然后，对方微笑着问："你的房间在哪儿？"

我们像好友一样，肩并着肩穿过几个轻声说话的外国人，回到我的房间。他进来后，背对着镜子坐了下来，滔滔不绝地和我聊起了各种各样的话题。各种各样的话题？大多数关于女人。我必定是犯了罪堕入地狱的一个人，正是这些不道德的话让我抑郁。我一时变成了清教徒，嘲讽着女人。

"你看S的嘴唇，那是不知和多少人吻过才会……"

我突然闭上了嘴，从镜子里看着他的背影。他耳朵下方刚好贴着一块黄色的膏药。

"不知和多少人吻过才会？"

"像她那种人，才会让人这么想吧。"

他微笑着点点头。我感觉他已经知道了我的秘密，所以才一直留意观察着我。但我们的话题还是没有离开女人。相比起憎恶他，我更为自己的弱点感到耻辱，于是心情越发压抑。

好不容易等到前辈走了，我倒在床上，开始读《暗夜行路》。小说里主人公精神上的斗争让我深有同感。和这位主人公相比，我简直就是个傻子，想到这里，眼泪竟不知不觉地流了出来。不过同时，流泪也让我的情绪和缓下来。但这种平和的心境没保持多久，我的右眼再一次看到了半透明的齿轮。齿轮旋转着，越变越多。我害怕头疼来袭，便把书放在枕边，喝下8克安眠药，准备好好睡一觉。

但在梦中，我注视着一个游泳池。那里有几个小男孩和小女孩在游泳和潜水。我背对着泳池向对面的松树林走去。这时，不知是谁在背后喊了我一声："孩子他爸。"我回头看时，发现我的妻子正站在泳池前，我非常后悔。

"孩子他爸，毛巾呢？"

"别管毛巾。好好看着孩子。"

我继续向前走，但走着走着，脚下的路变成了车站的月台。这里看起来像是乡下的车站，长长的灌木篱笆围绕着月台。一个叫H的大学生和一个上了年纪的女人站在那里。他们看见我，向我走过来，争先恐后地向我搭话。

"是不是着大火了？"

"我也是好不容易才逃出来的。"

我看着那个上了年纪的女人，总觉得在哪里见过她。不仅如此，和她说话还让我感到有种愉快的兴奋感。这时，火车冒着烟，静静地停在了站台边。我一个人上了车，在两边都遮着白布的卧铺中间走着。我看到卧铺上有一个很像木乃伊的裸体女人横躺在那里，头朝向这边。这是我的复仇之神——一个疯姑娘……

我一醒来，就立刻从床上跳了下来。我的房间里还开着电灯，亮堂堂的。但不知从哪儿传来拍动翅膀和老鼠撕咬的声音。我打开门走到走廊里，朝着火炉的方向快步前行。我在椅子上坐下，注视着飘忽不定的火焰。

"几点了?"

"差不多三点半了。"

然而,在我对面的角落里,坐着一个看起来像美国人的女人,正在独自读书。从远处看,我依然清晰地看到她穿了一件绿色的连衣裙。我觉得自己有救了,就一直坐着等候天亮,像长期疾病缠身,痛苦不堪地静静等待死亡的老人一样……

四 再来

我在旅店的房间里,终于写完了之前的那篇短篇小说,寄给了某家杂志社。本来我的稿费不够我这一周住旅店的费用,但我为自己总算完成了这个工作而感到心满意足,我像想去讨一点儿精神上的强心剂一样,决定去银座的一家书店看看。

在冬季阳光照耀下的沥青路上,有一些废纸团。因为光线的原因,它们看起来像散落的玫瑰花。我对此颇有好感。走进书店,书店也比往常要干净整齐一些。只是一个戴着眼镜和店员说话的小姑娘,我不太喜欢。但我想起刚才路上像玫瑰花的废纸团,还是在这里买了《阿纳托尔·法朗士的对话集》[①]和《梅里美书信集》[②]。

[①] 阿纳托尔·法朗士(1844—1924),法国作家雅克·阿纳托尔·弗朗索瓦·蒂博的笔名,1921年诺贝尔文学奖获得者。代表作《金色诗篇》《波纳尔之罪》。

[②] 普罗斯佩·梅里美(1803—1870),法国现实主义作家、剧作家、历史学家。代表作《高龙巴》《卡门》。

我抱着两本书,走进一家咖啡店,坐在最里面的一张桌子旁等着我的咖啡。我的对面坐着像是母子俩的一男一女。那个儿子比我年轻一些,但是长得和我很像。不仅如此,他们就像恋人一样,说话的时候脸贴得很近。我看着他们的时候,发现儿子是有意识地发挥着男性的魅力,并从异性的角度给予着母亲安慰。这是我记得的关于亲和力的一例,同时,也是让现世成为地狱的某种意志的一例。正当我害怕自己再次陷入痛苦之中时,幸运的是,咖啡在这时送上来了。我开始读《梅里美书信集》。梅里美的书信也像他的小说一样,闪烁着箴言的锋锐。这些箴言让我变得像钢铁一样坚强(容易受影响也是我的弱点之一),我喝完咖啡之后,带着"无论怎么样,来吧"的气概,果敢地走出咖啡店。

我在大街上一边走,一边观察着各种各样装饰得五彩缤纷的橱窗。一家相框店的橱窗里,挂了一幅贝多芬的肖像画,画里的贝多芬头发倒竖,看起来确实是天才本人。不过这个贝多芬的样子却让我忍俊不禁,觉得滑稽……

这时,我突然碰见了高中的旧友。这位任职应用化学大学教授的朋友,抱着一个折叠式大皮包,一只眼睛通红,里面还渗着血。

"你的眼睛怎么了?"

"这个啊,这是结膜炎。"

说到这个,我突然想起,这十四五年来,每当我对什么感到亲近之时,我的眼睛就会像他现在一样,得结膜炎。不过我没提这个。他拍拍我的肩,我们说了很多朋友之间的话题。结果就这样聊着聊着,又被他带到了咖啡店里。

"真是好久没见啊,自从朱舜水①建碑仪式以后就没见过吧?"

他拿起一根雪茄,点上火,对大理石桌子对面的我说。

"是啊,那个朱舜……"

不知为何,朱舜水这三个字我没能正确发音。我说的可是母语,这让我有些不安。但他却不停地天南地北聊着各种话题。小说家K,他买的斗牛犬,一种叫里乌伊萨伊托的毒瓦斯……

"你最近没怎么写东西?《点鬼簿》我倒是看了……那是你的自传吗?"

"嗯,是我的自传。"

"那个有点儿病态啊。你最近身体还好吗?"

"还是老样子,一直在吃药。"

"我也最近老失眠。"

"'我也'?为什么说'我也'?"

"你不是说你失眠吗?失眠是很危险的……"

他充血的左眼里浮出近似微笑的神情。我在回答之前,突然感觉

---

① 朱之瑜(1600—1682),字楚屿,号舜水,明末学者、教育家。曾积极从事抗清斗争,然而清政权日趋稳固,复明无望的朱之瑜流亡日本,受日本朝野人士礼遇。水户藩藩主德川光圀聘请他到江户(今东京)讲学,执弟子礼,其思想对日本水户学有很大影响。朱之瑜寄居日本二十多年,仍着明朝衣冠,追念故国,其纪念碑在今东京大学校园内。

自己不能正确地发出"失眠症"这三个字里"眠"这个音。

"我是疯子的儿子嘛，这很正常。"

没过十分钟，我又一个人走在街上了。沥青路上散落的纸团，有时看起来像一张张人脸。这时对面走来一个短发女人。从远处看时，她很美，但是当她走到我跟前的时候，我看到她的脸上满是细小的皱纹，那分明是一张丑脸。不仅如此，这个女人好像还怀孕了。我想都没想就转过脸去，拐入一条宽阔的街道。可没走一会儿，我就感觉痔疮很痛。这种痛对我来说，除了坐浴，什么也无法缓解。

"坐浴——贝多芬也曾坐浴……"

想到这里，坐浴时用的硫黄味突然袭向我的鼻端。然而此刻显然我在大街上，并没有看到硫黄的影子。我再次想起像玫瑰花一样的纸团，然后努力振作精神向前走去。

大概只过了一个小时，我已经回到了自己的房间，坐在了窗前的书桌前，开始写新的小说。钢笔在我手里不可思议地唰唰动着。但过了两三个小时后，好像有什么我看不见的东西，压制住了我，我不得不离开书桌，在房间里来回踱步。我的妄想症在这时最为激烈，在我野蛮狂欢般的妄想中，我觉得自己没有父母，也没有妻子，只有从我笔下流出的生命。

过了四五分钟后，我必须打个电话。但电话那边反复说了几次，却只是些暧昧不明的词语在来回重复，我听不懂是什么意思。不过，我确定自己听到了一个词——摩尔。我放弃了打电话，再次在房间里走来走去。可是"摩尔"这个词,莫名地让我介意。

"摩尔——Mole……"

摩尔(Mole)在英语里就是鼹鼠的意思,这个联想也让我不太愉快。两三秒后,我已经把Mole想成了la mort。拉·摩尔(la mort的读音)在法语里,是死亡的意思,这个单词突然让我惊恐。曾经逼近姐夫的死亡,这回怕是要降临在我身上了。但在不安中,我又觉得有些好笑。不仅如此,我还真的微笑了起来。为什么觉得好笑呢?我自己也不清楚。久违地,我站在镜子前,看着镜子里的自己。镜子里的我不用说,也微笑着。盯着自己的影像,我想到了第二个我。第二个我,也就是德国人所说的Doppel gaenger①(分身),幸运的是我还没有看见过我自己。但是做了美国演员的K君夫人曾经在帝国剧院的走廊里看到过第二个我。(我还记得她和我说:"前辈,你现在连个招呼也不肯和我打了。"当时我非常困惑。)还有已故的某独脚翻译家,曾在银座的一家烟草店看见了第二个我。死亡或许会找上第二个我,而不是我本人。如果死亡找上我的话——我转身离开镜子,回到窗前的书桌旁。

凝灰岩窗框围起外面的枯草和水池。看着这个院子,我回想着在远方松林中烧掉的那几本笔记和未完成的剧作。我拿起钢笔,再次开始写新的小说。

---

① 在别的地方看到自己的一种幻觉。

五　红光

阳光让我痛苦。我像鼹鼠一样放下窗帘，在白天也点着电灯，继续写着我的小说。写累了，就翻开丹纳①的《英国文学史》，看看诗人的一生。他们每一个人都非常不幸，就连伊丽莎白时代的巨匠——著名学者本·琼生②也曾陷入过在他的大脚趾上观察罗马和迦太基开战的精神疲劳。对他们的不幸，我不由得感到充满残酷而恶意的喜悦。

在一个东风刮得猛烈的夜晚（这对我来说是个吉兆），我从地下室出来，去找一个老人做咨询。他在圣经公司做零活，同时专注祈祷和读书。我们在火盆上烤着手，坐在挂着十字架的墙边，聊了很多。为什么我的母亲疯了？为什么我的父亲事业失败？又为什么我受到了惩罚？——知道这些秘密的他露出奇妙而庄严的微笑，总是认真对待我的问题，陪着我，用短短的话语勾勒出人生的讽刺画。在这个屋檐下，我无法不尊重这样一位隐士。但和他说话时，我发现了他也会因一些"化学反应"而动摇。

"那个花店的姑娘，长得很美，性格也好——对我也很温柔。"

"她多大了？"

---

① 依波利特·阿道尔夫·丹纳（1828—1893），法国评论家与史学家，实证史学的代表，著有《拉·封丹及其寓言》《英国文学史》等。
② 本·琼生（约1572—1637），英格兰文艺复兴剧作家、诗人和演员，著有《福尔蓬奈》《炼金士》等。

"今年十八岁。"

这也许是一种父辈的爱,不过我从他的眼睛里看到了某种热烈的东西。不仅如此,我还在他递给我的发黄的苹果皮上,看到了独角兽的模样。(我曾在木头的花纹里还有咖啡杯中看见过神话中的动物。)独角兽,也就是麒麟。我想起一位对我怀有敌意的批评家曾称我为"九百一十年代的麒麟儿",于是感到这个屋檐下也不安全了。

"你最近怎么样?"

"还神经质,常常焦躁。"

"这个吃药可不管用,你不想信教吗?"

"如果我这样的人也能……"

"这没什么难的。你只要信神,信神的儿子基督,相信基督带来的奇迹就成……"

"我倒是相信恶魔。"

"那你为什么不相信神呢?如果相信影子,那也应该相信光的存在啊。"

"但是也有没有光的黑暗……"

"没有光的黑暗是指什么?"

我不说话了,他也像我一样,在黑暗中行走。不过我确实相信黑暗之上有光的存在。我和他的理论,区别只有这一点。不过仅仅这一点,就是无法逾越的鸿沟。

"但光一定存在。因为有奇迹,所以证明有光……奇迹,在今天这个时代,也是会时不时出现的。"

"那是恶魔做下奇异之事……"

"为什么又说起恶魔了?"

这一两年间,我总有一种想要把自己的经历告诉这个老人的冲动。但如果他再把我说的话告诉我的妻子,我害怕自己也会像母亲那样,不得不去精神病院。

"那是什么?"我问。

这位硬朗的老人回头看看身后的旧书架,露出像牧神①一样的表情。

"那是陀思妥耶夫斯基的全集。你要读读《罪与罚》吗?"

当然,十年前我就读过四五本陀思妥耶夫斯基的书了,不过今天偶然被他的话打动,便借了这本书,回到我住的旅店。路灯照得亮堂堂的街道上,人来人往让我觉得不快,尤其是碰到熟人这事实在是无法忍受。于是我尽量选择比较暗的路,像做贼一样小心翼翼地走着。

可是过了一会儿,我开始觉得胃疼。要想止住胃疼,只能去喝一杯威士忌。我找到一家酒吧,正准备推门进去,就看到这个狭小的酒吧里烟雾缭绕,几个艺术家模样的青年聚在那里喝着酒。不仅如此,他们中间还有一个留着遮耳发型的女人,弹曼陀铃②弹得起劲儿。我

---

① 潘是希腊神话里的牧神,有人的躯干和头,山羊的腿、角和耳朵。他的外表后来被天主教形象化成了中世纪欧洲恶魔的原型。喜欢吹潘笛,潘笛能催眠。

② 曼陀铃,拨弦乐器,由欧洲意大利文艺复兴时期的琵琶家族鲁特琴演变而来。

犹豫了一会儿，没有进门，折返了回去。我发现自己的影子在左右摇晃，而照在我身上的，是有些瘆人的红光。我伫立在大街上，但我的影子还是不停地左右晃动着。我鼓起勇气向身后看去，终于发现那是因为酒吧的屋檐下挂了一盏彩色玻璃吊灯，由于今天风大，那吊灯被吹得在空中来回摇晃……

接着，我找到一家地下室餐厅，走了进去。在吧台前，我要了一杯威士忌。

"有威士忌吗？我想要一杯Black and White[①]……"

我把威士忌倒入苏打水中，沉默着一口口地啜着。我旁边坐着两个三十多岁像报社记者的男人，正在小声交谈着。不仅如此，他们讲的还是法语。我背对着这两人，却能感受到他们的视线。那视线像电流一样，击打在我的身上。他们其实知道我的名字，在谈论着关于我的事情。

"好吧……真是糟糕……为什么？"

"为什么？魔鬼死了……"

"对，对，在地狱里……"

我扔下一枚银币（这确实是我今天身上的最后一枚银币了），走出了餐厅。大街上晚风吹过，我的胃疼好了一些，精神也稳定了不少。我想起了拉斯柯尼科夫[②]，突然有种想要忏悔的欲望。但是这样做

---

① 一款苏格兰威士忌酒名，中文名黑白狗。
② 拉斯柯尼科夫是《罪与罚》中的主人公。

的话，会让我自身之外——不，甚至一定会让我家之外的什么地方产生悲剧。而且，这种想要忏悔的欲望是不是真的，我也不能肯定。假如我的神经像常人一样正常的话……我曾为了这个，觉得必须去什么地方旅行，马德里、里约热内卢、撒马尔罕……

这时，店里吊着的一块白色小招牌突然让我陷入不安。那招牌上画着长有翅膀的汽车轮胎的商标。看到这个招牌，让我想到一个使用人工翅膀的古希腊人。他飞上了天空，结果却被强烈的太阳光烧断翅膀，掉入海里淹死了。去马德里、里约热内卢、撒马尔罕……我不由得嘲笑起我的梦想，同时，又想起了被复仇之神追赶的俄瑞斯忒斯①。

我沿着运河在昏暗的街道上走着，突然想起了在郊外的养父母家。我的养父母当然是盼着我回去一起生活的，恐怕我的孩子也是如此——但是如果我回去了，又不得不恐惧会有一种力量不由分说地束缚住我。波涛汹涌的运河上停着一艘大木船，船底透着微弱的光。在那里一定生活着几对男男女女，因为爱而互相憎恨着彼此……但我已经再次燃起战斗精神，感受着威士忌的醉意，回到我的旅店。

我对着书桌，继续读起了《梅里美书信集》，这重新给了我生活的力量。然而当我得知梅里美在晚年成了一名新教徒时，立刻感到他戴上了假面具。他和我们一样，也是在黑暗中行走的一个人而已。黑暗中？——《暗夜行路》开始变成一本对我而言可怕的书。为了甩掉

---

① 俄瑞斯忒斯是希腊神话中的人物，他的母亲杀死了父亲，他为父报仇又杀死了母亲，因而被复仇女神追逐惩罚。

这种抑郁，我拿起《阿纳托尔·法朗士的对话集》开始读，然而这位现代的牧神显然也背负着十字架……

一小时后，服务生来敲门，递给我一沓信件。其中一封是莱比锡①某书店寄过来的，想让我写一篇《近代的日本女人》的小论文。为什么他们会让我写这样的论文？不仅如此，那用英语写的信里还有一句手写的话："（您对日本女人的描绘，）即使是像日本画那样，除了黑白没有其他色彩的肖像画，也能使我们满足。"我想起了Black and White这款威士忌的名字，几下把这封信撕得粉碎。然后，我顺手打开另一个信封，扫过里面黄色的信纸，来信的是一个我不认识的青年。但没读两三行，他信里写着"您的《地狱变》……"这种话让我焦躁烦闷。第三封信是我外甥写来的，我好不容易调整好状态，读着信中的种种家事，但信的最后，他写的一句话猛地给了我当头一棒。

"给您寄了再版的《赤光》②……"

赤光！我感到有什么东西在冷笑，只好跑到屋子外面去避难。走廊里一个人影都没有。我一只手扶着墙，好不容易才走到前台大厅。在那边，我在椅子上坐下，点了一支烟。不知为何那香烟是飞船牌的（我自从在这家旅店住下之后，一直抽的都是星空牌香烟），人工翅膀

---

① 德国一城市名。
② 日本和歌诗人斋藤茂吉（1882—1953）的和歌集处女作。斋藤茂吉时任日本青山脑病院的院长，曾为芥川龙之介诊治。

再一次出现在我的眼前。我叫来对面站着的服务生,让他给我买两包星空牌香烟。可不巧的是,如果那个服务生说得是真的的话,只有星空牌香烟偏巧没货了。

"您如果要飞船牌的,倒还有……"

我摇摇头,环视着宽敞的旅店大厅。在我对面,四五个外国人围着桌子正在交谈,他们中有一个穿着红色连衣裙的女人,一边小声和其他人聊天,一边时不时地瞥我一眼。

"Mrs.Townshead……"

一个看不见的东西,轻声在我耳边低语。托森·汉德小姐这个名字我当然没听说过,就算这是对面那个女人的名字——我再次从椅子上站起来,唯恐自己发了疯。就这样,我回到了我的房间。

进门之后,我本打算立刻给精神病院打电话,可如果真的去了那里,我就等于死了。犹豫了好久,为了转移一下此时恐惧的心情,我开始读《罪与罚》。但偶然翻开的一页,刚好是《卡拉马佐夫兄弟》[①]那一章。是我拿错书了吗?我看了看书的封面——《罪与罚》,没有错。原来是装订制作书的公司搞错了,而我又恰好翻到了弄错了的这一页——这让我感到一切完全是命运的安排,于是不得不继续读下去。可还没读完一页,我就浑身颤抖起来——我看到的是对被恶

---

①《卡拉马佐夫兄弟》是俄罗斯作家陀思妥耶夫斯基的巅峰之作,也是他创作的最后一部长篇小说,小说改编自一桩真实的弑父案,也是一部关于人的精神状况的作品。

魔折磨而痛苦万分的伊万的描写。写的或许是伊万，也可能是斯特林堡、莫泊桑，或者就是在这个房间里的我……

现在能拯救我的，只有继续睡去。然而不知不觉中安眠药已经全都用完了，一包也没剩下。无法入睡的痛苦让我忍无可忍，绝望之中，反而从心底生出勇气。我请服务生帮忙拿来咖啡，像求死一般疯狂地舞动着钢笔。两页、五页、七页、十页……写下的稿子眼见越来越多。在这部小说里，我创造了一个超自然的动物世界。而且，我还把其中的一只动物按照自己的样子写了下来。但疲劳渐渐袭来，让我头晕目眩。我终于离开桌子，仰面倒在床上。此后，我大概睡了四五十分钟。然后感觉有谁在我耳边低语，我一下就醒了过来。

"Le diable est mort.①"

凝灰岩窗框的窗外，天已经亮了，晨光冷冷清清的。我站在窗前，环视着这个空无一人的房间。这时，窗玻璃上凝结的水珠里，呈现出一个小小的微缩的景观：渐渐发黄的松树林和松树林对面的海洋。我小心翼翼地走近，觉察到让水珠呈现出这番风景的，其实是庭院里的枯草和池塘。但刚才的错觉让我不由得生出思乡之情。

九点钟左右，我给杂志社打电话，提出预支一点儿钱。我把桌子上的书和稿子塞进包里，决定回家。

---

① 法语：魔鬼死了。

六　飞机

我在东海道线的一个车站乘车，目的地是山里的某个避暑胜地。不知道为什么，这么冷的天司机却穿了一件旧雨衣。这种巧合让我觉得恐惧，于是努力不去看他，而是看着车窗外的风景。然后，我就看到自己对面那条长着低矮小松树的老街上，走过一列送葬的队伍。虽然没看到白色的纸提灯和纸龙灯，但金银纸的人造莲花在灵柩前后晃动着……

终于回到家后，在妻子的陪伴和安眠药的作用下，我非常安稳地度过了两三天。在我家二楼，隐隐约约能看到松树林对面的大海。我坐在二楼的书桌前，听着鸽子的叫声，只在上午工作那么一会儿。除了鸽子和乌鸦，有时候麻雀也会飞到缘侧上，这让我很是愉快。"喜鹊登堂"，我执笔想到这句话。

在一个暖和的阴天午后，我去杂货店买墨水。那家店摆的全是褐色的墨水，而褐色是所有颜色里最让我不舒服的颜色。我只好走出那家店，在行人稀少的大街上慢悠悠地走着。这时，对面走来一个好像是近视眼的外国人，他四十岁左右，耸着肩膀。这个外国人就住在附近，来自瑞典，他的名字也叫斯特林堡。我和他擦肩而过的时候，身体好像感应到了什么。

这条街前后仅有两三百米，但就在走这两三百米的过程中，一条半边脸是黑色的狗四次经过我的身旁。当我拐进旁边的道路时，又想到了Black and White这款威士忌。不仅如此，我突然想到，刚刚碰到的那个瑞典人斯特林堡的领带也是黑白相间的。对我来说，怎么想这些都绝对不是偶然。如果不是偶然的话……我以为我还在走着，可身子却突然在大街上停住了。路边的铁栅栏里，不知为何扔着一个没人要的彩色玻璃碗。碗底周围有翅膀一样的图案。这时，从松树枝头飞下几只麻雀。它们走到那个碗附近的时候，又不约而同地突然逃一般地飞向空中……

我来到岳母家，在院子里的藤椅上坐了下来。院子角落的铁丝笼中，几只白羽鸡正静静地踱着步。我的脚边躺了一条黑狗。我的心里因为想要解答谁也不明白的疑问而焦躁不安，但在别人看来，我只是在用冷淡的语气和岳母还有妻弟说着客套话。

"来这边感觉真安静啊。"

"比起东京，可不是嘛。"

"这里也会有吵闹的时候吗？"

"当然了，这人世间哪儿不吵啊。"

岳母笑着说道。没错，实际上避暑胜地无疑也是"人世间"。才一年的时间，这里发生的种种罪恶和悲剧，我已尽数知悉。下慢性毒想要慢慢毒死患者的医生，在养子夫妇家里放火的老太太，企图夺走妹妹财产的律师——对我来说，看着这些人家，和看着人生中无处不在的地狱一样，没有什么区别。

"这个小镇里还有一个疯子呢。"

"你是说H吗？他不是疯子，是变傻了。"

"听说是早发性痴呆症①。每次看到他我都挺害怕，那家伙最近也不知怎么想的，总在马面观音前鞠躬。"

"这有什么好吓人的……胆子不大点儿可不行啊。"

"姐夫倒是比我们胆子大……"

妻弟从床上起来了，胡子也没刮，就如往常一样客气地加入了我们的对话。

"胆子大也有软弱的时候……"

"哎哟哎哟，那可麻烦了。"

我看着发话的岳母，只好苦笑。妻弟也微笑着望着远方的松树林，有一搭没一搭地继续和我聊着天。（这个年轻的生了一场大病的弟弟，在我看来有时活像是脱离了肉体的鬼魂。）

"不知怎的，我以为你离群索居，脱离了人类社会呢，但这么看来，你作为人的欲望还是蛮强的……"

"看起来是个善良的人，没想到却是个坏人。"

"不，有没有什么比善与恶更对立的比喻……"

"那就是大人的身体里，还有一颗孩子的心吧。"

"也不是这个感觉。我说不清……但大概就像电的两极那样吧。总之就是同时拥有着两种完全相反的东西。"

---

① 早发性痴呆是一种精神病，医学界对该疾病的认识经历了一个变化的过程，如今该术语已经弃用，该疾病即精神分裂症。

正说着，一架飞机从我们头顶上空飞过，发出巨大的轰鸣声。大家都被吓了一跳，不由得抬头看去，只见一架飞机仿佛要擦到松树树梢一般低空掠过。那是架罕见的单翼飞机，飞机的翅膀被涂成了黄色。院子里的鸡和狗都被飞机的响动吓到了，四处逃窜，特别是狗，一边叫一边夹着尾巴藏到了缘侧底下。

"那飞机不会掉下来吧？"

"没事的……姐夫你知道有一种叫飞机病的病吗？"

我给烟点上火，没有说话，只是摇了摇头。

"得那种病的人，听说因为坐飞机一直呼吸高空的空气，然后就渐渐地受不了地面上的空气了……"

离开岳母家之后，我在安静得没有一丝风的松树林里漫步，松枝一动不动，我也越发抑郁。为什么那架飞机偏要从我头顶上空飞过？为什么那家旅店只卖飞船牌香烟？我被这些问题苦恼着，选了一条没有人的路继续走。

低矮的沙丘对面，大海是一片阴郁的灰色。沙丘上有一个没有秋千板的秋千架。我眺望着那个秋千架，想到了绞刑台。实际上秋千架上还站着三两只乌鸦，它们看到我，也没有要飞走的意思。其中一只乌鸦反而仰头张大嘴，叫了四声。

我沿着草已经枯黄的土路，拐向一条旁边林立着别墅的小路。这条小路的右边，显然就是建造在高高的松林中的二层西式小洋房。（我朋友把这里的房子称为"春天的家"。）但走过去一看，发现这里混凝土的房子地基上只有一个浴室水龙头。失火——我的脑子里立刻转过这个念头，于是我不再看房子，走开了。然后，一个骑着自行车的男人直直地冲我而来。他戴着顶棕黑色的帽子，一边按着车把，一边侧过身子来用奇怪的眼神盯着我看。突然，我感觉他长着和我姐夫一样的脸，在他还没有靠近我之前，我拐到了旁边的另一条路上。可是这条路上竟然有一只死鼹鼠，尸体已经腐坏，翻着肚子，躺在路中央。

冥冥中算计着我的东西，让我每走一步，都越发不安。就在此时，半透明的齿轮一个接一个地出现，遮蔽了我的视野。我越发恐惧这最后的时刻即将到来，直着脖子继续走着。齿轮的数量越来越多，转得越来越快。同时，右边的松树林也和齿轮交缠在了一起，就像隔了一层玻璃一样。我的心跳越来越快，几次都想在路边停下，但我的身后又像被什么东西推着一样，想停却停不下来……

就这样大概过了三十分钟，我躺在家里的二楼上，紧闭着双眼，忍着剧烈的头疼。这时，一个银色羽毛像鳞片一样层层叠叠组成的翅膀，清晰地出现在我闭着眼的视网膜上。我睁开眼，看着天花板，确认天花板上什么都没有。但当我再一次闭上眼睛，那个银色的翅膀又在一片昏暗中出现了。我一下想起，我最近坐过的车的引擎盖上，也有一个翅膀的图案……

这时，我听见有谁慌慌张张地上了楼，然后又匆匆地下去了。我知道这一定是什么人的妻子，我慌忙起身，从楼梯前探出脸来。看见妻子突然伏身喘息着,肩膀也在微微颤抖。

"怎么了?"

"没事,没什么……"妻子终于抬起头来,勉强地微笑了一下,继续说道,"没什么事,只是刚才突然感觉孩子爸你是不是死了……"

这是我一生中最恐怖的体验——我已经没有力量继续写下去了。在这种精神状态下活着,真的只有无法言说的痛苦。有谁能在我熟睡时把我勒死呢?

昭和二年(1927)遗稿①

---

① 芥川龙之介在昭和二年(1927)准备自杀。

河 童[①]
请读作Kappa

序

  这是一个精神病院的患者——二十三号患者——逢人就讲的故事。这个疯子大抵已经年过三旬，但看上去还非常年轻。他前半生的经验——不，那些都是无所谓的。他一直牢牢地抱着双膝，不时看着窗外（隔着铁栅栏的窗外，只能看到一棵连片枯叶都没有的光秃秃的橡树，橡树的干枯的树杈直指阴郁飘雪的天际）。二十三号絮絮叨叨地向院长S博士和我讲述着他长长的故事。边说还边做出一些动作，比如，当他说到"吃了一惊"的时候，就会突然向后仰头……

  我会尽可能如实地记录二十三号的故事。如果有人觉得看我的笔记还不够，可以去东京市外的××村S精神病院问问看。在那里，看起来比实际年龄更显年轻的二十三号一定会非常有礼貌地低头行礼，

[①] 河童（Kappa），与鬼、天狗一样是日本传说中最有名的妖怪之一。日本各地对这种传说中的生物的称呼都有些许不同，自芥川龙之介1927年本小说《河童请读作Kappa》发表后，河童（Kappa）逐渐成为最具代表性的称呼。

接着指一指没有椅垫的椅子请你坐下,然后带着忧郁的微笑,平静地复述他的故事。而最后……我还清晰地记得他讲完故事后的神情。他突然站起身来,胡乱地挥舞着拳头,对在场的每一个人大声吼道:"出去!你这个坏东西!你这个愚蠢至极、嫉贤妒能、猥琐下流、厚颜无耻、自以为是、残忍无情、虫子一样的生物!滚!你这坏蛋!"

一

三年前的夏天,我像大家一样,背着背包,从上高地的温泉旅店向穗高山①出发。众所周知,登穗高山需要沿着梓川逆流而上。我不仅爬过穗高山,还登过枪岳②,所以我没有请向导,独自一人走入了朝雾弥漫的梓川山谷。沿着水雾迷蒙的梓川徒步前,我发现雾不但丝毫没有散去的迹象,反而越来越浓了。一个小时之后,我开始犹豫是否折返上高地的温泉旅店。但考虑到走回头路也要等雾散了才行,眼前的大雾依然越来越浓——"干脆还是登上去吧。"想到这儿,我便没有离开梓川山谷,而是分开路上的山白竹,继续前行。

然而,挡在眼前的,除了浓雾还是浓雾。浓雾中,隐约可见粗壮的山毛榉和冷杉垂下的绿色叶子的轮廓。山上放养的牛马时不时地闪现。当我以为能看清了的时候,它们又迅速隐入浓雾之中。走着走着,我的腿开始酸疼,肚子也饿了,更别提被浓雾打湿的变得越来

---

① 穗高山,位于日本中部的飞弹山脉,海拔3190米,为日本第三高峰。
② 枪岳,位于日本飞弹山脉,海拔3180米,为日本第五高峰。

重的登山服和毯子。我终于放弃了继续登山的计划，循着岩石间的溪水声，往梓川山谷外走去。

我在溪边的岩石上坐下，准备先吃点儿东西。我打开一罐牛肉罐头，收集了一些枯枝，点了个小火堆。做这些，大概花了十分钟。其间，恼人的浓雾终于渐渐散去。我一边咬着面包，一边看了一眼手表，刚好一点二十分。但着实让我吓了一跳的是，我的手表表盘上倒映出一张恶心的丑脸。我诧异地回过头——那是我第一次看到河童。那个之前我从未见过的生物，就站在我身后的岩石上，和书里画的河童一模一样。它一只手抱着白桦树的树干，另一只手搭在眼睛上方，一脸好奇地盯着我看。

我当时惊呆了，一动不动。那只河童见到我显然也非常吃惊，它也一动不动，就连搭在眼睛上面的手都颤也不颤一下。紧接着，回过神的我猛地跳起来，向河童扑去。与此同时，那只河童也嗖地转身想要逃走。不，应该说是已经逃走了——事实上，我眼看着那只河童只是一转身，瞬间就消失不见了。我吃惊极了，在山白竹中寻找着河童的身影。突然，我发现那只河童在离我两三米的河对岸，正回头看着我呢。原来刚才它只是做出逃跑的样子罢了。对此我不觉得奇怪，但让我惊讶的是河童身体的颜色。之前在岩石上看着我的河童是灰色的，而现在它的整个身子变成了绿色。我大喊一声"畜生"！然后再次向河童追过去，不出所料，河童还是立刻拔腿就跑。我分开山白竹，跃过岩石，不管不顾地追着河童，大概追了半小时。

河童跑起来很快，不亚于猴子。我不顾一切地追着河童，但几次都差点儿弄丢了它的身影，而且还滑倒好几回。当我追到一棵粗壮的大橡树底下的时候，幸好有一头正在吃草的牛挡住了河童的去路。那是只牛角很粗，眼睛充血的公牛。河童看见公牛，发出一阵悲鸣般的叫声，然后一扭身跳入了高高的山白竹丛中。我一边暗叫"糟了"，一边紧跟着追过去。但我不知道那边有一个坑洞，我的手指刚碰到河童滑溜溜的后背，就跌入深深的黑暗之中。在千钧一发的危急时刻，我们人类原来竟然会想一些不着边际的东西：我在摔入洞中，情不自禁"啊"地叫出声的时候，脑子里想到的却是上高地温泉旅店边上，一座叫河童桥的桥。然后我就什么都不记得了。我只记得眼前好似闪过一道闪电，接着就失去了知觉。

二

我恢复知觉之后，发现自己正仰面躺着，身边围了一大群河童。其中有一个戴着夹鼻眼镜的厚嘴唇河童，正跪坐在我的身旁，把听诊器放在我的胸膛上。它见我睁开了眼睛，对我比画了一个"请安静"的手势，然后对身后的河童说："Quax，quax！"接着，不知哪里来了两个抬着担架的河童。我被放到担架上，被抬着和一大群河童一起静静地向城市的方向前进。身边的街景和银座大道也没什么区别。种着山毛榉景观树的道路两旁，各式店铺前都设了遮阳伞，道路上还驶过几辆汽车。

没多久，抬着我的担架拐入一个小街巷，一直走到一户人家跟前。后来我才知道，原来那是戴着夹鼻眼镜的河童的住所——杰克医生的家。杰克让我躺在一张小巧的床上，然后又让我喝下一杯透明的药水。我躺在床上，听从杰克的安排。实际上我的身体也动弹不了，每个关节都疼得厉害。

杰克一天来看我两三次，观察我的情况。除他之外，最初遇见我的河童——一个叫巴古的渔夫，也上门探望了我。比起我们对河童有限的认识，河童对我们人类的了解要丰富全面得多。因为河童捉到的人类，可比我们捉到的河童多了太多。说"捉到"有点儿不准确，在我之前，我们人类有不少误入河童国度的例子。不仅如此，还有许多人一辈子就住在河童国了。为什么这么说呢，请想想看吧。我们不是河童，是人类，所以在这里拥有特权。不用工作，也能生活下去。据巴古说，曾经有个年轻的修路工人，机缘巧合来到了河童国，娶了雌河童做妻子，到死都生活在这里。听说那位雌河童不仅是河童国第一美人，就连哄自己的修路工人丈夫，也很有手段。

我在河童国住了一周之后，根据这个国家的法律，我作为"特别保护住民"，定居在了杰克的隔壁。我的住宅虽然小巧，但非常有格调。当然这个国家的文明和我们人类国家的文明——至少是和日本的文明没太大差别。在靠近道路一侧的客厅角落里，放了一架小小的钢琴，墙上还挂着带框的装饰画。但从房间大小到桌椅尺寸，都是按河童的身高来做的，所以对我来说，就像住进了儿童房那样，有些不方便。

每到黄昏时分，我家就会迎来杰克和巴古这两位客人，来教我说河童的语言。不，不止他们两个。因为大家都对作为"特别保护住民"的我感到好奇，所以每天都会特地请医生杰克给自己量血压的玻璃公司老板盖艾鲁也会来我家坐坐。不过最初的半个月里，和我关系最要好的，还是那个叫巴古的渔夫。

那是一个温暖的黄昏，我在房间里和巴古隔着桌子相对而坐。突然，巴古像想到了什么，一下不说话了，还把他那双大眼睛睁得更大，定定地盯着我看。我当然觉得奇怪，于是问："Quax, Bag, quo quel, quan？"翻译过来的意思就是："喂，巴古，怎么了？"但巴古不仅没有回答我，还突然站起来，伸出舌头，像青蛙一样要跳过来似的。我越发觉得古怪，立刻从椅子上站起来，跑出门去。幸好这时杰克医生来了。

"哎呀，巴古，你干什么呢？"

杰克戴着他的夹鼻眼镜，瞪着巴古。巴古有点儿胆怯，挠了好几次脑袋，向杰克道歉："真是不好意思。其实是因为我觉得这位先生害怕的样子挺好玩的，所以一时兴起，恶作剧了一把。也请这位先生原谅我吧。"

三

在继续讲下去之前，我得稍微说明一下河童这种生物。河童到底是不是真的存在,大家一直都抱有疑问。我在河童国生活过,自然不怀疑它们的存在。那么河童到底是种什么生物呢?他们头上有短毛,手脚有蹼,这些与《水虎考略》①上的记载没什么明显出入。身高一米左右,据杰克医生说,体重大约是二十磅②到三十磅。听说也有五十磅的大河童。河童脑袋顶的正中央有个椭圆形的盘子状凹陷,这个凹陷会随着年龄增长而越来越硬。最不可思议的要数河童皮肤的颜色了。河童不像我们人类,皮肤有固定的颜色,河童的皮肤可以根据环境的不同而变色。比如,在草丛中,就会变成和草一样的绿色;在岩石上,就会变成和岩石一样的灰色。变色不仅仅是河童特有的本领,变色龙也能根据环境变色,在河童的皮肤组织里可能有和变色龙类似的东西。我发现这个事实时,想到了民俗学上的记录。记录里说西方河童的皮肤是绿色的,东方河童的皮肤是红色的。这让我想到当初追巴古的时候,突然一下看不到他,以为他逃远了的事情。另外,河童皮下有较厚的脂肪,虽然河童国气温总体较低(大约华氏五十摄氏度),但他们都不穿衣服。当然,河童有戴眼镜的,带烟草盒和钱包什么的。不过因为河童像袋鼠一样,腹部有口袋,所以不穿衣服带东西也不会不方便。只是,他们腰间也不遮挡一下。我曾经有一次问巴古,为什么河童没有遮挡下身的习惯,谁知巴古一仰头,笑得停不下

---

① 水虎是河童的另一个名字,这本书收集了日本和中国的文献中记载的关于河童的信息,堪称江户时代的"河童研究之书"。
② 一磅大约是0.45千克。

来,还说:"我觉得你遮起来才奇怪呢。"

四

就这样,我渐渐学会了河童的日常用语,因此也理解了河童的风俗习惯。其中最不可思议的是,我们人类认为严肃的东西,河童觉得好笑;同时,我们觉得好笑的东西,河童却认为很严肃。比如,我们人类很认真地思考正义、人道,河童听了会捧腹大笑。也就是说,他们滑稽的观念和我们的标准截然不同。有一次我和医生杰克讨论限制生育的事,杰克听了,眼镜都要笑掉了。当时我当然有些生气,诘问他这有什么好笑的。然后我记得杰克是这样回答的——也许细微之处理解不到位,毕竟当时我的河童语水平还不能充分理解河童所有的表达。

"可是,只考虑父母的方便,不是很好笑吗?这也太自私了吧。"

但其实没什么比河童生孩子更好笑的事了。最近几天,我曾去巴古家看他老婆生孩子。河童生子也需要医生和助产士的帮忙。但是,到了临盆的时候,父亲要凑近母亲的下阴,像打电话一样,大声问:"你想降生到这个世界上吗?考虑好后回答我。"巴古也跪坐在地上,问了好几遍,然后用桌子上的消毒药水漱了漱口。这时,巴古老婆肚子里的孩子,像是有什么顾虑似的,小声地回答着父亲的问题。

"我不想被生下来。首先,要是遗传了父亲的精神病,可就太糟了。还有,我坚信河童的存在本身就是罪恶的。"

巴古听了孩子的回答，羞愧地挠了挠头。此时，听到这些的助产士在巴古老婆的下体放入一根很粗的玻璃管子，似乎往里注射了什么液体。然后巴古老婆像舒了一口气一样，长长地叹息了一声。与此同时，她那刚才还很大的肚子，像漏气的气球似的，慢慢缩了回去。

河童的孩子在未出生时就能答话，他们一生下来，自然已经会走、会说话。听杰克说，过去有个孩子，曾在生下来二十六天的时候做了关于世上是否有神的演讲。但那个孩子在出生第二个月就死去了。

说完关于生孩子的事，再来讲讲我来到河童国三个月时，在街角偶然看到的海报吧。海报的下半部分画着十二三个一只手拿着喇叭吹，一只手拿着宝剑的河童。海报的上半部分写了许多河童像手表发条一样的螺旋状的文字。把这些螺旋文字翻译过来后，大概的意思就是：（当然，我的翻译也许有些细微的差错。不过，那是当时和我一起散步的一个叫拉普的河童大学生大声念给我听的，我也忠实地一一记录了下来。）

　　招募遗传的义勇军。
　　健全的河童男女啊，
　　为了消灭不好的基因，
　　和不健全的河童男女结婚吧！

不用想，那时我就和拉普说了，海报说的这种事是办不到的。然后不光是拉普，海报附近的河童全都哈哈大笑起来。

"办不到？可是听你过去说的，你们人类也和我们做着同样的事情，不是吗？你觉得为什么少爷会爱上女仆，小姐会爱上司机？那都是因为大家无意识地想要消灭不好的基因罢了。还有，前几天听你说过，我觉得这比起你们人类的义勇军——为了争夺铁路而互相残杀的义勇军——我们河童的义勇军要高尚得多呢。"

拉普一本正经地说着，胖胖的肚子却笑得像波浪一样抖个不停。但我却笑不出来，我慌慌忙忙地想抓住一个河童。原来趁我不留意，有个河童偷走了我的钢笔。但皮肤滑溜溜的河童可不是那么好抓住的。那河童噌地一下挣脱我的手，逃走了，那像蚊子一样瘦弱的身体好像要摔倒一样摇晃着……

五

这个叫拉普的河童，不亚于巴古，对我也十分照顾。最难得的是拉普给我介绍了托克。托克是河童中的诗人，像我们人类一样，也留着长发。我感到无聊时会去托克家拜访。托克家狭窄的屋子里摆满了高山植物的盆栽，他一边写诗，一边抽烟，总是一副很轻松的样子。在屋子的角落，一只雌河童不知正在那里编织着什么（托克是自由恋爱主义者，所以并没有老婆）。托克看见我，就微笑着说："嘿，你来了呀。"（河童的微笑本来就不太好看，最开始我甚至觉得多少有点儿吓人。）

托克总是和我说些河童的生活啊，河童的艺术啊之类的。根据托克的说法，没有什么比河童的生活更愚蠢的了。父母子女，夫妻兄弟，都把互相折磨作为乐趣而活着。没有比河童的家庭制度更白痴的了。有一次，托克指着窗外说："看看吧！看那傻样。"只见窗户外的道路上，有一个看起来还算年轻的河童，脖子上挂着包括他父母在内的七八个河童，气喘吁吁地走着。我对这年轻河童的牺牲精神非常感慨，反而赞美起他的强壮来。

"嗯，你有这个国家的市民资格……你是社会主义者吗？"

我当然回答了"qua"（这在河童的语言里是"正是如此"的意思）。

"那也就是说为了一百个凡人，可以牺牲掉一个天才是吗？"

"那你是什么主义者呢？好像有谁说过，你是无政府主义者……"

"我吗？我是超人。"（直译的话，应该是超河童。）

托克昂然放言道。这样的托克，在艺术上也有自己独到的思考。托克信仰的是不受任何东西支配的，为了艺术的艺术。因此，艺术家首先必须成为超脱善恶的超人。这不是托克一个河童的意见。托克他们的诗人团体里，有不少人都持有类似的想法。现在，我有时会和托克一起，去超人俱乐部玩。那里聚集了诗人、小说家、戏曲家、评论家、画家、音乐家、雕刻家，还有艺术界的新人。这里的每一个人都是超人。他们在灯火通明的沙龙里愉快地交谈着，不仅如此，还时不时展示他们不同寻常的一面。比如,一个雕塑家河童在全缘贯众①的大盆栽间抓到一只年轻的河童,频频玩弄男色。又如,一个雌河童,站在桌子上干了六十瓶苦艾酒。喝到第六十瓶的时候,从桌子上摔下来,瞬间就往生极乐,去了另一个世界。

在一个月色很好的夜晚,我和诗人托克挽着手,从超人俱乐部回来。托克比往日消沉不少,闷闷地不说话。我们路过一个人家,那里有个点着灯火的小小的窗子。窗子里面是一对夫妇模样的河童,和三个小河童一起围着桌子吃晚餐。突然,托克叹了一口气,对我说:"我一直觉得自己是个超人恋爱家,但看到那样的家庭氛围,也终归有点儿羡慕呢。"

"如果你这么想,不觉得自己矛盾吗?"

托克在月亮的照耀下,抱着臂,守望着那个小小的窗子——窗子里面,是温馨祥和的河童一家五口,围着桌子吃晚餐。过了片刻,他用下面这句话,回答了我:

"不管怎么说,那边那盘炒鸡蛋,总比恋爱有益健康啊。"

---

① 全缘贯众是一种植物。植株高30~40厘米,根茎直立,密被披针形棕色鳞片,叶簇生。

六

事实上，河童的恋爱和我们人类的恋爱大不相同。雌河童一旦发现中意的雄河童，立刻会为了捉住雄河童而不择手段，就连最老实的雌河童，此时都会不管不顾地追求雄河童。我就看见过像发了疯一样对雄河童穷追不舍的雌河童。不，还不止如此。年轻的雌河童不必多说，就连雌河童的父母和兄弟，都会帮她一起追雄河童。雄河童可惨了，什么都不敢说，只能赶紧跑，运气好的就算逃掉了，也累得要在床上休息两三个月。有一次，我正在家读托克的诗集，这时，那个叫拉普的大学生突然冲进来。他一进我家，就倒在床上，气喘吁吁地说："不得了了，我还是被抱住了！"

我扔下诗集，赶紧锁好门。就在我从锁眼里往外看的时候，一个脸上涂了硫黄粉的爱笑的雌河童，正在我家门口转悠。拉普从那天起，在我家床上躺了好几周，而且他的嘴也彻底烂了。

当然，有时候也会有不顾一切追着雌河童的雄河童。不过那基本上也是雌河童设下的圈套，让雄河童不得不追。我曾见过雄河童疯狂追求雌河童的事。雌河童在逃跑途中，时不时故意停下来，手脚贴地趴着，装样子给雄河童看。不仅如此，雌河童还会在最恰当的时候，故意假装累得筋疲力尽，摔倒在地，然后开心地被雄河童追到。然后雄河童抱着雌河童，在地上打一会儿滚。等到终于爬起来，仔细看看眼前的雌河童，雄河童的脸上露出了不知是失望还是后悔的，难以形容的却让人同情的表情。但这还是好的。我曾经见过一只小个子的雄河童追雌河童，雌河童照旧边逃边引诱雄河童。这时，另外一只大雄河童打着响鼻向这边走来，雌河童见状，突然用尖细的声音叫起来，"不好了！救命啊！那个河童要杀我。"不用说，大雄河童赶过来一把抓住小个子雄河童，把他摁倒在街上。小个子雄河童长着蹼的手脚在空中徒劳地伸抓了几次，就这么死了。而那只雌河童，此时喜笑颜开牢牢地搂住了大雄河童的脖子。

我认识的所有雄河童都说，自己曾被雌河童追过。就连有老婆的巴古都被追过，不仅如此，还被雌河童抓住过两三次。只有一个叫玛古的哲学家（他是诗人托克的邻居），一次也没被雌河童追过。第一个原因大概是像玛古这么丑的河童确实少有。而且，玛古很少上街露脸，基本上一直待在家里。我有时会去玛古家找他聊天。玛古的屋子很昏暗，他总是点着一盏七彩玻璃灯，坐在高脚桌旁，读着厚厚的书。有一次，我曾和玛古讨论过河童的恋爱问题。

"为什么政府不严厉一点儿，禁止雌河童追雄河童呢？"

"原因之一是政府官员里雌河童数量很少。雌河童比雄河童的嫉妒心更强，如果政府系统里雌河童的数量能够增加一些，那么雄河童一定能过上不像现在这样被追逐的日子。不过那样的话，产生的影响你应该可想而知。为什么这么说呢？政府系统里的雌河童也会追雄河童呀。"

"那像你现在这样活着，是最幸福的吧？"

听了我的话,玛古离开座椅,握住我的双手,一边叹气一边说:"你不是我们河童,不理解也很正常。其实有时候,我心里也盼望着能被那可怕的雌河童追一次呢。"

七

我和诗人托克时不时会去听听音乐会。但我始终忘不了我们第三次去听的那一场。河童音乐会的场地和日本没什么不同。观众座席上那三四百只雌、雄河童无不拿着乐曲节目单,全神贯注地侧耳倾听。我第三次去音乐会时,是和托克、托克的女朋友还有哲学家玛古一起去的,我们坐在最前面的座席上。大提琴独奏结束后,眼睛细得出奇的一位河童抱着乐谱走上台来。他正是乐曲节目单上那位有名的作曲家库拉巴库。正如节目单上介绍的那样——不,根本不需要看节目单,我就知道库拉巴库和托克一样是超人俱乐部的会员,我记住了他的脸。"Lied——Craback"。(河童国的乐曲节目单大多使用德语。)

在铺天盖地的掌声中,库拉巴库向我们行了一个礼,然后静静地走到钢琴前,接着自如地弹起了他自己谱写的旋律。听托克说,库拉巴库是这个国家有史以来空前绝后的天才。我对他的音乐当然很感兴趣,但同时我也被他的其他成就所吸引,比如抒情诗。所以,我非常陶醉地听着他演奏的钢琴曲,不过托克和玛古的陶醉劲儿比我更甚。只有那个美丽的(至少根据河童的眼光是这样的)雌河童紧紧地握着节目单,不时烦躁地伸伸她的长舌头。托克告诉我,这是十年前想捉却没捉到库拉巴库的雌河童，至今她还把这位音乐家视作眼中钉。

库拉巴库浑身都燃烧着激情，像在战斗一样，继续演奏着钢琴曲。突然，一声"禁止演奏"的叫喊，像惊雷一样响彻会场。我被这声音吓了一跳，想都没想，回头看去。原来叫喊的不是别人，正是坐在最后一排的高个子巡警。在我回头看的工夫，巡警还泰然坐在那里，并且用比刚才更大的嗓门，怒喊了一声："禁止演奏！"然后……

会场陷入一片混乱："警察暴力干涉！""库拉巴库，弹！继续弹！""白痴！""畜生！""收回你的混账话！""别输给他！"——人声鼎沸之中，椅子倒地，节目单乱飞，不知道是谁扔来的空瓶子、石子、吃了一半的黄瓜，也统统飞了过来。这突然发生的一切让我目瞪口呆，我想问问托克到底怎么了。托克却显得异常兴奋，他突然在椅子上站起来，接连大声喊着："库拉巴库，弹！继续弹！"不仅如此，托克的雌河童也忘了适才的敌意，也大声喊着："警察不讲理！"那劲头儿一点儿也不输托克。我只得转向玛古，试着问询："这怎么回事？"

"这个嘛，这在我们河童国时常发生。原本绘画啊、文艺啊……"

玛古时不时因为飞过来的东西缩缩脖子，然后用不变的沉静口吻说明着："原本绘画啊、文艺啊这些东西，想要表现什么，一眼就能看明白，所以在我们国家，绝对不会禁止出版图书或者禁止绘画展览。但是却禁止演奏。要问原因嘛，因为只有音乐这种东西，无论是多么有伤风俗的乐曲，没有耳朵的河童都是不会明白的。"

"但刚才那个巡警不是有耳朵吗？"

"这个嘛，很令人怀疑呢。可能是库拉巴库的旋律，让他想起了和老婆一起睡觉时候的心跳吧。"

这场骚乱愈演愈烈。库拉巴库正面对钢琴坐着，傲然地回首望向我们。但无论多么骄傲，也不得不躲避着飞过来的东西。所以他每隔两三秒就得变一变姿势，不过总体来说还是保持着大音乐家的尊严，细长的眼睛里闪烁着凛然的光亮。我——我为了躲避危险，用托克当了挡箭牌。不过，出于好奇，我依然兴致满满地和玛古谈论起来。

"这样的检查是不是太粗暴了？"

"什么？比起任何一个国家，我们都更进步才对。不信，你看看××，一个月前……"

正说着这话，玛古被从天而降的一个空瓶子正好砸中脑袋，"quack"（这是河童语里的感叹词）地叫了一声，就失去了知觉。

八

我对玻璃公司社长盖艾鲁抱有不可思议的好感。要说盖艾鲁，他是资本家中的资本家。恐怕在河童国的所有河童中，没有谁比盖艾鲁的肚子更大的了。他的身边一左一右，是长得像荔枝一样的夫人和像黄瓜一样的孩子。他们一起在躺椅上坐着，简直就是幸福的代名词。法官佩普和医生杰克，时不时带我去盖艾鲁家里吃晚餐。然后，还能拿着盖艾鲁的介绍信，去他的工厂以及和与他的朋友多少有些关系的工厂参观。在我参观的各种各样的工厂里面，比较有意思的是书籍制造公司的车间。我和年轻的河童工程师一起进入车间，当看到他们以水力和电气作为原动力，运转着大型的机器时，我不禁为河童国先进的机械工业感叹不已。这个工厂一年能印七百万部书。但令我震惊的不是书的数量，而是制作这么多书，却费不了多少人力。这个国家，造书只需要往机械的漏斗里倒入纸、墨水和灰色的粉末。这些原料倒入机器中之后，用不了五分钟，就能造出大三十二开、三十二开和大六十四开等各种开本的书籍。我看着像瀑布一样流出来的各种各样的书，转过身，向河童工程师询问那种灰色的粉末是什么。他站在闪着黑色金属光泽的机器面前，似乎觉得我的问题有些无聊，不以为意地回答道："你是问这个吗？这是驴的脑髓。不过是把它们干燥之后制成粉末而已，一吨只要两三分钱。"

当然了，这样的工业奇迹不只发生在书籍制造公司，绘画制造公司、音乐制造公司也是如此。事实上，盖艾鲁告诉我，在河童国，平均一个月就能翻新七八百种机器，因而能实现不用人力的大规模生产。也正因为如此，最近已经有四五万职工被解雇了。但是，我每天读河童国的报纸，却从来没有看过罢工的新闻，这让我觉得非常奇怪，于是有一次在和佩普与杰克在盖艾鲁家吃晚餐的时候，我向大家说出了我的疑惑。

"被大家吃掉了呗。"

饭后叼着烟卷的盖艾鲁自然地回答道。但是"被吃掉了"是什么意思，我还是不明白。戴着夹鼻眼镜的杰克发现了我的不解，于是在一旁解释道："就是把那些职工全部杀了，把他们的肉吃掉。你看看这张报纸上的这则新闻，这个月有64769只员工被解雇，之后肉价就降下来了。"

"难道这些职工就心甘情愿地坐等被杀吗？"

"就算他们想闹也没用。因为有《职工屠宰法》做后盾。"站在杨梅盆栽后面的佩普苦着脸补充了一句。

我当然觉得非常不快。但盖艾鲁、佩普和杰克这些河童，却一副理所应当的样子。杰克一边笑着，一边用嘲讽的口吻和我说："也可以说，这样做比起饿死或者自杀，给国家省了不少事儿。不过是给他们闻闻毒气，他们也感觉不到什么痛苦。"

"可是，吃了他们那些肉……"

"别开玩笑了。让那个玛古听了，一定会大笑吧。在你们日本，第四阶级[①]的姑娘不也去卖春吗？吃职工的肉就这么愤慨，你这是犯了感伤主义啊。"

盖艾鲁说着，伸手把桌子上放着的一盘香肠推过来，漫不经心地对我们说道："怎么样？来一根香肠？这也是被解雇的职工的肉做的呢。"

我当然觉得很不舒服。不，不仅仅是不舒服，我把佩普和杰克的

---

① 第四阶级指劳动阶级。

笑声甩在身后,从盖艾鲁的客厅飞奔出来。那刚好是个家家户户的屋顶上都看不到星星的荒凉的黑夜。我在这夜色中回到自己的住所,不停地呕吐起来——在黑暗之中,仿佛看得到白花花的呕吐物。

九

不过,不得不说玻璃公司的社长盖艾鲁是个让人喜欢的河童。我有时会和他一起去他的俱乐部,度过一个个愉快的夜晚。盖艾鲁的这个俱乐部给人的感觉比托克的超人俱乐部舒适太多了。虽然盖艾鲁说话不像哲学家玛古那么有深度,但我从中窥探到一个全新的世界——更加广阔的世界。盖艾鲁用纯金的勺子在咖啡杯里搅拌着,愉快地和我聊着许多话题。

那是个雾很大的夜晚,我隔着插满冬蔷薇的花瓶,听盖艾鲁和我说话。我记得那是个分离派[①]风格的房间,房间整体包括椅子和桌子,都是纯白色的,镶着细细的金边。

盖艾鲁一脸得意地微笑着,聊起了目前治理河童国的Quorax党内阁的事情。Quorax(读音:库奥拉库斯)这是个没有具体意义的感叹词,只能翻译成"哎呀"。但无论如何,这是代表着"全体河童利益"的政党。

---

① 分离派(19世纪末至20世纪初)是在绘画、装饰美术、建筑设计上有过影响的新艺术流派,主张造型简洁和集中装饰,装饰主题采用直线、大片光墙面和简单的立方体。

"统领库奥拉库斯政党的是著名的政治家洛佩。'诚实是最好的外交'——这是俾斯麦的话吧,但洛佩在内政上面也堪称诚实……"

"但洛佩的演讲中……"

"这个嘛,请先听我说。他那个演讲当然都是在撒谎了。但演讲是撒谎这件事,谁都知道,那最后相当于和诚实一样喽。说那些都是撒谎,是你们的偏见。我们河童像你们一样……算了,这些怎么样都无所谓。我想说的是洛佩。洛佩率领着库奥拉库斯政党,但实际上操纵洛佩的是《Pou-Fou新闻》(这个Pou-Fou也是没有实际含义的感叹词,如果要强行翻译的话,只能翻译成'啊')的社长库伊库伊。不过库伊库伊也不是自己做主,背后指挥他的,正是坐在你面前的盖艾鲁。"

"可是……这么问虽然有点儿失礼,但《Pou-Fou新闻》不是号称劳动者的同盟吗?如果《Pou-Fou新闻》的库伊库伊社长是受你的支配的话……"

"《Pou-Fou新闻》当然是劳动者的伙伴了。但是,记者都听库伊库伊社长的指挥,而库伊库伊又必须有我盖艾鲁的赞助呀。"

盖艾鲁的脸上挂着一成不变的微笑,把玩着手里的纯金勺子。我看着这样的盖艾鲁,与其说憎恶他,不如说更同情《Pou-Fou新闻》的记者。这时,盖艾鲁好像看出了我沉默背后的同情,他挺了挺他的大肚子,说道:"哎呀,《Pou-Fou新闻》的记者并不都站在劳动者一边的。至少我们河童首先要考虑自己,其次才是为别人说话……然而，麻烦的是，我自己也不得不听命于别人。你猜猜那个人是谁？就是我的夫人呀。美丽的盖艾鲁夫人。"

盖艾鲁大声地笑了出来。

"你一定很幸福吧？"

"至少我很满足。不过也只是在你面前——在不是河童的你的面前，我才能没有顾忌地说说大话。"

"那这么说库奥拉库斯党内阁，实际上是听盖艾鲁夫人的了？"

"这个嘛，也可以这么说……不过七年前的战争，确实是因为一只雌河童引起的。"

"战争？这个国家也有战争吗？"

"当然有！而且未来说不准什么时候还要打仗呢。只要有邻国……"

那时我才知道了，河童国并不是一个孤立的国家。听盖艾鲁说，河童总是把水獭当作假想敌，而且水獭国拥有不亚于河童国的军事装备。我对把水獭当作敌人的河童战争很感兴趣。（关于河童把水獭视作强敌这个新发现，《水虎考略》的作者当然没有写到，就连《山岛民谭集》的作者柳田国男[①]也不知道。）

"在那场战争开始之前，两个国家彼此畏惧，双方都毫不放松地留意着对方的一举一动。就在这个时候，水獭国的一只水獭来拜访一

[①] 柳田国男（1875—1962），日本民俗学家、作家，所著《山岛民谭集》里收录有关于河童的传说。

对河童夫妇。河童夫妇里的雌河童正准备杀掉自己的丈夫。河童丈夫沉迷酒色、不务正业，而且他还买了人身保险，这对河童老婆来说，多少有些诱惑。"

"你认识那对夫妇吗？"

"嗯……不，我只知道那个雄河童。我的妻子说那个雄河童是个坏人。不过要让我说，我觉得与其说他是坏人，不如说他是个害怕被雌河童捉住的被害妄想症疯子吧……再说，那个雌河童本来是准备往自己丈夫的热巧克力里放氰化钾，但不知道怎么搞错了，放到了客人水獭的杯子里。水獭当然就死了，然后……"

"然后，就引发了战争？"

"不错，不巧的是那只水獭在水獭国正好是有勋章的那种级别。"

"打到后来，是哪国赢了？"

"当然是我们国家赢了。三十六万九千五百只河童健儿因为那场战争而牺牲，但与敌国相比，这点儿损失不算什么。我们国家用的皮毛，大多都是水獭皮毛。我还为那场战争造过玻璃。除此之外，我还往战场上送过煤渣呢。"

"送煤渣做什么呢？"

"当然是做军粮了。我们河童饿的时候什么都吃。"

"这个——请别生气，但是对战场上的河童……这种事发生在我们国家的话，就是丑闻了。"

"在我们河童国也是丑闻。不过要让我自己说的话，谁都不会把这个当作丑闻。哲学家玛古不是说过吗，'请自言汝之恶，恶亦可消'……更何况，除利益之外，我也有爱国心的。"

正在此时，俱乐部的一个女事务员突然走了进来，她对盖艾鲁微微屈膝行礼之后，像朗读一样说道："您的隔壁着火了。"

"着……着火！"

盖艾鲁吃惊地站了起来，我也立即站了起来。

但那个女事务员用平静的语气又补充了一句："不过，火已经扑灭了。"

盖艾鲁看着女事务员，露出喜极而泣的表情。我看着盖艾鲁的脸，发现自己不知从何时起，开始讨厌起这个玻璃公司的社长了。但盖艾鲁此时看起来不是一个大资本家，只是一个普通的河童。我把花瓶里的冬蔷薇拔出来，递给盖艾鲁。

"即使火已经扑灭了，但令夫人一定受惊不小。来，拿着这个去吧。"

"谢谢。"盖艾鲁握着我的手，然后突然笑嘻嘻地笑着对我说，"隔壁也是我的家产呢，而且我买了火灾的保险金。"

我至今还记得盖艾鲁的微笑——让我既无法轻蔑，也无法憎恶的微笑。

十

"你今天怎么了呢？感觉情绪有些低落。"

火灾过后的第二天，我吸着烟，问坐在我家客厅椅子上的拉普。实际上，拉普正左脚搭着右脚，垂着头怔怔地看着地板，头低得连他那张烂了的嘴都快看不见了。

"拉普君，到底怎么了？"

"没什么，只是件没意思的事……"拉普终于抬起头，用悲伤的鼻音说道，"今天，我看着窗外，无意中自言自语地说了句：'哎呀，野捕虫堇开花了。'我的妹妹听了，脸色就变了，阴阳怪气地冲我发火说：'我就是野捕虫堇，怎么了？'不仅如此，我老妈还偏袒妹妹，凶了我一顿。"

"为什么说野捕虫堇开花，会让你妹妹感到不快呢？"

"不知道，可能是联想到了'捉住雄河童'的意思吧。然后和我老妈关系一向不睦的姨妈也凑热闹，跟着一起吵了起来，闹得越发不可收拾。接着，一年到头总是喝得醉醺醺的我爸爸，听见我们在吵架，不由分说见谁打谁。这还没完，我弟弟趁乱偷了我老妈的钱包，好像跑去看电影了。我……我真的已经……"

拉普不再说话，他把脸埋在两手之间哭了起来。我当然很同情他，但同时我又想到了诗人托克对家庭制度的轻蔑。我拍拍拉普的肩膀，努力地安慰他："这种情况谁家都有，来，还是勇敢面对吧。"

"可是，可是要是我的嘴没烂的话……"

"这也是没办法的事情啊，你就别多想了。走，我们去托克家玩吧。"

"托克总是鄙视我,说我不能像他那样大胆地抛弃家庭。"

"那,我们去库拉巴库家吧。"

自从那次音乐会之后,我和库拉巴库也成了朋友,于是决定带拉普去库拉巴库家坐坐。库拉巴库过着远超托克的奢侈生活。不过,不像大资本家盖艾鲁那种过法,库拉巴库总是坐在被各种各样的古董——塔那格拉①陶俑和波斯陶器——围绕的土耳其风长椅子上,在他自己的肖像画下面,陪孩子们玩耍。但今天不知道为什么,他两手抱在胸前,拉着一张脸,坐在那里,脚底下还散落着很多碎纸片。按理说,拉普应该曾和诗人托克一起来过库拉巴库家几次,但看到库拉巴库这副可怕的样子,他有些胆怯地恭谨地行了一个礼,然后默默地溜到屋子角落坐下了。

"怎么了,库拉巴库君?"我没打招呼,直接向这位大音乐家发问。

"怎么了?那些愚蠢的评论家,竟然说我写的抒情诗比不上托克的。"

"但是你是一位音乐家呀……"

"只是说说抒情诗的事,我也就忍了。可他们竟然还拿我和劳库比,说我这个音乐家名不副实。"

劳库是位经常被拿来与库拉巴库作比较的音乐家。因为他不是超

---

① 塔那格拉是古希腊城市,盛产陶制人像玩偶,大多10~20厘米高。

人俱乐部的会员,所以我并没有和他说过话。不过他那嘴角向下的很有特点的脸,我倒是在照片上见过几次。

"劳库确实也是个天才,但是和他的音乐相比,你的音乐更具近代的热情。"

"你真的这样认为吗?"

"当然了。"

我话音刚落,库拉巴库突然站了起来,一把抓住塔那格拉陶俑,狠狠地摔在地板上。拉普吓了一大跳,叫了一声就想要逃跑,但库拉巴库向拉普和我比了一个不要害怕的手势,然后又冷冷地说:"那是因为你没有像俗人那样的耳朵,我害怕劳库……"

"你吗?别假装谦虚了。"

"谁装谦虚了?首先,我在你们面前假装谦虚,那还不如在那些评论家面前装一装呢!我——库拉巴库是个实实在在的天才。在这一点上,我并不畏惧劳库。"

"那你刚才说害怕的是什么呢?"

"我害怕的东西,是不知道到底为何物的——也就是说,支配着劳库的星辰。"

"我是真听不懂。"

"这么说吧,这么说你应该能明白。劳库没有受到我的影响,但不知不觉中,我已经被劳库影响了。"

"这是说你过于感性了吧……"

"这个嘛，你听着，不是感性的问题。劳库可以心无旁骛地做他自己的工作，但我却总是焦虑万分。从劳库的角度来看，可能这只是一步之差，但在我看来，这差了十万八千里。"

"但是您的《英雄曲》……"

库拉巴库细长的眼睛眯得更细了，气鼓鼓地瞪着刚开口的拉普，说道："闭嘴！你懂什么？我了解劳库。我比那些对他点头哈腰的走狗了解得多得多！"

"好了，冷静一点儿嘛。"

"我要是能冷静下来……我总这么想。我们不知道的某种力量，在我面前——在我库拉巴库面前，为了讽刺我，特地安排了劳库过来碍眼。哲学家巴古虽然总是在彩色玻璃灯下读些旧书，但他好像知道这件事。"

"为什么这么说？"

"我最近看了巴古写的《傻子的话》这本书。"

库拉巴库递给我一本书，或者说，扔给我一本书。然后他把双手抱在胸前，生硬地抛下一句冷冷的话："我今天就先失陪了。"

我和又变得垂头丧气的拉普一起走在人来人往的街道上。道路两旁山毛榉的景观树影子下，是各式各样的店铺。我们一句话也不说，默默地走着。这时，长头发的诗人托克突然路过。他看见我们，从腹袋里拿出手巾，擦了擦自己的额头。

"好几天没见了。我想着今天去库拉巴库家看看他……"

我琢磨着让这两位艺术家吵起来可不是什么好事,就婉转地提醒他今天库拉巴库心情不太好。

"这样啊,那我今天就不过去了。库拉巴库是因为神经衰弱才这样的。我也两三周没睡着了,现在虚弱得很。"

"要不,和我们一起散散步?"

"不了,今天就算了吧。哎呀!"

托克突然叫了一声,用力地一把抓住我的胳膊,浑身开始出冷汗。

"怎么了?"

"怎么回事?"

"我看见那辆车的窗子里探出了一只绿色的猴子脑袋。"

我多少有些担心他,劝他去医生杰克那里检查一下。但无论我怎么说,托克也没有一点儿要听劝的意思。不仅如此,托克还颇为怀疑地看着我的脸,说了几句话奇奇怪怪的话:"我绝对不是无政府主义者,请一定不要忘了这一点——那么,再见吧,不好意思,杰克那里我是不会去的。"

我们怔怔地站在那里,目送托克的身影远去。我们——不,不是我们。大学生拉普不知道什么时候跑到了马路中间,分开双脚,弯下腰从自己胯下看着什么。我吓了一跳,觉得拉普也疯了,赶紧过去拉他起来。

"开什么玩笑,你干什么呢?"

拉普揉揉眼睛,出人意料地平静地回答道:"我太郁闷了,想倒过来看看这个世界。但结果还是一样。"

十一

这是哲学家玛古写的《傻子的话》中的几章——

傻子总觉得除了自己,别人都是傻子。

我们热爱自然,是因为自然不会憎恨或嫉妒我们。

明智的生活是蔑视一个时代的习惯,但又不破坏习惯地生活着。

我们总想夸耀的,只是自己没有的东西罢了。

没有人反对消灭偶像,同时,也没有人反对成为偶像。但是,能在偶像的位置上安坐的,都是被神眷顾的人——或是傻子,或是恶人,或是英雄。(库拉巴库在这一页上留下了指甲印的痕迹。)

我们的生活中必不可少的思想,在三千年之前就已经出现了。我们现在只不过是在旧柴火上加新焰罢了。

我们的特点是经常超越自己的意识。

如果幸福总伴随着痛苦,平和总伴随着倦怠的话……

为自己辩护比为他人辩护要更困难。不信的话,看看律师吧。

骄矜、爱欲、疑惑——三千年来,所有的罪都由这三者而生,但同时所有的德行也是如此。

减少物欲不一定能带来平和。我们如果想得到平和,那就要减少精神上的欲望。(在这一页上,库拉巴库同样留下了指甲印的痕迹。)

我们比人类更不幸。人类并不会像河童这样进化。(我在读这一句时忍不住笑了出来。)

可成之事即欲成之事,欲成之事为可成之事。毕竟我们的生活无法从这样的循环往复中超脱出来——不合理性贯穿始终。

波德莱尔[①]成为白痴之后,他用一个词表达自己的人生观——女阴。但这个词并不足以表达他。不如说他是天才,正因为他有足以令他维持生活的诗歌上的天分,才忘了还有胃这个词语。(这一段也留下了库拉巴库的指甲印的痕迹。)

如果理性贯穿始终,我们当然会否认自身的存在。视理性为神明的伏尔泰度过了幸福的一生,正说明了人类不像河童那样充满进化性。

---

① 夏尔·皮埃尔·波德莱尔(1821—1867),法国诗人,代表作《恶之花》。

十二

那是一个寒冷的下午,我看《傻子的话》看得腻了,就去找哲学家玛古。结果,在冷寂的街角,看见了一个皮包骨头瘦得像蚊子一样的河童,正呆呆地靠着墙。我一眼就认出来,这就是之前那个偷走我钢笔的河童。我心里叫好,连忙喊住一个刚好路过的身材高大的巡警。

"请您去盘问一下那个河童。一个月前,他偷了我的钢笔。"

巡警右手举起警棍(在河童国,巡警拿的不是剑,而是水松树枝),"喂,就是你!"巡警喊那个河童。我以为那个偷我钢笔的河童会逃跑。没想到,他非常沉静地走到巡警跟前,双手抱臂,傲然地盯着我和巡警的脸。巡警也没生气,他从腹袋里拿出笔记本,立刻开始盘问起来:"你叫什么名字?"

"古鲁克。"

"职业?"

"两三天前还是邮局的快递员。"

"很好。这个人说,你过去曾偷了他的钢笔。"

"不错,一个月前偷的。"

"为什么偷东西?"

"想给孩子做玩具。"

"那你的孩子呢?"

"一周前去世了。"

"你带死亡证明了吗？"

瘦弱的河童从腹袋里掏出一页纸，巡警看了看那张纸，然后笑呵呵地拍了拍他的肩膀，说："好了，辛苦了！"

我呆呆地看着巡警的脸。与此同时，那个瘦弱的河童念念叨叨地说着些什么，从我们背后走远了。

我终于回过神来，问那个巡警："为什么不抓住刚才的河童？"

"他没有罪啊。"

"可是，偷了我钢笔的难道……"

"他不是说了，想给孩子做玩具吗？但是，他的孩子已经过世了。如果你有什么不理解的，请自己查一下刑法第一千二百八十五条。"

巡警说完，也不啰唆就走了。我没办法，只好嘴里重复着"刑法第一千二百八十五条"，急急忙忙地往玛古家赶。哲学家玛古非常好客。今天，他昏暗的客厅里有不少客人，法官佩普、医生杰克，还有玻璃公司的社长盖尔鲁。七彩的玻璃灯下面，香烟的烟雾缭绕上升。法官佩普刚好在场，这可真是太好了。我一坐下来，也没去查刑法第一千二百八十五条，直接问佩普："佩普君，多有失礼，我想问问，这个国家不处罚犯罪行为吗？"

佩普先是用他的金烟嘴悠悠然地吸了一口烟，有些觉得无聊一样地回答道："惩罚啊，还有死刑呢。"

"可是，我一个月前……"

我解释了偷钢笔事件的原委,然后问他刑法第一千二百八十五条是怎么回事。

"哦,是这么回事。'所有犯罪在致使该犯罪行为发生的原因消失之后,将不再对该犯罪者进行处罚。'也就是说,你遇到的情况,那个河童过去曾经是父亲,但现在已经不是父亲了,所以他犯下的罪自然就没有了。"

"可是,这很不合理啊。"

"别开玩笑了。把'曾经是父亲的河童'与'是父亲的河童'混为一谈,那才不讲道理呢。对了,日本的法律是把二者视为同一个人吧,但在我们看来,真是非常好笑。呵呵呵呵……"

佩普把烟放下,有气无力地轻笑起来。这时,和律法界不沾边的杰克发话了。他推了推自己的夹鼻眼镜,问我:"日本也有死刑吗?"

"当然有了,日本是绞刑。"

我对佩普的傲慢无礼多少有些反感,于是借这个机会想要讽刺他们。

"这个国家里的死刑,比日本更文明吗?"

"当然更文明了。"佩普冷静地回答。

"我们国家,不用绞刑。偶尔会用电刑,不过基本上也用不到。只需把犯罪之名念出来就好了。"

"就这样,河童就能死去吗?"

"当然就死了啊。我们河童的神经,可比你们人类敏感多了。"

"也不只是死刑,有的时候,这也被用作杀人的手段——"社长盖艾鲁那张让人感觉亲近的笑脸被彩色玻璃的光照得发紫,"前一阵子,我被某个社会主义者说了一句'你是强盗',心脏差点儿麻痹了。"

"没想到这种情况还挺多的呀。前一阵子,我认识的一个律师也被说死了呢。"

我回头看着开口说话的河童——哲学家玛古。玛古像往常一样,脸上带着讥讽的微笑,也不特定去看谁,只是自顾自地说着:"那个河童被人说是青蛙——当然你也知道,在这个国家,说你是青蛙意思就是你不是人。我是青蛙吗?不是青蛙吗?他这样每天百思不得其解,就郁闷死了。"

"也就是说,这是自杀啊。"

"本来说别人是青蛙的河童,是怀着杀人的心思的,但在大家的眼里就变成了自杀……"

玛古话音未落,隔壁诗人托克的家里,发出一声尖锐的枪声,空气都为之一颤。

十三

我们赶到托克家,只见他右手握着手枪,头顶上的河童凹槽里全是血,仰面倒在他的高山植物盆栽中。托克身边的那只雌河童把脸埋在他的胸前,大声地哭泣着。我扶起那只雌河童(我并不喜欢触碰到河童光溜溜的皮肤),询问道:"怎么回事?"

"我也不知道是怎么回事。他写着写着,突然就给了自己脑袋一枪。啊,我该怎么办?qur-r-r-r,qur-r-r-r(这是河童的哭声)。"

"托克君,就是因为太任性了啊。"玻璃公司社长盖艾鲁悲伤地摇摇头,对法官佩普说。

佩普没有说话,给他的金烟嘴点上烟。事发至今,以专业医生的态度,跪在地上检查托克伤口的杰克对我们五个人宣布(其实是四个河童和一个人):"已经不行了。托克君本来就有胃病,仅这一项,就更容易让他陷入抑郁。"

"他自杀时到底写了些什么?"

哲学家玛古像辩解般地自言自语着,然后拿起了桌子上的那张纸。我们都伸着脖子(当然了,除我之外),隔着玛古的宽肩膀看过去。

站起来,走吧。
去娑婆世界①对岸的山谷。
那里岩石陡峭,流水清澈,
药草之花盛放。

玛古抬头看着我们,露出一个苦笑,说:"这首诗歌剽窃了歌德

---

① 娑婆是梵语的音译,意为堪忍,指这个世界的众生极能忍苦。根据佛教的说法,世人所在的世界被称为娑婆世界。

的《迷娘曲》，这么看来，托克君自杀是因为做诗人做得累了吧。"

这时，音乐家库拉巴库正好开车赶过来，他一看这情景，立刻来到门口，走到我们面前，语带不快地说："这是托克的遗言吗？"

"不，这是他最后写下的诗。"

"诗？"

玛古一脸平静地把托克的遗稿递给怒发冲冠的库拉巴库。库拉巴库一字一句地把托克的遗笔念了出来，甚至没去回答玛古的问题。

"对托克君的死，你怎么想？"

"站起来，走吧……不知何时，我也会离开这个世界……去娑婆世界对岸的山谷……"

"你是托克君的挚友之一吧？"

"挚友？托克始终是孤单的……去娑婆世界对岸的山谷……只是托克是不幸的……岩石陡峭……"

"不幸的？"

"流水清澈……你们是幸福的……岩石陡峭……"

我很同情那只依然泣不成声的雌河童，我轻轻地揽着她的肩，把她带到屋子角落的长椅上休息。那里有一只两三岁的小河童，正不谙世事地笑着。我替雌河童哄着那只小河童。然后，我感到自己的眼泪一点点涌了出来。这是我在河童国住了这么久第一次哭。

"和这样任性的河童一起生活，家属太可怜了。"

"说到底是因为他没有考虑将来的事情啊。"法官佩普点上一支新的香烟，对资本家盖艾鲁说。

这时，音乐家库拉巴库握着托克的诗稿，自顾自地高声说道："好了！了不起的送葬曲有了！"音量高得把我们大家都吓了一跳。

库拉巴库细长的眼睛里闪烁着光芒，快速地握了一下玛古的手，突然向门外跑去。这时外面附近已经会集了大批河童，他们聚在托克的家门前，好奇地往家里打量。但库拉巴库径自分开这些围观的河童，跳上汽车。只听他的汽车发出一阵轰鸣，转眼就不见了踪影。

"行了，行了，别看了。"

法官佩普代替巡警把众多围观的河童推开，关上了托克家的门。于是，屋子里突然安静了不少。高山植物的花香和托克尸体的血腥味混杂在一起，我们在这安静之中，讨论着托克的后事。但哲学家玛古却一直看着托克的尸体，呆呆地在想着些什么。我拍拍托克的肩膀，问他想什么呢。

"我在想我们河童的生活。"

"河童的生活怎么了？"

"我们河童，要想善终……"玛古多少有些难为情地小声补充了一句，"无论如何，还是要相信我们河童之外的其他的力量。"

十四

玛古的这句话令我想到了宗教。当然，作为物质主义者，我从来没有认真地想过宗教的事，托克之死令我受到了很大的冲击，于是思考起了河童的宗教到底是什么。我向大学生拉普咨询了这个问题。

"我们有基督教、佛教、伊斯兰教和拜火教等。但最有势力的要数近代教,也称生活教。"(翻译成生活教可能不是很准确,河童语中,这个词为Quemoocha,cha相当于英语中的ism,quemoo的动词原形quemal不仅是"活着"的意思,更准确地说,它包含了"吃饭、饮酒、欢爱"的意思。)

"那么,这个国家也有教会、寺院之类的了?"

"开什么玩笑,近代教大寺院可是我们国家第一大建筑物!怎么样,想去参观一下吗?"

那是一个温暖的阴天的午后,拉普颇为自得地带着我一起前往那座近代教大寺院。果真名不虚传,比东京复活大教堂还要大上十倍。不仅如此,这个庞大的建筑物还融合了各种建筑风格。我站在大寺院的前面,看着高高的塔身和圆形的屋顶,一种莫名的恐惧感向我袭来。因为,它们看上去像是向天空伸出的无数触手。我站在大门前面(和这个庞大建筑物的大门比起来,我们不知有多么渺小),仰望着这座罕见的大寺院,与其说它是建筑物,它给我的感觉更像一个大得压倒一切的怪物。

不仅外观如此,大寺院的内部也大得令人震撼。科林斯式大圆柱[①]林立,几个前来参拜的河童走过,他们像我们一样,是如此的渺

[①] 科林斯式柱式是古典建筑的一种柱子风格,源自古希腊,雅典宙斯神庙采取的就是科林斯柱。

小。这时，我们遇见了一个弯腰驼背的河童。拉普向那河童微微低头行礼，有礼貌地说道："长老，您还是这么健朗，真是太好了。"

被拉普称为长老的河童也还了一礼，有礼貌地答道："您是拉普君吧？您也没有变……（说到这儿，他微微顿了一下，应该是看到了拉普烂了的嘴。）啊，总之，身体看起来还是很健壮。对了，您今天怎么又……"

"今天是陪这位先生过来的，想必您也知道，这位是……"拉普滔滔不绝地介绍起我来。看样子，也是对自己很少来大寺院的一种辩解。"顺便还想请您做回向导。"

长老宽和地微笑着，先是向我打了招呼，然后指着正面的祭坛道："虽说是为您介绍，实际上也起不到什么大作用。我们信徒礼拜的是正面这个祭坛上的'生命之树'。如您所见，'生命之树'上结着金色和绿色的果子。金色的果子是善之果，绿色的果子是恶之果……"

河童长老的解说非常无聊。难得一听的长老的介绍，却是些陈腐的比喻。我虽然装作一副认真且感兴趣的样子听着，但眼睛却时不时地打量着大寺院的内部。

科林斯式的大圆柱，哥特式的穹顶，阿拉伯式细方格的地板，分离派式的祈祷桌——这些风格混搭在一起，和谐中又带着野性的美。不过，吸引我目光的是大厅两侧壁龛中的大理石半身像似乎在哪里见过，当然这并非什么不可思议的事。弯腰驼背的河童介绍完"生命之树"之后,我和拉普一起向右侧的壁龛走过去。这次,他向我介绍起壁龛中的这些半身像:"这是我们的一个圣徒——反叛一切的斯特林堡①,据说这位圣徒经历了许多苦难,最后为斯威登堡②的哲学所救。但实际上他并没有得到拯救,这位圣徒只是像我们一样,信仰着生活教——或者不如说,除了信仰生活教他别无选择。请读读看这位教徒为我们留下的《传说》这本书,他曾经说过,自己是个自杀未遂者。"

我感到有点儿抑郁,然后看向下一个壁龛,里面是个胡子浓密的德国人。

"这位是《查拉图斯特拉如是说》③的作者,诗人尼采。这位圣徒想通过自己创造的超人形象得到拯救,但最后果然没有成功,反而成了疯子。如果他不是发了疯,或许就不能列于我教的圣徒之位了……"

长老稍微沉默了一会儿,走到第三个壁龛前,向我们介绍:"第三位是托尔斯泰,这位圣徒比任何人都执着于苦行。他本是贵族,所以不想让好奇心过剩的公众看到自己受苦的样子。这位信徒努力地想要相信实际上他并不相信的基督教,他甚至还公开宣布自己是个基督

---

① 奥古斯特·斯特林堡(1849—1921),瑞典作家,世界现代戏剧之父。
② 伊曼纽·斯威登堡(1688—1772),瑞典科学家、哲学家、神学家。
③《查拉图斯特拉如是说》,哲学史上非常著名的书籍之一,以散文诗体写就,肯定了以生命和人的意志为准则的新价值体系。

徒。但到了晚年，他渐渐无法忍受自己悲壮的谎言，经常对书房的房梁感到恐惧，这一点广为人知。他能位列我教圣徒，是因为他没有自杀。"

第四个壁龛中是个日本人，我一看到那张日本人的脸，就感到真真切切的亲切。

"这是国木田独步①，一位对卧轨自杀的搬运工的心情感同身受的诗人。不过，您一定不需要我再做更多的介绍了吧。那么，请看第五个壁龛……"

"这不是瓦格纳②吗？"

"正是。他是国王的朋友，一位革命家。圣徒瓦格纳晚年在饭前都会祈祷，但比起基督教，显然他是我们生活教中的一位信徒。从他留下的信件中得知，人世间的痛苦曾多次把这位圣徒逼向死亡。"

此时，我们已经来到了第六个壁龛前。

"这位是圣徒斯特林堡的朋友，一位由从商改行做艺术的法兰西画家③。他抛弃了为他生养了许多孩子的老婆，改娶了一个十三四岁的

---

① 国木田独步（1871—1908），日本小说家、诗人、记者、编辑，自然主义文学先驱。芥川龙之介对他的作品评价很高。
② 理查德·瓦格纳（1813—1883），德国作曲家、剧作家，在德国歌剧史上地位很高，但因其在政治、宗教方面思想的复杂性，同时也是欧洲音乐史上最具争议的人物。
③ 此处芥川没有写出这位人物的姓名，应为法国印象派画家高更（1848—1903）。

塔希提①女孩。这位圣徒的血管里流着水手的血。但,请看看他的嘴唇,留着砒霜还是什么东西的痕迹。第七个壁龛中的是……您大概是已经累了吧,那么请到这边来休息一下吧。"

我确实累了,于是和拉普一起跟随长老来到了萦绕着熏香气味的走廊,进了一个房间。那个小小的房间的角落,黑色的维纳斯雕像下,供奉着一串山葡萄。我原本以为僧房里应该没什么装饰,所以对此有点儿意外。河童长老似乎看出了我的想法,在请我落座之前,他像是有些同情般地说明起来:"请别忘了我们是生活教。我们的神——'生命之树'教诲我们要生机勃勃地努力活着。拉普,您给这位先生看过我们的《圣经》吗?"

"没有……其实,我自己也没怎么看过。"拉普挠挠头上的河童凹槽,诚实地回答。

长老只是一如往常地沉静地微笑着,继续说道:"可能对你们来说有些难以理解。我们的神在一天之内创造了这个世界。('生命之树'虽说是树,却无所不能。)不仅如此,还创造了雌河童。因为雌河童太无聊了,所以请求神造个雄河童出来。我们的神怜悯雌河童,依据她的心愿,取出她的脑髓,造出了雄河童。我们的神在这一雌一雄两只河童前祝福道:'吃吧,欢爱吧,生机勃勃地活着。'……"

河童长老的话让我想到了诗人托克。很不幸,托克和我一样,是

---

① 塔希提,又译大溪地,是法属波利尼西亚群岛中最大的岛屿。

无神论者。我不是河童,所以不知道生活教很正常。但出生成长在河童国的托克理应知道"生命之树"。我对没有顺从生命之树教诲的托克的结局感到很惋惜,于是岔开长老的话题,跟他聊起了托克。

"啊,那个可怜的诗人。"长老听了我的话,深深地叹了口气,"决定我们命运的是信仰、境遇和机遇(当然,你们大概还会加上遗传这个因素)。托克的不幸在于他没有信仰。"

"托克很羡慕你吧。不,我也很羡慕你。拉普君这么年轻……"

"我要是嘴没烂的话,也许也会很乐观。"拉普也说道。

长老听我们这么说,再次长长叹了一口气。然后热泪盈眶地定定地盯着黑色的维纳斯雕像,一动不动。

"其实我……这是我的秘密,请你们不要和任何人说。其实,我也不相信我们的神,但总有一天,我的祈祷……"

长老的话还没说完,房间的门突然被撞开,一只大雌河童一下向长老飞扑过来。我们想要制止那只雌河童,但转眼间她就把长老撂倒在地板上了。

"你这个老东西!今天又从我的钱包里偷了钱,要拿去喝酒吧!"

十分钟后,我们留下长老夫妇,逃也似的离开了那个房间,跑出了大寺院的大门。

"看样子,长老自己也不信'生命之树'。"我们沉默地走了一会儿,拉普突然对我说。

我没有回答,只是不由得回头看了看大寺院。那个大寺院像把无数的触手伸向阴沉的天空。这情景像在沙漠的天空中出现的海市蜃楼一样，莫名地有一种瘆人的感觉……

十五

差不多过了一个星期，我从医生杰克那里听说了一件稀奇事：托克家正在闹鬼。那只雌河童不知搬去了哪里，我们诗人朋友的家如今成了摄影师的工作室。杰克说，在那里拍下来的照片，托克的身影会隐隐约约地出现在客人身后。本来，杰克是唯物主义者，不相信死后还有幽灵。说起这事时，他的脸上浮现出恶趣味的笑，补充道："看来灵魂也是种物质呢。"我和杰克一样，不相信幽灵的存在。但因为对托克的亲近感，我马上赶去书店，买了一些刊载了托克幽灵相关信息的报纸杂志。正如传闻中说的那样，那些照片上确实有一只看起来像托克的河童，隐隐约约出现在河童的身后。但让我吃惊的不是幽灵的照片，而是关于幽灵的这些报道，特别是和托克幽魂相关的心灵学协会的报道。我逐字逐句地翻译了这篇报道，大致如下。括号中是我自己加的注释。

关于诗人托克君幽灵的报告（心灵学协会杂志第八千二百七十四号刊载）

本心灵学协会在自杀的诗人托克君旧居，今××摄影师工作室的□□街第二百五十一号，展开了临时调查工作。

出席的会员名单如下。(姓名略)

心灵学协会的十七名会员与心灵学协会会长佩古氏于九月十七日上午十点三十分钟,在我们最信赖的灵媒浩普夫人的陪同下,在该工作室集合。浩普夫人一进入该工作室,立即感受到了空气中的魂灵,全身抽搐,呕吐不止。浩普夫人称,这是因为诗人托克酷爱吸烟,导致飘有他灵魂的空气中也含有尼古丁。

心灵学会一行人与浩普夫人一同在圆桌旁静静坐下。三分二十五秒后,浩普夫人突然陷入梦游状态,被诗人托克附身。我们一行人依据年龄顺序,向被诗人托克灵魂附身的浩普夫人提问。

问:你为何化身幽灵在此出现?

答:因为想知道我死后的声名。

问:你,或者说幽灵形态的诸君,在乎死后的声名吗?

答:至少鄙人不得不考虑。虽然我遇到的一个日本诗人对身后名非常轻视。

问:你知道这位日本诗人的名字吗?

答:很遗憾,我没记住。但我记得他写的一首十七字的诗,我很喜欢。

问:那是首什么样的诗呢?

答:"闲寂古池塘,青蛙跳进水中央,扑通一声响。①"

问:你觉得这首诗是佳作吗?

答:绝非平庸之作。不过,如果把"青蛙"换作"河童"将会让这首诗锦上添花,更上一层楼。

问:这么改的理由是?

答:我们河童在一切艺术上,都力求展现河童的形象。

此时,会长佩古提醒我们,这是心灵学协会临时调查会,不是文学评论会。

问:幽灵诸君的生活是怎么样的呢?

答:和你们的生活没有什么不同。

问:那你后悔自杀吗?

答:当然不后悔。如果我厌倦了作为幽灵的这种生活,我也可以再次举起手枪来"自活"。

问:"自活"容易吗?

对这个问题,托克君的灵魂进行了反问。了解托克君的河童应该知道这种以反问来作答的方式,是托克君常用的表述方式。

答:自杀,容易吗?

问:你们幽灵的生命是永恒的吗?

---

① 日本著名俳谐诗人松尾芭蕉的名句。

答：关于幽灵生命的各种说法都不可信。但别忘了，我们当中也存在基督教、佛教、伊斯兰教、拜火教等诸多宗教。

问：你信仰什么宗教？

答：我是永远的怀疑主义者。

问：但你至少不怀疑灵魂的存在吧？

答：并不像在座诸君那么确信。

问：你有多少朋友？

答：我的朋友遍布古今东西，不下三百人。说几个有名的吧，比如，克莱斯特①、迈德兰②、魏宁格③……

问：你的朋友都是选择了自杀的人吗？

答：也不全是，捍卫自杀的蒙田④也是令我尊敬的一位朋友。只是我不和没有自杀的厌世主义者，比如，叔本华之流交朋友。

问：在幽灵界，叔本华还健在吗？

---

① 贝恩德·海因里希·威廉·冯·克莱斯特（1777—1811），德国诗人、戏剧家、小说家，自杀身亡。
② 菲利普·迈兰德，德国哲学家，叔本华门徒之一，自杀身亡。芥川龙之介一定程度上受他影响，除本篇之外，在晚年他的作品《侏儒的话》中，"死"一章里也引用了他的话，说明自杀的魅力。
③ 奥托·魏宁格（1880—1903），奥地利哲学家、作家，自杀身亡。
④ 米歇尔·德·蒙田（1533—1592），法国思想家、作家。以《随笔集》三卷留名后世，病逝。

答：现在他创立了幽灵厌世主义，目前正在讨论是否应该"自活"。不过他知道了霍乱其实是细菌引发的疾病之后，放心了不少。

接着，本心灵学协会相继询问了拿破仑、孔子、陀思妥耶夫斯基、达尔文、埃及艳后克莉奥佩特拉、释迦牟尼、德摩斯梯尼[①]、但丁、千利休[②]等幽灵的消息，不幸的是，托克君没有详细回答，反而向我们问起关于他自己的种种身后传闻。

问：我死后的名声怎么样？

答：有评论家说你是"一群小诗人中的一个"。

问：他一定是没有得到我赠送的诗集因而心怀怨恨的人中的一个。我的全集出版了吗？

答：出版了，不过销量不太好。

问：我的全集在三百年后，即公版之后，会万人争购。我的同居女友怎么样了？

答：她现在是书商拉库的夫人了。

问：很遗憾，她还不知道拉库的眼珠是假的。我的孩子怎么样了？

答：现在在国立孤儿院。

---

① 德摩斯梯尼（前384—前322），古希腊著名演说家、民主派政治家。
② 千利休（1522—1591），日本茶圣。

托克君短暂地沉默了一会儿,开始了新的发问。

问:我家怎么样了?

答:成了××摄影师的工作室。

问:我的桌子怎么样了?

答:这我就不知道了。

问:我在桌子的抽屉里藏了一封密信,不过幸运的是,这和诸事繁忙的各位没什么关系。现在,我们幽灵界已经渐渐进入黄昏了,我也该和各位告别了。再见了诸君!再见,善良的各位。

浩普夫人说完最后这句话,一下从梦游状态中苏醒了过来。我们十七位会员对天上诸神发誓,以上问答句句属实。(另外,我们向本协会十分信任的浩普夫人支付了相关报酬,薪资标准参照浩普夫人做演员时的日薪。)

十六

读完这篇报道,我渐渐觉得一直待在河童国,让人有些抑郁,是该回到人类世界了。但无论我怎么找,也找不到当初掉到这里的那个洞穴。其间,我听渔夫巴古说,在这个国家的郊外住着一只上了年纪的老河童,他每天读读书,吹吹笛子,过着平静的生活。如果我去问他,说不定能找到逃出河童国的办法。于是我当机立断,决定去找他。可等我到了那里,却发现那个小小的家里并没有一个上了年纪的老河童，只有一只头上的凹槽还没长硬，看起来只有十二三岁的小河童，在那里悠然地吹着笛子。我觉得自己大概是走错了地方，不过出于谨慎起见，还是问了他的名字。他竟然就是巴古告诉我的那个上了年纪的河童。

"但您看起来还是个孩子……"

"你恐怕不知道吧？我的命运很奇特。我在妈妈肚子里的时候就长着白头发，生下来之后才一点儿一点儿由老变年轻，到如今才变成了孩子的模样。不过要是算年龄的话，假设我出生时是六十岁，现在也有一百一十五六岁了。"

我观察着这间屋子，不知道是不是错觉，在朴素的桌椅之间，在空气里洋溢着一种幸福。

"感觉您比其他河童生活得幸福啊。"

"这个嘛，也许吧。我在年轻的时候上了年纪，上了年纪后却变得年轻。所以我不像老年人那样无欲无求，也不像年轻人那样沉迷色欲。总之，我这辈子就算称不上幸福，也算过得安稳自在了。"

"原来如此，的确是很平静了。"

"不，如果仅仅是刚才说的那样，还算不上安稳。我的身体还很结实，也有不愁吃穿的财产。但是我觉得，最幸福的还得说是出生就是个老头这一点。"

我和这个河童讲了托克自杀的事，也讲了盖艾鲁每天去看医生，但不知为什么，老河童对我说的这些，始终都兴趣缺缺。

"那么,你不像其他河童一样,对活着这件事很执着吗?"

老河童看着我的脸,平静地回答道:"我也像其他河童一样,在出生之际被父亲问过,是不是要降生到这个国家。问过之后,我才从娘胎里出来。"

"但我却是一不小心掉进这个国家的。请告诉我回到我自己国家的路吧。"

"出去的路只有一条。"

"怎么讲?"

"那就是你来时的那条路。"

听完他的回答,我感觉身上的汗毛都立了起来。

"可是我找不到来时的路了。"

老河童用他清澈灵动的眼睛,盯着我的脸。终于,他站起身来,走到房间的角落,拉了一下一根从天花板垂下来的线。接着,一个我一直没有注意到的天窗就打开了。透过圆形的天窗,可以看到松树和扁柏伸出的枝叶,天空蔚蓝而晴朗。啊,我甚至看到了像大箭头一样耸立着的枪岳的山峰。我就像看到了飞机的孩子一样,高兴得跳了起来!

"从那里出去就可以了。"

老河童说着,指了指刚才那根绳子。我定睛一看,原来那不是一根普通的绳子,而是一副绳梯。

"那么,请让我从那儿出去吧。"

"只是,我先把话说在前面,出去了就不要后悔。"

"没关系,我不会后悔的。"

我说着,立刻就攀着绳梯向上爬了起来。很快,老河童脑袋上的凹槽已经在我身下很远了。

<h2 style="text-align:center">十七</h2>

我从河童国回来之后,有一段时间实在受不了我们人类皮肤的气味。和人类相比,河童实际上要干净得多。不仅如此,对看惯了河童脑袋的我来说,我们人类的头不知怎的也变得有点儿恶心。我这么说,可能你很难理解。但是不仅是眼睛和嘴,就连人的鼻子,也会使我觉得害怕。当然,我尽可能地不见任何人。但人类是有适应性的,大概过了半年,我变得可以重新出门了。不过依然有令我烦恼的事情,就是我在说话的时候会一不小心说出河童的语言。

"明天你在家吗?"

"Qua。"

"你说什么?"

"不,我是说我在家。"

大概就是这种情形。

然而,从河童国回来一年左右,我因为某项事业失败了……(他刚说到这儿,S博士打断道:"那件事就不要提了。"听博士说,二十三号每次提起那件事都会变得非常狂躁,看护人拉都拉不住。)

好的,那就不提那件事了,但是那次失败之后,我很想回到河童国。是的,不是"去"河童国,而是"回"河童国。对当时的我来说,那里才是故乡。

于是,我悄悄离开家,坐上中央线列车。不巧的是,我被巡警抓住了,最后被带到了这家医院。我刚来医院的时候,还总想着河童国的事情。医生杰克怎么样了?哲学家玛古还是一如既往地在七彩的玻璃灯下思考吗?特别是我的挚友——烂嘴了的大学生拉普——在一个像今天一样的阴天的午后,沉浸在记忆中的我突然叫出了声。那是因为不知什么时候,巴古突然出现在我面前,还多次向我点头致意。我回过神来,记不清当时是哭还是笑,总之,我为自己又能久违地讲起河童语而感动不已。

"嘿,巴古,你怎么来了?"

"唉?我来看你的呀。听说你生病了。"

"你是怎么知道这些的?"

"我听了收音机的广播新闻。"巴古得意地笑了。

"即便如此,你是怎么过来的呀?"

"这有什么难的呀?东京的河流沟槽,对我们河童来说,就是大马路啊。"

我这才想起来,河童像青蛙一样,是水陆两栖动物。

"可是这边没有河啊。"

"是没有河,我是通过下水道的铁管到这里来的,就是把消防栓打开。"

"打开消防栓?"

"你忘了吗?河童也有精通机械的呀。"

就这样,两三天之内许多河童都来这里看望我。听S博士说,我的病是早发性痴呆。但是医生杰克告诉我,我没有得早发性痴呆症。真正得了早发性痴呆症的患者,是以S博士为首的你们这些人。医生杰克都来了,大学生拉普、哲学家玛古当然也来看我了。不过,除了渔夫巴古,其他河童不会在白天的时候过来。尤其是两三只河童一起来的时候,他们总是在晚上,通常是在有月亮的晚上来看我。昨夜,在明亮的月光中,我和玻璃公司社长盖艾鲁、哲学家玛古聊着天。不仅如此,音乐家库拉巴库还演奏了一首小提琴曲。你看见那边桌子上的那束黑百合花了吗?那是昨天库拉巴库带来的小礼物。

(我回头看了看。当然,桌子上并没有所谓的花束。)

还有这本书,是哲学家玛古特意给我带来的。你读读第一首诗吧。哦,不对,你不懂河童的语言。那我读给你听吧,这是最近出版的托克全集中的一本。

(他拿起破旧的电话号码本,开始大声朗读这样一首诗:)

椰子花和竹林中,

佛陀沉睡着。

如路边枯萎的无花果一样，

基督似乎也已死去。

但我们也必须休息，

即使是在舞台的幕布之前。

（再看看幕布里面，那只是一块满是接缝的画布？）

但我不像诗人那么厌世，只要河童们时不时过来看看我——啊，差点儿忘了这事。你还记得我的朋友，那个法官佩普吧？他失业之后，几乎发了疯。听说现在住在河童国的精神病院里。如果S博士准许的话，我真想去看看他呀……

昭和二年（1927）二月十一日

竹林中

被检察官审问的樵夫的叙述

不错,发现那具尸体的,正是小人。今晨,我像往常一样,去后山砍杉树。走到山里的竹林中,看见那里有具尸体。具体的地点?离山科的驿道有四五百米吧,那片竹林中交错长着些瘦小的杉树,僻静极了,没有人迹。

那具尸体身上穿着一件淡蓝色的丝绸褂子,头上还戴了顶京城人常戴的那种乌纱帽,仰面倒在那里。虽说尸体上只有一道刀伤,但那一刀深啊,贯穿胸膛,所以这尸体周围竹子的落叶都像被苏木染了似的,一片深红。没有,血已经不流了,伤口应该已经干了。那时有一只大马蝇叮着尸体,连我走近的脚步都听不见似的,死死地吸食着伤口。

刀子之类的有没有看见?没有,啥也没有。倒是尸体旁边的杉树树根上,有一条绳子……对了,除绳子之外,还有一把梳子。尸体的旁边就只有这两样东西。不过,在落叶遍布的草地上,有一片被踩得乱七八糟的。那男子在变成一具尸体前,一定和谁激烈地打过一架。什么,大人您问没有马吗?那个地方啊,马进不来的。能跑马的路,在竹林外面呢。

被检察官审问的行脚僧的叙述

贫僧昨日确实遇见过死者。昨日……大约是正午时分。地点是从关山到山科的途中。那男子与一名女子同乘一匹马,向关山的方向赶路。那女子脸上戴着面纱,容貌不曾得见,能看到的只有她的衣衫,是外紫内蓝的颜色。马是月白马……马鬃被剃掉了,像和尚头的那种。个头大约多高?大概有四尺高吧……贫僧是出家人,对这些不是很清楚。那男子……不,他带着太刀,还携带了弓箭。我现在还记得,他那黑漆的箭筒里,插了二十多支箭。

我真是做梦也没想到,那男子竟会落得命丧黄泉的结局,世人性命,真个如露亦如电。阿弥陀佛,贫僧也无话可说了,真是可怜人啊。

被检察官审问的捕快的叙述

您是说被我抓住的那个男人吗?那人正是多襄丸,是个有名的盗贼。我抓他的时候,他从马上摔下来,受了伤,坐在栗田口的石桥上呻吟。时间吗?大概是昨天夜里初更时分。上次我抓他时,他就穿着这件藏青色的裰子,带着把雕花太刀。不过这次,正如大人所见,这贼人还带了弓箭。什么,是这样的吗?弓箭之类的是那个死者的物品……那杀人的就是多襄丸,错不了。外面卷了皮革的弓、黑漆的箭筒、十七支鹰羽箭……这些都是那个死去的男子的东西。没错,那马如您所说,是匹秃鬃的月白马。从那牲畜背上摔下来,说不定就是他的报应。那马在石桥往前去一点儿的地方,拖着长长的缰绳,在路边吃青草。

那个叫多襄丸的盗贼,在京都一带常常出没的不法之徒中,也是出了名的好色。去年秋天,在鸟部寺的宾头卢①后山,听说来参拜的一名女子和一个女童,都被他杀害了。要是那个死者是被多襄丸所杀,那么和死者同乘月白马的女子的下落,可就不好说了。请恕小人多言,还望大人明察。

被检察官审问的老妇人的叙述

是的,死者是我女儿的丈夫。他不是京都人,是若狭国的武士。我女婿名叫金泽武弘,今年二十六岁。没有,他为人温和,不可能被人暗中记恨。

我女儿吗?我的女儿名叫真砂,今年十九岁。她性子刚强,不输男儿,除武弘之外,没跟过别的男人。她生得一张小小的瓜子脸,肤

---

① 即宾头卢尊者,释迦牟尼佛十六大阿罗汉弟子之一,也被称为坐鹿罗汉。

色略深，左眼角下方有颗黑痣。

我的女儿和女婿昨天一起动身去若狭，真是没想到会遇到这样的祸事。女婿横遭不幸，已是无可奈何，但我女儿如今下落不明，我这个老太婆真是担心极了。请大人看在我这快入土的老太婆毕生请求的分上，就是寻遍这竹林的一草一木，也恳求您帮我找到女儿。最可恨的就是这个叫什么多襄丸的贼人，不仅害了我的女婿，连我的女儿也……（之后便泣不成声。）

多襄丸的供词

杀了那家伙的正是老子，但我没杀那个女人。那她去哪儿了？这我也不知道。且慢，等等！就算再怎么拷问我，我也没法招认自己不知道的事呀。再说，我多襄丸走到今天这一步，也没打算隐瞒什么。

遇见那对夫妇，是昨天正午稍后的事儿。那会儿刚好一阵风吹过，吹起了那女人的面纱，让我瞥见了她的脸。可只是一眼，面纱回落，没法继续看了。可能正因为如此，当时我觉得她美得简直不像凡人，仿佛菩萨。我打定主意，就算杀了她丈夫，也要得到这个女人。

什么？杀个人，不像你们想的那样，是个什么大事似的。反正要抢女人，肯定是要杀男人的。唯独一件事不一样，我杀人，是用这腰间的太刀杀；你们杀人，是用权、钱去杀，甚至几句假公济私、冠冕堂皇的话就能杀个人——杀人不见血，看上去还堂堂正正，但说到底还是杀了人。说起这罪孽深重，您更坏，还是我更坏，还真说不清

楚呢。(嘲讽地微微一笑)

如果不杀她男人,就能把女人弄到手,那我也没什么不满意。不,不如说我其实并不想杀他,我当时是想尽可能不杀人地把那女人弄到手。但那山科的驿道,做不成这事儿,所以我就想了个法子,把那对小夫妻骗到了山中。

这也没什么难的,我和他们搭上伴儿,就骗他们:在对面山里有座古墓,我从里面挖出许多宝贝,有不少古镜,还有宝刀。我把那些宝贝悄悄埋在了山后的竹林里,要是有人想要,我准备低价出手——那男人听了我的话,渐渐开始心动。后来怎么样?人的贪欲是真的可怕,没到半小时,这对小夫妻就掉转马头,跟我一起进山了。

我们走到了一片竹林前,我说宝贝就埋在这林子里,和我一起进去看看。那男人被贪欲驱使,也没多心便答应了。可那女人却不下马,说她在外面等着。大概是看这竹林幽深,遮天蔽日,也难怪她有些警惕。不过这于我反而是正中下怀,我让那女人留在原地,我带着她男人走入这竹林之中。

进入竹林,刚开始举目皆是竹子,又走了一会儿,我能望见竹林深处有几棵长势开阔的杉树——在那儿下手再合适不过。我拨开竹丛,装模作样地对那男人说,宝贝就埋在那边的杉树底下。他听了,信以为真,分开竹丛向杉树的方向拼命冲过去。很快竹子变得稀稀落落,眼前出现了几棵杉树……说时迟那时快,我立即将那男人扭倒,摁在地上。那男的也不愧是个带刀的汉子,力气很大,但我出其不意,他也没防得住。我立即把那男人绑到一棵杉树根上。绳子吗?绳子是做我们大盗的必备工具,说不定哪天翻墙越户的时候就用得到,所以总是缠在腰间随身带着。当然为了不让他喊叫,我在他嘴里塞满了竹子的落叶,这样就没什么后顾之忧了。

对付完男人,我回到竹林外那个女人那里,说你男人突然发了急病,你快和我去看看。这么说当然管用,她也中了我的圈套。女人摘下斗笠,我拽着她的手走向竹林深处。走到杉树那里,却见那男人被我绑在树上——女人不知何时在自己怀里摸索着什么,此时一见这情形,立即拔出一把明晃晃的匕首来。我至今为止也没遇见过像她那么烈性的女子。要是那时我稍有不慎,我这肚子怕是得被她捅个窟窿。虽说我闪开了开始那一刀,但她那接二连三的砍刺,也差点儿让我挂彩。不过我多襄丸可不是吃素的,无须拔出太刀,就打落了她的匕首。无论是再厉害的女人,没了武器,就没法防身反抗了。我就像自己预想的那样,不用杀她的男人,就占有了自己想要的女人。

不用杀人——是的,我本来没打算杀那男人。但当完事儿后,我撇下那伏身在地哭泣的女人,准备逃出竹林时,她突然发疯一样,一把抓住了我的胳膊,不让我走。细听她那呜咽,原来她断断续续喊道:"不是你死,就是他死,你们俩之中必须死一个。让两个男人看到我受这样的耻辱,比杀了我还难受。"接着,她又气喘吁吁地说道,"我会追随你们中活下来的那个人。"听了她的话,我猛然对那男人起

了杀心。（阴郁的兴奋）

听我这么说，你们一定觉得我比在座各位更残忍，但那是因为你们没看见当时她那张脸。那一瞬间，她的眸子亮得仿佛里面有火在燃烧。当我与她四目相对时，我的脑子里就只剩下一个想法——哪怕天打雷劈，我也要让她做我的妻子。这不是你们想的那样，出自卑劣的色欲。如果我对她只是一时兴起的欲望，那我早就一脚踢开她，逃得没影了。那男人的血，也就不会染在我的刀上。但是，在幽暗的竹林里，看着她的脸的那一刹那，我就有了觉悟：不杀了她男人，我就不离开此地。

不过，就算要杀人，我也不想用卑劣的手段。于是我解开那男人的绳子，让他用太刀和我决一死战。杉树树根下留下的绳子，就是那时候我解下来忘记处理掉的。那男人脸色一变，抽出刀子，二话不说就向我扑过来——这场比试的结果，也没必要说了。在二十三回合的时候，我的太刀刺穿了他的胸膛。第二十三回合——别忘了这一点。我至今还对此非常感慨，这天底下，能和我缠斗二十三回合的，也只有那个男人了吧。（快活的微笑）

那男人倒下去的同时，我也垂下了手上染血的刀，回头去找那女人。可是，谁知道她不见了踪影……她去哪儿了？我在杉树林间仔细察看，想知道她逃去的方向，但竹子的落叶上，没有留下一点儿痕迹。侧耳细听，能听见的，也只有被我打倒的男人临终前喉咙里的喘息。

照这么看，那个女人说不定看我和她丈夫开始打斗，就逃出竹林去喊人了。我这么一想，觉得自己局势不妙，连忙抢来掉在地上的太刀和弓箭，立刻就向来时的山路去了。那边，那女人的马还在静静地吃草。之后的事情，也不用我再费口舌了，只是进京之前我已经把那刀卖了。我要说的就是这些。反正我这脑袋恐怕迟早要挂在樗树树梢上示众，你们有什么刑罚就尽管冲我来吧。（昂然的态度）

在清水寺的女子的忏悔

那个穿藏青色褂子的男人侮辱了我之后，瞥着我那被绑着的丈夫，露出嘲讽的微笑。我的丈夫该是多么万念俱灰啊。可是越是想要挣脱，绳子只会勒得越紧。我下意识地跌跌撞撞地奔向我丈夫。不，是我想要奔向他，却被那强盗瞬间踹倒在地。就是在那一刻，我看到了丈夫眼里无法形容的冷光。那个眼神难以形容，我至今想到都不由自主地浑身发抖。没法开口说话的丈夫，那一刻的眼神已经表明了他的想法。但他那灼灼的目光中，既不是愤怒也不是悲痛，而是对我的轻蔑，真的好一个冷若冰霜。被强盗踹倒在地的伤痛远远比不上丈夫的神情带给我的打击，我经受不住，失了态发了疯一样地大叫起来，然后就昏了过去。

过了好一会儿，我终于再次醒过来，那个穿着藏青色褂子的强盗早已不知去向，只有我的丈夫依旧被绑在杉树树根上。我从那满是竹子落叶的地上爬起来，看着丈夫的脸。可是他的眼神丝毫没有改变，那冷漠轻蔑的眼睛里,尽是憎恶的神情。羞耻、悲凉、愤怒……那时我的感受自己也不知道该如何表述。我晃晃悠悠地站起来,走到丈夫身边。

"官人,如今事情变成这样,我也不能再和你在一起了,我已经做好了自尽的打算。但是——但是也请你和我一起去死吧。你亲眼看着我受辱,我没法就这样让你一个人活在这世上。"

我尽力说出这些话,但我的丈夫依旧厌恶地看着我。我难受极了,胸口仿佛裂开,我忍住全部的情绪,去找丈夫的太刀。但那刀可能是被强盗拿走了,这片竹林中连弓箭也都没了踪影。但幸运的是,我之前掉落的匕首还在脚边。我拿起那匕首,对丈夫再次说道:"好了,把你的命给我吧,妾身马上就来陪你。"

丈夫听到我的话,终于嘴唇动了动。他的嘴里被塞满了落叶,听不到他说的话。但是我读懂了他的唇语,他还是那副轻蔑憎恶的样子,对我说道:"杀吧!"我像梦游一样,用匕首刺入了他穿着淡蓝色褂子的胸膛。

再一次地,我失去了知觉……等恢复神智,看到周围的一切,我的丈夫就那样被绑在树下,断了气。只有一缕残阳,透过竹子和杉树交错的枝叶,洒在他苍白的面容上。我忍住哭泣,把他尸体上的绳子解开。那么接下来……接下来,我该怎么办呢?我没有说出来的勇气。总之,无论如何,我都没能结束自己的生命。我试过想用匕首切开自己的喉咙,跳进山脚下的湖里,但一次又一次,都没死成。到现在,我还苟活于世,真是没脸见人。(寂寞凄凉的微笑)我这不争气的女人,恐怕连大慈大悲的观世音菩萨也没法度我吧。但是,杀了丈夫的我,被强盗侮辱的我,究竟该怎么办才好呢?到底我……我……(猛然悲泣)

鬼魂借巫女之口的独白

那强盗侮辱过我的妻子后坐了下来,对我妻子百般宽慰起来。我自然是不能言语。我被绑在杉树树根上动弹不得,但这期间,一再用眼神向妻子示意:别听信他的话,那都是骗人的——我想表达这个意思。但妻子只是默默地坐在落叶上,望着自己的膝盖。看她的样子,好像听进去了盗贼的话。我因为嫉妒而奋力挣扎的同时,那强盗依旧巧舌如簧地不停劝诱:"女人哪怕只是一次失身,以后和丈夫的关系也不可能再恢复如初了。与其这样跟着他,倒不如做我的妻子,怎么样?我也是因为对你一见钟情不能自拔,才做出这种无法无天的荒唐事的……"这狗强盗竟然说出了如此胆大包天不要脸的话。

听了强盗的话,我的妻子抬起她那张心神恍惚的脸。我从来没见过这么美的她。但我那美丽的妻子在她被绑着的丈夫面前,是怎么回答强盗的?我现在已成游魂,但想到妻子的回复依然忍不住怒火中烧。千真万确,她竟是这么说的:"好吧,无论天涯海角,请带上我吧。"(久久地沉默)

妻子的罪恶不只这一桩,否则在这阴间我也不会如此痛苦。然而，当她如痴如醉地被强盗牵着，正要走出竹林时，她突然脸色一变，指着被绑在杉树树根上的我，说道:"把那个人杀了。如果他还活着，我就没法和你在一起。"妻子像疯了一样，几次叫嚷道:"杀了他!"就算如今我已在阴间，但她说出那些话依然像狂风一样，直要把我吹到幽冥地底。有谁曾说过这样狠毒的话吗？又有谁的耳朵曾听到过这样憎恶至深的诅咒？哪怕就一次……（突然迸发出嘲笑）听到这话，连那强盗本人都骇然失色。"杀了他!"我的妻子拉住强盗的胳膊，喊道。强盗定定地看着她，没说要杀，也没说不杀——就在这时，她突然被一脚踹倒在竹子的落叶上。（再次迸发出冷笑）强盗抱臂于胸前，看着我，问道:"这种女人，你想怎么处置？杀掉吗？还是放过她？你点点头告诉我就行，杀了吗？"（再次久久沉默）

趁我犹豫不决，妻子喊了一声就向竹林深处逃去，强盗跳起来去追她，却连她的袖子也没抓着。我仿佛做梦一般，看着眼前的情景。

强盗在妻子逃走后，捡起太刀和弓箭，把绑着我的绳子割断一处，说道:"这次该我赶紧跑路了。"——我记得他要走出这片竹林时，这样自言自语道。接下来，四周陷入寂静。不对，还有谁在呜咽。我挣开绳子，侧耳细听……是我自己的哭声啊。（第三次陷入沉默）

我终于身心俱疲地从杉树底下站起了，眼前是妻子掉落的匕首，正闪着寒光。我拾起匕首，猛地刺入了自己的胸膛。一股血腥味涌入嘴里，但我并不觉得痛苦。胸膛渐渐凉下去，周围也越发沉寂。真安静啊。山后的竹林上空,连一只啼叫的小鸟都没有。唯有竹子和杉树的树梢,掠过寂寞的夕阳。夕阳也渐渐暗了下去,竹子和杉树也看不见了。我就倒在那里,被深深的寂静包裹着。

这时,不知是谁,轻手轻脚地走到了我的身边。我想看看是谁,但我的身边太黑了,什么也看不清。是谁,是谁用看不见的手,拔掉了我胸前插着的匕首。即刻,我的嘴里感受到一阵喷涌的血潮。此后,我就永远地沉沦于这片幽冥的黑暗中了……

大正十年(1921)十二月

鼻　子

说起禅智内供的鼻子，池尾一带无人不知。那鼻子长五六寸，从上嘴唇耷拉到下巴上去。从鼻根到鼻头，形状粗细都差不多，像一根细细的肠子，从脸的正中央垂下来，晃晃悠悠的。

已经年过半百的内供，从入沙门之初，到担任内道场供奉之职的如今，始终都在为自己的鼻子而苦恼。内供表面上装得好像对此毫不在意一样，这不仅是因为身为僧侣，本应专注佛法一心追求往生净土，更重要的是，内供不想让别人觉得自己很在意自己的鼻子。所以在生活中，他非常回避关于鼻子的话题。

内供介意自己的鼻子的原因有两个：第一是因为鼻子太长确实很不方便。首先，自己独自一人的时候，不方便吃饭。独自吃饭的时候，鼻子会垂到碗里去。所以就需要一个弟子，坐在内供对面，在他吃饭的时候，帮忙用一根宽一寸、长二尺的木板举着他的长鼻子。但吃饭举着鼻子这事，无论是对帮忙举着鼻子的弟子，还是对被举着鼻子的内供，都不是一件容易的事。有一次，一个中童子代替通常帮忙的弟子举着内供鼻子的时候，突然打了个喷嚏，一个不小心，内供的鼻子就掉到了粥碗里。这事儿当时传遍了京都。然而，不便并不是内供因此苦恼的最大原因，更重要的是他那被伤到的自尊心。这即是第二个原因。

池尾的住民们私下里议论，内供做和尚，其实是因为他的鼻子。长鼻子长在脸上，想来也知道怕是找不到愿意嫁给他的女子。传闻中甚至有内供是因为鼻子的原因才出家的说法。但内供不觉得自己入了佛门，鼻子带来的烦恼便少了几分。内供那容易受伤的自尊心，也绝不是因为无法娶妻成家这一个具体的问题而左右的。但有意无意地，他都试着在想法修复自己那受伤的自尊。

首先，内供考虑的是有没有让鼻子显得短一点儿的方法。在没有人的时候，他对着镜子，不停地变换方向，揣摩着想找一个看起来能让鼻子显得短一些的角度。后来他觉得光变换角度还不够，于是一会儿用手托着腮帮子，一会又用手扶着下巴，但看来看去，镜子里的鼻子都不能短得让他满意。甚至有时候他越是费尽心思摆造型，反而越觉得自己的鼻子显得更长了。每当这种时候，内供就长叹一口气，把镜子收回匣中，不情愿地回到读经的书桌前，开始诵读《观音经》。

其次，内供没法控制自己对别人鼻子的注意。池尾的寺庙里时常举行僧侣讲法，寺院里僧房成排，每日来浴场烧水的和尚很多。内供仔细地观察着大家的脸。要是发现一个人，哪怕只有一个人的鼻子和自己类似，多少也能安心一些。对内供来说，那些藏蓝色的僧衣和白色的单衫仿佛不存在一样，他的眼里只有鼻子。鹰钩鼻是有，但像内供这样的长鼻子，却一个都没有。一直找不到和自己鼻子类似的人，内供的惆怅与日俱增。有时和别人说话，内供也会不自觉地看向自己长长的垂下去的鼻子，一把年纪却红了脸，这都是因为心里不快的缘故。

最后，内供想在古今中外的典籍中，找一个和自己鼻子同样长的人。可是他翻遍了书，也没有找到相关记载。目犍连和舍利弗的鼻子都似乎不长；龙树和马鸣两位菩萨的鼻子也和常人没有两样；震旦的故事里，蜀汉刘玄德的耳朵倒是很长，如果不是耳朵而是鼻子的话那该多让自己感到宽慰啊——内供这样想着。

内供一边这样烦恼着，一边积极地尝试着让鼻子变短的方法。此处不详提，但内供确实已经试遍了他能想到的所有法子。他喝过老鹰爪子熬的汤，还在鼻子上涂过老鼠尿。但无论怎么折腾，他那五六寸长的鼻子，依然晃晃悠悠，耷拉着垂得老长。

这一年秋天，内供的一个弟子去京都给他办事，从一个相识的医生那里得知了一个能使鼻子变短的方法。那个医生就是从震旦东渡来日本的，当时在常乐寺做供僧。

内供像往常一样，装作对鼻子的事情并不在意，特意没有立刻说要去试那个法子。但每天弟子帮内供举着鼻子的时候，他又用故作轻松的语调说每天都麻烦弟子，让他内心不安。内供这么说，其实是故意等弟子来主动劝他试一试。弟子不可能不明白内供的想法。不过内供的心思并没有使弟子反感，反而这番苦衷让弟子对他更加同情。于是，弟子如内供所愿，殷勤地劝起他来，内供也就顺势答应了。

这个让鼻子变短的法子非常简单，只需用热水烫鼻子，然后再请人在鼻子上面踩。

热水好办，寺院的浴场每天都会烧水。弟子马上去浴场，打了烫到不能伸手试水温那么烫的热水，用提桶提了回来。如果直接把鼻子伸进热水里去，又担心滚烫的蒸汽会烫伤脸。于是，就在木托盘上开了一个孔，让内供把鼻子伸进去。内供把鼻子伸进去，却并不觉得烫，过了一会儿，弟子说："烫得够时候了吧。"

内供苦笑了一下。他想，光是听弟子这句话，别人应该不会察觉是在说鼻子吧。鼻子被热水的热气一蒸，像被跳蚤咬了一样，痒得很。

弟子把内供的鼻子从盖在木桶上的木托盘的洞里拔出来，然后两脚用力地踩踏那滚烫的鼻子。内供侧身躺着，鼻子铺在地上，眼前是弟子上上下下踩来踩去的脚。弟子脸上的表情写满了对内供的同情，他俯视着师傅秃秃的头顶，问道："您疼吗？医生让我用力踩，这个力度可以吗？疼不疼？"

内供想摇头说不疼，但鼻子被弟子踩着，头动不了，只好干瞪着眼睛，看着弟子努力踩着自己鼻子的有些皴裂的脚，有些愠怒地说："不疼。"

实际上因为鼻子很痒，被踩刚好可以缓解。所以比起痛感，倒不如说还挺舒服的。

踩了一会儿,终于有栗子大小的什么东西,从内供的鼻子上出来了。那东西看起来像一只被烤熟了的没毛的小鸟。弟子见状,停下脚,喃喃自语道:"医生说这个需要用镊子拔掉呢。"

内供有点儿不满地鼓着腮帮子,不言不语,可也没办法,只好任凭弟子处置。当然,内供并不是不明白弟子的好意。虽然明白,可自己的鼻子像物品一样被人对待,还是不由得感到不快。内供一脸被不信任的医生开刀做手术一样的表情,不情不愿地看着弟子用镊子从自己鼻子的毛孔里夹出一块脂肪来。那脂肪的形状就像鸟的羽毛,足足有四分长。

这一番操作完成之后,弟子长舒一口气,说道:"这下再烫一次就好了。"

内供自然还是不情愿的表情,眉毛都蹙成了八字,但也只好听从弟子的安排。

第二次烫过的鼻子,取出来一看,果然比之前短了,和普通的鹰钩鼻长度差不多。内供一边摸着变短了的鼻子,一边对着弟子帮忙拿来的镜子,不好意思地窥视着自己现在的样子。

鼻子——之前一直垂过下巴的鼻子,如今难以置信般地萎缩了,再也没有了从前的威风,现在只到上唇上面那么短;有些地方发红,想必是被弟子踩踏留下的痕迹。现在的样子,肯定不会再有人笑话自己了。镜子里面的内供,看着镜子外面内供的脸,满意地眨了眨眼。

不过，鼻子变短的那一天，内供还是有些不安，害怕鼻子再次变长。所以诵经的时候也好，吃饭的时候也罢，只要有空，他都会摸摸鼻子。鼻子一直都好好地保持着在上唇以上的长度，并没有要往下变长的意思。接着第二天一觉醒来的内供，第一件事，就是摸鼻子确认长度。鼻子依然是短的。内供像花了几年工夫抄完了《法华经》一样，终于长舒了一口气，心情也变得优哉游哉。

但没想到才过了两三天，内供发现一个让人意外的事实。偶然来池尾寺院办事的武士和内供说话时，每说几句，就盯着内供的鼻子露出非常古怪的表情。不仅如此，之前打喷嚏不小心把内供鼻子掉到粥里去的童子，在讲堂外与内供擦肩而过时，开始还是努力忍着笑的样子，最后终于一个不小心"扑哧"笑了出来。还有寺里的其他和尚——内供吩咐他们事情时，他们当面对内供一副毕恭毕敬聆听的样子，可当内供一转身，他们就在背后偷笑。类似的事已经不是一次两次了。

起初，内供觉得这是因为自己变了个样子。但这个解释似乎不能充分说明这个情况——当然童子和他手下的和尚们笑的原因，肯定和内供变了样子有关。但同样是笑，内供鼻子长时和如今又有些不同。比起见惯了的长鼻子，短鼻子可能看起来十分滑稽。但似乎并不仅仅如此。

"过去也没有这样明目张胆地笑我啊。"

内供一边诵经，一边歪着秃脑袋，时不时喃喃自语。每当他这样念念叨叨的时候，可怜的内供一定会呆呆地眺望着一旁的普贤菩萨的画像，想起四五天前自己鼻子还长的时候的事，"今日贫寒之人，常忆往昔富贵"般地陷入忧郁。但很遗憾，内供自己没法想明白众人变化的缘由。

人的心里有两种互相矛盾的感情交织在一起。当然，人人都会同情他人的不幸。但当那个人终于脱离了不幸，人们又会有一种莫名的失落之情。夸张点儿说，甚至希望那个人再次落入之前的不幸之中去。然后不知不觉间，还会不自觉地对那个人产生一种敌意。——内供虽然不知道到底因为什么，但池尾一带众人让人不快的态度，让内供莫名地感到了几分旁观者利己主义的意思。

就这样，内供的心情变得越来越糟。像变了性情一样，无论对谁，说不了几句话就恶言相向。就连当初帮内供治鼻子的弟子也在背后说："内供犯了嗔罪。"最让内供生气的就是那淘气的童子。有一天，内供听见外面有狗在汪汪狂吠，走出去一看，只见那童子挥舞着一条两尺长的木板，正在追打一条长毛瘦狗，一边追还一边叫："不打鼻子。这个，不打鼻子！"内供见状，从童子手里一把夺过木板，照着他脸上就打了一巴掌。这块木板正是以前帮内供托鼻子的那一块。

内供对自己鼻子变短这件事，反而憎恶起来。

那是发生在一天夜里的事。那一天，日暮时分，突然起风了。塔上风铃的声音，恼人地直传到内供枕边。可能再加上寒气袭来的缘故，上了年纪的内供翻来覆去就是睡不着。就在他在床上翻身的时候，突然，鼻子有些痒痒的。用手一摸，鼻子像水肿一样，肿大起来了，而且还发起烫来。

"之前强行让鼻子变短，不知道是不是弄出毛病了。"

内供用在佛前恭敬地供上香花的姿势，按着鼻子，叹气道。

第二天，内供像平常一样，很早就醒了。一睁眼，就看到寺里的银杏树和橡树，一夜之间落叶把地面铺成了明亮闪耀的金黄色。塔的屋顶下面结了霜，在初升朝阳淡淡的光辉的映照下，塔尖发出一圈光晕。禅智内供打开窗，站在缘侧上，深深地吸了一口气。

这时，一种久违的感觉回到了内供身上。

内供慌忙用手去摸鼻子。手触碰到的不再是昨夜的短鼻子了。从上唇直到下巴以下，五六寸长晃晃悠悠地垂着的是过去那个长鼻子。内供的鼻子在一夜之间又长回来了。像鼻子刚变短时那样，内供的心情一下明朗畅快了起来。

"现在这样，再也没人会笑话我了。"长长的鼻子在秋风中摇晃着，内供在心里自言自语道。

大正五年（1916）一月

枯野抄

（芭蕉①）召丈草、去来，昨夜未曾合眼，忽有所思，命吞舟记下，令众人诵读。

羁旅逢卧病，一梦枯野尽②。

——《花屋日记》③

　　元禄七年（1694）十月十二日的午后，大阪商人睡眼惺忪地看看瓦片屋顶的尽头，感叹着早上还满是红彤彤的朝霞的天空，怎么又和昨天一样阴云密布，马上就要下雨了呢。柳树的树枝在空中微微摆动——所幸并没有如烟一般的细雨。天色虽然有点儿阴沉，但光线尚可，是一个平静的冬日午后。一户户人家之间，缓慢流淌的河水，

---

① 松尾芭蕉（1644—1694），日本江户时代前期著名的俳谐诗人，被誉为日本的俳圣。他尊崇中国唐朝诗人李白，早期俳号"桃青"，"桃青""李白"为对偶。
② 本句一说为芭蕉临终之日所作。
③ 即《芭蕉翁终焉记 花屋日记》，作者为日本僧人文晓，分上下两卷，记录了芭蕉从发病到病逝，众弟子为其送终的情况，亦收录了芭蕉弟子等人的书简。

都像蒙上了轻纱一样朦胧。水波没有了过去的光泽，河水里漂浮的葱叶，不知是不是错觉，那青绿色看着没有一丝寒意。河岸边来来往往的行人，裹着头巾，穿着皮靴，似乎忘记了这吹来吹去的冬日冷风一般，行色匆匆地赶路。暖帘的颜色也好，络绎不绝的车马也罢，还有远远传来的那木偶戏的三味线的音乐——这一切，都静悄悄地守护着微明而安静的冬日白昼。桥的拟宝珠①上的灰尘，也一动不动……

  这时，御堂前南久太郎町，花屋仁左卫门家的里屋，日本一代俳谐巨匠芭蕉庵松尾桃青，正在从四面八方赶来的弟子的照料下，度过他五十一岁人生的最后一刻。如"灰烬中之残火，余温渐冷"，静静地要咽下最后一口气。那大概将近申时中刻——屋子里的隔扇木拉门已经卸了下去，空荡荡的里屋内，枕头边燃着的一炷香散出的烟雾，袅袅上升，将冬天挡在庭院之外的新换了糊纸的木拉门，此时显得颜色黯淡，而屋子里也依然很冷。背对着木拉门，芭蕉寂然地躺在那里，他的身边是医生木节。木节把手伸进被子底下，眉头紧锁地搭着芭蕉的脉，那脉象极微弱。木节身后站得远一点儿的，从刚才开始就一直小声念佛的，是从伊贺一路追随芭蕉的老仆治郎兵卫。木节旁边站着的，任谁都能一眼就认出来，是高大肥壮的晋子其角和气宇轩昂的去来。去来穿着细方形格子纹样的古铜色衣衫，侧着身，和晋子

---

① 拟宝珠，日本传统建筑的一种装饰，如桥栏杆柱头或神社寺院的台阶栏杆柱头，形似如意宝珠，通常用石头制成。

其角一同关切地注视着师父的状态。晋子其角身后的丈草一身僧侣打扮，手上拿着菩提念珠，端然肃穆。丈草旁边坐着的乙州不停地抽着鼻子，一副无法控制不断涌上心头的悲伤之态。与肤色微黑刚愎自用的支考并肩而坐的惟然，一身旧僧衣，身量矮小，冷漠地支着下巴，不时看着乙州抽泣的模样。剩下的几名其他弟子，有的在左，有的在右，一个个连气都不敢喘一样，围在师父身边，为这最后一刻的离别而感到无限留恋珍重。在房间角落里，唯一伏地痛哭的是正秀吧？除他之外，房间里只剩下寒冷和沉默，静到连芭蕉枕边的线香飘出的烟和气味都仿佛是静止的。

刚才，芭蕉用带痰带喘的嘶哑声音，说了最后的遗言，此刻正半闭着眼，似乎陷入了昏睡。他的脸上有一些浅浅的痘痕，脸颊瘦削到露出颧骨，皱裂干瘪的嘴唇，没有半点儿血色。尤为让人揪心的是芭蕉那黯淡无光的眼睛，空茫地看向天花板，仿佛穿过了房顶，望着对面无限清冷的天空。"羁旅逢卧病，一梦枯野尽。"——此时，芭蕉那涣散的视野里，可能正如他自己三四天前写下的辞世之句里描写的那样，苍茫萧瑟的原野上沉沉暮色，没有一丝月光，像梦一样飘忽不定。

"水。"

医生木节终于回头，吩咐静静地站在自己身后的治郎兵卫。他早已准备好了一碗水和一支羽毛签，此刻把这两样东西小心翼翼地拿到主人枕边。之后，好像想起了什么似的，又立刻专心念起佛来。这位质朴忠心的老仆，从小在山里长大，他坚信无论是芭蕉还是其他什么人，要想去往往生彼岸，都要靠佛祖的慈悲。

而木节在要水的瞬间突然再次想到："作为大夫，自己真的想尽一切法子了吗？"这个疑惑过去也曾多次闪现。念头一闪而过，木节立刻转念激励自己，然后沉默着示意其角。围在芭蕉身边的众弟子，在这一刻突然都紧张起来。但紧张过后随之而来的，又是一种松了口气的感觉——换种说法就是"要来的终于来了"的那种安心感。在座的每个人都或多或少地产生了这种如释重负的感觉，只是谁都不愿意承认罢了。走过来的其角和木节对视时，双方都不小心读到了对方眼里的意思，就连一向最讲实际的其角也不禁连忙慌乱地移走视线，装作若无其事地拿起羽毛签，对身边的去来说："那恕我僭先了。"说着，其角拿起羽毛签，在茶碗里蘸了一点儿水，然后移动着肥厚的双膝，膝行到师父身前，悄悄地打量着芭蕉的脸。说实话，他事先想过和师父诀别时自己该有多悲伤，但令他意外的是，给师父点临终水时的心情和预想中的完全不同。事实上，自己的反应非常冷淡。另外，更让他想不到的是，看着师父那副骨瘦如柴的骇人样子，他的心里竟生出一种甚至想要背过脸去的强烈的嫌弃。不，单说强烈都不足以形容。那是种仿佛碰到了看不见的毒药一样引起的生理反应，是最让人难忍的嫌恶的那种感觉。或许在那一瞬间，他偶然地把自己对丑恶的一切反感投射到师父病朽的身体上了；又或者，他作为活着的享乐者，感受到了眼前象征着死亡的事实带来的恐惧——但无论如何，看着芭蕉垂死的脸,其角没有感到一点儿悲伤,反而觉得很不愉快。他皱着眉,用蘸了水的羽毛签在师父发紫的薄唇上点了一下,就马上退下了。但退下时,一种类似自责的情绪又浮上心头——适才那种嫌恶感太过强烈,以至于都来不及被道德约束。

其角之后,接过羽毛签的是去来,刚才木节示意时,他已在心里乱了方寸。平日里以恭谨谦和闻名的他,向众人微微点头行礼,然后凑到芭蕉枕边,看着老俳谐师病恹恹的脸。虽不情愿面对,但满足和悔恨两种感情错综复杂地交织在一起不由自主地袭来,让他不得不反复咂摸。那满足和悔恨,仿佛阳光和阴影一样,不可分割,互为因果。实际上,四五天前他就被自己微妙的心理弄得心神不安了。之前去来一得知师父重病,立即从伏见深夜乘船来到花屋。过来以后,他悉心照料着师父,一日都不曾懈怠。此外,拜托之道找人帮忙也好,遣人去住吉的大明神社祈求神明庇护师父的病体早日康泰也罢,甚至在花屋和左兵卫商量采购师父需要的诸多物品等,事无巨细,都是去来一个人忙前忙后。这些当然都是他主动要求去做的,并没有想要谁去领这份恩情,但当他意识到,是自己在挑大梁、全身心地照料师父的时候,一种自满就悄然在心底滋生。一开始,去来并没有意识到自己这种自得的念头,所以他一直热心地张罗着,行走坐卧也没格外留意,要不然也不会在看护师父和支考在夜灯下闲聊时,引用孝义之道,滔滔不绝地谈到待师如侍奉双亲的想法。可是,当自鸣得意的去来看到一向待人不善的支考脸上闪过的苦笑时,才恍然察觉自己平和的内心不知何时已名不副实。他发现，心乱的原因，正源于对自己这种自得的自责。潜意识里的自己正满足地看着那个照顾着朝不保夕的师父，为他的病体操劳不止的自己——当意识到这一点，正直如去来又怎会不感到内疚。从发现了矛盾的自己的那一日开始，去来察觉到无论做什么事情，自己必然会受到这两种互相角力般的情绪的掣肘。偶然间，他从支考的笑里读到了自己的自得，结果反而更清楚地看到了自己的卑劣，这让去来非常难堪，陷入了自我怀疑的深渊。就这样纠结了多日，终于，今天在师父的枕边，要为他点临终水。神经敏感又有道德洁癖的去来因为心里的矛盾，完全失去了往日的沉着。可怜的去来，也难怪他会如此。只见他拿起羽毛签，用蘸了水的白色羽毛尖拂过芭蕉的嘴唇时，一种异常的兴奋袭来，使他身体僵硬，双手颤抖。幸而他已泪盈于睫，这样一来，看见他的其他同门，哪怕是尖刻辛辣如支考，都会以为他的异常是因为悲伤过度所致。

　　穿着古铜色衣衫的去来起身后，毕恭毕敬地退回到坐席上，将羽毛签递给丈草。一向老实的丈草恭谨地低着头，嘴里轻轻诵读着什么，静静地给师父点临终水——那样子恐怕无论谁看到都会觉得肃穆。但就在这肃穆的瞬间，坐席的角落里突然传出了古怪吓人的笑声。不，严格来说至少是那一刻，众人听到了笑声。那声音简直像从丹田深处发出的哄笑，通过喉咙和嘴唇，没忍住，从鼻孔哼笑出来。但在这种场合下，没有人会笑。这个声音实际上是忍着泪的正秀突然一下抑制不住放声恸哭出来，悲痛从胸腔溢出的声音。那哭声无疑悲怆至极。在场的同门中，或许有不少人在那一刻，想起了师父芭蕉的名句："恸哭撼孤冢，秋日过寒风。"正秀那凄绝哭声让同样苦苦忍着眼泪的乙州感到有些夸张——即使不说他不够沉稳，但至少乙州对正秀缺乏自控力而感到不快。乙州的不快是出于理智。此时虽然他的头脑依然清醒冷静，但他的心却被正秀的恸哭所感染，不知何时自己的眼里也噙满了泪水。刚才他还觉得正秀的哭泣让人不快，但细想想，自己的眼泪也并不那么单纯。更何况如今泪水也早已溢出了眼眶。乙州双手扶膝，情不自禁地也呜咽了起来。突然开始抽泣的不仅仅是乙州，围着芭蕉的众弟子中，不少人几乎同时哭出了声。此起彼伏的哭声打破了房间里的寂静。

在悲切的哭泣声中，手上拿着佛珠的丈草已然静静地坐回原处。坐在去来对面的支考此时靠近了师父的枕边。支考，号东花僧，出了名的喜欢讥讽别人，他不轻易与人产生感情共鸣，更不是容易落泪的情感纤细之人。支考在给师父漫不经心地点临终水的时候，他那微黑的脸庞一如既往地冷峻，有种不可一世的傲慢。但此情此景，就算是他，也难免生出不少感慨。"路死枯野终不悔，秋风浸染此身寒。①"——"本以为自己会以草为席，以土为枕，命丧荒野。没想到如今能躺在这锦被之上前往往生彼岸，幸甚至哉，以为悦事。"四五

---

① 芭蕉的名句。意为抱着倒在旅途中遭受风吹雨打化为白骨的觉悟，踏上征程，任寒透肌骨的秋风，浸透自己的身体。

天前，师父曾这样反复向他们致谢。可是无论是在凋敝的荒野之上，还是在花屋这间房子里，支考认为都没有多大的区别。而现在正在给师父点临终水的自己，早在三四天前，就惦记起了师父有没有留下辞世的俳句。昨天，支考已经想好，等师父一离世，就把他的俳句都收集成册。今天，支考用旁观者审视般的目光观察着走到生命终点的师父。甚至再讽刺一点儿说，他不能不说自己早就想好了，今天所观察和体会到的一切，来日都能落于他支考笔下，变成师父临终记的一章。看看吧，师父马上就要过世了，而支配着自己的想法，是对外的名誉，是与同门之间的利益关系，又或者是出于对自己兴趣的考虑——这些都和垂死的师父没半点儿关系。师父在他的俳句里曾多次不避讳地写道：在无限的人生的枯野中死去，在无情的风雨中化为白骨。而我们这些弟子，其实哀悼的并不是临终的师父，而是失去了师父的自己；感叹的也不是在枯野上疾病缠身困窘离世的师父，而是在薄暮时分痛失先辈的我们。但假使从道德上来责备这一切——又能把我们这些生来薄情的人怎么样呢？——支考一边这样厌世地感慨着，一边又为自己能有如此深刻的思想而自得。他在师父的嘴唇上点完临终水，把羽毛签放回茶碗里，嘲讽地环视了一圈流泪的众人，慢悠悠地回到了自己的座位上。一向以好人著称的去来，一开始就被支考用冷然的态度针对，此刻更加不安。而其角，对东花僧到处白眼的态度一向看不惯，此时更是一脸不悦。

支考之后来给师父点临终水的，是穿着墨色僧衣的惟然和尚。身量矮小的他翻起衣服的下摆，膝行过来。芭蕉眼看就要咽下最后一口气了。老人的脸色越发惨白，被水濡湿的嘴唇中间，隔一会就像忘记呼吸了似的，不再出气。然后忽然又像想起来要喘气似的，喉咙猛地一动，无力地吸入一点儿空气。芭蕉的喉咙深处轻微响了两三下，似乎是有痰。然后他的呼吸又慢慢缓和平静下去。正拿着羽毛签触上芭蕉嘴唇的惟然，在那一刻感受到的不是与师父死别的悲伤，而是一种恐惧。师父死后，接下来该不会轮到自己了吧？他莫名地恐惧起来。虽然这种恐惧来得无缘无故，可又无法抵挡。他本就是怕死之人。哪怕是在风流的行游中，也会常常突然想到死这件事。每每此时，他就会吓出一身冷汗，感到死亡那瘆人的恐惧。听说别人死了，他会想"幸好死的不是自己"，然后安心起来，可是再一想"万一死的是自己"，就立刻感到不安。芭蕉临终前的场景也不例外。在师父的病情还没这么糟糕的时候——木拉门外是冬日晴朗的天气，园女送来芳香袭人的水仙花，芭蕉门下的弟兄们聚在师父枕边，为了慰问芭蕉而吟诗作对——在那时，惟然的心里安心和不安这两种情绪已经明灭并存，反复徘徊。记得在那之后的一天，哪怕是曾经最爱吃的梨子，师父也已经无法进食了。惟然看着侧身照料师父的忧心忡忡的木节，不安终于压过了安心，而随即而来的对"自己不知何时会死"的恐惧的阴影，冷冰冰地在他心里扩散。正因这种恐惧，当他坐在芭蕉枕边，小心地给师父点临终水的时候，都始终没敢正视芭蕉的脸。不，其实他一度想看一眼，但那时正好芭蕉的喉咙中发出堵痰的声音,这声音让惟然好不容易鼓起的那点儿勇气消失殆尽。"师父死后,下一个死的说不定就轮到自己了"——预感的魔音在他耳畔响起。惟然和尚把他小小的身量缩得更小了,退回到自己的座席上。他那冷漠的脸显得更加冷漠,尽可能谁都不看,只盯着自己头上的天花板。

接下来,乙州、正秀、之道、木节,以及围在病床边的芭蕉的门人,依次给师父的嘴唇上点了临终水。这期间,芭蕉的呼吸越来越微弱,呼吸的间隔也越来越长。终于,他的喉咙不再耸动。他那有几个痘痕的瘦削的面庞,此刻宛如蜡雕;仿佛望着远方的眼睛里面的光也彻底消散了;还有那下巴上白得像银一样的胡子——他的一切都像被这冷漠的人世冻住了一样,僵硬凝固地向往着将要前往的彼岸净土。此时,去来后面座席上沉默地低着头的老实巴交的丈草,伴随着芭蕉逐渐微弱到停止的呼吸,无尽的悲伤和无限的安宁从心底缓缓涌出,流遍全身。悲伤的原因自不必提,而那安宁却像黎明前那道耀眼的晨光,不可思议地将心情照得明朗。到了这一刻,心里那诸多杂念也消失了,化为并不会刺痛内心的干净单纯的悲伤。他是在为师父超脱了虚无梦幻一般的生死,前往涅槃乐土而感到喜悦吧。不,这对他自己来说,有无法承认的理由。不然的话——谁又会别扭地去欺骗自己呢。丈草的这种安心,是那长久以来在芭蕉人格压力的桎梏中,终于舒展开来的自由精神。仿佛舒展开手脚一样,感到了解放了一般的喜悦。在这恍惚的悲哀的喜悦之中,他捻动手中的佛珠,一一环视身边的这些同门师兄弟，唇边浮出一个微笑，恭恭敬敬地，向故去的芭蕉行了一个礼。

就这样，古今无双的俳谐大宗师——芭蕉庵松尾桃青，被这些并不悲伤的弟子围着，溘然而逝。

大正七年（1918）

点鬼簿

一

我的母亲是个疯子。我从未感受过一次母亲像普通妈妈般的亲近。母亲总盘着头发，一个人坐在芝区①的老家，用长烟管吧嗒吧嗒地吸着烟草。她的脸很小巧，身量也小，脸色总是莫名地显得灰败。我曾经读《西厢记》时，看到"土气息，泥滋味"的形容，脑海中一下就浮现出母亲那瘦削的侧脸来。

我从未得到过母亲的照顾。我记得甚至还有一次，养母带我去二楼和她打招呼时，我的脑袋上还突然挨了她一记烟管。不过总的来说，母亲是个安静的疯子。我和姐姐让她给我们画画的时候，她也会在四折的纸上画给我们看。不仅仅用墨，也会用姐姐的水彩给画里玩耍的孩子们的衣服、草木花卉等涂上颜色。只是画中的人物，全都长

---

① 芝区是东京港区地名。

着狐狸的脸。

母亲是在我十一岁的那个秋天去世的。与其说是因为生病，不如说是因为日益衰弱的原因。她去世前后的情形格外清晰地留在了我的记忆里。

那天是个没有风的深夜，应该是病危的电报突然到了，养母带着我乘坐人力车，从本所赶到芝区。我从来都不戴围巾，但那天夜里，我记得自己围了一条绘着山水的薄薄的绢制手巾，上面还带着溪荪①香水的气味。

母亲躺在二楼下面八个榻榻米大的客厅里。我和比我大四岁的姐姐坐在母亲的枕边，两个人不停地哭泣。尤其是当听到不知是谁在我的身后说"临终临终"的时候，悲伤越发涌上心头。不过当一直闭着眼像死人一般的母亲，突然睁开眼说了句什么的时候，我和姐姐又在悲伤中忍不住小声笑了出来。

那一夜，我在母亲的枕边一直坐到快天明。但不知为什么，却没有再像之前一样哭泣。在哭声不绝的姐姐面前，不知怎的，我感到很羞愧，于是非常努力地装哭。同时我又坚信，只要我不哭，母亲就不会死。

母亲是在第三天夜里几乎没有痛苦地故去的。死前她曾回光返照了一次，看着我们的脸，止不住地簌簌落泪。却像平常一样，什么话

---

① 溪荪，一种鸢尾科鸢尾属植物，分布于日本、俄罗斯，以及中国的东三省、内蒙古等地。

都没有说。

母亲入殓之后，我也时常止不住地哭泣。当时，一个被大家称为"王子[①]的姑妈"的远房亲戚还评价说："真让人感动啊。"不过，这只让我觉得她是个对奇怪的事情乱发感慨之人。

母亲葬礼那天，姐姐抱着灵位，我在姐姐身后捧着香炉，两个人坐着人力车前去葬礼现场。路上，我时不时困得打瞌睡，又突然在香炉快要从手上掉下去的危险瞬间一下子睁开眼醒过来。就这样，人力车迟迟还不到谷中。长长的送葬队伍在总是晴朗的东京的秋日里，静静地穿过东京市内。

母亲的忌日是十一月二十八日，她的戒名[②]是归命院妙乘日进大姊。我并不记得父亲的忌日和戒名。记得母亲的忌日和戒名，或许是因为十一岁的自己认为能记住这些很了不起吧。

二

我有一个姐姐。她虽为多病之身，但也已经是两个孩子的母亲了。我在《点鬼簿》里想写的，当然不是这个姐姐。我要写的，是在我出生前突然夭折了的姐姐。听说我们姐弟三人之中，这个姐姐最为聪明。

这个姐姐叫初子，起这个名字大概是因为她是家里的长女。我家

[①] 王子是东京都北区的町名。
[②] 在日本，死者通常会有一个日本佛教式的法名，由僧侣授予并收取香火钱。

佛坛上①现在还有一枚小小的小初子的照片，镶嵌在镜框里。年少的初子看起来并不赢弱，长着小小酒窝的脸蛋，就像熟透的杏子一样圆圆的……

得到我父母最多宠爱的，无疑就是小初子。小初子特意从位于芝区的新钱座，去筑地的圣玛阿兹夫人的幼儿园上学。但周六、周日一定会在家中度过——在位于本所的芥川家过周末。小初子上学的时候，还是明治二十年代，穿的应该是当时很时髦的洋装。我上小学的时候，还曾要过小初子做和服剩下的一些碎布，给橡胶娃娃做衣服穿。我记得那些碎布有着精致的花朵和乐器图案，全是从外国进口的布料。

那是个春天周日的午后，正在庭院里玩耍的小初子问坐在客厅里的姨妈：（当然这是我想象中的姐姐穿着洋装的情景。）

"姨妈，那是什么树？"

"哪棵树？"

"这棵有花骨朵的树。"

母亲娘家的庭院里有一棵不太高的木瓜树，向古井垂着枝条。那时披着头发的小初子，恐怕就是眨着大眼睛看着那棵盘曲的木瓜树发问的吧。

---

① 日本许多人家设有家用佛坛，一般是一个柜，门外有御本尊保护，柜内供奉佛和菩萨。佛坛上放米、水果和花来供奉，同时也是日本人供奉祖宗神位的地方。

"这棵树啊,和你的名字一样。"

可惜小初子并没有听懂姨妈的打趣:"那,这是傻瓜树了呀。"

如今,姨妈每次说起小初子,都要提那天的这番问答。但事实上,小初子除这个小故事之外,其他的什么都没留下。小初子在那之后没过几天,就入了灵柩。我没记住那小小的牌位上刻着的小初子的戒名,但不知为什么,却清楚地记得她的忌日是四月五日。

我莫名地对姐姐——这个我完全没见过的姐姐有着天然的亲近感。要是小初子活到今天,已经年过四十了吧。过了四十岁的小初子的脸,或许会和在芝区的老家二楼茫然地抽着烟的母亲很像。像幻觉一般,我时常感觉有一个四十多岁的,不知是妈妈还是姐姐一样的女人,在那里守望着我的一生。这是在咖啡和烟草的作用下我疲惫的神经出了问题,又或许是超自然的力量在这现实的世界里发挥了作用吧。

三

因为母亲发疯的缘故,我一生下来就被送到了养父母家(他们实际上是我的舅舅舅妈),所以我对父亲也没有太深的感情。父亲经营一家牛奶店,生意比较成功。当时流行的果汁和饮料,父亲都会买给我。香蕉味饮料、冰激凌、菠萝果汁、朗姆酒,也许还有些别的什么。我还记得我们曾在新宿牧场外的橡树底下喝朗姆酒,那是种酒精含量很低的橙黄色的饮料。

父亲给年少的我买这些新奇的饮料，是想把我从养父母那里要回去。我记得有一次在大森的鱼荣店给我买冰激凌时，父亲直白地劝说我从养父母那里逃出来，回自己家。父亲那时和颜悦色而且说得振振有词，但很可惜，他的劝说一次也没有奏效。因为我很爱自己的养父母，尤其是我的养母。

父亲是个性情急躁的人，总和人吵架。我中学三年级的时候曾经和父亲玩过一次相扑。我用自己擅长的侧肩摔成功地把父亲摔倒。父亲爬起来，说声"再来一次"就向我扑了过来。我再次把他摔倒。父亲第三次说"再来一次"的时候，脸色都变了，直奔我而来。旁观我们的姨妈——我母亲的妹妹，也是我父亲的后妻，三番两次向我使眼色。我和父亲推搡了一会儿，故意向后摔倒。要是我那时不假意摔倒认输的话，父亲一定还会扭着我不放的。

我二十八岁还在做教师的时候，收到"父亲住院"的电报，急忙从镰仓赶往东京。父亲因为流感住进了东京医院。那三天，我和养母、姨妈在医院陪住，累了就睡在病房的角落里。不久，我越来越觉得无趣。这时，一个和我关系不错的爱尔兰新闻记者打电话约我去筑地吃饭。我谎称这位新闻记者近日要回美国，就留下垂死的父亲，去筑地和他见面。

我们和四五个艺伎在和风餐厅愉快地吃着日料。吃完饭大概已经十点钟了，我留下那个新闻记者，走下狭窄的楼梯。这时，身后有人突然叫了我一声："芥先生。"我停下脚步，回头向上看去。原来是刚才艺伎中的一位，正一眨不眨地俯视着我。我沉默地走下楼梯，坐上大门外停着的出租车。出租车立刻就开动了。然而我脑子里想的不是我的父亲，而是那个头发顺滑发光，梳着西式发型的艺伎——特别是她的眼睛。

我回到医院，父亲正焦急地等着我。他让众人都退到两折屏风外，握住我的手摩挲着，和我讲起了我不知道的往事——他和我的母亲结婚时的事情。比如，他和我母亲两个人去买了衣柜、吃了寿司之类的生活琐事。但是，在父亲讲述的过程中，我的眼眶渐渐湿了起来，父亲瘦削的脸颊上也挂上了眼泪。

父亲是在翌日早晨去世的，死时没有什么痛苦。他临死前出现了幻觉，说什么军舰开来了，大家快高喊万岁吧。父亲葬礼的情形我已经记不清了，只记得把父亲的遗体从医院运回家的时候，春天里的一轮大大的月亮，静静地照着灵车。

四

我在今年三月中旬，怀里揣着暖炉，久违地和妻子去扫了墓。时隔良久——小小的墓自不必说，就连墓上横过的红松的青枝都没什么变化。

写入《点鬼簿》的这三人都葬在谷中的墓地里，他们的骨灰埋在同一座石塔下。我想起母亲的灵柩静静地葬入墓地的事。小初子下葬的时候想必也是如此吧。只有父亲——我记得父亲的骨灰洁白而细碎，骨灰中还有他的金牙……

我不喜欢扫墓。如果能忘掉的话，我真想忘了我的父母和我姐姐的事。但那一天，也许是我身体衰弱的缘故，在春日午后的阳光里，我眺望着黑黢黢的石塔，想着，他们三个人中到底谁更幸福一些呢？

春阳之下无不同，只是不宿坟冢中。①

事实上，那天我从未感到像现在这样的，如丈草②一般的心境，在向自己无限迫近。

大正十五年（1926）十月

---

① 俳句咏叹初蝉，原意为蝉虫生命短暂，在春日的骄阳下活着，但与已身在坟墓中没什么不同。
② 内藤丈草（1662—1704），江户时代俳人，松尾芭蕉的弟子。

袈裟与盛远

【上】

夜晚，盛远在筑土神社外望着空中明月，踩着落叶，陷入心事。

盛远的独白

又是月出时分了。总是期盼月出的我，今天却有点儿害怕这皎洁的月色。今夜之后，现在的我将不复存在；明天的我，就是个杀人犯了。一想到这里，身体便不由自主地颤抖起来。想一想这双手被血染红的样子，就连自己也会厌恶那时的我吧。若是我要杀的是个让自己恨之入骨的人，倒也不会像现在这么痛苦不安，但今夜我不得不杀的，是一个我并不憎恨的男人。

我很早就认识这个男人了。他叫渡左卫门尉，名字倒是最近才知道。但他那像女子一样温柔体贴的性格、白净的脸庞，不知多早前我就记住了。刚知道他是袈裟的丈夫时，我对渡一时很是嫉妒。但如今那种嫉妒早已烟消云散，了无痕迹。渡对我来说虽是情敌，但我既不讨厌他，也不憎恨他。不对，应该说我甚至对他还抱有一种同情。我从衣川那里得知，渡为了得到袈裟，不知费了多少心思，这竟然让我觉得他有点儿可爱。渡一心想娶袈裟为妻，甚至还去学了和歌。一想到他一个堂堂武士，竟然为恋情写起那种儿女情长的和歌来，我就情不自禁地想笑。但这绝非嘲笑，而是觉得对女人大献殷勤的男人可怜又可爱。又或许是因为渡对我爱的女人如此上心，这种热情的劲头儿让身为情夫的我，有一种莫名的满足。

说起来，我现在还爱袈裟吗？我和袈裟之间的恋情，今时往昔，分为两个不同的阶段。在袈裟和渡还没有结婚之前，我已经爱着袈裟了，或者说我觉得自己已经爱上了她。但现在想来那时我的感情也不是那么单纯。过去还是童贞之身，尚未尝情欲滋味的我，想得到的不过是袈裟的身体。原谅我可能有点儿露骨的说法，但那时我对袈裟的爱，恐怕实际上只是美化了自己的欲望后的一种感伤。我的某种想法或许可以佐证这一点：在我和袈裟断了联系的三年里，我一直没法忘记她。但如果我已经得到过她的身体，那分别之后我还会对她念念不忘吗？很惭愧，我没有勇气回答。此后我对袈裟的迷恋里，一直混杂着我没有得到过她的那种不甘。于是在那几年求而不得的苦闷中，我和袈裟之间终于变成了如今令我害怕又期待的这种关系。那么现在呢？我再次扪心自问，我还爱袈裟吗？

在回答这个问题之前，尽管不情愿，但还是要讲讲往事的来龙去脉。在渡边桥做佛事那年，我与已分别三年的袈裟重逢了。此后的半年里，为了和她有私会的机会，我用尽了一切手段，好不容易才成功。不，不仅仅是成功幽会，还终于与她有了肌肤之亲，鱼水之欢。不过，那时驱使我做出这种事的，已经不是之前所说的那种在没有得到袈裟之前对她的身体的欲望了。在衣川家，与袈裟坐在同一个房间里的榻榻米上时，我意识到，不知何时起，自己对她身体的渴望已经很淡了。也许是因为不再是童男之身的自己，情欲的魔力已经淡去。不过更大的原因在袈裟身上，她的容貌和姿色已经不复从前。如今的袭裟，不再是三年前的美人。皮肤的光泽黯淡了下去，眼眸边也有了黑眼圈。脸颊和下巴上曾经丰腴饱满的线条，也不可思议地消失了。唯一没变的，只有那双蓊水秋瞳，水灵灵的幽深美丽的黑眸子……袈裟的变化对我的欲望真的是个很大的打击。我至今还记得三年后和她重逢时，那种打击强烈到我没法让自己的视线在那张变了的脸上停留……

说来也怪，既然我对她的容姿早已没有了渴望和留恋，为什么我还是和她发展成了那种关系呢？最大的原因，应该是被微妙的征服欲所驱使。袈裟和我相见后，刻意夸张地形容了她对渡的爱情。对她的谎言我不知为何内心感到一阵空虚。"这个女人对她丈夫竟有着这样的虚荣心，"我这样想着。"或许她只是不想让我同情她，而做着徒劳的反抗。"我转念又想到这一点。与此同时，想要揭穿她谎言的冲动越来越强烈。不过，为什么从一开始我就觉得袈裟说很爱她丈夫是在撒谎？要说是因为我的自负，也没什么好辩解的。但不管这些，我相信袈裟对她丈夫的爱，那种她表现出来的信誓旦旦，不过是个谎言。直到此刻，我也坚信这一点。

但那种征服欲，不是让我想要把袈裟变成自己女人的全部理由。另外有一点……仅是说起来，我都为自己脸红：我被一种纯粹的情欲支配了。这种欲望，不再是当年未识佳人滋味的迷恋和不甘，而是更卑劣的，对方都不必是自己喜欢的女人的那种为了发泄而发泄的欲望。恐怕就连嫖妓买春的男人，都没有那时的我那么下流。

总而言之，因为以上提到的种种动机，我和袈裟还是发展成了那种关系。不，其实是我羞辱了她。刚才我还质问自己是否还爱袈裟，现在想想，这个问题根本没有意义。我甚至有时只能感觉到自己对她的憎恶。尤其是和袈裟做完那事，她伏身哭泣，我强行把她抱起来的时候，她看起来比无耻的我更没有廉耻。那凌乱的头发，那被汗弄脏的妆容，无不呈现着这个女人心灵和肉体的丑陋。如果说在这天之前我还爱着袈裟的话，那么，我的爱在那天之后就永远地消失了。或者说，到这种地步我已经不再爱她的话，那从那天开始，我的心里对她反而增添了新的憎恶。然而，啊，今夜我要为一个我不爱的女人，去杀一个我不恨的男人吗？

走到这一步，谁都怨不得。毕竟这是从我自己嘴里说出来的话："把渡杀了，怎么样？"我在那个女人耳边低语。想到那一幕，我怀疑自己是发疯了。但确实是我自己在她耳边轻声劝诱的。我本没想这么说，可却咬牙切齿地讲出了这句话。现在回想起来，那时我为什么会对袈裟那么说，连我自己都不理解。不过，如果强行解释的话，越是蔑视或憎恶那个女人，不知怎的我就越想羞辱她。或者说我想杀掉袈裟曾经夸耀过的，她爱着的渡，并且是经过如今的她亲口同意。做到这一步，我仿佛深陷噩梦之中醒不过来的人一样，为了杀一个自己本不想杀的人，而拼命劝说着那个女人。我要杀渡——怎么想都没有充分且合理的动机，或许只能说我的心智被非人间的力量（说是天魔波旬也好）诱惑了，陷入了邪道。总之，我如着了魔一般，三番五次在袈裟耳边这样低声劝诱。

袈裟突然抬起头，直视着我的眼睛，同意了。我没想到这么轻易她就答应了，更让我意外的是，我在袈裟的眼睛里，看到了迄今为止从未见过的神采。荡妇——她让我立刻想到这个词。与此同时，袈裟似乎感到了我一瞬的惊恐。我在她眼里看到了类似失望的神情。无须多说，这个女人的淫乱的本性和令人厌恶的凋敝的姿色，让我厌烦不已。如果可以，我真想当场收回自己说出的话，然后去羞辱那不贞的女人，把她推进耻辱的深渊。如果能够那样，我的良心也许能在玩弄了她之后，用义愤作为挡箭牌。但袈裟没给我后退的余地。表情急遽变幻的袈裟，仿佛要把我看透一样，直勾勾地盯着我的眼睛。在她的注视下，我说了准备杀渡的日子和时辰。我对用眼神和我约定杀人的袈裟感到害怕。她的眼神仿佛在告诉我，如果我不履行承诺，她定会报复我。恐惧控制了执念已深的我。随便别人是否会嘲笑我胆小，如果他们那么想,是因为没人看过这样的袈裟。"要是我不杀渡,她一定会亲手杀了我,那还不如就由我去杀了渡。"——和没有流泪,却仿佛在哭泣的袈裟的眼睛对视时,我绝望地这样想着。我发誓会杀了渡之后,袈裟苍白的脸上现出一个小小的梨窝。她垂眸轻笑——看看那副表情,我的恐惧不是没有缘由……

啊,为了这个被诅咒了一般的约定,我那已经脏了的心上又要新添一道污浊的痕迹。如今我要犯下杀人之罪了。如果今夜我毁约的话……唉,果然我还是无法承受毁约的后果。一来,我已经发过誓了;二来,我害怕袈裟的报复。这绝非谎言。但除此之外,还有别的什么原因。是什么呢?究竟是什么迫使胆小的我要去杀一个无罪之人?这种强大的力量从何而来?我不明白。虽然我不明白,但这是顺势而为——不,不对,没有这种道理。我厌恶那个女人,害怕她,憎恨她。但是,即便如此,或许说不定,我还爱着她。

盛远徘徊着,没再开口。月亮升起来了。不知从哪里传来了如今时兴的歌曲。

> 人心人心,无异于无明暗影;
> 只叫那烦恼之火,烧尽性命……

【下】

夜晚，袈裟在帐子外，背对烛火，咬着袖口，陷入心事。

袈裟的独白

他会来吗？他不来了吗？虽然觉得他不会不来，但月亮都要西斜了，还没有听见什么动静，他是不是突然反悔了？万一他不来了……啊，我还是得像个傀儡一样，抬起这羞耻的脸，面对第二天的太阳。这样无耻无德之事，我怎么做得出来呢？那时的我，就像路边的弃尸，任人侮辱，任人践踏，最终还是厚着脸皮任这耻辱暴露于世人眼前，自己却像哑巴一样，除了沉默，无能为力。若是真落到那个地步，就是死也无法解脱。不会。那个人，他一定会来。上次分别时，我盯着他的眼睛，得出了他不会不来的结论。他害怕我。他憎恨我，轻视我，但是他更害怕我。要是仅凭我自己，我没法说他一定会来。但我利用了他，利用了他的自私。不，我利用的是他自私背后的卑劣的恐惧感。所以我才断言，他一定会悄悄地来……

然而，单凭我自己，完全做不到。我是多么可怜啊。三年前的我，无比清楚自己美貌的魅力。与其说是三年前，不如确切地说是直到那天为止，我在伯母家见到了那个人。只一眼，我就知道了他心里的我的丑陋。他装作好像没这回事，像撩动我一样，一直温言软语，体贴至极。但一个女人一旦知道了自己的丑陋，又岂是几句话安慰得了的。我只是觉得悔恨、害怕和悲伤。小时候,在乳母怀里看到月食时,我恐惧极了,但与那一刻知道了自己丑陋的心情相比,后者的恐惧不知更胜几倍。我曾有的种种梦想,都在那一刻消失了。之后只剩下宛如连绵细雨的清晨般的寂寞,凄惨孤寂将我团团围住。我被这寂寞所震慑,将我这好像死了一样的身体交给了那个人。委身于那个不爱我,憎恨、轻视我的好色之徒。让他看到我的丑陋,是因为承受不了可怕的寂寞吗?还是当我的脸靠在他的胸膛上,他的体温传过来的那个一瞬,让我糊涂了呢?要不然,就是我和他一样,被肮脏之心支配了吧。仅是这么想想,我就无地自容。那种羞耻……尤其是离开了他的臂弯,又恢复自由之时,我自己都觉得轻贱。

我心里悲愤寂寞至极,无论怎么和自己说别哭,可眼泪就是止不住。不过,这不仅仅是因为失去贞操而感到悲伤,而是有失妇德的同时又遭人轻贱,如得了癞皮病的狗一样,被人唾弃,遭人虐待,没有什么比这更令我难受的了。然后我又做了些什么呢?现在已经记不清了。那仿佛是很久之前的事一般,连回忆也变得模糊。我只记得在我低声哭泣的时候,男人的胡须轻轻擦过我的耳边,温热的鼻息近在咫尺,他低声问道:"把渡杀了,怎么样?"我听到这句话,自己也不知为什么,眼前突然敞亮了。是期待吗?如果说那时的月光清亮,一定是因为我莫名雀跃的心情。不,那夜的月色无论何处看都是明亮的,兴奋的是我自己的心。我是被他那可怕的劝诱安慰到了吗?啊,我竟然是那种女人吗?那种因为有人爱自己爱到甚至愿意为我杀掉丈夫,而感到高兴的女人吗？

像那晚的月色一样，伴着寂寞又期待的心情，我再度啜泣了一阵。然后，然后呢？是什么时候我和他定下了杀死丈夫的约定的呢？也正是定下计划的那一刻，我才想起渡。老实说，这是迄今为止我第一次想起自己的丈夫。我一直在想自己的事，在想自己被侮辱的苦楚。而那时，关于我的丈夫，我那内向的丈夫——不，不关他的事。总是微笑着和我说话的那张我丈夫的脸，此时真切地浮现在我的脑中。在想到渡的一瞬间，我有了主意。我已经决心赴死了。在心里定下这个计划，让我生出一丝喜悦。但当我抬起止住眼泪的脸，看向那个人时，一如既往地，我看到了他心中丑陋的自己，那丝喜悦也就灰飞烟灭了。就这样，我又想起了我的乳母，和儿时经历的那次暗无天日的月食。在刚才的喜悦之下，暗藏着如打开魔盒一般的种种怪物。我要用自己的命去换丈夫的命，真的是因为爱渡吗？不，不是的，我只是用这个看起来冠冕堂皇的借口，去偿还失身于他人的罪孽。连自尽的勇气都没有的我啊，如果以身代夫的话，世人会对我宽容一些吧。实际上，我比他们想象得更卑鄙，更丑陋。在身代夫死这个名义之下，我只是想向那个憎恨我、轻侮我、玩弄我的人，向那邪恶的情欲复仇而已。因为当我看着他的脸时，那晚清亮如月光一般的雀跃和兴奋，不可思议地消失了，只剩下悲伤，将我的心封印。我不是为了我的丈夫渡去死的，是为了我自己。我是为了伤害了我的感情的悲愤，为了玷污了我的身体的悔恨，我是为了这些决定去死的。啊，我真没有什么活着的意义，就连死也没有意义。

　　但这没有意义的死，对我来说，比麻木地活着不知强了多少倍。我忍着悲伤，强颜欢笑，和那个人定下杀死丈夫的约定。可他也很敏锐，如果从我的话里觉察出什么而没有赴约的话，这个即将到来的清晨我会做出什么事来，大概可以推测到吧。不过，那个人一定会因为誓言悄悄地来的——那是风的声音吗？从那天起开启的种种痛苦，今夜终于要结束了，想到这儿我的心里就舒服了一些。明天，在我这无头的尸体上，太阳也会洒下一缕寒光吧。看到我的尸体，我的丈夫——不，不能去想渡的事，渡是爱我的。然而，我对他的爱却无能为力。因为从一开始，我就只爱一个男人。而这个男人，今夜要来杀我。烛台之光，于我而言都已经足够明亮耀眼。不用说，我是为恋人的爱折磨致死的。

　　袈裟吹灭了烛火。不一会儿，黑暗里传来撬动窗子的声音，一缕淡淡的月光照了进来。

大正七年（1918）三月

小　白

一

　　那是一个春天的午后。一只叫小白的狗在幽静的步道上边嗅边走。狭窄的道路两旁，是刚刚萌芽的灌木树篱，树篱中间还有些已经开了的樱花。小白沿着灌木树篱走着走着，走到一个拐弯处。正要拐过去，突然被吓了一跳，停住了脚步。

　　这也难怪，因为拐过去的那条街上，十五六米远的地方有个穿着和式开衫的打狗人。他把绳索和套圈藏在身后，正盯着一只黑狗。那黑狗却一无所知地吃着打狗人扔给他的面包。让小白吃惊的不仅仅是打狗人，更因为打狗人的目标——那条黑狗——倘若是不认识的狗也就算了，而是邻居家养的小黑，是每天早上碰面都会相互闻一闻打招呼，关系十分要好的小黑呀。

　　小白想要大声喊："小黑，危险！"可正当它要喊出来时，打狗的人突然看向它，恶狠狠的目光分明在威胁它："你要是敢报信，你就试试！看我不先收拾你！"小白害怕极了，不光忘记叫小黑，胆小的它一刻都不敢继续待在这里，在打狗人的注视下一点点后退着。退到灌木树篱遮住打狗人身影的瞬间，小白丢下可怜的小黑，一溜烟儿地逃命去了。

就在小白逃跑的工夫，打狗人的圈绳想必已经套住小黑了吧。只听小黑悲惨的叫声不断传来，但小白别说回头，连脚步都没放慢一点儿。它跳过泥坑，踢飞石子，与道旁拉着的禁止通行的绳子擦肩而过，带翻垃圾箱……头也不回地向前逃去。看看吧，它跑下坡道！哎呀，又险些被汽车轧到！小白为了逃命，都跑疯了。小白的耳朵里，小黑的悲鸣像牛虻一样始终回响着。

"汪，汪，救救我！呜，呜，救命啊！"

二

小白终于气喘吁吁地回到了主人家。钻过狗洞，绕过杂物间，小白的狗窝就在后院。小白像一阵风一样，跑进后院的草坪。回了家，就不用再担心打狗人的套索了。而且幸运的是，绿茵茵的草坪上，小姐和少爷正在玩投球游戏。看到他们，小白的高兴劲儿就别提了。它摇着尾巴，几步就蹿了过去。

"姐姐！哥哥！我今天遇到打狗的了！"

小白看着小姐和少爷，边喘边说。（小姐和少爷当然听不懂犬语了，对他们来说，小白只是汪汪叫了一阵子。）但今天不知怎么了，小姐和少爷像呆了一样站着,并没有像往常那样来摸自己的头。小白觉得不可思议,再次向两人搭话。

"姐姐,你知道打狗的吗?可恐怖了。哥哥!虽然我逃走了,可是邻居家的小黑被打狗的抓住了。"

面对小白的一阵汪汪叫,小姐和少爷只是交换了一个眼神。两人愣了一小会儿,说出了奇怪的话。

"春夫,这是哪儿来的狗?"

"姐姐,这是谁家的狗?"

哪儿来的狗?这回轮到小白呆住了。(小姐和少爷的人类语言,小白都能听懂。我们自己听不懂犬语,就以为狗听不懂人话,但这种认知其实是错误的。狗能学会一些小把戏,就是因为能听懂我们说的话。但是人类听不懂狗的语言,所以像暗中辨物啦、嗅到微弱的气味啦,这些狗的本领,我们一样也没学会。)

"什么哪儿来的狗呀?是我呀!是小白呀!"

但小姐只是用害怕又嫌弃的目光看着小白。

"或许是邻居家小黑的兄弟?"

"可能是小黑的兄弟吧。"少爷在手里摆弄着球棒,一脸认真琢磨的样子,回答着姐姐的话。

"因为这家伙也一身黑毛。"

小白感觉自己的汗毛都竖起来了。全身黑毛?不可能吧?从小白还是条小狗的时候,他就像牛奶那么白!可是,此时看看前腿,啊不——不只是前腿。胸部也是，肚子也是，后腿也是，再往后看高高竖起的有气质的尾巴也是，全部都是锅底那么黑。全是黑色！全是黑色！小白像疯了一样跳起来，转着圈，大声叫着。

"哎呀，春夫，怎么办？这一定是只疯狗。"

小姐僵立在当场，简直要哭出来了。少爷倒是很勇敢——小白的左肩上立刻吃了少爷一球棒。说时迟那时快，少爷朝小白的头上打来第二下，小白赶紧潜身躲开，一溜烟儿地顺着原路跑掉了。但这次没像刚才跑出那么远，只跑出百来米。草坪远处的棕榈树下，是奶白色的小狗窝。小白站在狗窝前，回头看着小主人们。

"姐姐！哥哥！我是小白呀。就算我变得再怎么黑，我也是你们的小白呀！"

小白声音颤抖，又是悲伤又是愤怒。但小姐和少爷并不能领会到小白的心情。现在，小姐还憎恶地跺着脚说："还在那边叫呢，这野狗可真赖皮。"少爷捡起路边的石子，使劲儿朝小白扔了过去。

"畜生！还在那儿磨磨蹭蹭转悠什么呢？还不走吗？还不走？"石子接二连三地向小白飞来，有一块打中了小白的耳根，当场就渗出血来。小白终于夹着尾巴，向远处跑走了。春日的阳光里，一只银粉白蝶正在翩翩起舞。

"啊，从今天起，我就变成丧家之犬了吗？"

小白垂头丧气地站在电线杆底下，怔怔地望着天空。

三

被小姐和少爷赶出家门的小白在东京漫无目的地游荡着。但无论走到哪里,也无法忘记自己已经一身黑的这个令人伤心的事实。小白害怕理发店映出客人容颜的镜子,害怕雨停后映照出天空的道路上的小水坑,害怕路边那些能映出绿叶的窗玻璃。不,甚至是咖啡店桌子上盛满啤酒的杯子都让小白害怕——但那又有什么用?看看那辆汽车吧。对,就是那个公园外面停着的大黑车。车身反光的黑漆像镜子一样清晰地映照出走过来的小白的身影。能映照出小白样子的东西,就像那辆不经意出现的等客的汽车一样,到处都是。小白见了,害怕极了。看看小白的脸吧。它痛苦地哼了一声,跑入了一旁的公园。

公园里,微风拂过悬铃木的嫩叶。小白垂着头,在树林中走着。幸好这里除了池塘没有别的能照出小白身影的东西了。公园里很安静,除了一群在白蔷薇上采蜜的蜜蜂发出的嗡嗡声,再听不到别的声音。小白在公园平和的氛围里,暂时忘记了自己已经是一只丑陋的黑狗的这个令人悲伤的事实。

可是,幸福没能持续五分钟,正当小白梦游一般地走在长椅成排的小路上,突然,路的拐角处传来一阵激烈的犬吠。

"汪,汪!救救我!呜,呜,救命啊!"

小白不由自主地颤抖起来。那声音唤醒了小白心里留下的小黑惊恐万分的最后的呼喊。小白闭上眼睛,想要向来时的方向逃去。但那只是瞬间转过的念头而已。小白发出一阵高声的咆哮，勇猛地转身跑了回去。

"汪，汪！救救我！呜，呜，救命啊！"

那声音在小白的耳朵里，却变成了："汪，汪！别做胆小鬼！呜，呜！别做胆小鬼！"

小白一低头，向声音的方向冲去。

到了近前，小白眼前出现的不是打狗人，而是看起来像刚放学的穿着洋装的两三个孩子。他们拽着一只茶色小狗脖子上的绳子，在那边吵吵嚷嚷地兴奋地闹着。小狗拼命地往回拽绳子，不肯和他们走，反复地喊着救命。但孩子们根本不管小狗是怎么想的，他们只是笑啊，骂啊，还不时地朝小狗的肚子上踢上一脚。

小白毫不犹豫地冲着他们凶猛地叫了起来。突然冲过来的小白让孩子们吓了一大跳。小白此刻的样子看起来吓人极了，它眼睛里熊熊燃烧着怒火，龇出利刃一般的牙齿，仿佛随时都会扑上来咬他们一口。孩子们吓得四散奔逃，有的慌不择路，竟跳到路边的花坛里去了。小白追了三五米后，回头对小狗责备似的说："来，和我一起走，我送你回家。"

小白向来时的树林方向跑过去。茶色小狗不甘落后，钻过长椅，踢倒蔷薇，高兴地跟着小白跑了起来，任由脖子上那根长长的狗绳甩在身后。

两三个小时之后，小白和茶色小狗站在一家冷清破落的咖啡店门前。白天依然光线昏暗的咖啡店里,亮着橘红色的灯,音质沙哑的留声机里放着浪花调一类的曲子。茶色小狗得意地摇着尾巴,和小白说:"我就住在这里,住在这家叫大正轩的咖啡店里——叔叔,你住在哪里呀?"

"叔叔?——叔叔住在很远的镇子里。"小白落寞地叹了口气,"叔叔要回家了。"

"请等一下。叔叔的主人严厉吗?"

"主人?为什么这么问呢?"

"要是叔叔的主人不那么严厉的话,今晚就在我家住吧。让我妈妈招待您,答谢您对我的救命之恩。我家有牛奶、咖喱饭,还有牛排,还有很多好吃的款待您呢。"

"谢谢,谢谢了。但叔叔还有些事情,款待的事情下次再说吧——代我向你妈妈问好。"

小白看了一眼天空,然后静静地沿着石板路走远了。咖啡店屋檐的上空,一弯淡淡的新月已经浮现。

"叔叔,叔叔!我说叔叔呀。"茶色小狗用伤心的鼻音喊着。

"请至少告诉我你的名字吧。我的名字叫拿破仑。小拿破呀,拿破公,怎么叫我都行。叔叔您尊姓大名呀?"

"我叫小白。"

"小白……吗?叫小白有点儿不可思议呢,叔叔不是黑色的狗吗?"

小白心头一堵。

"就算黑，也叫小白的。"

"那我就叫你小白叔叔了。小白叔叔，过几天一定要再来我家啊。"

"好，拿破公，再见了！"

"多保重，小白叔叔！再见，再见！"

四

后来小白去哪儿了？不必一一赘述，许多报纸都报道了它的事迹。差不多人人都知道了一只勇猛的数次救人于危难之中的黑狗。一时间一部叫《义犬》的电影也流行起来。那只众口相传的黑狗正是小白。考虑到也许有刚好不知道此事的朋友，请允许我援引以下的新闻报道。

东京日日新闻 昨天（五月十八日）上午8点40分，奥羽线上行急行列车在通过东京田端站附近时，因扳道工工作失误，田端一二三会社的公司职员柴山铁太郎的长子实彦（四岁）踏入列车即将经过的铁轨范围，险遭列车碾轧。千钧一发之际，一只勇猛的黑狗像闪电一样冲了过来，从分秒逼近的列车车轮下，成功地救出了实彦。这只勇敢的黑狗在救下孩子之后又迅速隐于人潮，因为无法对它的英勇事迹做出表彰，当局非常为难。

东京朝日新闻 在轻井泽避暑的美国富豪爱德华·巴克雷的夫人非常疼爱自己的爱宠——一只波斯猫。近日，爱德华在轻井泽的别墅中惊现七尺长的巨蛇，试图吞食当时正在露台上的波斯猫。危急关头，一只黑犬突然蹿出，将波斯猫从蛇口中救下。经过二十分钟的殊死搏斗，黑犬将巨蛇咬死。但此后黑犬不知去向，爱德华夫人悬赏五千美金，寻找义犬下落。

国民新闻 横穿日本阿尔卑斯山，一度失联的第一高中的三名学生于八月七日抵达上高地的温泉。失联学生一行人先是在穗高山和枪岳之间迷路，突如其来的暴风雨更让他们的处境雪上加霜，丢失了帐篷和口粮。三名学生陷入绝望之际，一只黑狗突然出现在他们所在的溪谷，仿佛向导一般在他们前方引路。学生跟随黑狗，步行一日之后，终于抵达上高地。当上高地温泉旅店出现在大家眼前的时候，黑狗突然高兴地汪汪叫了两声，然后消失于来时的山白竹林之中。三名学生相信黑狗前来相助是神明庇佑。

时事新闻 九月十三日，在造成十余人伤亡的名古屋大火中，名古屋市长横关也险失爱子。当时年仅三岁的武矩因为家人疏忽，被留在了二楼。当时火势熊熊，眼看二楼黑烟滚滚要被火势完全吞没，一只黑狗突然出现，将武矩衔出。名古屋市长宣布名古屋市此后禁止扑杀野狗。

读卖新闻 近日极具人气的宫城巡回动物园正在小田原町城内公园内巡回，十月二十五日下午2时左右，一只西伯利亚狼突然弄破笼子，连伤两位动物园安保人士后向箱根方向逃逸。因此小田原警察局立即发动紧急部署，全城警备。下午4点半左右，该西伯利亚狼现身十字町，与一头黑犬撕咬在一起。经过一番恶斗，黑犬咬住并将西伯利亚狼制服在地。警戒中巡查的警察赶到后，当场击杀了西伯利亚狼。这种狼学名为卢布斯，异常凶残。宫城动物园园长以不当击杀为由，意欲起诉小田原署长。云云。

五

一个秋天的深夜，身心俱疲的小白回到主人家。这个时间小姐和少爷应该都已经就寝。不，应该说，没有一个人醒着。静悄悄的后院的草坪上，唯有一轮清光皎洁的明月，高高地挂在棕榈树的树梢上。小白在过去的小狗窝前，休息着被露水打湿的疲惫的身体。它落寞地对着月亮自言自语。

"月亮大人啊，月亮大人！我曾对小黑见死不救，自己因此变成通体漆黑的模样。但自从我和姐姐、哥哥分别之后，我与各种各样的危险作战，都是因为每当看到我这比煤炭还黑的身子，我就会为曾经的胆小懦弱而感到羞愧。这浑身的漆黑，让我无比厌恶自己——甚至，甚至我想让这样的自己消失。所以我勇于冲入火海，也敢和狼搏斗，但不可思议的是，无论是多么强大的敌人都不能夺去我这条命。死亡在看到我这张脸后，也不知躲到什么地方去了。我越来越痛苦，最后决定自杀。但在我自杀之前，想再看一下过去一向疼爱我的主人。哥哥和姐姐看到我的样子，一定会以为我是一只野狗吧。说不定哥哥会用球棒打死我。但我对此正求之不得。月亮大人，月亮大人啊！如今的我只想看看主人，此外别无他求了。所以今夜我才千里迢迢地再次回到了家。在天亮以后，请让我见到我的主人吧。"

小白结束了自言自语，下巴搭在草坪上，不知不觉沉沉睡去。

"啊，太惊喜了，春夫！"

"怎么了？姐姐。"

小白听见两个小主人的声音，一下睁开了眼睛。小姐和少爷站在小狗窝前，露出了不敢相信眼前这一切的表情。小白抬起的眼睛又垂了下来，它低着头看着草坪。自己变黑的时候，哥哥和姐姐也是这么吃惊来着。一想到那时的悲愤，它不禁有点儿后悔回来了。就在这时，少爷突然跳起来，高声叫着："爸爸，妈妈！小白回来了！"

小白！小白想也没想就跳了起来，刚想跑就被小姐抱住，她的双手紧紧地搂着小白的脖子。小白注视着小姐的眼睛。小姐黑色的瞳孔里映出一个小狗窝，高高的棕榈树下面的奶白色的小狗窝——这当然没问题。但小狗窝前面坐着一只小小的米粒大的白色的狗。干干净净的、秀秀气气的——小白只是恍惚地看着小姐瞳孔中的那只小小的白狗。

"啊呀，小白哭了呢。"

小姐抱着小白，看向弟弟。少爷——瞧瞧少爷那淘气的样子！

"咦？明明是姐姐哭鼻子了！"

大正十二年（1923）七月

三件宝物

一

森林中,三个强盗正在争夺宝物。宝物之一是穿上能一跃千里的长靴;二是披上就能隐身的斗篷;三是削铁如泥的宝剑——只是无论哪个宝物,看起来都像是陈旧的物件。

强盗一:把那件斗篷给我拿来。
强盗二:别废话。把那把剑给我——喂,别偷我的长靴!
强盗三:长靴不是我的吗?是你在偷我的东西好吧。
强盗一:好了好了,那么这个斗篷,我先收下了。
强盗二:你这个畜生!这斗篷怎么能是给你的东西呢?
强盗一:你竟然打我?——喂,还要偷我的剑吗?
强盗三:什么?你这个偷斗篷的贼!

三个强盗大吵起来。这时,一个王子沿着森林中的路,策马而过。

王子:嘿,你们在干什么呢?(翻身下马)

强盗一:这个家伙可恶得很,偷了我的宝剑,还要拿走我的斗篷,所以……

强盗三:不对,都是他不好。斗篷是我的,他偷了我的斗篷。

强盗二:都不对,这两个人是强盗。这些都是我的东西!

强盗一:你撒谎!

强盗二:你这个胡说八道的说谎精!

三个人又吵了起来。

王子:等等,等等。这不过就是一件旧斗篷、一双破了洞的长靴吗?给谁不都一样吗?

强盗二:不,这可不简单。一旦穿上这件斗篷,马上就能隐身呢。

强盗一:任你什么精钢铁甲,这把剑都能轻松劈开。

强盗三:只要穿上这双长靴,就能一跃千里。

王子:原来是这样。如果真是稀世珍宝,那你们吵起来倒也情有可原。不过,就不要太贪心了嘛。要不这样,一人分一样,不挺好的吗?

强盗二:要是一人一样,那请你看看,我这脑袋,说不定什么时候,就被那宝剑给砍下来了呢。

强盗一:不,比那更麻烦的是,穿上那斗篷,谁知道他会偷走什么东西。

强盗二:不,不管他偷了什么,只要穿上那双长靴,可是想逃到哪里就能逃到哪里。

王子:这么讲也有道理。那这样吧,我和你们商量商量这些宝物的事情。要不然就都卖给我吧?这样你们就不会再有顾虑了。

强盗一:你们觉得怎么样?把这些宝物卖给这位大人吗?

强盗三:的确如此,这样也许是个不错的办法。

强盗二:不过,那要看他出什么价了。

王子:出价——这样吧。这件斗篷嘛,我用我这个红斗篷来换。你看,我这斗篷的边缘,可都是刺绣的花边。然后长靴呢,用我这双镶嵌着宝石的靴子来交换吧。还有我用这把黄金装饰的剑来换你们那把剑,你们也没什么损失。这个价格,你们看怎么样?

强盗二:那我就用我的斗篷换你这件斗篷吧。

强盗一和强盗三:我们也没什么意见。

王子:那我们就来交换吧。

王子交换了强盗们的斗篷、剑和长靴,重新跨上马,他

准备继续在森林中的旅行。

王子：这前面有没有能借宿的地方？

强盗一：出了这片森林，有一个叫"黄金角笛"的旅店。大人你多多保重啊。

王子：是吗？那么，再见了。（离开）

强盗三：是笔不错的生意呀。真没想到我能拿那双长靴换这么一双好靴子，你们看，这纽扣是金刚石呢。

强盗二：我的斗篷是不是很了不起？穿上之后，像一位王子吧。

强盗一：这把剑才真是了不得呢。别的不说，这剑柄和剑鞘，可是黄金做的啊。——但是这么容易就上当受骗了，刚才那个王子怕不是个大傻瓜吧。

强盗二：嘘，隔墙有耳，别多话生事。好了，咱们去哪里喝上一杯吧。

在三个强盗嘲笑王子的时候，王子已经在反方向的路上走远了。

二

名为"黄金角笛"旅店的酒场里，王子坐在角落里啃着面包。除他之外，还有七八位客人——他们看起来都是村里的农夫。

旅店主人：过不了多久，就是公主的婚礼了吧？

农夫一：确实有这个传闻。而且我还听说公主的丈夫是位非洲国王。

农夫二：听说公主很讨厌未来的夫君。

农夫一：要是讨厌他，不结婚不就行了吗？

旅店主人：但是这位非洲国王有三件宝物。第一件是穿上后能一跃千里的长靴；第二件是削铁如泥的宝剑；第三件则是能够隐身的斗篷——他说会献上这三件宝物，所以贪恋宝物的公主的父亲——我们的国王，就同意把公主嫁给他了。

农夫二：可怜的公主。

农夫一：没有人能救救公主吗？

旅店主人：没人救得了。很多位王子都想救公主，但没人能打败那位非洲国王，所以大家就只能眼睁睁地看着了。

农夫二：听说贪恋宝物的国王为了避免公主被别人抢走，还特意派了一条龙看守公主。

旅店主人：不是龙吧，听说是军队。

农夫一：要是我会使用魔法，一定第一个站出来去救公主！

旅店主人：那当然了，要是我会魔法，哪还轮得到你们。（众人一起大笑）

王子：（突然从众人中跳出来）你们不要担心！我一定会救出公主的！

众人：（大惊）你？

王子：对！什么非洲国王，尽管放马过来吧。（双臂抱在胸前，环视众人）我会打得他落荒而逃的，你们等着瞧吧！

旅店主人：但是，听说那国王有三件宝物。第一件是穿上能一跃千里的长靴；第二件是……

王子：削铁如泥的宝剑？那些东西我也有。你们看这长靴、这宝剑，还有这个旧斗篷。我这些宝物和非洲国王的宝物相比，毫不逊色。

众人：（再次大吃一惊）这就是那双靴子？那把宝剑？那件斗篷？

旅店主人：（颇为怀疑）可是，你的长靴还破着洞呢。

王子：是有个破洞。虽然如此，也能够一跃千里。

旅店主人：真的吗？

王子：（面露怜悯之色）或许你觉得我说的不是真的。好吧，那我飞一个给你们看看。把门打开吧，准备好了吗？我一跳起来，可就瞬间不见了。

旅店主人：在此之前，您能先把账结了吗？

王子：什么？我立刻就会回来的。给你们带点儿外国的土特产吧。意大利的石榴、西班牙的蜜瓜，还是想要遥远的阿拉伯的无花果呢？

　　旅店主人：什么都可以。你快飞一个给我们看看。

　　王子：好，我飞了。一，二，三！

　　　　王子摆足架势，向外跳去。然而还没到门口，就摔了个屁蹲儿。

　　　　众人一同大笑。

　　旅店主人：我就知道会这样。

　　农夫一：还说什么一跃千里，这还没跳出三四米远呢。

　　农夫二：什么呀，飞了有一千里了。人家是先飞出去一千里，然后又从千里之外回来了，回到了起点。

　　农夫一：别开玩笑了，怎么会有这么蠢的事呢。

　　　　众人再次大笑。王子失望地站起来，向酒场外面走去。

　　旅店主人：喂喂，请把钱付了再走。

　　　　王子沉默着，把钱扔给旅店主人。

　　农夫二：土特产呢？

王子：（手按在剑柄上）你说什么？

农夫二：（后退一步，有些害怕）没有，没什么。（自言自语）这把剑或许真能砍下我的脑袋。

旅店主人：（稳住王子情绪一般地安慰）你呀，你还年轻呢，先回到你父王的国家吧。就算再怎么折腾，你也不是那非洲国王的对手。人哪，贵在有自知之明，慎而再慎才是上策啊。

众人：是呀，是呀，这些话都是为了你呀。

王子：我本以为……我本以为自己什么都可以做到（突然流下眼泪），却在你们面前丢了脸（掩面），啊，真恨不得就这样消失了才好。

农夫一：穿上你的斗篷试试看，说不定就能消失了。

王子：畜生！（气得跺脚）好啊，随便你们认为我是个傻子好了。我一定要从非洲国王那里救出可怜的公主给你们看。长靴不能一跃千里，我还有剑，还有斗篷——（咬牙切齿）不，就算是赤手空拳，我也要救出公主，你们等着瞧。到那时候，可别后悔。（发疯一样跑出酒场）

旅店主人：真是让人担心啊。希望别被非洲国王杀掉了……

三

城堡的庭院。蔷薇花圃中，喷泉喷涌而出。一开始一个人也没有，过了一会儿，穿着斗篷的王子出现了。

王子：果然这斗篷一穿上，就能隐身。我进了城门之后，既遇到了士兵，也遇到了侍女。可是谁也没有来盘问我。穿着这斗篷，就像风吹拂蔷薇一样，应该能走到公主的房间里去——哎呀，那边走来的，不就是传说中的公主吗？去哪里先躲一躲——等等，没那个必要，我就是站在这里，公主也应该看不到我。

公主走到喷泉边上，悲伤地叹了一口气。

公主：我是多么不幸啊。一周之内，那可恶的非洲国王就要把我带到非洲去了。带到有狮子和鳄鱼的非洲，（坐在喷泉边的草坪上）我想永远都留在这个城堡里。在这蔷薇花丛中，倾听喷泉的声音……

王子：公主可真美啊。我就算是丢了这条命，也要救下她。

公主：（吃惊地看着王子）你是谁？

王子：（自言自语）完了！刚才我不该出声！

公主：不该出声？你是傻子吗？可惜你这脸长得还蛮可爱，却……

王子：脸？你能看见我的脸吗？

公主：能看见呀！咦？你一脸不可思议地在想什么呢？

王子：这件斗篷你也能看见吗？

公主：可以，不就是一件很破旧的斗篷吗？

王子：（失魂落魄地）应该看不见我才对啊。

公主：（吃惊地）为什么？

王子：这是只要穿上就能隐身的斗篷。

公主：那是非洲国王的那件斗篷吧？

王子：不是，我说的是我身上这件。

公主：可是，你并没有隐身啊。

王子：刚才遇到士兵和侍女的时候，这斗篷确实使我隐身了。因为无论我遇到谁，都没有人过来盘问我。

公主：（笑出声来）那也在情理之中。你穿着这件旧斗篷，大家都以为你是这里的仆人。

王子：仆人！（颓废地坐下来）果然和长靴一样，都不灵。

公主：长靴怎么了？

王子：这是一双穿上就能一跃千里的长靴。

公主：像非洲国王的长靴那样？

王子：是的。但是之前我飞了一次，只飞出去三四米。请看，这里还有剑。这剑本来说是能够削铁如泥，可是……

公主：要不你砍个东西试试？

王子：不了，在砍下非洲国王的首级之前，我不打算去试了。

公主：哎呀，原来你是为了和非洲国王比试，所以来这里的吗？

王子：不，我不是为了和他比试而来的，我来，是为了救你。

公主：真的？

王子：真的。

公主：啊，我很开心。

突然非洲国王出现了。公主和王子都吓了一跳。

国王：公主你好！今天我从非洲一跃就飞到这里来了。怎么样？我这长靴厉害吧？

公主：（冷淡地）那请你再跃一次，回到你的非洲去吧。

国王：不，今天我要陪着你，和你好好聊一聊。（看着王子）这个仆人是谁？

王子：仆人？（生气地站起来）我是一位王子。我是来救公主的王子。只要我在这里，你休想动公主一个手指头。

国王：（故意很客气地）我有三件宝物，你知道吗？

王子：宝剑、长靴和斗篷是吧？原来如此。我的长靴，跳不出一百米，但和公主在一起，穿着这长靴，一千里、两千里都不在话下。你再看看我的斗篷，穿上它我被当成了仆人，一直走到这里，来到公主身边，还不是多亏有这件斗篷吗？这斗篷至少它隐去了我王子的身份。

国王：（面带嘲讽）别太狂妄了，让你看看我的斗篷的力量吧。（穿上斗篷后瞬间消失了）

公主：（拍着手）啊，他已经消失了。这可真令人高兴。

王子：这样说来，这斗篷确实是方便，像专门为了我们制作的一样。

国王：（突然现身，气急败坏）你说得对，这能力像专门为了方便你们似的，对我没什么用！（把斗篷扔在地上）但是我有这把剑。（突然睥睨着王子）你想要夺走我的幸福，那我们来决斗吧。我的宝剑削铁如泥，砍你的脑袋，不在话下。（拔剑）

公主：（立刻站起来，护着王子）削铁如泥的宝剑，也能刺穿我的胸膛吧。来吧，你给我一剑吧。

国王：（畏缩地后退）不，我不能拿它刺向你。

公主：（嘲笑地）怎么，连我的胸膛都刺不穿吗？亏你还说它削铁如泥。

王子：请等一等。（制止公主）国王说得对，他的敌人是我，我们要光明正大地决斗。（面对国王）来吧，让我们来决斗。（拔出剑）

国王：好一个让人佩服的年轻人！你准备好了吗？被我的剑刺中，你就没命了。

国王的剑和王子的剑撞在一起。国王的剑像砍断一根木杖一样，轻而易举地切断了王子的剑。

国王：怎么样？

王子：不错，我的剑被你切断了。但我还像之前一样，在你面前，依然可以微笑。

国王：你还想继续和我一决胜负吗？

王子：当然了。来吧！

国王：胜负什么的已经没有意义了。(突然扔掉宝剑)你赢了。这剑看来什么用都没有。

王子：(不可思议地看着国王)为什么？

国王：为什么？因为我杀了你，只会让公主更加厌恶我，你还不明白吗？

王子：不，我明白。只是我觉得你之前不明白。

国王：(陷入沉思)我有三件宝贝，本以为可以凭这些得到公主。看来是我错了。

王子：(把手放在国王的肩头)我曾经以为，我有三件宝物就能救公主。看来，我也想错了。

国王：是啊，我们都想错了。(握住王子的手)好吧，让我们重归于好，做朋友吧。原谅我的失礼。

王子：也请原谅我的失礼之处。现在看来，是我赢了，还是你赢了，也不一定。

国王：不，是你赢了我，而我又战胜了自己。(对公主说)我要回非洲了，你放心吧。王子的剑没能切铁断金，却触动了我这颗比铁还要硬的心。这宝剑、长靴，还有斗篷，就当作送给你们的新婚礼物吧。有了这三件宝物，这个世界上再没有能困扰你们的敌人了。如果还是有什么坏人，请到我的国家来通知我。无论何时，我都会率领非洲的百万骑兵，为你们讨伐敌人。（悲伤地）为了迎接你，我在非洲都城的中央建了一座大理石宫殿，宫殿的四周莲花盛放。（转向王子）请你穿上这双长靴，经常来做客吧。

王子：谢谢你的邀请，我一定会去做客的。

公主：（把蔷薇花插在非洲国王胸前）我真的很对不起你。之前我不知道，你原来这么温柔。请原谅我吧。我真的非常抱歉。（公主靠在国王的胸前，像孩子一样哭了起来）

国王：（抚摸着公主的头发）谢谢。谢谢你对我说了这样的话。我不是恶魔。恶魔一样的非洲国王只存在于童话中。（看着王子）你说对吗？

王子：是的。（转向观众）诸位，我们三人已经醒悟了。恶魔一样的非洲国王、拥有三件宝物的王子，只存在于童话故事之中。而当我们醒悟之后，就不可能一直住在童话的王国里。我们的面前，迷雾的深处，更广阔的世界逐渐浮现。我们要从这有着蔷薇和喷泉的世界，到那个新世界里去。更广阔的世界！更丑恶，更美好——更大的新世界！在那里，等待我们的是痛苦，还是欢乐，我们不得而知。但我们知道，我们会像英勇的士兵一样，走入那个世界！

大正十一年（1922）十二月

孤独地狱

这个故事我是从母亲那里听来的。母亲是从她大伯公那里听来的。故事的真假已难以分辨。但从叔祖父的为人和品格来推断，想来应该确有其事。

叔祖父深谙人情世故，幕府末期①的许多艺人和文人都视他为知己。例如河内默阿弥、柳下亭种员、善哉庵永机、同冬映、九代目团十郎、宇治紫文、都千中、乾坤坊良齐等人。其中默阿弥《江户樱清水清玄》中的人物纪国屋文左兵卫，就是以叔祖父为原型塑造的。叔祖父去世已经五十年了，但他生前曾被人起绰号叫今纪文，如今说起他的名字，或许还有人知道——叔祖父姓细木，名藤次郎，俳号香以，俗称山城河岸的津藤。

一次，津藤在吉原的妓院玉屋结识了一位僧人。那位僧人好像是本乡一个寺院的住持，名叫禅超。他也是玉屋的嫖客，与一位名叫锦

---

① 幕府末期，指江户幕府政权后期（1853—1868）。

木的花魁相好。当时是禁止和尚食肉娶妻的,所以禅超也不能明着让大家看出自己是出家人。所以他总是身穿黄褐色的条纹和服,外罩印有家纹的黑色和式开衫,称自己是一名医生——津藤正是因此与其偶然相识的。

那是华灯初上的一个夜晚,在玉屋二楼,津藤上完厕所经过走廊,无意间看见一个凭栏望月的男子。那人剃着光头,身材瘦小。借着月色,津藤以为是最近常出入玉屋的蹩脚医生竹内,所以在经过他身边的时候,伸手轻轻扯了一下他的耳朵。津藤本打算等对方吓了一跳回过头时,再笑着和他打招呼。

可是,对方回过头来,倒让津藤吃了一惊。原来这人除了和竹内一样是个光头,相貌却完全不同。他额头宽广,眉间距小得可怜,脸颊非常瘦削,显得眼睛很大,颧骨很高。左脸上还有一个在朦胧的月色下也能看得清楚的很大的黑色痦子。惊慌的津藤就这么一点点看清了对方的长相。

"请问有什么事吗?"对方带着酒气,不悦地问道。

前面忘了说,津藤身边还跟着一名艺妓和一个随从。面对这种场面,随从自然没有袖手旁观的道理。于是他代替津藤,为津藤的疏忽向对方道歉。津藤则带着艺妓,匆匆回到了自己的包间。津藤一向通达人情世故,今天的事怎么想都有点儿不好意思。光头客人听了随从的解释,立刻消了气,哈哈大笑起来。这个光头客人就是僧人禅超。

津藤随后让随从给禅超送去点心，再次致歉。对方也觉得过意不去，特意过来还礼。这样一来一去，两人就结识了。不过虽说已经有了交情，但除了在玉屋二楼相聚，彼此尚没有更多的往来。津藤滴酒不沾，禅超却酒量惊人。与津藤相比，禅超的衣服物品都更加奢侈华贵，而且也更沉迷女色。津藤常开玩笑说，如此看来，说不清两人之中谁才是出家的那一个——津藤生得高大肥壮，其貌不扬，头发剃成五分月代头①，胸前挂着银锁护身符项链，平日里喜欢穿浅灰色的竖纹平织的和服，腰间束白色腰带。

　　有一天，津藤再次遇见禅超。那天他披着锦木的羽织②，在弹三味线③。禅超平日里本就一副看起来气色不佳的样子，那一天格外明显。他眼睛充血，松弛的皮肤时不时一阵震颤。津藤立刻觉察，怀疑他是不是出了什么事。于是津藤和禅超说，如果有什么事情拿不定主意，请一定和自己聊聊。但禅超似乎并没有和津藤推心置腹的意思，而且比以往更加沉默寡言，还时不时忘记正在谈论的话题。津藤见状，以为这是嫖客常常出现的一种倦怠。耽于酒色的人的倦怠，是无法通过酒色来治愈的。两人渐渐聊得越来越投机，突然，禅超像心血来潮似的，说了下面这段话：

---

① 月代头，江户时期男子发型之一，指前额的头发剃成半月形。
② 羽织，以防寒为目的，长度较短的一种和服外套，通常穿在最外面。
③ 三味线，日本的一种传统弦乐器，与中国的三弦相近。

按佛经的说法，地狱分很多种。但大致可以分为三种，根本地狱、近边地狱和孤独地狱。从"南瞻部洲下过五百踰缮那乃有地狱"一句来看，地狱应当在地下。但唯有孤独地狱，会突然出现在山间、旷野、树下、空中。也就是说，当即就会陷入地狱的苦难。自己早在两三年前就坠入了孤独地狱，对世间诸事，无法保持长久的兴趣，只能不停地变换着人生的境界活着。但即使这样，也还是无法逃出地狱的苦难。如果境界不变换，就会很痛苦。所以只能一日不停地变着，以求忘掉那一日的痛苦。但是如果这样还感觉痛苦的话，就只有去死了。过去虽然苦不堪言，但并不想死。而如今……

禅超最后的那句话，津藤没有听见。因为禅超说那句话时的声音很轻，同时又拉起了三味线。打那之后，禅超再也没来过玉屋。没人知道放浪不羁的僧人禅超后来怎么样了。只是那一日，禅超把一本《金刚经》的手抄本落在了锦木那里。津藤晚年落魄，在下总的寒川小住的时候，桌子上始终放着的一本书，就是禅超那日落下的手抄《金刚经》。在封面的背面，津藤提了一句自己的俳句："惊觉茧野朝露时，此生已过四十年。"这本书后来不知所踪，恐怕也无人记得此句。

那是发生在安政四年（1857）时的事。母亲大概是出于对地狱一词的兴趣，记住了这个故事。

　　我终日待在书房，从生活状态来讲，和叔祖父与僧人禅超完全不是一个世界的人。谈到兴趣爱好，自己对德川时代的戏剧和浮世绘，也没有特别的喜好。但在我心灵深处，抑或某种情绪中，却常常能通过孤独地狱与他们感同身受。我不想否认这一点，因为从某种意义上说，我也是一个正在孤独地狱里受苦的人。

　　　　　　　　　　　　　　　　　　　　大正五年（1916）二月

母　亲

一

房间角落的试衣镜中，清晰地映出西洋风涂料粉饰的墙壁和日本风情的榻榻米——这是一家上海的旅店的二楼。镜子里目光所及的尽头，是浅蓝色的墙；往近看，是几席崭新的榻榻米；最后映入眼帘的，是一个只看得到背影的梳着欧式风情发型的女人。在清冷悲伤的光线中，这一切无一不被镜子清清楚楚地映照出来。

镜子中映出的女人穿着朴素的铭仙和服外衣。因为只是背影，所以从这个角度只能看到她那有些凌乱的刘海下略显苍白的侧脸。她的耳朵纤薄得隐约能透过光来，鬓角边的碎发在镜中也依稀可见。

房间里，除了隔壁婴儿的啼哭声，再没有一丝声响打破眼前的沉默。窗外连绵不绝的雨声，也只是给这份沉默增添了一丝单调的背景音乐而已。

"老公。"几分钟后，女人一边继续着手上的针线活儿，一边突然叫了一声。她的声音听起来有些不安。

房间中除了她，还有一个穿着丹前和服外褂的男人，一直趴在稍远一点儿的榻榻米上，浏览着一份摊开的报纸。也许是没有听到女人喊他，男人只是把手上的卷烟烟灰弹进烟灰缸，眼睛一刻也没有离开面前的报纸。

"老公。"女人又喊了一声。不过她的目光并没从手里的针线活儿上移开。

"怎么了？"男人有些不耐烦地抬起头。他的脑袋圆胖圆胖的，长相看起来是个活跃外向的人。

"这个房间……我们不能换个房间吗？"

"换房间？可是我们昨天才刚刚搬到这里来啊。"男人一脸惊讶。

"就算是刚搬进来……但之前住的那间房不是还空着吗？"

一瞬间，男人眼前仿佛出现了三楼那个他们待了两周之久，光照很差，留下了不好回忆的房间——窗边墙壁的油漆已经剥落，印花窗帘直垂到已经变色的榻榻米上。窗台上有一盆不知多久没浇过水的没有一个花苞的天竺葵，叶子上还蒙着一层灰。透过房间的窗子看出去，乱糟糟的胡同里，总有戴着麦秸草帽的中国车夫在那无聊地待着……

"可是之前不是你说，讨厌那个房间才搬到这里的吗？"

"不错，可是搬到这里之后，我又开始讨厌起这个房间来了。"

女人停下手里的针线活儿，忧郁地抬起了头。她眉头紧锁，眼睛狭长，五官中透着一种锐利。但只要看看她眼睛的黑眼圈，便不难想象她正在为某种痛苦而备受折磨。此时，她太阳穴青筋跳起，看起来颇有几分病容。

"哎呀，可以吗？"女人问道，"难道不行吗？"

"可是，现在住的房间，比之前的宽敞，住得也舒服。没有什么不好的地方啊。你到底讨厌这里什么呢？"

"倒也没有什么……"女人有点儿迟疑，没有多解释什么，反而再次叮咛一般地重复了一遍，"无论如何都不能换吗？"

这次男人没有表态，只是向报纸上不停地吐着烟圈。

房间里再次变得静悄悄的，只有外面那一成不变的雨声还继续响着。

"春雨绵绵……"

过了一会儿，趴在榻榻米上读报纸的男人换了个姿势，仰面躺在榻榻米上，自言自语般地说："如果去芜湖住的话，可以写些俳句吧。"

女人没有接话，兀自做着手上的针线活儿。

"芜湖也不是什么坏地方。首先呢，员工宿舍很宽敞，院子也相当大，可以买些花花草草来种，原本那里就叫雍家花园什么的……"

男人突然停止了自言自语，寂静的屋子里不知何时响起了小声的啜泣。

"喂。"

女人的哭声停了一下，然后马上又断断续续地开始啜泣。

"喂，敏子。"

男人坐起半边身子，单手手肘撑在榻榻米上，一脸为难。

"你不是和我承诺过吗？说再也不发牢骚，再也不掉眼泪了……"男人抬起眼睛，继续说道，"除了那件事，你还有什么其他的伤心事吗？是想回日本了？还是不想搬到中国的乡下去？"

"没有，没有……不是那样的。"敏子垂下眼，像要忍住夺眶而出的眼泪似的，用力地咬着薄薄的下唇。她那苍白的脸颊仿佛有看不见的火焰在燃烧，肩膀微微颤抖，泪水浸湿了睫毛——男人看着她，一瞬间，他忘记了之前两人之间有些紧张的氛围，眼前只有妻子的美。

"可是……可是我就是很讨厌这个房间。"

"所以呀，我刚才不是问你了吗？这个房间到底哪里惹你讨厌了，只要把原因告诉我……"

男人说到这里，注意到了妻子敏子的眼睛正一眨不眨地看着他的脸。她含泪的眼睛里闪烁着某种带着敌意的悲切的光亮。为什么讨厌这个房间？这不仅仅是男人的疑惑，也是沉默的敏子抛回给丈夫的反问。男人和敏子四目相对，在这个反问被提出来之后，他似乎有些犹豫。

不过，几秒钟之后，他的脸上突然露出了恍然大悟的神情。

"是因为那个原因吗？"

仿佛为了掩饰自己内心的震动一般,男人刻意用冷漠的口吻说:"我也注意到了。"

敏子听了,眼泪簌簌地落在膝前。

窗外不知何时起,已日暮黄昏,蒙蒙细雨依然如烟如雾。浅蓝色墙壁的另一面,像要压过这雨声一样,传来了婴儿的啼哭……

二

二楼向外凸出的窗户,迎着明媚的朝阳。窗户对面,耸立着一幢三层建筑,由于背光,红砖瓦上长着一层薄薄的青苔。从稍有些昏暗的走廊看过去,那扇向外凸出的窗户以这个家为背景,仿佛一幅巨大的画。坚实的榆树窗框好似画框,画中央站着一个女人,侧着脸,正在织一只小小的袜子。

女人应该比敏子年轻一些。雨后的朝阳将丰沛的晨光毫不吝啬地照在她穿着华丽和服披肩的丰腴的肩膀上,又反射到她微微低垂的、气色很好的脸上,就连她那饱满的嘴唇上细微的汗毛都隐约可见。

上午十点到十一点是旅馆一天中最安静的时候。来此做生意的和来旅游观光的客人,几乎全部出去了。而长期住在这里的公司员工,不到下午是不会回来的。长长的走廊里,只偶尔传来穿着草鞋的女佣的脚步声。

此时,脚步声从远而近,面向凸出去的窗子的走廊里,一个四十岁左右,端着红茶茶具的女佣身影如剪影画一样缓步走来。要不是被喊了一声,女佣恐怕根本没注意到窗边的女人。

女人看到女佣,亲切地招呼了一声:"阿清。"

女佣微微点头行礼,向窗户那边走过去。

"哎哟,您可真精神——小少爷还好吗?"

"你说我儿子?他还睡着呢。"女人织袜子的手停下来,像孩子一样微笑着说,"阿清呀,有时候……"

"怎么了?瞧您说得这么严肃。"

此时,女佣也站在了那扇窗下的阳光里,她的围裙被阳光照得清晰极了,浅黑色的瞳仁里流露着微笑。

"隔壁的野村夫人……是叫野村吧?"

"是的,野村敏子夫人。"

"敏子夫人?这么说和我同名呀。她已经搬走了吗?"

"还没有,大概还会在这里住五六天,之后好像要搬去芜湖那边……"

"可是我刚才路过的时候,隔壁并没有人住啊。"

"是的,因为他们昨晚突然搬去三楼的房间了。"

"这样啊。"

女人像想到了什么,她歪着圆圆的脸,说道:"就是那位夫人,对吧?刚搬到这儿的那天,孩子就过世了……"

"是啊,太可怜了。虽然立刻就送去了医院,但……"

"所以,孩子是在医院过世的了?难怪大家都不太清楚……"

女人那没留刘海的脸上,露出些许忧郁的神情。不过那忧郁一闪而过,很快,她的脸上又恢复了快乐的笑容,恶作剧般地看着女佣说道:"我想问的已经问完了,你请便吧。"

"哎呀,您可真过分。"女佣不禁笑了,说道,"再说这种刻薄话,莺家打电话来,我可要偷偷告诉您的先生了。"

"好啦,赶快走吧。红茶都要凉了!"

女佣离开后,女人又开始织起了袜子,她一边织,一边小声地唱起了歌。

女佣会进到每个房间,把花瓶里枯萎的插花扔掉。男服务生会擦拭二楼和三楼所有的黄铜栏杆。在一片静谧中,只有街道上的嘈杂声随着阳光一起,从开着的窗子溜入旅店里来。

就在这时,女人膝盖上的毛线团突然滑落到了地上。毛线团在地上弹起来,骨碌碌地向走廊远处滚去,将一根长长的红毛线越拖越长。这时,忽然有个人刚好路过,静静地捡起了正向前滚动的毛线团。

"多谢您了。"

女人从藤条椅子上站起来,有些不好意思地点头行礼。仔细一看,帮忙捡起毛线团的正是刚才闲聊中提起的隔壁那位瘦削的太太。

"不客气。"

毛线团被纤细的手递到了白如凝脂的手里。

"这里好暖和呀。"敏子走到窗前,炫目的阳光让她微微眯起了眼。

"是呀,一直在这里待着,都快要睡着了。"

两位母亲站在这里,颇觉幸福地相视而笑。

"哇,好可爱的小袜子。"敏子的声音听起来仿佛若无其事,不过一听到敏子的话,女人还是不由得移开了眼睛,不再和她对视:"两年都没动过针线了,这也是闲得没事情做。"

"像我这样的人,就是再闲,也懒得做什么事。"女人把手里织了一半的东西扔到藤椅上,露出了一个无奈的笑容。敏子无意间说出的话,再次让她的内心生出了波澜。

"府上的少爷——您生的是个男孩子吧?他是什么时候出生的?"

敏子边问边用手拢了拢头发,看了女人一眼。昨天夜里让她难以忍受的婴儿的啼哭,此时比什么都更让她感兴趣。而且她非常明白,一旦她的好奇得到满足,就会给自己带来更大的痛苦。就像小动物在眼镜蛇面前不能动弹一样,敏子的心在不知不觉中被痛苦催眠了。仿佛手臂负伤的士兵故意去看伤口一样,那是一种病态的心理,为了满足心底片刻的快感,不得不去承受更大的痛苦。

"今年正月出生的。"女人回答完,略微有点儿犹豫。不过很快她抬起视线,有些同情地加了一句,"听说府上遭遇了那样的事……"

敏子眼睛湿润了,强撑着浮出一丝微笑:"嗯,因为得了肺炎——真的好像做了一场梦啊。"

"刚搬来就发生那种事,我也不知道该怎么安慰您才好。"不知从何时起，女人的眼里闪烁着泪光，"要是这种事发生在自己身上，啊，该怎么办才好呢？"

"有一阵子会痛不欲生——之后就认命了。"

两位母亲站在那里，眺望着寂寞的朝阳。

"最近这边流行恶性感冒。"女人像想到了什么似的，片刻的沉默之后重新开启了话题，"日本就好很多，气候也不像这里这么多变……"

"特别是今年——哎呀，孩子又哭了。"

女人侧耳听着，脸上露出和刚才完全不同的微笑。

"不好意思，恕我失陪了……"

不过她话音未落，刚才那个叫阿清的女佣已经吧嗒吧嗒地趿拉着草鞋，抱着正在哇哇大哭的婴儿过来了。婴儿被包裹在漂亮的棉布和服中，只露出一个紧皱着眉头的脑袋来——敏子内心深处绝不想看见这样一个健康可爱，长着胖乎乎的双下巴的婴儿！

"我去擦窗户，少爷一下就醒了。"

"辛苦你了。"女人有些生疏地把婴儿抱到胸前。

"啊，真可爱。"敏子凑近一点儿，闻到一股刺鼻的乳香，"哎哟，哎哟，胖嘟嘟的呢！"

女人有些发红的脸上始终洋溢着微笑，她不是不同情敏子，然而……然而她乳房下面——母亲那饱满的乳房下面，一种扬扬得意的自豪之情，无法抑制地喷涌而出。

三

雍家花园的一株株槐树、柳树在午后的微风中轻轻摇曳,阳光透过枝条在庭院的草坪和泥土上洒下斑驳的光点,也洒到系在两棵槐树之间的与整个庭院风格不符的水蓝色吊床和躺在吊床里的微胖男子身上。

男子下身穿着一条夏天的裤子,上身只穿了一件背心,此时,他手里拿着一支点燃的雪茄,正注视着一个中式鸟笼。鸟笼里有一只像文鸟的小鸟。在透过树枝落下的斑驳的光点中,小鸟在笼中的小树枝上跳来跳去,还时不时好奇地打量着笼子下面的男人。每当这个时候,男人就笑着吸一口雪茄,像和人说话一般,对小鸟说声"嘿",或者问它"怎么了"。

花园里树影婆娑,暑天的闷热中,闻得到些许草木的清香。远远传来一声汽笛声,此后一片寂静。汽船已经开远了吧?在浑浊发红的长江中,留下一条炫目的长长的水波,向着西边或是东边驶远了吧?在看着汽船驶远的码头上,一个赤裸身体的乞丐正啃着一块西瓜皮。那边或许还有一群小猪,正围在横卧的猪妈妈长长的肚子边上,争先恐后地抢着吃奶。看腻了文鸟的男人,沉浸在自己的想象中,不知不觉中快要睡着了。

"老公。"

男人睁大眼睛。敏子走到了吊床旁边。她的气色看起来比在上海时好些了。敏子未施脂粉,她的秀发、腰带,还有蓝色印花的浴衣①,都沐浴在树荫投下的斑驳光点中。男人看着妻子的脸,毫不顾忌地打了个大哈欠,费力地从吊床上欠起半边身子。

"有你的信。"

敏子眼里带着笑意,递给男人几封信,然后又从浴衣胸前掏出一张装在粉红色信封里的小巧信笺,让他看:"今天我也收到信了。"

男人坐在吊床里,一边咬着已经快烧没了的烟头,一边大咧咧地读起了信。敏子伫立在一旁,聚精会神地读着那封写在粉红色信纸上的信。

雍家花园的槐树和柳树,在午后的微风中摇曳着,把阳光和树影洒向宁和安然的夫妻二人。文鸟也几乎不再啼鸣,只有一只嗡嗡叫的小虫子在男人的肩头停了一秒,又立刻振翅飞远了……

这样短暂的寂静之后,敏子眼也不抬地突然轻声叫了起来:"哎呀,隔壁的那个婴儿死了。"

"隔壁?"男人竖起耳朵,问道,"哪个隔壁?"

"就是隔壁嘛,那个上海××旅馆的……"

"啊,那个孩子?唉,太可怜了。"

"那个婴儿看起来那么结实健康,却也……"

"孩子是得了什么病吗?"

---

① 浴衣,和服的一种,为日本夏季的一种衣着。

"信里说也是因为感冒。开始只是以为睡觉的时候着了凉……"敏子似乎有点儿亢奋,语速很快地读着信,"'送到医院的时候,已经来不及了'——你看,这情况不是和我们一样吗?'打了针,也吸了氧,用尽了所有办法,但是……'——下面那是个什么字?哦,是'哭声'。'哭声一点点弱下去,夜里十一点五分的时候,孩子咽了气。我当时的悲恸,想必您一定能够理解'……"

"真可怜啊。"

男人再次仰面躺回吊床里,又念叨了一遍。他的脑海中浮现出一个濒死的婴儿,在无力地喘着气。那喘息声渐渐变成了哭声,变成了在雨声中夹杂的健康婴儿的响亮的哭声——男人一边沉浸在自己的幻想中,一边听着妻子继续读信。

"'想必您一定能够理解我的心情,这不禁让我想到和您遇见的时候,那时您也……哎,不说了,世事无常,令人厌倦……'"

敏子抬起忧郁的眼睛,随即又神经质地皱紧了浓眉,不过也只是沉默了一瞬,她的目光扫过笼子里的文鸟,突然开心地拍着双手说:"啊,我想到一个好主意。我们不如把这只文鸟放了吧!"

"放了?放飞你那么喜欢的鸟儿?"

"对呀,即使喜欢也在所不惜,为了给隔壁的婴儿祈求冥福呀。老百姓不是有放生这种说法吗?我们就把这鸟儿放生了,鸟儿自己也会开心呀——我的手够不着吧?我够不到,你帮我把笼子取下来。"

敏子走到槐树底下,踮起穿着软底草编木屐的脚,使劲儿伸着胳膊想去够挂在树枝上的鸟笼。但鸟笼挂得很高,不是那么容易够得到的。文鸟突然像发了疯一样,扑棱棱地扇动着小翅膀,把鸟食罐儿里的谷粒都撒到外面去了。男人好奇地看着敏子——他的妻子正昂着头,挺着胸,全身重量都压在脚尖上。

"我好像够不着?真的够不着。"敏子依然踮着脚尖,转头对丈夫说道,"你倒是快帮我取一下呀,喂!"

"这哪够得着呀?要是有个小凳子还另当别论——就算你决定要放鸟,也不用非现在放吧?"

"可我想马上放飞它呢。哎呀,你快帮我取下来吧。要是不帮我,我可要欺负你了,知道吗?现在就把你的吊床给解开了哦!"

敏子瞪着男人,她的眼角唇边都洋溢着微笑。那是一种失去了平静的、无法掩饰的幸福的微笑。男人在妻子的微笑中感受到了某种冷酷凉薄的东西。那种东西,仿佛是隐藏在阳光下的草木深处,一直静静地窥视着人类的某种邪恶的力量。

"可别做傻事了,"男人丢掉烟头,突然用开玩笑的口吻劝诫着妻子,"别的不说,人家隔壁太太痛失爱子,我们这又笑又闹的……"

丈夫话音未落,敏子不知怎的脸色一下变得苍白。仿佛孩子闹别扭似的,垂下了长着长长睫毛的眼帘,莫名其妙地开始撕起了那封粉红色的信。

男人见状,脸上露出苦涩的神情,也许是为了缓解突然尴尬的氛围,他急忙改用快活的口吻接着说道:"不过嘛,我们能像现在这样也很幸福了。在上海的时候,大家都很脆弱。去医院休养吧,只会更加烦躁;不去吧,情况又委实让人担心……"

男人突然住了嘴。敏子低头看着脚下,槐树的阴影里,她的脸颊上满是泪水。男人犯难地揪着自己短短的胡子,没再继续评论这件事。

"老公。"一阵让人难受的沉默之后,敏子突然开了口。她的脸色依然很差,说话的时候,背对着丈夫。

"怎么了?"

"我——我很坏吧!那个婴儿死了……"敏子突然用热切的目光盯着丈夫的脸说,"那个婴儿死了,我很高兴。虽然觉得那对母子很可怜,但我心里很高兴。我竟然觉得高兴,这很过分吧?很恶毒吧?"

敏子的声音里有一种从未有过的狂暴力量。男人的背心被炫目的阳光镀上了一层金色,面对妻子的问题,他说不出一句话来——他的面前,仿佛有一种远非人力所及的东西森然而立。

大正十年(1921)八月

仙　人

上

　　故事发生的年代已不可考。话说中国北部某城市,有个走街串巷的杂耍艺人,名叫李小二。他的营生是让老鼠演戏。李小二没有别的家当,只有一个装老鼠的袋子,一个装老鼠演杂耍时用的戏服和面具的箱子,还有一个给老鼠表演用的小舞台。

　　天气好的时候,他就扛着那个小舞台,去人来人往的十字路口,敲鼓唱戏。城里的人喜欢看热闹,听到这响动,都纷纷驻足观看。李小二等身边围满了人后,就从口袋里掏出老鼠,给它穿上衣服,戴上面具,然后让它从小舞台的暗道闪亮登场。老鼠早就习惯了表演,只见它熟练地快步走上舞台,摇几下它那毛色光亮的尾巴,用两只后爪站立起来。它那印花小衣服的下面,露出两只粉红色的前爪……这只老鼠是这场杂耍剧中负责所谓楔子部分的演员。

　　表演一开始,观众中的孩子们就兴致勃勃地鼓起掌来。大人们当然不容易露出惊喜的表情，有的人冷冷地吸着烟袋，有的人则扯着鼻毛，用看傻子一样的神情看着舞台上卖力的老鼠演员们。不过，随着伴奏的变化，各路鼠角纷纷从暗道登场，有穿着碎绸缎做成的衣裳的正旦，有戴着黑色假面具的净角儿……它们又蹦又跳，配合着李小二的旁白和唱词，做着各种动作。那些假装不屑一顾的观众也终于装不下去了，他们开始连连叫好。李小二见此，越发卖力，只听鼓点声越来越快，所有的鼠角都上了场，当唱到"沈黑江明妃青冢恨，耐幽梦孤雁汉宫秋"①破题的这一句，小舞台前摆着的盆中，铜钱如雨而下，积成了一座小山……

然而，靠这个为生很不容易。头一个，要是有一阵子天气不好，那就得饿肚子。夏天麦子成熟的时候，会进入梅雨季，老鼠的小衣服和面具，不知不觉中就会长出霉斑。冬天也有冬天的难处，赶上寒风凛冽，大雪纷飞，生意就做不成。每到这种没办法的时候，李小二就只好待在阴暗的客店角落，百无聊赖地拿老鼠做消遣。这样漂泊的生活，他已经过得厌烦了。李小二的老鼠共有五只，他分别给它们起了自己父母亲、妻子和两个不知所踪的孩子的名字。老鼠依次从他的口袋里爬出来，在没有火炉的房间里，哆哆嗦嗦地走来走去；或者跳上李小二的脚爬到他身上去，一边做着危险的杂耍动作，一边用黑豆一样的小眼睛盯着主人的脸。每当这时，饱尝人情冷暖的李小二，也不

---

① 出自《汉宫秋》，为元曲四大家之一马致远的杂剧作品。

禁流下眼泪。不过更多的时候,他不得不为明日的生计而发愁,那种因为疲惫烦躁而产生的不愉快的情绪汹涌而上,根本无暇顾及那些可怜的鼠角们。

而且随着年纪越来越大,李小二的身体也大不如以前,已经没有太多心力去做杂耍的生意了。长一点儿的唱词都唱得气喘吁吁,嗓音也不像过去那么清亮。照这样下去,自己今后会怎么样真的不好说——这种不安像中国北方的寒冬一样,把这位悲惨的杂耍艺人心里的阳光都遮挡住了,同时也让他今后想好好活下去的希望枯萎了。为什么活着会这么苦?都这么苦了,为什么还要活着?李小二自然没有思考过这样的问题。不过他觉得人生不应该这么苦。此外,他无意识地憎恨着他并不清楚的,那个让人生充满苦难的根源。或许李小二冷漠的反抗情绪,正是源自他这种无意识的憎恨。

尽管如此,像所有东方人一样,李小二并不准备在生活面前屈服。风雪交加的一天,李小二独自在客店忍饥挨饿,对着那五只老鼠说道:"忍忍吧,我也饿着肚子,忍着严寒呢。活着本来就要受苦,比起你们老鼠,我们人类要苦得多呢……"

中

这是一个寒冷的冬天的下午。雪天阴霾的天空不知不觉间下起了冰雨,泥泞狭窄的小路,一脚踩下去,泥水快要没过膝盖。李小二结束了一天的生意,正往回走。他肩上挂着装老鼠的口袋,因为忘了带伞，不幸地被冰雨淋了个透。此时，他已经走到了远离城镇中心的郊外，路上一个人都没有。走着走着，路边突然出现了一座小小的庙宇。顷刻，雨突然下得更大了，李小二缩着肩膀向前走着，雨水顺着他的鼻尖滴滴答答直往下掉，雨滴从天而降不停地落进他的衣领……走投无路的李小二一看见出现在眼前的小庙，连忙跑到小庙的屋檐下。他擦擦脸上的雨水，又拧了拧袖子，终于松了一口气，抬头看了一眼头顶上方的匾额——上面写着"山神庙"三个大字。

踏上入口处的台阶，走了两三步，从半掩的庙门看得到里面的样子。庙里的空间比想象得狭小，正面是一尊被封印在蜘蛛网内的金甲山神，正呆呆地等待着黄昏。金甲山神的右侧是一尊判官的塑像，却没有脑袋，不知是谁使的坏；左侧是一个绿脸红发的小鬼塑像，鼻子不知所踪，面相狰狞。神像前面落满了尘埃的地面上堆积的大概都是纸钱——本来庙里光线昏暗，不易分辨，但金纸银纸在暗处微微反射着光，让李小二做出了这个判断。

能看见的，只有这些。李小二刚准备把视线移到庙外，突然纸钱中现出一个人来。实际上那人一直蹲在纸钱中，应该是刚才李小二的眼睛还没有适应庙里昏暗的光线，一时没有察觉吧。不过那人真的就像突然从纸钱堆里现身一般，让李小二不禁汗毛倒竖。他战战兢兢地装作无意去看一样，悄悄地观察着那个人。

那是个穿着脏兮兮道袍，顶着乱糟糟如鸟窝一般的头发，寒酸丑陋的老人。（李小二心想，原来是个叫花子道士呀。）老人双手环抱着自己那瘦骨嶙峋的膝盖，把长着长胡子的下巴搭在膝盖上面。他睁着眼，眼神却没有聚焦，不知在看什么。道袍肩部也湿透了，看样子刚才也遭了雨淋。

李小二看到那个老人，有一股必须要去和他搭话的冲动。原因有两个：一是看到被淋成落汤鸡的老人，他有几分同情；二是出于多年人情世故的浸染，在这种情况下，他不自觉地就会主动开口说话。或许还有一个原因：李小二想甩掉刚才突然发现老人那个瞬间产生的害怕情绪，所以想努力打破沉默。只听他说："这天气真让人厌烦啊。"

"是啊。"老人抬起靠在膝盖上的下巴，第一次看向李小二。他那像鸟喙一般弯曲的鹰钩鼻夸张地抽动了两三下，皱着眉头望着李小二。

"像我这样的生意人，没有比遇上大雨更让人想哭的事了。"

"哦，你是做什么生意的？"

"我是耍鼠戏的。"

"这还挺少见的。"

就这样，两人一问一答地聊了几句。说话间，老人从纸钱堆里站起身，和李小二一起在庙门口的石阶上坐了下来。现在李小二能清晰地看见老人的面容了，他那枯槁的样子比刚才在庙里隐约看见的更沧桑百倍。不过李小二想要找个能好好聊天的对象，于是把袋子和道具箱放在石阶上，用对同辈人的口吻，和老人天南地北聊了起来。

不过这老人却沉默寡言，并没有好好搭话。只是敷衍地附和几句"这样啊""是吗"之类的话,掉光了牙齿的嘴像咀嚼空气一般偶尔动弹两下。他脏兮兮的发黄的胡子也随着嘴巴的张合,上下动弹着——看起来真是丑陋凄惨。

和这个老道士相比,李小二感觉自己无论哪个方面都是远胜于他的生活上的优越者。这种想法自然是让人愉快的。不过与此同时,他也因为这种远胜于老人的优越感而生出了一些歉疚之情,于是李小二开始故意夸张地讲述自己生活的艰辛之处。

"说起来真的让人想哭,常有一整天吃不上东西,忍饥挨饿的时候。我曾经多次苦苦思索:'到底是我在操纵老鼠,靠耍鼠戏为生呢,还是老鼠操纵着我,以此来吃饭?'实际上,是我被操纵了呀。"

李小二连这种丧气话都说出来了,但老道士还是和之前一样并不多言,这让李小二心里更不是滋味了。这位老先生是不是误会了我的话了?早知道刚才不说那些事好了——李小二一边在心里这样责怪着自己,一边用眼睛的余光观察着老人的神色。老道士的脸朝着和李小二正相反的另一边,一边眺望着庙外雨中的枯柳,一边单手抚摸着自己的胡须。虽然看不见正脸,不过那姿态分明表露出早就看穿了李小二的心思,不想搭理他的意思。感觉到这一点后,李小二多少有些不快,不过更令他不满的是,自己没能表达出本想表达的同情之心。于是李小二接着聊起了今年秋天的蝗灾。他想借此说明本地因受自然灾害导致了农家的贫困,以此来进一步证明老人的窘迫处境事出有因。

话刚说了一半，老道士突然回头看着李小二，他满是皱纹的脸上肌肉抽动，仿佛是在面对一件好笑之事。

"你是在同情我吧？"说完，老人忍不住放声大笑起来，他的笑声突兀暗哑，仿佛乌鸦的叫声，"我根本不缺钱，如果你需要，我可以资助你的日常开销。"

被老人打断话的李小二，呆呆地看着老道士的脸。他目瞪口呆地沉默了片刻，终于得出了一个结论：这家伙怕不是失了智。不过他很快被老人接下来的话镇住了。"若是一两千镒①，我立刻就能给你。毕竟老夫不是凡人。"老人简短地介绍了自己的经历。他说自己原本是某镇的屠夫，因偶遇吕祖，开始修道。说完，老人慢慢站起来，走入庙中。他一只手招呼李小二进来，另一只手把地上的纸钱拢在一起。

李小二五感尽失一般，怔怔地走入庙中。他双手拄在满是尘土和老鼠粪的地上，匍匐着，抬头仰视着老道士的脸。

老人颇有些辛苦地弯着腰，捧起了那些聚拢起来的纸钱，然后双手合起来揉搓了几下，迅速地把手里的东西撒向地面。只听叮叮当当一阵响，金银落地的声响盖过了外面的雨声——那些纸钱在从老人手中撒下的那一刻，突然变成了数不清的金币、银币……

李小二在金币、银币的钱雨中，和刚才一样，呆呆地趴在地上，怔怔地仰望着老道士的脸。

---

① 镒，秦始皇时期的通用货币，也是古代的重量单位，合二十两。

下

李小二从此拥有了陶朱之富。时人偶有怀疑仙人是否真的存在，他总是拿出老人那时写下的四句箴言给别人看。这四句箴言我很久之前不知在哪本书中见过，遗憾的是没有记清原本的说法。只能凭借记忆将其大致翻译为日语，以此作为这个故事的结尾。听说这好像也是李小二当时曾询问过的，仙人为何要扮作乞丐行走于市井之间？——仙人对此给出的答案。

"人生无苦不知乐，人间有死始知生。超脱死苦无趣味，仙人终不及凡人。"

也许，仙人正是因为怀念人间的生活才特地回来，四海云游，体味人间之苦吧。

大正五年（1916）八月

南京的基督

一

那是秋天的一个深夜，南京奇望街一户人家里的屋子里，一个面色苍白的中国少女正倚着破旧的桌子，用手托着腮，百无聊赖地嗑着面前那盘瓜子。

桌子上放了一盏油灯，油灯发着昏暗的光。与其说这光照亮了房间，倒不如这光线让房子里的一切都笼上了一层忧郁。墙纸剥落的角落里，挂着落了尘埃、发出霉味的床幔，床幔里可见一张铺了毛毯的藤床。少女倚着的桌子对面，有一把破旧的椅子，像被遗忘了一般摆在那里。除此之外，这个房间里再找不出什么像样的能充门面的家具了。

少女对此不以为意，她时不时停一停，抬起清亮的眼睛看着桌子对面的那面墙。墙上端端正正地挂了一个小小的黄铜十字架，十字架上是双臂被高高吊起的受难的耶稣铜像。铜像的工艺有些拙劣，轮廓也已经磨损了，但依然可以隐约辨认出那是耶稣。每当少女看向十字架，她那长长的睫毛下面，眼里的落寞瞬间就无影无踪，取而代之的是天真而充满希望的光亮。不过，每当她移开视线必然会叹一口气，没什么光泽的黑缎子上衣的肩膀处就那么垮下去。然后再次一颗一颗地嗑起瓜子来。

少女名叫宋金花，是秦淮河这一带的暗娼，因家境贫寒无以为生，夜夜在这房间里接客。在众多暗娼中，论容貌，像金花这样的倒也还有几人，但论她那温柔的性子，这地方能不能挑得出第二个还真不好说。她和别的娼妓不同，她从不撒谎，也不任性，每晚都带着明朗的微笑，和到访这间昏暗忧郁小屋的各种客人玩乐。客人们偶尔也会比约定好的价钱多给金花一点儿钱，每当这时她就会给相依为命的父亲多买一杯他喜欢的酒，高兴地看他喝个痛快。

金花的行事风格，当然是天生性情使然。不过若要说说其他原因，正如墙上挂着的十字架透露给我们的——金花小时候，受已故的母亲教导，皈依了罗马天主教，一直信奉至今。

话说今年春天，一个来上海看赛马，顺便想领略中国南方风光的年轻的日本旅行家，在金花的房间里度过了愉快的一夜。那天，穿着洋装的他含着卷烟，把娇小的金花抱在怀里，突然看到了墙上的十字架，神色狐疑地用不熟练的中文问道："你是基督徒吗？"

"是，我五岁时就受洗了。"

"那你还做这种生意？"

旅行家的话里掺杂着嘲讽。但金花只是任凭云鬓抵在他胸前，笑容一如既往的明媚，露出两个小虎牙："要是不做这生意，父亲和我都得饿死。"

"你父亲很老吗？"

"是的，他的腰都直不起来了。"

"可是……你做这种事，不怕去不了天国吗？"

"不怕。"

金花看了一眼墙上的十字架，眼神里带着某种深意。

"天国里的圣父基督，一定能体察我的苦处。否则，基督和姚家巷警察局的官老爷们有什么两样？"

年轻的日本旅行家笑了。他从上衣的口袋里摸出一对翡翠耳环，亲手给金花戴上。

"这是我在中国买的纪念品，本来准备带回日本。现在就送给你吧，算作今晚的纪念。"

实际上，金花从第一次接客开始，就坚信基督会理解自己，并以此来宽慰自己。

然而，一个月后，这位虔诚的少女不幸得了恶性梅毒。她的朋友陈山茶得知后，告诉她只要喝点儿鸦片酒就会止痛。另外一位友人毛迎春，还好心肠地特地拿来了她自己喝剩下的汞蓝丸和伽路米。不过就算金花不再接客，闭门休养，她的病却怎么也不见好。

一日，陈山茶来金花家里玩，告诉她一个迷信的疗法："你这病是被客人传染的，你赶紧再传给别人，这样不出三两日包管就好了。"

金花双手托腮，脸上的表情不太相信，但还是因山茶的话生出几分好奇，她轻声问道："真的吗？"

"是真的，我姐姐和你一样，也曾患过这个病，怎么也治不好。不过后来她传给了客人，自己立刻就好了。"

"那客人呢？"

"那个客人倒是挺可怜的，听说后来因为这个病眼睛都瞎了。"

山茶走后，金花一个人跪在墙上挂着的十字架对面，看着受难的耶稣铜像，虔诚地祈祷着："天国的圣父基督，我为了赡养父亲，做了这下贱的营生。但我做的事情，让我自己一个人遭罪，不要给别人添麻烦。这样我死后，一定可以去天国。只是如今的我，如果不把病传给客人，就没法再做这皮肉生意了。不做生意，就得饿死……就算传给客人，就能治好我自己身上的病，我也拿定主意不再和客人同床共寝。否则，我只顾我自己和我爹，而让无辜的人遭受不幸。但我只是个女人，也许不知何时就会陷入诱惑之中。天国的圣父基督啊，求您保佑我。除您之外，我再没有人可依靠了。"

下定决心后的宋金花，无论山茶和迎春怎么劝她，都倔强地不再接客。有时有熟客来她这里玩，她也只是陪着抽抽烟，并不肯顺了他们的意思。

"我得了很可怕的病，和我亲近会传染给你的。"

尽管如此，也有喝醉的客人不肯善罢甘休，强行要与金花欢好。

每当这时，金花不仅苦劝，还会把自己患病的证据给他们看。这样一来，熟客们也渐渐不再来她这里玩了。于是，金花家的境遇每况愈下，一天比一天艰难……

今夜，金花又倚着桌子，长时间地发着呆，依旧没有客人上门的迹象。夜越来越深，耳边听得到的，只有蟋蟀的叫声。不仅如此，没有生火的屋子里，寒意像水一样从地板缝里冒出来，浸透了她的灰缎子鞋，渗透到她柔弱的小脚上。

金花一直望着那盏发着幽光的油灯发呆，突然打了一个寒战，翡翠耳环晃动起来碰到耳朵，她忍住没打哈欠。就在这时，漆门突然被大力推开，一个陌生的外国人跟跟跄跄地闯进来。可能是冲进来的时候用力过猛，在他进来的瞬间，桌上煤油灯的火焰被风势一吹，火苗一下变得更大更亮，照亮了眼前这位不速之客——他先是倒在桌子那边，然后又很快站起来，跌跌撞撞地退了两步，一下子靠在门上。

金花不由得站了起来，呆呆地看着这位陌生的外国客人。他三十五六岁的样子，穿着茶色的格纹西装，戴了一顶同样花色的鸭舌帽，眼睛很大，留着短短的胡须，脸颊晒得红红的。奇怪的是，他虽然是外国人，却一下看不出是西洋人还是东洋人。他的帽子底下露出黑色的头发，嘴里叼着已经熄灭了的烟斗。看他堵在门口的样子，大概是个喝醉了的过路人。

"您有何贵干？"

金花稍微有点儿害怕,站在桌子前没动,说话时略带一些责怪的口气。对方摇摇头,示意自己听不懂中国话。然后他用手拿下嘴里叼着的烟斗,流利地说了一句外文——这回轮到金花摇头了。煤油灯映照下,她耳朵上的翡翠耳环随着摇头的动作摇曳生姿。

对方见她蹙着漂亮的眉毛,一脸费解的样子,突然放声大笑起来,然后大大咧咧地摘下帽子,晃晃悠悠向这边走来。他隔着桌子,在金花对面坐下。金花看着他的脸,总觉得这个人在哪里见过,有种亲切感。来者倒是不认生地抓起桌上盘子里的瓜子,不过他没嗑,而是目不转睛地看着金花,然后手舞足蹈地说着某种外语。金花倒听不懂他的意思,不过隐约看出对方明白自己是做什么生意的。

和不懂中文的外国人共度春宵,对金花来说倒不是什么稀罕事。她重新坐下来,习惯性地露出温柔的微笑,和对方开起了他根本听不懂的玩笑。不过她很怀疑眼前这个客人是不是能听懂一些,因为他时不时愉快地笑着,还更加热情地比画起了手势。

客人满身酒气,那张熏熏然的发红的脸膛,让这个寂寥的房间里充满了男性的活力。对金花来说,他比自己见惯了的同是中国人的客人,比那些自己接待过的东洋西洋的外国客人,都更英俊潇洒。不仅如此,她总感觉眼前的人在哪里见过,这种似曾相识的感觉一直挥之不去。金花看着客人黑色的卷发、撒娇的样子,脑子里却在努力回想着,最初是在哪儿见到这张脸的呢?

"是前阵子和胖大娘一起坐船时遇见的那个人吗？不对，那人头发的颜色可比他红多了。要不就是夫子庙那边曾经给我照相的人？可是那个人的年纪好像比他大不少。对了，那是什么时候来着，利涉桥的饭馆门口聚了一群人，有个人好像和他长得很像。那人挥舞着一根粗粗的藤杖，打了人力车夫的后背。不过那天那个人的眼睛，比他的要蓝……"

金花努力回忆的过程中，对面的客人不知何时重新点起了烟斗，愉快地吐出好闻的烟圈。突然间，他说了一句什么，这会笑得沉稳多了，他单手伸出两个手指，在金花面前晃了晃，用身体语言问她怎么样。两个手指是两美金的意思，这一眼就能看明白。不过，不准备接客的金花一边嗑着瓜子，一边笑着两次摇了摇头。昏暗的灯光下，客人在桌子上傲慢地支起双肘，醉醺醺地盯着金花，然后伸出三根手指，期待地看着她。

金花稍微挪动了一下椅子，含着瓜子，一脸为难。客人以为她不同意两美金的价格，但对方不懂中文，没法解释自己的苦衷。金花对自己的轻率感到有点儿后悔，她把清亮的眼睛转向别处，无奈地再次坚决摇头。

可这个外国人再次露出淡淡的微笑，犹豫了一下，伸出了四根手指，又说了一句金花听不懂的外语。没办法的金花只好托着下巴，这回都没力气笑了，只是一个劲儿地摇头，决定让对方死心。可是客人像被无形中的什么力量控制住一样，伸出了五个手指。

就这样，在很长一段时间里，金花和他比画着，进行着一问一答的交谈。客人很有耐心地一根一根增加着手指，最终毫不顾惜地伸出了十个手指。对金花干的这行来说，十美金可是个高价，即便如此，也没能动摇金花的决心，她站起来，斜倚着桌子，看着对方伸出的手指，焦躁地跺着脚，一直摇着头。突然不知怎的，墙上的十字架突然发出一声轻响，掉了下来，滚落在他们脚边的石砖上。

金花连忙伸手去捡对自己万分重要的十字架，就在这时，她看着十字架上受难耶稣的脸——那不就是坐在自己对面的外国客人的脸吗？

"我总觉得似曾相识，原来这是我主耶稣的脸啊。"

金花把黄铜十字架贴到自己黑缎子上衣的胸前，隔着桌子，不可思议地注视着客人的脸。灯光下，他时不时吸一口烟，那带着酒气的脸上浮现着意味深长的微笑。他的眼神在金花白嫩的脖颈和戴着翡翠耳环的耳朵上来回游移，但他的神态看在金花眼里，充满了温柔的威严。

忽然，客人不再吸烟，他侧过脸，笑着对金花说了什么。仿佛神奇的催眠师一般，他的话对金花起到了某种神奇的暗示作用，她好像完全忘记了自己的坚持，低垂了含笑的眼，一边抚摸着手里的十字架，一边害羞地靠近了这个奇怪的外国客人。

客人把手伸进裤子的口袋，让兜子里的钱币发出叮叮当当的声响。他带着笑意的眼睛，盯着金花姣好的容颜。他眼中的微笑，不知从何时起突然变成了一种热意，他猛然从椅子上站起来，穿着西装带着酒气的臂膀用力地抱住了金花。金花像丢了魂一般，向后仰着戴着翡翠耳环的脑袋，苍白的脸上涌上娇艳的血色。她一脸恍惚地看着眼前的客人的脸。该任由他摆布，还是为了避免把病传给他而拒绝亲吻？但金花已无暇去考虑这些，客人满是胡须的嘴已经吻上了她，她的心中只剩下仿佛燃烧的火焰一般的对恋情的欣喜——有生以来第一次感到的爱的欣喜，激荡起伏着……

二

几小时之后，房间里灯火已经熄灭，除了床上熟睡的两人的呼吸声，还有蟋蟀的叫声增添着一分落寞的秋意。然而，金花的美梦，从这落满尘埃的床幔中飞出屋顶，如烟一般，飞向无边的月夜……

——金花坐在紫檀椅子上，品尝着桌子上各式各样的美食。燕窝鱼翅、蒸蛋熏鱼、烤猪海参……各种珍馐数不胜数。而且餐具都精美奢华，上面绘着青色的莲花和金色的凤凰。

椅子后面垂着朱红色的纱帘，窗外是河流，静静的流水声和船桨的声音不断传来。这一切是她从小所熟知的秦淮河的情景，但此时她一定是在天国的基督的家里。

金花时不时停下筷子，打量着桌子周围的样子。宽敞的屋子里，除了雕龙的柱子和花朵硕大的菊花盆栽，以及美味佳肴冒出的热气，没有半个人影。

尽管如此,但桌子上的菜肴吃完一盘,立刻就有一盘热乎乎的散发着香气的新菜不知从哪儿突然冒出来。还没等她动筷子,一只烤鸡突然扇动翅膀飞向了天花板,碰倒了桌子上的绍兴酒酒瓶。

金花感觉到有一个人无声无息地出现在她身后。她保持着握着筷子的姿势,悄悄转过了头。本以为身后会有一扇窗,没想到却是一个紫檀椅子,椅子上铺着一个绸缎坐垫,一个陌生的外国人,正叼着烟斗,悠悠然地坐了下来。

金花立刻认出这个男人就是昨天和自己过夜的那个人。但不同的是,他的头顶一尺左右高的地方,有一弯新月般的光环。金花的眼前突然又出现了一道热气腾腾的新菜,看起来非常美味,她马上准备用筷子去夹,突然想到了身后的外国人,于是回头看着他,客气地问道:

"您不吃吗?"

"不了,你自己吃吧。吃完以后,你的病今天晚上就好了。"

头顶光环的外国人一边吸着烟斗,一边流露出无限爱怜的微笑。

"那您不吃点儿吗?"

"我吗?我不喜欢中国菜。你不是知道的嘛,耶稣基督一次都没吃过中国菜啊。"

南京的基督说着,缓缓离开紫檀椅子,从身后靠近,在怔住的金花的脸颊上,留下了温柔的一吻。

从天国的美梦中醒来时，秋日的晨光已经照亮了小屋，带来一丝清冷的凉意。落满尘埃的床幔围着的，宛如一叶小舟般的藤床上还残留着一丝暖意。昏暗中依稀可见的，是金花半仰着的脸，一条旧得看不出颜色的毛毯，半掩着她圆润的下颌，她还没有睁开眼。她的脸看起来气色很差，昨夜的汗把有些油腻的头发弄得更乱，微微张开的双唇间，隐约看得见金花如糯米般白细的牙齿。

金花虽然醒了，但是菊花、水声、烧鸡、耶稣基督等梦里的各种记忆，还占着她的脑子。天一点点亮起来，藤床这里也被照亮了，她的美梦散去，昨晚和那个外国人共寝的情形清晰地浮现在了脑海中。

"要是把病传给了他……"

金花一想到这儿，心一下就沉了下去，觉得今早已没脸再面对他。但既然醒来了，不去看看他那张被晒红的脸，更令人难忍。于是金花怯生生地睁开眼，在光线已经亮起来的床上寻找着他的身影。但令人意外的是，除了裹着毛毯的她自己，昨夜那个酷似十字架上的耶稣的男人，已经不见踪影。

"难道那也是梦吗？"

金花一把掀开脏兮兮的毛毯，从床上坐了起来。她用手揉了揉眼，透过沉沉的床幔用仍然有些发涩的眼睛打量着房间内的一切。

清晨寒冷的空气里，屋里所有的东西都被残忍地清晰地勾勒出了轮廓。破旧的桌子、熄灭的油灯，还有两把椅子，一把倒在地上，另一把对着墙,一切都是昨晚的样子。桌子上散落的瓜子里,那个小小的黄铜十字架闪烁着金属的寒光。金花觉得光线有些炫目,她茫然地看着,有些畏寒一般地坐回凌乱的床铺上。

"昨天的事果然不是做梦。"

她喃喃自语,胡思乱想着那个外国人的去向。其实也不用多想,她明白对方应该是趁自己熟睡的时候,偷偷溜出屋子,跑了。可是他那样爱抚过她,却没说一句告别的话,这事简直不可思议,或者说她不忍相信。而且她都忘了去要他承诺的十美金。

"他真的回去了吗?"

金花的心情有些沉重,她刚想捡起地上的黑缎子上衣,突然她的脸上眼见得浮起了红晕。是因为听到了漆门那边传来的那个奇怪的外国人的脚步声吗?还是说枕头和毛毯上都沾着他的酒气,又唤起了昨晚那让人难为情的记忆?都不对,那一瞬间,金花发现了她身上的奇迹:她的恶性梅毒一夜之间痊愈了,仿佛从来没有生过病。

"这么说,他真是耶稣基督了。"

金花不由得翻身下床,穿着内衣就直接跪倒在冰冷的石砖上。像与复活的耶稣说话的美丽的抹大拉的马利亚①一样,热烈虔诚地祈祷着……

---

① 耶稣的女追随者,一直以一个被耶稣拯救的形象出现在基督教的传说里,后有说法她可能是耶稣在世间最亲密的信仰伴侣。

三

第二年的一个春夜,年轻的日本旅行家再次在昏暗的灯光下,与宋金花隔桌相对。

"还挂着十字架呢?"

那晚不知为何,他有些嘲弄地问道。金花却突然一脸认真地,讲述了基督降临南京治好了她的病的不可思议的故事。

听了这番话,年轻的日本旅行家独自沉吟:"那个外国人,我知道。他是日美混血儿,名字好像叫George Murry还是什么来着。他曾经得意扬扬地和我的一个熟人——路透社的一位通讯员说起过在南京时曾经和一个妓女一夜风流后,半夜偷偷逃走的事。我上次来中国时,刚好和他下榻于同一家上海的旅馆,因此见过一面。那家伙总是炫耀自己是英文报纸的通讯员,一点儿男人气度都没有,不是什么好人。后来听说得了恶性梅毒,发了疯,这么看来可能是这个女人传给他的。不过现在她以为那个无赖混血儿是耶稣基督,我到底该不该告诉她真相?是告诉她让她开开窍,还是闭口不言,让她永远把那次相遇当成西洋传说般的美梦呢?……"

金花讲述完一切之后,日本旅行家也回过神来,他擦亮一根火柴,吸了一口味道浓厚的卷烟,然后故作好奇地问道:"这样啊?真是不可思议啊。那……那你之后再没有复发过?"

"没有,一次也没有。"金花嗑着瓜子,神采奕奕地、毫不迟疑地回答道。

写作本篇时,多有参考谷崎润一郎的《秦淮一夜》,附记于此,以示感谢。

大正九年(1920)六月二十二日

蜜　橘

　　那是一个阴云密布的冬季傍晚，我呆坐在去往横须贺发的二等车的车厢里，等着发车汽笛的响起。开着灯的车厢里，难得只有我一个乘客。往车窗外一看，和往常的景象不同，今天火车的月台上连一个送行的人影都没有。只有一只被关在笼子里的小狗，时不时可怜地叫上几声。眼前这番情景与我此刻的心境不可思议地相似。就如这阴郁欲雪的天气一样，我的心里莫名地笼罩着一层阴影，有种说不清的疲惫与倦怠。我保持着双手插兜的姿势，就连把手掏出来，拿一份晚报看看的精神都没有。

　　火车发车的汽笛声终于响起来了。我心里宽慰了一点儿，把头靠在车窗的窗框上，有意无意地等着眼前的景象缓缓后退。但没想到，在发车之前，一阵吧嗒吧嗒的木屐足音从检票处那边传来，随着检票员斥责的声音，哗啦一声，二等车厢的门开了，一个十三四岁的小姑娘慌慌张张地走了进来。与此同时，车厢轻轻颠簸了一下，火车缓缓出发了。月台上的柱子一根一根向后退去，送水车像被人遗忘了一样地留在那里，戴着红帽子的搬运工正在向给他小费的客人道谢，这一切，都在从火车烟囱喷出来，又被风吹到车窗上的煤烟中，恋恋不舍地渐渐向后退去。我的一颗心也慢慢放了下来，点了一支烟，无精打采地瞥了一眼那个坐在了我对面座席上的小姑娘。

显然，这是个乡下姑娘。头发全无半点儿光泽，绾着银杏发髻，脸颊上有不少冻伤皴裂的口子，红得像着火一样扎眼，让人看了就不舒服。葱绿色的脏兮兮的毛线围巾，耷拉到她的膝头，膝盖上还放了一个大大的包袱。抱着包袱的有些冻伤的手里，还紧紧地握着一张红色的三等车厢的车票。我不喜欢她土气的长相，另外她那不整洁的服饰也让人不快。更何况二等座、三等座都分不清，这愚蠢的样子更是让人生气。所以，点了一支烟的我，带着想尽快忘掉眼前这个小姑娘的想法，漫不经心地翻起了摊在膝头的晚报。这时，电灯突然亮了，照在报纸上的光线也随之一变，印刷得不怎么样的几行铅字变得格外刺眼。不用说，现在火车已经驶入了横须贺线上几个隧道中的第一个隧道。

灯光下，我扫了一眼晚报，想要平静一下心情。报纸上尽是些平凡的琐事，什么媾和问题、新婚夫妇、渎职事件、讣告等。火车进入隧道的某个瞬间，我突然有了一种车在往反方向走的错觉，在这种错觉中，我继续漠然而机械地一条接一条地浏览着新闻。不过，即使是在读报纸期间，我也没办法不介意对面端坐的那个小姑娘。她那张脸仿佛就是卑微俗气的现实世界的人格化。在隧道里行驶的火车、眼前这个乡下小姑娘和膝头这份乏味新闻泛滥的报纸，这些都像是一种象征。不是这无解、低级、无聊的人生的象征，又能是什么呢？我对这一切感到索然无味，灰心丧气地把读了一半的报纸扔到一边，脑袋靠在窗框上，像死了一样闭上眼，迷迷糊糊地打起了盹儿。

又过了几分钟，像感应到什么危险迫近似的，我突然睁开眼，对面那个小姑娘不知何时挤到了我的身边。她想要打开窗户，但大概因为车窗笨重，不容易打开，她一次次地试着，于是她皴裂的脸更红了，吸着鼻涕的小声喘息声不时传到我的耳朵里。对此我当然有几分同情。不过火车就快要驶出隧道了，隧道尽头的铁道两边，枯草苍茫的明亮山色已映入眼帘，我想不明白她为什么要开窗。不，不如说我觉得这只是她一时心血来潮而已。因此，我的想法颇不友善：我冷漠地看着她长着冻疮的奋力开窗的手，心想永远打不开才好。正在这时，火车汽笛高鸣一声，冲出了隧道，与此同时那扇小姑娘拼命用力想要打开的车窗，终于被拉了下来。顷刻，外面混杂了煤烟的乌黑空气，哗地一下从方形的车窗涌了进来。我来不及用手绢捂住脸，猝不及防地被煤烟扑了一脸。本来最近嗓子就难受，现在已经咳嗽地快喘不上气了。不过小姑娘没有因为我的反应有所表示，她把头伸到窗外，绾着银杏发髻的头发在黑暗中任风吹拂着，直直地盯着火车前进的方向。在充斥着煤烟的气流中，我一直看着她那被灯光照亮的身影。车窗外渐渐明亮起来，混杂着泥土、枯草和水气的冷空气涌了进来，我终于止住了咳嗽，否则我一定要好好训斥这个不认识的小姑娘一顿，叫她把窗户关好。

这时，火车已经平稳地驶出了隧道，正要穿过枯草苍茫的山间夹着的一个贫苦小镇。铁道近处看到的不外乎那些贫寒破败、挤在一起的茅草屋顶或是粗瓦屋顶。那摇晃的，大概是扳道工在打信号吧，一面旗子在暮色中无精打采地晃动着。火车驶出隧道后，我看见萧瑟的铁道围栏外面，三个脸颊冻得红扑扑的男孩挨挨挤挤地并肩站在那里。他们三个仿佛都被头顶的蓝天压着一样，看起来是那么矮小。孩子们身上衣服的颜色，就像这贫苦的小镇凄惨的风光一般黯淡。看到火车，三个孩子一起仰起脸，举起手来，用稚嫩的嗓音拼命地高声喊着什么。就在那一刻，从车窗探出半边身子的小姑娘，使劲儿挥着满是冻疮的手。下一个瞬间，五六个让心情突然明亮起来的，被夕阳染上温暖颜色的蜜橘，被人从车窗抛出，落向孩子们。我不禁屏住呼吸，恍然大悟。这个小姑娘恐怕是要去城里做工。临走前她特地在怀里揣了几个蜜橘，为了安慰专程跑到铁轨旁边来为她送行的弟弟们。

暮色四合中，小镇的铁道边，三个像小鸟一样叽叽喳喳的小男孩，还有从窗口抛出散落在他们身边的鲜亮的蜜橘，都在下一个刹那，随着火车的远去转瞬而逝。但这一切却悲伤又眷恋地烙印在我的心里。我意识到自己的心情莫名地明朗了起来。我昂然地抬起头，像看着另一个人似的注视着那个小姑娘。不知何时，她已经坐回到了我对面的座位上，依然把半张冻得满是皴裂口子的脸埋进葱绿色的毛线围巾里,抱着大包袱的手里,紧紧地握着那张三等座的车票……

那个时刻,我暂时忘记了难以言状的疲惫与倦怠,还有这无解、低级又无趣的人生。

大正八年(1919)四月

一个傻子的一生

久米正雄君：

　　这篇稿子是否发表，在哪家刊物发表，以及何时发表，我想全权委托于你。

　　你大概知道文中的人物指的是谁，但在发表时，也想请你不要加上注释。

　　我如今在最不幸的幸福中生活着，奇怪的是自己却并不后悔，只是觉得有我这样的坏丈夫、坏孩子、坏爸爸的亲人，非常可怜。再见了。在稿子中，我至少没有打算有意识地做自我辩护。

　　最后，我把这篇稿子拜托于你，是因为恐怕没人比你更了解我（若是剥去我所谓都市人的这层外皮）。那就请你随便取笑稿子里我的傻样儿吧。

芥川龙之介
昭和二年（1927）六月二十日

一　时代

某个书店的二楼，二十岁的他正蹬着一架西式梯子，翻找新书。莫泊桑、波德莱尔、斯特林堡、易卜生、萧伯纳、托尔斯泰……

天色渐晚，他依然投入地看着书籍上的文字。那一排排陈列着的与其说是图书，不如说是世纪的尾声。尼采、魏尔伦、龚古尔兄弟、陀思妥耶夫斯基、霍普特曼、福楼拜……

他在昏暗的光线中奋力地数着他们的名字，但书籍还是渐渐沉入忧郁的阴影中。他终于不再坚持，准备从梯子上下来。这时，一盏没有灯罩的电灯突然在他头顶上方亮了起来。他就那么站在梯子上，俯视着在书籍间移动的店员和客人。他们显得莫名的微小，而且看起来都那么落魄。

"人生尚不如一行波德莱尔。"

他站在梯子上，看着底下的这些人，看了好一会儿……

二　母亲

精神病人们都穿着鼠灰色的衣服，宽敞的房间因此显得更加沉郁。他们中的一个精神病人热情地用风琴弹奏着赞美歌，同时，另一个精神病人在房间中央跳着舞——或者更确切地说，在不停地跳着转圈。

他和一个面色红润的医生一起看着眼前这番光景。他的母亲在十年前和这些精神病人并无二致。实际上,他已经从这些人身上难闻的气味中,感受到了他母亲身上那同样的气味。

"走吗?"

医生率先往前走着,沿着走廊走进了一个房间。房间的角落有一个盛满了酒精的大玻璃罐,罐子里浸泡着几个脑髓。他在一个脑髓上发现了一些微微发白的物质,好像鸡蛋清滴落在了上面。他一边和医生说话,一边想起自己的母亲。

"这是××电灯公司工程师的脑髓。他一直觉得自己是个黑亮黑亮的发电机。"

他为了避开和医生的眼神交汇,转头看着玻璃窗外。那里除了混有玻璃瓶碎片的砖墙,别无他物。薄薄的苔藓,看起来有些泛白。

三 家

他在郊外的一间位于二楼的房间里醒来。由于地基松软,二楼莫名地有些倾斜。

在这个二楼上,他的姑母时不时会和他吵架,他的养父母没少出面调停。不过他从姑母身上感受到了谁都不曾让他体会过的爱。姑母一辈子独身,在他二十岁的时候,姑母已经年近六旬。

在这郊外的二楼,他无数次地思考:互相爱着的人难道一定要让彼此痛苦吗?在思考这个问题的同时,他也感受着二楼这让人恐惧的倾斜。

四　东京

隅田川浑浊阴沉。他从行驶中的小蒸汽船的窗口向外望去，眼前是向岛①的樱花。盛开的一排排樱花树在他眼里如一块快掉色的破布般让人抑郁。不过，不知何时起，他从这樱花——江户以来就闻名天下的向岛之樱中，看到了自己。

五　我

他和他的前辈②在一家咖啡店里面对面坐在桌子两边。他不怎么说话，只是不停地吸着烟，专注地听着前辈讲话。

"今天坐了半天的车。"

"是因为有什么事要办吗？"

前辈双手支着下巴，漫不经心地回答道："没什么事，就是想坐车而已。"

这句话让他在一个未知的世界，一个接近于诸神的自我的世界里得到了解放。他感到有些痛苦，同时又有些欢欣。

那家咖啡店极小。在牧羊神画像下面，深红色的花盆里，一株橡胶树低垂着厚厚的叶片。

---

① 向岛，东京都墨田区地名，以樱花之景闻名。
② 指谷崎润一郎（1886—1965），日本著名小说家，代表作《春琴抄》《细雪》。

六　病

在不停吹来的海风中,他翻开一本大大的英语辞典,用指尖划着,寻找着单词。

  Talaria：带翅膀的鞋或者凉拖。
  Tale：话。
  Talipot：产于印度东部的椰子。树干高达五十至一百英尺[①]。叶子可用于制作伞、扇子、帽子等。七十年开一次花……

他的想象力清晰地勾勒出椰子花的样子来。于是,他的喉咙突然感到一种未知的瘙痒,不由得在辞典上吐了一口痰。痰?但这并不是痰。他想到生命的短暂,再一次想象起椰子花的样子。那在遥远的海的彼岸,高耸入云的椰子树硕大的花朵。

七　画

突然——确实非常突然,他站在某家书店前面,看着高更画集的时候,突然对画产生了某种理解。尽管他面前的仅是高更画集的影印版,但他依然从中清晰地感受到涌到他眼前的大自然。

[①] 1英尺=0.304千米。

对画作产生的热情让他的视野也为之一新。不知不觉间，他开始观察树枝弯曲的样子和女性饱满的脸颊线条。

一个雨天的秋日黄昏，他经过郊外的街边。

街对面的河堤下，停着一驾马车。路过那里的时候，他突然觉得此前有谁也途经了这条路。是谁呢？——不必问自己。二十三岁的他心里浮现出一个割掉自己耳朵的荷兰人，正叼着一支大烟斗，用锐利的目光盯着这忧郁的风景……

八 火花

他顶着雨走在柏油马路上。雨很大。他闻得到雨水溅到雨衣上发出的橡胶味。

突然，眼前高压电线杆上的一根电线迸出紫色的火花。他莫名地激动起来。他上衣的口袋里装着要发表在同人杂志上的稿子。他在雨中一边前行，一边回头再次望了一眼那根高压电线杆。

电线依然激烈地迸射着火花。他审视着人生，自己并没有什么特别想要得到的东西。唯有那紫色的火花，那在夜空中以惊人之势绽放的火花，是他哪怕用生命作为代价，也想要换取的东西。

九 尸体

所有的尸体的大拇指上都用铁丝挂着一个小牌子，上面记录着死者的姓名和年龄。他的朋友正弯着腰，用手术刀专业、娴熟地剥着尸体的脸皮。皮肤下的脂肪呈现出美丽的黄色。

他注视着尸体,这对他要完成的一个短篇——一个王朝时代背景的短篇很有意义。但尸体散发出如烂了的杏子般的气味,让他非常不快。他的朋友皱着眉,静静地用手术刀继续工作着。

"这阵子尸体都不够数。"

朋友说了这么一句。无意识间,他已经对此准备好了自己的答案:如果是我的话,尸体不够就会没有恶意地去杀人吧——当然这个答案并没说出口,他把话留在了心里。

十　先生[①]

他在巨大的橡树下读着先生的书。橡树的叶子在秋日的阳光中一动不动。遥远的天空中,有一个垂着玻璃秤盘的天平,刚好保持着平衡——他一边读着先生的书,一边仿佛看到了这样的光景……

十一　黎明

天渐渐亮了起来。有一次,他站在一个街角,环视着规模巨大的集市。晨曦让集市上的人和车都染上了蔷薇色。

他点上一支烟,在集市里静静地往前走着。这时,一只小黑狗突

[①] 指夏目漱石(1867—1916),日本作家,代表作《我是猫》《少爷》等。他在日本近代文学史上享有极高的地位,门下出了不少文人,芥川龙之介曾受其提携。

然冲他叫了起来。但他并不吃惊，反而很喜欢这只小狗。

集市的中心有一棵法国梧桐树，向四面伸展着枝叶。他站在这棵树下，透过树枝望着高高的天空。他正上方的天空中，有一颗星星在闪闪发亮。

那时他二十五岁——和先生会面后的第三个月。

十二　军港

潜水艇里光线很昏暗，他在前后左右的各种机器中弯下腰来，看着小小的窥望镜。窥望镜里映着的，是明亮的军港的风景。

"能看见那边的'金刚号'吧。"

某位海军军官跟他搭话。他透过那块方形镜片眺望着小小的军舰，不知为何想到了荷兰芹。三十钱一份的牛排上，配放着独特的淡淡气味的荷兰芹。

十三　先生之死[①]

雨后的风中，他走在一个新车站的站台上。天色依然昏暗，站台对面，三四个铁路工人一起挥动着铁镐，高声唱着什么。

雨后的风把他们的歌声和感情吹散到天边，他叼着一支烟，没有点火，体会着近乎愉悦的痛苦。外套的口袋里，此时正塞着那张"先

[①] 夏目漱石死于大正五年（1916）十二月九日。

生病危"的电报……

对面的松山阴影处，一辆清晨六点上行入京的火车拖着一道淡淡的白烟，沿着盘旋的铁道向这边快速驶来。

十四　结婚

新婚第二天，他向妻子抱怨道："你刚来就这样乱花钱，这让我很为难。"然而，其实这并不是他的抱怨，是姑母让他和妻子这么说的。他的妻子自然向他和他的姑母道歉了，就在那盆专门为他买的黄水仙花盆栽面前……

十五　他们

在宽大的芭蕉叶子下面，他们平静和睦地生活着。——他们住在从东京坐火车需要一小时方能抵达的海边小镇里。

十六　枕头

他用散发着蔷薇树叶气息的怀疑主义为枕，读着阿纳托尔·法朗士的书。但他没有发现，不知从何时起，枕头里也有了半人马神。

十七　蝴蝶

在满是海藻气息的风里，一只蝴蝶翩翩起舞。他瞬间感到蝴蝶翅膀碰到自己干燥的嘴唇上的触感。然而，那留在他嘴唇上的蝴蝶翅膀的粉，在几年后依然闪闪发亮。

十八　月亮

他在某家旅店的楼梯上与她相遇。她的脸在白天里也像沐浴着月光。他目送她离开（他们素不相识），感受着从未有过的寂寞……

十九　人工翅膀

他从阿纳托尔·法朗士转向18世纪的哲学家们。然而他无法接近卢梭。这或许是因为他自己那容易为热情所驱动的一面和卢梭太过相似。于是他靠近了和自己富于冷静与理性的另一面相似的哲学家憨第德[①]。

对二十九岁的他来说，人生并没有变得更加明朗。不过，伏尔泰给了他一双人工翅膀。

他张开这对人工翅膀，轻松地飞上天空。同时，沐浴着理智之光的人生的悲观在他的眼中缓缓下沉。他把嘲讽的微笑投向这破败寒酸的城市，向着无遮无挡的天空中的太阳径直而去，却忘了人工翅膀被太阳烧毁坠海而死的希腊人的故事……

[①] 憨第德，法国作家伏尔泰《老实人》中的人物。

二十　枷锁

他们夫妻二人决定和他的养父母一起生活，因为他已经定下了要去一家报社工作。那份写在黄纸上的合同给了他力量。但后来细看之下，他才发现，报社不承担任何义务，而他必须承担义务。

二十一　疯子的女儿

两架人力车在阴天无人的乡间路上跑着。迎面而来的海风，指明了这条路将通向海边。他坐在后面那辆人力车上，一边奇怪自己竟然对这次约会毫无兴趣，一边思考着到底是什么东西把自己引到这里来。这绝不是恋爱。如果不是恋爱的话——为了避开这个答案，他只好想着："总之我们是对等的。"

坐在前面那辆人力车上的是一个疯子的女儿。她的妹妹也因嫉妒而自杀。

"已经没办法了。"

他对这个疯子的女儿——那个动物本能强烈的她，有一种憎恶。

两辆人力车从散发着大海海腥味的墓地边经过。混杂着牡蛎壳的围墙中，几座黑黢黢的石塔耸立着。他眺望着石塔对面泛着微光的大海，突然对她的丈夫——没有抓住她的心的丈夫，产生了一种轻蔑……

二十二　某画家

这是某本杂志里的插画。画中，一只水墨绘成的雄鸡，展现出鲜明的个性。他向一位朋友打听这位画家。

一周后，该画家拜访了他。这是他一生中一件重要的事情。他在画家的身上发现了不为人知的诗意，不仅如此，他还发现了画家连自己都未曾察觉的灵魂。

一个微寒的秋日的黄昏，一株玉米的植株让他突然想起了那个画家。高高的玉米被粗糙的叶子包裹着，神经般纤细的根从土地中暴露出来。这无疑是容易受伤的他的自画像。这一发现只能令他抑郁。

"已经完了。然而要是万一……"

二十三　她

在某个广场上，暮色四合。他拖着发着低烧的身体，向前走着。几幢高楼在银色的澄澈天空下，一扇扇窗户亮起了灯光。

他在路边停下脚步，等待她的到来。大概过了五分钟，她一脸疲惫地向他走来。但当她见到他，说了一句"累坏了"，脸上却笑靥如花。他们并肩走在光线昏暗的广场上。这是他们的开始。只要能和她在一起，不知为何，他觉得似乎什么都可以放弃。

他们坐上汽车之后，她凝视着他的脸，问道："你不后悔吗？"他斩钉截铁地回答："不后悔。"她把自己的手覆上他的手，说道："我也不后悔。"说话的时候,她的脸仿佛沐浴着月光。

二十四　出生

他伫立在屏风旁边,看着一个穿着白色手术服的助产士在给婴儿洗澡。每当肥皂水流到婴儿眼睛那里的时候,小婴儿就皱紧眉头,高声啼哭。他深深觉得婴儿有种像小老鼠一样的气味——"为什么这家伙要生出来?要降生到这个充满苦难的世界中……又是为什么,他要选择我这样的人,让我承担成为父亲的命运?"

这是他妻子为他生的第一个儿子。

二十五　斯特林堡

在一个石榴花盛开的夜晚,他站在房间门口,看着月色中几个衣着随意的中国人在那里打麻将。随后,他转身回到房间,在矮灯下读着《痴人的告白》。不过还没读两页,他就不由得苦笑起来——斯特林堡在给他的情人伯爵夫人写的信中,也撒了和他差不多的谎……

二十六　古代

色彩剥落的诸佛神像,仙人、天马、莲花,这一切几乎将他压倒。他仰望着它们,忘记了一切。甚至忘记了摆脱了疯子女儿之手的,自己的这份幸运……

二十七　斯巴达式的训练

他和朋友在一条小巷里走着。一辆带着车篷的人力车径直向他们这边驶来——车上坐着的竟是昨夜的她。她的脸在白天也依然仿佛沐浴着月光。在朋友面前，他和她自然没有打招呼。

"真是个美人啊。"朋友说了这么一句。

他眺望着道路尽头春日里的山丘，毫不犹豫地应道："是啊，真是个美人呢。"

二十八　杀人

阳光照耀下，乡间道路散发着牛粪的臭气。他一边擦汗，一边继续往坡上走。路两旁的麦子地飘来一阵麦子特有的芳香。

"杀了他，杀了他……"

他口中念念有词。杀了谁？——他心里很清楚。他想起那个畏畏缩缩的梳着平头的男人。

就在这时，金黄的麦田对面，罗马天主教教堂远远地露出了圆顶……

二十九　形式

这是一把铁制酒壶。那酒壶的花纹给了他好几种关于形式之美的启迪。

三十　雨

他平躺在一张大床上,和她聊着各种各样的话题。卧室的窗外下着雨。文殊兰的花似乎在雨中行将腐朽。她的脸一如既往,仿佛沐浴着月光般温柔。但和她聊天,并不是不会感到无聊。趴在床上,他静静地点燃一支烟,想到和她已经一起生活了七个年头。

"我还爱这个女人吗?"他质问自己。

但他的答案让审视着自己的他都感到意外:"我还爱她。"

三十一　大地震

那是一种近似熟透了的杏子的气息。他在烧焦的废墟上行走着,感受到这微弱的气味,心里想着大热天腐烂的尸体的气味原来没有想象得那么糟糕。不过,当他站在死尸累累的池塘前面,才发现"酸鼻"这个词绝不夸张。让他尤为震动的是一具十二三岁孩子的尸体。他看着那具尸体,生出一种近乎羡慕的感情。"诸神所爱,多夭折。"——他突然想到了这句话。他的姐姐和同父异母的弟弟家,都遭遇了火灾。而他的姐夫犯了伪证罪正在等待被执行……

"大家都死了就好了。"

伫立于烧焦的废墟之上,他深深地,打心眼里这么想。

三十二　打架

他和他同父异母的弟弟扭打在一起。他的弟弟无疑因为他受到压迫，而他又无疑因为弟弟失去了自由。他的亲戚总对弟弟说："向哥哥学习。"但这和把他自己的手脚拘束起来没什么不同。他们兄弟二人扭打在一起，最后甚至翻滚到了缘侧上。他至今还记得那天庭院里有一株百日红正在盛放——那艳红的花朵映衬着雨后的天空。

三十三　英雄

他从伏尔泰家的窗户里，向外仰望着高山。冰河高悬的山上，连一只秃鹰的影子都看不见。然而，一个矮小的俄罗斯人①，正执着地攀登着这座高山。

夜深之后，伏尔泰在家中明亮的煤油灯下，回忆着那个攀山的俄罗斯人的身影，写下了这样的诗歌：

　　你比任何人都遵守十戒，
　　你又比任何人都破坏十戒。

　　你比任何人都热爱民众，
　　你又比任何人都轻蔑民众。

---

① 指列宁。

你比任何人都执着于理想，

你又比任何人都更清楚现实。

你生于我们东洋，

是散发着草花清香的电气列车。

三十四　色彩

三十岁那年，他不知不觉爱上了一块空地。那块空地上只是散落着一些长着苔藓的砖瓦碎片，但是在他眼里，这与塞尚的风景画无异。

他突然想起了自己七八年前的激情，与此同时，也发现七八年前的自己对色彩一无所知。

三十五　小丑人偶

他曾打算过一种无论何时赴死，都死而无憾的壮烈生活，却一如既往地继续和养父母、姑母谨小慎微地过着日子。这造成了他生活的明暗两面。他看见一家西装店里立着一个小丑人偶，心想，自己是不是和小丑人偶很像呢。然而，意识之外的他——也就是第二个他，早就把这种心情写在一篇短篇小说里了。

三十六　倦怠

他和一个大学生在长满芒草的原野中行走。

"你们对生活的欲望还很旺盛吧？"

"是啊，你不也……"

"可是我没有对生活的欲望了，我只有创作的欲望。"

这是他的真实感受。事实上，他在不知不觉中早就对生活失去了兴趣。

"创作欲应该也是生活的欲望吧？"

他无言以对。不知何时，芒草的红穗上，火山露出了头。他对这座火山有种近乎羡慕的感觉。但他自己也不知道为什么……

三十七　越人

他遇到了一个在才情上能与自己匹敌的女人。创作了《越人》等抒情诗，让他稍微从这危机中得以脱身。那种郁结的心情，犹如把冻在树干上的闪闪发光的雪块剥落下来。

> 在风中翻飞的菅草斗笠，
> 不会落于地上。
> 应当如何去珍惜我的名字，
> 珍惜的只有你的名字。

三十八　复仇

这是一家树木正在萌发新芽的旅店的露台。他在那里画画,一个少年在旁边玩耍。那是七年前断绝关系的疯子的女儿的独生子。

疯子的女儿点燃一支烟,看着他们玩耍。他心情沉重地继续画着火车和飞机。幸好这少年不是他的儿子。不过他依然在少年喊他叔叔的时候感到非常痛苦。

少年不知跑去哪里之后,疯子的女儿一边抽着烟,一边献媚般地和他搭话:"你看,这孩子不像你吗?"

"不像。首先……"

"可是,不是有胎教这种东西吗?"

他沉默地翻了个白眼。他的心底不是没有一种想要把她绞死的残虐的欲望……

三十九　镜子

他在某个咖啡店的角落里和朋友聊天。朋友一边吃着烤苹果,一边谈论着最近天气的寒冷。他忽然觉得朋友的话有些矛盾。

"你还是单身吧。"

"不,我下个月就要结婚了。"

他沉默了,咖啡店墙壁上嵌着的镜子映照出无数个自己,冷冰冰的,好像在威胁什么似的……

四十　问答

你为什么攻击现代社会制度？

因为看到了资本主义所产生的恶。

恶？我一直以为你不承认善恶的差别。那么你的生活呢？

——就这样，他和天使一问一答，和无须对任何人感到惭愧的、戴着礼帽的天使……

四十一　病

他开始失眠了。不仅如此，体力也开始衰退。几个医生分别给他的病下了两三个诊断：胃酸过多、胃灼热、干性胸膜炎、神经衰弱、慢性结膜炎、大脑疲劳……

但他知道自己的病源。他既为自己感到羞耻，又害怕它们。对它们——对他所蔑视的社会！

一个雪天阴沉沉的午后，咖啡店的角落里，他叼着一支点燃的雪茄，倾听着对面留声机里传来的音乐。那奇妙的音乐深深打动了他的心。等音乐结束后，他走到留声机前，仔细检查唱片的标签。

《魔笛》——莫扎特

他立刻明白了，破除十戒的莫扎特也一定很痛苦，但未必和他一样……他垂着头，静静地回到他的桌子旁。

四十二　诸神笑声

三十五岁的他在春日洒满阳光的松林中散步。一边走，一边想起两三年前自己写下的一句话："诸神十分不幸，因为不能像我们一样可以选择自杀。"

四十三　夜

夜再一次迫近。惊涛骇浪的海在黄昏昏暗的光线中，不停地溅起浪花。他在这样的天空下，和妻子第二次结婚。他们欢欣的同时也感到痛苦。三个孩子和他们一起眺望着浪花上的闪电。妻子抱着其中一个孩子，忍着眼泪，说道："看到那边的那条船了吗？"

"嗯。"

"那条船的桅杆折断了……"

四十四　死

他很庆幸自己一个人睡，想用带子把自己吊死在窗棂上。可是，当他把脖子伸进带子里的时候，忽然害怕起了死亡，但并不是因为死的那一瞬间产生的痛苦而害怕。他第二次自杀时曾拿着怀表，试图计算吊死的时间。很快，痛苦过后，意识开始模糊不清了。如果坚持过那个阶段，就一定能够死成。他检查了一下时钟的指针，发现他感到痛苦的时间段是一分二十几秒。窗棂外一片漆黑,但黑暗中传来了荒凉的鸡叫声。

四十五　Divan

Divan(《东西诗集》[①])又一次给他的内心注入了新的力量。那是他未知的"东洋的歌德"。他看着站在所有善恶彼岸的悠悠然的歌德,感受到一种近乎绝望的羡慕。诗人歌德在他眼里比诗人基督更加伟大。这位诗人的心里盛放着雅典卫城、加尔各答甚至阿拉伯的蔷薇花。如果多少有一点儿力量去追随歌德的足迹……他读完Divan,在激荡的感动平静之后,深深地蔑视生活中宦官一般的自己。

四十六　谎言

他姐夫的自杀一下打垮了他。这下他不得不照顾姐姐一家。他的未来可以说是像日暮一样昏暗。他对他精神上的破产几乎想要冷笑(他早就看穿了自己的缺德之处和人性弱点),但还是一如既往地读着各种各样的书。就连卢梭的《忏悔录》中也充满了英雄般的谎言。尤其是《新生》[②]——他还没有遇到过像《新生》的主人公那样老奸巨猾的伪君子。但是,唯有弗朗索瓦·维永[③]深深地打动了他的心。他在

[①] 德国作家歌德的诗集。
[②] 日本小说家岛崎藤村(1872—1943)的小说。
[③] 弗朗索瓦·维永(约1431—1474),中世纪末法国诗人。

几篇诗中发现了"美丽的雄性"。

等待绞刑的维永的身影也出现在了他的梦中。他有好几次像维永那样跌入人生的低谷。但是,他的境遇和身体的精力不允许他这么做。他日渐衰弱了。就像过去斯威夫特①所见到的,从树梢开始枯萎的参天大树一样……

四十七　玩火

她容光焕发,就像沐浴在晨光下的薄冰一般。他对她抱有好感,但没有恋爱的感觉。不仅如此,他没碰过她的身体,哪怕一根手指头。

"您说过想死是吧?"

"嗯……不,与其说想死,不如说厌倦了活着。"

他们从这样的问答中约定一起死。

"是柏拉图式自杀吧。"

"是双人柏拉图式自杀。"

他对自己的镇定感到不可思议。

四十八　死

他和她没有死成,只是对到现在还没有碰过她的身体而感到满

---

① 乔纳森·斯威夫特(1667—1745),爱尔兰作家,代表作《格列佛游记》《一只桶的故事》等。

意。她有时会若无其事地找他说话。不仅如此，她还把她藏有的一瓶氰化钾给了他，说道："有了这个，我们就更安心了。"

这确实使他更坚定了。他一个人坐在藤椅上，望着锥栗树的嫩叶，一次次思考着死亡将带给他的安宁。

四十九　制成标本的天鹅

他想用尽最后的力气，写下他的自传。然而，这对他来说，却出乎意料地不易。那是因为他还保留着自尊心、怀疑主义以及对利害得失的算计。他非常蔑视自己的这种行为。但又不由得觉得"剥去一层皮看，谁都一样"。《诗与真》①这本书的名字，是他想过所有自传的名字之后获胜的书名。不仅如此，他还非常清楚地明白，文艺作品一定无法打动所有人。他的作品中所诉说的东西，是除与他人生境遇相似的读者之外，旁人不好理解的。他抱着这样的觉悟，决定为此写下他的《诗与真》来看看。

他写完《一个傻子的一生》之后，偶然在一家二手工具店发现了一只白天鹅标本。它虽然昂首挺胸地站着，但泛黄的羽毛已经被虫蛀了。他想起自己的一生，不禁流下眼泪，又发出冷笑。摆在他面前的只有发疯和自杀这两条路。他独自走在日暮黄昏的大街上，决心等待那慢慢迫近的，要将他毁灭的命运。

---

①《歌德自传》的副题。

五十　俘虏

他的一个朋友发疯了。这位朋友总让他备感亲切，这是因为他比任何人都更了解这个朋友的孤独——藏在轻快面具下的孤独。这位朋友发疯后，他曾去拜访了他两三次。

"你和我都被恶鬼所害，被世纪末的恶鬼所害。"

这位朋友压低声音，把这件事告诉了他。听说两三天后，这位朋友在去温泉旅馆的路上，竟然吃了玫瑰花。这位朋友住院后，他想起自己曾经送给他的那尊陶器半身像。那是这位朋友喜爱的《钦差大臣》的作者的半身像。他想到果戈理也是发疯致死，不由得感到有一种神奇的力量在支配着他们。

他疲惫不堪，突然读到了拉迪盖[①]的临终遗言，再次听到诸神的笑声。拉迪盖临终前说："神的士兵们来抓我。"他试图同他的迷信和感伤主义斗争。但无论如何，他的肉体已不再能提供支撑。"世纪末的恶鬼"实际上确实是在折磨他。他对以神为信仰的中世纪的人们表示羡慕。但是，信仰神——信仰神的爱，是他无论如何也做不到的。哪怕那个就连谷克多[②]也信仰的神！

[①] 雷蒙·拉迪盖（1903—1923），法国作家，著有《魔鬼附身》等。
[②] 让·谷克多（1889—1963），法国作家。

五十一　败北

他执笔的手开始颤抖，此外还无法控制地流出口水。他的脑子除了使用0.8g佛罗那①的时候，一直不太清醒。即便清醒时，也只有半小时或者一个小时。他在昏暗中如此度日，用卷刃的细剑作为拐杖。

昭和二年（1927）六月，遗稿②

---

① 一种安眠药。
② 作者于这一年的七月二十四日自杀。